MW00714814

# Life is like a box of chocolates. You never know what you're gonna get.

FORREST GUMP

# Inhalt

# PROLOG
## ICH

Mit sechs Monaten London, mit zwölf Monaten Moskau, im Verlauf der nächsten zweiundzwanzig Jahre folgte nach und nach die Bereisung der sieben bewohnten Kontinente dieser Welt. Ja, ich habe wirklich alle Arten von Hotelzimmern gesehen.

_Englisch:_ fließend.
_Französisch:_ nun, diese eine Liedzeile, die wir alle kennen.
_Spanisch:_ un poco.
_Naturwissenschaften:_ Ehrlich gesagt, ich habe viele andere Talente.
_Kreativität:_ Gut, das ist keines davon.
_Sportlichkeit:_ Jawohl ... zumindest habe ich Spaß daran und den nötigen Willen.
_Anpassungs- und Kontaktfähigkeit:_ gut.
_Organisationstalent:_ ausgeprägt.
_Ordnungssinn:_ sehr ausgeprägt.
_Zukunftsziel:_ ein Bachelor der Betriebswirtschaft in naher Zukunft.
_Etwas weiter gefasst:_ beruflicher Erfolg, durchaus in Verbindung mit Ring am Finger, weiß gestrichenem Lattenzaun und kleinen Quälgeistern. Demnach der ganz normale Reihenhaus(alb)traum.

So oder so ähnlich könnte ein Steckbrief von mir, Charlotte Clark, lauten. Der Thematik, wer ich bin, sind wir jetzt ein Stück näher gekommen. Doch was macht mich wirklich aus? Wie bin ich zu gerade ebenjener Person geworden?
Eine seltsame Frage mit zweiundzwanzig?
Nein!
Heutzutage wird Selbstreflexion sehr gerne als Glanzstück bei einem Vorstellungsgespräch verlangt, ist sozusagen ein MUSS. Stärken- und Schwächenanalyse, welches Verkehrsschild oder Tier wäre man am liebsten? Das Übliche eben.

*Aus eigenem Antrieb wird diese Frage entweder im Zenit eines erfüllten Lebens interessant, also nach dem Sammeln einiger Lebenserfahrung, die man bei der ersten Midlife-Crisis, die aber hoffentlich erst bei mehr als vierzig Kerzen auf dem Kuchen mit dem Zaunpfahl winkt, reflektieren und zerlegen kann, oder eben bei vielen Erlebnissen in früheren Jahren.*

*Überlegungen, die abwägen, vergleichen, in gewisser Weise auch abrechnen, sind, so denke ich, von bestimmten Lebensmomenten oder Abschnitten geprägt. Manche suchen das eigene Ich in der spirituellen Erforschung der Seele, andere kommen mit Wissenschaft und Religion, Forschung und Psychoanalytikern wie Freud.*

*Ich hingegen möchte mir einfach ein möglichst realitätsnahes Bild von mir selbst verschaffen, sozusagen eine Ausgangslage. Und in einem Jahr bin ich auf den Vergleich gespannt: Hat sich viel verändert oder bin ich noch immer die alte Charly?*

*Das klingt ein bisschen wie ein skurriles Wissenschaftsprojekt, trotzdem verspreche ich mir tatsächlich etwas davon. Aber was vermag ich mit meinen zweiundzwanzig Jahren schon konkret über mich zu sagen?*

*Zumindest kann ich kurz die Geschichte meines bisherigen Lebens durchgehen, die Ereignisse, die mich geprägt haben.*

*Auf einem der frühesten Bilder meiner Kindheit, das mir spontan einfällt, stehe ich fröhlich am weißen Sandstrand. In einem blauen Badeanzug mit neongelben Sonnen. Wie habe ich ihn geliebt.*

*Ich lutsche ein Eis mit Vanillefüllung und harter Schokolade außen, die sich durch die Hitze schnell tropfend auf meinen Armen verteilt, und ich bin anscheinend glücklich, irgendwo weit weg von zu Hause.*

*So ist es schon immer gewesen. Heute würde mir vermutlich ohne regelmäßige Ortswechsel irgendwann die Decke auf den Kopf fallen. Einfach, weil ich es so gewohnt bin, immer interessiert an Neuem.*

*Ich war schon früh wissbegierig, wie meine ehemalige Nanny Anett, unsere jetzige Haushälterin, nicht müde wird, mir zu erzählen. Ich wäre manchmal sehr anstrengend gewesen. Aber im Vergleich zu meiner Schwester Sarah ein richtiger Engel. Sie war der Schreihals von uns beiden.*

*„Wie ein Wecker ohne Austaste", pflegt meine Mutter Susann bei diesem Thema seufzend hinzuzufügen.*

*Daran kann selbst ich mich noch erinnern, und das soll etwas heißen.*

*Heute bin ich eine bodenständige, erwachsene und eher durchschnittliche junge Frau. Aber wer wünscht sich nicht ein bisschen mehr Pep, eine Prise Erfolg? Nun gut, es liegt an mir, die Zukunft zu etwas Besonderem zu machen.*

Eigentlich liegt es meistens an einem selbst, und das bringt mich zur nächsten Momentaufnahme in meinem Kopf. Diese zeigt mich auf einem Baum vor meiner Grundschule, ich bin ungefähr in der zweiten Klasse. Nach Unterrichtsende kletterten wir immer in den Ästen herum. Es war eine Art Wettstreit: Wer zuerst oben ankam, hatte die Achtung der anderen gewonnen.

Meist saß ich mit frei baumelnden Füßen als Letzte noch da und wartete, bis ich endlich abgeholt wurde. Ziemlich langweilig. Und so vertrieb ich mir die Zeit mit Balancieren, Hangeln und Tritte-Finden. Das Ganze hatte einen gewaltigen Vorteil, ich musste zwar warten, konnte aber am besten klettern.

Worauf ich hinauswill: Ich lernte schon früh, dass Nachteile durchaus Vorteile bedingen können oder umgekehrt, dass Kompromisse für beide Parteien erstrebenswert sind, denn Selbstständigkeit kann der Schlüssel zum Erfolg sein. Allerdings verständigten sich meine Mutter und meine Nanny bald darauf, dass Letztere mich von da an abholte. Manche Probleme erledigen sich auch von allein.

Damals wurde mir bewusst, wie viel man mit Engagement, Aufpassen und Zuschauen, mit bloßem Lernen erreichen kann. Vielleicht gehe ich deshalb das Studium nicht so locker an wie meine beste Freundin Vanessa.

Das Lernen an sich fiel mir schon immer leicht und bedingt durch mein akademisches Umfeld beschloss ich ganz aktiv, etwas daraus zu machen, dem beruflichen Vorbild meiner erfolgreichen Eltern nachzueifern. Die zeitlichen Konsequenzen der Prioritätensetzung meiner Mutter wie meines Vaters waren übrigens eine ganz andere Frage, bezüglich derer sowohl meine Schwester Sarah als auch ich amüsante und weniger amüsante Geschichten erzählen können. Die Erinnerung an die unweigerlich folgende Scheidung am Ende meiner Grundschulzeit ist, wie sollte es anders sein, weniger schön.

Mein erster Schultag an der weiterführenden Schule haftet mir daher noch heute im Gedächtnis. Mit der Hälfte der Familie gerade umgezogen, war ich DIE Neue unter all den Neuen. Und in einem Schulhaus, in dem es Wegweiser geben sollte, war erneut Selbstständigkeit gefragt.

Doch weiter auf der Reise zu meiner Persönlichkeit: Sport treiben bedeutete schon immer eine Art Ausgleich für mich. Tanzen ist gleichzusetzen mit der Freiheit, einfach loszulassen, und eine Form der Bewegung, die ich schon in allen Facetten kennengelernt habe. Am liebsten war mir aber immer das Laufen, während dessen man so wunderbar seine Gedanken ordnen, sie fortführen, beiseiteschieben oder weiterspinnen kann. Das bedeutendste Sporterlebnis fand allerdings in einem der seltenen richtigen Urlaube statt.

Mein Vater Roger fährt schon immer gerne Ski, und sobald die Saison begonnen hat, tut er dies auch häufig. Als er es für mein Alter angebracht hielt, lud er mich ein, ihn zu begleiten, um es ebenfalls auszuprobieren. Meine Schwester war damals noch zu klein. Es kam, wie es kommen musste: Ich verhedderte meine Ski ineinander, fiel mehrmals auf mein Hinterteil und war schließlich den Tränen nahe. Mitten auf der Piste. Für meinen Vater musste es wahrlich komisch ausgesehen haben. Aber ich gab nicht auf, um keinen Preis.

In der folgenden Saison buchte er einen Skikurs für mich. Es war ein unglaubliches Gefühl, meinen Vater zumindest auf mich aufmerksam gemacht zu haben. Und er schien wirklich an einen noch nicht ersichtlichen Triumph über die zwei Bretter unter meinen Füßen zu glauben.

Mein Fazit: Gib nie auf, denn auf schwierige Situationen folgen häufig einfachere. So lautet meine Devise bis heute und bisher bin ich damit ganz gut gefahren.

Beim Trainieren muss man die Zähne zusammenbeißen und durchhalten. Im Grunde genommen ist nichts schöner, als am Ende erschöpft über die wachsenden Muskeln oder die hoffentlich reduzierten Kilos zu jubilieren.

Nun zu meiner zweiten Leidenschaft: Wenn mich Anett einmal suchte, gab es eigentlich nur einen Ort, an dem ich vorzufinden war, mit einem Buch in meinem Zimmer. Alles andere wäre unwahrscheinlich gewesen.

Ich war noch nie wirklich musikalischen Gemüts. Dieses Gen hat Sarah geerbt. Ihr Talent für das Instrument ihrer Wahl, die Gitarre, ist beachtlich! Bei mir hingegen wuchs, als ich älter wurde, geradezu über Nacht eine ganze Bibliothek aus dem Boden, die ich auch heute immer wieder erweitere. Wie die Zeit es eben zulässt.

Das ist meine Geschichte – bis jetzt. Diese Erinnerungen sind die wichtigsten Eckpfeiler meines Charakters, alles, was es sonst noch zu sagen gäbe, würde das Bild abrunden.

Aber wie Anett es manchmal ausdrückt: „Auch die kleinen Dinge zählen."

Also los …

Ich möchte von mir behaupten, witzig zu sein, zumindest interpretiere ich das manchmal anhand der Reaktionen meines Gegenübers. Gleichwohl, so meine ich, bin ich es eher auf eine ironische Art und Weise.

Außerdem bescheinigen mir Zeugnisse und andere geduldige Papiere eine *gewisse Intelligenz. Jedoch sollte man auf diese nicht zu sehr vertrauen. Im Endeffekt, so ist meine Erfahrung, bringt einen gesunder Menschenverstand äußerst weit und hilft oft mehr. Zudem tappt jeder, vernunftbegabt hin oder her, in das eine oder andere Fettnäpfchen.*

*Daher finde ich Werte wie Fairness und Taktgefühl wichtig. Vielleicht auch aufgrund einer etwas ausgeprägteren offenen Weltsicht durch die Reisen, auf die unsere Familie meinen vielbeschäftigten Vater zu allen möglichen Geschäftsterminen seiner Firma, der Clark Group, begleitete, soweit diese mit dem Terminkalender meiner korrekten Mutter vereinbar waren. Nach der Scheidung ließ zur Freude meiner Schwester das Pensum nur noch eines Workaholics sogar ein paar Vergnügungsreisen zu.*

*Nun zur stichhaltigen Ausgangslage: Ich habe von blond zu braun nachgedunkelte, mittellange Haare, eine stolze Körpergröße von normalem Mittelmaß und grüne, ziemlich auffällige Augen. Eine schlanke Figur und eher kleine Hände. Das bin ICH. Je nach Stimmung sind meine Nägel in der passenden Farbe lackiert oder auch nicht. Mein Kleidungsstil ist modern und richtet sich häufig nach der Zeit, die mir zwischen Aufstehen und einem ausführlichen Frühstück bleibt, bevor ich aus dem Haus gehe.*

*Ich bin nicht vergeben, aber momentan durchaus interessiert. Nämlich an einem gewissen auffällig gekleideten Er mit dunklem Kurzhaarschnitt, der zufällig seit einiger Zeit ähnliche Kaffeepausen einlegt wie meine beste Freundin und ich. Die Unicafeteria ist, was dergleichen betrifft, sehr übersichtlich.*

*Der Drang, etwas zu erreichen, wurde mir vermutlich bei der Geburt überantwortet und ich brenne darauf, Außergewöhnliches zu erleben. Woran sicher meine beste Freundin Vanessa nicht unschuldig ist, die mir ständig mit ihrem Credo „Wir müssen JETZT leben!" im Nacken sitzt. Oder die Tatsache, dass ich die ruhigere, vernünftige Schwester bin und mich nicht wie Sarah auf Weltreise befinde.*

*Es durchzuckt mich freudige Erregung bei dem Gedanken an all die unbeschriebenen Tage, die vor mir liegen. Natürlich sind es genau genommen etliche Jahre! Ein jedes voller Möglichkeiten und hoffentlich voller Abwechslung und Aufregung. Aber wer wird denn gleich mit dem Blick in die Ferne schweifen, wenn es noch so viel in unmittelbarer Nähe zu entdecken gibt?*

*Objektiv gesehen: Wie viel kann in den nächsten dreihundertfünfundsechzig Tagen passieren? Ich werde es herausfinden!*

# II
# DAS ANGEBOT

Schwungvoll fuhr der puderblaue Fiat 500 die breite Auffahrt hoch. Hin zu einem Herrenhaus, das seinesgleichen in den glorreichen, längst vergangenen Tagen der Südstaaten zu suchen schien. Was damals an Dekadenz erinnert hatte, wurde hier durch moderne Elemente wettgemacht. Schlichtes Weiß bildete einen Kontrast zu dunklen Holzschnitzereien, großen Fenstern und kleinen Giebeln. Die Luft war von spätsommerlicher Wärme erfüllt. Erst vor ein paar Tagen hatte der August Einzug gehalten.

Kies spritzte auf, als der Wagen am Fuß der Vortreppe zum Stehen kam. Aus dem Inneren des Autos drangen Musik und vergnügtes Pfeifen. Obgleich Charly wie immer ein seltsames Gefühl beschlich, wenn sie ihr altes Zuhause besuchte, wollte sie doch die seltenen Treffen mit ihrem Vater nicht missen.

Manchmal mischten sich Wehmut oder Bedauern in ihre Vorfreude. Heute jedoch war Freitag. Eine lange Woche voller nicht enden wollender Vorlesungen lag hinter ihr und eine hoffentlich feuchtfröhliche Nacht würde sie erwarten.

„Wir werden alt und langweilig", hatte ihre beste Freundin Vanessa in der Unicafeteria zwischen zwei Schlucken ihres mittäglichen Bechers Automatenkaffee gebrummt.

„Ach was, wir sind nur beschäftigt", war Charlys Versuch gewesen, den gleichförmigen Alltag der letzten Wochen und Monate zu erklären.

„Wir sind Studenten. Wenn wir jetzt schon spießig um elf ins Bett gehen, wie wird das dann erst, wenn wir arbeiten?" Das Grauen vor diesem Szenario war Vanessa wahrlich anzusehen gewesen. Ihre hellen Augen hatten sich erregt geweitet. „Mal ehrlich, die Leute erwarten geradezu, dass man tanzt, bis einem die Sohlen glühen, und lebt, als gäbe es kein Morgen. Hat dich das nie gereizt? Die Vorstellung deines wilden Studentenlebens? Die viele Freizeit, die Freiheit, die Ungebundenheit?"

Charly hatte gelacht. „Mensch, du tust so, als würden wir nicht leben. Als wären wir schon morgen alt und grau." Belustigt hatte sie die Stirn gerunzelt. „Ich glaube, die Epoche der Romantik wäre Euch durchaus dienlicher gewesen, edle Mistress."

„Haha", hatte ihre Freundin gemurmelt und die schwarzen Locken geschüttelt.

„Dir war doch klar, dass sich das Studium nicht von alleine regeln würde. Zuerst die Quälerei bis zum Schulabschluss, warum sollten sie dir jetzt etwas schenken?", war Charlys Frage gewesen.

„Du hast recht, Vanessa Steier befindet sich hiermit wieder in der Realität. Satellit erfolgreich geerdet." Nachdenklich hatte sie vor sich hin gestiert. „Wie lange waren wir schon nicht mehr aus, Charly? Ich meine so richtig."

„Mhm, also ... ehrlich gesagt ..." Charly war nachdenklich geworden.

„Genau, viel zu lange!" Triumphierend hatte die Freundin mit den Armen eine weit ausholende Geste vollführt und binnen der nächsten fünf Minuten war die abendliche Verabredung ausgemacht.

Mit einem Grinsen im Gesicht und einem Seufzer auf den Lippen öffnete Charly die Tür ihres geliebten Kleinen, wie sie ihr Auto im Geiste getauft hatte. Ihre Gedanken hingen noch immer der Erinnerung nach.

Pläne über Pläne hatte Vanessa in den nächsten zwei Vorlesungsstunden geschmiedet. Betreffend vor allem Location, Uhrzeit, Kleidung, Frisur und Make-up. Charly hatte sich währenddessen bemüßigt gefühlt, den Ausführungen des werten Herrn Professor für Steuerrecht zu folgen. Kein leichtes Unterfangen, da diese ihren Ursprung gefühlt einmal mehr bei den Römern gehabt hatten. Sie wähnte sich allerdings recht sicher, war sie doch bereits in der Schule mit Bilanzen und Steuervorschriften in Berührung gekommen.

Lächelnd ging Charly um den Fiat herum und holte ihre braune Umhängetasche mit den dekorativen Fransen aus dem Fußraum des Beifahrersitzes. Ein ungewollt hartes Bremsmanöver an der vorletzten Ampel hatte diese von ihrem gewohnten Platz auf dem Sitz heruntergerutschen lassen.

Mit langsamen Schritten ging sie die letzten paar Meter, bis sie die erste breite Stufe der Vortreppe erreichte. Genau acht Stufen waren es, als Kind hatte sie diese oft gezählt.

Oben angekommen ließ sie ihren Blick neugierig schweifen. Wie mit dem Lineal gezeichnet, erstreckten sich Rosenbeete und akkurat gemähte Rasenflächen entlang der Auffahrt. Nirgendwo war Personal zu sehen. Allerdings standen die Garagen am rechten Rand des Anwesens offen.

Bereits auf halbem Weg, den ihre Hand gerade zum silbernen, löwenkopfförmigen Türklopfer nahm, öffnete sich das breite, hölzerne Eingangsportal ein Stück.

„Charlotte? Wir haben Sie schon erwartet", vernahm sie eine wohlbekannte Stimme.

Die Tür schwang nun ganz auf und Charly sah die lieb gewonnenen geröteten Backen, gütigen Augen und den immer weiter zurückweichenden Haaransatz des kräftigen Wirtschafters ihres Vaters. Tom war für alles zuständig und schien, so war es ihr immer vorgekommen, über sämtliche Vorkommnisse im Haus unterrichtet zu sein. Das Wort Butler konnte er nicht ausstehen, weshalb er gern betonte, er habe Pflichten, aber gleichwohl eine eigene Meinung. Woran dank seiner direkten Natur auch niemand zweifelte.

„Hallo Tom. Freut mich sehr, dich zu sehen. Das letzte Mal ist nun schon ... wie lange her? Einen Monat?"

„Drei Wochen auf den Tag", entgegnete der Angestellte beflissen. „Ihr Vater lässt Sie ins Speisezimmer bitten. Er ist heute etwas ungeduldig", fügte er hinzu.

Charly rollte innerlich mit den Augen, während sie Tom ins Hausinnere folgte. Gab es je einen Tag im Leben ihres Vaters, an dem nicht jede Minute von einer seiner fleißigen Sekretärinnen verplant war? Dennoch freute sie sich auf das bevorstehende Wiedersehen.

„Was steht denn auf dem Speiseplan?", fragte Charly neugierig.

„Ihr Vater ist derzeit auf Diät. Der Arzt meint, bei so wenig Zeit für Sport sollte zumindest die Ernährung ausgewogen sein."

Sie hatten die elegante, aber schlicht gehaltene weiße Eingangshalle durchquert und steuerten nun auf den Gang zum linken Flügel des Hauses zu.

„Das heißt, statt Bertas Schweinshaxe gibt es jetzt Obst, Gemüse und Salat", fasste Charly trocken zusammen. „Oder gar Tofu?" Der Gedanke bereitete ihr Unbehagen. So richtig konnte sie sich das bei ihrem fleischliebenden Vater nicht vorstellen.

„Ausgewogen bedeutet nicht einseitig." Sie meinte, bei diesen Worten ein Zucken um Toms Mundwinkel wahrgenommen zu haben.

Zwischenzeitlich waren sie an ihrem Ziel angekommen und ihr Begleiter klopfte. Ohne abzuwarten, öffnete er mit einem eleganten

Schwung die Tür, während seine andere Hand Charly ins Zimmer schob.

„Das Essen wird in Kürze serviert." Und weg war er.

Charlys Vater sah von der Zeitschrift auf, in die er bis eben vertieft gewesen war. *Roger Clark und sein Imperium*, las sich die Überschrift des aufgeschlagenen Artikels.

„Hallo Charlotte. Schön, dass du da bist." Er erhob sich und kam ihr mit ausgestreckten Armen entgegen.

„Dad, schön, dich zu sehen. Es fühlt sich wie eine Ewigkeit an."

Sie umarmten sich.

„Ich hatte viel zu tun", gab Roger widerwillig zu und führte seine Tochter zum Tisch, auf dem gefüllte Wassergläser standen. Wie alles im Raum war auch dieses Möbelstück aus Massivholz und von ausgesuchter Qualität. Eckig, nicht rund. Davon hielt ihr Vater nichts.

„Es kann nur einen geben, der am Kopfende sitzt", hatte er in ihrer Kindheit einmal gesagt. Charlys Mutter war von dem Satz nicht allzu angetan gewesen.

Neugierig lugte sie in Richtung des Magazins. Sie hatte ihren Vater noch nie ein Interview geben sehen. Bisher war er immer der Ansicht gewesen, dass wahre Macht nicht durch Publicity gepusht werden müsste. Durch und durch alte Schule eben.

„Ah!", machte er, ihrem Blick folgend. „Meine neue Assistentin hat mich davon überzeugt, dass es nicht mehr zeitgemäß ist, sich vor den Medien zu verstecken." Irritation ließ seine Stirn Falten schlagen. „Selbstverständlich habe ich mich nicht versteckt. Dennoch kann ich mich wohl nicht länger den neuen Kommunikationskanälen entziehen. Transparenz und Sympathien scheinen durch die fortschreitende Globalisierung eine immer größere Rolle einzunehmen und jetzt spiele ich eben notgedrungen mit. Meine Marketingabteilung rät mir seit Jahren dazu." Er reichte ihr den Artikel. „Wenn du möchtest, kannst du ihn mitnehmen."

Charly steckte das Heft in ihre Tasche und dachte bei sich, dass seine neue Assistentin die Instinkte eines Piranhas haben musste, um die festzementierte Meinung ihres Vaters zu ändern. Scheinbar hatte er jemanden gefunden, der es mit ihm aufnehmen konnte.

„Wie geht es deiner Mutter und deiner Schwester?", riss er sie aus ihren Gedanken.

„Gut so weit. Mum arbeitet viel und Sarah ist noch für die nächsten zwei Monate in den Staaten. Das letzte Mal, als ich mit ihr telefoniert habe, hatten sie gerade einen Platten und versuchten, das Auto wieder fahrtüchtig zu bekommen. Bis nach San Francisco soll es noch gehen, von dort nimmt sie den Rückflug."

Roger nickte. „Sehr gut. Sie hat mir kürzlich eine Karte geschickt, trotzdem mache ich mir Sorgen. Du weißt doch aus erster Hand, wie viele Aussteiger den Anschluss ans Studium nicht schaffen." Er fuhr sich mit der Hand durchs Haar.

„Sie schien glücklich, aber ihre Begeisterung für das Essen dort hielt sich stark in Grenzen." Charly grinste. „Und wir wissen beide, wie gerne Sarah isst." Trotzdem war ihre Schwester eine gertenschlanke Schönheit.

Die aufgehende Tür unterbrach das Gespräch. Berta, Rogers Köchin, kam herein. Sie trug ein beladenes Tablett vor sich her und hatte eine ihrer unzähligen weißen Schürzen an.

„Die Biokost wird geliefert", amüsierte sich Charly stillschweigend, als Salat und Gemüseschälchen vor ihnen aufgebaut wurden.

„Guten Appetit, die Herrschaften", wünschte ihnen Berta, bevor sie unauffällig wieder verschwand.

Eine klare Brühe als Vorspeise und Putenstreifen ergänzten das gesunde Mahl. So ganz konnte ihr Vater wohl doch nicht ohne Fleisch. Wie vermutet.

„Tom hat mir von deiner Ernährungsumstellung erzählt", nahm Charly die Unterhaltung wieder auf.

„Ja, die liebe Gesundheit. Allerdings kann ich mich nicht recht mit dem geschmacklosen Grün anfreunden", gestand ihr Vater. Verschmitzt zwinkerte er ihr zu. „Als neu erkorene Medienikone muss ich ab jetzt auf mein Äußeres achten. Deshalb ist Schluss mit saftigen Steaks, ein Jammer."

Charly schmunzelte. Mit seinen dunklen Haaren, der drahtigen Figur und dem allgegenwärtigen schwarzen Anzug hatte er das eigentlich gar nicht nötig. Das einzige Zugeständnis an sein Alter stellte eine rahmenlose Brille dar, die sogar seine vitale Ausstrahlung noch hervorhob. Ihr Vater konnte durchaus als attraktiv gelten. Bisher hatte sie keine Freundin kennengelernt, aber Roger lebte wohl kaum zölibatär.

Schnell verbot sich Charly, die Überlegung weiterzuführen. Überrascht stellte sie daraufhin fest, dass das Essen ihr sehr gut schmeckte. Alles war frisch zubereitet, anders als die Kleinigkeiten in der Unicafeteria, nach deren Genuss sie eher abnahm. Und Berta hatte wirklich ein Händchen dafür, allem eine besondere Note zu verleihen.

Sie aßen in einvernehmlichem Schweigen, bis Roger seine Serviette beiseitelegte. Tadelloses Benehmen war zweifellos eine seiner Tugenden.

„Ich habe nachgedacht, Charlotte", begann er.

Charly hob die linke Augenbraue und sah ihn fragend an. Roger war bekannt dafür, Entscheidungen schnell zu fällen, ohne großes Zögern. Was würde nun kommen?

„Ich denke, es ist an der Zeit, dass du und die Firma auf eine Art Kennenlerndate zusammentrefft", verkündete er und zwinkerte.

Das musste erst mal sacken. In Charlys Leben hatte es seit der Scheidung ihrer Eltern eine klare Trennung gegeben. Ihr Vater und sein Unternehmen existierten zwar, waren aber nicht Teil ihres Alltags und damit weit entfernt. Ein Essen wie dieses führte die zwei Welten in der Realität zusammen. Das kam allerdings selten vor.

Roger fuhr fort: „Dein Ururgroßvater gründete die Firma 1890 als klassischen Einmannbetrieb. Ein freischaffender Handwerker, der später Mitarbeiter anstellte. Dein Urgroßvater vergrößerte die nun ins Handelsregister eingetragene Clark GmbH. Damals war diese Gesellschaftsform sehr fortschrittlich und verbreitete sich von Deutschland aus schnell in andere Länder. Er setzte auf talentiertes Personal und den technischen Fortschritt. Zu der Zeit, als ich das Unternehmen von meinem Vater übernahm, war es ein mittelständischer Betrieb, ausgelegt auf das Programmieren von Software. Wir hatten rund zweihundert Angestellte an einem Standort. Die Lage am Arbeitsmarkt war eine ganz andere als heute. Händeringend suchte man qualifiziertes Fachpersonal, vor allem in der Elektrotechnik. Das Vertriebsgebiet war weniger umkämpft und zugleich in überschaubarer Entfernung."

Charly hörte interessiert zu, sie hatte ihren Vater noch nie von den Anfängen der Firma erzählen hören.

„Eine der besten Entscheidungen, die wir getroffen haben, war, frühzeitig der Globalisierungsbewegung zu folgen. Den ersten Schritt dafür stellte die Umwandlung des Unternehmens in eine zeitgemäße Aktiengesellschaft mit Wachstumspotenzial dar."

Roger trank einen Schluck Wasser. „Das frische Kapital verschaffte uns die Möglichkeit, in andere Branchen zu investieren. Diversifikation würdet ihr Betriebswirtschaftsstudenten das heute nennen. Damals war es einfach kluge Voraussicht. Natürlich spielte auch das Risiko des Börsengangs eine Rolle, doch diese Hürde nahm die Clark AG mit Bravour." Charly lächelte ob der Begeisterung, die ihr Vater bei seinem Bericht an den Tag legte.

„Wir wuchsen beständig und fächerten unsere Ressourcen auf. Mehrere Standbeine sind immer vorteilhaft. Das Ergebnis ist das breite Portfolio, das die Clark Group heute vorzuweisen hat." Er nickte stolz. „Wie du weißt, halte ich bis heute die Mehrheit der Aktien, die es einmal zu erben gilt." Roger sah sie vielsagend an. Ihre Mutter erwähnte er nicht. Das war aussagekräftig genug.

Charly seufzte tonlos. Es war nicht immer einfach, mit der völligen Ignoranz umzugehen, die beide Elternteile dem jeweils anderen entgegenzubringen schienen. Vielleicht war es besser als hässliche Streitereien, in jedem Fall war es stiller. Manchmal fragte sie sich, wo die einstige Liebe geblieben war.

Ihr Vater schien nichts von ihren Gedanken zu ahnen, denn er näherte sich langsam, aber bestimmt seinem Anliegen.

„Im Gegensatz zu anderen vielbeschäftigten Männern kann ich mich rühmen, dass meine Töchter auf einem guten Weg sind, ihr Leben nicht auf Kosten ihrer Familie zu führen. Deshalb möchte ich dir ein Angebot machen."

Er sah seine älteste Tochter direkt an. „Du kannst dir sicher denken, dass es mich mit Freude erfüllen würde, solltest du einmal meine Position einnehmen. Ein jeder Unternehmer hofft, dass sein Lebenswerk fortgeführt wird, ich bilde darin keine Ausnahme. Wenn ich mich eines Tages zurückziehe, möchte ich die Führung der Firma in guten Händen wissen. Die Clark Group hat zwei Weltkriege überdauert, sie sollte nicht in friedlichen Zeiten zerfallen. Ich habe zu viel erreicht, um alles dahinschwinden zu sehen." Ihr Vater verstummte kurz, bevor er fortfuhr.

„Dieser Zeitpunkt liegt noch in weiter Ferne, denn ich bin ein ziemlich zäher Bursche", witzelte er. „Und ich will dich zu nichts zwingen, aber es wäre mir ein Anliegen, dass du dich meiner Welt, der Welt der Clark Group, annäherst."

Charly blickte ihn unverwandt an und ließ sich die Worte durch den Kopf gehen. Ihr Verstand suchte nach Hintertürchen oder Untertönen, fand jedoch für den Moment keine.

Spürte ihr alter Herr seine Sterblichkeit so dringlich, dass er Pläne für seinen Rücktritt schmiedete? Steckte mehr hinter dem Salat, als es den Anschein hatte? Sie konnte es nicht sagen.

„Geht es dir gut, Dad?", platzte es sodann aus ihr heraus.

Amüsiert schaute er sie an, stand auf, streckte die Arme zur Seite und drehte sich theatralisch einmal im Kreis, bevor er sich wieder setzte.

„Hervorragend, seit die fleischlose Ernährung in Bertas Küche eingezogen ist, wenn ich Doktor Schuberts Interpretation meiner Blutwerte Glauben schenken darf." Er zwinkerte ihr erneut zu.

Charly stieg verlegene Röte in die Wangen.

Doktor Schubert betreute die ganze Familie Clark schon, seit sie denken konnte. Der breite, ältere Herr mit brauner Kordhose und weißem Kittel war ihr genauso vertraut wie jeder andere Angestellte. Er war eines der Bindeglieder, die auch nach der Scheidung von Susann und Roger erhalten geblieben waren. Und ein hervorragender Allgemeinmediziner war er obendrein.

„Warum ich?", fragte Charly, als sie sich wieder gefasst hatte.

„Nun, zum einen, weil du meine Tochter bist."

Sie sah ihn kopfschüttelnd an. Mit verbalen Streicheleinheiten für ihr Ego kam er bei ihr nicht weit.

„Und zum anderen, weil du scheinbar einige meiner Talente geerbt hast. Einfühlungsvermögen, Beherrschtheit gepaart mit Sachverstand und gesellschaftliche Reife. Das alles bringt dich voran. Rückschläge dürfen keine Schwäche hinterlassen." Er blickte ihr ernst in die Augen.

Damit schied die lebenslustige, hüftschwingende, aber wankelmütige Sarah mit ihrer aufsehenerregenden blonden Mähne klar als Nachfolgerin aus.

Bisher hatte Charly sich selbst immer als normal, vielleicht sogar als einen Hauch langweilig angesehen. Sie versuchte, ihren Vater einzuschätzen. Es konnte kein Zufall sein, dass er gerade heute, relativ kurze Zeit nach ihrem letzten Treffen, dieses Angebot aufs Tapet brachte. Was wollte er? Oder besser: Auf was ließ sie sich ein, wenn sie ihm die Bitte erfüllte? Roger war schon immer nur nebenberuflich Vater gewesen. Das durfte sie nicht vergessen. Hauptberuflich war er Vorstand und in erster Linie mit seiner Firma verheiratet.

Am Anfang hatten ihr die Reisen, die ihre Familie gemeinsam unternommen hatte, Spaß gemacht. Oft hatte sie ausgelassen mit der Nanny an irgendwelchen Stränden herumgetollt. Später, als sie ständig aus der Schule gerissen wurde, war die Begeisterung schnell geschwunden. Von ihren Klassenkameraden getrennt und häufig alleine in immer gleichen Hotelsuiten untergebracht, hatte sie nur ihre kleine Schwester als Spielkameradin gehabt. Sarah, die nun erwachsen und ungezähmt durch die USA tourte.

Aber hatte Charly sich nicht insgeheim eine einzigartige Chance gewünscht? Diese bot sich ihr nun, und was für eine!

„Gut, ich sehe mich schon fast als eingestellt an", hörte sie plötzlich ihre eigene Stimme sagen.

„Sehr schön!" Ihr Vater rieb sich freudig die Hände. „Allerdings dachte ich, wir fangen ganz unverfänglich an, indem du mich auf ein paar Veranstaltungen begleitest. Nichts allzu Steifes. Dabei hast du die Gelegenheit, Kontakte zu knüpfen, und die Leute können dich kennenlernen, sich an dich gewöhnen. Ich würde vorschlagen, dass du parallel in die einzelnen Sparten und Abteilungen der Clark Group Einblick gewinnst. So wie du es eben mit deinem Studium zeitlich vereinbaren kannst. Wenn du den Bachelor abgeschlossen hast, können wir über eine kontinuierliche Einbindung neben dem Master sprechen." Er sah mit sich zufrieden aus.

Charly hingegen kam es vor, als läge der Fünfjahresplan auf dem Tisch. Wozu hatte sie da bloß Ja gesagt? Sie würde es sehen.

Veranstaltungen besuchen also. Sollte es dort wenigstens Champagner und ein paar leckere Horsd'œuvre geben, war sie nicht abgeneigt. Irgendeine dritte Gattin, einen netten Assistenten oder zur Not die Partyplanerin würde sie in ein anregendes Gespräch verwickeln können.

„Ich lasse dir die jeweilige Einladung zukommen", sagte Roger und erhob sich. „Wenn du mich jetzt entschuldigst, es freut mich sehr, dass wir uns in nächster Zeit öfter sehen werden, aber nun habe ich leider einen Termin."

Charly konnte sich ein leises Lachen nicht verkneifen. Es hatte mehrere Jahre gedauert, bis sie diesen Standardsatz und die dazugehörigen Meetings nicht mehr persönlich genommen hatte. Irgendwann war ihr klar geworden, dass er der Gejagte seines eigenen Kalenders blieb.

„Kein Problem, Dad, ich habe auch eine Verabredung." Sie umarmte ihn zum Abschied und machte sich mit einem Luftküsschen auf den Weg zur Tür. Selten war eine Einladung zum Essen derart interessant gewesen.

In der Eingangshalle traf sie auf Tom. „Richtest du Berta bitte meine Ehrerbietung aus?" Charly zwinkerte. „Egal, was sie serviert, es schmeckt immer großartig!"

„Natürlich, sie wird sich freuen, dass es gemundet hat." Er nickte, um seine Worte zu unterstreichen.

„Bis bald, Tom. Es war schön, wieder hier zu sein."

„Gute Heimfahrt, Charlotte", wünschte ihr der Wirtschafter. „Fahren Sie vorsichtig."

Als sie wenig später in ihrem Fiat saß, nahm sie sich die Zeit, einen Moment innezuhalten. Was für eine unvorhersehbare, undurchsichtige Wendung, die sich soeben ergeben hatte. Dass gerade sie ihrem Vater ins Auge gefallen war, schmeichelte ihrem Stolz. Es war eine Ehre. Und das Privileg, ihn in Zukunft öfter zu sehen, war ebenfalls nicht zu verachten. Sicher hatte er an jeder Hand beliebig viele Begleiterinnen zur Auswahl, wenn er es darauf anlegte. Nicht, dass sie sonst hinter verschlossenen Türen miteinander interagierten, aber es hatte sich nie ergeben, öffentlich zu dinieren oder Ähnliches.

Ihre Mutter würde sich allerdings vehement gegen das neuerwachte Interesse ihres Exmannes an ihrer Tochter aussprechen. Seit der Scheidung kommunizierten die beiden zwar zivilisiert, aber nur noch über ihre Anwälte miteinander, soweit Charly wusste. Thematisiert wurde das nicht. Die Clarks hatten sich damals friedlich und schnell außergerichtlich geeinigt. Die Mädchen waren bei ihrer Mutter aufgewachsen, Roger hatte sich herausgehalten. Finanziell waren nie Unstimmigkeiten aufgetreten.

Gleichgültig, was passieren würde, Charly freute sich auf die neue Perspektive. Auf die Zeit mit ihrem Vater. Sie war mehr als gewillt, etwas anderes als die Universität zu sehen und ihre berufliche Karriere bereits jetzt voranzutreiben. Schließlich hatte sie den Traum, etwas Außergewöhnliches im Leben zu erreichen. Charly brannte darauf, sich zu beweisen. Gleichzeitig hoffte sie, ihr Vater würde sie nicht wie schon so häufig enttäuschen.

Die tiefschürfenden Gedanken beiseiteschiebend, drehte sie die Lautstärke des Radios hoch und trommelte im Takt der dröhnenden Beats aufs Lenkrad. Schnell hatte sie den ersten Gang eingelegt und brauste die Auffahrt hinunter.

Beschwingt malte Charly sich dabei den kommenden Abend aus. Jetzt gab es tatsächlich einen Anlass zu feiern!

# 2

# DISCO POGO

Pünktlich um neun hielt die silberne A-Klasse, der Baby-Benz ihrer besten Freundin, vor der weißen Doppelgarage von Charlys Haus, einem modernen, geradlinigen Bau mit grauem Spitzdach. Statt zu klingeln, drückte Vanessa einmal energisch auf die Hupe, bevor sie ausstieg. Ruckartig öffnete sich ein Fenster im ersten Stock des großen Stadthauses und Charlys Kopf erschien. Unangenehm schwül ließ die warme Augustluft den Sommer auf der Haut greifbar werden und die Kleidung klebte ihr am Leib.

„Du könntest es wenigstens ein Mal auf die herkömmliche Art versuchen", rief sie hinunter.

„Warum kompliziert, wenn's auch einfach geht?", feixte Vanessa zufrieden. „Außerdem hört man in eurem riesigen Haus die Klingel doch maximal im Eingangsbereich." Ein Lachen zwang sie zum Luftholen. „Einfach göttlich, wenn ich daran denke, wie deine Mutter letztes Mal völlig irritiert gefragt hat, was denn das Taxi hier wolle. Es hätte doch keiner eines bestellt. Zum Glück hat sie mich dann erkannt."

Nun zuckte es auch um Charlys Mundwinkel. „Sie war eben überarbeitet. Einen Moment, ich lasse dich rein. Anett hat heute ihren freien Tag und Mum ist kurzfristig zu einem Wochenendtrip mit Christine aufgebrochen, sie hat eine Notiz hinterlassen. Scheint, als hätten sie sich wieder vertragen." Charly schloss das Fenster und stieg die Treppe hinunter.

Die elegante, hochgewachsene Christine van Gablen und Charlys Mutter waren schon sehr lange befreundet. Beide legten Wert auf eine allzeit gepflegte Erscheinung und strahlten gleichermaßen die verhaltene Manierlichkeit von übermäßigem Vermögen aus. Immer wieder durchlebte ihre Beziehung Phasen des eisernen Schweigens. Was im Einzelnen zu den Differenzen führte, hatte Charly bis heute nicht herausgefunden. Ihre Mutter Susann hielt ihr Privatleben streng unter Verschluss, sogar vor ihren Töchtern. Meist versöhnte sie sich allerdings recht schnell wieder mit Christine. Vermutlich langweilte sich die eine ohne die andere. Dann flogen sie zum Shoppen nach New York oder ließen sich, wie jetzt, bei einem Wellnesswochenende verjüngen.

„Soll mir recht sein", dachte Charly, während sie die Eingangstür öffnete. So hatte sie eine Schonfrist, bevor sie ihrer konventionellen Mutter die neue Entwicklung in Bezug auf ihren Vater mitteilte. Sie war erwachsen, trotzdem verursachte ihr Susanns mögliche Missbilligung ein ungutes Kribbeln im Bauch.

„Das heißt", schloss Charly, als sie ihrer Freundin die Tür geöffnet hatte, „wir haben sturmfreie Bude!"

„Na, gegen ein paar Häppchen von Anett hätte ich auch nichts einzuwenden gehabt." Vanessa zog einen Flunsch.

Anett war ein wenig älter als Susann, trug ihr braunes Haar meist mit mehreren Nadeln zu einem Dutt festgesteckt und hatte ein paar Pfund zu viel auf den Rippen. In der Küche zauberte sie exquisite Gaumenschmeichler und wurde von den Clark-Schwestern innig geliebt. Nachdem die Erziehungsarbeit an ihnen getan gewesen war, hatte die Nanny zwinkernd verkündet, aus Gründen des Nachjustierens bleiben zu müssen. Selbstverständlich bildete Anett schon damals einen wichtigen Teil der Familie und übernahm fortan die Rolle der Wirtschafterin, Köchin und Putzfrau in einer Person. Ihr gefiel es und Charly vermochte sie sich nicht mehr wegzudenken. Sie war die gute Seele des Hauses.

„Aber die Bude durch lauten Sound zum Vibrieren zu bringen, hat auch was", riss Vanessa Charly aus ihren Gedanken und lächelte teuflisch. Sie schob sich mit ihrer allgegenwärtigen Umhängetasche über der Schulter an der Freundin vorbei. Das Teil bestand aus Sackleinen und hatte definitiv schon bessere Tage gesehen.

Charly unterdrückte ein Grinsen. Vanessas Direktheit stellte schon immer eines ihrer herausstechendsten Charaktermerkmale dar. Sie kannten sich bereits seit der Schulzeit. An manchen Tagen liebte sie die Freundin dafür, an anderen war diese Eigenschaft eher ein Grund, ihr den Hals umdrehen zu wollen. Sie folgte Vanessa durch den gläsernen Eingangsbereich und die geschnitzte Holztreppe hinauf in ihren Teil des Hauses.

„Eigentlich würde ich jetzt sagen: Cool, durchkämmen wir mal den Schrank deiner Mutter. Aber ich befürchte, da finden wir nur Kostüme und Bürokleidung. Besitzt sie eigentlich irgendetwas, das nicht korrekt ist?", seufzte Vanessa. „Irgendwas Hippes?" Sie verdrehte die Augen.

„Und in die Sachen deiner Schwester passe ich nicht hinein. Bedrückend. Ich sollte abnehmen", philosophierte sie weiter.

„Dringend", pflichtete ihr Charly mit ernster Miene bei. Dann fing sie an zu lachen. „Nein, im Ernst, was ist los? Hast du im Chaos deines riesigen Kleiderschranks wieder nichts gefunden? Vielleicht solltest du deine Klamotten mal sortieren!"

Vanessa lief rot an. „Es kann nicht jeder so eine Ordnungsfanatikerin sein wie du. Also, na ja ... ach, ich weiß nicht", druckste sie herum. „Ist doch immer das Gleiche. Du überlegst dir als Frau ewig lang, was du anziehen sollst, um genau das auszustrahlen, was du zeigen möchtest. Nicht mehr und nicht weniger. Und wofür? Der Typ versucht sowieso nur das, was du darunter trägst, zu erahnen." Sie fummelte an ihren Haaren herum.

So lief also der Hase, dachte Charly. Laut fragte sie: „Was möchtest du denn ausstrahlen?"

Indes Vanessa sich im weiß gefliesten Bad auf dem Rand der großen hellblauen Badewanne niederließ, ging sie in ihr Arbeitszimmer und nahm die vorher kaltgestellte Flasche Sekt aus dem Kühler. Eine angenehme Brise wehte durch das gekippte Fenster in den Raum. Sie schnappte sich zwei langstielige Gläser vom Holzregal.

„Nun?", fragte sie, als sie ins Bad zurückgekehrt war und ihrer Freundin forsch in die Augen schaute.

„Erst ein Gläschen Blubberwasser!", verlangte diese fahrig und stand auf. Todesmutig drehte Charly den Metallverschluss am Flaschenhals auf und ließ den Korken mit einem Zischen springen. Dieser landete, einen weiten Bogen beschreibend, in der Wanne. Samt einem großen Spritzer Alkohol.

„Vielleicht sollten wir ihn nicht trinken, sondern darin baden", gab Vanessa, die die Aktion aus sicherer Entfernung beobachtet hatte, zu bedenken. „Kleopatra hat auf Milch geschworen. Warum sollte Sekt nicht auch für die äußere Anwendung gut sein?"

Charly kicherte. „Vermutlich bräuchten wir da ein paar mehr Flaschen. Besser noch, eine eigene Kellerei."

„Mit Freisekt für alle!", begeisterte sich die Freundin.

Sie prusteten los.

Als sie sich beruhigt hatten, nahmen beide einen Schluck.

„Ich will einfach einen netten, ansehnlichen Typ finden. Vielleicht mit Humor und am besten noch treu", konstatierte Vanessa schließlich.

„Mögen sollte er dich vielleicht auch ein bisschen", fügte Charly trocken hinzu.

„Ja, schon ..." Nachdenklich begutachtete die Freundin den aufgetragenen Nagellack ihrer rechten Finger. „Trend steht nicht immer für toll", murmelte sie mit Blick auf die abblätternden, nude kolorierten Fingernägel. „Kann ich mir deinen roten Yves ausleihen?" Anerkennend musterte Vanessa Charlys leuchtend rote Krallen.

„Klar!" Das Fläschchen von Yves Saint Laurent wechselte seinen Standort vom Spiegelschrank, an dem Charly gelehnt hatte, in die Hand ihrer Freundin. Diese begann fröhlich pfeifend loszupinseln und schien ihre vorherigen Überlegungen schon wieder vergessen zu haben.

„Hast du Torschlusspanik?", hakte Charly nach. So schnell war sie nicht vom Thema abzubringen.

Vanessa schaute auf. „Wir sind immerhin schon zweiundzwanzig. Ich sage ja nicht, dass ich gleich heiraten will oder das Ticken meiner biologischen Uhr höre. Aber langsam wird es Zeit für eine feste Beziehung, oder?"

„Und die hoffst du in einer Disco zu finden?" Charly hob ungläubig ihre Augenbrauen. „Heute Abend?" Amüsiert zuckten ihre Lippen.

„Irgendwo muss frau mit dem Suchen beginnen. Es ist nicht so, als würden sie in der Uni bei mir Schlange stehen", lautete die Antwort.

Dabei war Vanessa hübsch. Mit ihren dunklen Haaren, den hellen Augen, einem etwas dunkleren Teint, der sie immer wie von der Sonne gebräunt erscheinen ließ, und ihrem unverwechselbar legeren Style wirkte sie immer im Reinen mit sich.

„Was ist mit dir? Hast du keine feuchten Träume von Mister X?", fragte sie nun ihre beste Freundin im Gegenzug.

„Wenn sich etwas ergibt, okay. Wenn nicht, bin ich auch so glücklich", erwiderte Charly.

„Du denkst an den stylischen Typ aus der Cafeteria", unterbrach Vanessa sie wissend.

Charly seufzte. Ihr reichte das Thema jetzt doch. „Mein Dad hat heute vorgeschlagen, dass ich ihn in nächster Zeit zu ein paar Veranstaltungen begleiten könnte", platzte sie heraus.

„Oh, wow! Siehst du, dann hast du die einzigartige Chance, dir einen dahinsterbenden Millionär zu angeln, der dir seinen Reichtum vermacht. Ach nein ... du beerbst ja schon einen Millionär. Oder Milliardär?", witzelte Vanessa und musterte ihre Freundin. „Nein, ehrlich. Freut mich, dass du mehr Zeit mit deinem Vater verbringen kannst.

Genieß es." Sie lächelte und begutachtete sich im Spiegelschrank. „Ich vermute, dank ihrer plötzlichen Abreise ist deine Mutter noch außen vor?"

„Jupp", bestätigte Charly nickend.

„Gut. Und jetzt stürmen wir deinen Kleiderschrank, brezeln uns so richtig auf und haben Spaß! Und zwar jede Menge davon! Tiefschürfende Unterhaltungen sind frühestens morgen Mittag wieder zugelassen. Nachdem meine eventuellen Kopfschmerzen abgeklungen sind."

„Amen", stimmte Charly ein.

Dreißig Minuten und eine zweite Sektflasche später hatten sie sich durch die Hälfte von Charlys Einbauschrank gewühlt. Klamotten waren ausgesucht, angezogen und wieder verworfen worden. Doch endlich schienen beide zufrieden. Charly trug eine schwarze, hautenge Lederhose zu dunklen, geschlossenen Pfennigstiefeletten und einem weißen, über und über mit Nieten besetzten Hemd. Vanessa, die tatsächlich etwas kräftiger war, hatte ihre dunkle Jeans anbehalten und sich eine von Charlys ausgefallenen Fellwesten geschnappt, die äußerst eng über ihrem hellen, hochgeknoteten Top saß. Bei der Schuhwahl tendierte sie ebenfalls zu hohen Hacken.

Nach einer weiteren Viertelstunde, in der eine wilde Schlacht mit Make-up, Puder, Mascara, Kajal, Eyeliner, Lidschatten und Rouge stattfand, hatten beide eine ausgehfertig bemalte Visage und der Spiegelschrank besaß einen unfreiwilligen neuen Anstrich.

„Flichst du mir noch die Haare?", bat Vanessa mit einem Augenaufschlag.

Ergeben dirigierte Charly sie ins inzwischen dunkle Schlafzimmer und bedeutete ihr, sich auf den breiten Bettrand zu setzen. Das Licht der Nachttischlampe flammte, von Vanessa betätigt, auf und Charly fing leise summend an den Schläfen mit ihrer Arbeit an. Sie flocht mehrere kleine Zöpfe bis zur Mitte des Kopfes, die sie mit schwarzen, dünnen Haargummis fixierte. Die offenen Enden ließ sie lose nach unten hängen. Sie selbst bevorzugte offene Haare wie heute oder einen hohen Zopf.

„Das macht dann 29,95 bitte", intonierte sie den Tonfall ihres Friseurs, als ihr Werk vollbracht war.

Vanessa lachte. „Auf geht's. Ich lade dich dafür im Club zu einer Cola mit Schuss ein." Und schon schnappte sie wie Charly ihr Täschchen und schlüpfte ungeduldig in das nächstgelegene Paar Schuhe.

Und los ging es: auf in Richtung Nachtleben.

„Hat schon was, eine Villa direkt am Rand der Innenstadt als Zuhause zu haben", stellte Vanessa fest, als sie nach circa fünfzehn Minuten Laufzeit in die Luxuseinkaufsmeile im Zentrum der Stadt einbogen.

Diese verlief sowohl zur Haupteinkaufsstraße wie auch zur Feiermeile parallel. Trotz Geschäftsschluss hatten die Schaufenster etwas Magisches in der Dunkelheit. Goldenes Licht umschmeichelte Pelze, Ledertaschen und ausgefallene Kleidung. Hier konnte man schnell ins Schwärmen geraten, doch nur mit dem ausreichenden Kleingeld in der Tasche war die Erfüllung der Begehren möglich.

„Aber das gehört sich ja so für eine Clark", stichelte Vanessa.

„He, du bist auch nicht von schlechten Eltern!" Charly pikste sie leicht am Ellenbogen.

Vanessas Vater gehörten mehrere Autohäuser in der Stadt und der weitläufigeren Umgebung. Dementsprechend war ihre Freundin autobegeistert. Sie schwärmte für alles mit viel PS unter der Haube und großem Hubraum. Und für den Neunhundertelfer. Allerdings fuhren die beiden Freundinnen genau gleich viele Dellen und Kratzer in ihre Autos, sodass Vanessas Vater ein Porsche momentan noch zu schade war, um ihn von seiner Tochter derart misshandeln zu lassen. Verständlich, fand Charly.

Inzwischen hatten sie das verdammte historische Kopfsteinpflaster, wie Vanessa es häufig zu nennen pflegte, hinter sich gelassen und steuerten auf den In-Club des Monats zu. Laute Bässe dröhnten schon von Weitem und fluoreszierendes buntes Licht tanzte über die Verspiegelung am Eingang. Nach der Stille der Einkaufsstraße tummelten sich hier die Menschen. Club an Shishabar an Kneipe an Brauerei an Cocktailbar; eine Lokalität reihte sich an die nächste und versprach nächtliches Vergnügen. Die Leute saßen, standen, rauchten, tranken und tanzten. Vor dem anvisierten Etablissement hatte sich vermutlich über die letzte Stunde hinweg auf einem ausgerollten roten Teppich eine längere Warteschlange gebildet.

Charly seufzte. „Und du willst da unbedingt rein?" Zweifelnd schaute sie der Freundin ins Gesicht.

„Klar, schau dir die Massen an! Der Club muss gut sein."

Solange die Playlist des DJs und die Klientel, wie ihre Mutter sagen würde, stimmten, war Charly die Location eigentlich egal. Sie bezweifelte, dass eine geschätzte halbe Stunde Wartezeit durch irgendein Ambiente je gerechtfertigt war.

„Lass mich machen. Lauf mir einfach nach." Vanessa packte sie nachdrücklich am Arm und steuerte schnurstracks auf den Eingang zu. Vorbei an der Schlange, aus der ein paar Wartende interessiert die Entwicklung beobachteten. Direkt vor einem der finster blickenden, schwarz gekleideten Türsteher blieb sie stehen.

Charly versuchte sich kleinzumachen. So ganz hatte sie den Plan ihrer Freundin noch nicht durchschaut. Der Turm vor ihnen war keinesfalls mit ein bisschen Wimperngeklimper zu bezwingen. Außerdem blickte er sie sehr ungnädig unter schweren Lidern an. Wobei sich der Ausdruck in seinen Augen plötzlich änderte. Interesse war aufgeblitzt und Charly folgte seinem Blick zur Hand ihrer Freundin. Diese drückte ihrem Gegenüber etwas Gefaltetes in die Pranke. Flugs trat der Security Guard beiseite und schon drängte Vanessa Charly ins Halbdunkel. Von hinten ertönten fragende Proteste aus der Schlange.

„Also, deine Nummer hast du ihm definitiv nicht gegeben", stellte Charly fest. „Raus mit der Sprache, was war das eben?"

Ihre Freundin lachte und führte sie Richtung Bar in den hinteren Teil der Disco. „Mein Dad hat mir heute Mittag zweihundert gegeben. Kauf dir was Schönes, hat er gesagt. Na, die ersten hundert habe ich gerade eben gut investiert. Jetzt schauen wir mal, wie weit wir mit dem Rest kommen." Sie winkte aufgekratzt der Barfrau zu, die auch prompt herbeieilte.

Während ihre Freundin gestikulierend bestellte, hatte Charly Zeit sich anzuschauen, was Vanessa ihnen erkauft hatte. Belustigt schüttelte sie den Kopf. Sie hatten beide genug Geld, aber zum Fenster rausschmeißen musste man es nicht unbedingt.

Der Club blieb seiner Linie treu. Gläserne Lüster über der Bar und an den Wänden sandten regenbogenartige Reflexe durch den Raum. Es funkelte wundersam, wenn sich in den vielen Prismengläsern das Licht brach. Überall hingen Spiegel und so erschien die Fläche viel größer, als sie wirklich war. Alles hatte einen leichten Lilastich. Abgesehen von den schwarzen Ledersofas der Sitzgruppen und dem tiefschwarzen Boden.

Als sie sich, auf einen Hocker setzend, wieder zur Theke drehte, stellte sie fest, dass selbst die Tresenplatte von unten beleuchtet glitzerte. Bei einer solchen Reizüberflutung konnte man seinen Sinnen schon ohne Alkohol nicht mehr trauen.

Vanessa hatte unterdessen die zahlreichen Gäste in den Nischen, an der Bar und auf der noch relativ leeren Tanzfläche gemustert.

„Bist du zufrieden?", konnte sich Charly nicht verkneifen zu fragen.

„Es gibt schon ein paar Leckerbissen." Verschwörerisch senkte die

Freundin die Stimme. „Siehst du den mit den etwas längeren dunklen Haaren neben der Couch da?"

„Ah, Typ Landgraf soll es heute sein", flüsterte Charly zurück.

„Sehr lustig." Vanessa schaute ein bisschen beleidigt drein.

„Hey, ich wollte dich nicht kränken. Außerdem hat er glücklicherweise keinen Zopf. Wenn er dir gefällt, dann schnapp ihn dir. Auf jeden Fall steht er alleine da."

Die Barkeeperin stellte in diesem Moment zwei Cola, eine Flasche Single Malt und zwei Whiskygläser mit klirrenden Eiswürfeln vor ihnen ab. Sie schnappte sich den Schein, den Vanessa ihr hinhielt, und wandte sich mit einem „Prost!" dem nächsten Kunden zu.

„Wolltest du mich nicht auf einen, also, einen einzelnen Drink einladen?" Charlys Augen fixierten die Schnapsflasche.

„Ach, komm, zu viel schadet nie ... bei Alkohol vielleicht in bestimmten Fällen, aber wir müssen doch feiern, dass wir es endlich einmal wieder aus dem Trott rausgeschafft haben!" Vanessa setzte sich nun ebenfalls auf einen Hocker, schnappte sich die gekühlte Flasche, knackte den Verschluss mit einer schnellen Drehung und ließ die karamellbraune Flüssigkeit in die leeren Gläser laufen.

Sie stießen an. Und setzten sofort danach die Gläser ab, nicht ohne Vanessas heiteren Kommentar: „Auf viele schöne Kerle, die uns zu Füßen liegen!" Erst dann nahmen beide einen Schluck.

Als der Schnaps feurig ihre Kehle hinuntergeronnen war, leckte sich Charly genießerisch die Lippen. „Nicht zu verachten."

„Siehst du, nicht immer erst meckern." Vanessa konnte es sich einfach nicht versagen, das letzte Wort zu haben.

Die beiden Freundinnen lachten.

„Die tanzen wie eine ganze Wagenladung Körperkläuse. Was soll das werden? Theatralische Epilepsie?" Vanessa deutete mit ihrem Glas auf die sich füllende Tanzfläche. „Ich wette fünfzig Mäuse, dass sich keiner mehr aufs Parkett traut, wenn du loslegst", verkündete sie.

Charly reagierte sichtlich amüsiert. „Heute bist du aber freigiebig. Hast du noch eine Erbschaft gemacht, von der ich nichts weiß?"

Vanessa winkte unwirsch ab. „Ich bin einfach gut drauf. Also: fünfzig Kröten. Ihre einmalige Chance, Miss Clark!", drängte sie sie scherzhaft.

„Ich stehe aber nicht so auf Schleim und Glibber", versuchte Charly sich vergeblich herauszuwinden. Wenn ihre beste Freundin sich allerdings etwas in den Kopf gesetzt hatte, war es äußerst schwierig, sie wieder davon abzubringen.

Und tatsächlich zog Vanessa bereits einen gespielten Schmollmund. „Also gut, wenn du so lange nicht die Flasche alleine leer trinkst", gab Charly schließlich nach. Sie liebte das Tanzen, die Bewegung. Es war sowieso schwer, der Versuchung zu widerstehen. „Und nur um das mal festzuhalten: Fünfzig Mäuse sind ein Freundschaftspreis für meine hochwertige künstlerische Darbietung", rief sie nach einem letzten Schluck schon auf halbem Weg zur Tanzfläche.

Ihre Freundin schüttelte nur die dunklen Locken und lachte.

Am angepeilten Fleck angekommen, stellte Charly sich relaxt hin und schloss, ihr Täschchen in einer Hand haltend, die Augen. Sie nahm die Atmosphäre mit all ihren Sinnen in sich auf. Spürte das Beben der tiefen Bässe, die Hitze, welche die sich bewegenden Körper um sie herum ausstrahlten, und die eisigen Ströme der sich drehenden Ventilatoren. Die Musik, eine Mischung aus Hip-Hop, Pop, R&B und Rap, hauptsächlich den aktuellen Charts folgend, umschmeichelte sie. Formen und Figuren nahmen in ihrem Kopf Gestalt an und Charly begann sich wie von alleine im Takt zu wiegen.

*„Because I'm happy"*, sang Pharrell Williams und sie konnte ihm nur zustimmen.

Mit nun wieder geöffneten Augen beobachtete sie sich in den unzähligen Spiegeln: eine dynamische Gestalt, die in ihre eigene Welt versunken zu sein schien. Ihre Hüften wiegten sich im Takt, geschmeidig bog und drehte sich ihr Körper. Die Musik durchströmte sie, steuerte all ihre Bewegungen. Ihr Haar flog. Sie lachte und begann, von innen heraus zu strahlen. Glückseligkeit troff aus jeder ihrer Poren. Tanzen bedeutete für Charly frei zu sein, es bedeutete, ungehemmt ihre Gefühle auszuleben.

Als Kind hatte sie lange Jahre Ballettunterricht genommen. Später waren daraus Paartanz- und Hip-Hop-Stunden geworden. Doch seit dem Studium reichte die Zeit für diese Leidenschaft nicht mehr.

Charlys Bewegungen wurden immer schneller und ungezähmter. Wildheit legte einen zufriedenen Glanz über ihr Gesicht. Ihre Augen blitzten zwischen den braunen, wirbelnden Haaren hervor. Stunden, Minuten, sie tanzte, ohne die Zeit wahrzunehmen, und änderte nur mit den Liedern den Rhythmus. Völlig losgelöst, bis sie merkte, dass ihr jemand auf den Leib gerückt war.

Interessiert begutachtete sie den Mutigen: blondes Haar, groß, mit kräftigen Oberarmen. Er lächelte ihr zu und fing ihre Hand mit seiner in der Bewegung ab. Bevor Charly wusste, wie ihr geschah, hatte er sie einmal gedreht und mit dem Rücken an sich gezogen. Zwei weitere Tänzer waren inzwischen mit abgehackten Bewegungen näher gekommen. Seine Kumpels, schloss Charly aus der Körpersprache der drei.

„Gibt's euch gleich als Familienpack?", schrie sie während der nächsten Verrenkung in die vermutete Richtung des Ohrs ihres Verehrers. Tanzen konnte der Gute absolut nicht. Sie linste zur Bar, entdeckte ihre Freundin aber nirgends. Vanessa war sicher auf Beutefang gegangen, als sie gemerkt hatte, dass Charly nicht so schnell zurückkam.

„Was?", kam es von hinten zurück.

„Sind das ..." Charly brach ab. Zum einen, weil sie keine Lust auf eine geschriene Unterhaltung hatte, bei der sowieso zwei Drittel verschüttgingen. Und zum anderen, weil sie wenig Spaß am mühsamen Koordinieren seiner und ihrer Glieder verspürte.

Sie kämpfte sich frei, strich mit der Hand über ihre Kehle und versuchte, eine möglichst eindeutige Trinkbewegung zu vollführen. Indes sie auf die Bar zeigte, verstand der Blonde endlich und nickte. Seine zwei Anhängsel schickten sich an, ihnen zu folgen.

Charly steuerte ohne Umwege ihren freien vorherigen Platz samt leerem Whiskyglas und abgestandener Cola an. Die aufmerksame Barkeeperin schob vorausschauend den restlichen gekühlten Single Malt von vorhin und drei weitere Gläser mit Eis über die Theke und Charly goss ohne Nachfrage ein. Ihr Täschchen legte sie dafür kurz ab. Währenddessen hatten die Tanzkünstler einen stehenden Halbkreis um sie gebildet.

„Gibt's euch nur als Familienpack oder auch einzeln?", wiederholte sie amüsiert ihre Frage und verteilte den Alkohol.

Gekleidet waren die Jungs ziemlich gleich: verschiedenfarbige T-Shirts mit V-Ausschnitt, helle Jeans und schwarze Sneakers.

Der Blonde schmunzelte ob des Begriffs. Er war der größte der drei. „Sieht man uns direkt an, dass wir Brüder sind?", fragte er verblüfft.

„Ernsthaft?" Jetzt schaute Charly ungläubig. „Ich wollte eigentlich darauf hinaus, dass ihr zusammenzuhängen scheint."

„Mehrere tolle Typen auf einen Streich sind doch besser als ein einzelner", meldete sich einer der beiden anderen mit hellbraunen, abstehenden Locken zu Wort.

Bei so viel Selbstsicherheit zuckte Charlys linke Augenbraue nach oben.

„Was hast du uns denn da spendiert?" Blondie schaute misstrauisch in sein Glas.

„'nem geschenkten Gaul guckt man nicht ins Maul", meinte Nummer drei und unterstrich sein Statement, indem er den Drink in seiner Hand mit einem Zug leerte.

„Na ja, eigentlich gibt der Mann der Frau einen aus", brummte sein braunhaariger Bruder.

„Eine lustige Sippe habe ich da aufgelesen", dachte Charly. Wobei die Jungs, wenn man es genau nahm, eigentlich sie aufgelesen hatten. „Trinkt es oder lasst es", sagte sie und nahm selbst einen angemessenen Schluck. Aus dem Augenwinkel entdeckte sie Vanessas Mähne.

Ihre Freundin war mit ihren Getränken zu dem Typ mit den längeren Haaren vorgedrungen und unterhielt sich angeregt mit ihm auf einem der Sofas. Bisher mit einem halben Meter Abstand zueinander.

„Wie ist eigentlich dein Name, schöne Frau?", ließ sich Braunlocke vernehmen.

Charly lachte. Er hatte nur ein vorsichtiges Schlückchen aus seinem Glas gewagt. So viel zu Männern. Wohl eher: Bübchen.

„Ist Malt nichts für euch harte Kerle?" Die vorangegangene Frage ignorierte sie.

„Also, ehrlich gesagt, muss ich sowieso noch fahren." Der Große tauschte sein unberührtes Glas mit dem leeren seines schweigsamen Bruders.

„Außerdem sind wir die Attraktiven, Einfühlsamen", fügte der gesprächige Lockenkopf mit ernster Miene hinzu.

„Natürlich." Charly prustete los.

Bis sie sich wieder gefangen hatte, waren die Brüder in eine Diskussion verstrickt, die mit einem „So kannst du das nicht sagen" des Blonden begonnen hatte.

Charly trank amüsiert ihre inzwischen warm gewordene Cola sowie den Rest Whisky und schenkte sich nach. Nummer drei schob sein leeres Glas daneben.

„Und, hast du auch was über eure Männlichkeit zu sagen?", fragte sie ihn im Spaß, rechnete aber nicht wirklich mit einer Antwort.

„Wir haben sehr ausgeprägte Bauchmuskeln. Falls du mal fühlen möchtest?" Er wedelte mit dem unteren Ende seines blauen Shirts.

Charly fiel fast die Kinnlade herunter. „Äh, danke ... nein ...", stotterte sie.

Er zuckte die Achseln nach dem Motto: dein Verlust.

Unauffällig spähte sie zur Sitzecke auf der anderen Raumseite. Vanessa hatte sich derweil näher an das Objekt ihrer Begierde herangearbeitet. Wild herumfuchtelnd erzählte sie etwas, das von einem enthusiastischen Nicken ihres dunkelhaarigen Zuhörers unterstrichen wurde. Die zwei schienen sich gut zu verstehen.

Die Stunden vergingen und Charly amüsierte sich prächtig mit den drei Spaßvögeln, die sich gerne gegenseitig widersprachen. Sie tändelten herum, debattierten über Gott und die Welt und natürlich über Sport. Der Große spielte Handball, während der Braunhaarige ein nachdrückliches Plädoyer für den Fußball hielt. Der Malt wurde von Jack mit Cola abgelöst und die Stimmung wurde immer ausgelassener.

Als Charly sich das nächste Mal umschaute, waren Vanessa und ihr Verehrer nicht mehr in der Nische. Auf der Tanzfläche konnte sie sie auch nicht ausmachen, aber sie gönnte ihrer besten Freundin von Herzen ein bisschen Vergnügen.

Langsam wurde es spät und der Alkohol machte sich bemerkbar. Sowie Charly mit ihrem Täschchen in der Hand von ihrem Barstuhl hopste, um sich zu den Waschräumen vorzukämpfen, strauchelte sie. Halt suchend rutschte ihre Hand am blauen T-Shirt ihres Gegenübers ab.

„Uff, da spürt man tatsächlich so was wie Muskeln", stellte sie halblaut und nicht mehr ganz nüchtern fest.

Der durchweg stille Bruder fing daraufhin schallend an zu lachen. Wie peinlich! Charly floh.

Auf dem Rückweg vom WC hielt sie intensiv Ausschau nach Vanessa. Zigarettenrauch schwängerte die Luft und brannte ihr in den Augen. Weit und breit keine Spur von ihrer Freundin oder dem Typ mit den längeren Haaren.

Charly kramte ihr iPhone aus der kleinen schwarzen Tasche und checkte die Nachrichten. Nichts.

Sie atmete durch und versuchte nachzudenken. Weiter hierbleiben oder gehen? Sie hatte genug getrunken. Eher schon zu viel. Es war bis jetzt ein netter Abend gewesen, sie wollte ihn sich nicht durch etwas Unbedachtes verderben, das sie morgen bereuen würde.

„*Wie sieht's aus?*", schrieb sie Vanessa und schlängelte sich das letzte Stück zur Bar zurück. Gerade wieder auf ihrem Hocker zum Sitzen gekommen, vibrierte ihre Tasche.

„*Gut gebaut*", kam zurück.

Charly grinste, ihre Freundin war wohl rappelvoll. „*Ich würde gerne gehen*", schickte sie ab.

„*Alles klar. Bist du mir böse, wenn ich noch bleibe?*"

*„Bringt dein neuer Lover dich heim?"*, erkundigte Charly sich.

*„Dem mach ich schon Beine."*

Das konnte sie sich bei ihrer bevormundenden Freundin sehr gut vorstellen. Es machte den Anschein, als hätte Vanessa wirklich jemanden gefunden. Charly schüttelte lächelnd den Kopf.

*„Okay. Ich nehme jetzt ein Taxi. xxx"*, antwortete sie.

In der Dunkelheit alleine nach Hause zu gehen, hielt sie trotz der geringen Distanz für unklug.

*„Pass auf dich auf. xxx"*, sandte Vanessa.

Charly steckte ihr Handy wieder ein.

„Du hast uns immer noch nicht deinen Namen verraten", beklagte sich just der Lockenkopf, das Gespräch mit seinem Bruder abbrechend.

„Manches sollte ein Geheimnis bleiben", entgegnete Charly mystisch. Langsam kroch die Erschöpfung ihre Beine empor. Sie hatte einen langen Tag hinter sich.

„Wie zum Beispiel die Frage, ob du Single bist?", knüpfte der Blonde an die Unterhaltung an.

„Genau." Charly stieg vom Hocker. Definitiv Zeit zu gehen! „Jungs, es war schön, euch kennengelernt zu haben. Ich werde mir jetzt ein Taxi nehmen." Sie gähnte.

„Na, an deinem Durchhaltevermögen musst du noch arbeiten", ließ sich der Dritte im Bunde dazu herab, zu klagen.

„Nett, dich getroffen zu haben. Bist 'ne begabte Tänzerin", fügte ihr anfänglicher Tanzpartner hinzu.

„Besteht die Aussicht auf deine Nummer oder einen Abschiedskuss?", wollte der Braunhaarige vorlaut wissen.

Charly musste unwillkürlich schmunzeln. Schüchternheit war in dieser Familie wohl ein Fremdwort. Aber irgendwie gaben die Kerle ein lustiges Gespann ab.

Sie beugte sich aus einer Anwandlung heraus vor und gab dem Fragenden einen dicken Knutscher auf ... den Mund, da dieser selbstzufrieden im letzten Moment den Kopf gedreht hatte. Unterdessen Charly völlig überrumpelt zurückzucken wollte, drückte er leicht ihren Arm und vertiefte den Kuss. Warm und weich schmiegten sich seine Lippen an ihre und öffneten sich.

Eine Gänsehaut rief letztlich ihr Gehirn auf den Plan. Sie realisierte blitzartig ihre Umgebung, ihr Gegenüber und wich zurück. Zum Glück hatten sich wenigstens seine Brüder einander zugewandt.

„Nicht schlecht für einen Gutenachtkuss", stieß sie hervor, drehte sich um und winkte noch einmal im Gehen. Sie war erschüttert, dass ein simpler Kuss sie derart einnehmen konnte. Nur nicht überreagieren. Es war schließlich nicht ihr erster gewesen. Sie hatte durchaus schon feste Freunde gehabt und ein paar Eskapaden. Allerdings war in letzter Zeit wenig Raum für derlei gewesen. Vielleicht hatte Vanessa recht und eine neue Beziehung wäre das Richtige, überlegte Charly, indes sie aus dem Club zur Taxischlange stöckelte. Je nachdem, wie viel Zeit ihr Vater für sie eingeplant hatte ... Sie würde sehen.

Beruhigt, ihre Gedanken ins Lot gebracht zu haben, stieg sie in das erste freie Auto, eine beige Limousine, und ratterte für den ältlichen Fahrer ihre Adresse herunter. Heute sehnte sie sich nur noch nach ihrem Bett.

# 3

# Charity Gala

Etwas mehr als zwei Wochen später ...

Charly saß breitbeinig und verkehrt herum auf einem der weißen, quietschenden Plastikstühle in der Unicafeteria. Ihr Kinn lag entspannt auf der oberen Kante der Rückenlehne. Mit abgeschnittenen Shorts, Espadrilles und einer weiten bunten Bluse war sie luftig gekleidet. Zusammen mit Vanessa hatte sie wie jeden Mittag ihren Stammplatz an der linken Seite des Raumes eingenommen. Von dort aus war die Sicht auf jeglichen Neuankömmling am besten.

Vor einer Woche hatte die Klausurenphase begonnen und nach einer recht gut verlaufenen Prüfung in externer Rechnungslegung stand nun Entscheidungstheorie auf dem Lernplan der beiden. Der kleine, runde Plastiktisch vor ihnen bog sich mitleiderregend unter der Last von Ordnern, Papierstapeln und Formelsammlungen.

„Da waren mir selbst die Ausschweifungen unseres Steuerprofessors lieber. Bei den kryptischen Zeichen hier verstehe ich nur Bahnhof." Vanessa pustete entnervt in ihren schon lange abgekühlten Kaffee und band sich die Haare zu einem wilden Pferdeschwanz hoch.

„Und selbst von denen hast du, würde ich meinen, nicht allzu viel mitbekommen", stichelte Charly. „Wann willst du heute los?", fragte sie dann ihre Freundin, die sich in letzter Zeit rar machte.

„Daniel holt mich um drei ab." Schlagartig hob sich Vanessas Laune. „Warum tun wir uns die Quälerei mit einer Prüfung mehr pro Semester noch mal an?", fragte sie Charly.

Diese lachte. „Damit wir uns später ein Semester Sklaverei sparen können. Komm schon, noch bis Ende April schuften und danach rufen Reisen und das Lotterleben."

„Oder der Master." Vanessa klang zweifelnd.

„Weißt du, wie lange es noch bis April hin ist?", fragte sie rhetorisch, begann in ihren Unterlagen zu blättern und krempelte die Ärmel ihres blauen Shirts hinauf. Dazu trug sie einen schicken weißen, weiten Faltenrock.

Seit dem Discobesuch war Charly nicht mehr alleinige Hauptperson im Leben ihrer besten Freundin. Offiziell war ihr Daniel noch nicht vorgestellt worden, was vermutlich daran lag, dass die beiden Turteltauben noch nicht RICHTIG zusammen waren, wie Vanessa es ausdrückte.

„Kommt Zeit, kommt Rat", dachte Charly. Immerhin war sie inzwischen geübt darin, einem wegbrausenden Auto nachzuwinken.

Vanessa wandte sich ihren Mitschriften zu, während Charly einen Schluck Wasser aus ihrer Flasche trank. *Eiszeitquell* stand darauf. Wenn das Getränk doch nur ein Quäntchen der Kühle bringen würde, die der Markenname versprach. Die Hitzewelle hatte bis jetzt angehalten. In den Medien wurde vor Waldbrandgefahr in ländlichen Gegenden gewarnt.

Charlys eigenes Leben war in den letzten zwei Wochen wieder in seinen Alltagstrott zurückgesunken. Zu ihrem Leidwesen schien auch der gut gekleidete Fremde, den sie so gerne während des mittäglichen Kaffees in der Uni beobachtet hatte, wie vom Erdboden verschluckt zu sein. Oder sie hatte sich sein Interesse aus der Ferne nur eingebildet. Fakt blieb, dass sie ihn schon länger nicht mehr in der Cafeteria gesehen hatten. Allerdings war die Prüfungszeit ziemlich zermürbend. Charly fühlte immer eine gewisse Angespanntheit, im Gegensatz zur Leichtigkeit, mit der Vanessa alle Universitätsangelegenheiten betrachtete. Sie selbst wollte es nicht dem Glück oder Zufall überlassen, wie sich ihre Noten gestalteten. Sie wollte mitmischen.

„Also, Charly, eine Aktion ai heißt ineffizient in einer Alternativenmenge A, wenn ..." Vanessa ließ den Satz unvollendet in der Luft hängen.

„Eine Aktion ai heißt ineffizient, wenn sie nicht effizient ist, das heißt, es existiert eine Aktion ak, die in jedem Zustand mindestens so gut und in mindestens einem Zustand besser als ai ist", betete Charly herunter.

„Sehr gut." Ehrlich beeindruckt nickte ihre Freundin. „Da hat wohl wer heimlich geübt."

„Relativ öffentlich. Ohne männliche Verpflichtungen ist die Zeit nicht ganz so knapp", neckte Charly sie zurück.

Viel hatte Vanessa bisher nicht über ihre Eroberung erzählt. Nur, dass sie es langsam angehen ließen und dass Daniel eine Ausbildung zum Mechatroniker abgeschlossen hatte. Seit zwei Jahren arbeitete er nun in seinem Lehrbetrieb, einem kleinen Unternehmen, das Fahrzeuge umrüstete oder Aufbauten darauf anbrachte. Dementsprechend fuhr er einen abenteuerlich getunten Audi A3 in einem aufsehenerregenden Quietschgelb. Die Liebe zu den vierrädrigen Gefährten verband die zwei.

Vanessas Handy vibrierte. Mit schuldbewusstem Gesichtsausdruck warf sie einen Blick auf das leuchtende Display. Es war halb drei.

„Na los, wenn er schon da ist, lass ihn nicht warten." Charly lächelte verständnisvoll.

„Habe ich bereits gesagt, dass du die beste Freundin auf der ganzen Welt bist?", gurrte Vanessa erleichtert.

„Ja, ja. Nun mach schon, dass du wegkommst! Blumentöpfe oder Waschmaschinen als Preisgeld nehme ich natürlich auch gerne. Übrigens: Du schuldest mir so gesehen noch fünfzig Kröten! Wobei es mit Kaulquappen bei der Trockenheit wohl schlecht aussieht."

Beide lachten.

„Dann bis morgen."

„Bis morgen. Habt Spaß und benehmt euch!"

„Mal sehen, ob sich das in Einklang bringen lässt." Vanessa zwinkerte. Sie schnappte sich ihre sackartige Tasche vom Boden, kippte die Hälfte des Tischbelages ungeordnet hinein und war nach einer schnellen Umarmung verschwunden. Nur noch der in der Luft hängende Duft ihres Parfums erinnerte an ihre vorherige Anwesenheit.

Charly drehte ihren Stuhl richtig herum und lehnte sich, trotz dessen lautstarken Protests erschlafft zurück. Das mathematische Fach bedurfte noch ihrer Aufmerksamkeit, damit sie mit gutem Gefühl in die Klausur gehen konnte.

Unmotiviert checkte sie ihre elektronische Post. Vielleicht hatte sich wenigstens Sarah mit einer lustigen Geschichte gemeldet. Doch von ihrer Schwester war keine E-Mail eingegangen. Bisher hatte sie leider auch nichts mehr von ihrem Vater gehört. Wenigstens das änderte sich in diesem Moment. Überraschend war unter den Mailadressen im Posteingang die einer *Peggy.White@ClarkGroup.com*.

Seit Charly das Interview in der Zeitschrift gelesen hatte, wurde sie täglich neugieriger auf das Unternehmen. Der Artikel, den Roger ihr mitgegeben hatte, war interessant, aber gleichzeitig sehr reißerisch geschrieben gewesen. Er hatte mit dem Hauptaugenmerk auf die zwei größten Standbeine der Clark Group – die Pharmazeutik beziehungsweise Medizintechnik sowie Entwicklung und Vertrieb von Computerspielen, Onlineanwendungen und Konsolengames – die ökonomische und ökologische Seite des Unternehmens äußerst positiv dargestellt. Ihr Vater war dabei ins beste Licht gerückt worden.

Von plötzlichem Interesse und einer gewissen Aufregung gepackt, klickte Charly auf die E-Mail.

Sie hatte sich schon gefragt, ob die unangenehme Unterhaltung mit ihrer Mutter nach deren Rückkehr überhaupt vonnöten gewesen war. Susann hatte alles andere als begeistert reagiert, als sie von den neuen Facetten in der Beziehung zwischen Charly und deren Vater in Kenntnis gesetzt worden war. Mit verbissenem Gesichtsausdruck hatte sie die Tochter davor gewarnt, zu viel zu erwarten. Als ihre Älteste daraufhin nicht bereit gewesen war, sich einsichtig zu zeigen, hatte Susann schweigend das Zimmer verlassen. So ganz war Charly die Aufregung nicht klar gewesen. Insbesondere, nachdem die Wochen ohne ein Zeichen von Roger vergangen waren. Bis jetzt.

*Einladung* stand oben in Schnörkelschrift. Tauben schmückten den Briefkopf. Der Text las sich wie folgt:

*Sehr geehrter Herr Roger Clark,*
*hiermit lädt die Gesellschaft für Krebsforschung und -behandlung ein.*
*Es ist uns eine Ehre, Ihnen als Förderer der Stiftung unseren Dank in aller Form aussprechen zu dürfen.*
*Durch die erhaltenen Gelder konnte im letzten Jahr die dringliche Erforschung der Ursachen- und Wirkungszusammenhänge der immer häufiger auftretenden Erkrankung Krebs fortgeführt werden. Zudem war es möglich, ein Ersthilfeprogramm für monetär weniger gut ausgestattete Familien von Leukämiepatienten neben dem schon etablierten allgemeinen Beratungs- und Zuschussdienst zu initialisieren.*
*Um unser Spektrum weiterhin aufrechterhalten zu können, haben Sie nun, wie jedes Jahr, erneut die Möglichkeit, eine Spende während unserer Wohltätigkeitsveranstaltung zu entrichten.*
*Wir freuen uns auf Ihre Teilnahme mit gefälliger Begleitung sowie Ihre Beteiligung an unserer Mission.*

Darunter standen Zeit, Ort, Datum und die üblichen Abschlussklauseln. Zu ihrem Erschrecken stellte Charly fest, dass die Veranstaltung heute Abend stattfinden würde. „Wahrlich viel Vorlauf für Garderobe und Gemüt", sinnierte sie ironisch.

Gleichzeitig nahm die Überraschung ihr den Atem und sie spürte ein Kribbeln im Magen. Unter dem Bild der gescannten Karte standen ein paar kurze Zeilen.

*Ihr Vater freut sich, wenn Sie ihn begleiten. Er holt Sie um 19:00 ab, sollten Sie mich nicht anderweitig informieren.*

*Peggy White*
*PA – Clark Group*

*If you are not the right addressee, please inform us immediately that you have received this e-mail by mistake and delete it. We thank you for your support.*

Einerseits erfüllte Charly Vorfreude, denn sie hatte nichts geplant und ein wenig Abwechslung konnte nicht schaden. Zudem, selbst wenn sie etwas vorgehabt hätte, dieses Event wollte sie sich um nichts in der Welt entgehen lassen. Die Einladung klang auf jeden Fall anregend. Und sie würde ihren Vater sehen. Andererseits ließ Nervosität ihre Nervenenden prickeln. Doch auch ein wenig Enttäuschung mischte sich in die Aufregung.

*PA* stand für *personal assistant*, wurde Charly klar. Peggy White war also die neue Assistentin ihres Vaters. Er hatte es nicht einmal für nötig befunden, die E-Mail selbst an seine Tochter zu senden. Nun, was hatte sie erwartet? Vielleicht sollte sie, dem Rat ihrer Mutter folgend, versuchen, nichts zu erwarten. Ein schwieriges Unterfangen. Was im Endeffekt zählte, so sagte sie sich, war die Tatsache, dass sie ihn treffen würde. Die Entscheidungstheorie geriet für heute in Vergessenheit.

Ihren kleinen blauen Fiat in die leere, an ihr Zuhause anschließende Garage lenkend, drehten sich ihre Gedanken rastlos um den kommenden Abend. Sie begann, sich Fragen zu stellen, über die sonst nur Vanessa spekulierte. Was trug man zu solch einer Gala? Kam man lieber over- oder underdressed?

Sie stellte den Wagen ab und überlegte, ihre Freundin anzurufen, entschied sich aber schließlich dagegen. Die Gute war sicher mit anderen Dingen beschäftigt.

In ihrem Kopf wirbelte es weiter: Welches Publikum hatte sie zu erwarten? Wen würde sie treffen? Den Bürgermeister?

Das Themengebiet klang schwerlich nach Geschäftsessen. Ganz sicher war sie sich allerdings nicht. Irgendwie ging es bei Roger meist ums Geschäft. Der betriebswirtschaftliche Teil ihres Gehirns fragte sich nun, ob er wohl aufgrund einer Steuerrückzahlung durch Absetzung der Spende seine Zeit auf der Veranstaltung verbrachte. Das erschien Charly ziemlich kaltschnäuzig und sie erschrak vor der Eigenmächtigkeit, die ihre Fantasie entwickelt hatte.

Vermutlich sah man als Scheidungskind die Dinge differenzierter, auch wenn sich die Parteien nicht gegenseitig die Schuld zuschoben. Ein Teil der unguten Grundstimmung blieb immer hängen. Ebenso wie das Misstrauen.

Resolut schob sie die Vergangenheit mental von sich. Ihr Magen knurrte vernehmlich und sie stieß die Autotür auf. Ob den vornehmen Herrschaften nachher wohl etwas kredenzt wurde? Sie beschloss, sich nicht darauf zu verlassen und lieber gleich bei Anett in der Küche vorbeizuschauen.

Auf dem Weg durchs stickige Foyer hörte sie ihre frühere Nanny aus der Küche rufen. „Wenn man gedanklich vom Teufel spricht", dachte Charly amüsiert, meinte es aber nicht böse.

„Charly, bist du zu Hause?", erklang es lauter.

Sie drehte in der Bewegung bei und steuerte auf den gemütlichsten Raum des Hauses zu. Was Anett wohl von ihr wollte? Gleichbedeutend hatte sie nun die Gelegenheit, ihren Essenswunsch anzubringen.

Die Küche war in Weiß gehalten mit silbernen Chromverzierungen, um die Ränder der Nassflächen leichter sauber zu halten. Darauf hatte die reinliche Haushälterin beim Einzug bestanden. Alles glänzte. Nur der Boden mit seinen naturbelassenen beigen Fliesen bildete einen wohltuenden Kontrast. Manchmal im Sommer hatte Charly das Gefühl der kühlen Platten verbotenerweise an den nackten Sohlen genossen. Anett war ihr nie böse gewesen. Sie hielt nichts von der Theorie ihrer Chefin, dass Barfußlaufen den Boden kleben ließ. Im Übrigen, so hatte sie betont, als ihr Schützling sich einmal mehr für den Rückhalt bedankt hatte, war sie diejenige, die alles putzte.

In der Mitte des Raumes stand eine große, viereckige Arbeitsfläche, an die sich eine kleine Theke anschloss. In ihrer Schulzeit hatte Charly oft auf einem der zugehörigen erhöhten Stühle gesessen und nach einem gemütlichen Essen in der Küche ihre Hausaufgaben erledigt. Anett hatte sie immer gerne in ihrer Nähe gehabt und die Zuneigung beruhte auf Gegenseitigkeit. Sarah hingegen war lieber in ihr Zimmer gegangen, um dort neben der Erledigung ihrer Pflichten Songs zu hören.

„Hallo Anett. Ja?", fragte Charly, im Rahmen der Küchentür stehen bleibend.

„Ah, da bist du." Anetts Kopf tauchte hinter der Arbeitsfläche aus einem der Schränke auf. „Es wurde etwas für dich abgegeben." Sie verengte die Augen und schaute Charly intensiv an. „Ich sage dir, das war ein aufwendiges Prozedere, bis ich alles unterzeichnet hatte und das teure Stück endlich ausgehändigt bekam. Nach so viel Aufwand musst du mir vergeben, dass ich einen Blick in den Kleidersack geworfen habe. Eine wahre Pracht!" Ihre Pupillen glänzten träumerisch. Sie war vor Verzückung gar nicht mehr zu stoppen. „Ich habe ihn dir ins Schlafzimmer gehängt."

Charly ging das alles etwas zu schnell. „Warte. Warte! Ein Kleidersack?", fragte sie ungläubig nach. Hatte ihr Vater ihr für die Einladung etwa die passende Bekleidung zukommen lassen?

Sie fühlte sich ein wenig wie Aschenputtel. Welche Schwierigkeiten wohl mit diesem Kleid einhergingen? Um Mitternacht würde es sich glücklicherweise kaum in Luft auflösen. Doch wollte sie zu vielen guten Taten an einem Tag nicht vorbehaltlos trauen.

Anett war zwischenzeitlich gar nicht mehr aus dem Schwärmen von weißer Spitze und Tüll herausgekommen. „Sag, Kind, wer ist dein romantischer Verehrer? Das muss ein wahrer Prachtkerl sein! Dass es so etwas heutzutage noch gibt." Das Gesicht der Wirtschafterin nahm einen selbstvergessenen Ausdruck an.

Charly musste über so viel Romantik und Enthusiasmus lächeln. Sie war noch nicht dazu gekommen, Anett vom letzten Gespräch mit ihrem Vater zu berichten. Nach Susanns Reaktion hatte sie das Thema erst einmal ruhen lassen. „Kein Verehrer leider", ernüchterte sie die treue Seele. „Mein Vater hat mich auf eine Wohltätigkeitsveranstaltung eingeladen. Bisher wusste ich allerdings nichts von dem Kleid frei Haus." Sie runzelte die Stirn. „Aber na ja, man nimmt, was man bekommt. Nicht wahr?" Charly lachte.

„Dein Vater?" Anett sah plötzlich besorgt aus. „Oh."

„Es scheint sich keiner darüber zu freuen, dass er das erste Mal nach all den Jahren an meinem Leben etwas mehr Anteil haben möchte", stellte Charly enttäuscht fest. Wenigstens von ihrer Vertrauten hätte sie Schützenhilfe und Verständnis erwartet.

„Nein, das ist es nicht, Charly." Anett strich ihr übers Haar.

Die Geste war selbstverständlich und doch ungewohnt. Soweit Charly sich erinnerte, hatte ihre ehemalige Nanny damit in der fünften oder sechsten Klasse aufgehört. Irgendwann wuchs man aus gewissen Dingen heraus. Oder scheinbar doch nicht.

Anett blickte bekümmert. „Ich freue mich für dich, auch wenn es nicht so wirkt. Ich bitte dich nur, vorsichtig zu sein. Roger ist ein schwieriger Mann.“

„Und mein Dad“, rutschte es Charly trotzig heraus.

„Das ist er wohl“, stimmte Anett ihr ernst zu.

„Möchtest du mir nun das Kleid zeigen?“, fragte Charly gespannt, immerhin war ihr gerade erst in höchsten Tönen davon vorgeschwärmt worden. Außerdem wollte sie dringend das Sujet wechseln, ihre gute Laune sollte anhalten.

Die Wirtschafterin hatte nicht zu viel versprochen. Das Kleid war wirklich ein Traum. In Weiß gehalten, ließ es Charly mehr an Hochzeit denn an Charity Gala denken, seine Farbenschlichtheit machte es aber durch unzählige Ton-in-Ton-Stickereien wett. Der Rock war lang und durch unauffällig eingenähten Tüll gebauscht. Der Saum endete auf den Zentimeter genau in Höhe ihrer Knöchel. Lächelnd drehte sie sich einmal und begutachtete ihr Spiegelbild in den Türen ihres Einbauschrankes.

Begeistert klatschte Anett in die Hände. „Wie schön du aussiehst“, schwärmte sie berührt.

Charly überbrückte die kurze Distanz zwischen ihnen und gab der früheren Nanny einen Kuss auf die Backe. Schon seit ihrer Kindheit war ihr die ältere Frau mehr Mutter, als Susann es je bereit gewesen war zu sein. Charly fühlte sich wie eine Debütantin, die ihren Einstand gab. Allerdings zählte sie stolze zweiundzwanzig Lenze und hatte, ebenso wie ihre Schwester nach ihr, mit achtzehn nichts für derlei Firlefanz übrig gehabt. Der Abend heute erschien ihr auf einmal als zweite Chance, sich den gehobeneren Kreisen der Gesellschaft zu präsentieren. Nun würde sie feststellen, ob es wirklich nur Snobs waren, die derartige Events besuchten.

Drei Stunden und ein kleines Sandwich später stand Charly abholbereit im Foyer. Die Zeit war in unfassbarem Tempo verstrichen. Nichts hatte ihrem kritischen Blick standhalten können. Sie wollte unbedingt gefallen, hatte aber keinerlei Erfahrung mit derartigen Happenings.

„Irgendwann fällt dein Desinteresse auf dich zurück“, füllte die Stimme ihrer Mutter einen imaginären Raum in ihrem Hinterkopf. Susann war bis jetzt nicht nach Hause gekommen und hatte die ganze Aufregung verpasst. Heute war anscheinend einer jener Tage, an denen längere Bürozeiten anstanden oder gar eine Nachtschicht. Was auch immer ihre Mutter an dem stressigen, arbeitsintensiven Job als Leiterin einer Marketingagentur fand, ihre Tochter konnte dem Ganzen, abgesehen von dem überdurchschnittlichen Gehalt, nichts abgewinnen.

Ob es das Geld wert war, als Galionsfigur ohne die zeitliche Möglichkeit der eigenen Kreativitätsverwirklichung rund um die Welt zu VIP-Kunden zu jetten? Susann hatte sicher ihre eigene Kosten-Nutzen-Rechnung aufgestellt. Manchmal kam es Charly auch vor, als flüchtete ihre Mutter gerne aus dem Alltag und vor ihrer familiären Verpflichtung. Normalerweise pflegte sie, diesen Gedanken sofort beiseitezuschieben, heute knabberte er allerdings an ihr. Sie hätte gerne ein lobendes Wort und einen anerkennenden Blick mitgenommen.

Charly machte sich noch einmal auf den Weg zum Gäste-WC, das im Erdgeschoss des Hauses gleich neben dem Vorraum lag. Ihr Spiegelbild beruhigte sie und sie musste zugeben, dass sie sich gefiel. Sie hatte dezenten rosa Lippenstift aufgetragen und dazu passenden Lidschatten. Ihre Ohrläppchen schmückten weiß glänzende Perlenohrringe. Auf eine Clutch verzichtete sie heute.

Es sollte ein schöner Abend werden und ein gutes Stück dazu lag bei ihr. Sie war erwachsen und, soweit man das von einer Studentin sagen konnte, erfolgreich sowie zumindest ein bisschen spendabel. Die High Society sollte sich über ihr Erscheinen freuen!

Vor dem Haus hupte es laut und Charly zuckte erschrocken zusammen. Pünktlich. Die silberne Digitaluhr an der Wand zeigte eine Neunzehn. Das Geräusch klang anders als bei Vanessas Kleinwagen, viel tiefer, aber anscheinend hatte jemand dieselbe Furcht vor dem Benutzen der Klingel. Das entlockte ihr ein nervöses Grinsen.

Vernehmlich quietschte ein Fenster, vermutlich schaute Anett aus der Küche in Richtung Garage. Charly stöckelte zur Haustür und trat über die Schwelle. Eine schwarze Limousine blockierte die kurze Auffahrt vollständig. Es konnte nicht jeder den weitläufigen Gärten des Louis XIV nacheifern, mokierte sie sich im Stillen.

Susann hätte es vermutlich so ausgedrückt: Das Auto war an Inpraktikabilität kaum zu überbieten. Besaß aber eine unbestreitbare Schönheit. Schwarz glänzend und mit silbern geriffeltem Kühlergrill schien es majestätisch in ihre Richtung zu blicken.

Roger hatte den Rolls-Royce also immer noch in einer seiner Garagen. Als Kinder hatten ihre Schwester und sie ihn einmal beim Spielen unter seiner schützenden Plane entdeckt. Beim Abendessen war ihnen eindringlich erklärt worden, dass das ein ganz teures Auto sei und nichts für kleine Finger.

Der Schlag wurde aufgestoßen und die Beine ihres Vaters erschienen. Nachdem der Rest die frische Luft erreicht hatte, registrierte sie seinen dunklen Frack und das passende, kunstvoll gefaltete blütenweiße Einstecktuch. Charly fühlte sich gleich wohler. Sie würden entweder beide aus der Menge hervorstechen oder die anderen Gäste hatten sich ebenfalls hochherrschaftlich herausgeputzt.

„Charlotte! Gut siehst du aus", rief er ihr zu und musterte sie wohlmeinend. „Steig ein, wir wollen schließlich rechtzeitig kommen."

„Hallo Dad. Freut mich, dass ich dir gefalle." Leicht verlegen trat Charly auf den Wagen zu und wurde von Roger ins Innere gewunken. Als sie saß und zur Seite rutschte, folgte er. „Bevor ich es vergesse", fand Charly, in den herben Ledergeruch der Sitze eingehüllt, ihre Sprache wieder, „danke für das Kleid." Sie strahlte ihren Vater an.

„Ich wusste, es würde dir wunderbar stehen." Er sah stolz aus.

Die Limousine rollte los.

„Du hast dir die Zeit genommen, es selbst auszusuchen?" Charly war sprachlos. Sie hatte bisher zum Geburtstag, zu Ostern und Weihnachten immer eine Überweisung erhalten. Wobei außer Weihnachten bei ihnen sowieso kein Fest gefeiert wurde.

„Nun", ihr Vater schaute sie mit leichtem Unbehagen an, „eigentlich hat Peggy es ausgesucht. Ich habe dich ihr beschrieben. Sie hat mir vor dem Kauf ein Bild geschickt."

„Oh ..." Das gab Charlys Glücksgefühlen einen kleinen Dämpfer. „Es ist wirklich wunderschön." Die überschwängliche Stimmung war verflogen. „Ich habe mich gefragt, da ich noch nie auf einer solchen Gala war, wer wohl alles auf der Gästeliste steht", wechselte sie geschickt das Thema und sprach gleichzeitig eine der Fragen an, die ihr auf dem Herzen lagen. „Bei unserem letzten Treffen ging es um meinen Eintritt ins Geschäftsleben. Heute scheint mir das eher eine private Angelegenheit zu sein ..." Sie ließ das Satzende fragend offen.

Roger schmunzelte. „In meinem Leben vermischt sich das häufig. Der Tag hat leider nur vierundzwanzig Stunden. Auch für mich." Charly nickte, das hatte sie geahnt.

„Es werden ein paar hochrangige Beamte anwesend sein, unter anderem der Bürgermeister und ein paar Minister. Mit einigen meiner Geschäftspartner ist sicherlich zu rechnen. Zudem ein paar gut situierte Bürger unserer Stadt. Möglicherweise kennst du sogar ein paar der jüngeren Leute."

„Eher nicht", dachte Charly.

Ihr Vater runzelte unwillig die Stirn. „Vielleicht kommt der alte Haudegen, der noch immer der größte Konkurrent der Clark Group im Gaminggeschäft ist. Allerdings wäre sein Fernbleiben auch kein Verlust. Wir werden sehen."

Charly grinste. Roger sah sie verwirrt an. „Der alte Haudegen", wiederholte sie erklärend. In ihrem Beisein hatte ihr Vater bisher noch nie direkt Umgangssprachliches in den Mund genommen.

Er sah sie amüsiert an. „Ich bin nicht mit einem Wörterbuch im Mund geboren."

Das war allerdings eine überraschende Bemerkung. Welche ungeahnten Seiten sich an ihrem Vater wohl im Laufe des Abends noch zeigen würden? Es blieb spannend.

Die Fahrt dauerte nicht lange. Durch das gleichmäßige Dahingleiten der Limousine bemerkte Charly erst, als sie standen, dass sie das Ziel erreicht hatten. Diesmal wurde der Wagenschlag von außen aufgerissen und sie erhaschte einen Blick auf den in eine dunkelblaue Uniform gekleideten Chauffeur. Angenehme klassische Musik strömte ins Innere des Autos. Ihr Vater stieg zuerst aus und reichte ihr dann in galanter Manier die Hand. Charly fiel ein großer goldener Siegelring an seinem Mittelfinger auf.

Nachdem sie auf beiden Beinen stand und sich vergewissert hatte, dass ihr Kleid saß, schaute sie sich um. Das alte Schloss am Rande der Innenstadt repräsentierte einen gut gewählten Veranstaltungsort. Mit dicken Sandsteinquadern erbaut, hatte es die Jahre standhaft überdauert. Erst vor Kurzem waren die endgültigen Restaurierungsarbeiten an der Fassade abgeschlossen worden und die Öffentlichkeit hatte eines ihrer Kulturgüter zurückerhalten. Soweit Charly wusste, fanden hier Ausstellungen statt. Oder eben gebuchte Events, die die Stadt unterstützte. Sie selbst war noch nie im Schloss gewesen. Meistens übersah man die Sehenswürdigkeiten, die direkt vor der eigenen Haustür lagen.

Beeindruckend erhob sich das Haupthaus mit seinen zwei kleineren, viereckigen Anbauten inmitten der gepflegten Parkanlagen. Durch eine gut erhaltene Burgmauer geschützt, gab es nur einen offiziellen Zugang an der Vorderseite. Dort hatte man einen langen roten Teppich über den sandigen Untergrund des Vorplatzes gelegt. Vermutlich, um das feingliedrige Schuhwerk mancher Dame zu schützen und schon zu Beginn die richtige Stimmung zu vermitteln.

Sie waren nicht die Ersten. Um sie herum stiegen weitere gut gekleidete Gäste aus ihren noblen Karossen. Danach parkten die Fahrer diese auf einem nahe gelegenen geteerten Parkplatz. Charlys Schätzung zufolge, lag der Altersdurchschnitt ungefähr bei der doppelten Zahl ihrer eigenen Jahre. Alle wirkten distinguiert und wohlhabend.

Heute begann sie, die Welt ihres Vaters fern von den Abendessen in seinem Haus wahrzunehmen. Ihn kennenzulernen. Sich mit seiner Person zu beschäftigen. So seltsam das in Bezug auf den eigenen Erzeuger klang.

Er war derweil schon einige Schritte vorangegangen und drehte sich nun zu ihr um. „Kommst du? Dort drüben sehe ich Freunde. Ich möchte dich gerne vorstellen."

„Natürlich, ich wollte mir nur einen ersten Eindruck verschaffen." So schnell es die Schicklichkeit zuließ, eilte sie hinter ihm her. Gemeinsam legten sie die letzten Meter bis zu einem ergrauten Ehepaar zurück.

Die Dame trug ein butterblumengelbes Kleid zu hellen Perlen und hatte ihre kinnlangen Haare auftoupiert und in eine modische Welle legen lassen. Ihr mit rotem Lippenstift geschminkter Mund lächelte erfreut, als sie Roger erkannte. Der Mann hatte seinen nicht unerheblichen Bauch in einen zweireihigen grauen Anzug gezwängt und zwirbelte an einem Ende seines beachtlichen schwarzen Schnurrbarts.

Er gab eine lustige Gestalt ab, befand Charly. Aus welchem Jahrzehnt die beiden übrig geblieben waren? Vielleicht hatten sich hier alle so ausstaffiert.

„Roger, mein Lieber! Schön, dich zu sehen." Mit Luftküssen und einer angedeuteten Umarmung wurde ihr Vater von der Dame begrüßt.

„Clark", nickte der Herr zurückhaltend. Die Männer schüttelten sich die Hand.

„Herr und Frau Dandroe, es freut mich außerordentlich, Sie zu sehen. Darf ich vorstellen: meine älteste Tochter Charlotte."

Plötzlich stand Charly im Mittelpunkt des Interesses. Vor allem Frau Dandroe begutachtete sie von Kopf bis Fuß. Anschließend zeigte sich ein Lächeln auf ihren faltigen Wangen. „Ein hübsches Kind, das du uns bisher vorenthalten hast." Ihr Mann brummte zustimmend. Er schien wortkarg zu sein. Charlys Vater lachte leise.

„Nenn mich doch bitte Hildegard. Deinem Vater konnte ich das Sie in keinem der achtundzwanzig Jahre unserer Bekanntschaft abgewöhnen." Die ältere Frau reichte der jüngeren ihre Hand.

Trotz ihres extravaganten Aussehens waren die beiden Charly sympathisch. „Gerne, Hildegard", erwiderte sie herzlich. Plötzlich war sie ihrem Vater noch dankbarer für die Vorgabe des Dresscode. Vermutlich wäre sie ohne das Geschenk vollkommen fehlgekleidet gewesen. Wahrscheinlich hatte er dies intuitiv gespürt.

„Haben Sie Nachricht, ob Albrecht kommt?", wandte sich Roger an Herrn Dandroe.

„Ist beschäftigt. Forscht ganz heimlichtuerisch", erklärte der Angesprochene abgehackt. Sein sonorer Bass hatte eine angenehme Klangfarbe.

„Ist Siegmund bisher eingetroffen?", wollte ihr Vater als Nächstes wissen. Frau Dandroe schüttelte den Kopf.

Dann würde sie den Haudegen heute wohl nicht kennenlernen, schlussfolgerte Charly aus der Erleichterung, die beinahe unmerklich über die Züge ihres Vaters huschte. Und wer war Albrecht?

„Ich denke, sie setzen Groloff an unseren Tisch", bemerkte Hildegard.

„Wir werden sehen. Lasst uns reingehen", animierte Roger voller Tatendrang die anderen und alle vier setzten sich in Bewegung.

Charly atmete aus, zumindest konnte sie sich im Zweifelsfall schon mal mit Hildegard unterhalten. Sie grübelte. In welcher Beziehung das Ehepaar wohl zu ihrem Vater stand? Fragen über Fragen. Das gesellschaftliche Parkett war sicherlich ziemlich glatt. Bei der Feuerprobe darauf auszurutschen, wäre nicht sehr professionell. Sie setzte ein unverbindliches Lächeln auf.

Innen war der große Saal vorbereitet worden. Prunkvolle Fresken an der Decke erzählten Geschichten von Kriegern und Helden aus längst vergangenen Tagen. In Gold und kräftigen Farben aufgebracht, wohnte den Szenen eine überraschend echt wirkende Lebendigkeit inne. Das gedämpfte Licht kam von elektronischen Fackeln, die in Halterungen an den weißen, glatten Wänden hingen. Die Tische waren rund und für je acht Personen konzipiert. Man hatte sie in der Mitte des Raumes um eine kleine freie Fläche von poliertem Parkett groupiert. Auf jedem Serviceset in gebrochenem Weiß nebst Tafelsilber stand ein Namenskärtchen. Hölzerne Wagen, die als Theken dienten, bildeten den äußersten Kreis.

Bisher keine Presse und dazu noch Selbstbedienung, irgendwie passte das nicht so recht zu den vornehmen Herrschaften. Allerdings wuselten auch einige Livrierte zwischen den einströmenden Gästen umher. Welche Aufgabe diese innehatten? Sie würde sich überraschen lassen.

Roger lenkte die kleine Gruppe gezielt zu einem der Tische, die direkt an der freien Fläche standen. Heute gab es kein Tafelende. Und vermutlich änderte sich die Sitzordnung nur durch einen Todesfall, kam Charly der morbide Gedanke. Sie fühlte sich ein bisschen besonders, die Berechtigung zu haben, heute hier anwesend zu sein. Vor ihr stand in schnörkeliger Schrift auf dickem Papier: *Miss Charlotte Clark.*

Ihr Vater hatte neben ihr Platz genommen. Herr und Frau Dandroe belegten die sich anschließenden Stühle. Der Rest des Tisches blieb vorerst frei. Mindestens vier Unbekannte würde sie bald kennenlernen. Ob es zwei Paare waren?

Charlys Grübeln wurde durch das Eintreffen eines älteren Mannes unterbrochen. Er lehnte seinen schwarz glänzenden Gehstock an die Tischkante und hielt sich mit einer Hand daran fest, während er mit der anderen den Stuhl neben Charly nach hinten zog. Er trug einen maßgeschneiderten schwarzen Anzug mit grauem Hemd und braune, auf Hochglanz polierte Schuhe.

Als er saß, schenkte er seine Aufmerksamkeit schließlich der Runde. „Hildegard, Georg, Roger, freut mich, euch zu sehen." Sein Blick wanderte weiter zu Charly. „Du hast eine neue Begleitung", stellte er an ihren Vater gerichtet fest. „Was habt ihr nur alle immer mit den Jüngeren?"

Hildegard schmunzelte, während ihr Mann mit seinen Sinnen weit weg zu sein schien.

Charly und ihr Vater lachten auf. „Darf ich vorstellen, meine Tochter Charlotte."

„Ah!" Begeistert klatschte der Ältere in die Hände. „Da nehme ich selbstverständlich alle Vorbehalte zurück und hoffe auf eine nette Unterhaltung im Laufe des Abends."

„Die Freude ist ganz meinerseits", entgegnete Charly. Ihr gefiel es schon jetzt bestens. Bisher war die Gesellschaft trotz Alter und übertriebener Aufmachung kein bisschen versnobt.

„Sogar eine Dame mit guten Manieren. Da möchte ich gerne das Du anbieten", freute sich ihr Tischnachbar.

„Jetzt hör aber auf, Alfred, du verschreckst die junge Dame sonst direkt", mischte sich Hildegard nun ein.

Roger schien den verbalen Schlagabtausch zu genießen.

„Alles in Ordnung", fühlte Charly sich bemüßigt zu sagen. „Aber ich wäre Ihnen sehr zugetan, wenn Sie mir zuerst Ihren vollen Namen verraten würden", fügte sie schelmisch hinzu.

Der Alte lachte auf.

„Da hat sie dich bei deinen nicht vorhandenen Manieren." Hildegard warf ihm einen *Habe-ich-es-dir-nicht-gesagt-Blick* zu.

Roger erklärte daraufhin: „Charlotte, neben dir sitzt Herr Telmann."

„Der Bauunternehmer?", rutschte es ihr heraus. Jeder kannte den blauen Namenszug, der auf großen orangefarbenen Lastern, Baukränen und anderem stand.

Alfred Telmann lachte wieder. Er fühlte sich anscheinend geschmeichelt. „Das Kind ist ein Schatz", sagte er zu ihrem Vater. „Pass bloß auf, dass dich mein Enkel nicht um den Finger wickelt", riet er ihr. „Der Junge kommt wie immer zu spät, aber Charme hat er."

„Keine Sorge, ich bin schon erwachsen und nicht auf der Suche", beeilte Charly sich zu versichern, was weitere Fröhlichkeitswellen zur Folge hatte.

„An meinem Alter gemessen bist du noch jung genug, um von mir als grün hinter den Ohren angesehen zu werden", meinte Alfred vergnügt.

Entspannt genoss Charly das Geplänkel. Alle waren miteinander vertraut und sie fühlte sich in den Kreis aufgenommen. Ob man hier nicht übers Geschäft redete, rätselte sie. Vermutlich zu einem anderen Zeitpunkt.

Georg Dandroe schien derweil aus seinem Halbschlaf aufgewacht zu sein und begann, Roger in ein Gespräch über die momentan unerklärliche Ressourcenknappheit irgendeines pharmazeutischen Wirkstoffs und mögliche Derivate zu verwickeln. Charly hörte mit halbem Ohr zu, verstand aber nicht wirklich genug von Chemie und Medizin, um die Tiefe der Unterhaltung zu erfassen.

Schließlich trafen zwei weitere Gäste am Tisch ein. Der Raum hatte sich inzwischen fast vollständig gefüllt. Die beiden Neuankömmlinge wirkten distanziert und blieben vor ihren Stühlen stehen. Die Konversation verstummte. Beide waren in helles Blau gekleidet. Der Mann hatte ein Zahnpastawerbungsgesicht und verströmte in seinem Anzug Selbstsicherheit. Bei ihm traf der Spruch zu, dass das Alter Männer charaktervoller wirken ließ. Die blonde Frau trug als weibliches Gegenstück einen Hosenanzug und war einige Jahre jünger.

„Guten Abend", grüßten sie unisono.

„Die Prominenz ist eingetroffen", flüsterte Alfred Charly mit einem Zwinkern zu. Sie schmunzelte.

Umständlich nahm das ungleiche Ehepaar neben Hildegard Platz.

„Wer ist das denn?", fragte Charly ihren Tischnachbarn leise, während die anderen erneut den Plausch aufnahmen.

„Er ist offiziell Vorsitzender eines Ausschusses im Innenministerium. Man munkelt, die menschlichen Augen und Ohren des zurückgezogen lebenden Innenministers. Bei ihr bin ich mir nicht sicher. Ist schon eine Weile her, dass ich ihn das letzte Mal getroffen habe. Vielleicht seine dritte Partnerin? Oder die zweite Ehefrau? Seine erste war sehr unterhaltsam, hatte immer eine saftige Klatschgeschichte parat. Das ist ihr zum Verhängnis geworden. Denn man erzählt sich, Herr Groloff strebe Höheres an", führte der Bauunternehmer verschwörerisch aus.

Geklatscht wurde hier demnach eher mehr als andernorts. Vanessa wäre in ihrem Element. Alfred warf einen verstohlenen Blick auf seine lederne Armbanduhr. Sicher kein billiges Exemplar.

Charly ließ ihre Augen über die Menge in elegantem Zwirn gleiten. Diamanten, Perlen, Edelsteine aller Art und Größe in Gold und Silber gefasst, ließen manch weiblichen Gast gar wie einen behängten Weihnachtsbaum aussehen. Andere waren klassisch und dezent gekommen. Die Männer bekleidete fast alle ein Anzug und die meisten Frauen ein ausgefallenes Cocktailkleid. Es schien eine Art unausgesprochener Kodex zu existieren, den zwar jeder nach eigenem Gusto interpretierte, aber einhielt.

Ein hoch aufgeschossener Mann in dunkelrotem Frack stellte sich mit einem Mikrofon in der rechten Hand mitten aufs Parkett. Er klopfte zweimal schnell hintereinander auf den empfindlichen Kopf des Gerätes, bis das Geräusch durch den Saal hallte. Eine Rückkoppelung blieb zum Glück aus.

„Sehr geehrte Damen und Herren, liebe Gäste", begann er mit tiefer Stimme, als kein Stuhl mehr scharrte und Ruhe eingekehrt war. „Im Namen der Gesellschaft für Krebsforschung und -behandlung, insbesondere der Leukämie, heiße ich Sie alle recht herzlich willkommen und freue mich über Ihr zahlreiches Erscheinen. Mein Name ist Klauser und ich bin mit dem Spendensammeln für unsere Einrichtung betraut. Da viele von Ihnen schon seit mehreren Jahren Unterstützung bieten und an dieser Veranstaltung teilnehmen, möchte ich mich kurzfassen. Diejenigen, die nicht mit dem Ablauf des heutigen Abends vertraut sind, mögen nun Klarheit gewinnen. Mit einem Teil Ihres großzügigen

Obolus wird einerseits unsere Ersthilfeversorgung für finanziell schwache Leukämiepatienten unterstützt. Außerdem laden wir Sie ein, miteinander zu essen und zu trinken, während Sie die Möglichkeit haben, sich mit unserer Arbeit auseinanderzusetzen. Sollten Sie Fragen haben, so sprechen Sie gerne mich oder einen der hier anwesenden Mitarbeiter an. Sie erkennen uns leicht an der ungewöhnlichen Kleidungsfarbe." Er deutete auf seinen dunkelroten Frack. „Im Laufe des Abends wird es zwei weitere Unterbrechungen geben. Zum einen für den zehnminütigen Vortrag von Herrn Doktor Wangermut über das Thema an sich sowie heute speziell über die Möglichkeit der Prävention. Und für eine kurze Präsentation der Bilder des letzten Jahres, damit Sie einen groben Überblick über unsere Arbeit erhalten und wissen, wo Ihre Spenden im Einzelnen hinfließen."

Herr Klauser setzte eine kurze Pause, um Raum für den Beifall zu lassen, der prompt aufbrandete.

„Sollten Sie sich entscheiden, uns weiterhin oder auch erst ab heute unterstützen zu wollen, liegen bereits Spendenscheine auf den Tischen bereit. Tragen Sie einfach die Summe, die Ihnen angemessen scheint, ein und stecken Sie das Papier in die silberne Box, die Sie in der Tischmitte frei zugänglich finden. Ich garantiere Ihnen: Jeder Posten kommt dort an, wo er dringend benötigt wird. Falls Sie sich nicht direkt entscheiden können, freuen wir uns über jede nachträgliche Gabe. Informationen dazu finden Sie in unseren Einrichtungen, auf unserer Website oder auf den ausliegenden Kärtchen, die Sie am Ausgang mitnehmen können." Er beschrieb mit seiner linken Hand einen großen Bogen.

Charly hatte die Box auf dem Tisch bisher eher als Dekoration wahrgenommen.

„Und nun ist es mir eine Herzensangelegenheit, Ihnen allen für Ihre bisherige Mithilfe im Kampf gegen den Krebs zu danken. Die Forschung versucht noch immer, elementare Fragen bezüglich des Auftretens, des Erscheinungsbildes und der Bekämpfung der Krankheit zu klären. Ihre Gelder führen zu einem früheren Erkennen von Wegen und Mitteln und retten unter Umständen Menschenleben. Keiner von uns ist gefeit, jeden kann diese Diagnose treffen." Eine beklommene Stille hatte sich ausgebreitet. „Aber ich will Ihnen keine Angst machen. Ich möchte, dass Sie unsere Erfolge mit uns feiern. Dieses Jahr hatten wir die Möglichkeit, wie Sie schon der Einladung entnehmen konnten, ein Ersthilfeprogramm für sozial schwächere Familien mit einem Leukämiepatienten anzubieten. Es war ein voller Erfolg, genoss großen Zuspruch und wird nun erweitert, da bedauerlicherweise weniger Kapazitäten zur Verfügung standen, als uns Anfragen erreichten."

Zustimmendes Nicken kam aus dem Publikum.

„Nach der Veranstaltung haben wir der Presse am Ausgang Zutritt gewährt. Möchten Sie persönlich das nicht, gehen Sie einfach, ohne stehen zu bleiben, zu Ihren vorfahrenden Limousinen, es wird Sie keiner belästigen. Allerdings freuen wir uns, für die gute Sache ein wenig Publicity zu erhalten!" Er schenkt den Anwesenden ein gewinnendes Lächeln. „Nun möchte ich mich von Ihnen verabschieden. Viel Freude am heutigen Abend! Um die Durstigen und Hungrigen kümmern sich unsere Kellner." Herr Klauser verbeugte sich galant, während an den Tischen geklatscht wurde.

Die Abendgesellschaft kam also doch nicht ohne Presse und Bedienstete aus, stellte Charly spitzbübisch fest. Gut, dass sie in ihrer Aufregung vorher nur einen kleinen Happen heruntergebracht hatte. Jetzt knurrte ihr der Magen und sie freute sich auf die Köstlichkeiten, die bereitstanden.

Die Rede war sehr emotional gewesen, Herr Klauser machte seinen Job vermutlich nicht erst seit Kurzem. Zudem hatte sie für Charly als Laien echt und überzeugend geklungen.

Eine hübsche Kellnerin trat zu ihnen an den Tisch und nahm die Getränkebestellung auf. Nachdem sie verschwunden war, bemerkte Charly einen jungen blonden Mann, der sich durch die Tischreihen schlängelte. Er visierte den Platz neben Alfred an. Sie stieß den alten Mann leicht in die Seite und zeigte in Richtung des Verspäteten.

„Ah! Er kommt fürwahr. Wie immer keine Manieren", ließ sich der Unternehmer leicht enttäuscht vernehmen. „Ein Lebemann wie sein Vater, aber das werde ich ihm noch austreiben!", murmelte er vor sich hin. Charly enthielt sich des Kommentars, war nun aber sehr gespannt auf den einzigen Gleichaltrigen am Tisch. Der ließ sich lässig auf dem letzten leeren Stuhl nieder und winkte grüßend der Gruppe zu.

„Tut mir leid", sagte er zu seinem Großvater, ohne im Mindesten so zu wirken, und erntete daraufhin einen mürrischen Blick.

Dann besann sich der Alte. „Peter, das ist Charlotte, Rogers Tochter." Alfred deutete auf Charly.

„Sehr erfreut!" Peter streckte ihr mit einem gefährlichen Funkeln in den Augen die Hand entgegen.

Er sah gut aus, war mit seinen Locken und der Stupsnase aber überhaupt nicht ihr Typ. Irgendwie erinnerte er sie entfernt an einen von Raffaels Engeln. Und waren die nicht auf dem unteren Bildrand der Sixtinischen Madonna zu sehen, einem Gemälde, dessen Deutung immer noch viel diskutiert wurde? Nicht unbedingt ein vorteilhaftes Zeichen.

„Angenehm", erwiderte Charly kühl.

„Lass die Finger von ihr", grummelte sein Großvater.

Peter lachte, Charly seufzte still. Das fing ja gut an. Glücklicherweise kamen die Getränke und unterbrachen die Szene. Danach begann die Menüfolge und Ruhe kehrte am Tisch ein. Eine Hochzeitssuppe, ein Fischtatar und eine Ente in Orangensoße an Pommes de terre mit Romanesco. Die Holzwagen waren tatsächlich zur Selbstbedienung gedacht: für die Kellner, die die Speisen den Gästen servierten. Die Verköstigung war deutlich entspannter als in einem herkömmlichen Restaurant und schuf eine neuartige Atmosphäre.

In einer Pause vor dem abschließenden Sorbet hielt Herr Doktor Wangermut die angekündigte Rede. Charly nahm daraus mit, dass die Problematik je nach Krankheitsbild sehr komplex war und die Behandlungsmethoden ganz auf den festgestellten Grad der Ausbreitung ankamen. Zudem gab es verschiedene Arten des Krebses, jedes Körperteil war ein möglicher Wirt. Im frühen Stadium konnte das kranke Gewebe entnommen werden und die Heilungschancen standen gut. Bei Streuung der deformierten Zellen im fortgeschrittenen Stadium wurde oft eine Chemotherapie verordnet, um die bösartigen Strukturen zu zerstören. Diese stellte eine enorme Belastung für den Körper dar und bedingte meist den typischen Haarausfall. Die Heilungschancen dabei waren von Mensch zu Mensch unterschiedlich. Erst nach mehreren Jahren der Kontrolle konnte ein Befund über eine mögliche vollständige Genesung erstellt werden.

Leukämie, Blutkrebs, war unerbittlich. Die Prognose lautete selbst mit modernster Medizin meist nur Verzögerung, jedoch keine Heilung. Zuerst versagte das Immunsystem, das durch die Behandlung zusätzlich geschwächt wurde, dann irgendwann die Organe. Nur durch eine Transplantation der passenden Stammzellen konnte hier tatsächlich eine Gesundung erfolgen.

Charly wünschte niemandem eine solche Diagnose. Der einzige spärliche Trost blieb, dass die meisten zumindest am Anfang durch den Krebs keine Schmerzen erlitten. Prävention war so gut wie unmöglich, da die Forschung noch immer auf der Suche nach der oder den Ursachen unter den unzähligen möglichen war. Ausgewogenes Essen, frische Luft und Bewegung kristallisierten sich als Tenor zur Vorbeugung heraus, waren aber recht unkonkret.

Während des Mangosorbets, das in Kristallgläsern serviert wurde, hielten sich die Gespräche in gedämpfter Lautstärke. Im Alltag wurde man trotz des Wissens um die Krankheit nicht geballt damit konfrontiert. Es bestand keine Ansteckungsgefahr und damit gaben sich die meisten keinen weiterführenden Gedanken hin. Anderes überlagerte die Informationen. An diesem Abend war das nicht der Fall.

Durch das ungezwungene Beisammensein und das abwechslungsreiche Programm flog die Zeit dahin, ohne dass die Unterhaltung erlahmte. Roger unterhielt sich vermehrt mit Georg Dandroe, während sich dessen Frau der Gesellschaft der weiblichen Begleitung von Herrn Groloff erfreute. Dieser verstand sich bestens mit Peter und so klatschte Charly mit dessen Großvater vergnügt über dies und das.

Schließlich bat ein rotgewandeter Mitarbeiter den Saal noch einmal um Aufmerksamkeit. Eine weiße Leinwand wurde in der Mitte herabgelassen und vorne wie hinten von je einem Beamer erhellt. Die Schnappschüsse, die unterlegt von Mozart schnell hintereinander gezeigt wurden, brachten die Anwesenden noch einen Schritt näher an die Krankheit und die betroffenen Menschen heran. Charly erkannte das Stück, es war *Eine kleine Nachtmusik*. Es berührte sie ebenso wie die Bilder. Sie zeigten pure Menschlichkeit: Glück, Trauer, Leid und Hoffnung. Unweigerlich zogen sie den gesamten Saal in ihren Bann. Es gab kein Wegschauen, nur ein Mitfühlen und Verstehen. Die Fotos offenbarten die Grausamkeiten des Siechtums, die Sternstunden der Entwicklung und die unbändige Freude, die Gesundheit schenken kann. Entzücken und Leid lagen eng beieinander. Jeder konnte sich irgendwo finden. Sich hineinversetzen. Es waren Bilder, die bewegten.

Eine kahle Frau mit einem Befund in der Hand – lächelnd. Eine Familie um ein Krankenhausbett mit einem kleinen Jungen darin versammelt – voller Entsetzen. Ein alter Mann neben einer alten Frau mit erhobenem Daumen – erleichtert. Ärzte, die operierten. Ein rothaariges Mädchen, das auf einer Behandlungsliege saß und weinte.

Nach der Präsentation herrschte einen Augenblick lang Schweigen, dann begann das Rascheln der Spendenscheine. Viele zogen Stifte aus ihren Taschen. So auch Charlys Vater und Herr Telmann neben ihr. Sie versuchte, die Summe zu erkennen, die Roger, ohne zu zögern, auf dem Papier vermerkte, konnte aber nur anhand der Anzahl der Ziffern erahnen, dass sie sehr großzügig war. Alles andere wäre auch nicht recht gewesen. Danach ging der Abend, der inzwischen schon eher auf den nächsten Morgen zusteuerte, seinem Ende entgegen. Als Roger sich erhob, stand auch Charly auf. Sie verabschiedete sich herzlich von den neuen Bekannten, insbesondere dem älteren Bauunternehmer, den sie wegen seines Humors lieb gewonnen hatte. Hildegard drückte sie sogar auf ihre ganz eigene Art zum Abschied.

Außer mit den Gästen an ihrem Tisch hatte sie keinerlei Kontakte auf der Gala geknüpft. Trotzdem oder gerade deshalb war es ein vergnüglicher Abend gewesen, an den sie sich noch lange erinnern würde. Geschäftliche Interessen rückte Roger sicherlich früh genug in den Vordergrund, dessen war Charly sich bewusst. Ihr Vater entschuldigte sich für einen Moment und sprach leise mit einem dunkel gekleideten Herrn vier Tische weiter. Charly beschloss, den Weg zum Ausgang anzutreten, doch Peter verstellte ihr mit einem Lächeln den Weg.

„Sollen wir nicht Nummern tauschen?", fragte er. „So ein traumhaftes Kleid, wie du es anhast, sollte einmal zum Tanzen ausgeführt werden."

Charly musste grinsen. Der Kerl probierte es einfach, den Mut musste man ihm zusprechen. „Ich stecke gerade mitten in der Klausurenphase. Dein Vorschlag klingt gut, aber ich kann mir momentan keine Ablenkung leisten", tastete sie sich vorsichtig an das „Nein, danke!" heran. Sie wollte Peter nicht das Gefühl vermitteln, dass sie ihn nicht mochte. Wer wusste schon, wann sie sich das nächste Mal begegnen würden?

Er nahm es gelassen. „Okay, vielleicht ein andermal. Komm gut nach Hause." Mit einem schnellen Kuss auf ihre Wange gab er den Weg frei.

Charly drehte sich noch einmal um, winkte in die Runde und steuerte nun statt auf den Ausgang auf ihren Vater zu.

„Dad?" Fragend tippte sie ihm, einen Schritt entfernt, von hinten auf die Schulter.

Er unterbrach sofort die Unterhaltung. „Charlotte ... ich komme." Roger trat zur Seite und verabschiedete sich von seinem Gesprächspartner. Doch dann überlegte er es sich anders. „Mack, ich möchte dir meine älteste Tochter vorstellen." Er deutete zwischen Charly und dem blondhaarigen Mann hin und her. „Charlotte, mein Spartenleiter im Bereich Pharmazeutik und Medizintechnik, Mack Weber."

„Das ist ja eine Überraschung, ich habe schon einiges von Ihnen gehört", fiel Herr Weber ihrem Vater fast ins Wort. Er hatte angenehme Züge, war groß und trainiert.

„Hoffentlich nur Gutes?", entgegnete Charly höflich. Ihre Verwirrung behielt sie für sich.

„Nur Gutes", antwortete Herr Weber lächelnd.

Hatte Roger seine Rücktrittspläne bereits mit dem engsten Stab abgesprochen? Ihr blieb keine Zeit für tiefergehende Nachforschungen, denn mit einem knappen „Du entschuldigst uns, der Abend war lang. Wir sehen uns morgen" zog ihr Vater sie mit sich.

Wieder über den roten, etwas in Mitleidenschaft gezogenen Teppich nach draußen spazierend, sah Charly die Reporter. Rechts und links des farbigen Streifens hatten sie sich versammelt und warteten wie Hyänen auf einen Knochen, den man ihnen zuwarf. Noch weilte der Großteil der Gäste im Inneren des Schlosses. Charly ihrerseits war müde, die vielen neuen Eindrücke wollten verarbeitet werden.

Die Meute zückte erbarmungslos ihr Equipment, woraufhin sie zaghaft die Hand ihres Vaters ergriff. Roger schien zuerst überrascht, drückte ihre Finger dann aber nachdrücklich.

„Herr Clark, ein Foto!", rief einer der Fotografen. Andere fielen ein.

Ihr Vater seufzte ergeben. „Lass uns etwas Gutes tun und den Abend für die Ewigkeit festhalten", flüsterte er ihr zu. Bevor sie die Bedeutung hinter seinen Worten ergründen konnte, schwang Roger seine Tochter herum und rief: „Cheeeeeese!"

Charly musste lachen. Das hatte er vor der Scheidung immer gerufen, als es noch gemeinsame Bilder gegeben hatte. Schon klickten und blitzten die Kameras. Vater und Tochter, fröhlich Hand in Hand.

„Ich denke, wir haben es gerade aufs morgige Titelblatt geschafft", meinte er atemlos, als sie kurz darauf in der Limousine saßen. Der Chauffeur musste sich im Schloss aufgehalten und ihr Gehen bemerkt haben, so rasch, wie der Rolls-Royce vorgefahren war.

Charly blieb sprachlos. Erinnerungen keimten in ihr auf. Ihre Gedanken kreisten. Dann fasste sie sich und fragte amüsiert: „Von welcher Zeitung?"

„Bei allen." Roger grinste wie ein kleiner Junge. „Du weißt doch, ich bin die neue nationale Medienikone", fügte er ironisch hinzu.

Sie schwiegen einen Moment. Charly überließ sich der monotonen Vorwärtsbewegung des Autos. Davon eingelullt fühlte sie sich schläfrig.

„Danke für den schönen Abend", murmelte sie.

„Nichts zu danken, ich habe ihn auch genossen. Es gibt nicht viele derart vergnügliche Zusammenkünfte. Ich wollte dich nicht gleich am Anfang abschrecken", gestand ihr Vater.

„Du wolltest mich um den gesellschaftlichen Finger wickeln!" Charly versuchte, empört zu schauen.

„Hat es denn geklappt?"

„Das hast du doch gemerkt."

Rogers Handy vibrierte. Er zog es aus der Fracktasche und warf einen schnellen Blick darauf. Dann steckte er es wieder ein. „Zur geschäftlichen Seite ..."

Charly stöhnte auf. Ihre Augenlider verlangten nach Streichhölzern.

„Der Familie Dandroe gehört ein großer Pharmakonzern. Georg und Hildegard wirken zwar lammfromm, lassen ihre Firma aber von ausgezeichnetem Fachpersonal beraten. Außerdem werden viele Entscheidungen von Georgs Stiefbruder Albrecht getroffen. Wie du mitbekommen hast, war er heute verhindert." Roger seufzte. „Georg selbst arbeitet immer noch mit und ist ein ausgezeichneter Chemiker. Momentan läuft eine Kooperation zwischen unseren Abteilungen für Antiseptika. Das haben wir über die Jahre schon mehrfach erfolgreich auf verschiedenen Teilgebieten praktiziert. Ich hoffe, es wird nun endlich mehr daraus. Je nachdem, wie wohlgesinnt der Erbe der Sippschaft, Albrechts Sohn, der Clark Group in Zukunft ist. Vermutlich wird er das Familienunternehmen in absehbarer Zeit übernehmen." Charlys Vater lehnte den Kopf an die Rückenlehne. „Familienbetriebe sind in der heutigen Zeit ein seltener Kropf."

Charly schmunzelte. Sah ihr Vater das eigene Unternehmen wegen des Zusatzes AG als Allgemeingut an? Seine Wettbewerber und aufgrund der neuesten Medienauftritte auch die Öffentlichkeit würden ihm sicher widersprechen. Ein klassischer Familienbetrieb sah ganz klar anders aus, doch Roger war durch und durch Patriarch. Er würde das Ruder nie aus der Hand geben. Dafür war er zu dominant.

„Und Alfred baut gerade eine neue Zentrale für uns. Heutzutage ist das Modell des Sale-Lease-Back in Mode. Ich bin mir sicher, sie haben euch im Studium bereits die sogenannten Wins erläutert. Man verkauft das früher eigens errichtete oder gekaufte Bürogebäude samt Grund und unterschreibt meist direkt mit dem Käufer einen Vertrag, um es für zehn oder gar zwanzig Jahre zurückzumieten. Vorteile dabei sind die frei gewordenen liquiden Mittel, die anderweitig investiert werden können."

„Es geht immer um die liquiden Mittel", bemerkte Charly.

„Richtig, um die Opportunitätskosten. Also die Verluste, die in Kauf genommen werden müssen für eine andere Möglichkeit, die durch die erste Investition nicht mehr realisiert werden kann. Heute geht es hauptsächlich um den Zeitfaktor. Zeit mal Geld gleich mehr Geld ist die gängige Formel, die jeder im Kopf hat, möchte ich unterstellen. Jedenfalls bin ich es leid, über den Ausbau meiner Büroräume mit einem Vermieter zu diskutieren. Deshalb bauen wir einen Komplex in neuen Dimensionen. Jeder sollte träumen dürfen. Mit Visionen beginnt das Wachstum", endete ihr Vater andächtig.

Charly glaubte ihm aufs Wort, dass er nicht gerne Mieter war. Vermutlich stellte er sich gerade seine neue Residenz vor.

Da sagte er plötzlich: „Dein Großvater hatte Krebs. Es wurde erst im Endstadium festgestellt. Ihm blieb ein Jahr."

Das hatte Charly nicht gewusst, sie war nie in den Genuss gekommen, ihre Opas und Omas kennenzulernen. Zudem waren ihre Eltern nie wirklich mitteilungsfreudig gewesen. Vielleicht hatte es einfach an Anlässen für solche Gespräche gemangelt.

„Durch die Erfahrung aus erster Hand ist es mir ein Anliegen, den Kampf gegen die Erkrankung zu unterstützen. Wäre er nicht dem Krebs erlegen, wäre noch so viel möglich gewesen." Roger sah Charly an.

„Verstehe", murmelte diese.

Das Auto hielt. Einen Augenblick später wurde die Tür auf ihrer Seite geöffnet und sie blickte in die Dunkelheit.

„Bis bald, Dad", verabschiedete sie sich und drückte seinen Arm.

„Bis bald, Charlotte." Unbeholfen stieg sie aus und ging müde auf das ausgestorben wirkende Haus zu. Die Außenbeleuchtung war angesprungen, doch sonst regte sich nichts. Bestimmt schliefen Anett und Susann schon. Rogers Chauffeur stieg währenddessen wieder in den Rolls-Royce. Charly winkte der wegfahrenden Limousine, im Anschluss steckte sie nach mehreren Versuchen erfolgreich den Schlüssel ins Schloss und öffnete behutsam die Eingangstür. Auf leisen Sohlen schlich sie nach oben. Wenig später hing das weiße Kleid ordentlich auf einem Bügel in ihrem Schrank, der Wecker war gestellt und Charly lag im Bett. Ihre letzten Gedanken galten dem Erben der Dandroes und Mack Weber sowie der Frage, warum er etwas über sie wusste, sie aber bisher nichts über ihn. Leider hatte sie ihrem Vater diese nicht mehr stellen können. Ein andermal würde sich die Gelegenheit dazu ergeben, tröstete sie sich und war kurz darauf tief und fest eingeschlafen.

# 4

# SPANISCHKURS

Der Wecker klingelte. Unangenehm lärmend drang sein nicht enden wollendes Läuten in Charlys Unterbewusstsein. Sie wälzte sich auf die rechte Seite der Matratze und zog ihre geliebte Decke in einem verworrenen Knäuel hinter sich her. Die Augen fest geschlossen, kämpfte sich eine ihrer Hände frei und suchte auf dem Nachttisch, blind um sich tastend, nach der Quelle des Unbehagens.

Etwas schepperte. Sie hatte den Schirm der Nachttischlampe getroffen. Ihre Finger wanderten unbeeindruckt weiter, fanden aber nichts. Der Lärm schwoll an. Charly stöhnte unwillig. Langsam öffnete sich das Lid ihres linken Auges, das rechte folgte. Sie zog die Nase kraus und versuchte, an der Helligkeit im Zimmer die Uhrzeit abzuschätzen. Ein schwieriges Unterfangen bei fast völlig geschlossenen Rollläden.

Der Wecker hob zum Crescendo an. Verschlafen kam sie zu dem Schluss, dass das technische Gerät wohl nicht von alleine verstummen würde. Mühsam stieg sie aus dem Bett und tastete sich zur hölzernen Kommode. Geschnitzte Verzierungen an Schubladen und Aufbau machten diese zu einem ihrer absoluten Lieblingsstücke. Heute hatte sie keinen Blick dafür. Warum stand der Zeitmesser dort?

Sie versuchte sich zu erinnern, war aber noch nicht ganz wach. Szenen des vergangenen Abends durchzogen ihr Bewusstsein und ließen sie lächeln. Eine illustre Gesellschaft hatte sich im alten Schloss eingefunden gehabt.

„Einbildung ist auch eine Art der Bildung", hätte Vanessa wohl über die meisten Gäste geurteilt. Nichtsdestotrotz war es eine amüsante Veranstaltung gewesen und immerhin war einiges an finanziellen Mitteln für die Krebsforschung gesammelt worden. Das schien Charly ein gutes Resultat zu sein.

Als endlich selige Ruhe den Raum erfüllte, schaute sie auf die Digitalanzeige, die vor ihr aufblinkte: zehn Uhr. Ganz schön spät. Es war schließlich nicht Wochenende.

Sie streckte sich und beschloss, obgleich ihr Bett immer noch sehr verlockend aussah, den Tag zu beginnen. Denn immerhin hatte sie sich gestern mit Vanessa verabredet. Meistens trafen sie sich um elf. Inzwischen hatten sich ihre Augen an das Halbdunkel im Zimmer gewöhnt und sie bewegte sich in Richtung des nächstgelegenen Rollladens. Sommerliche Sonnenstrahlen erhellten kurz darauf das Zimmer und legten einen leuchtenden Fokus auf ihren Terminplaner. Dieser thronte aufgeschlagen neben dem Wecker. *Spanischkurs, 12-14 Uhr*, las Charly. Sie erinnerte sich noch genau, wie sie sich echauffiert hatte.

„Es kann doch nicht sein, dass ein Zusatzkurs mitten in der Klausurenphase beginnt", war sie ungläubig an die Leiterin der Beratungsstelle für inhaltliche Belange des universitären Lehrens herangetreten.

Sie hatte sich beraten lassen. Das erste Mal in ihrem Studium. Wie sie ihre Credits im Bereich Studium fundamentale am besten erzielte. Angeboten wurde eine schier erschlagende Auswahl von über dreihundert Kursen für Schlüsselqualifikationen, die den Studenten einen Blick über den Tellerrand ihres eigenlichen Fachgebietes hinaus bescheren sollten. Vanessa hatte ihre Stunden in den ersten Semesterferien abgesessen, Charly war damals mit ihrer Mutter und Schwester in den Urlaub geflogen. Jetzt holte sie die Veranstaltung nach.

Da ihr die Linguistik eher lag als die Naturwissenschaften und sie deshalb keine Prüfung in einem Gebiet wie der Atomphysik an einer anderen Fakultät ablegen wollte, war die Entscheidung notgedrungen auf den Spanischkurs gefallen. Als sie das Büro verlassen hatte, war die Anmeldung bereits im System vermerkt gewesen.

Nun musste sie zwölfmal erscheinen, zwei von vier Tests bestehen und schon war das Zertifikat zum Greifen nahe. Ein guter Anfang wäre sicher, beim Auftakt nicht zu spät zu kommen. Sie durfte sich nachher auf keinen Fall mit Vanessa verquatschen und sollte besser gleich die Raum- sowie Gebäudenummer der Veranstaltung heraussuchen.

Charly öffnete die matte Verbindungstür und ging gemessenen Schrittes in ihr sonniges Arbeitszimmer. Dort angekommen klappte sie ihren mittig auf dem Schreibtisch stehenden silbernen Laptop auf und stolperte in Gedanken versunken über eine der Rollen des Schreibtischstuhls neben ihr.

Leise fluchend hielt sie sich an der Kante der hölzernen Tischplatte fest und trat von einem auf den anderen Fuß. Sie drückte auf die Starttaste des Laptops, beschloss aber, vor der Onlinesuche doch lieber zu duschen. Vielleicht würde das ihre Lebensgeister wecken. Obwohl sie sich gestern bei den alkoholischen Getränken zurückgehalten hatte, fühlte sie sich etwas benebelt.

Eine halbe Stunde später war sie erfrischt, angezogen, informiert und lief, ihre Fransentasche über der Schulter, die kurze Innentreppe des Hauses hinunter. Sie hatte ihre Haare zu einem lockeren Pferdeschwanz zusammengebunden und trug ein rotes Karohemd über einem schwarzen, eng anliegenden Top zu ausgewaschenen Jeansshorts und dunklen, flachen Schuhen. Eine große Sonnenbrille in der einen Hand, den gelben Zettel mit der Zimmernummer des Kurses in der anderen, sprühte sie geradezu vor Energie.

„Tschüss, Anett!", rief sie Richtung Küche und hatte wenig später den Eingangsbereich durchquert. Die Haustür schloss sich hinter ihr mit einem lauten Klacken des Schlosses. Eine mögliche Antwort wartete sie nicht ab.

In ihrem Fiat setzte Charly die Bienenbrille, wie Vanessa das gute Stück einst getauft hatte, auf und steckte das Papier in die Handtasche. Ihre Freundin war der Ansicht, mit dem Sonnenschutz sah Charly aus, als hätte sie die Facettenaugen eines Insekts. Sie selbst fand die großen Gläser einfach angenehm und praktisch.

Beschwingt legte sie den Rückwärtsgang ein und schoss aus der Garage, indes sich das elektrische Tor gemächlich ruckelnd hob. Sie trat auf die Kupplung, schaltete hoch und gab Gas. Aus dem Radio dröhnte der neueste Popsong von Rihanna. Fröhlich drehte sie die Lautstärke auf und sang lauthals, wenn auch ziemlich falsch, mit. Heute konnte sie keiner bremsen.

Pünktlich um elf bog der puderblaue Kleine in seinen Stammplatz auf dem zugewucherten Parkdeck der Universität ein. Bei Regen stand Charly hier schlecht, da der Baum über ihrer Lieblingslücke gerne Blätter fallen ließ. Aber heute strahlte die Sonne, als wolle sie einen Preis gewinnen, registrierte Charly, nachdem sie den Motor abgestellt hatte. Außerdem war der Parkplatz einer der wenigen, aus denen frau ohne Kratzer wieder rückwärts ausparken konnte und der durch den Baum darüber fast immer frei blieb. Um den Fiat herum parkten tatsächlich schon allerlei interessante Metallkarossen und die Parkfläche war mit Ausnahme weniger Lücken voll. Allerdings war das um diese Uhrzeit zu erwarten.

Schwungvoll griff sie ihre Tasche, stieg aus und lief auf den Eingang des grünen Bibliotheksgebäudes zu. Nach längerem Gewühl zog Charly ihr Smartphone heraus. Egal, wie groß oder klein oder wie geordnet diese war, im Endeffekt schien es das Los des weiblichen Geschlechts zu sein, ihre Handtaschen auf der Suche nach dem gerade benötigten Gegenstand zu durchforsten.

Leicht genervt kämpfte sie sich, in der Bücherei angekommen, zu ihrem Schließfach vor. Vanessa stand bereits an ihrem eigenen. Daraufhin verschwand Charlys Handy ungenutzt im Dickicht des Tascheninhalts. Sie hatten bei der Vergabe, wenn auch nicht direkt nebeneinander, zumindest Fächer im gleichen Block zugewiesen bekommen.

Die Freundin trug ein auffallendes melonenfarbenes Kleid, das verführerisch an den Beinen aufwärts geschlitzt war, und hatte sich eine blaue Sonnenbrille ins Haar gesteckt. Eine knallige neongrüne Kette mit großen Gliedern und braune Jesuslatschen vervollständigten das ausgefallene Outfit.

„Schick, schick, Madame!", rief Charly ihrer besten Freundin zu.

Vanessa drehte sich um und grinste. Lässig warf sie ihre lockigen Haare über die Schulter und machte einen Kussmund. „Nur zu Ihrem Wohlgefallen, Miss Clark", gab sie zurück und klimperte mit den getuschten Wimpern. Endlich wurde es leerer im Gang und sie umarmten sich kurz.

„Na, wie war dein gestriger Nachmittag?", fragte Charly, während Vanessa versuchte, ein wenig Ordnung in das Chaos ihres Spindes zu bringen, und dabei gähnte.

„Der Nachmittag war nett. Wir waren im Freibad. Nahe dem Neubaugebiet hat ein ganz tolles vor zwei Wochen eröffnet. Die haben ein Dach, das sie auf- und zufahren können, gerade nach Bedarf. Und eine weitflächige Liegewiese mit Yuccapalmen in Kübeln." Vanessa grinste verschwörerisch. „Aber die Nacht war besser."

Charly lachte. „Schlaf scheinst du jedenfalls nicht viel abbekommen zu haben, wenn ich deine Augenringe als Richtwert nehme. Darf ich daraus schließen, dass ihr euch sportlich betätigt habt?"

„Rückwärtspurzelbäume sind jetzt meine Spezialität", witzelte ihre Freundin, ohne im Geringsten verschämt auszusehen. „Und du hast noch gepaukt, bis es dir zu den Ohren wieder rauskam?"

„Nein, ich war mit meinem Vater auf einer Wohltätigkeitsveranstaltung", ließ Charly die Bombe platzen und zog vorsorglich den Kopf ein. Jetzt war in Deckung gehen angesagt, bis die Reaktion auf ihre Äußerung abgesehen werden konnte.

„Du warst wo?" Vanessa machte große Augen. „Wie … und du hast mich nicht informiert?" Sie guckte enttäuscht und zog eine Schnute.

Zwei Sekunden später ließ allerdings ihre grenzenlose Neugier Charly nicht einmal die Möglichkeit, sich zu verteidigen. „Was hast du angezogen und seit wann hattest du die Einladung? Hast du jemand Knackigen getroffen? Oder waren nur Greise und hauptberufliche, Tennis spielende Ehefrauen anwesend? Gab es Champagner?" Mit bohrendem Blick schloss Vanessa die Tür ihres Faches und zog ihre Freundin in Richtung Unicafeteria. „Ich will alles wissen!", verkündete sie fast drohend.

Die beiden jungen Frauen hatten sich einen Kaffee geholt und Charly hatte geduldig den Fragenkatalog ihrer Freundin beantwortet. Beim Schwelgen in den doch teilweise recht lustigen Erinnerungen an den gestrigen Abend war der Spanischkurs in Vergessenheit geraten. Vor allem, da Mister Gutaussehend wie aus dem Nichts das erste Mal seit Langem wieder in der Cafeteria aufgetaucht war. Er hatte sich auf seinen üblichen Platz gesetzt und eine Cola geschlürft, während sein armes Handy wild von ihm bearbeitet worden war. Heimlich hatte Charly ihm hin und wieder einen verstohlenen Blick zugeworfen. Als er schließlich aufgestanden war, hatten ihre Augen zufällig die Uhr auf einem der großen Bildschirme an der Wand hinter der Kasse gestreift. Fünf vor zwölf, im wahrsten Sinne des Wortes! Siedend heiß war es ihr wieder eingefallen: der Zusatzkurs!

Blitzartig hatte sie sich von einer daraufhin etwas säuerlichen Vanessa verabschiedet und diese auf einen weiteren Kaffee um zwei vertröstet. Dann war die Suche nach dem richtigen Raum in Runde eins gegangen.

Und hatte kurz darauf folgende äußerst berechtigte Frage aufgeworfen: War der Architekt volltrunken gewesen, derweil er die Treppen des quaderförmigen Gebäudes konstruiert hatte? Man kam nicht mit beiden Treppenhäusern zu allen Zimmern auf allen Seiten. Sie hatte zuerst die falschen Stufen genommen und oben angekommen festgestellt, dass es unmöglich war, den angestrebten Raum zu erreichen. Außer man stand auf *Aus-dem-Fenster-klettern-und-über-das-Dach-rennen-Stunts*. Und das traf bei ihr eher nicht zu.

Runde zwei schien sie nun gewonnen zu haben, wie das Schild an der rötlichen Backsteinmauer des Ganges verhieß. Charly kam völlig abgehetzt vor Raum Ld 335 zum Stehen. Sie stand als Einzige im Flur, die Tür vor ihr war geschlossen. Auf ihrer Oberlippe hatten sich kleine Schweißperlen vom schnellen Treppensteigen gebildet. Ihre Handflächen waren mit einem nervösen Film überzogen. Widerwillig streifte sie diesen am rauen Material ihrer Jeans ab und fühlte sich so bereit, wie es ging, um sich den unabwendbar fragenden Blicken zu stellen. Pünktlich zu sein wäre auch wirklich zu viel verlangt gewesen.

Charly ergriff die Klinke mit rechts und öffnete, während sie zweimal mit den Fingerknöcheln der linken Hand dagegen klopfte, die schmale Holztür.

„Herein!", tönte es. Und schon sah sie sich einer Reihe von mindestens fünfundzwanzig interessierten, fremden Gesichtern gegenüber.

Aufgrund der Übermöblierung mit einfachen grauen Kunststofftischen mit Metallbeinen und braunen, abgewetzten Stühlen wirkte der Raum winzig. Durch seine Lage im Dachgeschoss des Gebäudes war die Luft drückend und der enorme Feuchtigkeitsgehalt spürbar.

Der Spanischlehrer stand vorne beim Whiteboard und wirkte mit seinen dunklen Haaren, der schwarzen Kleidung und einem Bauch, der Charly unwillkürlich an den sechsten Monat einer Schwangerschaft erinnerte, irgendwie nicht im Einklang mit sich selbst. Eine silberne, halbmondförmige Brille thronte schief auf seiner Nase, doch er schaute freundlich.

„Was können wir für Sie tun, Señorita?"

Charly versuchte, zerknirscht auszusehen. „Ich gehöre zu den Teilnehmern Ihres Spanischkurses. Es tut mir außerordentlich leid, dass ich zu spät bin. Es wird nicht wieder vorkommen."

Prüfend schaute er sie an. „Dann ist ja alles gesagt. Setzen Sie sich bitte und stellen Sie ein Namensschild für mich auf. Ich denke, neben André ist noch ein Platz am vordersten Tisch frei." Zum Plenum gerichtet sagte er: „Lasst uns weitermachen", und winkte ermutigend mit der Hand.

Ein blondes Mädchen begann, holprig vorzulesen. Charly steuerte eilig den ihr zugewiesenen Platz nahe der rechten Wand an, ihre Augen bereits auf den jungen Mann heftend, den der Lehrer André genannt hatte. Wow! Sie war gerade tatsächlich im Begriff, sich neben den Typ aus der Cafeteria zu setzen! Sie konnte es nicht fassen und blinzelte mehrmals. Das war dann doch zu viel des Guten für einen Zufall. Zumindest ein kleiner Gedanke sollte an Worte wie Glück oder gar Schicksal verschwendet werden.

Da! Er sah sie direkt an. Das erste Mal.

Charly stockte in der Bewegung, riss sich dann zusammen und ließ sich mit der Anmut eines fallenden Kartoffelsackes auf dem leeren

Stuhl nieder. Dieser quietschte vernehmlich. Heiße Röte schoss ihr in die Wangen. Sie spürte die Aufmerksamkeit der anderen auf sich.

„Peinlicher geht es wohl nicht?", fragte eine hämische Stimme in ihrem Kopf.

Widerwillig verstaute sie die Tasche unter dem Tisch und nahm einen Stift nebst Block und Wasserflasche heraus. Noch wagte sie es nicht, ihren Pultnachbarn genauer anzusehen. Nach außen hin gelassen wirkend, malte sie *CHARLOTTE* in großen Druckbuchstaben auf das untere Ende einer leeren Seite. Einmal in der Mitte geknickt, war Sekunden später das gewünschte Schild fertig. Jetzt blieb ihr nichts anderes übrig, als dem Vorlesen zuzuhören.

Der Unterricht zog sich. Trotz des Engagements des wirklich motivierten Lehrers, der mit Händen und Füßen seine Ausführungen unterstrich, kam Charly die Zeit dehnbar wie Kaugummi vor.

„Yo soy Charly y yo soy de Alemania", kramte sie das eine Mal, als sie aufgerufen wurde, aus den Tiefen ihres Gedächtnisses hervor. Am Anfang ihrer weiterführenden Schulzeit hatte sie eine Weile die Spanisch-AG besucht, bis diese für sie nicht mehr interessant gewesen war. Nämlich genau an dem Punkt, an dem ihre Lehrerin mehr Wert auf Verbkonjugationen als auf Verständigung gelegt hatte. Wer wollte ausgefallene Endungen auswendig herunterbeten können, statt Getränke zu bestellen oder Brötchen zu kaufen? Charly jedenfalls nicht.

Der Spanischlehrer nun betrachtete ihre spärlichen Kenntnisse fälschlicherweise als Vorarbeit aus Interesse und pries ihre Mitarbeit ganz euphorisch. Bevor sie überhaupt die Aussicht hatte, das Missverständnis richtigzustellen, wurde aus dem Redeschwall des Dozenten heraus bereits ein Kommilitone aufgerufen. Nun hatte sie zwar bei ihm einen Pluspunkt gesammelt und vielleicht ihr Zuspätkommen wiedergutgemacht, aber von den anderen hatte sie bestimmt den Stempel der Streberin aufgedrückt bekommen.

Genial. Und das, während André noch kein spanisches Wort von sich gegeben hatte. Seine Stärken lagen vermutlich in anderen Bereichen. Es konnte nicht schlimmer kommen.

Zudem verbot sich, dank des beengten Raums, jedes Gespräch fernab des Lehrgeschehens und sie sah ihre Chance, den Fremden endlich kennenzulernen, dahinschwinden. So war das wohl mit dem Aus-der-Ferne-Anschwärmen und der Wirklichkeit.

Schließlich endete nach zwei Stunden der erste Termin des Zusatzkurses und Charlys schlechte Laune war fast physisch greifbar. André hatte keinerlei Zeichen gegeben, dass er sie wiedererkannt hatte. Vermutlich wäre Tagtraum in ihrem Fall der richtige Begriff.

In dem Moment begann das allgemeine Geraschel des Zusammenpackens. Indes Charly sich resigniert erheben wollte, wurde sie am Arm festgehalten. Der folgende Blickkontakt ließ sie nur vage wahrnehmen, wie die anderen nach und nach den Raum verließen. Sie spiegelte sich in seinen Augen. Sah die Kleidung, in die sie heute Morgen geschlüpft war, erkannte ihre braunen Haare und ihre überdimensional wirkenden, strahlenden Iris. Nahm ihn wahr. Seine dunklen, kurzen Haare. Das fein geschnittene, kantige Gesicht. Die supermodische schwarze Kleidung, den hellgrauen Schal.

„Ich wünsche noch einen schönen Tag", unterbrach die akzentuierte Stimme des Spanischlehrers den besonderen Augenblick. Die Zeit lief wieder in normaler Geschwindigkeit. Und schon war auch er durch die Tür.

Charly zog ihren Arm weg. „André heißt du also", stellte sie mit unsicherer Stimme fest. Wo war die Coolness, wenn man sie brauchte? Sie war doch sonst nicht so leicht aus der Fassung zu bringen. Er schien allerdings auch nicht recht zu wissen, was er sagen sollte. „Guter Anfang", dachte Charly sarkastisch.

„Hi, ich bin Charlotte. Meine Freunde nennen mich Charly", brach es dann aus ihr heraus. Auffordernd streckte sie ihm die rechte Hand entgegen. Verblüfft schüttelte er sie.

„Genau, André. Nett, dich kennenzulernen." Es zuckte verdächtig um seine Mundwinkel.

Auch Charly fand die Situation inzwischen amüsant. Wie blöd konnte man sich eigentlich anstellen? Händeschütteln. Was tat sie da?!

„Wollen wir einen Kaffee trinken gehen? Ich meine, nachdem wir jetzt das hochbrisante Geheimnis unserer Namen gelüftet haben?", fragte er, bevor er sich abwandte und anfing, seine Sachen in eine lederne schwarze Umhängetasche zu räumen.

Männerhandtäschchen nannte Vanessa diese Dinger, schoss es Charly durch den Kopf. Allerdings war der Grat zwischen stylisch und Flop auch ziemlich schmal. Humor schien er immerhin zu haben.

„Gerne", erwiderte sie bündig und begann, bevor ihre Zunge sich erneut selbstständig machen konnte, ebenfalls mit dem Verstauen ihrer Habseligkeiten.

Prompt vibrierte ihr Handy und sie fing automatisch an, mit der rechten Hand die Tasche zu durchsuchen. Wo steckte das verflixte

Ding? Endlich zog sie es heraus und drückte auf die Home-Taste. *„Wo BLEIBST du?"*, war auf dem hellen Display zu lesen. Vanessa.

Ach je, der Kaffee! Aber ihre Freundin war neuerdings auch ständig mit Daniel verabredet, da wollte sich Charly die Gelegenheit, die sich ihr bot, nicht entgehen lassen. Für die verpasste Verabredung würde sie sich später entschuldigen.

André stand abwartend da. „Wenn es dir heute nicht passt, ist das okay." Er schien ihr den inneren Disput am Gesichtsausdruck abgelesen zu haben. Fast hätte sie laut „Nein!" geschrien. Ihre Hand fuhr erschrocken zu den geschlossenen Lippen.

„Schlechte Neuigkeiten?" André kam ihr einen Schritt entgegen.

„Nein, nein. Alles in Ordnung", versicherte Charly ihm eilig. Was musste er nur für einen Eindruck von ihr haben? „Lass uns in der Stadt einen Kaffee trinken gehen", schob sie hinterher.

Das Risiko, von ihrer neugierigen Freundin in der Unicafeteria peinlich angequatscht zu werden, war Charly nicht bereit einzugehen. Mit einem ausführlicheren Bericht über die Gala und der Erzählung über das Treffen mit André als Sahnehäubchen würde sie Vanessa morgen milde genug stimmen.

„Also in die Stadt. Hast du da ein besonderes Café im Sinn?", wollte er wissen. Ganz Gentleman hielt er ihr die Tür auf.

„Nein, eigentlich bin ich nicht wählerisch. Das Starbucks ist ganz nett, mit den zwei Etagen. Aber falls du nicht für Mainstream bist ...", ließ sie das Satzende in der Luft hängen.

„Solange der Kaffee gut ist, ist mir das gleich." Er zuckte mit den Achseln.

„Dann hätten wir das wohl geklärt", stellte Charly trocken fest, während sie die Stufen hinunterliefen. Beim nächsten Mal würde sie diese zählen, einfach aus Interesse.

Die Innenstadt konnte mit der Straßenbahn oder dem Auto erreicht werden. Bequem war man in durchschnittlich zwanzig Minuten, unabhängig von der Verkehrslage, im pulsierenden Herzen der Altstadt. Obwohl die Parksituation wie in allen größeren Städten verbesserungswürdig blieb, war Charlys Abneigung gegen öffentliche Verkehrsmittel größer als ihre Aversion gegen die Wucherpreise der Parkhäuser. Zudem war sie schließlich mit ihrem Kleinen zur Uni gekommen.

„Mein oder dein Auto?", fragte sie provokativ, wobei sie auf dem letzten Treppenabsatz stehen blieb, um einmal mehr ihr Telefon herauszuziehen.

*„SRY. Komme nicht, gehe mit dem Typ aus der Cafete Kaffee trinken. x“*, tippte sie, ohne die drei neu eingetroffenen Mitteilungen von Vanessa zu lesen.

„Mein Auto!“, sagte André bestimmt. „Ich kann dich aber später gerne wieder an der Uni absetzen“, bot er ihr zuvorkommend an.

„Ist schon okay, ich laufe nachher vom Starbucks schneller nach Hause. Meine beste Freundin nimmt mich dann morgen früh zur Uni mit.“ Vanessa würde sicher begeistert sein, sie schon auf der Autofahrt mit Fragen quälen zu dürfen.

Charlys Handy vibrierte. *„Ran an den Mann! x.“* Sie musste grinsen.

Forsch sah André sie an. „Auf geht's?“

Sie lächelte ihn an und schon waren sie unterwegs zum Parkplatz. Dort steuerte er geradewegs auf einen Audi R8 zu. Charly war keine große Automobilkennerin, aber das Modell hatte sie schon einmal bei Vanessas Vater hinter Glas stehen sehen. Damals hatte sie sich nach der Bezeichnung erkundigt. Zudem fiel der Spyder auf. In einem Autohaus und speziell auf einem Uniparkplatz, der durchaus als Vorfriedhof für Kleinwagen gelten konnte. Neben all den verbeulten Pandas und anderen Seifenkisten wirkte der Luxussportwagen pervers. Die Lackierung beschrieb einen eleganten Braunton, der ins Kastanienfarbene ging. Das Dach war geschlossen.

„Holla, die Waldfee! Nicht schlecht für einen Studenten“, konnte es sich Charly nicht verkneifen, ihrer Überraschung Luft zu machen. Hatten seine Eltern den Größenwahn? Falls er sie beeindrucken wollte, war ihm das auf jeden Fall gelungen. So viel zu: „Wen interessieren schon die kleinen und großen Scheinchen?“

„War ein Geburtstagsgeschenk“, meinte André und hatte den Anstand, verlegen den Kopf zu neigen. Er zog den Schlüssel heraus, nach dem Drücken eines Knopfes öffnete sich der Kofferraum und sie legten ihre Taschen hinein.

Charly grinste. „Deine Eltern scheinen finanzkräftig zu sein.“ Sie hatte zu ihrer normalen Form zurückgefunden.

Er murmelte etwas Unverständliches vor sich hin. Hörbar sagte er: „Aber deine wohl auch, wenn du direkt am Starbucks wohnst. Da stehen nur Villen.“

„Touché.“

Sie lachten gemeinsam und stiegen ein.

„Uh, sitzt man hier tief“, fiel Charly als Erstes auf. Sie schaute sich im luxuriösen Inneren des Wagens um.

„Es ist schließlich ein Sportwagen, da geht's um gute Straßenlage und geringen Luftwiderstand, nicht um die Aussicht", entgegnete André amüsiert, bevor er in einer fließenden Bewegung den Autoschlüssel drehte.

„Irgendwie hatte ich erwartet, dass man die Zündung nicht mehr manuell betätigen muss." Charly legte den Kopf schief. „Vielleicht eher einen Fingerabdruckscanner zum Starten oder so."

André rollte mit den Augen. „Klar, auf der Straße schalte ich dann auf Autopilot und die Autobahn ist für Warp zugelassen. Ehrlich, du hast zu viel Science-Fiction geschaut."

„Überhaupt nicht, du beweist da definitiv mehr Fantasie als ich. Einen Scanner hat sogar mein iPhone. Wie groß kann der Schritt also bitte von Schlüssel reinstecken und Impuls an Zündung übermitteln zu elektronischer Erkennung sein? Da ist doch sicher eh nur noch der kleinste Teil mechanisch", verteidigte sie sich.

„Und du bist die große Technikexpertin?", fragte André mit zweifelnder Miene und wirkte definitiv belustigt.

„Ich ..."

„Na also!" Der Motor grollte, indes er Gas gab und den Rückwärtsgang einlegte.

„Trotzdem können sich das Teil außer Fußballern und Rockstars nur reiche, alte Säcke leisten", wandte Charly ein.

„Du spielst auf den ergrauten Vorstandsvorsitzenden im Ferrari an, oder?" André manövrierte sie geschickt durch die enge Ausfahrt des Parkplatzes.

„Nun ja, ein junger Mann im Ferrari gibt doch zweifelsohne ein anziehenderes Bild ab als ein alter. Das Fahrzeug steht immerhin für Schnelligkeit und Formvollendung, das passt dann nicht unbedingt zum Eigentümer."

Ihr neuer Bekannter grinste und schüttelte den Kopf. „Ihr Frauen seid schon ein ulkiges Volk. Da wird einem Mann immer vorgeworfen, viel zu sehr auf Äußerlichkeiten zu achten, aber ihr tut genau dasselbe."

Das brachte Charly erst einmal zum Schweigen. Sie musste vor der nächsten Erwiderung Argumente sammeln. Das verschaffte ihr die Zeit, ihre Umgebung mit allen Sinnen wahrzunehmen. André fuhr überraschend gut. Er raste nicht, trotz der PS, die sicherlich unter der Motorhaube des Audis steckten.

Letztlich meinte sie: „Ich persönlich denke, es ist nichts dabei, auf Äußerlichkeiten zu achten, seien es im Speziellen Brüste oder Hinterteil, solange ein gewisses Maß an Aufdringlichkeit nicht überschritten wird."

Das brachte André zum Feixen. „War das dein Motto, als du mich ausgiebig in der Cafeteria gemustert hast? Obwohl ich keine Brüste habe und auf meiner Kehrseite saß?", wollte er wissen.

Charly lief zum zweiten Mal an diesem Tag rot an. Er hatte es also bemerkt. War sein Interesse dann auch real gewesen?

„Und du warst immer rein zufällig zur gleichen Zeit dort wie ich?", wagte sie einen Schritt nach vorn.

„Ah, ertappt." Er grinste. „Ich finde deine Freundin echt scharf …"

Charly boxte ihn in die Rippen, zog jedoch sofort erschrocken ihre Faust zurück. Er fuhr schließlich.

André hatte die Aktion allerdings nur zu einem weiteren Lachanfall bewegt. „Gnade! Ich habe nur Spaß gemacht. Ganz zufällig war ich natürlich nicht da", gab er zu.

Unterdessen waren sie in der Stadt angekommen und er lenkte den Spyder konzentriert durch die stockenden Blechlawinen, die von allen Seiten die Straßen verstopften.

Als sie die Spirale, die dem größten Parkhaus der Innenstadt als Verbindung der einzelnen Decks diente, hochfuhren, sprach er weiter: „Schauen wir mal, ob wir uns immer noch sympathisch finden, wenn wir uns ein wenig kennengelernt haben." Er visierte eine Lücke auf Ebene fünf an und parkte geübt ein. Charly hatte nichts hinzuzufügen.

Nachdem sie ihre Fransentasche aus dem Kofferraum geangelt hatte, nahmen sie gemeinsam den alten Aufzug nach unten und kamen in einer grauen Unterführung mit verschlissenen Betonwänden heraus. Ein Straßenmusikant hatte sich mit seinem abgemagerten braunen Hund an einer Seite niedergelassen und zupfte auf seiner Gitarre. Sommerlich leicht bekleidete Menschen eilten an ihm vorbei. Charly und André fuhren mit einer der Rolltreppen hinauf ins Freie. Die Sonne hatte inzwischen eine beachtliche Wärme entwickelt und die meisten suchten den Schatten. Die beiden schlenderten am Linard, dem örtlichen Nobelkaufhaus, vorbei und über das gut erhaltene Kopfsteinpflaster in Richtung Starbucks.

Die Cafékette hatte sich in den letzten Jahrzehnten über die Großstädte bis in jede Kleinstadt verbreitet. Überall waren Filialen aus dem Boden gesprossen, wie Pilze es im Wald nach dem Regen zu tun pflegten. Die Einwohner jeder Nation und Kultur liebten das Konzept. Starbucks machte rund um die Welt einen Milliardenumsatz. Allerdings, so wenigstens Charlys Meinung, war der Kaffee auch eine Klasse für sich. Sie setzte sich gerne mit einem Schokomokka und einem der leckeren Muffins in eine Nische, um zu lesen oder mit Vanessa zusammen Leute zu beobachten. An öffentlichen Orten tummelten sich oft die buntesten Gestalten.

Ein Glöckchen klingelte über der Tür, als sie eintraten und sich in die Schlange der Wartenden einreihten. Es schien der Zeitpunkt des großen Andrangs an der Bestelltheke zu sein. André zog seinen Geldbeutel aus einer der hinteren Hosentaschen. Gänzlich unauffällig aus schwarzem Leder war dieser im Vergleich zu seinem Auto ein Produkt für den Normalsterblichen. „Was trinkt die Dame von Welt?", wollte er von Charly wissen. Sie sah ihn überrascht an. „Du kannst uns schon mal einen Platz suchen und ich bestelle", schlug er vor.

Eigentlich war sie aus Prinzip dafür, dass jeder für sich zahlte, aber heute war sie bereit, eine Ausnahme zu machen und sich hofieren zu lassen. „Einverstanden", willigte sie ein. „Für mich bitte einen erfrischenden Frappuccino." So gerne sie den gehaltvollen Schokomokka trank, im Sommer war ein eisgekühlter Kaffee definitiv ihre erste Wahl.

Inzwischen waren sie schon fast bis zur Kasse vorgerückt. Die Schlange hatte wohl länger gewirkt, als sie wirklich gewesen war.

Nachdem Charly sich umgedreht hatte, um Kurs auf die Treppe, die ins Obergeschoss führte, zu nehmen, fiel ihr auf, dass jemand sie anstarrte. Der Mann war mittelalt, gut gekleidet und musterte sie unverwandt. Auf seinem Tisch lag eine Zeitung. Schlagartig erinnerte sie sich an das Foto des vorigen Abends.

Sie wirbelte herum und zupfte André, der auf seinem Handy herumtippte, aufgeregt am Arm.

Er schaute auf. „Wolltest du nicht einen Tisch freihalten?"

„Sag mal, bilde ich mir das ein oder gafft mich der Typ dahinten an?", fragte Charly nervös.

Gleichzeitig rückten sie an die Spitze der Wartenden vor. Statt nach ihrer Bestellung zu fragen, schmunzelte die Frau hinter der Theke. Sie hatte die Bemerkung gehört. Mit dem Zeigefinger deutete sie auf den Zeitschriftenhalter, der im Schatten des Treppenaufgangs stand.

„Heute schon einen Blick in die Zeitung geworfen?", fragte sie amüsiert.

„Oh!" Charly schlug sich die Hände vors Gesicht. „Schlimm?" Zerknirscht lugte sie zwischen ihren Fingern hervor in Richtung der Angestellten.

„Ach was, du scheinst dich gut mit deinem Vater zu verstehen, was? Behalt dir das. Ist nicht alltäglich." Eine Pause entstand.

Also doch das Bild. Sie hatte ihren Vater nicht wirklich ernst genommen, als er davon gesprochen hatte, dass sie die Titelblätter zieren würden. Definitiv ein Fehler, den sie nicht noch einmal begehen würde.

„Nun, was wollt ihr trinken?", lenkte die Mitarbeiterin das Gespräch in gewohnte Bahnen.

Ab hier übernahm André die Konversation, während Charly wie magisch vom Zeitschriftenständer angezogen wurde. Das Foto war wirklich auf jeder Titelseite, zumindest bei dem Klatschmagazin und den drei Zeitungen, die es hier gab. Ein ungewohntes Gefühl der Wärme durchdrang Charly, derweil die Kuriosität der Situation verflogen war. Ein bisschen aufregend fand sie es schon. Wann landete man denn sonst auf der Titelseite der großen Zeitungen?

„Vielleicht in Zukunft öfter", überlegte sie, während sie das Foto betrachtete. Glücklich sahen sie auf dem Schnappschuss aus, als wären sie schon seit jeher miteinander vertraut. Sie hoffte, dass ihr Vater sie bald auf eine weitere Veranstaltung mitnehmen würde. Sie hätte es nicht gedacht, aber es hatte ihr sehr gefallen.

André riss sie schließlich aus ihrer Träumerei, indem er sich hinter ihr stehend laut räusperte. Er zog eine Augenbraue hoch und musterte sie. „Berühmtheit hin oder her, das auszuführen, was man mit dir vereinbart hat, müssen wir wohl noch üben. Hoffen wir, dass der Artikel meine Mühen mit dem Kaffee entschädigt." Belustigt zeigte er mit einer der zwei weißen Tassen auf den Ständer. „Na los, nimm eine. Und dann nach oben mit dir, ehe die Getränke meine Hände in Eisklötze verwandeln."

Verlegen tat Charly wie geheißen und wenig später saßen sie gemütlich mit einem geeisten Frappuccino und einer wunderbaren Aussicht in zwei gegenüberliegenden Sesseln. Ihre Tasche hatte Charly sich zwischen die Füße geklemmt.

„Aha!", machte André und legte nach Minuten die Nachrichten beiseite. „So, Miss Clark, Sie sind also eine Wohltäterin", stellte er fest.

„Man tut, was man kann." Sie lächelte spitzbübisch und überlegte, die Zeitung in ihrer Fransentasche verschwinden zu lassen, verwarf den Gedanken jedoch. Sie stahl nicht!

„Kokettieren ist also auch Ihr Metier?" André hatte ein Talent zur Provokation.

Doch Charly war gewappnet. „Mir scheint, du bist hier der Charmeur. Schau mal auf deine Serviette", schoss sie genüsslich zurück. Dort stand mit Kugelschreiber eilig hingekrakelt eine Telefonnummer. Es hatte wohl noch jemand Gefallen an ihm gefunden.

Er schaute die weiße, seriengefertigte Serviette stirnrunzelnd an. Die Situation schien ihm unangenehm zu sein.

Charly beugte sich vor, hob die Tasse und drehte das Viereck um. „Verrätst du mir nun deinen Nachnamen?", lenkte sie seine Aufmerksamkeit wieder auf sich.

„André Lémèr. Und ich antworte nur, damit die Gleichberechtigung nicht verletzt wird. Die ist euch Frauen ja immer derart wichtig." In seinen Augen funkelte es vergnügt.

Charly schnaubte sehr undamenhaft, während er sie fragend ansah. „Damit haben wir ja dann alle Klischees durch. Also ... warum Dame von Welt?", wollte sie plötzlich wissen.

„Na, wegen deiner Spanischkenntnisse."

Er hatte es also mitbekommen. Klar ... Mist!

„Passt irgendwie", sagte sie schnell. „Spanisch gehört aber nicht zu den Dingen, die ich auf Reisen aufgeschnappt habe."

Das Gespräch entwickelte sich. Sie stellten fest, dass sowohl sie selbst als auch André einiges zu erzählen hatten. Eine lustige Geschichte ging Hand in Hand mit der nächsten. Die Erfrischungen leerten sich zusehends, unterdessen sie sich immer besser verstanden. Ganz leicht und unverkrampft unterhielten sie sich wie alte Freunde, die sich lange nicht gesehen hatten und jetzt viel Gesprächsstoff nachholten. Nach und nach stellte sich eine Vertrautheit ein, die Gutes für weitere Treffen erahnen ließ. Sie sprachen über verschiedene Länder und Kulturen, ihre Reiseerfahrungen sowie über Bücher und Musik.

Charly rückte in der entspannten Atmosphäre mit ihrer Liebe zu den Harry-Potter-Bänden heraus. „Ich bin damit aufgewachsen. Egal, wohin es ging oder wo ich war, die Bücher haben mich begleitet", gab sie mit verlegenem Lächeln zu.

„Ist doch nichts Schlimmes, die Reihe hat schließlich Millionen von Menschen überall auf der Welt begeistert", bestärkte André sie. „Ich muss allerdings gestehen, dass ich sie nicht gelesen habe. Fantasy ist für mich ein rotes Tuch."

Charly lachte. „Dann hast du definitiv etwas verpasst!"

„Was liest du gerade?", wollte er wissen.

„Das neueste Werk von Dan Brown. Ich bin allerdings erst auf Seite zwanzig."

Daraufhin wollte Charly, neugierig, wie sie war, auch etwas darüber erfahren, was André interessierte. „Und du? Was lässt dein Herz höher schlagen?", fragte sie verschmitzt.

Er grinste. „Musik! Von Beethovens klassischer Neunten – du kennst das Finale wahrscheinlich unter der Bezeichnung *Ode an die Freude* – bis hin zu Rap. Es muss mir gefallen, aber mein Geschmack ist dehnbar. Sozusagen von allem etwas." Er sah sie an, als erwartete er ein Urteil.

„Beethoven ist jetzt nicht so meins", begann Charly vorsichtig.

André winkte ab. „Erzähl mir, was du richtig gut kannst!"

Damit verblüffte er sie. Etwas Derartiges hatte noch niemand von ihr wissen wollen.

„Wie meinst du das?" Sie blinzelte.

„Jeder kann irgendwas, das andere nicht können, oder zumindest nur sehr wenige so gut. Etwas, bei dem du dich unbesiegbar fühlst." Er wackelte mit der Augenbraue. „Zumindest fast, du weißt schon ..." Er nickte ihr auffordernd zu.

Charly überlegte kurz, dann sagte sie selbstsicher: „Ski fahren. Ich kann verdammt gut Ski fahren." Sie schwieg einen Augenblick. „Dafür bin ich hoffnungslos unmusikalisch. Abgesehen von meiner leidgeprüften Dusche kann man meinen Gesang keinem antun."

André lachte vergnügt. „Das glaube ich dir nicht. Wir müssen mal zum Karaoke gehen", sagte er schließlich. „Gehört Skifahren zu den Dingen, die du auf einer der Reisen aufgeschnappt hast?", fragte er dann.

„Genau. Am Anfang war jeder Schneehaufen mein Feind, aber seit ich es kann, ist es einfach traumhaft. Die Skier tragen dich von ganz alleine. Der Wind weht dir um die Nase, du fühlst dich ein bisschen schwerelos. Die Sonne scheint und die Aussicht ist atemberaubend." Charly bekam bei ihren eigenen Worten Sehnsucht. Sie freute sich auf den kommenden Winter, der allerdings noch in monatelanger Ferne lag.

„Ich weiß, ich fahre auch Ski", entgegnete André lächelnd.

Charly schwebte auf Wolke sieben. Er war lustig, zuvorkommend, hörte zu und empfand ihre größte Leidenschaft nach. Er kam damit dem Bild ihres männlichen Gegenstücks zumindest erschreckend nahe, sofern es dahingehend Kriterien geben konnte oder sollte. Wenn er auch noch ein guter Tänzer war, hatte er definitiv gleich mehrere Steine bei ihr im Brett. Irgendwo musste der Haken sein, denn perfekt war höchstens ein Film. Aber den Haken musste sie ja nicht heute finden.

In regem Austausch diskutierten sie noch eine Weile über große österreichische Skigebiete wie Ischgl, St. Anton und den Wilden Kaiser und ob Snowboardfahren etwas für Skifahrer war. Natürlich durften auch diverse Après-Ski-Geschichten nicht fehlen. André erzählte sehr anschaulich und Charly kam aus dem Lachen nicht heraus. Am Schluss war der Nachmittag viel zu schnell vorbeigegangen.

„Bist du sicher, dass du alleine nach Hause gehen möchtest?", fragte er sie, wieder auf dem Kopfsteinpflaster vor dem Starbucks stehend.

„Natürlich, sind nur ein paar Minuten und es ist noch hell." Charly wollte auf dem Nachhauseweg ein bisschen Zeit für sich haben. Zeit zum Nachdenken und um den Nachmittag Revue passieren zu lassen. Vanessa würde das wohl als erden bezeichnen.

„Okay, lass dich nicht klauen, zu intensiv anstarren oder gar ansprechen."

Die Zeitungsartikel, auf die er anspielte, hatte sie schon wieder vergessen gehabt. Was wohl ihre Mutter dazu sagte und ob ihre beste Freundin diese schon gesehen hatte? Sie würde es früh genug erfahren.

„Jawohl, ich werde brav und mit angemessener Vorsicht nach Hause wandeln", versicherte sie ihm scherzhaft. „Danke für den Kaffee."

„War mir eine Freude. Lass uns das nächste Woche nach Spanisch wiederholen", schlug André im Wegdrehen vor.

„Gerne!", rief Charly ihm nach. Fortuna lächelte auf sie herab. Ihre Gedanken tanzten Tango. Er wollte sie wiedersehen! „Und wenn du brav bist, gehe ich vielleicht irgendwann mit dir zum Karaoke!", setzte sie hinzu.

André drehte sich noch einmal um und warf ihr eine Kusshand zu. Charly winkte grinsend zurück.

„Aber vielleicht solltest du dir Ohrenstöpsel mitnehmen oder du wirst mich spätestens danach nicht mehr mögen", murmelte sie leise vor sich hin. Mit einem breiten Lächeln begab sie sich auf den Heimweg.

Falls man das jetzt schon sagen konnte, hatte sie sich tatsächlich ein bisschen verliebt. Sie hätte übermütig hüpfen mögen, auf dem Boden hin und her kullern und dabei laut lachen. Aber so was machte man in ihrem Alter nicht mehr, machte allgemein niemand in der Öffentlichkeit. Also riss Charly sich zusammen, schwenkte einmal ihre Fransentasche im Kreis und summte glücklich vor sich hin.

# 5

# DIE ÜBERRASCHUNG

Am nächsten Morgen hatte Vanessa sie abgeholt. Auf der Fahrt zur Uni war es Charly so vorgekommen, als säße die heilige Inquisition leibhaftig neben ihr im Auto. Ihre Freundin hatte jede noch so kleine Nebensächlichkeit von der Gala und dem Date wissen wollen. Charly war Frage um Frage tiefer in den Sitz gerutscht. Vanessas besondere Masche hatte darin bestanden, dass sie immer wieder darauf hinwies, wie lange sie nun vertröstet worden war. Ganz selbstverständlich hatte sie als beste Freundin angenommen, dass sie sich im Recht befand. Dass Charly sie hingegen nie so bedrängt hätte, bezog Vanessa in ihre Forderung nach Unterhaltung nicht mit ein.

Ihr besonderes Interesse galt vor allem Peter, dessen Person sie aus unerfindlichen Gründen zu faszinieren schien. Entnervt hatte Charly streng darauf verwiesen, dass Vanessa schon einen Freund hatte.

„Außerdem", so hatte sie hinzugefügt, „ist mir Peter, der hormongesteuerte Schönling, nicht geheuer."

Vanessa war nichtsdestotrotz hartnäckig geblieben. Sie hatte sogar eine der Zeitungen vom Vortag mitgebracht und Charly damit vor der Nase herumgewedelt.

„Noch bist du nicht vergeben, da muss man nach allen Seiten Ausschau halten", war ihr Credo gewesen.

Charly hatte ungläubig geschaut und das Nachrichtenblatt in ihre Tasche gesteckt. Um weitere glorreiche Ideen der Freundin zu unterbinden, hatte sie schnell davon berichtet, wie gut sie sich mit André verstand.

„Ha! Habe ich mir gleich gedacht, dass das was wird, als ich deine Nachricht gelesen habe", war Vanessas vollkommen überzeugter Kommentar.

„Unverbesserlich", hatte Charly gedacht, amüsiert gezwinkert und einfach weitererzählt.

„Kein Kuss? Komm schon!" Vanessa war entrüstet gewesen, indes

Charlys Bericht sich dem Ende zugeneigt hatte. Als sie ihr jedoch von der nächsten bevorstehenden Verabredung erzählt hatte, war die Laune ihrer Freundin allerdings wiederhergestellt gewesen.

Da Daniel am Samstag mit seinen Kumpels zu einem Fußballspiel gehen wollte und Charly am Wochenende sowieso noch nichts vorgehabt hatte, beschlossen sie, wieder einmal zu zweit einen richtigen Mädelsabend zu genießen. Dafür war man nie zu alt, darin waren sich beide einig.

Susann, die sich weder zu den Zeitungsartikeln noch die Woche über sonst irgendwie geäußert hatte, war in letzter Zeit nicht viel zu Hause gewesen. Beim Frühstück am Freitag hatte Charly daraufhin einen Zettel neben ihrem Teller gefunden.

*Bin mit Christine bummeln.*
*Komme am Sonntagabend wieder.*
*Schönes Wochenende! Susann*

Ihre Mutter wurde immer seltsamer, hatte Charly gedacht und das Bild eines Einsiedlerkrebses, der sich in sein Haus zurückzog, war in ihren Gedanken aufgeblitzt. Es wurde langsam Zeit, dass Sarah zurückkam. Vielleicht würde sich dann alles wieder normalisieren. Von ihrer Schwester hatte sie aber immer noch nichts gehört. Eine E-Mail oder gar eine Ansichtskarte war ausgeblieben. Sarah genoss wahrscheinlich ausgiebig ihre Freiheiten.

Charly hatte sie ein wenig beneidet und war nachdenklich geworden. Ob ihr Vater sie bald wieder mitnehmen würde? Hatte er den Artikel und das Foto gesehen?

Am Samstagnachmittag war wenigstens Vanessa bei ihr eingetroffen, glänzende Laune und jede Menge Taschen im Schlepptau. Das Wochenende war wie im Flug verstrichen. Die beiden Freundinnen hatten sich zum wiederholten Mal den Film Pretty Woman angesehen, Popcorn im Übermaß verschlungen und herumgealbert. Als Vanessa angefangen hatte, den Text von Julia Roberts mitzusprechen, war Charly aufgesprungen und hatte sich mit Kissen und einem wüsten Kampfschrei auf sie gestürzt. Eine wilde Balgerei war entstanden und beide hatten einmal mehr bewiesen, dass es oft die meiste Freude bereitete, noch mal völlig Kind zu sein. Und wenn auch nur für fünf Minuten.

Außer Atem waren sie schließlich lachend und mit Nagellack bewaffnet in Jogginghose und Sweater bei Anett in der Küche gelandet. Die gute Seele hatte sich sichtlich gefreut und sich sogleich ans Zubereiten ihrer berühmt-berüchtigten Häppchen gemacht. In dem Moment, als Charly dabei gewesen war, ihren linken Daumen fein säuberlich in einem zarten Rosa zu lackieren, war Vanessa mit der Neuigkeit herausgeplatzt.

„Wusstest du schon, dass Charly einen Verehrer hat?", hatte sie Anett gefragt.

Prompt war Charly mit dem dünnen Nagellackpinsel abgerutscht und hatte lauthals geflucht. Vanessa und die freudig überraschte Haushälterin hatten so getan, als hätten sie nichts bemerkt, und sich über Charlys Kopf hinweg unterhalten. Über André, ob Charly nun verliebt war und über die dahinschwindende Anzahl der Romantiker auf Erden. Als wären diese eine aussterbende Rasse.

Anett war ganz begeistert von dem Gedanken gewesen, dass Charly nun doch einen richtigen Verehrer hatte. Um ihre ehemalige Nanny von sich abzulenken, war sie sogar bereit gewesen, ein wenig zu mogeln, und hatte schnell das Stichwort Daniel genannt. Prompt hatte Vanessa angefangen zu schwärmen. Es war ein schöner Abend gewesen.

Charly hatte die Erinnerung heraufbeschworen, um sich von ihrer inneren Anspannung abzulenken. Der zweite Termin des Spanischkurses stand bevor und damit das Wiedersehen mit André. Sie war kein Teenie und nicht mehr gänzlich unerfahren. Warum war sie so nervös? Sofort gab sie sich selbst die Antwort: weil es ihr wichtig war.

Dieses Mal hatte sie gleich das richtige Treppenhaus gefunden und war vor den meisten anderen im Raum gewesen. Der Spanischlehrer hatte dies mit einem freundlichen Nicken zur Kenntnis genommen. Infolgedessen hatte sie den gleichen Sitzplatz wie letztes Mal gewählt. Die Stühle sahen sowieso alle gleich unbequem aus.

Eigentlich war sie jemand, der sich morgens rasch anzog und dann lieber länger beim Frühstück saß. Doch heute war ihr die Kleiderwahl unendlich schwergefallen. Schlussendlich hatte sie sich für ein grünes Top mit Spitze zu einem geblümten, locker fallenden Rock entschieden. Ihre Füße steckten in schlichten weißen Ballerinas. Das Haar hatte sie zu einem Pferdeschwanz zusammengefasst und ihre Bienenbrille steckte einem Haarreif gleich auf ihrem Kopf. Noch immer plagte sie die Wärme draußen.

Langsam füllte sich das kleine Zimmer. So weit, so gut. Doch wo blieb André? Charly hatte auf diesen Tag hingefiebert, hatte sich alles Mögliche ausgemalt. Nur selbstverständlich nicht die Tatsache, dass er nicht kommen würde. Der Lehrer, erneut vollständig in Schwarz gekleidet, wandte sich zur Tür, um diese zu schließen. Wie er wohl mit der Hitze zurechtkam? Bei der Kleiderfarbe.

Kurz vor knapp drückte sich, wenig elegant, der schon schmerzlich Vermisste durch den noch offenen Spalt. Außer Atem spuckte er ein „'tschuldigung!" in den Raum und ließ sich auf dem Platz neben Charly nieder.

Mit einem zackigen „Hola" von vorne begann nun der Unterricht.

Charly drehte sich zu André, der seine Sachen auspackte. „Hey", begrüßte sie ihn. „Fandest du meinen Auftritt letzte Stunde so überzeugend, dass du dir gedacht hast, du probierst die Sache mit dem Zuspätkommen auch mal?"

Er verzog das Gesicht. „Ich habe einfach keinen Parkplatz gefunden", flüsterte er. „Die bauen überall Häuser, was das Zeug hält. Hat sich dabei auch mal jemand überlegt, wo die Leute ihre Fahrzeuge abstellen sollen?"

„Und es gibt noch nicht mal einen Parkwächterservice für Autos wie deines", zog Charly ihn belustigt auf.

„Ja, vielleicht wäre das die Marktlücke: ein privates Parkhaus an der Uni. Würde sich sicher rentieren", spann André die Idee weiter.

„Ein Problem wäre nur, dass es schweben müsste. Hier ist rundum alles zugebaut", machte Charly dieser jedoch ganz realistisch den Garaus.

„Pssscht!", zischte es in ihre Richtung. Charly zog die Augenbrauen hoch. Da nahm aber jemand den Zusatzkurs sehr ernst.

Die folgenden eineinhalb Stunden zogen sich wieder in die Länge. Alle fünf Minuten warf sie einen Blick auf die Uhr, die über dem Waschbecken rechts vorne im Raum hing. Als der Unterricht endlich vorbei war, strömte alles in den Gang. Allen voran André und Charly.

Am Morgen hatte sie sich extra von Vanessa mitnehmen lassen. Dass André am liebsten mit seinem eigenen Wagen fuhr, wusste sie nun. Zudem imponierte ihr die Bonzenkutsche, wie Vanessa sie auf Charlys Beschreibung hin bezeichnet hatte. Sie war gespannt, was André wohl vorschlagen würde. Es gab unendlich viele Cafés und Restaurants. Oder wollte er lieber etwas Aktiveres unternehmen?

Stirnrunzelnd schaute André auf sein Smartphone, dann wandte er sich entschuldigend an sie. „Tut mir leid, aber ich muss kurz telefonieren. Würde es dir etwas ausmachen, wenn du mir einfach zum Auto folgst?" Er sah ein wenig zerknirscht aus, grinste aber bei den nächsten Worten wieder.

„Heute habe ich den Tag geplant, also wirst du dich sowieso überraschen lassen müssen, okay?"

„Okay." Charly fühlte sich ein bisschen überrumpelt, wenn auch nicht in negativem Sinne.

Während er nun mit der einen Hand wählte, schlang sich seine andere um Charlys Finger. „Wir wollen ja nicht, dass du unterwegs verloren gehst", sagte er und zwinkerte ihr zu.

So viel Charme hätte eine Betonmauer zum Schmelzen bringen können und Charlys Herz machte unwillkürlich einen Sprung. Zu einer schlagfertigen Erwiderung war sie nicht mehr fähig.

Hand in Hand stiegen sie die Stufen hinunter und sie hatte endlich Zeit, diese zu zählen. Unten angekommen war sie sich dreier Dinge sicher: Der Architekt des Gebäudes war wirklich ein äußerst seltsamer Mensch, denn es waren genau dreiunddreißig Stufen. Eine Schnapszahl. Von oben sieben mal vier und unten, bevor man wieder auf dem Boden stand, einmal fünf. Zweitens sprach André fließend Französisch, zumindest war sie sich ziemlich sicher, dass dies die Sprache war, in der er telefonierte. Und abschließend bemerkte sie, dass er einen wahren Goldesel und einen persönlichen Einkaufsberater zu Hause haben musste. Intensiv hatte Charly ihn gemustert, derweil er in einem unermüdlichen Tempo einen nicht enden wollenden Redeschwall in sein Telefon abfeuerte. Er trug hochgeschlossene, silbern glänzende Freizeitschuhe, eine graue, lange Hose von Giorgio Armani, wie die kleine weiße Schrift, die sich an der Hosennaht entlangzog, verkündete, und ein schwarzes T-Shirt mit einem riesigen weißen Calvin-Klein-Zeichen. Dazu baumelte an seinem Handgelenk eine silberne Uhr. Charly hatte eine ähnliche vor einiger Zeit bei ihrem Vater gesehen.

An Andrés Shirtkragen hing eine schwarze, hypermoderne Sonnenbrille, passend zu Wetter und Jahreszeit. Hinzu kam seine Umhängetasche. Mehr Marke ging wirklich nicht. Ihre Mutter würde das nicht gutheißen, dachte Charly.

Susann sagte öfter, es müsse eine Steigerung geben, sonst hätten ihre Töchter später an dem eigenverdienten Geld nicht die Freude, die es bringen sollte. Außerdem war sie keine Anhängerin von absoluter Verschwendungssucht. Charly war bisher gut damit zurechtgekommen. Nur Sarah hatte vermehrt aufbegehrt, bevor sie in die USA geflogen war. Ihre Schwester vertrat die Ansicht, dass man das Geld, das man besaß, nutzen und sich daran erfreuen sollte.

„Ich möchte mir jetzt etwas davon kaufen! Wenn ich es in fünfzig

Jahren erbe, verdiene ich längst mein eigenes", war ihre bevorzugte Argumentation gewesen.

Doch Susann hatte sich nicht erweichen lassen. Manchmal war es Charly so vorgekommen, als glaubte die Mutter nicht an den Erfolg der eigenen Sprösslinge, und hielt sie deshalb an der kurzen Leine. Und vielleicht hatte sie recht, denn sich mehr leisten zu können würde immer Freude bringen, Einschränkung hingegen bedeuteten Missmut.

Trotz seiner Aufmachung wirkte André nicht überkandidelt oder fehl am Platz. Er schien sich so, wie er war, wohlzufühlen und bewegte sich dementsprechend selbstbewusst. Seine Haltung war zumindest bisher immer offen und interessiert gewesen.

Charly sagte sich deshalb, dass in Wohlstand zu leben grundsätzlich nichts Verwerfliches darstellte. Vanessa und sie waren auch nicht gerade arm.

André beendete derweil sein Telefonat und drückte leicht ihre Hand. „Na, aus welcher Welt tauchst du auf?", fragte er, während sie die kurze Distanz bis zum Haupteingang überwanden. Charly wurde rot. „Sah nach ernsten Gedankenspielen aus", hakte er nach und stieß die Tür ins Freie auf.

„Ach, meine Schwester ist momentan irgendwo in der Nähe von San Francisco unterwegs. Das heißt, ich hoffe es zumindest. Von dort aus wollte sie nach Hause fliegen, aber ich habe schon länger nichts mehr von ihr gehört", wich sie aus. Jemandem beim zweiten Date zu sagen, dass man sich überlegt hatte, ob er ein Protzklotz war, wie die beste Freundin es ausdrücken würde, kam vermutlich nicht allzu gut an.

Sie schlängelten sich immer noch händchenhaltend durch die Studierenden hindurch, die auf dem geteerten Vorplatz standen. Einige neugierige Blicke streiften sie. André war einfach eine auffällige Gestalt. Er hatte inzwischen seine Sonnenbrille aufgesetzt und bedeutete ihr, ihm in eine der Seitengassen zu folgen, die vom Unigelände wegführte.

„Oh, das tut mir leid. Ich denke allerdings, dass sicherlich alles in Ordnung ist. Ist sie als Backpacker unterwegs?", wollte er wissen.

Es war stiller um sie herum geworden.

Charly bejahte. „Mit ein paar Freunden von früher und neuen von dort."

Sie erreichten den Spyder. Einmal mehr erschien ihr das Auto unwirklich inmitten der alltäglichen Atmosphäre und sie schwor sich, sich nie wieder, und sei es nur in Gedanken, über den ausgefallenen gelben Audi von Daniel lustig zu machen. „Ich habe das ebenso nach dem Schulabschluss gemacht", gab André zu. Sie warfen ihre Taschen wie beim letzten Mal in den Kofferraum und stiegen ein. Er beugte sich zu ihr. „Und ich kann dir sagen, am Ende war ich wirklich froh, wieder nach Hause zu kommen. Am Anfang ist alles total cool. Keine Regeln, nichts, was du nicht ausprobieren könntest. Aber irgendwann fangen die Leute an, dich zu nerven, weil du ständig aufeinandersitzt. Du kannst das Essen nicht mehr sehen und so weiter. Also, glaub mir, du siehst deine Schwester sicher schneller wieder, als du denkst."

Charly lächelte. „Über das Essen hat sie sich tatsächlich schon beklagt."

„Na also." André nickte wissend. „So, bitte anschnallen. Jetzt geht es los." Er fuhr rückwärts und drehte dann geschickt. Der Spyder hatte einen geringen Wendekreis.

„Verrätst du mir nun, wo es hingeht?" Charly war neugierig.

„Ich verrate dir den ersten Programmpunkt." Gnädig nickend fädelte er das Auto in den Verkehr ein.

Es gab ein Programm?!

„Mein Magen knurrt zwar nicht lauthals, aber ich habe Hunger. Also werden wir erst mal schön essen gehen. Und hierbei gibt es keine Auswahlchancen." Aus unerfindlichen Gründen schien es ihm Spaß zu bereiten, diese Tatsache zu betonen.

„Solange es etwas Gutes gibt, habe ich nichts zu meckern."

André schmunzelte. „Okay, im Ernst. Essen auf dem Funkturm. Die Aussicht ist unschlagbar, außerdem ist es mein Lieblingsrestaurant. Danach, weil ich so nett, zuvorkommend und überdies brav war, will ich dein Stimmchen beim Karaoke hören. Das kann nur lustig werden, also gönn mir den Spaß. Dann schauen wir weiter. Einverstanden?" Kurz blickte er zu Charly. Vanessa hatte sie einmal gebeten, das Restaurant im Fernsehturm mit ihr auszuprobieren. Damals hatte sie sich kategorisch geweigert. Was tat man nicht alles für die Männer?

Zu André sagte sie: „Sehr gerne, wenn du zahlst."

Das brachte ihn zum Lachen. „An Direktheit fehlt es dir definitiv nicht", stellte er belustigt fest.

„Na, wenn du da hingehen willst. Was sie dort für eine Vorspeise verlangen, bezahlt andernorts eine ganze Familie fürs Abendessen!", entrüstete sich Charly.

Das L'Autriche war ein Delikatessenrestaurant und hatte erst vor wenigen Monaten eröffnet. Mit der grandiosen Aussicht über die Dächer der Stadt auf der einen Seite und den großen Fluss auf der anderen war vor allem die dazugehörige Bar in Kürze zu einem angesagten Treffpunkt geworden. Bei der Klientel hatte sich schnell die Spreu vom Weizen getrennt und die Preise waren durch die Decke geschossen.

André parkte am Fuß des Turms auf der eingeebneten Parkfläche für Gäste. Es standen schon ein paar andere Autos da, insgesamt aber nicht viele. An der Information vorbeigehend, winkte er der mittelalten blonden Dame dahinter freundlich zu. Da sie eine Reservierung hatten, mussten sie kein Ticket für die Fahrt nach oben lösen.

Der Funkturm war schon lange eine beliebte Attraktion, um dem Ausblick Respekt zu zollen, und da die Wartungsarbeiten nicht günstig waren, verlangte die öffentliche Hand normalerweise von jedem Schaulustigen ein kleines Entgelt. Dies entfiel, als kleiner Anreiz, beim Besuch des Restaurants.

Mit dem Aufzug schossen sie rasant in die Höhe und Charly musste mehrmals schlucken, um den Druck auszugleichen. Schon beim ersten Schritt aus der Kabine nahm sie das bestechende Panorama wahr. Ohne auf André zu warten, lief sie direkt zu einer der wandhohen Scheiben.

In gelbes Sonnenlicht getaucht, funkelten die Dächer der Häuser golden. Märchenhaft sah das aus, fand Charly und ließ sich verzaubern.

Ihr Begleiter war inzwischen hinter sie getreten. „Ich wusste, dass es dir gefallen würde", sagte er mit so viel Überzeugung, dass sie ihn am liebsten wieder geboxt hätte.

Wo nahm er nur dieses scheinbar grenzenlose Selbstvertrauen her?

Sie hielt sich zurück, bereute es allerdings bereits bei seinen nächsten Worten. „Ich habe mir erlaubt, schon zu bestellen ..." Er machte eine Kunstpause. „... da ich sowieso bezahle."

Grinsend pfiff er vor sich hin.

Nun, das hatte sie sich selbst eingebrockt. Die Stichelei musste sie demnach schlucken. „Na, da bin ich aber gespannt", gab sie stattdessen zurück.

André schien sich hervorragend zu amüsieren. „Nur das Feinste für die Dame von Welt", sagte er.

Sie fühlte sich zunehmend veräppelt. Als er dies sah, wurde er wieder ernst.

„Lass dich nicht von mir aufziehen. Ich esse zwar gerne ausgefallene Dinge wie Austern, allerdings eher in Frankreich. Du wirst das Essen hier mögen." Er führte sie geschickt durch die locker aufgestellten Reihen zu einem Tisch am Fenster. „Was möchtest du trinken?", fragte er und rückte ihr den Stuhl zurecht. Gute Manieren konnte man ihm nicht absprechen. Revanche war trotzdem erlaubt.

„Champagner, bitte", bat Charly höflich.

André sah sie einen Moment irritiert an. Ihr Pokerface war undurchdringlich. Dann aber zeigte sich ein feines Lächeln auf seinen Zügen. „Fast hättest du mich gehabt ..." Er wackelte mit dem Zeigefinger, als wolle er sie warnen, es nicht zu weit zu treiben.

Charly war nun wieder bester Laune. Indessen trat ein junger, bemüßigter Kellner in Schwarz-Weiß an ihren Tisch. Sie bestellte eine Flasche Wasser, André eine Cola. Danach nahmen sie mit Leichtigkeit die Unterhaltung wieder auf.

„Woher kommst du ursprünglich?", fragte Charly ihn direkt. Das Telefonat von vorher ging ihr nicht mehr aus dem Kopf. André sprach, soweit sie es beurteilen konnte, zwei Sprachen akzentfrei, das war bewundernswert.

Er zögerte kurz, bevor er ihr antwortete. „Wie du dir wohl denkst, steckt tatsächlich ein französischer Teil in mir. Meine Mutter", André senkte den Blick, sein Kiefer verspannte sich, „ist eine Landsmännin von dir, mein Vater ist Franzose."

Daher also die perfekte Zweisprachigkeit. Charly sah ihn interessiert an. Sie wollte mehr erfahren. Dennoch nahm sie einen mitschwingenden Unterton in seinen Worten wahr, den sie nicht richtig einzuordnen vermochte.

„Ich wurde in Frankreich geboren. Wir sind umgezogen, als ich noch relativ klein war", beantwortete André ihre unausgesprochene Frage.

Sie nickte, die Geschichte mit dem Umzug kam ihr bekannt vor. Es gab also einige Parallelen zwischen ihnen, auch wenn sie nur innerhalb der Stadt umgezogen war.

„Vorher habe ich mit dem Assistenten meines Vaters telefoniert, es musste eine schnelle Entscheidung getroffen werden und mein Vater war unauffindbar." Andrés Blick ging ins Leere. Er stierte in die Luft, mit seinem Bewusstsein meilenweit entfernt.

Er hatte demnach ein großes Maß an Einblick in die Geschäfte seiner Familie, welche auch immer das sein mochten. Vielleicht verdiente er das Geld, das er ausgab, wirklich selbst? Als Student wäre das eine beachtliche Leistung! Diese Überlegung bestärkte Charly darin, mehr über die Clark Group erfahren zu wollen. Sie wollte sich weniger ahnungslos fühlen und Verantwortung übernehmen.

„Ich werde nachher versuchen, ihn zu erreichen. Eigentlich hat er das

Handy Tag und Nacht an." André wirkte beunruhigt. Sie beschloss, das Thema vorerst ruhen zu lassen. Bestimmt würden sich genug andere Zeitpunkte für Fragen ihrerseits ergeben.

Die Getränke kamen. Beide nahmen einen Schluck.

„Nach dem, was du vorher gesagt hast, werden wir nie zusammen französisch essen gehen." André sah sie überrascht an, ob wegen des unvorhergesehenen Themenwechsels oder der Aussage an sich, konnte sie nicht sagen.

„Warum?", wollte er wissen und entspannte sich dabei sichtlich. Das war gut.

„Ich mag Fisch aller Art, liebe Scampi und Krabben, Krebse und Langusten, sogar Hummer! Aber Austern sind glibberig, glitschig, widerlich und Kaviar kommt gleich danach." Absolut überzeugt schaute sie ihn über die Tischplatte hinweg an. Immerhin das hatten die Reisen sie gelehrt!

André lachte herzlich.

„Was?", fragte Charly ihn, musste aber selbst schmunzeln.

„Glibberig, glitschig, widerlich, ja?" Er schien die Aneinanderreihung unheimlich witzig zu finden.

„Genau." Bestätigend neigte sie hoheitsvoll den Kopf.

„Werde ich mir merken", sagte er wieder ernst. „Dir ist schon bewusst, dass die Franzosen das knusprigste Baguette, den herrlichsten Käse und die besten Croissants der Welt herstellen?"

Charly gab sich geschlagen. Sie hatte den provokativen Anfangssatz nur zur Ablenkung nutzen wollen. Durchdacht hatte sie ihn nicht.

„Gut. Ich reiche dir die Friedenspfeife." Sie klimperte mit den Wimpern. „Zur Versöhnung mit deinen französischen Wurzeln lade ich dich zum Brunchen am Samstag ein. Schön mit Croissants, Butter, Marmelade, Ei, Speck und allem, was dazugehört. Ist zwar nicht Frankreich, aber ich kann dir zumindest die besten Bäckerstücke der Stadt anbieten. Wie klingt das?"

André lächelte. „Da läuft mir schon jetzt das Wasser im Mund zusammen. Hoffentlich kommt bald unser Essen." Er linste in Richtung Bar, dann wieder zu Charly. „Damit hätten wir die nächste Verabredung. Ich sehe, wir arbeiten uns vor."

Sie zwinkerte. „Lassen wir es auf uns zukommen."

Erst einmal kam allerdings das Essen. Schnitzel mit Pommes und grünem Salat. Das Fleisch war in kunstvollen Streifen neben der Beilage angerichtet, trotzdem blieb es, was es war: Hausmannskost, keine

Delikatesse. Damit hätte Charly als Letztes gerechnet. Belustigt blickte sie auf ihren Teller.

André zuckte nur mit den Achseln und fragte: „Habe ich zu viel versprochen?"

Es schmeckte köstlich.

Nachdem die Teller abgeräumt waren, wollte Charly wissen: „Was heißt eigentlich L'Autriche? Das ist doch französisch, oder?"

„Ist es und es heißt Österreich", übersetzte er und trank einen Schluck Cola.

„Aha." Sie kicherte und er schaute sie fragend an. „Ein Delikatessenrestaurant, in dem es Schnitzel gibt und das sich auf Französisch *Österreich* nennt." Sie verzog den Mund. „Du musst zugeben, dass das schon ein wenig ..."

„Seltsam, komisch?", schlug André vor.

„... komisch ist", beendete Charly den Satz.

Er seufzte gespielt. „Ich sehe schon, du bist eine mit Ansprüchen."

„He! Ich bin nicht irgendeine, ich habe einen Namen", gab sie zurück.

„Charly." Er sprach es aus, als wäre etwas Geheimnisvolles dabei, und verursachte dadurch ein zartes Flattern in ihrer Herzgegend.

Machte er sie etwa an? Was sonst! Und sie reagierte darauf. Grandios.

Mit einem schnellen Schluck aus ihrem Wasserglas versuchte sie, ihre Verlegenheit zu überspielen. Die Flasche vor ihr war, ebenso wie Andrés Getränk, fast leer. Der Gedanke an Aufbruch und Karaoke ließ sie nervös werden. „Es war sehr lecker. Ich glaube, ich habe mich noch gar nicht für die Einladung bedankt." Ihr Satz durchbrach die Stille.

„Du hast dich ja auch selbst eingeladen", grinste er. „Aber es ist nicht so, dass ich Dank ablehne. Wir finden sicher nachher ein nettes Lied, das du mir vorsingen kannst." Seine Augen funkelten vergnügt. André schien Spaß an ihrem Unbehagen zu haben.

„Sicher", antwortete Charly mit leicht gequältem Unterton.

Er lachte leise und winkte dem fleißigen Kellner. „Außerdem finde ich das Essen hier sehr lecker, deshalb bin ich öfter da." Als die Rechnung kam, zog er ein paar Scheine aus dem Geldbeutel und legte sie in die Mappe. Dann schob er seinen Stuhl zurück und Charly tat es ihm gleich.

Als sie unten aus dem Aufzug stiegen, zog sie ihre Sonnenbrille aus dem Haar und setzte sie auf die Nase. Hinter den großen Gläsern fühlte sie sich geschützt. Draußen war es noch hell, obgleich die Uhrzeit als früher Abend bezeichnet werden konnte. Unvermindert drückende Wärme empfing sie, als sie ins Freie traten. André hatte sein Smartphone gezückt und wählte mit einem „Du entschuldigst?", und bevor Charly zu einer Erwiderung ansetzen konnte, hatte er das Gerät bereits am Ohr. Sekunden später erging er sich erneut in einem französischen Redeschwall. Dieses Mal hatte sein Vater wohl abgehoben.

Da Charly sich wie bestellt und nicht abgeholt vorkam, machte sie ein paar Schritte in Richtung des Spyders. Der betonierte Parkplatz hatte sich unmerklich gefüllt. Im Restaurant waren ihr die anderen Gäste nicht wirklich aufgefallen. Ein paar Tische waren belegt gewesen, doch der Lautstärkepegel hatte sich in Grenzen gehalten. Da das L'Autriche aus einem großen Raum bestand, hätte es eigentlich laut wie in einer Bahnhofshalle sein müssen. Wahrscheinlich waren die Decke und Wände im Inneren des Turmes mit einem speziellen lärmdämmenden Material ausgekleidet, sinnierte Charly. Die Außenwände waren jedenfalls aus Glas. Das schluckte keinen Ton, sondern reflektierte diesen vielmehr.

Am Auto angekommen warf sie einen Blick zurück und beobachtete, wie André mit der freien Hand herumfuchtelte, während er beschwörend auf seinen Zuhörer am anderen Ende der Leitung einredete.

Langsam ließ sie die Finger ihrer linken Hand über die Motorhaube gleiten. Der Lack fühlte sich glatt und warm an. Prüfend drückte sie dagegen. Es tat sich nichts. Von hinten legte sich abrupt eine schwere Hand auf ihre Schulter. Charly zuckte zusammen.

„Schreckhaft?", vernahm sie Andrés Stimme.

Der Druck neben ihrem Hals verschwand und sie wandte sich um. „Gott. Du hast mich erschreckt!"

„André, nicht Gott. Sonst hätte ich noch mehr zu tun", korrigierte er sie und bemühte sich, ernst zu schauen. Charly rollte mit den Augen. „Was ist denn das für ein Benehmen?", fragte er daraufhin gespielt empört. „Wie ich sehe, gefällt dir mein Auto?"

„Ja. Der Audi ist ganz nett", fand Charly ihre Stimme wieder.

„Nett? Ich geb dir gleich nett!" André fixierte sie einen Moment grimmig, dann hatte Charly ihn durchschaut und beide lachten auf.

Angeschnallt im Auto sitzend, sprach André plötzlich auf Französisch mit seinem Gurt. Mit seinem Gurt!

„Du kannst dich auch gerne mit mir unterhalten", bemerkte Charly trocken. André feixte, bis schlagartig Musik das Wageninnere erfüllte und sich das Navi aktivierte.

Er zwinkerte und erhellte sie: „Im Gurt befindet sich die Spracherkennung des Spyders." Im Anschluss trat er aufs Gas, das Auto machte einen Satz und Charly hielt sich mit aufgerissenen Augen an ihrem eigenen Sicherheitsgurt fest. André manövrierte den Audi aus dem Parkplatz und auf die Straße. Falls er sie ablenken wollte, war es ihm gelungen. Er beschleunigte. Geschickt überholte er zuerst von der einen, dann von der anderen Seite die meisten Autos, die vor ihnen fuhren. Soweit Charly sich an ihre theoretische Führerscheinprüfung erinnern konnte, war beidseitiges Überholen gesetzlich nicht erlaubt. Sie fühlte sich wie in einem dieser Videospiele, in denen man seinen Wagen in voller Fahrt zwischen Hindernissen hindurchsteuern musste. Wo war der ruhige Fahrer hin? Sie selbst war die wenigen Male, die sie das Spiel mit Freunden gespielt hatte, absolut und unwiderruflich schlecht gewesen. Ihr Fahrzeug war immer schon nach wenigen Sekunden im Graben gelandet, das virtuelle Leben schneller als ein Wimpernschlag vertan gewesen und innerhalb weniger Minuten auch die anderen. Jetzt war der Graben real, sie hatte nur ein Leben und hoffte, dass André ein besserer Autofahrer war.

Er lenkte das Fahrzeug noch immer kriminell gefährlich durch den Straßenverkehr. Charlys Hände hatten sich festgekrallt und sie selbst war in eine Art Schockstarre verfallen. Wollte er ihr damit imponieren? Oder war er einfach lebensmüde?

Gerade als sie den Mund aufmachte, um etwas zu sagen, wurde der Sportwagen langsamer.

„Warum diese Idioten immer auf der Überholspur schleichen! Da fahren sie schon dicke Karren und finden nicht mal das Gaspedal. Entweder Gas geben oder sich einreihen! Ist doch ganz einfach", knurrte André die Windschutzscheibe an.

Das brachte ihm einen verdatterten Blick von Charly ein. Und während er die Stirn runzelte, fand sie zu ihrer Empörung zurück.

„Du musst wirklich dringend zum Optiker! Augenscheinlich kannst du die Verkehrsschilder nicht lesen bei der Geschwindigkeit, die du gerade draufhattest. Mach das nie wieder!" Wütend funkelte sie ihn an. Sie war stinksauer.

Er stutzte. „Ich wollte dich nicht erschrecken", sagte er erstaunt.

Charly nickte mit starrem Gesichtsausdruck. Ob André ihre Bewegung sah, war ihr egal.

„Sie haben ihr Ziel in zweihundert Metern erreicht", riss die Stimme des Navigationsgeräts beide aus ihren Gedanken.

Sie waren einmal durch die Stadt gefahren. Charly erkannte das alte graue Gebäude, an dem sie vorbeirollten. Vor langer Zeit hatte sie das Naturkundemuseum mit der Schule besucht. André parkte auf dem dazugehörigen Parkplatz, der fast leer war. Kein Wunder, um diese Uhrzeit hatte das überschaubare Museum vermutlich geschlossen. Unkraut wucherte zwischen den unregelmäßigen Steinen, die den Boden bedeckten.

Was wollten sie hier? Karaoke im Kulturgut? Das konnte Charly sich beileibe nicht vorstellen.

Beide blieben sitzen, nachdem André den Schlüssel gezogen hatte. Stille legte sich über sie.

Schließlich neigte er sich zu Charly. „Hör mal, es tut mir leid. Für mich zählt nur, so schnell wie möglich von A nach B zu kommen. Ich möchte, dass du weißt, dass ich alles unter Kontrolle hatte." Er holte tief Luft. „Es war bisher ein wirklich schöner Tag." Langsam lehnte er sich zurück und wartete.

Charly atmete durch. „Ich nehme deine Entschuldigung an. Allerdings unter der Bedingung, dass du dich zurückhältst, wenn ich mit im Auto sitze."

„Versprochen."

„Stell dir einfach vor, deine stylische Oma sitzt neben dir", fügte sie mit einem schiefen Lächeln hinzu.

Sein Blick wanderte zu ihrem Mund. „Das wird schwierig." Andrés Gesicht kam näher.

Wollte er sie küssen? Jetzt? Charly schloss automatisch die Lider. Ihre Lippen öffneten sich einen Spalt. Es passierte einfach. Sie konnte seinen Atem auf ihrer Haut spüren.

Doch plötzlich zog André mit einem gemurmelten Fluch seinen Kopf zurück, machte die Autotür auf und öffnete seinen Gurt mit einem lauten Klacken. Verwirrung machte sich in Charly breit. Eine kleine Spitze bohrte sich in ihre Brust. Sie öffnete die Tür auf ihrer Seite und stieg aus.

Eigentlich mochte sie es gerne, vorbereitet zu sein. Heute fühlte sie sich dagegen wie im freien Fall. Wäre es besser, jetzt zu gehen?

André war inzwischen um den Wagen herumgelaufen und stand vor ihr. Er sah sie fragend an und schien sich in seiner Haut auf einmal doch nicht mehr vollkommen wohlzufühlen. Immerhin waren sie beide aus dem Konzept gebracht.

Charly beschloss, direkt zu sein. „Was genau willst du von mir?"

Zuerst sah André verblüfft aus. Das hatten vermutlich noch nicht allzu viele weibliche Bekannte gefragt. Dann wurde er nachdenklich. Er schien zu begreifen, dass es von seiner Antwort abhing, wie es weiterging. Letztlich verzogen sich seine Mundwinkel zu einem plastischen Lächeln, das seine Augen nicht erreichte.

„Ich will, dass du mit mir kommst und wir gemeinsam einen lustigen Karaokeabend verbringen." Er wich ihr unverkennbar aus. Charly drückte sich an ihm vorbei, doch André hielt sie auf. „Wo willst du hin?"

„Wir wissen beide, dass das nicht die Antwort auf meine Frage war, und ich spiele keine Spielchen." Ihre Stimme blieb fest.

Ernst sah er sie an. „Du möchtest etwas ziemlich Weitreichendes wissen für das zweite Treffen. Bist du dir sicher, dass du wirklich eine Antwort willst?"

Charly wurde plötzlich seiner Nähe gewahr und sie machte instinktiv einen Schritt nach hinten. „Ich bin mir sicher." Ihre Pupillen bohrten sich in seine.

„Dann werde ich dir deine Frage ehrlich beantworten. Aber nicht hier mitten auf einem Parkplatz vor einem angestaubten Museum."

Beide sahen einander abschätzend an wie Hähne in einem Ringkampf vor Publikum. Schließlich schlug Charly die Autotür zu und folgte André, der zielstrebig vorausging. Sie schwiegen. Von der heiteren Stimmung, die noch im Restaurant zwischen ihnen geherrscht hatte, war nichts mehr zu spüren.

Nach drei Querstraßen kamen sie zu einem kleinen Pub, der von außen unscheinbar wirkte. Die Gegend war ruhig: Einfamilienhäuser, kleine Geschäfte, enge Straßen und einige Bäume. Doch im Inneren war einiges los. Der vordere Teil wurde von einer Theke mit Ausschank beherrscht, hinten war eine schwarze Bühne aufgebaut, ausgestattet mit Mikrofon, Bildschirm, weißer Leinwand und bunter Beleuchtung. Dazwischen stand ein Sammelsurium aus Tischchen und Stühlen jeglicher Größe, Farbe, Form und Beschaffenheit. Die Wände waren mit gerahmten, signierten CDs, der einen oder anderen Schallplatte sowie Postern von Stars geschmückt. Die Gäste bildeten den normalen Durchschnitt. Vom Studenten bis zum Geschäftsmann schien alles vertreten zu sein.

Erstaunt blickte Charly sich um. André wollte in ihren Augen nicht so recht hierher passen. Fragend sah sie ihn an. Er zuckte nur nonchalant die Schultern und bahnte sich einen Weg in Richtung Theke. Hier war der Lärmpegel deutlich höher als im Restaurant, deshalb beschloss sie, ihm nicht hinterherzurufen.

Auf einmal wanderten alle Scheinwerfer zur Bühne, die gerade von einem Mann im schwarzen Anzug erklommen wurde. Er war jüngeren Alters. Geübt griff er zum Mikrofon und drückte auf den Bildschirm.

„Hallo, zusammen! Schön, dass heute Abend so viele anwesend sind. Das heißt, je nachdem, wie jeder Einzelne singt ..." Er lachte sympathisch. „Ich gebe jetzt die Bühne frei. Für alle, die das erste Mal hier sind: Die Heftchen mit den vorhandenen Liedern liegen auf den Tischen. Ihr müsst euch nur in die Liste an der Bar eintragen und euch die Nummer vor eurem Namen merken. Diese erscheint irgendwann, nachdem ein Lied fertig ist, und dann ist es eure Bühne! Gebt einfach den Namen des Songs ins Suchfeld auf dem Touchpad ein und los geht es. Der Text erscheint vor euch, das Musikvideo dazu auf der Leinwand hinter euch. Ich wünsche euch viel Spaß, möchte aber dieses Mal nicht sehen, dass einer der Künstler beworfen wird!" Streng schaute er in Richtung des Studententischs und verließ dann die Bühne.

Ein blauhaariger Punker erhob sich sogleich und stakste unter den Pfiffen seiner Freunde nach vorne. Das konnte ja heiter werden.

Charly ging einige Schritte und ließ sich auf einem orangefarbenen Stuhl nieder, so weit wie möglich vom Geschehen entfernt. André kam mit einem Bier für sich und etwas, das wie Rotwein aussah, zurück. Nach einem Schluck wurde Charly klar, dass es Traubensaft war. Alkoholfrei?!

„Und wie gefällt es dir?", fragte er ungezwungen. Sie hatten sich inzwischen beide ein wenig entspannt.

„Irgendwie ..."

„Seltsam? Komisch?", fragte André amüsiert.

Sie boxte ihn in die Schulter. Jetzt fuhr er ja nicht Auto. Was sie wieder darauf brachte, dass sie eigentlich wütend war.

„Anders, als ich es mir vorgestellt habe. Gar nicht schickimicki. Bist du dir sicher, dass du es aushältst, mit all diesen normal verdienenden Menschen in einem Raum zu sein?", fragte sie ihn. Wenn er provozieren konnte, konnte sie das schon lange!

André feixte nur. „Du findest es also nicht schlecht", stellte er fest.

„Aber zu deiner Frage, auf deren Antwort du so unheimlich scharf bist." Charly sah ihn mit schief gelegtem Kopf an. „Da du die Ehrlichkeit betont hast ..."

Er nahm einen Schluck aus der Flasche. „Ich hatte in meinem Leben schon jede Menge Sex. Einfach nur, um Sex zu haben. Du vermutlich auch." Charly nickte wie ein Wackeldackel mit dem Kopf. In ihr arbeitete es.

Unbewegt sprach er weiter: „Und ich habe überhaupt nichts gegen mehr Sex."

Charly wurde rot. Konnte er das Wort vielleicht noch öfter wiederholen? Möglicherweise war sie prüde, aber Herrgott noch mal ... musste er sie so intensiv dabei ansehen? Und das in einem Pub, nicht einmal in einem Bett. Da war die Frustration ja vorprogrammiert! Sie erschrak über ihre eigenen gedanklichen Freizügigkeiten.

„Punktum, wie wir beide wissen, ist das keine Kunst. Und wenn ich ganz ehrlich bin, hätte ich nichts dagegen, dich in mein Bett zu locken." Charly zog die Augenbrauen hoch und verschluckte sich fast. „Aber aus undefinierbaren Gründen bereitet es mir Vergnügen, mich mit dir zu unterhalten. Und da Freunde für mich wichtig sind und gute Freunde schwerer zu finden als Bettbekanntschaften, denke ich, fürs Erste Freunde zu bleiben kann nicht schaden." Er sah sie an.

Wollte er sie verarschen?

„Verspürst du bei all deinen Freunden das Bedürfnis, mit ihnen unter die Laken zu schlüpfen?" Charly konnte ihn nicht ernst nehmen.

André begann zu lachen. „Nein, die Anwandlung überkommt mich nicht bei allen. Das liegt vermutlich hauptsächlich daran, dass die meisten meiner Freunde männlich sind."

Charly reichte es. So talentiert wie er war bisher noch keiner darin gewesen, sie auf die Palme zu bringen.

André hinderte sie am Aufstehen. „Jetzt flüchte doch nicht schon wieder."

„Dann binde du mir keine Bären mehr auf!" Sie funkelte ihn an.

„Okay, okay ..." Er ließ sie los, nur um eine Sekunde später zuzupacken und sie an sich zu ziehen.

Es folgte der Kuss, den sie vorher ersehnt hatte, aber jetzt nicht mehr richtig einzuordnen wusste. Heiß trafen sich ihre Lippen. Beide Münder öffneten sich und Andrés Zunge drängte sich schmeichelnd nach vorne. Seine Hände wanderten ihren Rücken hinauf, zogen sie enger an ihn. Und Charlys Körper ließ sich darauf ein. Sie öffnete sich ihm weiter, strich mit ihrer Zunge über seine und knabberte leicht daran. Dann lösten sie sich gleichzeitig und ruckartig voneinander, als wäre ein Eimer kaltes Wasser über sie geschüttet worden.

Ihr Atem ging stoßweise, in beider Augen war das Bedürfnis nach mehr zu lesen. Charly seufzte. Sie konnten zur Tür hinausspazieren und sich ein Hotelzimmer nehmen. Und gleichzeitig würde die Apokalypse stattfinden. Sicher. Bisher war ihre allgemeine Reaktion auf männliche Wesen eher lauwarm ausgefallen. Das hatte sein Gutes gehabt, sie war selten in Verlegenheit geraten. Doch jetzt war sie es definitiv.

„Was hältst du davon, mir nun ein Ständchen zu bringen?", fragte André mit unschuldiger Miene. Charly konnte nicht anders, als den Kopf zu schütteln. „Du schuldest mir noch eines", fuhr er fort.

„Ganz sicher nicht." Aber ihre Finger blätterten schon durch das weiße Heft auf dem Tisch, um sich zu beschäftigen.

Die Songliste bestand aus einzelnen Blättern, die in Klarsichtfolien steckten und von einer Heftzunge zusammengehalten wurden. Nach fünf überflogenen Seiten sah sie einen bekannten Titel: *99 Luftballons*. Wie oft sie das Lied früher mit ihrer Schwester gehört hatte …

André bemerkte ihr Stocken und las den Titel neben ihrem Finger. „Gute Wahl!", kommentierte er vergnügt. Auf der Bühne beendete gerade eine eher miserable Shakira-Imitatorin ihr Lied. „Und du bist dran!", verkündete André mit Blick auf die Nummer, die auf der Leinwand erschien. Charly sah ihn entgeistert an. Er grinste süffisant und begann zu klatschen. „Charly! Charly!" Seine Rufe nahmen den Raum ein. Andere stimmten ein und klatschten mit. Es gab kein Zurück mehr. Dafür würde sie ihn später umbringen!

Todesmutig ging sie durch die Grüppchen hindurch und nahm der dunkelhaarigen Shakira das Mikrofon ab. Wie im Rausch gab sie auf dem Bildschirm 99 ein. Der Titel erschien. Sie drückte darauf und wartete, bis das Programm geladen war. Adrenalin pumpte durch ihren Körper. Charly versuchte, sich an die Melodie zu erinnern, und daran, wie sie diese früher gemeinsam mit Sarah mitgesungen hatte.

Die ersten Takte erklangen und sie stellte sich mittig auf die Bühne. Mit Blick auf den Text begann sie zu singen.

*„Hast du etwas Zeit für mich,*
*dann singe ich ein Lied für dich*
*von 99 Luftballons*
*auf ihrem Weg zum Horizont.*
*Denkst du vielleicht g'rad an mich,*
*dann singe ich ein Lied für dich*
*von 99 Luftballons*
*und dass so was von so was kommt …"*

Während des Songs war es ruhig geworden. Charly merkte, dass ihre Intonation passte und dass sie in das Lied hineinkam. Es machte ihr sogar Spaß! Nachdem die letzte Zeile verklungen war, bewarf sie niemand. Einige klatschten sogar. „Siehst du, war doch gar nicht so schlimm", meinte André anerkennend, als sie auf den Tisch zukam.

„Ich war richtig gut!", informierte sie ihn selbstbewusst. Er hatte Glück, dass ihre Wut beim Auftritt verraucht war.

„Eben. Und das solltest du nicht verstecken. Noch vor einer Woche hast du gesagt, du würdest furchtbar singen. Zeig den Leuten, wie toll du bist! Was in dir steckt!" Er sah sie durchdringend an.

Was sollte ihr das denn nun wieder sagen? Andrés Verhalten war nicht zu verstehen. Manchmal verhielt er sich wie ein Junge im besten Raufalter und manchmal, als wüsste er mehr über sie als sie selbst. Er wirkte dann älter. So wie jetzt. „Wenn du mir etwas sagen möchtest, dann wäre dies der Zeitpunkt." Sie sah ihn stirnrunzelnd an.

„Nein, Charly, ich bin nicht dein Vater." Beide lachten ob seiner Star-Wars-Anspielung. „Vielleicht kam das gerade ein wenig zu ernst rüber. Ich wollte dir nur ein Kompliment machen."

„Du solltest vielleicht ein *Wie-verhalte-ich-mich-normal-Seminar* belegen statt des Spanischkurses", meinte sie ironisch.

„Ich denke, Spanisch ist bei mir sowieso sinnlos. Die Wörter klingen zwar ähnlich wie im Französischen, aber genau das lässt sie für mich falsch klingen", gestand André. Er fuhr mit dem Zeigefinger über die Holzmaserung des Tisches.

„Und warum hast du nicht einfach einen Französischkurs belegt? Du hättest spielend deine Credits bekommen." Die Frage schwirrte Charly seit seinem ersten Telefonat im Kopf herum.

Er schwieg und sie überlegte schon, ob er sich die Antwort erst ausdenken musste, indes er antwortete: „Wollte ich, aber der war voll und ich muss irgendwann fertig werden." Er stellte seine Bierflasche weg.

„Und wann höre ich dich singen?", drängte Charly ihn nun munter.

„Ganz schön viele Fragen an einem Abend, die du da stellst." André stand auf. „Los, komm!"

„Ich werde aber kein Duett singen!", warnte sie ihn. Er lachte und dirigierte sie zum Ausgang.

Draußen war der Himmel dunkel und erst im lieblichen Lufthauch wurde es Charly klar. „Du willst gar nicht frische Luft schnappen. Du drückst dich vor dem Singen!" Empört versuchte sie, mit ihm Schritt zu halten.

„Ich habe nie behauptet, dass ich singen würde."

„Ja, aber ... du wolltest doch unbedingt zum Karaoke!" Hatte sie etwas falsch gemacht? Verstand einer diesen Typ!

André blieb in einer Seitenstraße stehen. Sie waren fast beim Auto. „Mir kam der Gedanke erst, als du so herrlich darauf reagiert hast. Verurteile mich dafür, aber gesteh dir ein, dass du es auch lustig fandest." Er ging grinsend weiter.

Charly lief neben ihm her und ließ sich sprachlos die Argumentation durch den Kopf gehen. Da gab es nichts zu widersprechen. „Und jetzt?", fragte sie.

„Jetzt fahre ich dich nach Hause." André war mit Abstand der größte Macho, den sie je getroffen hatte.

„Du bist wohl als Kind in einen Zaubertrank voller Selbstüberschätzung gefallen", sagte Charly ihm auf den Kopf zu, als sie den Spyder erreicht hatten und einstiegen.

André grinste. „Ich nehme das als Kompliment, Obelix ist ein cooler Kerl." Er schnallte sich an. „Es macht mir einfach Spaß, dich ein bisschen zu reizen", gab er zu. Und seltsamerweise nahm sie es ihm nicht übel. „Verrätst du mir deine Adresse?"

„Kann ich die einfach meinem Gurt erzählen?", fragte Charly hoffnungsvoll.

„Nein, das geht nur bei meinem."

„Wie enttäuschend!", befand sie. André lachte auf. „Lass mich einfach am oberen Ende der Luxuseinkaufsstraße raus." Charly wollte nicht, dass ihre Mutter den Spyder sah, das würde sicher zu Diskussionen führen.

„Okay", meinte André nur und setzte den Wagen in Bewegung.

Eine halbe Stunde später hielt er an einem der niedrigen Bordsteine. Die große gepflasterte Straße war menschenleer.

„Dann sehen wir uns Samstag?" Fragend schaute er sie an.

Charly nickte. „Bis dahin kannst du dir aneignen, wie man sich einer Dame gegenüber anständig verhält."

„Wo treffen wir uns?", überging er ihre Bemerkung. Vermutlich war André in der Hinsicht ein hoffnungsloser Fall. Aber sie konnte ihn jetzt besser einschätzen.

„Gute Frage." Sie zauderte. Ihre Adresse und den Namen des Cafés wollte sie nicht verraten. Ersteres aus bekannten Gründen, zweiteres, weil er es sonst sicher googlete und dann wäre es keine Überraschung mehr.

„Gib mir deine Hand", meinte André plötzlich. Mechanisch streckte Charly ihm den Arm entgegen. Aus dem Nirgendwo tauchte ein Stift auf, dann schrieb er ihr eine Zahlenreihe auf die Innenfläche. „Meine Nummer. Wenn du dich dazu berufen fühlst, teil mir unseren Treffpunkt mit." Charly nickte. Das war eine gute Idee.

„Oh, bevor ich es vergesse ... hier!" Er reichte ihr ein kleines viereckiges Päckchen aus der Mittelkonsole. „Aber erst morgen früh aufmachen!", wies er sie an.

Charly war sprachlos. „Woher ...", setzte sie an.

André beugte sich als Antwort zu ihr und gab ihr einen schnellen, warmen Kuss auf den Mund. „Mein Geheimnis. Jetzt husch, ich kann hier nicht ewig stehen. Außer du hast es dir anders überlegt und lässt mich dich doch nach Hause fahren." Aufmerksam spähte er nach draußen.

„Nein, nein, das geht schon. Es ist ja auch noch warm." Flugs hatte sie ihre Überraschung verdaut. Woher hatte er gewusst, dass sie am nächsten Tag Geburtstag hatte? War das Internet so gut informiert? Vermutlich. Sie ging mit dem Päckchen in der Hand um den Audi herum, derweil sich wie von allein der Kofferraumdeckel hob. Charly holte ihre Fransentasche heraus, die dort den Tag verbracht hatte, und verstaute das Geschenk darin. Als sie zur Seite trat, betätigte André einmal die Lichthupe und weg war er.

Was für ein Nachmittag, Abend, Tag! Sie atmete tief durch, dann lief sie los. Obwohl sie sich immer wieder unbehaglich gefühlt hatte oder nicht sicher gewesen war, was sie tun sollte, alles in allem waren es unterhaltsame Stunden mit vielen lustigen Momenten gewesen. Abenteuerliche Stunden. Gut, dass sie sein Programm bis zum Schluss mitgemacht hatte. Charly war sich nicht sicher, ob André ihr guttat, aber da war definitiv etwas zwischen ihnen. Eine ganze Wagenladung voll ETWAS. Und sie war unglaublich gespannt, was sich in dem Päckchen befand. Bisher hatten Geburtstage immer den Anstrich normaler Tage gehabt, meist sogar ohne Geschenke. Das schien sich dieses Jahr zu ändern.

# 6

# VON DIAMANTEN

Am nächsten Morgen erwachte Charly schon früh. Es begann gerade zu dämmern, als sie die Augen aufschlug. Am Abend hatte sie absichtlich die Rollläden in den Kästen gelassen. Munter schwang sie ihre Füße von der Matratze und schüttelte die Decke auf. Der heutige Tag sollte etwas Besonderes werden, das hatte sie sich vorgenommen. Vielleicht, so war ihre Überlegung gewesen, musste sie selbst ihre Gewohnheiten und die Einstellung ändern, damit die anderen es ihr gleichtaten.

Aufgeregt lief sie die wenigen Schritte bis zur Kommode. Dort hatte sie gestern das Päckchen von André platziert. Seine Nummer hatte sie fein säuberlich auf einen gelben Zettel übertragen, der daneben lag. Ihre Hand hatte sie gereinigt.

Charly konnte sich beim besten Willen nicht vorstellen, was er ihr schenkte. Sie kannten sich erst seit einer guten Woche und was konnte man schon in so kleinen Schachteln kaufen? Einen Schlüsselanhänger? Irgendwie gefiel ihr der Gedanke. Protzig, von Louis Vuitton oder einer anderen Edelmarke, das würde sie André zutrauen.

Zögernd ging sie mit dem Geschenk zum Bett zurück und ließ sich darauf nieder. Wenn sie es jetzt auspackte, würde sie es wissen. Aber Vorfreude war bekanntlich die schönste Freude. Dann siegte jedoch ihre Neugier und sie riss das lila gestreifte Papier auf.

Ein nachtblaues, edel aussehendes Etui aus fester Pappe kam zum Vorschein. Charly meinte, sich daran erinnern zu können, dass ihre Mutter von ihrem Vater einmal eine ähnliche, wenn auch größere Schachtel zu einem wichtigen Anlass überreicht bekommen hatte. Damals war Schmuck darin gewesen. Sehr teurer Schmuck.

Was mochte also in der Schachtel vor ihr sein? Langsam hob sie den Deckel der Box an. Ihr Magen hatte sich zusammengezogen, so aufgeregt war sie.

Innen lag auf dunkelblauem, weichem Untergrund die schönste Uhr, die sie je gesehen hatte. Ein perlmuttfarbener Kreis, der von einem breiten silbernen Ring eingefasst wurde, bildete das Innerste, in dem drei rautenförmige Zeiger ihren Ausgangspunkt fanden. Begrenzt wurde die schillernde Bahn vom roségoldenen Rand der Uhr. Glitzernde Steine waren in die glänzende Umrahmung des Ziffernblattes eingelassen und lappten an den Rändern zum roségoldenen Armband über.

Vor Charly lag ein Kunstwerk, das vermutlich nicht beim Einzelhändler um die Ecke zu kaufen war.

Behutsam hob sie die Uhr aus der Schatulle und drehte sie um. Danach betrachtete sie das ausgefallene Stück versonnen noch einmal von vorne. Römische Zahlen und ein weißes Feld mit schwarzen Ziffern für das Datum vervollständigten die Front. Wie viel die Uhr wohl wert war? Eigentlich konnte es nur ein kunstvoll gearbeitetes Imitat sein.

Andächtig strich sie mit einem Finger über die funkelnden Steine. Wenn das nicht den Beweis darstellte, dass André sie wirklich mochte! Trotzdem schien es ihr irgendwie zu viel zu sein.

Ruckartig erhob sie sich und ging ins Arbeitszimmer zu ihrem Schreibtisch. Ungeduldig klappte sie ihren Laptop auf und trug ihn, während er hochfuhr, ins Schlafzimmer Richtung Bett. Licht drang durch die großen Fenster und blendete Charly, als sie sich auf ihrer Matratze niederließ. Reflexartig senkte sie den Blick und öffnete den Browser. Ein paar Minuten später wusste sie mehr und doch nichts. Die Suchmaschine war wenig hilfreich gewesen. Oder besser gesagt: Es gab unendlich viele Uhren, wonach sollte sie ohne konkreten Anhaltspunkt suchen? Sie klappte den Laptop zu und schaute wieder auf das Geschenk.

Charly war sich unsicher. Nachdenklich ging sie zu ihrer Handtasche, die sie gestern neben der hölzernen Kommode hatte fallen lassen, und bückte sich. Sie fingerte ihr Handy heraus und nahm den Zettel in die Hand. Dann tippte sie Andrés Nummer ein. Es tutete. Ungeduldig wippte sie auf den Zehenspitzen.

Endlich meldete er sich. „Wer stört meinen Schlaf?"

Charly schwieg, noch immer wusste sie nicht recht, was sie sagen sollte. „Dein Geschenk ist bombastisch, aber ich bin mir nicht sicher, ob ich es annehmen will." Irgendwie klang das falsch. Undankbar. Und er hatte ihr definitiv eine Freude bereitet.

Am anderen Ende vernahm sie ein Seufzen. „Wenn du das bist, Charly, dann erwarte ich Freudengeschrei und keine gespenstische Stille. Wenn das die Dame vom Baum vor unserem Haus ist, möchte ich mitteilen, dass ich Ihnen vielleicht auch freiwillig intime Einblicke geboten oder Ihre Katze heruntergeholt hätte, wenn Sie nett gefragt hätten."

Damit hatte er sie. Hell lachte Charly auf und widerstand dem Drang, sich dafür im nächsten Moment auf die Zunge zu beißen.

„Charly! Dachte ich es mir doch. Hast du zufällig einen Blick auf den Wecker geworfen, bevor du mich aus dem Bett geklingelt hast? Nein, vermutlich nicht, sonst hättest du gemerkt, dass es verdammt noch mal zu früh ist", meckerte er und verdarb ihr augenblicklich die Stimmung.

Zum Teufel mit ihrem schlechten Gewissen! Sie beschloss unwillkürlich, die Uhr zu behalten, egal, wie viel diese gekostet hatte. Wahrscheinlich machte sie sowieso zu viel Aufhebens um nichts.

„Entschuldigung", erwiderte sie patzig und war nahe daran, das Gespräch gleich wieder zu beenden.

Am anderen Ende der Leitung hörte sie ein Gähnen und auf einmal schien André sich zu besinnen. Leise begann er in dunkler, kraftvoller Tonlage zu singen:

*„Happy birthday to you!*
*Happy birthday to you!*
*Happy birthday, dear Charly.*
*Happy birthday to you!"*

Als er geendet hatte, lachte er leise. „Na, wie hat dir das Geschenk gefallen? Ich nehme an, dass das der Grund deines Anrufs ist."

„Gut, ich ..." Charly atmete tief durch. „André, die Uhr ist wunderschön, aber ..."

„Kein Aber", fiel er ihr bestimmt ins Wort. „Die Uhr besitzt vor allem sentimentalen Wert."

„Oh."

Stille war an beiden Enden der Leitung zu vernehmen. Sentimentaler Wert war gut, besser als materieller, aber: Redete er von seiner Zuneigung zu ihr? Charly war zunehmend verwirrt. Sollte nicht der Mann die Frau entschlüsseln statt andersherum?

„Mein Vater fand die Idee gut", schob André hinterher.

Damit wurde für Charly alles noch verworrener. „Und deine Mutter?", schoss sie ins Blaue.

Eine Pause entstand. Hatte sie etwas Falsches gefragt?

„Ich bin mir sicher, sie würde es gutheißen", lautete Andrés verhaltene Antwort.

Ihr wurde plötzlich warm und kalt zugleich. Das klang, als könnte er seine Mutter nicht mehr persönlich fragen. Kombiniert mit der Tatsache, dass er sich schon beim ersten Mal, als das Gespräch auf sie gekommen war, schwergetan hatte, von ihr zu erzählen, und dass das im Nachhinein betrachtet wahrscheinlich nichts mit der Erreichbarkeit seines Vaters zu tun gehabt hatte, gab es nur wenige sinnvolle Erklärungen. Seine Mutter war fort oder tot. Da er ihr verbunden zu sein schien, wahrscheinlich eher Zweiteres.

Tausend Gedanken wirbelten durch Charlys Kopf. Mitfühlend gelobte sie im Stillen, so oder so, das Thema nicht mehr anzuschneiden.

„Eigentlich wollte ich mich auch nur bedanken", sagte sie leise und nickte, obwohl André es nicht sehen konnte.

„Gern geschehen", antwortete er.

Danach entstand eine beredsame Stille.

„Ich wünsche dir noch einen schönen Geburtstag. Ruf mich an, falls sich bis Samstag noch irgendwelche weltbewegenden Fragen zu unchristlichen Uhrzeiten ergeben. Wobei ... nun hast du ja eine Uhr, auf die du zuerst schauen kannst." Die Spannung war gebrochen.

Charly lachte. „Alles klar, werde ich."

„Dann kann ich jetzt beruhigt weiterschlafen?", wollte André wissen.

„Jawohl!", antwortete sie wie aus der Pistole geschossen.

„Schön. Und, Charly", er legte eine wirkungsvolle Pause ein, „ich hoffe, ich bekomme beim Brunchen ein ordentliches Stück Geburtstagstorte serviert." Damit legte er auf und sie musste schmunzeln.

Der weitere Tag verging wie im Flug. Als sie zum Frühstück nach unten schlich, kam gerade die Post, ungewöhnlich spät. Da Susann darauf bestand, ihre Briefe zu erhalten, bevor sie zur Arbeit ging, war der ergraute Bote normalerweise sehr früh dran. Vergnügt nahm Charly ein Päckchen für sich selbst an und fischte eine Postkarte, die an sie adressiert war, aus dem Briefstapel für ihre Mutter.

*LOS ANGELES* stand in großen pinken Buchstaben auf der glänzenden Vorderseite der Karte. Darunter war der Hollywoodschriftzug abgebildet, viele Hochhäuser und ein paar Sterne des Walk of Fame. Aufgeregt ging Charly mit ihrer Fracht in die Küche. Sie legte alles auf der Arbeitsplatte ab und setzte sich mit Schwung daneben. Endlich meldete sich ihre Schwester! Schnell drehte sie die Karte um.

*Hey Charly! Happy b-day!*
*Tu mir den Gefallen und mach heute irgendeine Dummheit. Du*

*weißt schon, keine richtig dumme Dummheit, aber eben etwas, das du sonst nicht tun würdest. Zum Beispiel einen fremden Kerl küssen! Glaub mir, es wird dir gefallen!*

*Ich wünsche dir alles erdenklich Gute zum 23. Geburtstag und umarme dich aus der Ferne, soweit möglich. Ich vermisse dich und freue mich, dir schreiben zu können, dass ich meinen Rückflug gebucht habe. Am 10. Oktober komme ich um 16:00 an und würde mich freuen, wenn du mich vom Flughafen abholen würdest. Mum und Anett kannst du gerne mitbringen!*

*Deine Schwester Sarah*


Charly tanzte in der Küche. Ohne Musik. Sie war unendlich froh, dass Sarah bald wieder da sein würde. Ob ein geheimnisvolles Geburtstagsgeschenk anzunehmen als Dummheit zählte? André war zumindest fast ein fremder Kerl und der Kuss gestern hatte ihr definitiv gefallen!

Sechs Wochen waren es ungefähr noch, bis sie zum Flughafen fahren konnte. Jeder einzelne Tag, der verging, würde sie näher an das Wiedersehen bringen. Was für ein schönes Geburtstagsgeschenk!

Unbemerkt war unterdessen Anett in die Küche getreten. Charlys Anblick ließ sie innehalten. „Guten Morgen, Geburtstagskind. Was machst du denn so früh hier unten?"

„Ich weiß auch nicht. Irgendwie konnte ich nicht schlafen." Das war nicht einmal unbedingt eine Lüge. Aber die Rollläden zu erwähnen, erschien Charly kindisch.

„Dann wollen wir dir an deinem Ehrentag mal ein leckeres Frühstück bereiten. Ich gehe davon aus, dass du nicht zur Universität fährst?" Anett war bereits an ihr vorbeigetreten und hantierte mit Töpfen und Pfannen.

Charly nickte bestätigend. „Sarah hat eine Karte geschrieben. Sie landet am 10. Oktober. Dann können wir sie zusammen abholen", informierte sie die Wirtschafterin.

„Oh ja, das machen wir." Anett schaute Charly glücklich an. Sie schien die jüngere der Schwestern ebenfalls zu vermissen.

Danach holte sie mit konzentriertem Gesichtsausdruck Obst, Eier, Schinken, Gewürze und Mehl sowie Zucker, Butter und Schokolade aus den Schränken. Dazu gesellten sich Schüsseln und Rührgerätschaften. Die Post verstaute sie in einer Plastikbüchse ohne Deckel und stellte diese außer Reichweite. Nur das Paket war stehen geblieben. Neugierig musterten es beide Frauen.

„Geburtstagspost?", fragte Anett.

„Ich weiß auch nicht", murmelte Charly. Ihr Blick fixierte das Etikett, welches ausschließlich ihre Anschrift trug.

„Mach es auf, es wird schon keine Bombe drin sein", riet die ehemalige Nanny selten übermütig. Kochlöffel schwingend machte sie sich an die Verarbeitung der Zutatenmassen, die sie um sich herum angehäuft hatte. Ob sie bei den Mengen einen Bus voller Menschen zum Frühstück erwartete?

Belustigt nahm sich Charly das Päckchen vor. Mit der Küchenschere durchtrennte sie Unmengen von braunem Paketband, dann klappte sie die Flügel aus Pappe auf. Abertausende von Styroporkügelchen wurden aufgewirbelt, bevor sie sich wieder setzten. Es war kein Geschenkpapier in Sicht. Da hatte sich wohl jemand einen schlechten Scherz erlaubt, anders konnte es nicht sein. Unschlüssig blickte sie in das Weiß.

„Jetzt schau schon nach, ob etwas darin ist. Für ein Krokodil, das dir die Hand abbeißt, ist der Karton definitiv zu klein", kommentierte Anett nach einem Blick auf den Inhalt voller Elan.

Charly lachte. Wagemutig tauchte sie die Finger der rechten Hand in die Masse und stieß tatsächlich auf etwas Hartes. Schnell zog sie die Hand zurück. Mit einem „Ich mache nachher sauber" auf den Lippen schnappte sie die Pappbox und drehte sie neben dem Tresen einmal um. Es ergoss sich eine Flut aus Kügelchen auf den Boden. Und eine kleine rote Box fiel heraus. Noch ein Paket!

Bevor die Haushälterin zu meckern anfangen konnte, rettete Charly das Geschenk aus dem Chaos und stellte den Karton wieder richtig herum ab. Der Handfeger hing bei der Spüle, das wusste sie. Unter dem strengen Blick ihrer ehemaligen Nanny schaufelte sie die komplette Ladung Füllmaterial in den Müll. Als sie den Styroporhaufen beseitigt hatte, atmete sie durch. Wehe, wenn das Geschenk den Aufwand nicht wert war!

Mit einem Ruck klappte sie den Deckel hoch. Zwei riesige, durchsichtige Steine blitzten ihr entgegen. Charly konnte es nicht glauben. Zuerst eine Uhr und jetzt Ohrringe! Sie träumte wohl. Dann betrachtete sie die Verpackung. Das Innere des Kästchens war mit rotem Samt ausgelegt. Im Deckel hatte jemand eine kleine weiße Karte an einer Falte befestigt. Charly zupfte sie heraus und las, was darauf stand.

*Charlotte, alles Liebe zum Geburtstag!*
*Ich hole dich morgen um 20:00 ab. RC*

Charlys Herz schlug schneller. *RC* konnte nur *Roger Clark* bedeuten. Sie brauchte keinen Juwelier, die Steine waren von ihrem Vater. Es waren echte Diamanten! ZWEI MEGADIAMANTEN! Und sie würde ihn wiedersehen.

Zum zweiten Mal an diesem Tag wusste sie nicht recht, wie sie reagieren sollte. Sie freute sich unbändig, von ihrem Vater statt einer Überweisung ein richtiges Geschenk erhalten zu haben, gleichzeitig konnte sie nicht damit umgehen. Charlys Empfindung nach war es geradezu obszön, etwas so Großzügiges geschenkt zu bekommen. Wie viel Karat die Steine hatten?

„Und was, wenn das in diesen Kreisen normal ist?", fragte eine Stimme in ihrem Hinterkopf. Wenn es für André nur eine Kleinigkeit und für ihren Vater zwar viel, aber nicht übermäßig viel Geld war? Vielleicht lagen die Maßstäbe anders.

„Was ist es denn nun?", fragte Anett ungeduldig. Sie sah aus ihrer Perspektive nur den Deckel der Box.

Charly löste ihren starren Blick von der Schatulle. Susann würde das nicht gutheißen, dessen war sie sich sicher. „Ohrringe von meinem Vater." Sie ließ die Schachtel zuschnappen. Bedeutete das Geschenk, dass er den Zeitungsartikel gelesen hatte?

Fast wäre ihrer ehemaligen Nanny der Kochlöffel entglitten. Entgeistert starrte sie Charly an. „Ich dachte, es wäre von diesem André. Das wird deiner Mutter nicht gefallen", sagte sie.

„Mir muss es ja gefallen", entgegnete Charly lockerer, als sie sich fühlte. „Außerdem ist sie sowieso nie da oder siehst du sie hier irgendwo?" Bitterkeit sprach aus ihrem Ton. Von Susann war bisher nichts zu sehen gewesen, das hieß vermutlich, dass sie die Nacht mit Arbeiten verbracht hatte. Wenigstens an ihrem Geburtstag hätte ihr die Mutter gratulieren können. Aber noch war der Tag immerhin nicht vorbei.

Anett senkte den Blick auf eine der Pfannen. Es brutzelte und duftete köstlich. Trotzdem stand Unausgesprochenes zwischen ihnen.

„Sie wollte dir eine Notiz hinterlassen", sagte die Wirtschafterin. Dann war Susann wohl doch schon weg.

„Das hat sie glatt vergessen", stellte Charly laut fest. Ihre Stimme hatte einen harten Klang. Eine Notiz ... wie aufmerksam.

Sie war froh, als es läutete und Vanessa mit ihrer lebenslustigen Art und ohne Geschenk hereinspazierte. Nach einem ausgiebigen Frühstück, während dessen die Freundin den überwiegenden Teil des Gesprächs bestritt und wieder gute Laune aufkam, gingen sie nach oben.

In aller Schnelle berichtete Charly Vanessa von dem Date, dem Hin und Her und schlussendlich den Geschenken. Nachdem Vanessa einen Blick in beide Schmucketuis geworfen hatte, pfiff sie anerkennend durch die Zähne.

„Mir scheint, du hast meinen Tipp befolgt und dir gleich zwei reiche, wohlmeinende Typen geangelt." Sie lachte. „Wenn die Diamanten echt sind, und ich kann mir nicht vorstellen, dass dein Dad etwas anderes verschenkt, dann hast du eigentlich ausgesorgt."

Charly teilte die Euphorie ihrer Freundin nicht ganz. Vanessa war jedoch der Meinung, dass sich alles prächtig entwickelte und Charly auf dem besten Wege wäre, mit André mal etwas Echtes zu erleben, wie sie meinte.

„Vergiss deine ewig abwesende Mutter. Wie cool ist es bitte, von seinem Vater überraschende Einladungen zu bekommen?", hatte sie Charly gefragt. Danach waren sie zum Kuchenessen wieder hinunter in die Küche gegangen und hatten mit Anett herumgealbert. So wie immer eben. Susann war irgendwann nach Hause gekommen, hatte Charly kurz umarmt, ein „Alles Gute" gemurmelt und war anschließend direkt in ihrem Arbeitszimmer verschwunden. Charly hatte daraufhin weder den Drang verspürt, ihr von den Geschenken zu erzählen, noch von Sarahs Postkarte. Sie war wieder in die Unterhaltung der anderen verwickelt worden und hatte sich lebhaft daran beteiligt. Ernste Themen waren nicht mehr angeschnitten worden. Der Tag hatte erfreulich begonnen und gut geendet.

Pünktlich um acht am nächsten Abend holte ihr Vater Charly ab. Wieder fuhr der Rolls-Royce vor und wieder hatte sie sich herausgeputzt. Dieses Mal allerdings ohne fremde Hilfe. Mit einem weißen Top und einem passenden pastellfarbenen Rock war sie schick, aber nicht zu schick gekleidet. An ihren Ohrläppchen hingen die Diamanten und kamen durch einen hohen Zopf gebührend zur Geltung. Die Uhr zusätzlich zu tragen, hatte Charly als zu viel empfunden. Sie sah gut aus und wusste es.

André hatte mit seinem Lob ganze Arbeit geleistet. Charly war ein wenig selbstbewusster. Zumindest versuchte sie, es zu sein.

Ihr Vater trug einen seiner Anzüge. Er schien eine ganze Armee davon zu besitzen und sie stellte fest, dass sie sich nicht erinnern konnte, ihn je in etwas anderem gesehen zu haben. Wohin er sie wohl diesmal mitnehmen würde?

In einem kleinen überschaubaren Restaurant etwas außerhalb der Stadt angekommen, schob er ihr den Stuhl zurück. Der Tisch war für vier gedeckt, die Umgebung in schlichtem Schwarz-Weiß gehalten. Sie sah ihn fragend an.

„Gleich wird ein Geschäftspartner eintreffen, einer unserer Zulieferer. Wie du vielleicht bei der Gala mitbekommen hast, gibt es Engpässe bei der Lieferung eines bestimmten pharmazeutischen Stoffs." Ihr Vater sah grimmig drein. „Ich möchte die Forschungslinie eines neuen Produktes in Kürze abschließen und in die Entwicklungsphase übergehen, um schnellstmöglich auf den Markt zu drängen. Dafür muss allerdings der Nachschub an Produktionsmitteln gewährleistet sein."

„Denn Forschung kostet sehr viel, während die Entwicklung einen Schritt näher am Umsatz ist", vollendete Charly seine Ausführung.

Obwohl sie einen Moment die Enttäuschung ergriffen hatte, weil sie nicht alleine dinierten, sah sie den Abend nun als eine Möglichkeit unter hoffentlich vielen folgenden, um in kurzer Zeit genauso viel Einblick in die Clark Group zu gewinnen, wie André es anscheinend beim Unternehmen seines Vaters hatte.

Roger nickte. „Die Lieferschwierigkeiten haben sich weiter verschlimmert, meine Mitarbeiter konnten bisher keinen aufschlussreichen Report über externe Faktoren zusammenstellen. Wie du weißt, leite ich die Clark Group auf, nennen wir es, althergebrachte Weise und ich möchte dem Ganzen nun persönlich auf den Grund gehen. Ändert sich die Lage nicht drastisch, ist die Zusammenarbeit nicht mehr tragbar. Die Konkurrenz schläft in keinem Gewerbe."

Ihnen blieben also nur wenige Minuten zu zweit, dann würde es vermutlich unangenehm werden.

Charly setzte an: „Dad, ich möchte mich für das überwältigende Geschenk bedanken."

Ein feines Lächeln umspielte die Züge ihres Vaters. Er sah sie fast ein wenig wehmütig an. „Du bist meine Tochter, Charlotte, und das allein zählt. Ich hätte schon früher auf dich eingehen sollen. Die Vergangenheit lässt sich nicht mehr ändern, aber ich verspreche dir, dass ich mich in Zukunft bemühen werde."

Einen Augenblick sahen sie sich stumm an. Das hatte Charly nicht erwartet. Ihr übermächtiger Vater bewies tatsächlich die innere Stärke, einen Fehler zuzugeben und sich bei ihr zu entschuldigen. Vielleicht hatte Vanessa recht. Sie sollte sich auf das konzentrieren, was real war und sich entwickelte. Menschen konnten sich ändern. Manchmal.

Ihr Vater hatte schuldbewusst geklungen, deshalb schenkte Charly ihm nun ihr schönstes Lächeln. Waren die Diamanten aus diesem Grund derart übertrieben ausgefallen?

Nachdenklich überbrachte sie als Nächstes die frohe Nachricht, dass Sarah einen Flug gebucht hatte. Ihr Vater wirkte sichtlich erfreut.

„Ich werde sehen, ob ich meine Termine verschieben und auch zum Flughafen kommen kann", versprach er auf Charlys Anregung hin und winkte dem Ober. Sein Geschäftspartner verspätete sich, dabei war Roger kein Mann, den man auf dem Trockenen sitzen ließ.

Schnell stellte Charly noch jene Frage, die sie nach der Gala beschäftigt hatte. „Dad, warum und was wusste Herr Weber über mich?"

Ihr Vater testete gerade einen sehr dunklen Rotwein. Dezent winkte er dem Sommelier, ihrer beider Gläser zu füllen.

Als der Mann von ihrem Tisch weggetreten war, begann er zu erklären: „Mack hat ähnliche Ansichten wie ich. Gerade im Bereich Ökologie und Nachhaltigkeit ist es oft nicht einfach, eine Firma auf geradem Kurs zu halten. Zudem besitzt er nennenswerte Aktienpakete der Clark Group. Zusammen geben wir momentan eine konstante Richtung vor und können uns, statt mit den Gedanken beim Rest des Vorstandes zu verweilen, mehr auf die Unternehmung an sich konzentrieren, auf Innovationen. Das ist einer unserer Wettbewerbsvorteile. Wir zerfleischen uns nicht von innen heraus und wir verhandeln noch über die herkömmlichen Wege. Ich möchte denjenigen kennen, mit dem ich Geschäfte mache. So hat es mein Vater gehandhabt und ich werde nicht mit dieser Tradition brechen." Er trank einen Schluck.

Charly hatte ihn noch nie so offen reden hören.

„Du kannst dir also vorstellen, dass wir uns häufig miteinander beraten und dabei gelegentlich vom Thema abschweifen. Es war nur recht und fair, ihm von dir zu berichten."

Jetzt hatte Charly verstanden. Gerade als der Zeitungsartikel über die Wohltätigkeitsveranstaltung wieder in ihren Gedanken auftauchte, kamen die Gäste und sie spürte die Verstimmung ihres Vaters fast körperlich.

Trotz des verzögerten Beginns wurde es ein heiterer Abend mit ausgefallenem Essen, bis sich das Gespräch dem Geschäftlichen zuwandte. Der Zulieferer schien wenig Ahnung von den Vorgängen innerhalb seiner Firma und noch weniger Kontrolle über seine Finger zu haben, die immer wieder in Richtung Hände oder Knie seiner Begleitung wanderten. Zudem verkannte er die Dringlichkeit der Lage.

Das Spektakel erreichte seinen Höhepunkt beim Nachtisch, einer vorzüglichen Mousse au Chocolat, als eines der Weingläser umfiel. Der unangenehme Vorfall geschah auf der anderen Tischseite, doch einige Spritzer erreichten Charlys weißes Top. Der Rotwein hinterließ sichtbare Flecken, die sich auf dem hellen Stoff ausbreiteten, und sie kam sich ein wenig wie an Halloween vor. Allerdings war diese Art des Kunstblutes ungewollt und unschön.

Ihr Vater stand langsam auf, er wirkte eisern beherrscht. „Charlotte, ich denke, es ist besser, wenn wir uns jetzt verabschieden."

Charly war das Top relativ egal, die Szenerie amüsierte sie. In der Haut des Zulieferers wollte sie nicht stecken. Der circa vierzigjährige Mann wischte panisch mit einer Serviette auf dem Tischtuch herum. Er hatte inzwischen begriffen, dass ihm das Glück heute nicht hold war. Ihr Vater reichte ihr die Hand und sie erhob sich. Indes sie sich wegdrehte, war Roger noch nicht fertig.

„Damien, ich bin mir sicher, es ist von beiderseitigem Vorteil, wenn wir unser Geschäftsverhältnis auflösen. All diese unerklärlichen Engpässe binden andere Ressourcen an den falschen Stellen. Wie ich sehe, bist du beschäftigt und ich auch. Bei so viel Ablenkung kann eine Partnerschaft nicht funktionieren, das sehen wir doch beide gleich, nicht wahr?"

„Roger ...", begann Damien. Doch der eisige Blick ihres Vaters brachte den Zulieferer zum Schweigen.

„Ich denke, es ist alles gesagt. Georg wird dich diesbezüglich ebenso kontaktieren. Meine Rechtsabteilung setzt sich morgen mit deiner in Verbindung. Natürlich werden alle vertraglich vereinbarten Fristen eingehalten. Viel Erfolg für die Zukunft."

Im Restaurant war es still geworden. Solche Szenen gehörten hier sicher nicht zum alltäglichen Programm.

Wieder im Auto sagte ihr Vater ironisch: „Ich zweifle immer noch, ob wirklich jegliche Publicity von Vorteil ist. Zusammen schaffen wir es allerdings auch nicht, uns da herauszuhalten." Also hatte er den Zeitungsartikel gesehen und er schien aufgeräumter Stimmung zu sein. „Die Flecken werden nicht mehr herausgehen. Wirf das Top einfach weg und kauf dir ein neues."

Charly lachte auf. „Schon gut, Dad. Ich fand das Essen lecker und alles andere recht unterhaltsam." Sie sah ihn direkt an. „Nimmst du mich jetzt öfter mit?", stellte sie die eine wirklich wichtige Frage.

Roger lächelte. „Das werde ich."

Gleich nach der Rotweineskapade, wie Vanessa es auf Charlys Erzählung hin betitelt hatte, war auch schon der Samstag gekommen und ihr drittes Date mit André stand an. Sie hatte ihm in einer Nachricht die Adresse und Zeit mitgeteilt und war selbst mit ihrem Fiat in die Stadt gedüst.

Die ausgewählte Lokalität kennzeichneten urige Züge und eine einladende Gestaltung. Aus alten orangeroten Steinen erbaute Wände und kleine gelbe Leuchten verströmten eine angenehme Atmosphäre. Hölzernes Interieur lud zum Verweilen ein. Über allem lag der herrliche Geruch frischer Backwaren.

André kam völlig verschlafen kurz nach ihr und begutachtete als Erstes die herrlichen Buttercroissants durch das Glas der Warmhaltetheke genauer. Als diese seinen Segen bekommen hatten, spazierte er am Buffet entlang und inspizierte alles andere.

Schließlich ließ er sich neben Charly fallen und zog sie in eine Umarmung. „Guten Morgen", flüsterte er ihr dabei ins Ohr.

Schnell sprang sie verlegen auf und schnappte sich einen großen weißen Teller, den sie belud. Selbst ein extragroßes Stück Torte vergaß sie nicht darauf zu platzieren. Mit ihrem Werk zufrieden, stellte sie dieses vor dem überraschten André ab und schnappte sich den nächsten Teller. Beschäftigung war gut. Und das Frühstück noch besser. Es wurde ein fröhlicher Vormittag.

Der September brachte Böen und vertrieb die Wärme. Das Wetter schlug um, es wurde kälter. Weitere Dates mit André folgten. Sie gingen Kaffee trinken, essen, einkaufen, wobei er zahlte und Charly sich nicht einmal dafür schämte. Sie besuchten das Kino und sogar eine Therme. Während all der Zeit trug Charly stolz die Uhr, die er ihr geschenkt hatte. Und ihre Unterhaltungen flossen locker dahin wie ein anschwellender Bach nach der Frühjahrsschmelze. Fast war es zu schön.

Und auch ihr Vater hielt sein Versprechen. Außer in der zweiten Septemberwoche, in der sie die letzten zwei Prüfungen des Semesters schrieb, nahm er sie jede Woche zu einem anderen Geschäftsessen mit. Die meisten Abende verliefen in ruhigen, festen Bahnen. Die Aufregung wegen Damien blieb eine Ausnahme.

Charly gewann bald das Gefühl, alle Restaurants der Stadt gesehen zu haben, zumindest die besseren. Dabei lernte sie andere Zulieferer, einen Spieleentwickler, den Roger unbedingt für sich gewinnen wollte, und Herrn Weber näher kennen. Nach dem ersten Essen mit ihm war sie sich sicher, dass Mack die perfekte Ergänzung zu ihrem Vater darstellte. Er war menschlich und scheute nicht davor zurück, unangenehme Fragen zu stellen, wenn es um wichtige Dinge ging.

Nach den Prüfungen, deren Ergebnisse sich durchaus sehen lassen konnten, hatte Charly bis Mitte Oktober frei. Danach galt es, das letzte Semester mit den wenigen übrig gebliebenen Klausuren zu bestreiten. Doch erst einmal würden sie Sarahs Heimkehr feiern.

Charly und Vanessa atmeten durch.

# 7

# Oktober

Der Oktober brachte buntes Herbstlaub, Jacken, farbenfrohe Schals und Regen. Allmählich gewöhnte sich Charly an den neuen Alltag und nahm ihn so an, wie er sich ihr präsentierte. Und endlich lernte sie auch Daniel kennen.

Eines Mittags trafen sie sich auf Vanessas Vorschlag hin zu viert in einem Café. Mit seinen längeren Haaren war Daniels Erscheinung der Andrés völlig entgegengesetzt. Damit begannen die Unterschiede allerdings erst. Daniel gab sich eher ruhig, aber wenn er etwas sagte, dann tat er dies mit Nachdruck. André riss wie immer Witze und gab seine unvermeidlichen Kommentare ab. Daniel kleidete sich unauffällig, André sah meist aus, als wolle er in der nächsten Minute über einen Laufsteg spazieren. Manchmal kam er in schlichter Aufmachung, oft jedoch in ausgefallenerer und auffallender.

Die einzige Gemeinsamkeit mündete in die größte Differenz: Im Vergleich zu ihren Freundinnen arbeiteten beide, Daniel mit Schraubenschlüsseln und seinen Händen, während es André auf Telefonate beschränkte. Zumindest wenn er mit Charly unterwegs war. Zudem verdiente Vanessas Freund bloß einen Bruchteil dessen, was André zur Verfügung zu stehen schien. Es waren zwei Welten, die aufeinanderprallten.

Trotzdem fanden sie einen Berührungspunkt: den Spyder. Daniel war fasziniert, als André ihn zu einer Probefahrt einlud. Beim Thema Getriebe, Achsen und Räder taute er auf und erzählte, dass er mit seinem gelben Audi hin und wieder sogar Rennen fuhr.

Charly folgte dem Gespräch nur bedingt, freute sich aber über die rege Unterhaltung der Jungs. In letzter Zeit hatten Vanessa und sie sich nicht allzu häufig gesehen. Sie hatte viel mit André unternommen oder ihren Vater begleitet. Vanessa war mit ihrem Freund, wie man jetzt offiziell sagen durfte, endlich richtig zusammengekommen und das hatte einiges an Zeit in Anspruch genommen. Vielleicht wären weitere

Treffen zu viert eine Möglichkeit, die Zukunft zu gestalten. Die Verabredung endete diesbezüglich durchaus vielversprechend.

Am nächsten Morgen brach endlich der von Charly ersehnte 10. Oktober an. Nach ihrem Geburtstag hatte sie ihre Mutter pflichtschuldig von Sarahs Heimkehr unterrichten wollen, indes diese bereits informiert gewesen war. Anett hatte die Neuigkeit, ohne zu zögern, weitergegeben. Susann und die ehemalige Nanny wollten zusammen zum Flughafen fahren. Charly und Vanessa beschlossen, mit der A-Klasse zu kommen.

„Der Kofferraum ist einfach größer als der des Fiats", war das Argument ihrer Freundin gewesen und Charly hatte zugestimmt.

André und Daniel waren sich indes einig, dass diese Familienangelegenheit ihre Anwesenheit nicht erforderte.

So trafen am Flughafen um kurz vor vier Uhr nachmittags drei Autos ein. Als Charly den silbernen Mercedes mit Mack am Steuer und ihrem Vater auf dem Beifahrersitz bemerkte, lächelte sie breit. Er hatte es also geschafft, seine Termine zu verschieben. Es war fast ein achtes Weltwunder! Sarah würde sich riesig freuen.

Während sie auf den Ankunfts- und Abholbereich zustrebten, hakte Charly sich bei Roger unter. Sie war sich des erschrockenen Ausdrucks in den Augen ihrer Mutter deutlich bewusst, als diese ihren Exmann bemerkt hatte. Ihr Vater hingegen wirkte gelassen und schwieg. Was war nur los mit Susann? Konnte sie sich nicht wenigstens für Sarah freuen? Charly runzelte die Stirn. Vanessa hatte sich inzwischen mit Anett ins Gespräch vertieft. Mack und ihre Mutter liefen schweigend nebeneinanderher. Das alles war Charly egal, denn in wenigen Augenblicken konnte sie endlich ihre Schwester in die Arme schließen! Sie nahm sich fest vor, sich die Freude darüber nicht verderben zu lassen.

Obwohl Sarah nur einige Monate im Ausland gewesen war, hatte es sich für Charly sehr viel länger angefühlt. Ob die Schwester sich stark verändert hatte? Der letzte Postkartentext war jedenfalls in typischer Sarah-Manier verfasst gewesen, locker, neckend und lebenslustig.

Charly hoffte, dass sie genau die Sarah zurückbekam, die nach ihrem Abschluss in die USA aufgebrochen war, auch wenn sie wusste, dass das sehr unwahrscheinlich war. Ein wenig ausgeglichener wäre in Ordnung. Aber nicht distanziert! Ihre Bindung war immer sehr eng gewesen. Sollte sich das nun ändern, würde es sie sehr traurig stimmen.

Nach einer letzten Abbiegung stand das Grüppchen auch schon vor der hohen Glasscheibe des Ankunftsbereiches. Charly suchte mit den

Augen den Raum dahinter ab. Förderbänder spuckten Koffer aus, es wimmelte von Menschen. Unterschiedliche Wartende standen um sie herum, winkten, suchten und unterhielten sich. Wie magnetisch angezogen löste sie sich von ihrem Vater und bewegte sich immer weiter auf die Scheibe zu. Ihr Blick wanderte umher. Schnell schlossen und hoben sich ihre Lider. Wo steckte die Schwester?

Sie wusste, dass das Flugzeug bereits gelandet war. Eine wahre Flut von Menschen strömte mit Gepäck beladen aus dem abgeschirmten Bereich. Schließlich traten nur noch einzelne Gestalten in die Halle. Weit und breit keine Sarah in Sicht. Charly ging die wenigen Schritte zu dem kleinen Empfangskomitee zurück. Ihr Vater und ihre Mutter telefonierten, Anett und Vanessa sahen sie besorgt an. Mack musterte jeden Einzelnen, der aus der Zollschleuse trat. Warum er wohl seine Zeit hier verbrachte? Enttäuschung zeichnete Charlys Gesicht.

Sekunden später nahm Roger das Smartphone vom Ohr. Er hatte die letzte Minute nur gelauscht. Kurz angebunden und sachlich teilte er mit: „Sarah ist gelandet, hat sich aber auf der Rolltreppe unglücklich den Arm gebrochen. Scheinbar durch Fremdeinwirkung. Wir können sie in Terminal A auf der Krankenstation abholen. Es geht ihr ansonsten gut. Sie gipsen den Bruch gerade ein." Schon setzte er sich gleichzeitig mit Mack in Bewegung Richtung Parkplatz.

Die Auslandsflüge wurden in Terminal C abgewickelt. Sarah war demnach bewegt worden.

Charly, Vanessa und Anett eilten den beiden hinterher. Susann hatte erst jetzt bemerkt, dass sich etwas getan hatte. Zu beschäftigt war sie gewesen, ihrem Gesprächspartner am anderen Ende der Strippe zu lauschen. Schnell schloss sie zu den anderen auf.

„Und ihr Gepäck?", fragte Charly atemlos.

„Halten sie zum Abholen bereit. Darum kümmern wir uns danach", antwortete ihr Vater knapp.

„Idioten, die auf der Rolltreppe!", knurrte Mack und sprach damit allen aus der Seele.

Anett hatte hochrote Backen vor Aufregung. Sie schnaufte abwertend. Wieder in den Autos fuhr Rogers Mercedes voraus, dann folgte die A-Klasse und das Schlusslicht bildete der große schwarze BMW von Charlys Mutter. Im Parkhaus von Terminal A stellten sie die Fahrzeuge nebeneinander ab, direkt vor dem Notausgang der Krankenräume.

Düster war es hier. Nackter Beton zierte die dunkelgrauen Wände, ein rotes Licht hing über der Tür.

Roger drückte auf die Gegensprechanlage neben der Klinke. „Roger Clark. Ich möchte zu meiner Tochter. Wir haben telefoniert."

Mit einem Summen öffnete sich die elektrische Verriegelung. Im Gänsemarsch liefen alle sechs in den engen Gang dahinter. Hier waren die Wände weiß gefliest, die Einrichtung spartanisch. Ein braunhaariger Mann in einem bleichen Arztkittel erwartete sie bereits. Er schüttelte Charlys Vater die Hand.

„Ich möchte die ungewöhnliche Gelegenheit nutzen und mich persönlich für Ihre großzügige Spende Anfang des Jahres bedanken."

Roger taxierte ihn. Er hob ungeduldig beide Augenbrauen.

Hatte ihr Vater daher so schnell Bescheid gewusst? Hatte der Arzt ihn nach Sarahs Einlieferung und einem schnellen Blick ins System angerufen? Clark war ein prägnanter Nachname, doch so viel Engagement aus Nächstenliebe traute Charly keinem Arzt zu. Wie hoch waren die Spenden ihres Vaters für gewöhnlich?

„Jetzt möchten Sie sicher Ihre Tochter sehen. Hier entlang, bitte." Der Mediziner winkte das Grüppchen in einen nach rechts abzweigenden Flur, der ähnlich trist aussah. Einen Korridor später hatten sie das richtige Zimmer erreicht.

Der Arzt trat als Erstes ein, gefolgt von den Besuchern. Schlagartig war der kleine Raum gefüllt. Wenigstens hier gab es ein Fenster, durch das Tageslicht drang. Auf einer dunkelgrünen Liege saß mit einem frisch eingegipsten Arm in blauer Schlinge Charlys putzmuntere Schwester. Sie trug Jeans, grüne Turnschuhe und eine rosa Strickjacke. Neben ihr lag ein vollgestopfter weißer Geldbeutel, der über und über mit beigen Zeichen bedruckt war. Von Handtaschen hatte Sarah noch nie etwas gehalten. Muntere Augen, eine blonde, gepflegte Mähne und tiefe Bräune überzeugten Charly von ihrer Gesundheit. Wortlos stürzte sie sich auf die Schwester und umarmte sie glücklich. Ein unbändiges Hochgefühl hatte sie übermannt. Vanessa folgte und Anett ließ sich ebenso zu einer Umarmung hinreißen.

Die Männer debattierten derweil über den Bruch, der anscheinend glatt verlief und ungefähr sechs Wochen zum Heilen benötigen würde.

Susann stand abseits und schien nicht wirklich zu wissen, wohin mit sich. Sarah streckte ihr die unversehrte Hand entgegen und lächelte die Mutter an. Zögernd kam diese auf sie zu und wurde unversehens mit in den weiblichen Umarmungsknäuel gezogen.

In diesem Moment befanden sich alle Personen, die zu Charlys Familie gehörten, seit ihrer Kindheit zum ersten Mal wieder friedlich und glücklich – nach der ganzen Aufregung – in einem Raum. Es war perfekt, für den Augenblick.

Später auf der Fahrt, nachdem Sarah mit Charly und Vanessa in Terminal A an einem kleinen, überlaufenen Gepäckaufbewahrungsschalter ihre zwei monströsen Koffer abgeholt hatte und diese unter Mühen ins Auto bugsiert worden waren, begann sie, von ihrer Reise zu erzählen.

Die drei Berufstätigen hatte es wieder zur Arbeit gezogen, Anett war auf den Abend vertröstet worden. Jetzt war es an der Zeit, italienisch essen zu gehen und von Sarah all die nicht salonfähigen Geschichten zu erfahren. Und davon gab es einige.

Das Lokal, das Vanessa ausgewählt hatte, war klein, gemütlich und bestach durch karierte Tischdecken auf bunten Holztischen. Alles sah derart überladen aus, dass es fast wieder kunstvoll wirkte. Zu dritt setzten sie sich an einen Vierertisch am Fenster. Die ofenfrische Pizza, die wenig später serviert wurde, schmeckte fantastisch.

Sarah hatte sich wirklich kaum verändert. Aber ihre Einstellung zu Geld war inzwischen deutlich erwachsener geworden, seit sie wusste, mit wie wenigen Dollars man seinen Bauch füllen konnte und wie dankbar dieser einem dafür war.

Sie erzählte von der Reifenpanne, von Leuten, die sie kennengelernt und bei denen sie eine Weile gewohnt hatte. Und von einer Fahrt durch einen der Nationalparks mit nur einer Freundin als Begleitung.

Charly wollte sich die möglichen Gefahren, die zum Glück ausgeblieben waren, gar nicht erst ausmalen. Ihre Fantasie lieferte ihr die Bilder sowieso gänzlich unaufgefordert. Auch die sonst unbeeindruckte Vanessa verschluckte sich an einem Bissen ihrer italienischen Spezialität. Sarah hatte schon immer ein Talent gehabt, das Leben auf die leichte Schulter zu nehmen und damit durchzukommen.

Der Abend war vergnüglich, und da die Schwester Rechtshänderin war, sich aber den linken Arm gebrochen hatte, kam sie mit der Beeinträchtigung spielend zurecht. Für Pizza brauchte man sowieso nur eine Hand.

An den Unfall konnte sie sich erinnern, doch war alles so schnell gegangen, dass sie nur einen Mann im dunklen Mantel als Übeltäter identifizieren konnte, der mit einem Blumenstrauß in der Hand die Rolltreppe hinuntergeeilt war.

„Ich mit meinen zwei Koffern stand eben nicht akkurat auf einer Seite, war total aufgeregt und schon ganz kribblig. Deshalb war es ziemlich eng und er hat sich von hinten durchgequetscht, wahrscheinlich auf dem schnellsten Weg zu seiner Liebsten, und wums! Die Koffer samt mir flogen durch die Luft und wir landeten irgendwie über- und aufeinander auf den harten Stufen."

Sarah rieb sich den Rücken. „Zur Güte des Geschicks ist nicht mehr als der Arm gebrochen. Bestimmt bin ich morgen am ganzen Körper blau!" Sie verzog das Gesicht. „Ich weiß, es war keine Absicht, trotzdem könnte ich ihm den Hals umdrehen. Vor allem, weil er nicht mal stehen geblieben ist."

„Mit einer Hand?", fragte Vanessa grinsend.

„Du hast keine Ahnung, wie ich zupacken kann!" Herausfordernd fuchtelte Sarah mit ihrer gesunden Hand vor dem Gesicht der anderen herum.

Vanessa lachte nur hell auf. „Im Armdrücken besiege ich dich noch immer locker. Ich glaube kaum, dass du in den Staaten Gewichte gestemmt hast."

„Okay, das ist jetzt das Stichwort, um nach Hause zu gehen." Charly erhob sich auffordernd.

„Du Spielverderberin!" Sarahs Augen verrieten, dass sie ihrer Schwester nicht wirklich böse war.

„Warte!" Vanessa zog Charly zurück auf die Bank. „Deine Schwester ist gar nicht mehr so spießig", sagte sie zu Sarah.

Charly schnaubte. „Hallo, ich bin anwesend!"

„Ja, ja", taten die beiden anderen ihren Einwurf ab.

Vanessa senkte die Stimme zu einem Flüstern. „Charly hat einen absolut scharfen, steinreichen Typ aufgerissen. Und euren Vater um den Finger gewickelt."

Sarah beugte sich fasziniert vor und schaute ihre Schwester erstaunt an. Vanessa lehnte sich daraufhin sichtlich zufrieden zurück.

„He!" Charly war nicht damit einverstanden, dass ihr Privatleben gerade zum Gesprächsthema wurde.

„Du hast wieder mehr Kontakt mit Dad? War er deshalb vorher da? Hast du ihn gebeten zu kommen?" Sarahs Augen weiteten sich. „Und wer war der andere?", wollte sie wissen.

Charly fuhr sich fahrig durchs Haar. Sie seufzte. Wie sollte sie Sarah etwas erklären, das sie selbst nicht recht verstand? Sie konnte ja schlecht sagen: „Du, der Kerl, der sich all die Jahre einen Scheiß um uns gekümmert hat, ist eigentlich gar nicht übel."

Der Blick ihrer Schwester lag drängend auf ihr. Schließlich erklärte sie: „Anfang August war ich bei ihm zum Essen. Er hat vorgeschlagen, dass wir uns ab jetzt öfter als nur hin und wieder treffen. Und das haben wir getan."

Charly atmete durch. „Als deine Karte kam, habe ich ihm gesagt, wann du ankommst. Ich dachte, es könnte ihn interessieren. Ich war nicht sicher, ob er heute kommen würde, aber ist doch toll, dass er es getan hat! Der Blonde war Mack Weber, sie arbeiten gemeinsam und kamen wahrscheinlich zusammen von einem Termin", vollendete sie ihre Ausführung.

„Wenn Roger nicht da gewesen wäre, hätten wir dich ewig gesucht. Ich dachte schon, du hättest den Flieger nicht genommen", pflichtete Vanessa ihrer Freundin bei.

Sarah schwieg, dann nickte sie. „Danke", sagte sie leise zu Charly, nur um einen Moment später zu fragen: „Und was ist das für ein Typ, den du aufgegabelt hast? Sag bloß, du hast dir meinen Geburtstagsratschlag zu Herzen genommen?" Schalk blitzte in ihren Augen auf.

Vanessa grinste, während Charly zunehmend gestresst wirkte.

„Er heißt André. Wir haben uns an der Uni getroffen."

Sarah schaute sie aufmerksam an. „Und weiter?", hakte die Jüngere nach.

„Er arbeitet im Unternehmen seines Vaters mit und hat deiner Schwester eine superschöne Uhr geschenkt", berichtete Vanessa ihr vielsagend.

Charly schloss die Augen. Möge der Boden sie verschlucken! Irgendwie war es ihr peinlich, das alles vor Sarah auszudiskutieren.

„Das klingt, als hätte er tatsächlich so was wie Gefühle für dich." Die Schwester klang aufgeregt. „Wann lerne ich ihn kennen?"

Charlys Antwort war ein verhaltenes Stöhnen. Vanessa kicherte. Jetzt war es genug!

Prompt stichelte Charly: „Die liebe Schwatztante hier hat inzwischen einen Freund, ohne den sie sich in letzter Zeit nur ungern blicken lässt."

Sofort fokussierte Sarah ihre Aufmerksamkeit auf Vanessa und feuerte unzählige Fragen auf sie ab. Nun konnte Charly sich zurücklehnen.

Letztlich war es kurz vor Mitternacht, als die A-Klasse vor dem Zuhause der Clark-Schwestern hielt. Das Haus leuchtete wie eine angestrahlte Sehenswürdigkeit. Susann und Anett warteten bereits. Vanessa verabschiedete sich, nachdem sie gemeinsam mit Charly die beiden schweren Koffer über die Schwelle gewuchtet hatte.

Die nächsten Tage verflogen regelrecht. Sarah besuchte Freunde, während Charly ihren neuen Lebenswandel fortführte. Susann taute zumindest oberflächlich auf und Anett bekochte alle. Zu Charlys insgeheimer Erleichterung zeigte ihre Schwester kein Interesse daran, sie zu ihren Treffen mit Roger zu begleiten. Vorgeschlagen hatte sie es.

André hingegen wurde von ihr ausgiebig begutachtet. Sarah holte Charly extra an der Universität von der ersten Veranstaltung des Spanischkurses nach der freien Zeit ab. Ein bisschen zu neugierig verweilte ihr Blick auf dem Freund ihrer Schwester und diese räusperte sich laut. Daraufhin drehte André sich um. Er hatte, wie so oft, telefoniert.

Am Sportwagen angekommen lief Sarah dann zur Hochform auf und schoss mit ihrem Smartphone begeistert eine ganze Reihe Fotos. André ließ alles ruhig über sich ergehen, was Charly ihm hoch anrechnete. Nach einem Cafébesuch, während dessen sie ob der direkten Fragen ihrer überdrehten Schwester fast im Boden versunken wäre, blickte André sie leicht gequält an.

Am Sonntag darauf brunchten sie zum ersten Mal alle zusammen: Sarah, Charly, André, Vanessa und Daniel, dem die USA-Reisende nun auch vorgestellt wurde. Zu fünft unterhielten sie unbeabsichtigt die ganze Lokalität. Es war eine lustige Runde, die fortan hin und wieder zusammenkam.

Alltag kehrte ein. Für Vanessa und Charly hieß das, wieder regelmäßig zur Uni zu gehen. Ende November standen die nächsten Klausuren an, dann das Weihnachtsfest. Aber bis der Baum aufgestellt wurde, war es noch eine Weile hin.

Sarah, die eine Immatrikulation für das Wintersemester verpasst hatte, stellte fest, dass viele ihrer Bekannten weggezogen waren, um in einer anderen Stadt unabhängig von ihren Eltern ihre Ausbildung fortzusetzen. Sie hatte jetzt Zeit, sich zu überlegen, wie es bei ihr selbst weitergehen sollte. Susann drängte auf ein Studium, aber Charlys Schwester ließ sich zu nichts zwingen.

Nach und nach fiel im Hause Clark jeder in seinen eigenen Trott zurück. Es war, als wäre Sarah nie auf Reisen gewesen. Nur Charlys Leben und Weltsicht hatten sich verändert. Sie trug die Uhr von André, versuchte, ihrem Vater zu imponieren und derweil in der Uni auf Zack zu bleiben.

# 8

# St. Moritz

Der November brachte einen Temperatursturz auf zehn Grad. Charly wünschte sich unwillkürlich den Herbst zurück. Dicke fellbesetzte Mäntel und Capes wurden aus dem Schrank geholt. Es nieselte unablässig. Trotz ihrer ausgefüllten Tage plagte sie immer mehr eine innere Unruhe. Sie lernte häufig an einem der kleinen Tische in der muffigen Universitätsbibliothek und schrieb das Unbehagen ihren wegen der bald anstehenden Prüfung angespannten Nerven zu.

In der dritten Novemberwoche sollte Sarah endlich ihren Gips abgenommen bekommen. Mittlerweile war vom einstigen Weiß der Oberfläche fast nichts mehr zu erkennen. Unterschriften, Kritzeleien und Verzierungen in allen Nuancen der Farbpalette schmückten den unpraktischen Verband. Er hatte sich zu einem modischen Accessoire gemausert. Trotzdem fieberte Sarah dem Arzttermin entgegen.

Während die Wochen verstrichen, zog Charly sich immer öfter ihre alten orangen Turnschuhe an und ging joggen. Sie fuhr mit ihrem Fiat aus der Stadt hinaus zum Waldrand und durchstreifte die verlassene Landschaft. Die meisten Laubbäume erhoben kahl und unwirtlich ihre Äste gen Himmel. Ansammlungen von Kiefern und Tannen lockerten das Bild durch immergrüne Nadeln auf. Dick in mehrere Schichten eingepackt, trotzte Charly der Kälte. Mit ihrem grauen Hoodie und der schwarzen Sweathose hob sie sich kaum von der teilweise in Nebel gehüllten Umgebung ab.

Vom vielen Sitzen verspannt, fühlte sich ihr Rücken häufig steif wie ein Brett an. Meist dehnte sie sich deshalb ausführlich, nachdem sie eine Stunde gelaufen war, und wiederholte verschiedene Kräftigungsübungen. Völlig ausgepowert stieg sie danach wieder in ihren Kleinen und fuhr zum Duschen nach Hause.

Wenn die Erschöpfung sie übermannte, ließ die innere Unruhe nach. Sie fühlte sich ausgeglichener. Das gute Gefühl verflüchtigte sich allerdings bis zum nächsten Morgen.

Sie brachte letztlich die Klausuren recht zufriedenstellend hinter sich, besuchte mit André den Spanischkurs und schrieb auch dort die nötigen Tests für eine Leistungsanrechnung.

Ihre Beziehung entwickelte aus den zarten Trieben des Anfangs einen soliden Strunk, der möglicherweise herrliche Früchte verhieß. Charly war glücklich, ließ sich von ihm immer häufiger ausführen und traf sich seltener zu zweit mit Vanessa auf einen Kaffee.

Da sie ihren Vater auch weiterhin einen Abend die Woche begleitete, blieb ihr wenig Zeit für sich. Die Treffen hatten sich eingespielt. Charly erhielt die Information, welcher Tag es sein würde, am Anfang der Woche per E-Mail von Peggy und plante daraufhin ihre anderen Aktivitäten. Diese Verabredungen erfüllten sie grundsätzlich mit Vorfreude. Inzwischen hatte sie die anfängliche Scheu überwunden und beteiligte sich lebhaft an den Gesprächen. Einige Male schon hatte Mack ihren Vater und sie begleitet. Das führte stets zu den informativsten Unterhaltungen und Charly hatte schnell das Gefühl, deutlich mehr über die Clark Group zu wissen.

Als Anfang Dezember außer einer Pro-forma-Anwesenheit im Sprachkurs alle universitären Veranstaltungen für das Jahr abgeschlossen waren, konnte endlich die gemütliche Weihnachtszeit beginnen. Einzig die Tatsache, dass sich ihr allgemeines Unbehagen entgegen allen Erwartungen hartnäckig hielt, trübte die Besinnlichkeit der Adventszeit.

Es war ein Mittwoch, an dem sich Sarah, Vanessa und Charly zu einem Glühwein in der Stadt verabredet hatten. Die Temperatur war inzwischen auf vier Grad gesunken. Viele Gehsteige hatten sich während der letzten Woche in regelrechte Rutschbahnen verwandelt. Nachts ließen Minusgrade jeglichen gesammelten Niederschlag frieren. Morgens kratzten alle, die ihre Autos nicht in einer Garage stehen hatten, ihre Scheiben frei.

Auf dem riesigen gepflasterten Platz in der Mitte der Stadt war ein ganzes Weihnachtsdorf aus größeren und kleineren Hütten aufgebaut. An einigen wurden leibliche Genüsse verkauft, an anderen Kunsthandwerk und kleinere Waren aller Art.

Schon von Weitem winkte Sarah ihrer Schwester fröhlich mit dem nun wieder vollständig geheilten Arm zu. Sie und Vanessa standen an einer hölzernen, üppig mit grünen Tannenzweigen und weißem Filz geschmückten Bude. Beide trugen kitschige rote Weihnachtsmützen mit weißen Bommeln. Dazu grüne Parkas, Jeans und Stiefel. Vanessas

Schuhwerk sah aus, als käme sie direkt vom nächsten Reiterhof. Unablässig schwatzte sie auf die Frau hinter der Theke ein und gestikulierte dabei ausholend.

Sarah vermisste scheinbar bereits den Gips, denn sie stöckelte mit mindestens Zehnzentimeterabsätzen über den rutschigen, gefrorenen Boden auf Charly zu. Dabei folgten ihr die bewundernden Blicke einiger Männer. Obwohl nicht wirklich verwundert, musste Charly dennoch den Kopf schütteln. Die Schwester war einfach ein Individuum der Extraklasse. Ihre Laune hob sich und sie winkte zurück, während sie den Abstand zwischen ihnen verringerte.

Die Parkplatzsuche in der Innenstadt war mal wieder zum Verzweifeln gewesen. Es schien, als wäre jeder Einwohner des gesamten Landkreises in den Geschäften unterwegs, um Besorgungen, erste Weihnachtseinkäufe oder eine Bummeltour zu machen. Sie selbst bestätigte die These. Auf halbem Weg umarmten sich die Schwestern. Wer konnte es all den Menschen verdenken, dachte Charly. Sie taten das, was sie selbst auch zu tun gedachte: die Freude an der beginnenden Weihnachtszeit auszuleben. Allzu schnell würde der Dezember verstreichen und das neue Jahr anbrechen.

„Du stiehlst mir die Show, Sarah! Die bewundern alle deine langen Beine und die Mordinstrumente an deinen Füßen", flüsterte sie der Jüngeren amüsiert ins Ohr.

Die kicherte verhalten und gab ihr einen feuchten Schmatz auf die Wange. „Ich bin ja auch noch auf der Suche, du nicht", lautete die augenzwinkernde Antwort, nachdem sie sich voneinander gelöst hatten.

Charly trug eine dunkelblaue, vorteilhaft geschnittene Daunenjacke, die sie letztes Jahr gekauft hatte, ebenfalls Jeans und ein paar schwarze Lederstiefel mit niedrigem goldenem Absatz. Sie hatte sich bewusst für etwas Modisches und gleichzeitig Bequemes entschieden. Freiwillig ausrutschen oder frieren wollte sie nicht.

„Außerdem, was heißt hier Mordinstrumente? Das sind total schicke Stiefel!", empörte Sarah sich und zog ihre Schwester zu dem Stand, an dem Vanessa lehnte.

„Mit deinen Pfennigabsätzen kann man jemanden abstechen. Da gibt es mit Sicherheit schlechtere Mordwaffen", argumentierte Charly. Sie war noch nicht bereit, sich geschlagen zu geben.

Zusammen kamen sie vor dem provisorischen Tresen zum Stehen. Die Betreiberin der Bude sah die beiden jungen Frauen mit aufgerissenen Augen an. Vermutlich hatte sie den letzten Satz gehört.

Vanessa und die mittelalte Dame mit roter Schürze waren gerade am Ende ihrer Unterhaltung angekommen. Die Freundin schaute schnell zwischen den Anwesenden hin und her und um ihre Mundwinkel zuckte es verräterisch. Dann sagte sie laut: „Maria, darf ich Ihnen diese zwei berühmt-berüchtigten Auftragskillerinnen vorstellen? Die Clark-Schwestern schmieden ausgeklügelte Mordpläne, bevorzugt vor Glühweinbuden."

Einen Augenblick sah die Dame noch verwirrter aus, bis Sarah zu prusten anfing. Es platzte richtig aus ihr heraus.

Röte schoss der Frau ins Gesicht, schnell drehte sie sich um und begann, im hinteren Teil des Häuschens zu werkeln.

„Ich muss sagen, wären wir wirklich in diesem Gewerbe aktiv, würden wir definitiv dich mit dem Marketing betrauen. Falls ich jemals das Bedürfnis verspüren sollte, in einer Zelle zu überwintern", stellte Charly ironisch fest. Immerhin wären dann Kost und Logis gratis. Sie umarmte die Freundin zur Begrüßung.

Vanessa nickte gewichtig. „Nach dem ersten Becher Alkohol kommen einem die besten Ideen."

„Und beim wievielten bist du?", fragte Charly zweifelnd.

„Du weißt doch, man ist grundsätzlich beim ersten", mischte sich nun Sarah ein. Die drei lachten.

„Deshalb müssen wir dich jetzt auch versorgen", bestimmte Vanessa. Vor ihr standen zwei halb volle, mit Kerzen bemalte Tassen auf einer dunkelroten Plastikfolie, die als Tischdecke diente.

„Um mich an eurer neu erworbenen Weisheit teilhaben zu lassen?", hakte Charly nach.

„Genau!" Verschmitzt rief Sarah dem Frauenrücken die Bestellung zu.

Wenig später trank Charly den ersten Schluck, der eine herrliche Wärme in ihrem Bauch verursachte. Die Wirtin hatte wieder eine normale Gesichtsfärbung und der Becher war randvoll. Den Glühweinnachschub hatten sie sich durch den Scherz also nicht verbaut. Sehr gut!

Sie wärmte ihre bloßen Hände an dem erhitzten Porzellan. Ohne Mütze und Handschuhe merkte sie schnell, wie ihr die Kälte in die Glieder kroch. Auf einen Glühwein folgte der nächste. Die Stimmung zwischen ihnen wurde ausgelassen. Schluck um Schluck verschwand zudem das unangenehme Kälteempfinden und alle Körperteile fühlten sich wohlig warm an.

Vanessa und Charly erzählten die neuesten Geschichten von Daniel und André. Sarah berichtete von ihrem momentanen Verehrer und seinen bisherigen Bemühungen. Sowohl Charly als auch Vanessa bemitleideten den Armen. Sarah wollte gern hofiert werden und war dabei auch noch anspruchsvoll.

Schließlich fragte Vanessa ehrlich interessiert, wie denn der Gips entfernt worden war. „Haben sie dir den echt aufgesägt? Ich meine, ich hatte so was noch nie." Sie klang beinahe ängstlich, als sie sich das Szenario ausmalte.

Sarah wackelte mit einer Augenbraue. „Klar, da kommt der Arzt mit einer armlangen Säge rein. Dann musst du völlig stillhalten, damit er dich nicht versehentlich erwischt."

Vanessas Augen wurden immer runder.

„Quatsch!", unterbrach Charly die Ausführungen ihrer Schwester, die ungehemmt lachte. „Es gibt eine spezielle oszillierende Säge, die dafür verwendet wird. Das runde Sägeblatt ist nicht mal handtellergroß."

Vanessa nahm wortlos einen Schluck aus ihrer Tasse. Sie war um die Nase herum ein wenig bleich geworden.

„Jetzt wäre übrigens der Zeitpunkt, an dem ihr euch im Armdrücken messen solltet. Ich wäre stark dafür, dass der Verlierer die nächste Runde zahlt", versuchte Charly die Freundin abzulenken.

„Dann bist du fein raus", murrte Sarah. Bisher hatte jeder seinen eigenen Konsum beglichen.

„Keine Ausreden! Du hast nur Angst, dass du verlierst." Vanessa schaute listig über ihren Becherrand. Sie witterte einen schnellen Sieg.

„Ich? Dir zeig ich es!" Ruckzuck hatte Sarah die Getränke beiseitegeschoben und ihren Ärmel hochgekrempelt.

Die Kontrahentinnen schlossen ihre Finger umeinander, setzten den jeweiligen Ellenbogen auf den provisorischen Tisch und blickten sich grimmig-konzentriert in die Augen. Auf Charlys Kommando startete der Wettbewerb.

Nach einigen Flüchen, kurzer Kraftanstrengung und Gelächter endete das Armdrücken wahrhaftig mit einem Sieg für Vanessa. Schnell tranken sie aus und orderten neu.

„Besonders sportlich war das aber nicht", stichelte Charly, als Vanessas Handy vibrierte und sie es aus ihrer Jackentasche zog.

Sarah wandte sich derweil stirnrunzelnd an ihre Schwester. „Ich habe bemerkt, dass du in letzter Zeit oft laufen warst."

Nachdrücklich schaute sie die Ältere an. „Tolles Wetter war da nicht immer."

Vanessa begann zu tippen und Charly seufzte. „Ich bin irgendwie unausgeglichen", gestand sie. Und fügte hinzu: „Ich glaube, mich hat das Fernweh gepackt. Ich war ewig nicht mehr unterwegs."

Es stimmte, nun sah sie klar. Sie hatte noch nie in ihrem Leben so lange am Stück keine Reise unternommen. Grotesk. Das hing sicher unter anderem mit Susanns Verschlossenheit zusammen und ihrer unpersönlichen Zettelschreiberei, die sie seit Neuestem praktizierte, statt sich zu unterhalten. Bisher war es immer die Mutter gewesen, die ihre Töchter auf Reisen eingeladen hatte. Charly seufzte unbestimmt.

Zudem beschäftigte sie die Tatsache, dass André und sie seit dem Herbst zwar offiziell zusammen waren, sich aber in körperlicher Hinsicht noch gar nichts getan hatte. Überhaupt nichts. Sie war sich selbst nicht ganz im Klaren, ob das nun ein Problem darstellte oder ob sie es wertschätzen sollte, nicht gedrängt zu werden.

„Ich brauche auch dringend einen Tapetenwechsel. Lasst uns über Silvester irgendwo hinfahren", nahm Sarah den Faden begeistert auf. „Wir könnten nach Sydney fliegen oder nach New York", überlegte sie.

Vanessa hatte mit halbem Ohr zugehört. „Also, wenn ihr mich mitnehmen wollt, dann sollten wir tatsächlich lieber fahren. Ihr wisst doch, dass ich Flugangst habe. Außerdem ist bald Weihnachten und trotz der Kälte kein bisschen Schnee absehbar." Zweifelnd schaute sie zum Himmel. Dieser verdunkelte sich bereits, war aber unverändert wolkenlos.

„Ich wäre auch eher für ein Skigebiet. Mit weißen Dächern und einem leuchtenden Feuerwerk am dunklen Himmel." An Charlys innerem Auge zogen verheißungsvolle Bilder vorbei. Das war es, was sie wollte! Am besten in Verbindung mit einem Skiurlaub. Ihr Gesicht glühte erfreut, ihre Pupillen glänzten übermütig.

Sarah und Vanessa kamen überein, dass Sport im Schnee nichts für sie war. Doch das konnte Charlys Begeisterung nicht bremsen, denn sie hatte sich an etwas erinnert: André fuhr Ski! Sie würde ihn fragen, was er von der Idee hielt. Gleich morgen, wenn sie sich trafen. Ein gemeinsamer Urlaub in einem Zimmer war eine ausgezeichnete Idee.

„Ich habe gehört, St. Moritz soll als Ort wirklich sehenswert sein. Vielleicht finden wir ein Hotel, das ein Silvestermenü mit anschließender Party bietet?", schlug Vanessa vor. „Meine Eltern waren schon öfter dort. Ich kann mich mal erkundigen." Sie wandte sich an Charly. „Du kannst ja direkt nach Weihnachten hinreisen, vielleicht begleitet dich dein Dad. Der ist doch auch so ein Skinarr."

Charly grinste zustimmend.

„Du musst mir aber versprechen, dir nicht die Haxen zu brechen, schließlich will ich, dass du mit mir an Silvester das Tanzbein schwingst!", beendete Vanessa mit erhobenem Zeigefinger ihre Ansprache.

Artig hob Charly ihre rechte Hand zum Schwur. „Ich gebe mein Ehrenwort." Noch war sowieso nichts gebucht.

Ihre beste Freundin nippte beruhigt am letzten Rest ihres Glühweins.

Sarah hatte den dritten Becher seit ihrer Ankunft schon geleert. Sie war kurzzeitig von dem Mann, der neben ihr stand, in eine Unterhaltung verwickelt worden. Nun drehte er sich wieder zu seinen Freunden.

„Der Plan gefällt mir", stimmte sie zu.

„Du hast doch gar nicht zugehört", moserte Charly und machte einen übertriebenen Schmollmund in Richtung der Männer. Die Schwester klopfte ihr peinlich berührt auf den Oberarm.

„Uff, ich glaube, ich muss jetzt aufhören, sonst verlasse ich morgen mein Bett nicht", stellte Vanessa wenig später fest, als ihr leicht schwindelig wurde.

Mit großen Schlucken leerte auch Charly ihre Tasse und musste sich danach schwankend an der Thekenkante festhalten.

„Jawohl, wir nehmen jetzt ein Taxi!", bestimmte Sarah.

Fröhlich dirigierte die Jüngste die beiden anderen zum nächsten Taxistand und schon befanden sie sich auf dem Nachhauseweg. Hatte ihre kleine Schwester etwa in den USA trinken gelernt? Anscheinend!

Am nächsten Morgen brummte Charlys Schädel wie ein Bienennest, ihre Zunge fühlte sich ausgedörrt an und ihr Magen schien über Nacht verknotet worden zu sein. Hatten sie einen solchen Fusel getrunken? Maria war wohl, entgegen des ersten Eindrucks, mit allen Wassern gewaschen. Unwillig stemmte sie sich aus dem Bett und tastete sich zu den Rollladenbändern vor. Fast stolperte sie dabei über die eigenen Füße. Ihre Schwester musste das Zimmer gestern verdunkelt haben. Sie selbst war direkt im Bad verschwunden, hatte sich umgezogen, die Zähne geputzt und war dann sofort auf ihre Matratze geplumpst. Die Müdigkeit hatte sie bereits auf der Heimfahrt eingeholt. Wie eine bleierne Decke war diese über Charly gelegen und hatte ihre Augen immer wieder zufallen lassen. Vanessa war es ähnlich ergangen.

Mit einem Gänsehaut verursachenden Quietschen ließen sich die Rollläden nach oben ziehen und Licht strömte durch die Ritzen. Zudringlich füllte Helligkeit das Zimmer. Charly kniff gequält die Lider zusammen. Ihr Gaumen fühlte sich pelzig an. Sie war sich noch nicht im Klaren, wie sie heute imstande sein sollte, vor die Tür zu treten, geschweige denn jemanden zu treffen. Dabei wollte sie André unbedingt sehen und der Abend war eigentlich für ihren Vater reserviert. Also blieb ihr nur, das altbewährte Ausnüchterungsprogramm anzuwenden, ihr letzter Helfer in der Not.

Sie gönnte sich noch einen kurzen Moment der Ruhe, dann trat sie zielstrebig ins Badezimmer und auf die Dusche zu. Erst als ihr das Wasser in eiskalten Strömen über den Körper lief, wachte sie vollends auf. Schaudernd tat sie sich diese Tortur einige weitere Sekunden lang an, dann drehte sie den Wasserhahn auf Rot.

Frisch abgeseift und mit geputzten Zähnen fühlte Charly sich allmählich besser. Nach einer Kopfwehtablette und einigen Bissen von einem gestrichenen Brötchen hatte sie gar das Gefühl, wieder ein halbwegs funktionsfähiger Mensch zu sein.

Nur der Geruch des Kaffees, den Anett ihr verabreichen wollte, verursachte einen kurzen Kampf gegen eine kleine aufkommende Übelkeitswelle. Nachdem aber auch das überstanden war, berichtete sie der ehemaligen Nanny vom gestrigen Abend und erfuhr im Gegenzug, dass Sarah schon außer Haus weilte. Sie gingen freundlich miteinander um, nichtsdestotrotz standen Anetts Bedenken bezüglich Charlys Vater noch immer zwischen ihnen, vor allem, seit sie Roger regelmäßig traf.

Um die Mittagszeit machte Charly sich in den Kleidern vom Vortag zu Fuß auf den Weg zu ihrem Auto. Eigentlich hatte sie gestern geplant, nur einen Glühwein zu trinken und selbst nach Hause zu fahren. Wie das eben so war.

Der Fiat stand noch immer unversehrt auf dem Platz, auf dem sie ihn abgestellt hatte. Am Parkautomaten erlebte sie sogar eine positive Überraschung: Der Tagestarif bezog sich auf die Stunden und nicht auf das Datum. Dementsprechend fiel ihre Parkzeit in eine Tarifzone und sie zahlte weniger denn erwartet.

Pfeifend fuhr sie die Decks nach unten und kämpfte sich durch den anschwellenden Innenstadtverkehr, um den Kleinen schließlich auf dem Parkplatz des L'Autriche abzustellen. Der Spyder parkte eine Reihe weiter vorne. André war also bereits da. Beschwingt stieg Charly aus dem Auto und legte die wenigen Schritte bis zum Fernsehturm zurück.

Sie war die Einzige im Aufzug und auch oben sah es überschaubar aus. André hatte ihr den Rücken zugekehrt und telefonierte. Was sonst?

Langsam schlenderte sie auf den Tisch zu. Sie öffnete den Reißverschluss ihrer Winterjacke und betrachtete seine ausgeprägte Rückenmuskulatur, den gewagten grasgrünen Strickpullover und die dunklen Haare seines Hinterkopfes. Außerdem trug er einen orangen Schal. Das brachte sie zum Lächeln. Kein Mann außer André war selbstbewusst genug, um eine solche Kombination öffentlich zur Schau zu stellen. Wobei sich vermutlich die meisten männlichen Wesen noch nicht einmal einen Kopf darum machten.

Sie tippte ihm leicht auf die Schulter, während sie sich hinunterbeugte, um einen Kuss auf seine linke Wange zu platzieren, die nicht durch das Telefon belegt war. Ihr fiel auf, dass sie André noch nie mit Bart gesehen hatte. Ob er damit sexy aussah?

Er hielt ihre Finger fest und verabschiedete sich von seinem Gesprächspartner. Geschickt stand er auf, trat um seinen Stuhl herum und gab ihr einen Begrüßungskuss auf den Mund. Ganz Gentleman nahm er ihr die dicke Jacke ab.

„Na? Hast du dich auch durch das Verkehrschaos in der Innenstadt gequält oder bist du gleich die Umgehungsstraße gefahren?", fragte er und geleitete sie zu ihrem Stuhl, über dessen Lehne er die Jacke hängte.

„Nein, notgedrungen musste ich mich auch zwischen all den Einkäufern hindurchzwängen. Vanessa, Sarah und ich waren gestern Abend Glühwein trinken, das ist irgendwie ausgeufert und ich musste den Kleinen stehen lassen. Gerade habe ich ihn abgeholt."

Ein Kellner in ordentlicher Arbeitskleidung trat an ihren Tisch. André schlug die Speisekarte auf, die vor ihm lag, und tippte mit dem Zeigefinger auf ein Gericht. Es hatte sich zwischen ihnen zur Gewohnheit entwickelt, dass er das Essen aussuchte, wenn sie im L'Autriche aßen. Getränke bestellte jeder individuell.

Sie besuchten das Restaurant tatsächlich häufiger. Geschmacklich war alles hervorragend, und da grundsätzlich André bezahlte, verdrängte Charly schlicht den Preis. Er wählte aus und sie sah sich nie die Karte mit den Beträgen an.

Als der eifrige Bedienstete in Richtung Bar und Küche entschwunden war, nahm André das Gespräch wieder auf. „Dein Kleiner, mhm? Warum hat dein Fiat eigentlich einen Namen?"

Charly grinste. Das hatte Sarah auch schon gefragt und selbst die autoversessene Vanessa konnte es nicht verstehen.

„Ganz einfach, weil ich ihn wertschätze. Wenn du einen Gegenstand benennst, dann hat er eine Identität. Es entsteht eine emotionale Beziehung, die ein neuartiges Bild entwirft. Du bist verantwortungsbewusster, sobald etwas personalisiert ist, denn der Gegenstand hat eine Bedeutung." Leidenschaft für ihre Sicht der Dinge schwang in ihrer Begründung deutlich mit.

André sah sie interessiert an. „Oha", war sein Kommentar.

Charly lachte. „Denk jetzt nicht, ich sei die unfehlbare Psychotante, die dir die Welt erklären will."

Er feixte. „Nein, ich denke sogar, an deiner Aussage ist etwas dran. Obwohl ich zugeben muss, dass der Gedanke, ab jetzt meine Socken zu benennen, damit ich verantwortungsbewusster mit ihnen umgehe und sie möglicherweise weniger Löcher haben, mich ehrlich abschreckt."

Mit ihrer Gabel versuchte Charly, ihn über den Tisch hinweg zu erwischen. Es funktionierte nicht, André wich gekonnt nach hinten aus.

„Schon gut, schon gut." Er hob resignierend seine Hände. „Ich mag deinen Kleinen ja. Immerhin bringt er dich zuverlässig zu mir."

Bevor er sich noch weiter reinreiten konnte, kam das Essen. Das ging aber schnell! Vermutlich hatte die Küche wenig zu tun.

„Und was habt ihr drei Plappertanten bei eurer Glühweinorgie besprochen?", erkundigte er sich nach dem ersten Bissen. „Seid ihr sämtlichen Geheimnissen unseres Planeten auf die Spur gekommen?"

Cremige Spaghetti Carbonara mit leicht angerösteten Miniaturspeckwürfeln und frischem Basilikum zu einem raffinierten Gurkensalat waren das Gericht des heutigen Tages.

Bisher hatte Charly hier noch keine einzige Delikatesse serviert bekommen, geschweige denn eine französische. Lag das an Andrés Wahl oder an den angebotenen Speisen? Genießerisch schaufelte sie sich eine voll beladene Gabel in den Mund. Vielleicht waren in der Soße Trüffel? Schmeckte man das heraus? Zu André sagte sie: „Du willst es dir heute mit mir verderben, oder? Zuerst beleidigst du meinen Wagen und jetzt meine Mädels." Halb belustigt, halb ernst warf sie ihm einen strengen Blick zu. Langsam ließ die Wirkung der Schmerztablette nach und ihre Kopfschmerzen kehrten zurück.

André sah sie perplex an. „Überhaupt nicht! Es scheinen gestern wohl ein *paar* Becher Glühwein gewesen zu sein?! Du legst doch sonst nicht jedes Wort auf die Goldwaage." Charly seufzte vielsagend. „Kann ich etwas tun, um dich aufzumuntern?", fragte er liebenswürdig.

Das war die Gelegenheit!

„Ja, da gibt es tatsächlich etwas", begann sie. „Wir haben gestern beschlossen, über Silvester wegzufahren. Vanessa hat St. Moritz vorgeschlagen. Grundsätzlich geht es darum, dass das Ziel mit dem Auto gut zu erreichen ist, es dort sicher Schnee gibt und wir ein Hotel mit Silvestermenü und Party finden. Feuerwerk wird es überall geben", fasste sie zusammen. André hörte abwartend zu. „Nun müssen wir schauen, ob, und wenn ja wo, es noch Zimmer gibt. Meine Idee wäre, dass wir beide direkt nach Weihnachten in Richtung St. Moritz düsen, um Ski zu fahren. Die anderen würden uns dort treffen und die Jahreswende feiern wir alle gemeinsam." Erwartungsvoll studierte Charly seine Mimik. Das Essen auf ihrem Teller hatte sie kurzzeitig vergessen.

André wirkte nachdenklich. War das ein gutes oder ein schlechtes Zeichen?

„Ich dachte, du hättest vielleicht Lust ... weil wir doch bei unserem ersten Treffen festgestellt haben, dass wir beide gerne Ski fahren." Charly hatte gehofft, André wäre von dem Vorschlag genauso begeistert wie sie selbst. Doch bevor sie sich weitere Gedanken machen konnte, lehnte er sich über den Tisch und nahm ihre Hand.

„Das ist eine gute Idee. Ich habe überlegt, ob ich mich für einen Urlaub mit dir bereit fühle." Er sah ihr versonnen in die Augen und zwinkerte dann. „Ich denke schon, deshalb sollten wir nachher direkt buchen, bevor uns andere das Hotelzimmer vor der Nase wegschnappen." Er ließ seinen Daumen neckisch über ihren Handballen streichen.

Charly strahlte.

„Ich war schon mal in St. Moritz, da gibt es einige wirklich schöne Hotels. Wir finden bestimmt etwas", fügte er hinzu.

„Klingt super!" Sie fühlte, wie Leichtigkeit und Tatkraft die letzten Spuren ihres Katers ganz von alleine beseitigten. Sie würde mit André in den Urlaub fahren!

In seligem Einklang nahmen sie ihr Besteck wieder auf und aßen weiter.

Nachdem sie gesättigt waren, beschlossen Charly und André, sich in die Stadt zu wagen, um ein Reisebüro aufzusuchen. Obwohl es beiden vor dem Verkehr graute, wollte keiner sein Auto am Fernsehturm zurücklassen. Mit öffentlichen Verkehrsmitteln war das Restaurant schlecht zu erreichen und zu Fuß zu gehen kam als Alternative ebenfalls nicht infrage.

Auf dem Weg nach unten hatten sie den Fahrstuhl für sich. Dick eingepackt standen sie nebeneinander. Vorsichtig machte Charly einen

Schritt auf André zu. Vielleicht brachte ein leidenschaftlicher Kuss ihn auf die richtige Fährte. Doch gerade als sie sich zu ihm beugte, klingelte sein Handy. Sie stockte mitten in der Bewegung. Mit einem Mal war sie unsicher, weil er einfach dastand und nichts tat. Hastig gab sie ihm einen flüchtigen Kuss auf die Wange und zog sich zurück. André lächelte abwesend und fischte sein Smartphone aus der Hosentasche. Gleichzeitig nahm er Charlys rechte Hand in seine linke und verflocht seine Finger mit den ihren, während er den Anruf auf Französisch entgegennahm. Bedeutete diese Geste etwas? Bedauern oder etwas anderes? Überhaupt etwas?

Für Charly war es neues Terrain, sich über die Taten oder vielmehr nicht begangenen Taten anderer Gedanken machen zu müssen. Und sie würde genau jetzt auch wieder damit aufhören, beschloss sie. Allerdings war sie davon selbst nicht wirklich überzeugt. Eine Beziehungskiste brachte tatsächlich komplizierte Wendungen mit sich.

André sprach derweil immer enthusiastischer. Sie traten aus dem Aufzug und gingen auf die parkenden Fahrzeuge zu. Charly blickte nach einer weiteren Minute fragend auf das Telefon. Kurz darauf legte er auf, sah sie zerknirscht an und blieb stehen. Seine Augen blitzten aufgeregt.

„Ich muss in die Firma, es hat sich etwas bei einem der Projekte getan, die wir momentan vorantreiben. Möglicherweise etwas Bahnbrechendes!" Er klang atemlos. Aufgeregt wie ein kleiner Junge. Ihretwegen hatte er bisher noch nie so ausgesehen. „Es tut mir leid ... wegen des Reisebüros." Er verzog das Gesicht.

Charly wusste nicht recht, was sie sagen sollte, denn er sah kein bisschen so aus, als würde es ihm leidtun. Gerade noch hatte sie in Urlaubsfantasien geschwelgt und nun schien schon die bloße Buchung ein schwieriges Unterfangen zu werden.

„Zieh kein beleidigtes Gesicht. Ich kümmere mich heute Abend darum. Versprochen!" André lachte heiter und zog sie an sich. „Lass uns morgen in die Stadt gehen und die letzten Details besprechen. Du kannst Vanessa und Sarah gleich dazubitten, wenn du möchtest. Da siehst du, was ich für dich alles auf mich nehme. Ihr drei werdet mir den letzten Nerv rauben!"

Charly wedelte tadelnd mit dem Zeigefinger. Ihre Laune hatte sich wieder ein wenig gehoben. „Okay. Geschickt herausgeredet", lenkte sie ein.

André grinste nur. Abrupt begann sein Handy erneut zu klingeln.

Charly senkte den Kopf und warf seiner vibrierenden Jackentasche einen feindlichen Blick zu.

„Ich schicke dir die Adresse des Reisebüros und die Uhrzeit", versprach er. Den Störenfried ließ er dort, wo er war. Ein guter Schachzug. Charly nickte säuerlich seinen Reißverschluss an.

„Hey." Behutsam fasste André ihr unters Kinn und hob es an. „Nicht aufgehoben, nur aufgeschoben", flüsterte er und dann küsste er sie.

Seine Zunge war überall zugleich, während die Zuneigung Charly einhüllte. Sie schaltete ihren Kopf für einen Moment ab und fühlte nur noch. Bis er sich von ihr löste.

Nach einem weiteren kurzen Kuss auf ihre Stirn fischte André seinen Autoschlüssel aus der rechten Hosentasche, strich ihr geschwind übers Haar und ging die wenigen Meter bis zum Spyder. Nachdem er eingestiegen war, fuhr er geschickt aus der Parklücke, während sie ihm pathetisch zum Abschied winkte. Wie eine Närrin.

Charly fühlte sich seltsam aus der Ruhe gebracht. Bedächtig ging sie zu ihrem Fiat und blieb einen Moment sitzen, bevor sie den Motor startete. André schien ihr unter die Haut zu gehen. Das war nicht gut. Wo blieb die coole, unabhängige Charly?

Die Fahrt nach Hause verging schneller als erwartet. Dort angekommen parkte sie ihren Kleinen in der Auffahrt. Beunruhigenderweise verhieß die Temperaturanzeige des Autos beim nächsten Unwetter Schnee. Übermorgen würde sie in die Werkstatt zum Reifenwechsel fahren. Bis dahin hatte sich wahrscheinlich entschieden, ob er für eine Fahrt ins Skigebiet tauglich sein musste. Vielleicht sollte sie zusätzlich zu den Winterreifen Ketten besorgen.

In ihre Überlegungen verstrickt, stieg Charly aus und trat kurz darauf ins Haus. Mollige Wärme begrüßte sie und bildete einen merklichen Kontrast zur Außentemperatur. Vielleicht hatten sie doch Glück und es würde weiße Weihnachten geben. Vanessa wäre sicher erfreut.

Sie rief ein „Bin wieder da!" in Richtung Küche und stieg die Treppe hoch. Oben angekommen klopfte sie an die Tür ihrer Schwester, bevor sie diese öffnete. Nach einem kurzen Blick in den Raum stellte Charly jedoch bedauernd fest, dass Sarah nicht da war. Unbekümmert ging sie den Flur hinunter zu ihrem Teil des Hauses.

Nachdem sie sich der Schuhe und der Jacke entledigt hatte, surfte sie im Internet. St. Moritz präsentierte sich in der Tat sehr hübsch.

Als sie einen groben Eindruck gewonnen hatte, schloss sie den Browser und zappte am Mac durch die Fernsehprogramme. Unwillig drückte sie weiter und weiter. Strahlten die Sender eigentlich nur Schrott aus? Es war nicht so, dass sie ein kulturell hochwertiges Format erwartete, aber auf fast jedem Kanal liefen Realityshows, deren Inhalt darin zu bestehen schien, äußerst dubiose Menschen bei noch dubioseren Taten und Gesprächen zu beobachten. Fühlten sich die Zuschauer dadurch erhaben? Wollte das wirklich die Mehrzahl derjenigen, die einschalteten, sehen? War der kollektive Horizont so beschränkt? Augenscheinlich.

Schließlich blieb sie seufzend an den Simpsons hängen. Und schon nach kurzer Zeit fing Charly zu schmunzeln an.

Der Abend kam schnell. Im Winter holte die Dunkelheit den Tag immer früh ein. Die Stunden der Helligkeit waren unbequem kurz. Verständlicherweise wünschten sich die meisten den Sommer zurück. Depressionen fanden einen Nährboden in den düsteren Momenten und diese waren überwiegend in der kalten Jahreszeit anzutreffen. Selbst die wenigen Sonnenstunden am Tag waren meist durch spärliche, kraftlose Strahlen gekennzeichnet. Allerdings kam jetzt erst einmal Weihnachten. Das Fest der zwischenmenschlichen Nähe und der Herrlichkeit. Mit Skifahren für sie!

Schlagartig war es Nacht und sie zog sich für das Treffen mit ihrem Vater um. Vorsichtshalber schlüpfte sie in eine warme schwarze Merinostrumpfhose. Für heute Abend hatte sie sich etwas besonders Hübsches hergerichtet. Zufällig war ihr das schwarze Kleid mit den goldenen Partien bei einem Einkaufsbummel vor längerer Zeit ins Auge gesprungen. Bisher hatte sich nie die richtige Gelegenheit ergeben, es zu tragen. Heute jedoch schien es passend zu sein. Umständlich zog Charly das am Oberkörper eng anliegende Kleidungsstück über den Kopf. Von ihrer Hüfte fiel es in lockeren Falten nach unten und endete sittsam unter den Knien. Es schmeichelte zweifelsohne ihrer Figur.

Heute war der erste Abend, an dem ihr Vater sie nicht abholte. Sozusagen eine Premiere. Sarah war noch immer nicht zu Hause. Eine Viertelstunde vor der Verabredung trat Charly mit ihrem warmen dunklen Wintermantel und den Stiefeln nach draußen. Bei ihrem Auto traf sie auf Susann. Ihre Mutter musterte sie einmal prüfend von oben bis unten und ging dann an ihr vorbei. Wortlos.

Charly fühlte sich missachtet. Ein einfaches „Guten Abend" hätte genügt. Hatte ihr ihre Mutter nicht immer sittsame Höflichkeit gepredigt? Mit einem seltsam beklemmenden Gefühl in der Brust fuhr sie zu der Adresse, die Peggy ihr geschickt hatte. Der E-Mail war die kunstvolle Einladung zu einer Vernissage angehängt gewesen. Charly hatte gespannt etwas von einem wohltätigen Zweck gelesen und lächelnd an die Charity Gala zurückgedacht.

Vor der Halle standen bereits einige teure Autos. Zum ersten Mal war ihr der Fiat ein wenig peinlich. Passend zum Ambiente führte ein roter Teppich vom Eingang bis auf den Gehsteig. Licht fiel auf die Straße. Charly steuerte zielsicher einen freien Parkplatz an und brachte ihr Auto zum Stehen. Ha! Eine Limousine hätte nie in die kleine Lücke gepasst.

Mit sich zufrieden zog sie den Schlüsselbund ab und atmete einmal tief durch. Gefasst öffnete sie die Tür und setzte beide Füße auf den Asphalt. Die Kälte veranlasste sie, unverzüglich zum Einlass zu gehen. Dort traf sie auf einen gewissenhaften, dunkel gekleideten Türsteher mit schwarzer Mütze und langer Gästeliste. Der Name Clark ließ ihn eifrig nicken.

„Ihr Vater ist vor ein paar Minuten eingetroffen", teilte er ihr mit und winkte sie hinein.

Neugierig trat Charly ins Innere des Atriums und schaute sich um. An den kargen Wänden hingen bunte, wirre Bilder. Im Raum waren Skulpturen und wundersame Kunstwerke verteilt. Eine Ansammlung von Serviertischen drängte sich in einer Ecke. Darauf sah sie Sektflaschen in Kühlern und Tabletts mit allerlei Häppchen stehen. Daneben unterhielten sich drei weiß gewandete Kellner.

In der Halle war es unwesentlich wärmer als draußen, alle trugen Jacken oder Längeres. Eine Handvoll Besucher in dicken Pelzmänteln stach aus den bisher ungefähr dreißig Gästen heraus. Dann fiel Charlys Blick auf ihren Vater, der einen hochgeschlossenen Mantel trug. Unter dem Saum seines Ärmels blitzte der Siegelring hervor, der ihr nun zum zweiten Mal auffiel. Sie erinnerte sich nicht daran, ihn als Kind gesehen zu haben. Ob er den Ehering abgelöst hatte? Männlichkeit, Macht und unbegrenzte Möglichkeiten statt Verpflichtung, Treue und Verantwortung. Wo blieb da der Rückhalt?

Sie verdrängte die Überlegung und schüttelte unwillig den Kopf. Das war nicht ihre Sache.

Die Dame neben Roger musste die Künstlerin sein. In ein wallendes dunkelgrünes Gewand gewickelt, mit einem bunten Tuch um den Kopf und einem ausgefallenen Monokel auf der Nase erinnerte sie Charly schemenhaft an die Figur der Sibyll Trelawney, die Lehrerin für Wahrsagen aus Harry Potter. Amulette zierten ihren Hals und hellbraune Locken umrahmten in einem wilden Durcheinander ihr Haupt.

Amüsiert ging sie auf die gestikulierende Dame und ihren Vater zu.

„Charlotte, mein Kind! Darf ich dir Salma Seleste vorstellen?" Roger schien sichtlich erleichtert, sie zu sehen, und fiel gar seiner Gesprächspartnerin ins Wort. Das hatte Charly noch nie erlebt. Sie reichte der Dame brav ihre Hand.

„Sie sind also die Tochter." Salma betrachtete sie, als ginge es darum, den Wert eines Gemäldes abzuschätzen. Nach einer Weile der Stille wurde es unangenehm.

„Genau. Und das hier ist Ihre Ausstellung?", nahm Charly das Gespräch wieder auf. Sie fragte nach dem Offensichtlichen in der Hoffnung, dass Salma zu starren aufhörte.

„Jawohl!", zwitscherte die Künstlerin und wedelte begeistert mit den Händen. Ihre Iris verengten sich vergnügt. „Dein Vater hat mir zugesagt, ein Artefakt zu erwerben. Der Erlös ist natürlich für den guten Zweck. Ich spende die Einnahmen der hiesigen Stiftung für krebskranke Kinder."

Charlys Augenbrauen wanderten nach oben. Das hatte nicht auf der Einladung gestanden. Sie warf ihrem Vater einen kurzen Blick zu. Roger lächelte und wirkte dabei wieder wie die Ruhe selbst.

„Sie können gerne Ihren Teil dazu beitragen, schauen Sie sich um!", warb Salma schmeichelnd.

„Vielleicht." Die Idee gefiel Charly, doch der Wandel von Rogers Gesichtsausdruck ließ sie vorsichtig werden. „In welcher Höhe fangen denn die Preise an?", fragte sie frei heraus. „Sie müssen wissen, ich bin Studentin."

Ihre Gesprächspartnerin sah sie einen Augenblick verblüfft an. Dann wanderte die Aufmerksamkeit der Künstlerin zu Roger, der keine Miene verzog.

Als Charly schließlich einen Einstiegspreis erfuhr, sog sie scharf die Luft ein. Wurde die Kunst noch vergoldet, bevor sie zur Abholung bereitstand? Was sollte an diesen Objekten so viel wert sein?

„Charly sucht ein Werk für sich und eines für mich aus", bestimmte ihr Vater und mischte sich damit abrupt wieder ins Gespräch. Salma war sichtlich angetan und öffnete den Mund zu einer Erwiderung, während Roger sich beeilte weiterzusprechen. „Charlotte und ich kommen zurecht. Du kannst dich nun gerne um deine anderen Gäste kümmern. Wir wollen dich ihnen nicht vorenthalten. Außerdem habe ich heute Abend noch einen Termin und will davor etwas Passendes ins Auge gefasst haben."

Die aufsehenerregende Dame nickte besänftigt und tänzelte nach einer kurzen Abschiedsfloskel zur Gruppe in den Fellmänteln.

Charly schluckte ihre Enttäuschung. Ihr Vater hatte noch einen Termin?

Zu zweit betrachteten sie die Bilder an den Wänden und nacheinander alle aufgebauten Installationen. Salma schien bevorzugt mit Neonfarben, Klecksen und schwarzen Stiften zu arbeiten. Zudem mit Backsteinen, alten Eisenrohren und Holz. Für Charly passte die Kunst nicht zur Aufmachung ihrer Erschafferin. Hypermoderne, klare Strukturen trafen auf Multikultigebaren und Naturstoffe. Was davon war nun authentisch? Wenigstens ging der Erlös an die gute Sache.

Nach dem Rundgang hatten sie drei Gemälde in der engeren Wahl. Da Charly in ihren Räumen keinen Platz für die großen Leinwände zur Verfügung hatte und Roger sich sowieso frischen Wind, wie er es ausdrückte, in sein inzwischen halb fertiges neues Büro holen wollte, waren sie sich schnell einig, dass er die Bilder aufhängen würde. Auf ihre Frage, warum er nicht einfach alle drei erwarb, lachte er nur. Demnach fand selbst ihr Vater die Kunst übertrieben teuer.

Sie entschieden sich wenig später für ein aus mehreren Farbschichten herausgearbeitetes Gesicht, das je nach Betrachtung glücklich oder traurig wirkte, sowie für eine fantasievolle, auf Farbklecksen platzierte Landschaft.

Nach nicht einmal einer halben Stunde strebte Roger zum Ausgang. Die Gemälde waren reserviert. Gemächlich folgte Charly ihm. Es war nicht so, dass sie die Vernissage ungern verließ, vielmehr zog es sie einfach nicht nach Hause. „Charlotte, kommst du?" Er hatte sich umgedreht, stand auf dem Gehsteig und wirkte ungeduldig.

Sie ballte die Hände in ihren Taschen zu Fäusten. Sollte er doch gehen. Als sie zu ihm aufschloss, sagte er: „Wir sollten uns beeilen. Berta hat das Essen auf dem Herd und wir wollen sie doch nicht warten lassen."

Charly blickte ihn verdattert an. „Sagtest du nicht, du hättest ein Meeting?"

Ihr Vater schüttelte unwillig den Kopf. „Habe ich: mit dir. Salma ist manchmal ein bisschen zu viel des Guten." Er blickte sie bittend an. „Es wäre mir lieb, wenn du mich mitnehmen könntest. Ich habe meinen Chauffeur vorher in den Feierabend entlassen."

Charly war der Sachverhalt noch immer unklar. „Das heißt, heute findet kein Geschäftsessen statt?", hakte sie nach.

„Nein, heute machen wir ein Familienvorweihnachtsessen", eröffnete er ihr. Zu zweit, ohne ihre Schwester und ohne ihre Mutter. Charly war baff. Roger rieb sich die Hände, weil ihnen ein eisiger Wind entgegenpfiff. Die Temperatur schien weiter gesunken zu sein. „Wäre es machbar, die Unterhaltung im Auto fortzusetzen?", fragte er in leicht ironischem Ton und ging, ohne abzuwarten, voraus.

Verwundert folgte Charly ihrem Vater. Vor dem Fiat blieben sie stehen. Als der Wagen entriegelt war, kletterten beide wortlos ins Innere. Ihr neuer Beifahrer betrachtete kritisch seine Umgebung. Der Kleine war sauber. Vermutlich suchte er die nicht existente Sitzheizung. Beide schnallten sich an. Allmählich beschlugen die Scheiben durch ihren Atem.

Am Haus ihres Vaters angekommen, lenkte sie den Wagen direkt vor die herrschaftliche Außentreppe und hielt an Ort und Stelle. Damit parkte sie recht rücksichtslos und entlockte Roger ein nach Amüsement klingendes Räuspern. Davon unbeeindruckt stieg Charly schnell aus und erklomm die Stufen, während sie ihre kalten Finger aneinanderrieb. Schon wurde die Eingangstür geöffnet und rote Wangen blitzten ihr entgegen. Tom hatte wirklich einen siebten Sinn für Ankommende. Er begrüßte sowohl sie wie auch seinen nachkommenden Dienstherrn herzlich und trat sofort zur Seite, um sie einzulassen.

Im Haus war es wohlig warm. Die Eingangshalle wurde dominiert von einem großen, hölzernen Kleiderständer, der den weitläufigen Raum füllte und der modernen Bauweise etwas von ihrer Geradlinigkeit nahm.

Nachdem der Wirtschafter Vater und Tochter die Jacken abgenommen hatte, hängte er diese auf und geleitete sie direkt ins Speisezimmer. „Berta wird froh sein, jetzt servieren zu können. Sie hat sich größte Mühe gegeben", sagte er auf dem Weg bedeutungsvoll.

„Wir sind ausgehungert", versicherte Roger trocken.

Im Esszimmer ließen sie sich auf ihren üblichen Plätzen am gedeckten Tisch nieder. Die Gläser waren mit Wasser gefüllt. Alles hatte seine Ordnung. Charly kam es gar nicht so lange vor, dass sie das letzte Mal hier gesessen hatte. Und doch waren Monate verstrichen, in denen sich vieles verändert hatte. „Ich werde ihr gleich Bescheid geben." Nickend verließ Tom den Raum.

In gewisser Weise gehörten auch er und Berta zur Familie. Seit Charly denken konnte, waren die beiden da. Manchmal sichtbar, oft eine stille Präsenz im Hintergrund. Genau wie Anett. Es freute sie, dass ihr Vater das ebenso zu sehen schien und Rücksicht auf die Gefühle seiner Köchin nahm.

Einen Augenblick später öffnete sich die Tür und Berta kam herein. Mit gestärkter weißer Schürze angetan, schob sie dieses Mal einen ganzen Servierwagen ins Zimmer. Die Gute musste regelrecht auf Abruf gewesen sein. Mit ihrem hellbraunen, penibel hochgesteckten Haar, dem stets ruhigen Gebaren und den tiefgründigen Augen stellte sie in aller Ruhe ihr Werk auf den Tisch: eine große Platte mit Braten, Knödel, Semmelbrösel, eine Karaffe mit dunkler Soße und eine silberne Platte mit gemischtem Gemüse. Es gab nichts, wonach sich Charly zusätzlich gesehnt hätte.

„Guten Appetit, die Herrschaften", wünschte die Köchin und fügte hinzu: „Die Nachspeise bringe ich, wenn ich abräume."

„Nachtisch?", fragte Charly ihren Vater erstaunt, nachdem sie wieder alleine waren. Das wurde ja immer besser! „Weiß Doktor Schubert, dass du sündigst?" Scherzhaft wedelte sie mit dem erhobenen Zeigefinger.

Roger blinzelte schelmisch und raunte ihr verschwörerisch zu: „Was er nicht weiß, wirft er mir nicht vor! Verrate mich bloß nicht!"

Dass er nach dieser Weisheit lebte, glaubte sie ihrem Vater nicht ganz. Dafür hatte er sich in ihrer Gegenwart in den letzten Monaten zu ausgewählt ernährt. Doch für heute würde sie den Spruch kommentarlos stehen lassen.

Während sie aßen, kehrte Stille ein. Berta besaß einfach ein einzigartiges Kochtalent. Das Dessert, welches auf die ausgesuchte Hauptmahlzeit folgte, war überwältigend. Die rundliche Köchin brachte eine Eistorte mit bunten, funkensprühenden Wunderkerzen und rosafarbenem Zuckerwerk.

Charlys Herz ging auf. Seit ihr als kleines Mädchen die Kellnerschaft eines Hotels an ihrem Geburtstag zusätzlich zu einem Ständchen eine solche Torte gebracht hatte, liebte sie diesen Anblick. Übermütig säbelte sie sich, als die letzten Funken verglommen waren, ein riesiges Stück vom Rand ab, bevor Berta überhaupt dazu gekommen war, alles andere abzuräumen.

Auch für Roger schnitt sie eine Scheibe ab, erst dann probierte sie das gefrorene Kunstwerk. Die eisige Kälte, die Süße, der leicht gefrorene Teig. Charly schwelgte im Genuss ihres ersten Bissens. Völlig selbstvergessen schaufelte sie sich Gabel für Gabel in den Mund, bis von ihrer

Portion nichts mehr übrig war. Nach einem Moment der Ruhe griff ihr Vater in seine allgegenwärtige Jacketttasche und zog einen dunkelblauen Briefumschlag hervor. Er räusperte sich. „Ich weiß, bisher habe ich dir immer etwas überwiesen." Charly sah ihn aufmerksam an. „Das finde ich nicht mehr angebracht, deshalb ist das hier mein verfrühtes Weihnachtsgeschenk an dich." Er schob ihr den Umschlag über den Tisch hinweg zu.

Neuerdings hatte er die Gabe, sie aus der Fassung zu bringen. Was mochte in dem Kuvert sein? Der Auszug eines Treuhandkontos? Die Nummer dazu? Vorsichtig griff sie nach dem Papier. Ihre Augen unverwandt auf ihren Vater gerichtet, öffnete sie den glatten Umschlag und zog eine Weihnachtskarte hervor. Außen waren goldene Sterne auf einen blauen Hintergrund gedruckt. Charly senkte ihren Blick und schlug sie auf. Rechts waren drei Zeilen zu lesen.

*Charlotte, das Limit bestimmst du.*
*Frohes Fest. RC*

Links lag eine kleinere pechschwarze Plastikkarte mit integriertem Metallchip. Darauf stand ihr Name, eine Nummer und ein ihr wohlbekannter Schriftzug. Ihr Vater hatte ihr eine Kreditkarte geschenkt! Ohne Limit! Sie wusste nicht recht, ob sie glücklich oder entsetzt sein sollte.

Bisher war sie gut ohne Derartiges ausgekommen, nun würde die Karte bald zu ihrem Alltag gehören. Trotz allem, oder vielleicht gerade weil sie das Gefühl erfasste, dass ihr Vater sich an diesem Abend wirklich Mühe gegeben hatte, und sie darüber sehr glücklich war, stand sie auf und umarmte ihn. Überrascht versteifte er sich.

„Danke." Charly meinte es ehrlich.

„Gerne." Ihr Vater nickte.

Später auf dem Nachhauseweg fragte sie sich, ob Sarah wohl auch eine Kreditkarte bekommen würde. Vermutlich nicht. Seit der Trennung ihrer Eltern hatten sie ihren Vater an den Weihnachtsfeiertagen nie gesehen. Somit war auch nie etwas zum Auspacken unter dem Baum platziert gewesen. Bestimmt würde Roger der Schwester wie sonst auch einen großzügigen Betrag überweisen. Um so einzigartiger war das Abendessen heute gewesen. Eine weitere Erinnerung, die sie sorgsam hüten würde.

Am nächsten Morgen las Charly nach dem Aufwachen eine Nachricht von André: *„Habe unseren Skiurlaub und Silvester (für alle) gebucht. Lass dich überraschen. Wir regeln die Zahlung bei nächster Gelegenheit."*

Zuerst war sie wenig angetan, weil er sie nicht wie besprochen informiert und nach ihren Wünschen gefragt hatte. Und weil sie ihn dann heute doch nicht sehen würde.

Nach einem kurzen Telefonat mit Vanessa schwelgte Charly jedoch in angemessener Fröhlichkeit, da die Freundin ihr begeistert erzählt hatte, dass André sich mit ihr abgesprochen hätte und alles bestens geregelt sei, für alle fünf Urlauber. Sarah hatte er anscheinend nicht zugetraut, das Geheimnis ihrer Unterbringung vor ihrer älteren Schwester zu bewahren.

„Es wird spitze!", hatte Vanessa aufgeregt verkündet und Charly mit ihrem Enthusiasmus angesteckt.

Aus diesem Hochgefühl heraus wurde ein Treffen in der Stadt für den Nachmittag vereinbart, dessen Zweck die Suche nach den passenden Outfits für die Silvesterparty sein sollte. Charly hatte kurz entschlossen ihre Schwester angerufen, um diese zu fragen, ob sie vielleicht interessiert war mitzukommen, erreichte aber nur die Mailbox.

Nach einem ausgiebigen Frühstück beschloss sie munter, nicht länger auf Sarah zu warten und schon in die Stadt zu fahren. Die Weihnachtseinkäufe tätigten sich schließlich nicht von alleine. Der Gedanke an die kommende, tatsächlich gebuchte Abwechslung wischte ihre Gereiztheit und Anspannung der letzten Wochen fort wie ein nasser Lappen, der mühelos durch weiche Spinnweben dringt. Wenn André sich so ins Zeug legte, musste ihm viel an ihrer Beziehung gelegen sein.

Frohen Mutes lenkte sie den Kleinen in die Innenstadt und fand direkt eine Parklücke. Das Schicksal war ihr heute wahrlich gewogen. Charly durchstreifte aufgekratzt das gesamte Luxuskaufhaus Linard auf der Suche nach den wenigen Geschenken, die sie benötigte.

Sie begann ganz oben in der Haushaltswarenabteilung. Hier fand sie für Anett eine hübsche mundgeblasene Glasschale. Den unverschämt hohen Preis war ihr das Geschenk dennoch wert. Eine Etage weiter unten fiel ihr die Wahl zwischen einem schillernden altrosa Morgenmantel und einem gleichfarbigen weichen Bademantel für Susann unglaublich schwer. Sie wollte ihrer Mutter damit unterschwellig zu verstehen geben, dass es schön wäre, wenn sie in Zukunft ein wenig häufiger zu Hause anzutreffen wäre. Was Susann sich wirklich erbat oder brauchen konnte, wusste sowieso nur Gott allein.

Das Geschenk für André hatte in Charlys Kopf schon seit geraumer Zeit Gestalt angenommen. Vielleicht konnte man es als einfallslos ansehen, aber sie wollte ihm unbedingt ebenfalls eine Uhr schenken. Sie stellte sich eine männliche vor. Mit braunem Lederarmband, silbernem Gehäuse und breitem Zifferblatt.

Immer wieder während der Wochen seit ihrem Geburtstag hatte sie sich dabei ertappt, wie sie sein Geschenk versonnen betrachtet hatte. Der Zeitmesser war außer nachts und bei Geschäftsessen stets an ihrem Handgelenk zu finden. Ein stiller Begleiter, ein privater Schatz, den Charly bewahrte. Bisher hatte sie weder ihrer Mutter noch ihrem Vater etwas von André erzählt. Am Anfang war sie vorsichtig gewesen und danach hatte es sich nicht ergeben.

In der zweiten Etage fand sie zu ihrer Freude eine passende Armbanduhr und ließ diese noch vor Ort in edles Geschenkpapier einschlagen. Äußerst zufrieden fuhr sie mit der Rolltreppe in die dritte Etage und überlegte, ob sie ihrer Schwester lieber einen Schal oder einen Gürtel schenken sollte. Oder lieber etwas Unerwartetes?

Sarahs Geschenk beschäftigte Charly immer am meisten. Zufällig lief sie auf einen hellblauen, raffiniert karierten Schal zu und befand diesen für absolut perfekt. Als sie den Preis sah, schluckte sie, untersuchte dann das Material genauer und ging schließlich mit ihrer neuen Kreditkarte bewaffnet an die Kasse. Die Verkäuferin begann direkt, darüber zu philosophieren, welch ein tolles klassisches Stück Tuch dies sei. Qualität hatte eben ihren Preis. Außerdem war er für ihre Schwester und Geschenke gab es bei ihnen ja nur einmal im Jahr.

Erleichtert, fast alle Präsente auf einen Streich erworben zu haben, beschloss Charly, ihrem Vater etwas Persönliches zukommen zu lassen. Es würde das erste Geschenk von ihr an ihn seit der Scheidung sein. Sie fuhr mit dem großen Aufzug ins Erdgeschoss und verließ das weitläufige Edelkaufhaus durch den breiten Vordereingang.

Charly wandte sich zweimal nach links und trat in ein ruhiges Fotogeschäft. Zu Hause hatte sie noch Vanessas Ausgabe der Zeitung mit dem Artikel über die Gala. Sie würde das Titelbild ausschneiden oder einscannen und auf Fotopapier ausdrucken. Kritisch betrachtete sie die Auswahl an Rahmen vor ihr. Ein geschnitzter aus dunklem Holz hatte es ihr angetan.

Nachdenklich sinnierte sie beim Verlassen des Ladens darüber, was sie Vanessa schenken wollte. Schließlich kam ihr eine Idee: Die Freundin hatte ein Armband, auf das sie verschiedene Perlen und Anhänger fädeln konnte. Bei ihrem Lieblingsjuwelier am Anfang der Luxus-einkaufsmeile ließ Charly sich die riesige Auswahl an Silberschmuck zeigen. Unterschiedliche Steine, Formen, Motive und Materialien erschwerten ihr die Entscheidung. Letztlich tippte sie auf ein kunstvoll gestaltetes Auto zum Auffädeln.

Wieder an der eisigen Luft und im Strom der Einkäufer angelangt, war Charly sich sicher, jedem, der ihr am Herzen lag, eine Freude zu Weihnachten zu bereiten. Nachdem sie alle Einkäufe sicher im Kofferraum des Fiats verstaut hatte, drängte sie sich durch die Menschenmassen zum Treffpunkt mit Vanessa.

Nach einer herzlichen Begrüßung und mehreren Stunden, in denen sie zusammen das Sortiment von Einzel- und Großhändlern begutachtet hatten, waren sie in Sachen passender Garderobe für Silvester fündig geworden.

Erschöpft sanken sie schließlich in die bequemen Sessel eines der nobleren Cafés. Der Innenraum war in zartem Orange gestrichen und die Bedienung sehr zuvorkommend. Charly lud Vanessa ein und sie schwatzten eine Weile über dies und jenes. Vom verfrühten Weihnachtsgeschenk ihres Vaters erzählte Charly ihrer besten Freundin nichts. Manche Dinge ließ man besser auf sich beruhen.

Die Atmosphäre entspannte sie und der Kuchen war köstlich. Letztlich kam das Gespräch auf Dessous und sie beschlossen mit neuem Elan, einen weiteren Vorstoß in Richtung der Läden zu wagen. Der Nachmittag wurde zum Abend und der vergnügliche Bummel langsam anstrengend. Vanessa wollte sich zudem mit Daniel treffen, so machte sich Charly erschöpft auf den Heimweg.

Am Folgetag brachte sie ihr Auto zum Reifenwechsel und trank einen Kaffee, während sie wartete. Zufrieden parkte sie den wintertauglichen Fiat nach der Heimfahrt wieder in der Garage. Die Sommerreifen waren im Depot der Werkstatt verblieben. Dort hatten zuvor schon die Winterreifen die wärmere Jahreszeit überdauert. Zusammen mit Sarah und Anett schmückte Charly danach das Haus mit duftenden tiefgrünen Tannenzweigen und roten, glänzenden Kugeln. Ausgelassen tanzte sie mit ihrer Schwester zur aufgedrehten Musik, während Anett lächelnd danebenstand. Jingle Bells sangen sie schließlich zu dritt.

Die Weihnachtsstimmung war schlagartig über sie gekommen und führte dazu, dass im Hause Clark am Nachmittag wie in einer Elfenwerkstatt gebacken wurde. Makronen, Vanillekipferl und ausgestochene Plätzchen schob die ehemalige Nanny in den Ofen, während Sarah den Teig anrührte und Charly die Gebäckstücke formte. Es war schön, wieder einmal so zusammen sein zu können. Ungezwungenheit und gute Laune erfüllten die Luft. Die Adventszeit war schon fast vorbei, doch hatte sie ihren Weg erst jetzt zu den Clarks gefunden.

Die nächsten zwei Tage vergingen rasch. Charly verpackte ihre Geschenke, vervollständigte das Erinnerungsstück für ihren Vater und brachte es auf die Post. Sie schickte es an seine Adresse, so wie er es mit ihrem Geburtstagsgeschenk gemacht hatte.

Vanessas Box brachte sie ihrer Freundin persönlich vorbei. Diese gab ihr im Gegenzug ein kleines, in rot-grünes Geschenkpapier gewickeltes Päckchen. Charly musste ihr versprechen, es unter den Weihnachtsbaum zu legen und erst bei der Bescherung zu öffnen.

Am 23. Dezember traf sie endlich André wieder. Er war immerzu beschäftigt gewesen und hatte ihr auf die Frage nach einem Treffen grußlos Datum und Uhrzeit geschickt sowie den Namen des Lokals: das L'Autriche.

Um exakt zwölf Uhr hatte sich Charly dort eingefunden und an den reservierten Tisch bringen lassen. Das Geschenk für ihn war sicher in ihrer Handtasche verstaut. André war noch nicht da. Bewusst hatte sie sich mit dem Rücken zum Eingang gesetzt, um von vornherein zu verhindern, dass sie dorthin starrte. Zehn lange Minuten hatte sie ausgeharrt, bis sie von hinten umarmt wurde.

Erleichtert drehte sie den Kopf. Mit roten Backen und einem breiten Lächeln im Gesicht sah er nicht so unnahbar aus wie sonst. Sie fand ihn umso anziehender. Und er schien sich ehrlich zu freuen, sie zu sehen. Augenblicklich war Charlys Verstimmtheit über die Verspätung wie weggewischt.

„Hey", sagte sie leise, als er sich von ihr löste.

„Hey", erwiderte er und öffnete seine Jacke. Er trug die gleiche Schal-Pulli-Kombination wie bei ihrem letzten Treffen.

Charly hatte einen dicken, pelzigen Rollkragenpullover zu einer schiefergrauen Hose und Stiefeln gewählt. Der orangefarbene Mantel, den sie sich kurz entschlossen nach dem gestrigen Besuch bei Vanessa mit ihrer neuen Kreditkarte in der Stadt geleistet hatte, bildete einen effektvollen Kontrast dazu.

Während sie aßen, dieses Mal hatte André eine Art raffinierten Flammkuchen mit einem ausgefallenen Selleriesalat bestellt und dazu den hauseigenen Punsch, erzählte er anschaulich von seiner Jagd nach

Weihnachtsgeschenken. Er hatte für seinen Vater ein besonderes Parfum kaufen wollen. Dummerweise war vor dem betreffenden Regal der Parfümerie eine ganze Traube Menschen versammelt gewesen und er hatte nach einigen erfolglosen Versuchen, sich durch diese hindurchzukämpfen, den Laden unverrichteter Dinge verlassen. Im Linard hatte er einen zweiten Anlauf gewagt, doch dort war das spezielle Duftwasser ausverkauft. Zähneknirschend hatte er es online bestellt, allerdings im Eifer des Gefechts nicht allzu genau hingesehen, denn die Lieferung, die am nächsten Tag angekommen war, hatte drei Flakons beinhaltet.

Charly verschluckte sich vor Lachen fast an ihrem Essen. „Hast du nicht auf den Preis geschaut?", wollte sie hustend wissen.

André schüttelte den Kopf. „Ich weiß auch nicht. Jetzt sind zumindest die nächsten zwei Anlässe stressfrei, was das Besorgen von Geschenken angeht."

Nachdem die Teller abgetragen waren, zog er einen Briefumschlag aus seiner Tasche und reichte ihn ihr. „Das ist die Hotelbestätigung für unseren Skiurlaub. Wir beide checken wie besprochen ein paar Tage früher ein. Liftpässe habe ich noch nicht gekauft. Ich dachte, das erledigen wir vor Ort." Er sah sie fragend an.

Charly nickte. André fuhr fort: „Skischuhe und Ski würde ich gerne leihen, und falls du möchtest, können wir zusammen in meinem Wagen nach St. Moritz fahren."

Erfreut blickte Charly auf. „Klingt gut." Dann musste sie wenigstens nicht mit ihrem Fiat über den Schnee rutschen und auch keine Ketten besorgen. Das hatte sie nämlich bisher auf die lange Bank geschoben.

Beide lächelten bei dem Gedanken an ihre gemeinsame Zeit.

André griff nach ihrer Hand, die den Briefumschlag hielt. „Das ist dein Weihnachtsgeschenk, Charly. Vanessa, Daniel und Sarah haben mir ihren Teil bereits überwiesen. Ich hole dich am Morgen des 25. ab, wo auch immer du willst."

Charly strahlte ihn an. „Danke." Ein ganzer Urlaub als Geschenk! Unglaublich! André schien wie ihr Vater zu starken Übertreibungen zu tendieren. Gut, dass sie sein Präsent mit Bedacht ausgewählt hatte. Sie freute sich unbändig auf die Tage mit ihm. Auf die winterliche Landschaft, das Skifahren und den Schnee. Schnell bückte sie sich und zog das Geschenk für ihn aus ihrer Tasche. Wie Vanessa es am Tag zuvor bei ihr getan hatte, hielt sie ihn an, es erst am morgigen Abend auszupacken. Grinsend versprach er es ihr.

Nachdem er gezahlt hatte, stiegen sie Hand in Hand in den Aufzug, der sie nach unten brachte. Auf dem Parkplatz angekommen, verabschiedete Charly sich mit einem langen Kuss. Morgen war schon Heiligabend, sie konnte es nicht fassen, wie schnell die Zeit verrann!

Der 24. brachte Sonnenschein und Kälte, allerdings immer noch kein Weiß. Die Landschaft wirkte, ließ man die Temperaturen außen vor, wie an Ostern. Nur die geschmückten Fenster und Türen, die dekorierten Läden und die Tannenbäume waren Hinweise auf das bevorstehende Fest. Traditionell holten Charly und Anett die Tanne am Weihnachtsmorgen und so hatten sie es auch dieses Jahr verabredet.

Von Sarah begleitet, gingen sie zu Fuß einen Baum aussuchen. Er sollte wie immer neben der Treppe im Eingangsbereich stehen, durfte also ruhig zwei Meter groß sein. Wo Susann steckte, wusste keiner von ihnen. Vermutlich gab es auch an Weihnachten Arbeit, wenn man sich darum bemühte.

Eine Weile begutachteten die drei unterschiedliche Exemplare bei mehreren Händlern auf dem großen Platz in der Stadt. Anett wollte unbedingt ihre goldene Spitze auf das Haupt des Baumes setzen und daher eine stabile Krone. Sarah drängte auf einen schön gewachsenen Stamm und Charly genoss einfach nur das winterliche Flair. Schneller denn gedacht einigten sie sich und zahlten erfreut. Die Nordmanntanne würde später direkt vors Haus geliefert werden.

Nach einer Tasse heißem Tee, die die Kälte des Rückweges vertreiben sollte, und einigen Plätzchen in Anetts Küche hielt auch schon ein großes Fahrzeug mit Anhänger in der Einfahrt. Flink steckte die Wirtschafterin den zwei kräftigen Männern, die den Baum abluden, ein ordentliches Trinkgeld zu und überredete diese, das schwere Geäst im Haus aufzubauen. Der Ständer stand bereits direkt am Fuß der Treppe parat. Mit einer Tüte Plätzchen für unterwegs bedacht, verließen die beiden Fleißigen nach getaner Arbeit das Warme und Charly holte die große Leiter aus dem Keller. Sie warteten nicht, bis sich die Zweige vollständig ausgehangen hatten, sondern begannen sofort, den Riesen zu schmücken. Sarah drehte die Weihnachtsmusik laut und Anett holte Boxen voller Baumschmuck vom Dachboden.

Das Ergebnis war alle Mühen wert. Helle Lichtlein ließen den Baum prächtig erstrahlen und spiegelten sich funkelnd in den goldenen Kugeln. Engelchen tanzten in den Zweigen und kündeten von der Gnade der frohen Botschaft. Ganz oben erhob sich Anetts goldener Stolz. Ihre Spitze.

Den Mittag prägten Wuselei und Geschäftigkeit. Die Geschenke wanderten unter die grünen Nadeln, das Weihnachtsessen, Gans mit Rotkraut, Salzkartoffeln, Kartoffelbrei und Erbsen-Karotten-Gemüse, wurde gekocht. Die beiden Zusätze gab es nur, weil Sarah kein Rotkraut mochte und Charly Kartoffelpüree liebte.

Die Schwestern halfen ihrer ehemaligen Nanny, bis alles getan war und Susann nach Hause kam. Heiligabend war einer der seltenen Tage, an denen sie sich alle gemeinsam ins Wohnzimmer begaben.

Das Essen mundete vorzüglich, die Unterhaltung verlief zuerst angestrengt, dann jedoch zunehmend entspannter. Einhellig wandten sie sich am späten Abend der Bescherung zu. Charly verteilte ihre Geschenke als Erstes und hatte das Gefühl, dass sich alle wirklich freuten. Sie lächelte glücklich. Das war für sie der schönste Moment.

Sarah war als Nächste an der Reihe. Anett bekam Haushaltszubehör, Susann ein ausgefallenes Brillenetui und Charly packte eine elegante dunkle Handtasche aus. Das Material roch nach Leder, die Griffe waren golden eingefasst. Die Tasche stammte aus der gleichen Kollektion wie Sarahs Geldbeutel. Charly war überwältigt. Die Schwester hatte einiges investiert! Beglückt schloss sie die Jüngere in die Arme.

Von Anett bekamen alle gestrickte Socken, wie üblich. Sie gab sich immer große Mühe bei Muster und Farbe. Susann verschenkte dieses Jahr Päckchen. Die Schwestern hatten sich so sehr an die Überweisungen gewöhnt, dass beide äußerst erstaunt waren.

Gespannt wickelte Charly ihr Geschenk aus. Es war eine Vase. Eine zylinderförmige, einfarbig weiße Vase. Ihre erste Assoziation war: Sie hatte noch nie Blumen bekommen, was sollte sie bitte mit einer Vase? Charly lugte zu Sarah, die auch eine Vase bekommen hatte. Ebenso wie die Wirtschafterin. Dasselbe Modell wie sie selbst, einmal in Blau und einmal in Grün.

„Charlotte. Gefällt sie dir nicht?", fragte Susann. „Ich kann sie auch umtauschen."

Charly setzte das strahlendste Lächeln auf, das sie zustande brachte. Mit einem Schlag war ihr die Weihnachtsstimmung abhandengekommen.

Sie verstand es einfach nicht. War es denn zu viel verlangt, ein individuelles Geschenk zu bekommen? Von der eigenen Mutter? Es konnte wahrlich nicht so schwierig sein, sich Gedanken über die Hobbys oder Vorlieben der eigenen Töchter zu machen! Andere Leute schafften das auch. Was würde ihr ein Umtausch bringen? Statt der Vase Geld? Das wollte sie nicht. Sie liebte Dinge zum Auspacken und beschloss, dass ihre Mutter den richtigen Ansatz gewählt hatte.

„Nein, Mum, ich finde die Vase toll. Danke schön. Ich habe nur überlegt, wen ich ab jetzt verpflichte, mir Blumen zu schenken." Anett und Sarah lachten. Sie dachten wahrscheinlich an André.

Vorerst war die Situation gerettet. Zudem schien sich Anett wirklich über das Geschenk von Susann zu freuen, bei ihrer Schwester vermochte Charly das nicht abzuschätzen.

Nun war nur noch Vanessas Geschenk unter dem Baum und Charly wickelte es geschwind aus. In ihrer Hand lag ein großer brauner Schokoblock mit dem Siegel einer edlen Patisserie aus der Umgebung. Die Oberfläche war mit weißer Schokolade verziert, die einen tanzenden Weihnachtsmann zeigte.

Kurz darauf stellte Charly fest, dass das Meisterwerk nicht nur gut aussah, sondern auch köstlich schmeckte. Großzügig hatte sie unbenutzte Teller und ein scharfes Messer aus der Küche geholt und an jeden ein Stück verteilt. Der Nachtisch ließ sie noch einige Zeit gemütlich beieinandersitzen.

Als das Thema Silvester aufkam, wünschten die ehemalige Nanny und ihre Mutter den Schwestern viel Spaß. Dabei gewann Charly den Eindruck, dass die beiden fast erleichtert wirkten, den Jahreswechsel in Ruhe verbringen zu können. Ihr sollte es recht sein.

Nach abgeschlossener Festlichkeit blickte sie vor dem Zubettgehen auf ihr Handy. Sowohl André als auch Vanessa bedankten sich in je einer Nachricht überschwänglich für ihr Geschenk. Ermattet putzte Charly sich die Zähne und schrieb Vanessa ihrerseits eine Dankeschön-Nachricht sowie André ihre Adresse und eine moderate Zeit für die Abholung am nächsten Tag.

Daraufhin holte sie einen ihrer silbernen Koffer und das dazupassende Beautycase aus dem großen Holzschrank im Flur und packte, während sie Musik hörte, Kleider und Kosmetik ein. Morgen um neun würden sie nach St. Moritz aufbrechen. Um diese Uhrzeit war ihre Mutter sicher längst bei der Arbeit. Kein Grund also, sich wegen eines möglichen Zusammentreffens mit André Sorgen zu machen. Warum sie sich um Susanns Meinung überhaupt kümmerte, verstand Charly selbst nicht recht. Eigentlich war sie von ihrer Mutter eher enttäuscht.

Pünktlich am nächsten Morgen fuhr der Spyder vor. André half Charly, ihren gepackten Rollenkoffer die Treppe hinunterzuwuchten. Sie selbst trug den kleineren Koffer und ihre neue Handtasche.

Aufmerksam musterte er das Haus. „Schön wohnt ihr", war seine einzige Anmerkung.

Die Fahrt gestaltete sich kurzweilig. Im Duett sangen sie laut die Lieder im Radio mit. Wie schon an ihrem Geburtstag stellte Charly fest, dass André gar nicht schlecht sang ... für jemanden, der sie zum Karaoke geschleift hatte und selbst nicht aufgetreten war.

Je weiter sie fuhren, desto mehr verwandelte sich die Landschaft in ein Winterwunderland. Kalt genug war es auch bei ihnen gewesen, nur der Niederschlag hatte gefehlt. In der Schweiz allerdings nicht. Puder-zuckerartige Kristalle bedeckten in St. Moritz die Häuser und Straßen-ränder, Wiesen und Büsche.

# 9

# SILVESTER

Das Hotel, vor dem André hielt, überwältigte Charly mit einer bemerkenswerten Fassade, noch bevor sie das Innere gesehen hatte. Das Gebäude setzte sich zusammen aus dem erhaltenen Teil eines traditionellen Holzhauses, der durch Beton, weiße Wände und Stützpfeiler durchgängig modernisiert worden war, und einem, den kantigen Formen nach zu schließen, unlängst fertiggestellten Anbau. Das Haupthaus hatte große Panoramafenster und war am Hang errichtet. Unwillkürlich stellte Charly sich die Aussicht in den Zimmern vor. Sie musste bombastisch sein!

Mehrere Spitzdächer ließen die Größe des Komplexes greifbar werden. Der Hotelname Regency und fünf silberne Sterne, die über dem Eingang angebracht waren, versprachen Luxus pur. Beim Aussteigen aus dem Sportwagen erfasste Charly ein mitreißendes Hochgefühl.

Nach dem Einchecken an der stilvoll aus Holz und Stein gestalteten Rezeption wies die zuvorkommende Dame in klassisch grauer Arbeitsuniform sie an, das Auto in der Tiefgarage zu parken. Während André dies und die Übergabe der Koffer an einen der Angestellten übernahm, genoss Charly den Blick auf die schneebedeckten Berge und den Ort mit einer Tasse heißem Früchtetee vor einem der großen Fenster, die zum Restaurant gehörten. Die hölzerne Decke und gepolsterte grüne Stühle luden zum Verweilen ein. Große runde und kleinere eckige Tische wechselten sich ab. Von oben hingen glitzernde Kronleuchter herab, die aus einer anderen Zeit stammten. Es war herrlich.

Auch ihre Suite, bestehend aus zwei elegant eingerichteten Räumen, stellte eine kleine Offenbarung dar. Ein großes Doppelbett dominierte den rechteckigen Hauptraum. Geschmackvoll abgestimmte Farben wirkten neben stilvoller Möblierung. Selbst die kleinere Sanitärmöglichkeit war sehr viel größer als Charlys Badezimmer zu Hause.

Nachmittags erkundeten sie den Ort. Bereits nach kurzer Zeit waren Charly und André über ihre warmen Jacken sehr froh, die sie vorausschauend eingepackt hatten. In einem Sportgeschäft an der Talstation der Gondel liehen sie sich Ski, Skistöcke, Skischuhe und Helme. Es bot sich an, auch gleich die Pässe für die Benutzung der Lifte zu kaufen, und wenig später waren sie vollständig ausgerüstet.

Durch die frische Luft müde geworden, gingen sie zum Abendessen ins Hotel zurück. Charly bestellte Lachs, André Steak. Beide Gerichte waren von ausgesuchter Qualität und wurden formvollendet auf großen Porzellantellern gereicht.

Über die Stufen der Marmortreppe, welche Charly bei der Gelegenheit still zählte, erreichten sie dieses Mal, ohne den Aufzug zu benutzen, ihr Zimmer. Nach einem kurzen Abstecher ins Bad fielen beide todmüde ins Bett.

Der nächste Morgen stellte für Charly eine ungewohnte Situation dar. Zum einen, weil André und sie in einem Bett geschlafen hatten, zum anderen, weil nichts passiert war. Langsam hob sie ihre Lider und gähnte. Dann setzte sie sich auf und stellte fest, dass alle weiteren Gedanken vollkommen unnötig waren. André schlief noch tief und friedlich. Fest in eine Hälfte der Decke eingewickelt, hob sich seine Brust bei jedem Atemzug ein kleines Stück. Sein Körper lag entspannt da. Charly beugte sich aus einem Impuls heraus über ihn und gab ihm einen sanften Kuss auf die Wange. Er regte sich nicht. Auf den rechten Ellenbogen gestützt, strich sie ihm nun mutiger mit der linken Hand durchs Haar.

Plötzlich öffnete er die Augen und sah sie an, schien die Situation in sich aufzunehmen. Dann huschte ein listiges Grinsen über sein Gesicht, er schnellte vor, packte sie und rollte ihrer beider Körper herum. Charly gab einen erschrockenen Laut von sich, derweil André sie gut gelaunt anlächelte.

„Guten Morgen."

„Guten Morgen", gab Charly überrumpelt zurück. André blieb, wo er war. Nah. Sehr nah. „Wollen wir uns dann fertig machen?" Ihre Stimme war atemlos. „Zum Skifahren", fügte sie hinzu.

Er grinste frech. „Fürs Skifahren sind wir schließlich da, oder?" Er hob eine Augenbraue.

Charly errötete. Genau. Zum Skifahren. Hauptsächlich.

André beobachtete sie amüsiert. Sie hatte die peinliche Empfindung, dass er ihren wohl doch nicht so ausgeklügelten Nebenplan, ihre Hoffnungen, dass sie sich näherkamen, durchschaute und sich darüber lustig machte. Sollte er nicht stattdessen vorbehaltlos glücklich sein, mit einer

Frau das Bett zu teilen? Als Mann? Verwirrt und nachdenklich drückte Charly mit den Handflächen gegen seine Brust und schob ihn weg. Sie wollte sich ihre Unsicherheit unter keinen Umständen anmerken lassen. Schmunzelnd ließ er es geschehen. Auf dem gesellschaftlichen Parkett war Charly inzwischen selbstsicher unterwegs. Privat musste sie noch an sich arbeiten.

Schnell waren beide angezogen und gingen zur ersten Mahlzeit des Tages nach unten. Ihre Buchung beinhaltete Halbpension, das hieß Frühstück und Abendessen. Morgens gab es ein Buffet in einem separaten Raum, abends bestand die Wahl zwischen drei verschiedenen, täglich wechselnden Gerichten im Hauptrestaurant. Satt, für das kalte Wetter draußen gekleidet und hellwach, trat André gefolgt von Charly den Weg in den Skikeller an. Ihre Ausrüstung war inzwischen geliefert worden und die Piste rief!

Charly tat sich beim Anziehen der Skistiefel deutlich leichter als André. Er war etwas aus der Übung. Sie spähte aus dem Fenster. Die Sicht draußen blieb bescheiden. Leichter Nebel hüllte die Landschaft ein, verschlang sie geradezu.

Unwillig öffnete sie den Clip hinten an ihrem weißen Helm und nahm ihre mitgebrachte bunt verspiegelte Skibrille noch einmal herunter. Diese in der linken Hand haltend, holte sie mit der rechten ein Tempo aus der Tasche ihrer lila Skijacke. Hoffentlich würde der Frühnebel bald weichen. Sonnenschein, der auf Schnee fiel, war mit Abstand eines der schönsten Naturspektakel. Alles glitzerte und reflektierte die Strahlen, die Welt wirkte wie in eine andere Dimension versetzt.

Momentan standen sie allerdings noch im warmen Trockenraum und schwitzten. Gleich würde es hinaus in die Kälte gehen. Ein leichtes Ziepen in Charlys Magen ging mit ihrer Aufregung einher. André mühte sich weiterhin mit seinen Schuhen ab. Er schien ernsthafte Probleme zu haben, diese anzuziehen. Den linken hatte er inzwischen am Fuß. Unfreiwillig lustig versuchte er nun, mit der Kraft seines ganzen Körpers und den Zehen voran in den rechten Stiefel hineinzugleiten. Ein verkniffener Gesichtsausdruck und die harte Linie seines Mundes zeigten sein Missfallen. Doch er gab sich nicht geschlagen und hantierte weiter.

Charly hatte den Teil des unangenehmen Anziehens bereits hinter sich. Sie wippte auf den quietschenden Plastikballen ihrer Leihschuhe vor ihm auf und ab. Geräuschvoll spuckte sie nun ohne Hemmungen auf die Innenseite ihrer sauberen Brillengläser.

Irritiert blickte André auf. „Was machst du da?"

Für jemand anderen musste es wahrlich seltsam wirken.

Charly grinste und antwortete geheimnisvoll: „Alter Skifahrertrick." Geschickt verteilte sie die Spucke auf den Gläsern und wischte diese anschließend sorgsam mit dem Tempo ab. Ihr Freund schaute ihr mit hochgezogenen Augenbrauen zu. Den Kniff hatte sie von ihrem Vater gelernt. Ob er wirklich half? Wer wusste das schon ... Ob er eklig war? Mit Sicherheit. Doch sie verband damit eine fröhliche Erinnerung und Andrés Gesichtsausdruck war für die Götter!

Neckisch zeigte sie mit dem Finger auf ihn. „Damit ich dich besser sehen kann." Dann ließ sie sich doch zwinkernd zu einer Erklärung herab. „Die Brille beschlägt jetzt nicht so leicht."

André verzog zweifelnd das Gesicht. „Na dann, du böser Wolf im Schafspelz." Ergeben stemmte er sich ein weiteres Mal gegen seinen Schuh und schaffte es tatsächlich, ihn anzuziehen. Erleichtert bearbeitete er die Schnallen am oberen Ende und ließ diese nacheinander einrasten. Charly hatte ihn beobachtet und klatschte nun in die Hände. Endlich konnte es losgehen!

Sie sammelten ihre Handschuhe ein, zogen sich fertig an und griffen Stöcke sowie Skier. Aus dem Keller führte eine Treppe nach oben, direkt auf eine flache, blau ausgeschilderte Piste. Im gefrorenen Nass angekommen, legten sie die Ski einzeln auf den Schnee und schnallten sie an. Ringsherum war alles weiß, wohin das Auge blickte.

Mit fünf Schwüngen und ungezügelter Geschwindigkeit wedelte Charly juchzend zur nächsten Liftstation. André folgte ihr und kam einen Augenblick später an. Es war ein Vierersessellift. Mit der Jackentasche, in der sie die Liftkarte hatten, lehnten sich beide gegen den Scanner auf ihrer Spur. Ein Piep ertönte und schon ging die Schranke vor Charly und dann die vor André auf. Außer ihnen und dem Liftwart war niemand da.

Sie glitten über den Schnee bis zur roten Linie und warteten beim Steuerhäuschen der Anlage nebeneinanderstehend auf den Sessel, der sie auf den Berg transportieren würde. Dieser kam, von einem großen Zahnrad an der Decke im Halbkreis geführt, nach der Wende von hinten an sie heran und sammelte sie ein. Sitzend griff André nach oben und zog den Sicherheitsbügel mit einem Ruck herunter. Charly stellte sofort ihre Ski darauf ab. Er hingegen ließ seine Beine lieber baumeln, stützte aber die Ellenbogen auf die Metallstange. Der Skilift hob sich ruckelnd aus der Station und schwebte, von einem Seil gehalten, an mehreren eisernen Masten vorbei den Berg hinauf.

Oben angekommen nahm Charly die Füße vom eisernen Bügel. Sie ließen ihn gemeinsam los und rutschten mit Schwung auf die große Schneefläche vor der Bergstation. Nach einer weiteren Liftfahrt, bei der sie den Sechsersessel wieder für sich alleine hatten, und zwei anschließenden schweigsamen Gondelfahrten hatten sie den höchsten Punkt des Skigebietes erreicht. Das Panorama war atemberaubend.

Kantiger, bloßer Fels, Eis und Schnee beherrschten in dieser Höhe das Landschaftsbild. Hier oben überlebte nur wenig. Die Temperaturen erschwerten zusätzlich zu den ungastlichen Bedingungen jegliches Kultivieren der ausgestorbenen, wilden, unberührten Natur. Der Wind blies kalt über den Bergrücken. Hier hatten sich weder Wolken noch Nebel gehalten. Einzelne Sonnenstrahlen ließen Charly Hoffnung bezüglich des Wetters schöpfen. Träumerisch schaute sie von rechts nach links. Hier im Skigebiet hieß es Mensch gegen Natur. Mensch und Natur. Es herrschte Ruhe und war doch nicht still.

André hatte seine Glieder unterdessen geordnet und stieß sich nun mit den Stöcken nach vorne ab. Er rutschte hinter sie und legte ihr die behandschuhten Hände auf die Schultern. „Es hat etwas Ungebrochenes, nicht? Etwas Mysteriöses, Gewaltiges und Unbezähmbares", sagte er dicht neben ihrem Ohr.

Charly nickte leicht. „Und doch schaffen wir Menschen es mit unserem CO2-Abfall, die Gletscher durch den Klimawandel zum Schmelzen zu bringen." Sie wandte ihren Kopf in seine Richtung. „Es ist nur eine Frage der Zeit, bis es hier keinen Schnee mehr geben wird." Ihre Prophezeiung stimmte Charly selbst traurig. Wie konnte etwas so Mächtiges von Menschenhand zerstört werden? In vollem Bewusstsein der Konsequenzen?

André sah sie von der Seite an, sein Atem bildete eine weiße Wolke in der Luft. Dann betrachtete er die Berge vor ihnen. „Vielleicht hast du recht. Vielleicht auch nicht. Wer weiß schon genau, was der Klimawandel für welche Region tatsächlich bringt. Schau es dir an, präge dir das Heute genau ein." Er stupste sie in die Seite. „Genieße, was du jetzt vor dir hast."

Charly grinste, schob ihn mit dem Po nach hinten, drehte sich geschickt um und musterte ihren Freund von oben bis unten. „Das tue ich immer!", sagte sie geziert, drängte ihn zur Seite und schoss die Piste im Schuss hinunter.

Am Ende des Tages waren beide ausgepowert, bester Laune und sehr hungrig. Sie hatten nur eine Pause gemacht, um Andrés Bindung neu einstellen zu lassen. Zweimal war diese in voller Fahrt aufgegangen und es hatte ihn böse in das kalte Nass katapultiert. Einmal mit dem Kopf voraus und einmal auf den Allerwertesten. Charly hatte sich köstlich amüsiert. Und da außer seinem Stolz nichts verletzt worden war, war alles halb so schlimm.

Die Woche ging schneller vorüber als gedacht. Tagsüber zog es sie auf die Piste, morgens und abends genossen sie das Angebot des Hotels. An einem Abend hatte André sich im Casino des Ortes vergnügt, indes Charly sich eine Massage im Wellnessbereich nach den sportlichen Einsätzen gegönnt hatte.

Nie wurde es langweilig oder die Situation komisch. Sie redeten und lachten viel. Auch körperlich waren sie sich ein wenig näher gekommen. Allerdings nur ein wenig. Nach dem Essen suchte sie meist die Erschöpfung heim. Jedes Mal, wenn es ernster wurde, kam etwas dazwischen. Es war wie verhext.

Charly wusste nicht recht, warum sie das Thema nicht in Ruhe ließ. Warum sie nicht einfach abwarten konnte. Manchmal kam es ihr so vor, als würde André sie geschickt abwimmeln. In anderen Momenten glaubte sie sich das einzubilden.

Fakt war in jedem Fall, dass es etwas gab, das sie besser konnte als er: Ski fahren. André war zwar schnell, aber stilistisch ein absoluter Anfänger. Er rutschte mehr über den Schnee, als dass er seine Füße steuerte, und glich Unsicherheiten mit den Knien aus. Charly hingegen bewegte ihren Körper geschickt in der Kurve, für sie war es das Natürlichste der Welt.

Mühelos glitt sie die Hänge hinunter, wahrhaftig so, als würde sie fliegen. Ein Grinsen schmückte dabei ihre Lippen, die blitzende, verspiegelte Schneebrille schützend vor den Augen, bog sie ihre Glieder und genoss den Schwung, der sie nach unten trug. Dieses Gefühl war pures Glück. Unbändige Freude am Sein. André in Orange und Schwarz hinter ihr sah sie in ihrem leuchtenden Lila mit dem weißen Helm immer vor sich.

Und dann kam der 31. Dezember. Silvester stand vor der Tür. Das Jahr hatte sich mit rasender Schnelle dem Ende zugeneigt und die anderen reisten an. Die meisten schönen Sachen gingen oft viel zu schnell zu Ende, während die unangenehmen sich zogen.

Da Charly und André für diesen letzten Tag noch eine Liftkarte besaßen, telefonierten sie in ihrer Mittagspause mit der Dreierrunde, die in Daniels Audi im Tal angekommen war. Sie verabredeten sich für den Abend zum Silvestermenü. Vanessa versprach, an der Rezeption anzufragen und ihnen einen gemeinsamen Tisch zu organisieren. Alle waren aufgekratzt, überwältigt von dem Luxus, der sie empfangen hatte. Besonders Sarah war ganz aus dem Häuschen. Daniel und Vanessa hatten ein Doppelzimmer im Stockwerk unter Charly und André. Sarahs Einzelzimmer befand sich auf der höchsten Etage, sie hatte die beste Aussicht.

In Charlys Hinterkopf arbeitete es. André würde sicher schneller fertig sein als sie und schon mal nach unten gehen, um die anderen zu empfangen. Das wäre ihre Chance, ihn mit ihrer Erscheinung zu überraschen. Zu verführen.

Der Abend kam früh genug. Exklusiv zur Silvesterparty des Regency war ein roter Samtteppich über der Marmortreppe des Hotels ausgerollt worden. Diener in schwarzen Livreen mit goldenen Knöpfen standen Spalier. Der Geldadel hatte sich versammelt. Für die Verabschiedung des alten Jahres wurde nur das Einzigartigste und Teuerste als gut genug erachtet.

„Fehlt nur noch ein Bediensteter, der die Namen der mondänen Gäste bei deren Erscheinen laut verkündet", dachte Charly und fragte sich, wie sie eigentlich hierher passten.

Langsam stieg sie die Stufen zur großen Halle hinunter. In ihrem Kopf lief die Szene ab wie in Zeitlupe. Jede Stufe wirkte bedeutungsvoll. Die Minuten schienen sich auszudehnen. Jede Bewegung, jede Geste war ihr bewusst wie nie. Majestätisch setzte sie einen Fuß vor den anderen. Der Ausdruck ihrer Augen zeigte mit jedem Schritt mehr Selbstvertrauen. Gerade heute Abend war sie nicht mehr die stille Studentin, die sie noch vor ein paar Monaten gewesen war. Inzwischen sah sie die Welt mit den Augen von Roger Clarks Tochter und André Lémèrs Freundin.

Sie hatte seit August Einblick in die Welt ihres Vaters erhalten, hatte interessante Menschen getroffen und mit André zusammen den Luxus genossen, den das Leben zu bieten hatte. Sie würde einmal das Clark-Imperium leiten und hatte ihr unverhofftes Erbe akzeptiert. Mehr noch, sie begrüßte es geradezu. Sie gehörte genauso hierher wie all die anderen.

Seit die Neuigkeit in gewissen Kreisen öffentliches Bewusstsein erlangt hatte, war man bereit, ihr als Rogers Begleitung einen zweiten

Blick und Gehör zu schenken. Wo es Licht gab, kamen auch die Motten. Unweigerlich hatte sie sich trotzdem geschmeichelt gefühlt. Macht war ein Gefühl, das einem zulächelte und einen anlockte.

Ihr langes Kleid schmiegte sich in glitzernden Falten um ihre schlanke Gestalt. Tief ausgeschnitten, an der Grenze der Sittsamkeit, war es doch bodenlang. Zusammen mit Vanessa hatte sie es gesehen und gekauft, ein exquisites Stück, mit dem sie Aufmerksamkeit erregte. Die Haare hatte sie mit unzähligen Kristallnadeln zu einer braunen Krone aufgesteckt. Einzelne Locken umschmeichelten ihre Züge. An ihren Ohrläppchen baumelte funkelnd das überaus großzügige Geburtstagsgeschenk ihres Vaters.

Als sich die Köpfe der bereits in der Hotelhalle versammelten Gäste drehten, durchdrang ihre Adern ein Gefühl von Reichtum und Schönheit. Roter Lippenstift als effektvoller Gegenpol zum Schwarz des Kleides unterstrich ihren Auftritt. Und die blutrot lackierten Nägel verrieten: Sie war eine Frau mit einer Mission.

Ganz fleischgewordene Fantasie strebte sie in dieser speziellen Nacht nur ein einziges Ziel an. Sie hatten lange genug umeinander herumgetanzt, war Charlys Entschluss beim Erwerb der gewagten Garderobe gewesen. Und daran hatte sich nichts geändert.

*„Let's light it up, let's light it up until our hearts catch fire!"*, hörte sie David Guetta in ihrem Kopf singen. Sie war sich sicher, es würde ein großartiger Abend werden.

Am Fuße der Treppe angekommen, suchte Charly mit den Augen den Raum nach André, Sarah, Vanessa und Daniel ab. Ihren Freund erspähte sie sofort, er stand mit dem Rücken zu ihr an einem der großen Glasfenster und telefonierte. Das dämpfte ihre Stimmung schlagartig. Hatte er ihren Auftritt überhaupt mitbekommen? Charly beschwichtigte sich selbst, indem sie sich sagte, dass er sie sowieso gleich sehen würde. Spätestens wenn er sich umdrehte.

Ihre Schwester konnte sie nicht ausmachen. Dafür steuerten Vanessa und Daniel auf sie zu. Die Freundin hatte ein rotes Cocktailkleid gewählt, welches ihr schon im Laden hervorragend gestanden hatte. Am Ausschnitt waren einige Falten gebündelt und wurden von einer raffinierten Spange seitlich zusammengehalten. Die farblich passenden High Heels samt kleiner, leuchtend roter Handtasche und die offene Lockenmähne ließen sie auffallen. Ihr Make-up war eher schlicht.

Daniel trug einen schwarzen, gerade geschnittenen Anzug und ein passendes rotes Hemd mit silberner Krawatte. Seine Haare waren nach hinten gekämmt. Überraschenderweise stand ihm das gewagte Ensemble ausgezeichnet. Nachdem sie sich begrüßt hatten und Charly ihrer Begeisterung Luft gemacht hatte, stieß André dazu. Er war mit einem schwarzen Dreireiher klassisch gekleidet. Das weiße Hemd und eine dunkle Fliege vervollständigten seine Erscheinung. Wie immer sah er unverschämt gut aus. Und er trug die Uhr, die Charly ihm zu Weihnachten geschenkt hatte. Zu ihrem Kleid sagte er nichts. Die Freude darüber, dass ihm ihr Geschenk zu gefallen schien, entlohnte sie jedoch hinreichend.

Endlich kam auch Sarah die Treppe herunter. Sie hatte sich für einen hellblauen Traum aus Taft und zarten Kristallen entschieden, der ihren Körper nur teilweise verdeckte. Das blonde Haar war aus dem Gesicht gesteckt und fiel in einer Kaskade über ihren Rücken. Schemenhaft erinnerte sie Charly an eine Eisprinzessin.

Bei ihrem Auftritt drehten sich ebenfalls die Köpfe. Die blonde Gestalt zog alle in ihren Bann. Ehrfurchtsvoll teilte sich die Menge, als sie von der Treppe trat. Lächelnd hob sie eine Hand und winkte ihren Freunden. Damit hatte sie Charlys Auftritt übertrumpft, doch die war ihr nicht böse, sondern vielmehr stolz auf die Souveränität ihrer kleinen Schwester. Wenn auch das Kleid Gesprächspotenzial bot.

Da sie jetzt komplett waren, beschlossen sie, zum Restaurant zu gehen. Dort führte der Ober die fünf an einen festlich geschmückten Tisch und nahm die Getränkebestellungen auf. Vanessa lächelte ergriffen und zog eine kleine Digitalkamera aus ihrem Täschchen. Sie platzierte alle genau dort, wo sie sie haben wollte, drückte einem vorbeieilenden Kellner forsch den Apparat in die Hand und stellte sich dazu. Schon war die Sekunde für die Ewigkeit festgehalten.

Kurz darauf kamen die Erfrischungen und die Menüfolge begann. André wählte den Wein zum Hauptgang. Das Dinner war vorzüglich, der Rote ausgezeichnet. Früher hätte Charly sich aufgeregt, wenn eine Flasche derart viel gekostet hätte. Inzwischen fand sie es normal. Einiges hatte sich verändert.

Mit vielen verschiedenen Köstlichkeiten und erheiternden Gesprächen verging die Zeit im Nu. Nach dem letzten Gang beschlossen sie, das Tanzbein zu schwingen. Gemeinsam standen sie auf, traten aus dem Restaurant und mischten sich unter die bereits beschwingten Gäste im Nebenraum.

Kurz vor Mitternacht verließen Charly und André die Tanzfläche und stellten sich an einen der weiß eingedeckten Stehtische, die direkt vor der seitlichen Fensterfront des großen Saales aufgebaut waren. Die anderen hatten sie inzwischen in der Masse verloren.

Noch lag draußen alles in friedlicher, malerischer Stille, doch schon bald würde der Nachthimmel über den Dächern von St. Moritz in allen erdenklichen Farben leuchten. Das Feuerwerk über dem Skiort sollte elektrisierend sein, war Charly bei der Massage versichert worden.

Auf jedem der Tische standen bereits ein großer Kühler mit Eis und Champagnerflasche sowie langstielige Gläser bereit. Kellner eilten umher und trafen die letzten Vorbereitungen. Eine Leinwand wurde in ihrem Rücken herabgelassen. Immer mehr Gäste strömten zu den Fenstern. Charly war von der Bewegung noch ganz warm, vielleicht lag es aber auch an Andrés eindringlichem Blick. So ganz war sie sich nicht im Klaren, ob ihm das Kleid gefiel. Allerdings verzeichnete sie es als Erfolg, dass er den Abend über die Augen nicht von ihr abgewandt hatte. Nun freute sie sich auf das sprudelnde Getränk.

„Könnte ich jetzt schon ein Gläschen haben?", hielt sie einen der Kellner auf. André hatte derweil sein Smartphone herausgezogen, ließ es aber sogleich zurück in die Tasche seines Jacketts gleiten.

Der Livrierte schaute verdutzt und meinte dann abwehrend: „Eigentlich stößt man um Mitternacht an. Wenn Sie sich noch ein paar Minuten gedulden mögen."

Im Gehen erwischte André ihn am Ärmel. „Wenn Sie dem Fräulein wohl den Gefallen tun ... Sie wollen es sich doch nicht mit einer Clark verderben." Er zwinkerte Charly zu.

Ob der Angestellte etwas mit ihrem Nachnamen anfangen konnte, wagte sie stark zu bezweifeln, aber wenn es half ...

Mit hochrotem Kopf ließ der Bedienstete nun widerwillig den Korken für die hartnäckigen Gäste ploppen und schenkte ihnen je ein Glas der hellen Flüssigkeit ein. Mit einem unüberhörbar zufriedenen Seufzer nahm Charly einen Schluck des prickelnden Getränks. Formidabel!

Dankbar lächelte sie André über den Glasrand hinweg an. Plötzlich streifte sie etwas am Rücken und fröhlich lächelnd war Sarah hinter ihr aufgetaucht ... zusammen mit Peter Telmann im blauen Zwirn und weißen Hemd. Die beiden passten farblich perfekt zueinander. Charly blinzelte, doch der junge Mann stand immer noch da. Das durfte nicht wahr sein!

Man sah sich wohl wirklich zweimal im Leben.

„Wie ich sehe, genießt du verbotene Früchte", wurde sie nun von der jüngeren Schwester geneckt. „Wie immer", setzte diese neckisch hinzu.

Charly verschluckte sich fast am Champagner. Sarah bediente sich indes ganz ungeniert selbst und schenkte sich ebenfalls ein Glas ein.

André hatte den Vorgang interessiert beobachtet, nahm Sarah nun die Flasche aus der Hand und goss sich nach. „Gibt es Dinge, von denen ich wissen sollte?", fragte er erheitert.

Worauf ihre Schwester angespielt hatte, wollte Charly ebenfalls gerne wissen. Doch Sarah lächelte nur geheimnisvoll. Vielleicht wusste sie es selbst nicht genau. „Darf ich vorstellen?", fing sie stattdessen an und drehte sich zu ihrem Begleiter um.

„Peter", beendeten Charly und André gleichzeitig den Satz.

Verblüffte Stille entstand.

Bis Sarah diese durchbrach. „Genau! Ich konnte ihn von seinen Kumpels dahinten loseisen. Also seid nett zu ihm. Nicht, dass er wieder zurückwill."

Peter machte nicht den Eindruck, sich unwohl zu fühlen und zurückzuwollen, vielmehr trat er einen Schritt näher und meinte ungerührt zu André: „Falls du dein Talent, Barkeeper einzuschüchtern, nicht verloren hast, wäre jetzt der Moment, noch eine Flasche zu ergattern. Sonst sitzen wir an Neujahr auf dem Trockenen."

André lachte laut und schlug ihm kameradschaftlich auf die Schulter. „Was glaubst du, warum der Champagner offen ist? Schön, dich zu sehen!"

Charly verdrehte innerlich die Augen. Die beiden waren demnach schon länger miteinander per Du.

„Ihr kennt euch?", fragten beide Schwestern gleichzeitig.

André schaute Charly an. „Klar, in den gleichen Kreisen kennt man sich eben. Du kennst ihn ja auch."

Peter wiederum wandte sich an Sarah. „Ich habe deine Schwester bei einer Wohltätigkeitsgala getroffen."

„Ihr trinkt ohne uns!", unterbrach ein vorwurfsvoller Aufschrei von Vanessa die Runde. Sie und Daniel kämpften sich durch die Menge zum Tisch.

„Ich gehe Nachschub holen", verkündete André prompt und stürzte sich ins Getümmel.

„Und ich besorge mehr Gläser." Peter folgte ihm auf dem Fuß.

Bevor Charly über diese Wendung genauer nachdenken konnte, hatten Vanessa und Sarah sie in einen Plausch verwickelt. Zudem kamen die zwei Herren bereits nach einigen Minuten mit dem Gewünschten zurück. Peters blonder Schopf stach aus der Menge heraus und Charlys

Freund schwenkte die versiegelte Champagnerflasche einer Trophäe gleich über seinem Kopf. Er sah übermütig aus und grinste jungenhaft.

Ein Beamer war inzwischen angestöpselt worden und auf der Leinwand erschienen die bunten Neonreklamen des bevölkerten Times Square in New York. Es musste eine Aufnahme des letzten Jahres sein. Schnell schenkte Daniel die neuen Gläser voll. Peter füllte allen anderen nach und schon begann der Countdown.

Zehn ... neun ... acht ... sieben ... sechs ... fünf ... vier ... drei ... zwei ... eins ... null!

Im Big Apple regnete es Abertausende Konfetti auf die Köpfe herab, während in St. Moritz in schwindelerregender Höhe das Feuerwerk losging. Im Regency blickten alle gebannt nach draußen und ließen sich vom Spiel des Lichts in der Dunkelheit mitreißen.

Zwischen den Häusern waren Bewegungen zu erkennen. Die Menschen eilten hinaus, um nach oben zu starren. Warm eingepackt genossen sie das Spektakel, das sich ihnen bot.

Hinter der Glasscheibe, wo die Freunde standen, waren die Abschussgeräusche der Böller und Raketen gedämpft. Die Gespräche verstummten und man lauschte andächtig der Melodie, die den Raum durchdrang. Leichtfüßig schwebte diese über den Köpfen der Versammelten und schuf ein Vakuum für die Gedanken eines jeden Einzelnen in diesem besonderen Moment.

Rot, grün, blau, orange, golden. In allen Farben erblühten die wildesten, die verschlungensten Formen am Himmel. Geysire aus Licht durchbrachen die Schwärze und schufen ein Stück Magie. Fackeln leuchteten von den Berghängen herab, entzündet durch auf den Pisten platzierte Skilehrer. Eine rote Kugel, ähnlich der aus einer Warnschusspistole, schwebte für mehrere Minuten über der Szenerie.

Wenig später waren die letzten Funken und mit ihnen das Staunen verflogen. Überall im Saal wurde angestoßen. Gespräche eroberten die Atmosphäre zurück und Neujahrswünsche hallten im ganzen Raum wider. Viele telefonierten oder tippten auf ihren elektronischen Geräten herum.

Vanessa riss sich als Erste von der vergänglichen Farbenpracht des Feuerregens los und drückte Charly fest an sich. Dann platzierte sie zwei dicke Luftküsse rechts und links neben den Wangen ihrer Freundin und posaunte aufgekratzt: „Viel Glück mit deinem Liebsten im neuen Jahr!" Sarah, die zugehört hatte, lachte übermütig. Sie beglückwünschte ihre Schwester ebenfalls, während Vanessa Daniel umarmte.

„Danke. Ein frohes neues Jahr euch!" Charly hielt Sarah an den Schultern ein Stückchen von sich weg. „Auf dass wir uns im nächsten Jahr öfter sehen als im letzten."

Die jüngere Schwester winkte ab. „Ich hatte meine Auslandserfahrung, so schnell muss ich das nicht wiederholen." Dann drehte sie sich um und suchte Peters Blick.

Dieser stand noch immer neben André. Die beiden hatten angestoßen und schienen sich gut zu unterhalten. Die Schwestern machten gleichzeitig eine Vorwärtsbewegung. Charlys Freund bemerkte es und rempelte Peter an, der sogleich in Sarahs Richtung lächelte. Seine Kumpels hatte er wohl zur Gänze vergessen.

„Da werde ich zu Hause mal ein paar Takte mit meiner Schwester reden müssen", dachte Charly. Obwohl Sarah alt genug war, wollte sie sie beschützen. Allerdings hatte sich Peter außer der Verspätung bei der Wohltätigkeitsgala bisher nichts zuschulden kommen lassen. Zudem kannte sie ihn eigentlich kaum. Ob sein Großvater übertrieben hatte? Sie beschloss, später bei André nachzuhaken.

Der umarmte sie just in diesem Moment. „Ein frohes neues Jahr, Charly." Er schenkte ihr sein schönstes Lächeln.

In ihrer Brust kribbelte es vor Zuversicht. Den ganzen Abend über hatte sie auf ein unbewusstes Zeichen von ihm gehofft. Schnell gab Charly ihm einen Kuss, um die Verlegenheit zu überspielen. Wenn sie ehrlich war, mochte sie ihn sehr und sie wünschte sich, dass er das Gleiche für sie empfand.

Aus dem Augenwinkel meinte sie, Peters obskuren Blick wahrzunehmen. Daraufhin in seine Richtung linsend, vermochte sie nichts Auffälliges mehr zu erkennen, denn er unterhielt sich angeregt mit ihrer Schwester. Vielleicht sah sie aufgrund von Alfreds Warnung Gespenster.

Zu sechst standen sie noch eine Weile um den Tisch. Daniel erheiterte alle, indem er eine unfreiwillig lustige Geschichte über die stressigen vorweihnachtlichen Tage in seinem Betrieb zum Besten gab. Er hatte bis Heiligabend gearbeitet und beschwerte sich nun über das studentische Lotterleben der anderen. Peter pflichtete ihm bei und erzählte, dass er berufsbegleitend studiere, ohne viel Zeit für sonstigen Firlefanz.

Nach einer Weile wurde es Vanessa zu ernst und die beiden Flaschen Champagner waren endgültig leer. Mit ihrer direkten Art komplimentierte sie das Grüppchen zurück auf die Tanzfläche. Die Entwicklung war Charly ganz recht. Ausgelassen und erheitert tanzten sie, bis sich der Durst zurückmeldete.

Nach einem kurzen Abstecher an die Bar ging die fröhliche Feierei uneingeschränkt weiter.

Irgendwann hatten sie und André die anderen erneut verloren. Als Charly die Füße zu schmerzen begannen und ihr Herz heftig pumpte, fasste sie ihren Freund an der Hand und zog ihn zum Rand des Parketts. Nun war der richtige Augenblick.

„Ich muss die Schuhe wechseln. Würdest du mich begleiten?", fragte Charly außer Atem. Unschuldig schlug sie die Augen nieder.

„Für eine kleine Auszeit würde ich fast alles tun." André holte tief Luft. „Mit dir mitzuhalten ist harte Arbeit." Er zwinkerte.

Charly glaubte ihm kein Wort. Ihr Freund war ein ausgezeichneter Tänzer, offenbar noch eine Leidenschaft, die sie teilten. Es war wie im Land der greifbaren Träume: Jeder weitere Schritt in ihrer Beziehung offenbarte neue Höhen. Folgte darauf bald der ernüchternde Fall? Wenn, dann hoffentlich nicht heute.

Angespannt lief sie neben ihm her zu den Aufzügen. Hier war die Luft kälter und sie merkte, dass ihr der Alkohol ein wenig zu Kopf gestiegen war. Außer ihnen befand sich keiner hier draußen, alle vergnügten sich drinnen im Festsaal. André drückte auf den Knopf. Nachdem der Lift schließlich angekommen war, trat Charly nervös durch die sich öffnende Tür und André schob die Zimmerkarte, die er aus seiner Hosentasche gekramt hatte, in den Schlitz. Danach steckte er diese wieder ein. Ruckelnd hob sich die Kabine und beide atmeten hörbar aus.

Der Boden des Aufzugs war mit rotem Samt ausgeschlagen, die Spiegel an den Wänden warfen ihr Bildnis zurück. Charly sah sich, genau wie André, viermal. Sie war sich nun sicher, dass er sie begehrenswert fand, und würde es sich zunutze machen. Was auch immer ihn bisher hatte zögern lassen, heute wollte sie ihn – die harte Nuss – knacken.

Nonchalant lehnte er mit dem Rücken an der hinteren Wand. Ein leichter, unabsichtlicher Stolperer ließ Charly Halt an seinem Arm suchen. André fing sie intuitiv auf. Fast lag sie in seinen Armen.

Einen Wimpernschlag lang schauten sie sich direkt in die Augen. Beide sahen Verlangen im Blick des anderen sowie die unangenehme Wahrheit, dass keiner von ihnen so betrunken war, wie er tat. Hitze durchströmte Charly. Bisher war sie noch nie in die Rolle der Verführerin geschlüpft. Doch sie war sich sicher, dass sie es konnte.

Langsam leckte sie sich über ihre Lippen. Die Geste war mehr aus Nervosität als aus erotischem Geschick entstanden. Nichtsdestotrotz folgte Andrés Blick ihrer Zunge. Charly wurde sich bewusst, dass ihre linke Hand noch immer auf seinem Oberarm lag, und sie fuhr damit über seinen Bizeps. Als er aufschaute, verhakte sie ihre Augen wieder mit seinen und senkte ihr Haupt.

André stand ganz still, wartete ab. Sie küsste ihn leicht. Er wich nicht zurück.

Kurz ließ sie von ihm ab, öffnete ihren Mund und atmete tief ein und wieder aus. Ihre Iris leuchteten. Dann gab sie ihm alles, was sie hatte. Schmeichelnd tauchte ihre Zunge zwischen seine Lippen und liebkoste die seine. Vollkommen vertieft schloss sie die Lider. Ihre Zähne knabberten an seiner Oberlippe und zogen spielerisch an seiner Unterlippe. Sie verlor sich, ihr Körper kribbelte, ihre Brüste fühlten sich schwer an und die Umgebung verschwamm. Wie von selbst drängte sich ihr Becken an seine Hüften. Sie seufzte und erhöhte den Druck. Wollte ihn spüren.

Da endlich schien der Bann gebrochen und André zog sie näher zu sich heran. Eng aneinandergepresst war jetzt er der Eroberer, der mit ungeahnter Dringlichkeit die Süße ihres Mundes kostete. Unter leisem Stöhnen gingen seine Hände auf Wanderschaft.

Mit einem *Pling* öffnete sich die Aufzugtür. Rüde in die Realität zurückgerissen, stoben die beiden auseinander. Sie waren auf der gewünschten Etage angekommen. Ihr Freund ging um Charly herum und stellte sich in die Lichtschranke, damit die Türen offen blieben. Zum Glück stand niemand, der herunterfahren wollte, wartend auf dem Flur.

André sagte nichts. Langsam drehte sie sich um und trat an ihm vorbei, aus dem Aufzug. Von seinem Gesicht hatte sie nichts ablesen können. Er dafür von ihrem sicher alles.

Ihr Kopf fühlte sich benebelt an. Ihre Gliedmaßen schienen wabbelig wie Wackelpudding ein Eigenleben entwickelt zu haben. Jede Faser ihres Körpers war empfindlich. Bei jedem Schritt wurde ihr die innere Spannung bewusst. Mehr vorwärts stolpernd als gehend, hatte Charly schließlich die Tür des Zimmers erreicht. Sie wollte nur noch raus aus dem Kleid. Und vor allem aus den Schuhen.

André kam hinter ihr her geschlendert. Sie beugte sich nach unten und streifte mit den Daumen die Riemchen ihrer Pumps von den Fersen. Der Stoff ihres Kleides fühlte sich hart an ihrem Bauch an. Die halb sitzende Position erregte sie ungewollt. Ihr entschlüpfte ein leises Keuchen. Mit unglaublicher Kraftanstrengung drückte sie die Beine durch und kam leicht schwankend zum Stehen. Unachtsam schüttelte sie die Schuhe ab, beugte sich noch einmal ächzend hinunter und angelte mit den Fingerspitzen danach.

„Lass mich dir helfen", hörte sie Andrés Stimme. Sie klang rau, aber er sammelte ihre Stöckelschuhe in einer fließenden Bewegung völlig mühelos auf.

„Danke." Atemlos füllte ihre Antwort den leeren Flur.

Einen Herzschlag lang standen sie einfach da. Andrés schwarze Fliege hing locker herunter, sein blütenweißes Hemd war am Hals aufgeknöpft. Verführerisch verwuschelt standen seine dunklen Haare ab, nur sein Blick war für Charly undeutbar. Gerade deswegen verspürte sie ein unvermindertes Verlangen nach ihm. Intuitiv rieb sie ihre Schenkel aneinander und schloss die Lider, als Empfindungen sie überkamen. Langsam war alles so verspannt, dass es fast schon wehtat. Und das von einem einzigen leidenschaftlichen Kuss!

Sie atmete einmal tief durch, dann hob sich der Kranz ihrer Wimpern. Sie steckte all ihr Sehnen, ihre schmutzigsten Fantasien, ihre innere Unruhe in diesen einen Blick. Erst danach nahm sie das Blitzen in den Pupillen ihres Freundes wahr. Diese schienen in Flammen zu stehen. Mit zwei Schritten kam er auf sie zu. Wieder standen sie so dicht beieinander, dass kein Blatt zwischen sie passte.

„Du weißt, wenn wir anfangen ... dann gibt es kein Zurück." Seine Stimme klang belegt.

„Würdest du einfach mit mir schlafen?" Sie war noch nie so erregt gewesen. Natürlich hatte sie schon Sex gehabt. Es war okay gewesen. Wie das eben so war. Doch jetzt wollte sie unbedingt mit André schlafen, jawohl!

Charly wartete nicht auf seine Antwort, sondern begann in fiebriger Hast, sein Hemd aufzuknöpfen.

Er hielt ihre Finger fest. „Warte." Geschickt öffnete er die Tür, vor der sie immer noch standen, mit der Karte, die er wieder hervorgeholt hatte, und schob sie ins Zimmer hinein. Als auch er eingetreten war, ließ er das Schloss zuschnappen. Er betätigte den Lichtschalter, ließ den elektronischen Zimmerschlüssel in einer seiner Taschen verschwinden, schmiss ihre Pumps in die nächste Ecke und kam auf sie zu. Einen Meter vor ihr blieb er stehen.

„Wenn wir Sex haben, dann zu meinen Bedingungen. Die erste ist, dass ich die Verhütungssache klären möchte."

Charly hörte ihn wie durch einen Schalldämpfer. Warum konnte er nicht wie andere sein? Sie wollte jetzt nicht über Verhütung sprechen.

Sie nahm die Pille, seit sie vierzehn gewesen war, und zusätzlich hatte sie auch noch Kondome dabei. Sie wollte Sex, und zwar sofort! Zum Henker mit ihm!

Umständlich begann Charly, den Reißverschluss an ihrem Rücken zu öffnen. Sie verrenkte sich, ihre Hände bebten. Schließlich fiel der Stoff nach unten und enthüllte einem Theatervorhang gleich ihren Körper. Sie hatte fast makellose Haut, hohe, volle Brüste, die nun geschwollen in den Körbchen lagen, und schmale Fesseln.

„Alles, was sich ein Mann wünschen kann", hatte die Verkäuferin im Laden gesagt.

„Fehlen nur noch die Flügel und zehn Zentimeter Körpergröße, dann lassen sie dich bei der nächsten Victoria's-Secret-Show mitlaufen", war Vanessas Meinung gewesen. Entschieden hatte sich Charly für ein Ensemble aus roter, durchsichtiger Spitze und die dazu passenden hohen Strümpfe. Unter ihrem bodenlangen Kleid hatte diese schließlich niemand gesehen.

Andrés schlagartiges Schweigen bestätigte, dass sowohl Vanessa als auch die Verkäuferin gar nicht so falsch gelegen hatten. Die Reizwäsche zeigte mehr, als sie verdeckte. Und durch die knallige Farbe zog sie den Blick zusätzlich an. Provozierend schaute Charly in seine Richtung und fischte die Nadeln aus ihren Haaren. Die braunen Locken wallten verheißungsvoll über ihre Schultern. Behutsam entfernte sie anschließend beide Ohrringe und lief zu einem der Nachttische, um die Sammlung abzulegen.

Sie hörte, wie André ihr folgte. Als Charly sich umdrehen wollte, fühlte sie, dass ein Arm sich um ihren Rücken legte, dann wurde sie angehoben und aufs Bett geworfen. André stand über ihr und zog seine Fliege aus dem Hemdkragen. Das Jackett hatte er schon nicht mehr an. Er knöpfte sich das Hemd weiter auf und beendete damit, was Charly vorher begonnen hatte. Diese hingegen war vollkommen mit Starren beschäftigt. Ihr Freund hatte keinen Sixpack, aber er war durchtrainiert.

Sie folgte seinen Fingern bis zum Bund der Anzughose. Dort hatte sich eine ansehnliche Beule gebildet, deren Anblick ihr ein siegessicheres Grinsen entlockte. Andrés Augen fixierten sie, doch Charly war nun völlig gelöst. Sie richtete sich auf, öffnete seinen Hosenknopf und den Reißverschluss. Als ihr das Begehrte in die Hand sprang, hörte sie ihn keuchen.

„Ich nehme die Pille. Kondome sind im Bad. Hast du Aids?", fragte sie leise. Gleichzeitig zog sie ihm mit der freien Hand die Hose herunter.

André vergrub die Hände in ihrem Haar. Sie konnte seinen Gesichtsausdruck nicht sehen, spürte aber seine Erregung und dass er die Berührung genoss. „Ich habe kein Aids", brachte er heraus.

Charly holte Luft. „Wenn du mich anlügst, war das das Letzte, was du je getan hast." Ihre Stimme war atemlos, aber fest.

André nutzte den Moment, um sich aus ihrem Griff zu winden, seine heruntergerutschte Hose mit den Füßen wegzukicken und Charly beiseitezuschieben. Er zog sie mittig aufs Bett und kniete sich in derselben Bewegung über sie. „Dir glaube ich das sogar. Dein Vater würde wahrscheinlich wirklich morden." Er sah sie ernst an. „Du hast mein Ehrenwort."

Charly nickte. Alles spannte, alles rieb. Außerdem vertraute sie ihm. Ob das klug war, würde sich zeigen. In diesem Moment konnte sie ohnehin nicht klar denken.

„Dann schauen wir mal, was wir mit dem Rest der Nacht anstellen", verkündete André, bevor er sich über sie beugte.

Er gab Charly einen harten Kuss und ließ sie seine Erregung spüren. Im Gegensatz dazu strich er ihr sanft über den Hals und die Arme entlang bis zu den empfindlichen Handgelenken. Ihre Nervenenden vibrierten. Zart küsste er sich eine Spur von ihrem Schlüsselbein zu der Stelle, an der ihre Beine begannen. Dort fasste er oben an das Nichts von einem Höschen und schob die Vorderseite herunter. Einen Augenblick später hatte er ihre feuchte Mitte gefunden und leckte senkrecht von unten nach oben. Dann blies er darauf.

Charly zuckte zusammen und stöhnte. André wiederholte das Spielchen und ihr wurde abwechselnd heiß und kalt. Sie wand sich fiebrig unter seinen Zärtlichkeiten und hob ihr Becken. Alles schien zu lodern. Sie wollte ihn, jetzt!

Doch er ließ sie nicht gewähren. Seine Hände hielten ihre verkrampften umklammert und er machte unbeirrt weiter. Plötzlich löste er ohne Vorwarnung seine rechte Hand und steckte einen Finger in sie. Charly kam sofort. Ihr ganzer Körper wurde vom Orgasmus geschüttelt, sie schrie auf. Ihr war warm, sie fühlte sich so gut.

Schließlich riss der Schleier ihrer Wahrnehmung auf und sie bemerkte, dass André sie beobachtete. Als er sich dessen bewusst wurde, tauchte er wieder ab und sie spürte seine Zunge erneut an ihrer intimsten Stelle. Sie verspürte ein wenig Scham, aber es fühlte sich zu gut an, um zu protestieren. Allmählich steigerte sich ihre Erregung von Neuem. Kurz entschlossen stemmte sie sich auf die Ellenbogen und sah nach unten. André gab ein delikates Bild ab, wie er mit seinem Haarschopf ihre Scham verdeckte. Ungeduldig packte Charly ihn mit beiden Armen an den Schultern und zog ihn zu sich herauf. Er schaute kurz desorientiert, doch sie kam seiner Frage mit einem leidenschaftlichen Kuss zuvor.

Während ihre Zunge ihn verführte, umfasste sie mit der Hand wie zuvor seine Länge. Glatt und steif schien sie bis zum Äußersten ausgedehnt zu sein. Langsam und dann immer schneller ließ sie ihre Hand auf- und abgleiten. Mit kreisenden Bewegungen verteilte sie den Tropfen, der sich vorne gebildet hatte. André erzitterte und unterbrach die Berührung ihrer Lippen. Er schubste ihren Oberkörper wieder nach hinten. Intensiv saugte er durch die rote Spitze an ihrer Brust. Fast schmerzhaft spannten Charlys Nippel und sie wurde sich der Tatsache bewusst, dass sie immer noch ihre komplette Unterwäsche trug. Bedauernd ließ sie von André ab.

Er sah auf. Mühevoll drehte sie sich auf den Bauch. „Könntest du mir mal behilflich sein?", nuschelte sie ins Kissen.

Sie glaubte, seine Hand am BH-Verschluss wahrgenommen zu haben, dann sprang dieser auch schon auf. Geschickt pulte er auch Strümpfe und Höschen herunter, drehte sie wieder um und Charly lag da, wie Gott sie erschaffen hatte: splitterfasernackt.

André ließ seinen Blick einmal über sie gleiten, dann hob er plötzlich mit einer Hand ihr Becken und drang mit einem tiefen Stoß in sie ein. Sie musste sich mit den Armen abstützen, um seinen Schwung abzufangen. Beide keuchten auf.

Langsamer machte er weiter. Schweiß benetzte sein Gesicht. Er hielt sich zurück, wurde ihr klar. Sie drängte sich gegen ihn, bewegte sich schneller, forderte ihn auf, ihr mehr zu geben. Und André ließ sich nicht zweimal bitten. Kraftvoll versenkte er sich bis zum Ansatz in sie, füllte sie ganz aus. Schneller und schneller stieß er zu. Charly beugte sich vor und leckte leicht über seine Brust. Er drückte ihre Oberschenkel weiter auseinander und vergrub sich in ihr. Immer wilder wurde ihr Zusammenspiel, immer befreiter, immer ausgelassener und ursprünglicher wurden die Bewegungen der Körper und die Laute, die sie von sich gaben. Der Rhythmus steigerte sich, bis beide nur noch auf sich konzentriert waren.

Dann kam André. Er stieß einen tiefen Laut aus und nahm sie auf die

Reise zum persönlichen Höhepunkt mit. Einige Sekunden später lagen sie in einem wirren Knäuel aus Gliedern auf dem Bett.

Nach mehreren Herzschlägen erhob Charly sich langsam. Sie gab André einen Kuss auf die Schulter, dann stand sie auf. Der Hotelwecker auf dem Nachttisch zeigte drei Uhr morgens. Die anderen feierten wahrscheinlich noch.

Sie war ausgepowert und hundemüde. Einer Schnecke gleich legte sie den Weg ins Bad zurück. Als die Neonröhre über dem Spiegel aufflammte, blendete sie das Licht fürchterlich. Das Waschbecken darunter war mit seinen Schieferplatten schon angenehmer anzusehen.

Geübt klappte sie das silberne Beautycase, das auf der Marmorablage rechts danebenstand, auf und angelte nach Zahnbürste und Zahnpasta. Als sie sich gerade den Mund ausspülte und beides beiseitelegen wollte, kam André herein, auch ohne Bekleidung. Er wirkte schläfrig, aber zufrieden und musterte ihre Nacktheit. Charly sah ihn im Spiegel fragend an. Er grinste, drehte am Lichtschalter und dimmte die Helligkeit. Dass sie nicht selbst darauf gekommen war!

Dann drückte er auf einen der Knöpfe daneben und der Whirlpool, der in eine kleine Landschaft bei der verglasten Dusche eingebaut war, erwachte zum Leben. Sprudelnd füllte er sich. Behände ging André hinüber und glitt in die Wanne. Charly zögerte kurz, dann folgte sie ihm. Das Wasser war herrlich warm und wohltuend. Sie saßen sich gegenüber.

„Ich wusste, dass du mir folgen würdest." In Andrés Stimme lag ein Schmunzeln. „Du bist ganz schön hartnäckig, wenn du etwas willst", stellte er fest.

Charly lehnte sich zurück und schloss entspannt die Augen. „Das muss man sein, sonst kriegt man nie, was man will." Sie musste aufpassen, dass sie nicht einschlief.

„Vielleicht ist auch nicht alles wirklich erstrebenswert", merkte André an. Ihre Zehen berührten sich.

Kritisch öffnete Charly ein Lid und runzelte die Stirn. „Aha." Sollte ihr das etwas Bestimmtes sagen? Oder hatte er wieder einen seiner kryptischen Anfälle? Eigentlich war sie zu müde für ernsthafte Debatten.

André packte einen ihrer Füße und zog ihn zu sich. Ihr Oberkörper versank dabei im Wasser und sie versuchte prustend, den Kopf an der Luft zu halten. Schnell war das Thema vergessen und sie kämpfte darum, ihn ebenfalls ins Nass zu ziehen.

Lachend saßen sie wenig später in Handtücher gewickelt am Rand des kleinen Pools und baumelten mit den Füßen in der angenehmen Wärme.

„Fändest du es sehr spießig, jetzt schlafen zu gehen?", fragte sie.

André schaute amüsiert. „Was ist denn das für eine Frage? Du bist doch niemandem Rechenschaft schuldig. Für mich war Silvester auch lang genug. Lass mich nur noch Frühstück bestellen, morgen früh werden wir sicher Hunger haben."

„Klingt gut." Charly lächelte. Er erhob sich und half ihr auf. Sie wankte in den Hauptraum zum Bett, hob die Decke an und schlüpfte samt Handtuch darunter. Das Licht auszumachen überließ sie André. Im Wegdösen hörte sie noch, wie er telefonierte.

Als Charly wieder zu sich kam, vernahm sie das Schließen einer Tür. War es die Zimmertür gewesen? Dann hörte sie ein Rascheln und kurz darauf meinte sie, das Rauschen der Dusche zu erkennen. Immer noch in ihrem Dämmerzustand gefangen, streckte sie sich genüsslich. Das Handtuch kratzte an ihren Armen. Grummelnd schob sie das störende Ding beiseite, doch es war bereits zu spät. Nach und nach tauchte sie aus der Welt des Schlafes auf und nahm den halb dunklen Raum um sich herum wahr. Sie setzte sich auf und ließ sich direkt wieder in die Kissen fallen. Auf dem Boden lagen achtlos hingeworfene Klamotten, die Überbleibsel von gestern.

Zeitgleich öffnete sich die Badtür und Neonlicht erhellte den Raum. André kam mit nichts als einem weißen Handtuch um die Hüften heraus. Seine Haare waren noch feucht und er verbreitete einen angenehm sauberen Geruch. Leichtfüßig ging er ums Bett zum Nachttisch und brachte die Rollläden, die sich automatisch bei Dämmerung schlossen, nach oben.

Helle Strahlen ließen Charly die Augen zusammenkneifen. Unwillig brummte sie. André lachte gut gelaunt. „Los, steh auf!" Er zog ihr die Decke weg. Wie von einer Tarantel gestochen, sprang sie mit einem nicht einzuordnenden Laut auf und eilte ins Bad. Sie schloss die Tür vernehmlich hinter sich und betrachtete sich ausgiebig im Spiegel über dem Waschbecken. Die braunen Haare hatten sich in eine mittlere Katastrophe verwandelt, Wimperntuschereste bescherten ihr tiefe Augenringe und ihre Pupillen waren riesengroß. Dafür hatte ihr die sportliche Einlage gerade rosige Wangen beschwert und ihre Augen warfen glänzend die Helligkeit zurück. Sie sah glücklich aus, wurde ihr bewusst.

Nachdem die kurze Inspektion nichts wirklich Außergewöhnliches ergeben hatte, stellte sich Charly unter den heißen Wasserstrahl. Peinlich genau seifte sie ihr Haar mit Shampoo ein und genoss das warme Wasser auf ihrem Rücken. Ein Räuspern durchbrach ihre Routine und sie ließ vor Schreck die Duschcremeflasche fallen. Diese landete mit lautem Gepolter auf dem Boden.

André war barfuß, trug schwarze Jeans, ein einfarbiges weißes T-Shirt und seine silberne Uhr, nicht die von ihr. Da sie ihn durch die Glaswand der Dusche sah, musste auch er jeden Zentimeter von ihr betrachten können. Naseweis ließ er seinen Blick schweifen. Charly fühlte sich exponiert. Nicht, dass er nicht schon alles gesehen hätte, dennoch war es ihr ein wenig unangenehm. Mit geweiteten Augen fixierte sie ihn. Wie lange stand er schon da? Warum hatte sie die Tür nicht aufgehen hören?

„Sag mal, legst du es darauf an, dass ich noch heute Morgen an einem Herzinfarkt sterbe?", machte sie ihrem Ärger Luft.

Er grinste. „Nein, ich wollte dir nur sagen, dass in fünf Minuten das Frühstück gebracht wird. Mir scheint, ich wurde abgelenkt." Anzüglich wackelte er mit den Augenbrauen.

Charly errötete. Warum war das Glas der Kabine nicht beschlagen? Sie seufzte innerlich. „Danke, ich komme gleich." Süffisant fügte sie hinzu: „Du kannst ja schon mal draußen warten, um alles in Empfang zu nehmen. Wir wollen doch nicht, dass derjenige, der uns vor dem baldigen Hungertod bewahrt, ohne Trinkgeld gehen muss."

„Das wollen wir natürlich nicht", stimmte André ihr ironisch zu. Er warf eine Kusshand in Charlys Richtung, schenkte ihr einen letzten intensiven Blick, der ihr durch Mark und Bein ging, und stolzierte zur Tür hinaus. Als diese sich mit einem leisen Knall schloss, atmete Charly aus.

Ihr war nicht bewusst gewesen, dass sie die Luft angehalten hatte. Unmissverständlich gierten ihre Lungen nach Sauerstoff. Wonach andere angespannte Teile von ihr gierten, wollte sie gar nicht so genau erörtern. Hastig beugte sie sich hinunter und hob die Plastikflasche vom Boden auf. Ihr Herzschlag beruhigte sich langsam wieder. Was für ein Morgen! Hallo, neues Jahr!

Als sie kurz darauf mit nassen Haaren und in ein großes, weiches Handtuch gewickelt in den Hauptraum trat, stand André mit dem Rücken zu ihr in einer Ecke des Raumes und telefonierte. Immerhin konnte sie sich seit diesem Urlaub die Frage beantworten, ob er mit dem Teil am Ohr schlief. Tat er nicht. Ein Frühstückstablett war jedoch weit und breit nicht zu sehen. Von leichtem Überschwang gepackt, trat sie von hinten an ihn heran und schlang ihre Arme um seinen Bauch. Er war angenehm trocken. Das Handtuch wurde nun nur noch durch die Berührung ihrer Körper festgehalten.

Charly legte ihren Kopf auf seinem Rücken ab und schmiegte sich enger an ihn. André erstarrte, fing sich aber schnell wieder und bedeckte mit seiner linken Hand die ihre, die auf seinem Bauch lag. Er lauschte noch kurz seinem Gesprächspartner, ließ diesen aussprechen, dann verabschiedete er sich bestimmt.

Noch in der Drehung, die sein Körper nun vollführte, fiel Charlys temporäre Bedeckung. Verschmitzt kümmerte sie sich gar nicht erst um ihre Blöße, sondern zupfte an seinem T-Shirt-Saum. Beide waren vollkommen auf den anderen konzentriert, als es an der Tür klopfte.

„Zimmerservice! Sie haben Frühstück bestellt", hallte es dumpf von draußen.

„Einen Augenblick, bitte!" Schlagartig ernüchtert bückte sich Charly nach dem Tuch und verschwand mit einer wedelnden Handbewegung fluchtartig im Bad. Aus dem Augenwinkel sah sie, wie André feixend in Richtung Zimmertür ging.

Abermals betrachtete sie sich im Spiegel, während sie aus dem anderen Raum gedämpftes Gemurmel und Geklirre vernahm. Langsam trat sie zur Tür und nahm einen der weißen, riesigen Bademäntel vom Haken. Charly empfand wohlige Wärme und eine seltsame Geborgenheit, als sie hineinschlüpfte.

Nachdem sie den Gürtel geschlossen hatte und ihre Haare trocken geföhnt waren, öffnete sie die Badtür einen Spalt und erblickte einen silbernen Servierwagen, der ihr den Ausgang verstellte.

André lehnte sich auf dem Bett zurück. „Der Plan war, dass dich der Duft des Kaffees aus deiner Höhle lockt." Er zog eine Augenbraue hoch. „Hättest du noch länger gebraucht, hätte ich dich an den Haaren herausziehen müssen."

Das verschlug ihr glatt die Sprache, während er sich elegant erhob und auf sie zutrat. Gekonnt manövrierte er den Wagen beiseite und streckte ihr eine Hand entgegen.

„Na, Chérie, bereit für ein Frühstück im Bett?"

Seine Augen strahlten und sein Gesichtsausdruck ließ Charlys Herz höher schlagen. Auch wenn sie vermutlich wie eine liebestolle Pute dastand, das war ihr Tag und sie würde ihn genießen!

„Äußerst bereit." Lächelnd ließ sie sich von ihm zum Doppelbett führen und wartete ab, was es wohl zum Frühstück geben mochte.

Kaffee war schon mal ein guter Anfang. Danach baute er verschiedene Teller und Tabletts mit silbernen Hauben neben ihr und um sie herum auf, reichte ihr eine leere Tasse aus weißem Porzellan mit goldenem Rand oben und ein einfaches Glas.

Sie stellte beides auf den Nachttisch. Ihr Magen knurrte laut. Peinlich berührt legte sie unbewusst eine Hand auf den Bauch. Er lachte nur und streckte ihr eine hellblaue, elegante Kanne entgegen, aus der es herrlich duftete. André holte eine weitere Karaffe vom Wagen und setzte sich zu ihr.

Begierig schenkte Charly ihre Tasse voll und reichte ihm die Kanne zurück. Kakao! Sobald sie die Hände frei hatte, führte sie das warme Getränk zum Mund und nahm einen kräftigen Schluck. Himmlisch. Sie seufzte wohlig.

Ihr Freund hatte unterdessen sein Glas mit Orangensaft gefüllt und trank es in einem Zug leer. Während sie weiterhin an ihrer süßen Milch nippte, hob er zuvorkommend die Hälfte der Abdeckungen hoch und stellte diese auf den Boden. Speck mit Eiern, Pfannkuchen und Sirup, Würstchen, Beeren und Kuchen kamen zum Vorschein.

Charly hatte das Gefühl, in ein Märchen geraten zu sein. Andächtig betrachtete sie die noch verhüllten Köstlichkeiten und überlegte, was es wohl noch geben könnte. „Den Rest darfst du aufdecken", forderte André sie auf. Er schnappte sich den Teller mit dem Speck und die Gabel, die unter der Haube gelegen hatte.

Charly schmunzelte. Typisch Mann! Erst mal zum Fleisch greifen.

Dann siegte jedoch ihre Neugier und sie entfernte den von ihr aus gesehen nächsten silbernen Deckel. Darunter lagen Brötchen und ein Marmeladen- sowie ein Buttertöpfchen. Darauf folgten Müsli, Melone mit Joghurt, zwei Hörnchen und ein ... Autoschlüssel? Sie schaute zweimal hin. War der Schlüssel vielleicht aus Schokolade? Erlaubte sich André etwa einen Scherz?

Sie schielte zu ihm hinüber. Er war vollauf damit beschäftigt, seine Portion Speck in sich hineinzuschaufeln. Bevor sie allerdings einen Beißtest durchführte, wollte Charly ihn lieber fragen. Kritisch nahm sie den schwarzen Autoschlüssel vom Tablett. Er wirkte echt. Sie betrachtete ihn genau. Das Logo, das wie ein Wappen aussah, sprang ihr ins Auge. Irgendwo hatte sie es schon mal gesehen ... mit Vanessa, genau! Porsche. Das war ein Porscheschlüssel!

Blitzartig drehte sie sich zu André um und stieß ihn aufgeregt in die Seite. Er verschluckte sich und hustete heftig. Charly klopfte ihm mitleidlos auf den Rücken. Sie war nicht sicher, ob sie sich freuen sollte oder wütend war.

„Du kannst mir doch keinen Porsche schenken! Was habt ihr nur alle gegen meinen Kleinen? Erst mein Vater ... gut, er hat zwar nichts gesagt, aber naja ... und jetzt auch noch du." Aufgebracht fuchtelte sie mit dem Schlüssel vor seiner Nase herum.

Als er wieder normal atmen konnte, hielt André außer Atem ihre Hand fest. „Der Schlüssel ist nicht von mir", stellte er klar.

„Oh", machte Charly ein kleines bisschen enttäuscht. „Ich dachte zuerst, er wäre aus Schokolade", gab sie zu.

André betrachtete das Präsent. „Wohl kaum", lautete sein Urteil. „War kein Zettel dabei?"

„Vielleicht war es ein Versehen des Personals", mutmaßte Charly beklommen.

„Mhm ..." Ihr Freund griff nach dem Tablett und hob das weiße Deckchen an, auf dem der Schlüssel gelegen hatte. Darunter befand sich ein beiger Briefumschlag. „Na also." Nickend übergab er ihn ihr. Bevor sie ihn jedoch öffnen konnte, fasste er sie am Arm. „Mir scheint, wir müssen reden, wenn du Freunde hast, die dir mal eben einen Porsche schenken."

Mit geweiteten Pupillen blickte Charly ihn an. Ihre Finger zitterten leicht. Hatte sie doch gar nicht! Oder?

André zwinkerte ihr zu. „Öffne den Brief!" Er drückte ihre Schulter, lehnte sich zurück und aß weiter.

Charly nahm eines der Messer und trennte das Papier auf. Vorsichtig entfaltete sie einen handtellergroßen hellblauen Briefbogen.

*Charlotte, ich habe es dieses Mal selbst ausgesucht.*
*Auf ein neues Jahr und auf uns. RC*

Charly las es noch mal. Und noch mal. Und blinzelte. So viel zu ihrer Souveränität. Ihr Vater war offiziell verrückt!

Aber es war einfach zu schön. Er hatte sich anscheinend ihre Frage gemerkt, ob er das Kleid für die Wohltätigkeitsveranstaltung selbst ausgewählt hätte. Und er hatte sich ihre wohl nicht wirklich gut versteckte Enttäuschung zu Herzen genommen.

Warum gerade jetzt, war egal. Er hatte an sie gedacht! An SIE. Nur das zählte. Wie immer war er über das Ziel hinausgeschossen, doch wen kümmerte es?

Vanessa würde große Augen machen. Wie er das wohl alles organisiert hatte? Da waren bestimmt die Finger seiner fleißigen Assistentin im Spiel gewesen. Für Charly war es der verwirrendste und schönste Tag seit Langem. Vielleicht sogar der schönste Tag ihres Lebens. Nicht wegen des teuren Porsches an sich, vielmehr aufgrund des Zeichens, das Roger ihr mit diesem Geschenk gab. Und wegen ihrer Nähe zu André. Es schien ihr, als könnten Wunder tatsächlich wahr werden. Sie wollte den Tag konservieren, aufheben für schlechtere Zeiten.

Langsam sah sie zu ihrem Freund auf. Dieser betrachtete sie aufmerksam.

„Ein Porsche ist aber kein Grund, traurig zu sein", versuchte er, mit einem Scherz ihre wechselhafte Stimmung zu sondieren. Erst als sich ein breites Lächeln auf Charlys Zügen ausbreitete, schien er wieder lockerer zu werden.

„Er ist von meinem Dad", brachte sie heraus und blinzelte.

„Habe ich mir schon gedacht." André verzog das Gesicht. „Wer würde sonst auf solch irrsinnige Ideen kommen?"

„Hey!" Charly knuffte ihn missbilligend in die Seite. „Du fährst ja wohl auch ein teures Geschoss!" Aber er hatte recht. Trotzdem war sie so stolz, dass es geradezu aus ihr herausquoll.

André lachte. „Du musst mich verstehen, jetzt hat er die Geschenklatte ganz schön hochgehängt!", verteidigte er sich.

Charly sah ihn verdutzt an. Ein Moment des Innehaltens folgte, dann brach das Lachen aus beiden heraus. Ein vergnügtes, fröhliches, unglaublich befreiendes Lachen. Bis Charlys knurrender Bauch sie wenig später wieder an ihren Hunger erinnerte. Bester Laune verbrachten die beiden den Rest des Vormittags mit Frühstücken.

# 10

# Vollgas

Am Nachmittag klopften zuerst Vanessa und Daniel und keine fünf Minuten später auch Sarah mit ihrem Begleiter vom Vorabend an der Tür. Peter schien sich von seinen Kumpels losgesagt zu haben. Charlys Schwester konnte wirklich sehr überzeugend sein, wenn sie wollte.

Essen hatten sie wahrlich genug für alle und Charly war bereits pappsatt. André, ganz der zuvorkommende Gastgeber, bestellte, nachdem er die Freunde hereingebeten hatte, zwei Flaschen Schampus sowie zusätzliche passende Gläser beim Zimmerservice. Die allgemeine Gefühlslage steigerte sich durch den Neujahrsumtrunk zu heiter und beschwingt. Das gerade angebrochene Jahr hatte vielversprechend begonnen.

Beim Anblick von Peters Arm auf der Schulter ihrer Schwester keimte in Charly mehr als nur ein wenig Misstrauen auf. Sie fragte die Jüngere jedoch nicht, wo und wie diese die Nacht verbracht hatte. Eine mögliche Gegenfrage führte sicher nur zum öffentlichen Erörtern ihrer eigenen Beziehung. Außerdem war sie unschlüssig, ob ihr Vater auch Sarah mit seiner eindrucksvollen Aufmerksamkeit bedacht hatte. Von ihrem unverhofften Weihnachtsgeschenk hatte sie ihr nicht erzählt, aber da die Schwester ebenfalls geschwiegen hatte, war sie vermutlich nur in den üblichen Genuss einer Überweisung gekommen. Nicht, dass Sarah ihr das Geburtstagsgeschenk übel genommen hatte, aber eine Kreditkarte war doch etwas anderes. Und ein Auto definitiv auch. Wie sie wohl darauf reagieren würde?

Als Charly schließlich die Geschichte mit dem Porscheschlüssel zum Besten gab, flippte Vanessa völlig von Sinnen aus. Daniel zeigte sich ebenso beeindruckt. Beide wollten neugierig wissen, was für ein Modell es denn sei, und Charly war gezwungen zuzugeben, dass sie noch keinen Fuß aus dem Zimmer gesetzt hatte. Die anzüglichen Pfiffe, die darauf folgten, waren absehbar gewesen. Aber auch Sarah fiel in das damit einhergehende Gelächter mit ein und Charly war ihr dankbar dafür.

André befreite seine Freundin schließlich aus der unbehaglichen Lage, denn begeistert folgten alle seinem pragmatischen Vorschlag, das Auto in der Tiefgarage in Augenschein zu nehmen. Wo hätte es auch sonst geparkt sein sollen?

Mit dem Aufzug fuhren sie also nach unten und irrten erst einmal durch das unübersichtliche Parkhaus. Dort stand die ganze Produktpalette der Firma Porsche und Vanessa war fleißig am Aufzählen der einzelnen Klassen: Boxster, Macan, Panamera, Cayenne und so weiter. Charly fragte die Freundin irgendwann, ob nicht auch jeder Fahrzeugtyp einen charakteristischen Schlüssel hätte.

Daraufhin bemerkte André kopfschüttelnd: „Vielleicht drückst du einfach auf den Entriegelungsknopf der Fernbedienung und wir schauen, wo das Licht angeht."

Das ihr dass nicht selbst eingefallen war! Sie öffnete ihren Fiat eigentlich genauso. Flink folgte Charly der Anweisung. Das Aufblinken zweier Scheinwerferkegel führte die Gruppe zu einem schwarz glänzenden 911 Carrera. Die Felgen glichen stilisierten Spinnen, die ihre silbernen Beine an die Räder klammerten. Das Markenlogo thronte einer Nase ähnlich vorne mittig zwischen den Frontlichtern. Charly wurde das Gefühl nicht los, dass der Wagen sie anschaute.

Vanessa und Sarah öffneten ungeniert die beiden Vordertüren, ließen sich übermütig auf den Sitzen nieder und begutachteten die Innenausstattung. Lautstark drang zu Charly nach außen, was sie erwarten würde, sollte sie selbst einmal einsteigen: verstellbare Ledersitze mit Sitzheizung, eingebaute Navigation auf einem Touchscreen, Surroundsound, Parkassistent, Sieben-Gang-Schaltgetriebe und eine schicke Uhr am Armaturenbrett.

Der Kofferraum hatte im Vergleich zu anderen Fahrzeugen den Platz mit dem Motor getauscht. Seltsam, befand Charly. Immerhin kein Automatikgetriebe. Wie versteinert stand sie da und konnte es nicht fassen, dass dieser bis unters Dach mit Technik vollgepackte Sportwagen nun ihr gehörte. Die Jungs hatten sich unterdessen zu dritt ans Heck gestellt und debattierten über technische Details.

Nach einer Weile zog es sie alle wieder ans Tageslicht und sie durfte das erste Mal ihr neues Auto abschließen.

„Wow. Der sieht mit seinen dunkelroten Rücklichtern von hinten echt böse aus!", bemerkte Daniel anerkennend. „Eigentlich müsstest du mal ein Rennen fahren. Sportwagen haben spezielle Stabilisatoren für Kurven und zur Steigerung der Fahrdynamik. Außerdem dürften

Keramikbremsen eingebaut sein und manche Porschemodelle haben extra eine SPORT-Taste."

„SPORT-Taste klingt gut!", war Vanessas aufgeregter Kommentar. „Klingt wie bei James Bond."

Die Runde lachte auf und das Geräusch hallte unheimlich durch das Parkdeck.

„Ich glaube, der beschleunigt auch so schon schnell genug", kam Peter weiteren Ausführungen zuvor.

Der restliche Tag verging wie im Flug. Zusammen gingen sie rodeln und lieferten sich eine einstündige Schneeballschlacht. Weiblich gegen männlich, verstand sich.

Und am nächsten Morgen war es leider bereits Zeit für die Abreise. Schweren Herzens hatte Charly am Vorabend ihre Sachen gepackt und André lud nun ihren großen silbernen Koffer in den Porsche. Das Beautycase stellte sie selbst zusammen mit ihrer schwarzen Handtasche in den Fußraum vor die kleine Notsitzbank. Auch die anderen befanden sich in Aufbruchstimmung. Plötzlich stand Vanessa neben ihr und verkündete, dass sie mitfahren wolle. Ihren Koffer hingegen sollte Daniel transportieren. Amüsiert wünschte André ihnen eine gute Fahrt, ermahnte Charly, vorsichtig zu sein, und küsste sie zum Abschied auf die Stirn.

Sarah fuhr ebenfalls nicht mit Daniel zurück, sondern mit Peter in dessen rotem Cabrio, das mindestens genauso auffällig war wie der gelbe Audi. Trotz ihrer Vorbehalte musste Charly sich eingestehen, dass die männliche Begleitung ihrer Schwester gut in den Kreis hineinpasste. Zumindest in den letzten beiden Tagen.

Obwohl sie nicht gleichzeitig starteten, trafen sie sich auf der Autobahn wieder. Andrés Spyder schoss nach kurzer Zeit voraus, aber durch Vanessas Rufe angestachelt, nahm Charly hartnäckig die Verfolgung auf. Einen Turboknopf fand sie allerdings nicht einmal mit der eifrigen Hilfe ihrer besten Freundin. Auch Daniel war nie weit entfernt und unter der Motorhaube von Peters Cabrio schien manches nicht mit rechten Dingen zuzugehen, so schnell war er. Wie die Irren rasten sie und zum Glück ließen sich außer ihnen nur wenige Fahrer blicken.

„So viel mehr als mein Wagen kann der gar nicht", zog Vanessa irgendwann ihr etwas enttäuschtes Fazit über den Porsche.

„Na, ein bisschen schneller ist er schon." Charly war voll aufs Fahren konzentriert. „Außerdem hast du die absolute Hightechversion eines Kleinwagens", hielt sie der Freundin entgegen.

Damit war Vanessas Laune gerettet. „Hast recht. Und ich muss kein Super Plus tanken. Der wird dich noch arm machen", prophezeite sie triumphierend.

Charly blieb nichts anderes übrig, als amüsiert zu seufzen und an ihre neue Kreditkarte zu denken.

Die Fahrt verging rasch, und als sie zu Hause ausgepackt hatte, nachdem Vanessa von ihr am Haus der Steiers abgesetzt worden war, brach der Abend an.

Der Januar gestaltete sich im weiteren Verlauf recht entspannt. Kalt und düster setzte er nahtlos an der Witterung des Dezembers an.

Beim Neujahrsempfang eines Zulieferers für Platinen, den sie mit ihrem Vater besuchte, bedankte sich Charly herzlich für das unerwartete Silvestergeschenk. Roger zeigte sich sichtlich erfreut und deutete an, dass ihm die Idee erst kurzfristig gekommen sei, nachdem er ihr Geschenk ausgepackt hatte. Er bedankte sich seinerseits und schlug vor, dass sie den Fiat in einer seiner Garagen unterstellen könnte, bis sie sich über dessen weiteren Verbleib im Klaren wäre. Charly, die das Problem von einer Garage und zwei Autos schon erfolglos zu lösen versucht hatte, war diesem Angebot äußerst zugetan.

Am nächsten Tag klappte sie die protestierende Rückbank ihres alten Wagens um und holte ihre Sommerreifen bei der Werkstatt ab. Vorerst überantwortete sie Tom, der sie daraufhin in der Stadt absetzte, die Autoschlüssel ihres Kleinen. Er war nun offiziell mit der Aufgabe betraut, zusätzlich zu Rogers Fuhrpark auch Charlys Kleinwagen instand zu halten.

Das neue Jahr hielt allerdings auch einen Schwung Arbeit für ihren Vater bereit und so sah sie ihn eine Weile nicht. Susann war zeitgleich zu einer zweiwöchigen Reise aufgebrochen. Ein Teil geschäftlich, ein Teil Entspannung zusammen mit Christine van Gablen, hatte sie gesagt, als sie ihren Töchtern ein frohes neues Jahr gewünscht hatte. Am Morgen nach ihrer Abreise war ein Zettel an Charlys Autofenster geklebt.

*Bis in zwei Wochen.*
*Christine lässt schöne Grüße ausrichten.*
*Susann*

Charly war darüber nicht besonders traurig gewesen, entwickelte sich ihre Beziehung zu André doch endlich wie erhofft. Und nun hatte sie sogar die Möglichkeit, ihn ein paarmal während der mütterlichen Abwesenheit einzuladen, ohne groß Fragen beantworten zu müssen. Manche Dinge änderten sich auch mit dreiundzwanzig nicht, wenn man noch zu Hause wohnte.

Immer öfter waren sie mit den anderen unterwegs, in Clubs, auf Partys, im Kino, zum Essen. Es kam ihr so vor, als wäre der Monat im Nu verflogen. Aus Vanessa, Daniel, Sarah, Peter, André und Charly war eine richtige Clique geworden. Ihre Schwester hatte sich tatsächlich in ihre Silvesterbegleitung verliebt und auch er schien ihr nicht widerstehen zu können. Charly war klug genug, unter diesen Umständen kein Gespräch mit Sarah über das zu führen, was ihr von Alfred Telmann über seinen Enkel erzählt worden war. Zudem nahm die Universität sie und Vanessa wieder in die Pflicht. Ende Februar setzte der Prüfungsplan die nächsten Klausuren an. Charlys Schwester hingegen stand es weiter frei zu tun, was sie wollte. Das neue Semester startete erst nach Ostern. Wenn sie ehrlich war, erweckte Sarah allerdings nicht den Eindruck, als ob sie sich ernsthaft mit dem Thema Zukunft beschäftigte.

Eines Nachmittags, als die Clique wieder einmal zusammensaß, blickte Daniel durch die große Scheibe des Cafés hinaus und betrachtete die Kollektion farbenfroher Karossen davor. Der braune Spyder, das rote Cabrio, der gelbe Audi, Charlys schwarzer Sportwagen und die silberne A-Klasse von Vanessa. Sie hatten erfolgreich fast den kompletten Parkplatz der Lokalität belegt. Eine einzige Lücke war noch frei.

„Wann machst du endlich den Führerschein, Sarah?", neckte Daniel sie.

„Solange ich so viele nette Gentlemen zur Verfügung habe, die mich herumkutschieren, finde ich es nur gerecht, anderen Leuten eine Parkmöglichkeit zu lassen", konterte diese und warf ihre blonden Haare zurück. „Ich habe es nicht eilig!"

Vanessa lachte. Charly blieb abgelenkt. Ihre Gabel war zu Andrés Teller gewandert und sie hatte ihm einen Biss Schokoladenkuchen stibitzt. Nun forderte er als Gegenleistung einen Kuss. Es war schön, einfach entspannt, inmitten der Freunde herumzualbern.

Plötzlich meinte Sarah mit Feuer in den Augen: „Das kleine Rennen auf der Autobahn fand ich cool. Meint ihr, wir können so etwas noch mal machen?"

Vanessa und Daniel redeten wild durcheinander. Peters Grinsen reichte von einem Ohr bis zum anderen. „Ich gehe davon aus, dass das ein Kompliment an meine Fahrkünste ist?" Sarah brach in gespielte Verzweiflung aus.

Als Andrés Smartphone klingelte, stand er auf, um den Anruf entgegenzunehmen.

„Also", begann Daniel nach kurzem Zögern, „ich kenne eine kleine Hobbyvereinigung, die immer wieder Rennen veranstaltet. Der Treffpunkt wird vorher durchgegeben. Meist ist es ein leeres Parkhaus. Dort bekommt man ein Navigationsgerät, in dem die Route gespeichert ist. Startgeld ist nur eine geringe Aufwandsentschädigung für den Veranstalter. Ich weiß nicht, inwieweit ihr interessiert seid?" Zweifelnd wanderte sein Blick von einem zum anderen.

„Bist du schon mal mitgefahren?", wollte Peter als Erstes wissen.

Vanessa war diejenige, die sofort nickte. „Ist er! Ich habe aber bisher nur zugeschaut. Autofahren sollte man, zur eigenen Sicherheit, wirklich gut können." Sie errötete. Ihr Freund legte ihr die Hand auf den Arm.

Sieh an, so verbrachte Vanessa also ihre Abende!

„Ist das nicht illegal?", fragte Charly nun mit gerunzelter Stirn.

„Na ja, ich denke, es ist eine Grauzone. Du kannst kein Geld gewinnen, fährst mit normalen Autos nach einem herkömmlichen Navi." Daniel überlegte kurz. „Aber ehrlich gesagt wäre es mit Sicherheit besser, sich nicht erwischen zu lassen, dann hast du die möglichen Konsequenzen erst gar nicht am Hals."

Vanessa war ganz aufgeregt. „Ich find's abgefahren!" Sie wandte sich an Sarah. „Wir beide könnten dann zusammen die Jungs oder deine Schwester anfeuern."

Trotz der Verrücktheit dieses Gedankens baute sich eine Spannung zwischen ihnen auf. Selbst Charly verstrickte sich in ihre eigene aufregende Vorstellung. Vielleicht war dies die Chance, etwas wahrlich Außergewöhnliches, etwas komplett Irrsinniges und sicherlich nicht Ungefährliches zu tun. Sie hatte sich Aufregung gewünscht. Nun war diese zum Greifen nah! Einmal wollte sie von den verbotenen Früchten naschen, die stets zu kosten Sarah sie an Silvester im Scherz bereits bezichtigt hatte. In ihrem Hinterkopf regten sich Vorbehalte und die Frage, was passieren konnte, wenn die Polizei mehrere Fahrer mit der gleichen Route im Navi anhielt. Allerdings fuhren täglich unzählige Menschen ein und dieselbe Strecke. Das konnte nicht strafbar sein!

Und sollte das Rennen ihre Fahrfertigkeiten übersteigen, würde sie einfach langsamer fahren. Dabei sein war alles!

Wenig später einigte sich das Grüppchen, gemeinschaftlich teilzunehmen.

„Unter der Bedingung, dass ihr mich anfeuert!", sagte Charly mit erhobenem Zeigefinger zu Vanessa und Sarah. Die beiden nickten.

Daniel war begeistert. „Der Termin ist normalerweise immer donnerstagabends. Ich melde uns an und informiere euch rechtzeitig."

André hatte den letzten Satz mitbekommen, als er wieder zum Tisch zurückgekehrt war, und fragte nach, worum es ging. Peter erklärte es ihm kurz und knapp, woraufhin die Augenbrauen von Charlys Freund steil nach oben wanderten.

„Ich bin sowieso raus. Ich muss gleich am Montag los, Geschäftsreise", erklärte er und sah jeden Einzelnen seiner Freunde mit stoischem Gesichtsausdruck an. „Ihr geht ein nicht unerhebliches Risiko ein!", sprach er das aus, was Charly im Hinterkopf hatte, obwohl sie sich noch genau an seine Raserei während ihres zweiten Dates erinnern konnte. Damals war er im Prinzip alleine gegen die nichts ahnenden Pkws um sie herum angetreten.

Eigentlich hatte sie erwartet, dass er Feuer und Flamme sein würde. Nichtsdestotrotz blieb sie still und auch keiner der anderen kümmerte sich um Andrés Warnung.

Die folgende Woche verging zäher als ein ausgedehnter Spaziergang im Morast. Susann kam wieder nach Hause; nicht, dass das für Charly wirklich einen Unterschied machte. Vanessa und sie besuchten Vorlesungen. André brach wie angekündigt auf, um etwas für die Firma seines Vaters zu regeln, und Sarah war immer weniger in ihrem Zimmer anzutreffen. Selbst die Stunden zogen sich in die Länge.

Charly war sich schmerzlich bewusst, dass sie die Präsenz ihres Freundes vermisste. Im Urlaub hatte sie sich schnell daran gewöhnt, ihn um sich zu haben. Und auch danach. Jetzt verspürte sie ein beunruhigendes Gefühl der Unvollständigkeit. Also landete sie bei Anett in der Küche und berichtete ihr: von Vanessas und Daniels Unzertrennlichkeit und ein wenig von André. Bei Sarahs und Peters Geschichte war sie zurückhaltend, ihre Schwester sollte diese selbst erzählen. Die Wirtschafterin lachte mit Charly und kommentierte ihre Anekdoten.

Am Donnerstag ging endlich eine Nachricht von Daniel herum, in der er verkündete, dass das Rennen dieses Mal am Sonntagabend stattfinden würde. Ein leichtes Zittern erfasste Charly und ihre Aufregung steigerte sich täglich ein kleines Stück. Am Sonntagmorgen war sie richtiggehend angespannt. Noch hatte sie weder Zeit noch Ort genannt bekommen.

Um die Mittagsstunde klärte schließlich ein Anruf von Vanessas Freund die Situation. Daniel hatte beschlossen, dass es am besten wäre, sich bei ihm zu treffen und gemeinsam am Start vorzufahren. Schnell notierte Charly Uhrzeit und Adresse auf einem gelben Zettel. Dann übte sie sich im Warten. Bewies darin allerdings keine Geduld und fing an, sich mit ihren Uniskripten zu beschäftigen.

Sarah war, wie so häufig, nicht da. Wahrscheinlich hatte sie den Tag bei Peter verbracht und mit ihrer ehemaligen Nanny wollte Charly nicht über ihre wahrscheinlich illegale Abendaktivität sprechen.

Irgendwann brach die lang ersehnte Dämmerung herein. Mit schwarzen Jeans, einem dunklen Rollkragenpulli, festen Boots mit Profil und hochgebundenen Haaren fühlte sie sich wie eine Einbrecherin.

Die Notiz in der einen Hand, Autoschlüssel, ihr Handy und ihren Geldbeutel in der anderen, ging sie los. Ihr Wagen wartete vollgetankt in der Garage. Als sie schließlich bei Daniels Adresse angekommen war, drehte sich ihr vor Nervosität fast der Magen um, zumindest fühlte es sich so an. Draußen war es inzwischen sternenklar und sie konnte mehrere Wohnanlagen erahnen. Die anderen harrten ihrer bereits ungeduldig.

Daniel hatte sie mit Lichthupe begrüßt und sein Auto sofort in Bewegung gesetzt. Peter war ihm gefolgt und Charly hatte sich dahinter eingereiht. So war die kleine Karawane durch die Stadt und bis zu einem etwas abseits gelegenen, älteren Parkhaus gezogen. Schranken bei der Einfahrt hatte es keine gegeben und sie waren problemlos bis Ebene drei gekommen.

Ruckartig hielt Peter an und Charly brauchte, nachdem sie ebenfalls auf die Bremse getreten war, eine Schrecksekunde, um wieder in die Realität zu finden. Sie starrte durch die Windschutzscheibe. Bunte, beklebte, getunte, normale Autos. Glänzend und matt, auffällig und unauffällig. Das ganze Parkdeck stand voll.

Laute Musik dröhnte aus einer Boxenanlage. Überall standen Menschen zusammen. Schon ging es weiter und sie fuhr einfach hinter Peter her. Sarahs Freund platzierte sich ordentlich neben Daniel in eine Parklücke. Charly tat es ihm gleich. Rechts ragte ein Betonpfosten neben dem Vorderrad ihres Wagens bis zur Decke.

Trotz der Tatsache, dass das Steuern, die Schaltung und die Knöpfe am Armaturenbrett noch ungewohnt waren, würde sie den Porsche um nichts in der Welt wieder gegen seinen Vorgänger, den kleinen Fiat, eintauschen. An Luxus konnte man sich gewöhnen.

Sie atmete tief durch, um die Aufregung in Schach zu halten, und öffnete dann ihre Tür. Mit einem abenteuerlustigen Grinsen schob sie beide Beine dem grauen Parkhausboden entgegen und stieg aus dem Sportwagen. Die Stimmung hüllte Charly ein, zog sie in einen Strudel von übermächtigen Impulsen. Für Klänge war sie schon immer empfänglich gewesen. Die Beats gingen ihr durch Mark und Bein. Automatisch setzte sie im Takt einen Fuß vor den anderen und steuerte auf Sarah zu, die bereits mit Vanessa vor dem Audi zusammenstand. Sie unterhielten sich und kicherten laut, als Charly sie erreichte.

Im Gegensatz zu ihr hatten sich die zwei aufwendig herausgeputzt. Ihre Freundin trug eine enge Lederhose, ein gestreiftes Oberteil mit riesigem Ausschnitt und ihre Haare zu einem auffällig roten Lippenstift offen. Sarah führte die mörderisch hohen Stiefel vom Glühweinabend aus, dazu dunkle Hotpants und eine Strumpfhose, die ihre langen Beine betonte. Oben wärmte sie eine Fellweste und ihre blonde Haarpracht verlieh ihr das Äußere eines gefallenen Engels mit provisorischem Heiligenschein.

Daniel und Peter, die wie Charly in praktischer Kleidung erschienen waren, gingen just auf eine größere Menschentraube zu, die sich einige Meter entfernt neben einem silbernen Geländewagen zusammendrängte. Vermutlich waren dort die Veranstalter.

Nachdem sie sich umarmt hatten, eilte Vanessa plötzlich zum Audi und kam kurz darauf mit einigen Fotos in der Hand zurück. Entschlossen drückte sie Sarah einen, Charly zwei Abzüge in die Hand.

„Für dich soll es heute Abend ein Glücksbringer sein. Und das andere ist für André", erläuterte sie.

Auf allen Bildern war die gleiche Szene abgebildet: der Schnappschuss von Silvester. Er zeigte sie alle elegant gekleidet und in bester Laune. Ein tolles Bild! Nur Peter fehlte, er war erst danach zu ihnen gestoßen. Charly freute sich sehr darüber und umarmte die Freundin gleich noch einmal. „Ich werde es mir direkt ins Auto legen!"

Auch Sarah war sichtlich gerührt und bedankte sich, während Charly zu ihrem Porsche schritt. Als sie zurückkam, waren Daniel und Peter wieder da. Aufgedreht und breit grinsend umgarnten sie ihre Freundinnen, übermütig wie Bären, die ein Honigfass entdeckt hatten.

Daniel wartete, bis Charly in Hörweite war, dann begann er zu berichten: „Also, ich habe für uns drei die Aufwandsentschädigung entrichtet. Ladet mich dafür mal zum Essen ein, dann sind wir quitt." Er zwinkerte, während seine Mitstreiter kommentarlos nickten. „Wir sind für die erste Rennrunde eintragen, das ist in Bezug auf die Strecke die unkomplizierteste für Neulinge." Peter lachte auf, doch Daniel ignorierte ihn. „Der weitere Ablauf ist folgender: Es geht nicht darum, jemanden physisch zu überholen, sondern ausschließlich um die eigene Zeit. Deshalb finden die Starts nacheinander statt. Unser Ausgangspunkt ist auch wieder das Ziel. Zu unserer Gruppe gehören zehn Fahrer. Wir werden im Konvoi geordnet nach unten fahren und am Parkhausausgang bekommt jedes Auto vor der Fahrtfreigabe ein Navigationsgerät mit der Route. Falls es Probleme beim Befestigen geben sollte", er schaute Charly an, „bittet den Streckenposten darum, es euch an die Frontscheibe zu heften. Das ist keine große Sache. Noch irgendwelche Fragen?"

Vanessa zwirbelte an ihren Haaren, sie war nervös, auch ohne dass sie teilnahm. „In welcher Reihenfolge startet ihr denn genau?", wollte sie wissen.

„Ich fahre als Nummer eins, Peter direkt auf Startplatz zwei und Charly mit Nummer drei. Gestartet wird alle vier Minuten. Ihr müsst mir also einfach folgen und ab der Freigabe die Strecke so gut und so schnell zurücklegen, wie ihr könnt."

„Aber denkt daran, dass ihr trotzdem auf normalen Straßen fahrt." Sarah sah Peter mit großen Augen an.

„Wir sind vorsichtig", versicherte dieser ihr mit einem treuherzigen Augenaufschlag.

Während sowohl er als auch Daniel sich anschickten, ihre persönlichen Cheerleader zum Abschied zu küssen, ging Charly zu ihrem Auto. Es gab ihr einen kleinen Stich, dass André nicht da war. Sie setzte sich hinters Lenkrad und zog ihr Handy aus der Hosentasche. Nichts.

Um das Treiben ringsherum und den Start nachher nicht zu verpassen, ließ Charly das Fahrer- und Beifahrerfenster ihres schwarzen Porsche herunter. Nachdem sie das iPhone sicher mit den Fotos bei ihrer Börse in einer Vertiefung der Mittelkonsole verstaut hatte, drehte sie sich um.

Peter schwang sich voller Elan, mit einer Hand auf der Kante des vollständig heruntergefahrenen Fensters abgestützt, in sein heute offenes rotes Cabrio.

„Bei dir klemmt wohl die Tür!", schrie sie ihm mit belustigtem Gesichtsausdruck über den Lärm der röhrenden Motoren hinweg zu.

Er grinste nur. Was für ein Angeber! Bis jetzt waren ihr an ihm noch keine Eigenschaften aufgefallen, die erklären konnten, was ihre Schwester an dem Kerl fand. Allerdings auch keine allzu negativen. Unterhalten konnte er einen immerhin.

Laute Musik dröhnte durch das Deck und sie erkannte den Song. *„Yeah ah ha. You know what it is. Black and yellow, black and yellow ..."*

Links neben Peter ließ Daniel den Motor seines Wagens aufheulen. Die Liedzeile passte wie die sprichwörtliche Faust aufs Auge: schwarzer Porsche, gelber Audi. Feixend winkte er herüber und warf Vanessa, die nun mit Sarah am Fahrbahnrand stand, eine Kusshand zu. Seine Freundin hatte daraufhin wie von Zauberhand ein verträumtes Lächeln im Gesicht kleben und schenkte ihrem Liebsten schmachtende Blicke.

„Junge Liebe", hörte Charly Anetts Stimme in ihrem Kopf und konnte nur zustimmen.

Auf einmal übertönte das ohrenbetäubende Geräusch einer Hupe unangenehm das Lied. Irgendjemand hielt sie gedrückt und Charlys Hände schnellten reflexartig zu ihren Ohren. Dafür, dass den Veranstaltern wohl auch klar sein dürfte, dass dieses Event in eine gesetzliche Grauzone fiel, waren sie nicht besonders vorsichtig. Gleichwohl: Es ging los.

Es ging LOS!!!

Daniel fuhr langsam aus seiner Lücke, Peter folgte ihm im Schritttempo. Charly ließ nun auch den Motor ihres Sportwagens an und reihte sich ein. Im Rückspiegel sah sie kurz Vanessa und Sarah winken, dann wurde ihre Sicht von einem blauen Nissan eingeschränkt, der sich hinter ihr einordnete.

Sie schlichen die drei Decks wieder nach unten. Mit jeder Kurve stieg die Anspannung und Charly begann zu hadern. Ein Autorennen. Wenn auch nur ein kleines. Sie? Zu den Selbstzweifeln gesellte sich schnell Trotz und dann waren sie auch schon im Erdgeschoss angekommen. Zwei Männer in Warnwesten standen an der Ausfahrt. Einer hatte ein Klemmbrett. Sonst sah alles wie vorher aus.

Nachdem die Kolonne zum Stehen gekommen war, hörte Charly den dumpfen Bass von oben und konzentrierte sich darauf. Kalte Luft strömte durch die offenen Fenster zu ihr herein und sie fuhr die Beifahrerscheibe wieder hoch. Die auf ihrer Seite ließ sie sicherheitshalber unten.

Einer der Posten unterhielt sich kurz mit Daniel und reichte ihm einen Gegenstand. Das Navigationsgerät. Dann stellte der Mann sich seitlich auf eine grüne Markierung und hob den Arm. Sekunden später ließ er diesen wieder herunterschnellen und Vanessas Freund startete mit Vollgas. Sein Auto wirkte einen Moment wie ein wildes Tier, das gezähmt und zurückgehalten worden war, um nun in die Freiheit entlassen zu werden. Unwillkürlich verglich Charly den gelben Audi mit einem Tiger. Das waren schnelle Tiere.

Der Ehrgeiz packte sie, und indes sie hinter Peter eine Autolänge nach vorne rollte, beschloss sie, alles zu geben. Irgendeinen Vorteil musste es immerhin haben, in einem Sportwagen anzutreten.

Auch Sarahs Freund trat beim Start das Gaspedal bis zum Anschlag durch. Vielleicht war das einfach eine natürliche Regung. Die Reifen des Cabrios drehten fast durch, fanden dann jedoch Widerstand und das Auto schoss aus dem Parkhaus auf die Straße.

Nun war die Reihe an Charly. Ihr Auto stand an der Spitze der übrig gebliebenen acht. In ihrer Kehle hatte sich ein Kloß gebildet, ihre Brust wurde ihr durch die Aufregung eng. Die Situation fühlte sich bizarr an.

Einer der Männer beugte sich zu ihr, in der Hand ein Navigationsgerät, das mit einem Fuß an der Frontscheibe zu befestigen war. Sie nahm es entgegen und drückte den Hebel, der den nötigen Unterdruck für den Halt erzeugte, selbst. Danach betätigte sie wie geheißen den Einschalteknopf. Der kleine Bildschirm erwachte blinkend zum Leben. Die Strecke erschien und der Posten wirkte zufrieden.

„Bist du bereit?", fragte er Charly.

Diese nickte nur und schluckte. Sie konnte jetzt nicht reden. Schnell fuhr sie ihr Fenster hoch, umfasste mit beiden Händen das Lenkrad und nahm mit dem Mann, der wartend auf der Markierung stand, Blickkontakt auf. Seine Hand ging hoch und ... wieder runter.

Charly raste los. Impulsiv schaltete sie, als ihr Auto pfeilschnell auf die Straße schoss. Jetzt blieb ihr keine Zeit mehr, um zu denken. Alles geschah intuitiv.

„Nach drei Kilometern bitte rechts abbiegen", meldete sich das Navi.

Sie beschleunigte weiter. Die Lichter der Straßenlaternen verschwammen zu einem einzigen Streifen, der den dunklen Himmel erhellte. Der Weg vor ihr war fast ausgestorben. Ein paar Sonntagsfahrer krochen mehr auf der Lkw-Spur, als dass sie fuhren. Die Überholspur gehörte ihr.

„Bitte rechts abbiegen", kommentierte die Frauenstimme der Navigation. Mit voller Geschwindigkeit manövrierte Charly ihren Porsche in die Ausfahrt. Diese mündete in eine enge Kurve und der Wagen geriet ins Schleudern. Weiß traten ihre Fingerknöchel hervor, als sie abbremste. Im Mittelpunkt der Biegung beschleunigte sie wieder und stabilisierte so das Auto.

Ihr Herz schien in ihre Kehle gekrochen zu sein und dort zu schlagen. Ein irritierendes Gefühl. Adrenalin pumpte durch ihre Zellen und erfüllte ihren Körper. Sie befand sich nun auf einer Landstraße. Weit und breit war nichts zu sehen. Es waren nur sie und der Porsche, dessen Lichter wie Suchscheinwerfer die Nacht durchbrachen.

Charly trat fester aufs Gaspedal. Die Tachonadel kletterte unaufhaltsam nach oben. Keiner kam ihr entgegen. Eine Gunst des Schicksals! Einige Minuten glitt sie in absoluter Stille dahin, dann zeigte der Bildschirm des Navigationsgeräts einen Kreisverkehr.

„Bitte nehmen Sie die zweite Ausfahrt."

Bevor sie sich vorbereiten konnte, tauchte das Hindernis auch schon vor ihr auf. Ruckartig ging sie vom Gas und riss das Lenkrad herum, um nicht über die bepflanzte Erhöhung in der Mitte zu rasen. Der Sportwagen stellte sich fast quer. Sie riss die Lenkung in die andere Richtung und fuhr mehr schlecht als recht einen Halbkreis. Danach führte die Straße geradeaus weiter. Sie schaltete herunter. Was für ein Schwachsinn, dort einen Kreisverkehr zu bauen!

Mit angespannten Nerven fuhr sie langsamer, beschleunigte dann aber doch wieder. Sie war wie im Rausch. Fühlte sich in ihrem Porsche sicher vor der Nacht und war trotzdem dabei, etwas zu riskieren. Der Reiz des Verbotenen lockte!

Sie schaltete hoch und war so schnell, dass sie die Ampel erst realisierte, als sie bereits an ihr vorbei war. Im Nachhinein meinte sie, aus dem Augenwinkel ein rotes Licht gesehen zu haben. Verdammt! Das Navi hatte sich nicht gemeldet und für sie hatte es nur eine Richtung gegeben: geradeaus.

Ungeachtet dessen, dass nichts passiert war, meldete sich jetzt trotzdem ihr Gewissen. Während Charly ein Ortsschild passierte, schaltete sie ordnungsgemäß herunter und fuhr mit gedrosseltem Tempo durch die kleine Siedlung. An der anderen Seite schloss sich ein Gewerbegebiet an. Auch hier blieb sie ruhig und aufmerksam. Erst auf der Landstraße gab sie erneut Gas.

In mehreren Hundert Metern meinte sie, Peters Cabrio zu erkennen. Konnte das sein? Hatte sie es derart übertrieben? Vielleicht ein bisschen. Mit deutlich mehr als der zulässigen Höchstgeschwindigkeit holte sie rasch auf. Das Gefährt war tatsächlich ein rotes Auto, aber kein Cabrio. Demnach also nicht Peter. Sie überholte und schaltete hoch. Geschwind ließ sie das Fahrzeug hinter sich.

„Bitte in fünfhundert Metern links abbiegen", machte sich ihr Navigationsgerät wieder bemerkbar.

Charly hatte dazugelernt und stellte augenblicklich den Fuß auf die Bremse. Schon schälte sich die Kreuzung aus dem Zwielicht. Sie schaltete herunter. Blick rechts, Blick links und sie lenkte den Porsche mühelos auf die beschriebene Route.

Ihre Hände lagen fest auf dem Lenkrad. Sie war souverän, hatte sich in den Fahrmodus hineingefühlt. Und zumindest eine gewisse Art von Sicherheit entwickelt. Ihr fiel es ein bisschen leichter einzuschätzen, wie frühzeitig sie abbremsen und schalten musste: Kurven lieber langsamer, gerade Strecken schneller.

Das waren keine neuen Erkenntnisse, aber da sie bisher nur nach Vorschrift gefahren war, zumindest fast, erlebte sie ein völlig neues Lenken im Geschwindigkeitsrausch. Zudem bewegten sich ihr Auto und sie normalerweise bei Tageslicht und selten bei vollkommener Schwärze. Die Umgebung war bestenfalls zu erahnen und bei vollem Karacho schwierig auszumachen.

Auf dem vorletzten Teilstück der Strecke, nämlich fünf Kilometern Autobahn, ließ sie ihren Rennfahrerfantasien freien Lauf. Dazu kam, dass sie es nicht leiden konnte, wenn man ihr an der Stoßstange hing oder sie blendete. Und genau das tat der Fahrer oder die Fahrerin eines weißen, alten Mercedes. Die Scheinwerfer mussten falsch eingestellt sein. Als Antwort drückte sie dauerhaft das Gaspedal durch und behielt gespannt den Tacho im Auge, während alles andere unterbewusst geschah. Wo lag das Geschwindigkeitsmaximum des Carrera? Charly erfuhr es nicht. Gerade als sie links an einem silbernen Volvo vorbeiziehen wollte, blinkte dieser und wechselte auf ihre Spur. Sie bremste sofort ab. Das Manöver kam so ruckartig, dass das Gefährt hinter ihr fast auf sie aufgefahren wäre. Ganz knapp konnte der Fahrer den Schwung seines Wagens abfangen. Wütend betätigte er sekundenlang die Lichthupe. Was konnte Charly denn dafür? So ein Idiot! Sollte er erst mal den vorgeschriebenen Abstand einhalten.

Aus Reflex drückte Charly nun ihrerseits die normale Hupe, um dem Volvo, der vor ihr her schlich, ihren Unmut klarzumachen. Sukzessive ging ihre Geduld zu Neige.

Das Navigationsgerät riss sie indes aus der Konzentration. „Bitte nehmen Sie die nächste Ausfahrt."

Erleichtert sah sie, dass diese fast erreicht war, und scherte aus. Mit limitierter Geschwindigkeit verließ sie die Autobahn und legte den letzten Abschnitt schnell, aber nicht zu schnell auf der Landstraße zurück. An einer Ampel, die auf ihrem Weg lag, stoppte sie vorschriftsmäßig. Für heute hatte sie genug Herzrasen gehabt, wahrscheinlich sogar für die nächsten Wochen.

Am Parkhauseingang angekommen legte sie ungewollt, aber notgedrungen eine Vollbremsung hin. Irgendwann war ihr beim Fahren das Gefühl für die Geschwindigkeit abhandengekommen. Erschöpft saß sie einen Augenblick tatenlos da, dann löste sie das Navi von der Scheibe, ließ ihre Fenster herunter und reichte es einem der zwei Männer in Warnwesten. Derjenige mit dem Klemmbrett notierte sich etwas. Vielleicht ihre Zeit? Der andere gab ihr ein Daumen-hoch-Zeichen. Wofür auch immer.

Charly fuhr an und kurvte vorsichtig bis zur dritten Etage. Dort parkte sie ihren Porsche auf demselben Platz wie vorher und schloss das Fenster. Unverändert liefen zig Leute umher und unterhielten sich, inspizierten Autos von außen oder blickten gebannt unter Motorhauben. Hip-Hop dröhnte noch immer über das Deck.

Daniel und Peter waren schon da. Natürlich. Sie standen mit Vanessa, Sarah und zwei fremden dunkelhaarigen Typen neben dem gelben Audi und diskutierten. Charly zog den Schlüssel aus der Zündung ihres Wagens und schloss kurz die Lider.

Das Adrenalin ließ nach und ihr Körper schien erst jetzt zu registrieren, dass er unter Schock gestanden hatte. Sie lehnte sich mit weichen Knien zurück. Ruhe war ihr allerdings nicht vergönnt, denn jemand klopfte an ihre Scheibe. Unwillig öffnete sie nach einem Blick auf den Störenfried die Tür.

Sarah sah sie erwartungsvoll an. „Na, wie war's?" Der Enthusiasmus in der Stimme ihrer Schwester brachte Charly zum Lächeln. Das tat erstaunlich gut.

„Mörderisch", entgegnete sie trocken.

Sarah flüsterte: „Einer der Typen hat gerade gesagt, du wärst echt gut gewesen. Er gehört zu den Veranstaltern. Daniel kennt ihn irgendwie."

„Aha", machte Charly nur, stieg jedoch aus. „Muss man nicht erst warten, bis die anderen ins Ziel kommen?"

Ihre Schwester nickte. „Schon, aber die meisten fahren anscheinend häufiger mit. Da kann man die ungefähre Zeit abschätzen." Sie umarmte Charly. „Ich bin stolz, dass du den Mut hattest, das zu machen."

Diese schüttelte jedoch nur den Kopf. „Ich glaube, ich bin um Jahre gealtert. Noch mal ist das nichts für mich." Sie mochte die Erfahrung nicht missen, aber um richtige Rennen zu fahren, musste man dafür geboren sein. Immer auf der Suche nach dem nächsten Kick. Allein der Gedanke, noch einmal lauter Fastunfälle zu bauen, ließ ihr einen kalten Schauer über den Rücken laufen. Zum Glück hatte sie sich nicht verschaltet. Das hätte noch gefehlt.

Die Jüngere schaute kurz enttäuscht, dann meinte sie locker: „Ich bin ja auch nicht mitgefahren."

Zu zweit gesellten sie sich zu den anderen. Alle warfen Charly respektvolle Blicke zu. Vanessa umarmte die Freundin aufgekratzt.

Daniel fragte: „Wie bist du mit der Strecke zurechtgekommen?"

Charly seufzte. „Nachdem ich fast ein Ausfahrtsschild und die Bepflanzung eines Kreisverkehrs mitgenommen habe, eigentlich okay." Damit hatte sie die Lacher auf ihrer Seite.

„Irgendwelche Schäden am Auto?", fragte einer der Veranstalter.

Charly schaute ihn verdutzt an. „Ich denke nicht." Sie wandte sich an Daniel und Peter. „Bei euch etwa?"

Beide schüttelten den Kopf. Der Freund ihrer Schwester sah ein wenig blass aus und sie fragte sich unwillkürlich, ob sie das wohl auch tat.

Eine Dreiviertelstunde später waren alle Fahrer der ersten Gruppe wieder da. Einer hatte sich trotz Navigation verfahren und ein anderer war kurzzeitig über eine Wiese gedüst. Sein Opel war untenherum eindrucksvoll mit Erde und Gras verschmiert, als hätte er ihn zum Rasenmähen verwendet. Beide wurden disqualifiziert. Somit blieben acht Teilnehmer übrig.

Nun begann die zweite Rennrunde. Während Daniel, Peter und Charly auf ihre Platzierung warteten, fuhr eine andere Gruppe nach unten zum Start.

Kurz danach war die Auswertung der ersten Runde beendet. Die noch qualifizierten Teilnehmer wurden zusammengerufen. Vanessa und Sarah stellten sich neben ihre Freunde. Gespannte Stille legte sich über alle. Dann las einer der dunkelhaarigen Männer, die vorher an Daniels Wagen gestanden hatten, die Rangliste vor.

Ein silberner BMW war auf Platz eins. Der Fahrer brach in lautes Freudengeheul aus und zog mit seinen Freunden von dannen. Er musste für den Sieg wie ein Irrer gefahren sein.

Platz zwei belegte Daniel, der sich sichtlich freute und von den meisten beglückwünscht wurde. Charly lächelte ihm zu. Er hatte es verdient. Platz drei und vier gingen an zwei Brüder.

Bei dem nächsten Fahrer machte der Vorlesende es besonders spannend. Er ließ seinen Blick schweifen und verkündete dann: „Platz fünf geht ganz knapp an ... die einzige Dame in der Runde. Charlotte!"

Charly stand vollkommen überrascht da und starrte perplex vor sich hin. Damit hatte sie nicht gerechnet. Platz fünf! Sie war nicht die Letzte! Sie war sogar *Fünfte*!

„Juhu!" Sarah warf sich Charly an den Hals.

„Ein Hoch auf die Frauenpower!" Vanessa umarmte einfach beide.

Sie lachten und jubelten zusammen und vergaßen dabei ganz, dass Peter noch nicht aufgerufen worden war. Während Daniel ihr ebenfalls gratulierte, wurden die letzten Platzierungen verlesen. Sarahs Freund hatte es schließlich auf Platz sechs geschafft. Lag also einen Rang hinter Charly. Er sah gekränkt aus. Sein Mund war zusammengekniffen. Wortlos marschierte er auf sein Cabrio zu.

Aber er war doch noch nicht mal Letzter! Vielleicht konnte er einfach nicht damit umgehen, dass eine Frau besser war? Sarah lief hinter ihm her und versuchte, ihn aufzumuntern, doch erfolglos. Gemeinsam stiegen sie ins Auto. Charlys Schwester winkte den anderen entschuldigend zu, dann fuhr sie mit Peter davon.

Nach einem Seufzer beschloss Charly ebenfalls zu gehen. Sie schaute sich ein letztes Mal um. Vanessa und Daniel wollten noch bleiben. Sie hatten hier einige Bekannte, mit denen sie sich unterhalten wollten. Herzlich verabschiedeten sich die Freundinnen voneinander. Vanessas Liebster war bereits zu einem der Pulks am anderen Ende des Parkdecks unterwegs.

Im Februar gingen die Mitglieder der Clique zunehmend ihrer eigenen Wege. Peters Reaktion und die Tatsache, dass André an jenem Abend nicht dabei gewesen war und ohnehin immer weniger Zeit hatte, wirkten sich auf die Gruppendynamik aus. Es gab ein kurzes gemeinsames Essen für Daniel, der zudem Geburtstag hatte, mit gezwungenen, stockenden Gesprächen. Danach verbrachte jedes Pärchen seine Zeit in trauter Zweisamkeit.

Mit Vanessa traf Charly sich ausschließlich und nur noch selten an der Universität. Sarah sah sie manchmal zu Hause, aber auch das fast nie. Dafür hatte Peggy White wieder begonnen, ihr Einladungen zu senden, und die kontinuierliche Teilnahme an verschiedenen Geschäftsessen, die sie zusammen mit ihrem Vater besuchte, beherrschte erneut ihren Lebensrhythmus. Langweile war ihr ein Fremdwort.

Wenn sie nicht lernte oder André traf, ging sie einkaufen. Durch die unbegrenzten Möglichkeiten ihrer Kreditkarte wandelte sich nach und nach Charlys komplette Garderobe. Nichts war zu teuer und sie wollte vor ihrem Vater glänzen.

Es waren ernste, aber auch lustige Abende, die sie gemeinsam verbrachten. Einmal ließ Roger im Gespräch fallen, dass die Zusammenarbeit mit den Dandroes ganz in seinem Sinne voranginge und vielleicht bald Ertrag brächte. Es schien ihm wichtig zu sein. Charly freute sich für die Beteiligten. Sie konnte sich noch gut an Hildegard und Georg erinnern.

Ein anderes Mal, als er sie abholte, machte er auf der Fahrt seiner Verärgerung über Herrn Telmann senior Luft. Der Bau der neuen Zentrale hatte sich als komplizierter, teurer und zeitaufwendiger erwiesen als geplant. Der Einweihungstermin war auf unbestimmte Zeit nach hinten verschoben worden.

Oh Wunder! War das nicht bei allen großen Bauprojekten so? Versehentlich hatte Charly die Anmerkung nicht nur gedacht, sondern sogleich laut geäußert.

„Das mag für ein staatliches Gebäude durchaus in Ordnung sein, aber wir sprechen hier von der Industrie. Ich erwarte Präzision, schließlich zahle ich dafür", hatte Rogers klares Urteil gelautet. Doch waren diese Worte leere Hülsen, da er sich trotzdem bis zur Fertigstellung des Baus gedulden musste.

Charly fand es fast belustigend. Bei manchen Dingen waren offensichtlich auch ihrem Vater die Hände gebunden. Wie jedem anderen Menschen. Dass allerdings Alfreds Enkel Sarahs Freund war, erzählte sie ihm unter diesen Umständen nicht. Dafür erwähnte sie vorsichtig, dass sie mit jemandem zusammen war. Roger gab sich interessiert, hielt sich aber dennoch zurück.

Dann standen die Klausuren an. Charly schottete sich davor und währenddessen vollkommen ab, denn sie wollte nicht nur gut abschließen, sondern sehr gut sein.

Nachdem alle Examen vorbei waren, kroch sie wieder aus ihrem selbstgebauten Schneckenhaus heraus, kaufte Sommerreifen nebst exorbitant teuren Felgen und fuhr mit dem Porsche zum Reifenwechsel. Dieses Mal brachte sie die Winterreifen direkt zu Tom.

Das Frühjahr stand bevor. Ihr Vater drängte nun darauf, dass sie ihn öfter begleitete. Da Vanessa mit Daniel und Sarah mit Peter vollauf beschäftigt waren und auch André einen immer enger getakteten Terminkalender hatte, sagte Charly gerne zu. Als Nächstes würde sie ihre Bachelorarbeit verfassen, bis diese jedoch angemeldet und mit dem Lehrstuhl abgesprochen wäre, würde noch eine Weile vergehen. Erst einmal hatte sie Zeit, sich zu entspannen und Rogers Welt noch besser kennenzulernen.

# ‖‖ Schwarzes Loch

Gefühlt war es eine mittlere Ewigkeit her, dass Charly der Bibliothek das letzte Mal einen Besuch abgestattet hatte. Realistisch betrachtet lagen zwischen dem heutigen Tag und ihren letzten Klausuren nur vier Wochen. Eine Zeit voller neuer Erfahrungen. Das alte Gebäude roch hingegen wie eh und je: beruhigend nach Mörtel und vergilbten Buchseiten.

Der grüne Teppich knirschte leise unter ihren Sohlen, als sie die Regalreihen auf der Suche nach den Büchern und Veröffentlichungen auf ihrer angefertigten Liste abschritt. Gestern hatte sie die E-Mail zur Anmeldung ihrer Bachelorarbeit erhalten und damit die Themen, die zur Wahl standen. Eine Entscheidung zwischen den sechs möglichen zu treffen, war ihr leichtgefallen.

*Anwendungsbezogenes Produktmanagement im Hinblick auf kartellähnliche Situationen* lautete ihre bevorzugte Aufgabenstellung. Spontan fielen ihr dazu gleich zwei Ausarbeitungsbeispiele ein: die Beförderungsgesellschaft Bahn beziehungsweise die privaten Kleinanbieter der Transportbranche sowie die großen Ölkonzerne, im engeren Sinne von Tankstellenketten.

Jetzt wollte sie die Zeit bis zur endgültigen Anmeldung ihrer Arbeit auf dem Prüfungsamt nutzen und Hintergründe recherchieren. Zudem versprach sie sich durch die geistige Tätigkeit die dringend nötige Ablenkung von den anschwellenden Unsicherheiten bezüglich ihres Liebeslebens. Sie war es leid, ständig über Dinge zu grübeln, die sich nicht lösten und von denen sie nicht wusste, ob sie wirklich ein Problem darstellten.

Dieselbe Vertrautheit wie an Silvester hatte sich zwischen André und ihr seither nicht mehr eingestellt. Misstrauisch dachte Charly an ihren Freund und hoffte seufzend, dass er sie nicht belog oder gar betrog, sondern dass er tatsächlich in letzter Zeit einfach nur im Stress war. Schnell verbot sie sich diese unnützen Gedanken.

*Standort GCF* stand als Nächstes auf ihrem Blatt. Drei Bücher und eine Fachzeitschrift hatte sie bereits gefunden. Sie beschloss, diese zuerst in ihrem Schließfach zu deponieren, und dann den Weg dorthin anzutreten. Überrascht sah sie vor den Spindreihen einen vertrauten dunklen Lockenschopf. Freudig lächelnd ging sie darauf zu.

Ihr straffer Zeitplan hatte ihr nur wenig Freiraum zum Atmen gelassen. Mit Sicherheit war es mindestens eineinhalb Monate her, seit sie Vanessa zum letzten Mal gesehen hatte. Sie war derart beschäftigt gewesen, dass sie außer ein paar vereinzelten Nachrichten keinen Kontakt mit der Freundin gepflegt hatte. Diese war ihr allerdings auch nicht gerade schreib- oder trefffreudig erschienen. Man lebte sich auseinander. Umso mehr freute sie sich über die zufällige Begegnung.

„Hey du." Leisen Schrittes hatte sie sich angeschlichen und tippte Vanessa auf die rechte Schulter. Ein bisschen Spaß musste sein.

Vanessa reagierte jedoch völlig unerwartet. Sie fuhr blitzartig herum und stieß einen kurzen verhaltenen Angstschrei aus. Ihre Pupillen weiteten sich vor Schreck. Ihr Gesicht zeigte unverhohlene Furcht.

Erschrocken entglitt Charly ihre Last. Verwirrt trat sie einen Schritt zurück und ließ die Bücher vorerst auf dem Boden liegen. „Ich bin es", versuchte sie, ihrer Freundin die Anspannung zu nehmen. Bekam allerdings keine Antwort.

Vanessas Hände zitterten unkontrolliert und sie packte die zwei Bücher, die sie hielt, noch fester. In ihrem Spind sah es chaotisch aus, so weit, so normal. Ihre Finger waren jedoch bis zum Äußersten angespannt. Okay ... irgendetwas schien ganz und gar nicht in Ordnung zu sein.

„Hey, wir haben uns schon länger nicht mehr gesehen. Wie geht es dir?", startete Charly den Versuch, ein unverfängliches Gespräch aufzubauen. „Hast du Lust, nachher einen Kaffee trinken zu gehen? Wie in alten Zeiten?", fragte sie weiter.

Vanessas Miene glättete sich. „Daniel holt mich nachher ab", stellte sie fest, an niemand Speziellen gerichtet.

„Das heißt: kein Kaffee", schlussfolgerte Charly mit einem Stirnrunzeln. Die Freundin benahm sich mehr als sonderbar und sie wusste nicht so recht, wie sie damit umgehen sollte. „Was ist los? Bist du krank?" Sie hatten sich zwar in letzter Zeit nicht oft gesehen, aber so wortkarg hatte Charly die sonst lebenslustige Vanessa noch nie erlebt und schließlich kannten sie sich nicht erst seit gestern.

Vanessa schaute sie lange und unergründlich an. Dann stahl sich eine Träne aus ihrem Augenwinkel und lief ihre Wange hinab. Einfach so. Charlys Beschützerinstinkt war sofort alarmiert. Es musste etwas passiert sein.

Forsch umfasste sie das Gesicht der Freundin mit beiden Händen und schaute ihr eindringlich in die Augen. „Egal, was es ist, sag es mir!", verlangte sie.

Vanessa klammerte sich wie eine Ertrinkende an ihren Fingern fest. Ähnlich einem Schraubstock drückte sie immer mehr zu und schien dabei gar nicht zu merken, dass sie Charly das Blut abschnürte. Sie war in ihrer eigenen Welt gefangen. Welche das in dieser Sekunde auch immer sein mochte. Früher hätte sie sofort drauflos geredet und haarklein von ihrem Kummer berichtet. Heute hatten sie sich aus den Augen verloren, stellte Charly ernüchtert fest. So schnell ging das. Ein Hauch von Traurigkeit überlagerte ihre Besorgnis.

Obgleich sie zumindest anfangs viel in der Gruppe unterwegs gewesen waren, hatte doch immer mehr der jeweilige Partner den Platz des Vertrauten eingenommen, den früher die beste Freundin innegehabt hatte.

Sie war sich so sicher gewesen, dass Sarah und Vanessa in ihren Beziehungen glücklich waren. Nach außen hin hatten beide immer vital und verliebt gewirkt. Bei ihrer Schwester mochte die Aussage noch immer zutreffen. Ihre beste Freundin hingegen hatte sich verändert. Äußerlich konnte ein genauer Beobachter dunkle Augenringe und einen nicht unerheblichen Gewichtsverlust bemerken. Charly schämte sich, weil sie all das gar nicht mitbekommen hätte, wäre sie der Freundin nicht zufällig begegnet.

Ihre eigenen Probleme und ihre Beziehung mit André waren in den letzten Wochen stets dringlicher gewesen. Seine fadenscheinigen Ausreden und Entschuldigungen. Ständig war sie besorgt und unruhig. Ihr Blick hatte sich im Tunnel ihres eigenen Gefühlslebens verloren. Außerdem stand sie immer öfter an der Seite ihres Vaters. Sie hatte einfach aufgehört, mit anderen zu kommunizieren. Die Entwicklung war so schleichend vor sich gegangen, dass sie es überhaupt nicht bemerkt hatte.

Wie konnte man die beste Freundin aus den Augen verlieren und es nicht mitbekommen? Was ging in dieser vor, was bedrückte sie derart? Warum hatte sie sich so verändert?

Vanessa lehnte einer leblosen Puppe gleich an ihrem Schließfach. Unbewegt gab sie keinen Ton von sich. Charly suchte in ihren Augen nach einem Anzeichen, einer Erklärung, irgendetwas, aber da war nichts. Vanessas Blick blieb ihr unheimlich. Er wirkte leer und gebrochen.

In Charlys Magengegend keimte ein ungutes Gefühl auf. Sorge wallte wie ätzende Säure durch ihre Glieder. Wut machte sich breit auf den oder das, was ihre beste Freundin derart verstört hatte. Der Vorwurf, dass sie sich nicht gekümmert hatte, erdrückte sie. Und die Frage blieb: *Was* war passiert?

Sie löste ihre Hände aus der verzweifelten Umklammerung, packte die Freundin bei den Schultern und schüttelte sie leicht. Charly wollte Widerstand sehen, eine kurze Aufwallung des eigentlichen störrischen Ichs erspähen. Doch sie erntete nur ein müdes Zucken.

Währenddessen fiel ihr auf, dass die Freundin einen schwarzen Kapuzenpullover zu Bluejeans trug, gänzlich untypisch. Viel zu konventionell und langweilig. Wo waren die modischen Trends hin, denen Vanessa immerzu nachjagte? Reichten die vergangenen Tage, um aus ihnen beiden andere Menschen zu machen? Denn auch Charlys eigener Stil hatte sich von leger zu geschäftsmäßig gewandelt. Sie trug in letzter Zeit eher Stoffhosen und Blusen. Obwohl kein Treffen mit ihrem Vater anberaumt war, hatte sie an diesem Tag automatisch zu einem senfgelb-weißen Ensemble gegriffen. Sie schienen sich wirklich voneinander entfernt zu haben.

„Es tut mir leid, dass ich so wenig Zeit für dich hatte", sagte Charly resigniert, da ihre Gesprächspartnerin weiterhin keinen Laut von sich gab. „Schließlich sollten Freunde füreinander da sein."

Nun schaute Vanessa unverwandt auf, als wäre ihr Gegenüber ein fremdartiges Insekt, das sie zu Forschungszwecken beobachtete.

„Wenn du mich lässt, kann ich vielleicht helfen", fuhr Charly fort.

Der Blick ihrer Freundin schweifte wieder unwillig ab. Sie wartete unverkennbar auf das Ende der Ansprache, um endlich gehen zu können.

War es so weit mit ihnen gekommen? Wann war das Vertrauen verloren gegangen?

„Ich sehe doch, dass es dir nicht gut geht", bekniete sie Vanessa weiter um ein Wort. Ihr Geduldsfaden wurde dünner, während Hilflosigkeit aufgrund des Schweigens ihre Kehle belegte.

Sie umspannte mit der linken Hand Vanessas Oberarm und drückte ihr Kinn mit der rechten auf Augenhöhe. Die Freundin zuckte ruckartig zurück, schmerzerfüllt verzog sie das Gesicht. Einem verwundeten Tier gleich strich sie sich über den Bizeps.

Charly trat einen Schritt nach hinten. Was mochte der Pulli verdecken? Langsam lehnte Vanessa sich wieder an die Wand und rutschte mit dem Rücken daran hinab in eine halbhohe Position. Wie wenn sie sich abstützen müsste, damit ihre Bürde sie nicht direkt auf den Boden drückte. Schlussendlich kam sie auf dem Teppich zu sitzen.

Mutlos holte sie Luft. „Ich weiß einfach nicht, wie es passiert ist." Hilfe suchend sah sie Charly unter weit aufgerissenen Lidern an.

Diese hatte derweil den Blick nicht vom Arm der Freundin abgewandt. Es arbeitete hinter ihrer Stirn. Grausame Gedanken bemächtigten sich ihrer. Vanessas Iris, von den großen schwarzen Pupillen fast verschlungen, wischten alle Vorbehalte beiseite. Die Augen eines Menschen wurden nicht ohne Grund als Spiegel der Seele bezeichnet. Charly setzte sich still neben die Freundin, ließ aber absichtlich einen halben Meter Platz zwischen ihnen frei. Eine Komfortzone. Der raue Boden rieb unangenehm an ihrer dünnen Hose.

Plötzlich begannen die Sätze, geradezu aus Vanessas Mund zu sprudeln. „Alles war in Ordnung. Mehr als in Ordnung. Du kannst es dir nicht vorstellen. Es war, als hätte uns das Schicksal zusammengeführt. So wie ich es mir gewünscht hatte damals bei dir im Bad. Alles, jede Geste, jeder Blick hatte eine tiefere Bedeutung. Daniel war so romantisch. Selbstgekochtes Essen, Rosenblüten im Badewasser, Spaziergänge im Mondlicht. Jeder noch so alberne und längst vergessene Mädchentraum von mir und meinem weißen Ritter ging auf einmal durch ihn in Erfüllung." Stolz schwang in der Stimme ihrer Freundin mit. „Das Gefühl, jemanden zu haben, mit dem du alles teilen kannst, übertrifft jede Vorstellung. Du alberst herum, sitzt auf dem Sofa, schaust fern und bist schlichtweg glücklich."

Charly seufzte mitfühlend. „Und dann?"

„Dann ergriff der Alltag von uns Besitz. Daniels Arbeitgeber hat einen Großauftrag für ein Event erhalten. Überstunden häuften sich. Alle mussten anpacken. Es hat ihn einfach gestresst. Stresst ihn. Vermutlich wäre ich bei so viel Druck auch nicht die Ruhe selbst", brach Vanessa ab.

„Vermutlich nicht", holte Charly sie nach einigen stillen Sekunden in die Konversation zurück.

Die Freundin schaute sie mutlos an. „Es war alles mein Fehler", flüsterte sie leise.

„Was war dein Fehler?" Behutsam nahm Charly ihre Hand und drückte sie vorsichtig.

„Wir waren auf eine Gartenparty eingeladen. Einer von Daniels Freunden brachte Unmengen von Alkohol mit. Ein anderer fuhr seinen Truck durchs Tor und sorgte so für Beleuchtung und Musik auf der gemähten Rasenfläche. Die Stimmung wurde immer ausgelassener. Das Gelände war etwas abschüssig und vollkommen zugewuchert. Am unteren Ende des Grundstücks gab es eine Hütte." Vanessa tauchte tief in die Erinnerung ein, ihr Blick trübte sich. Dann fasste sie sich wieder. „Ich kannte die meisten nicht. Aber wie du weißt, bin ich eigentlich recht kontaktfreudig." Sie lachte freudlos auf.

Charly hörte ruhig zu.

„Ein Typ erschien mir wirklich nett. Ich war nicht etwa auf der Suche. Ich habe ja jemanden. Er hatte einfach ähnliche Interessen und erzählte lustige Geschichten. Daniel trank mit seinen Kumpels ein Bier nach dem anderen. Langsam wurde es dunkel und wir unterhielten uns frei heraus über dies und das." Unruhig knetete sie meine Hand, fuhr aber fort. „Schließlich musste ich wirklich dringend. Ich entschuldigte mich. Mir erschien es logisch, die Böschung nach unten zu laufen und einen Busch fernab der anderen zu suchen. Du kannst dir nicht vorstellen, wie orientierungslos einen die Finsternis werden lässt." Panisch packte sie Charlys Hand fester und ließ diese gleich darauf wieder fallen. Sie starrte ins Nichts.

Charly selbst war zur Salzsäule erstarrt. Noch wusste sie nicht genau, um was es ging, doch alles deutete auf etwas wirklich, wirklich Übles hin.

„Vermutlich lief ich zickzack, hörte aber immer die Stimmen von oben. Ich fühlte mich sicher. Es geschah, als ich mir gerade die Hose heruntergestreift hatte. Er war stark, viel zu stark. Packte mich an der Taille und schleifte mich ein paar Meter weiter. Kurz war ich gelähmt vor Schreck. Dann fing ich an zu zappeln, zu kratzen. Ich schrie, so laut ich konnte, schrie mit allem, was ich hatte." Die Worte stolperten immer schneller aus Vanessas Mund hervor, ihre Stimme überschlug sich am Ende jedes Satzes ein bisschen mehr.

Charly atmete zischend ein. Oh Gott! Nicht VANESSA!!!

Diese drückte Charlys Hand nun wie eine Gummipuppe vollkommen mechanisch. „Ich habe geschrien", wiederholte sie erneut. Wie eine Rechtfertigung. Doch da gab es nichts zu rechtfertigen, Vanessa war das Opfer!

Galle stieg in Charly auf, ihr Magen rebellierte. Sie nickte nur, forderte dadurch ihre Freundin stumm auf, den Rest zu erzählen.

Und diese sprach weiter, müde, erschöpft. „Es half nichts. Er drückte mich gegen die Wand der Hütte. Ich muss zufällig genau darauf zugelaufen sein. Ich versuchte, mein Knie hochzureißen, ihn zu treffen, sein verdammtes Ding zu treffen. Ihm wehzutun, aber die vermaledeite Hose war mir im Weg. Letztlich war er es wohl leid und gab mir einen Schlag auf den Kopf."

Bitterkeit ließ ihre Stimme rau werden. „Es ist, als wenn man mit den Schatten selbst kämpft. Seine Hände fummelten in Höhe seines Hosenknopfes herum. Meine Shorts waren bereits unten." Sie holte tief Luft, wandte den Kopf und sah Charly direkt an.

All der Hass, die Wut, die Verachtung auf sich selbst spiegelten sich in ihren Augen. Und da war Schuld. Eine Schuld, die Vanessa nicht zu empfinden hatte! Ihre Geschichte kennzeichnete die Art Übel, die einen ein Leben lang verfolgte und trotz Kampf immer wieder einholte und quälte.

„Die Angst ist es, die dich zerfrisst, die absolute Machtlosigkeit. Du steckst in ebendem Körper, in dem du nie sein wolltest. Weißt genau, was passieren wird. Hast es unzählige Male in Filmen gesehen. Versuchst, dich zu wehren, und kannst nichts, überhaupt nichts dagegen ausrichten. Du bist bloß Zuschauer. Gerade DU wirst missbraucht. Warst zufällig zur falschen Zeit am falschen Ort. Und spürst den Schmerz. Den unglaublichen Schmerz, der gar nicht aufhören will. Dein Körper verkrampft sich, leistet immer weiter inneren Widerstand und lässt dich am Schluss im Stich. Das ist das Schlimmste, der Moment, in dem du es akzeptierst, in dem du aufgibst, weil du keine Chance hast. Ein Teil deines Selbst wird dir dabei unwiderruflich genommen." Vanessa senkte die Lider.

Sie schämte sich, das wurde Charly klar. Und mit der Erkenntnis ging das Bedürfnis einher, etwas daran zu ändern. Aber sie wusste nicht, was sie tun sollte. Wusste einfach nicht, wie sie helfen konnte. Jetzt, hier und heute. Es war furchtbar. Es war grässlich und schnürte ihr die Atemwege zu. Ihre Freundin erzählte unterdessen immer weiter. Sie war von Leid umhüllt.

„Er drückte mir mit der Hand die Kehle zu. Danach ist alles nur noch ein verschwommener Film. Vielleicht mein Glück." Ihre Augen waren trocken, die Erzählung hatte einen monotonen Klang angenommen.

Charly schloss ihrerseits die Lider und atmete einmal tief durch. In Gedanken sprach sie das Wort aus. Vergewaltigung. Es klang nicht so schlimm. VERGEWALTIGUNG. Es war schlimm!

„Daniel und ein anderer sind rufend in Richtung Hütte gelaufen, sie hatten meine Schreie gehört und wollten prüfen, ob alles in Ordnung war. Sie kamen leider zu spät. Da war nur noch ich, achtlos fallen gelassen wie ein benutztes, beschmutztes Taschentuch. Halb entkleidet und völlig panisch. Daniel reimte sich irgendwie aus dem wenigen, was ich sagte, das Nötige zusammen. Er schäumte, wollte jeden Kerl auf der Party unter die Lupe nehmen. Köpfe sollten rollen, wenn es nach ihm gegangen wäre. Natürlich wollte ich auch Rache und Gerechtigkeit. Allerdings konnte ich nicht einmal eine ungefähre Beschreibung liefern. Und was wäre in dem Fall schon als Strafe gerecht gewesen? Ihm das anzutun, was er mir angetan hat? Ich schämte mich und war einfach müde, wie betäubt. Wir fuhren nach Hause. Ich duschte und am nächsten Morgen versuchte ich zu vergessen." Vanessa verstummte.

„Du hast seitdem mit niemandem darüber gesprochen?", fragte Charly bekümmert. Das erklärte, warum sie sich ihr anvertraut hatte. Irgendwann musste jeder reden. Doch nun, da sie ins Vertrauen gezogen worden war, empfand sie eine Verpflichtung. Wollte etwas tun. Nur was? „Hast du dir überlegt, professionelle Hilfe in Anspruch zu nehmen?"

„Mir geht es gut." Vanessa nickte bestimmt.

Starrsinnig war sie also noch. Das beruhigte Charly ein wenig. Auch wenn diese spezielle Regung zum jetzigen Zeitpunkt nicht unbedingt ihre bevorzugte gewesen wäre. Sie ließ es darauf beruhen und schwieg eine Minute.

„In letzter Zeit ist es nicht so einfach", durchbrach Vanessa die Geräuschlosigkeit. „Wenn nur das mit dem Auto nicht passiert wäre."

Charlys Augenbrauen wanderten fast bis zu ihrem Haaransatz. Was in drei Teufels Namen mochte denn jetzt noch kommen? Sie fühlte sich überfahren, überfordert, aus der Realität gerissen und in einen dieser ekligen kitschigen Filme versetzt, bei denen sie konsequent das Programm wechselte. Ihr Bewusstsein wollte die Entwicklungen nicht akzeptieren, stempelte sie als irreal ab. Das Aussehen der Freundin strafte jedoch alles Lügen.

„Sag nicht, du hattest auch noch einen Autounfall? Warum hast du mich nicht angerufen?"

„Du warst beschäftigt. Ich habe mich geschämt. Ich wollte alleine sein. Es war kompliziert. Such dir etwas aus." Vanessa löste ihre Hand und beschrieb einen weiten Bogen. Flatternd kam sie schlussendlich auf ihrem Oberarm zu liegen.

„Jetzt bin ich da. Erzähl!" Charly sah sie aufmerksam an.

„Ich hatte mir Daniels Wagen geliehen. Du weißt doch, wie er ist, der Gelbe ist sein Baby, geradezu heilig. Nach der Sache mit der Hütte war er oft launisch, ich schob das teils auch auf mich. Irgendwie konnte ich nicht einfach so weitermachen. Es verfolgt mich. Er verfolgt mich. Immer wenn ich müde werde, schwenken meine Gedanken zurück und ich bin wieder dort." Sie rieb sich die Augen. Daher also die dunklen Ringe.

Charly hatte den Wechsel ins Präsens bemerkt. Mitgefühl und Trostlosigkeit erfassten sie. Es gab nichts, was sie sagen konnte, das ihre Freundin wieder zu der Person machen würde, die sie vor zwei Monaten gewesen war. Sie würde immer mit der schrecklichen Erinnerung leben müssen. In Charly erhob sich das gewalttätige Bedürfnis, den Täter mit einem stumpfen Küchenmesser zu kastrieren. Er sollte unmenschliche Qualen erleiden und durch exakt die Hölle gehen, durch die die Freundin nun musste. Er sollte spüren, was er dieser angetan hatte. Er, der große Unbekannte.

Doch dazu würde es nie kommen. Ihr war sehr wohl bewusst, dass Vanessa durch das unmittelbare Duschen nach der Tat alle belastenden Spuren beseitigt hatte. Statt rational vorzugehen und sich fachliche Hilfe zu suchen, hatte sie sich in die Rolle der Beschämten drängen lassen. Charly brachte dafür vollstes Verständnis auf.

Wer wollte schon, dass alle Welt wusste, dass man vergewaltigt worden war? Das Getuschel und die Blicke wünschte sich wirklich keiner. Als Frau hatte man damit ein Leben lang den Stempel der Ausgestoßenen, die alle behandelten wie ein rohes Ei, eine Aussätzige.

„Ich versuchte, ohne Schlaf auszukommen. Das klappte natürlich nicht. Ich wurde immer gereizter und brach bei jeder Kleinigkeit in Tränen aus", fuhr Vanessa fort und wedelte dabei, von sich selbst angewidert, mit einem der Bücher auf ihrem Schoß. „Deshalb war es für mich ein gutes Zeichen, als ich Daniels Auto nehmen durfte. Wenigstens unsere Beziehung schien heil zu sein. Verstehst du?" Sie seufzte. „Ich hatte mich endlich dazu durchgerungen, mich von einem Arzt untersuchen zu lassen. In den ersten Tagen wollte ich es gar nicht wissen." Ihre Stimme wackelte leicht.

„Und?", drängte Charly.

„Alles gut. Kein HIV, keine Hepatitis oder Sonstiges und auch nicht schwanger." Beide atmeten gleichzeitig aus.

„Das klingt nach Glück im Unglück", versuchte Charly die Freundin aufzumuntern. Außer der Anspielung auf die nicht mehr intakte Beziehung. Aber was sollte sie schon dazu sagen?

Vanessa warf ihr nur einen unergründlichen Blick zu.

„Und ich dachte, du wärst vermöbelt worden", scherzte Charly gezwungen und deutete auf den Arm. „Aber so richtig zugetraut habe ich das Daniel eigentlich nicht."

Überraschend erschien daraufhin eine Träne am Wimpernansatz der Freundin. Unwirsch wischte sie diese weg. „Jedenfalls nahm ich den Audi, weil die A-Klasse momentan nicht fahrtauglich ist. Sie muss dringend zu meinem Vater in die Werkstatt für die jährliche Inspektion. Ich dachte eigentlich, ich bräuchte kein Auto, weshalb ich mich auch nicht darum gekümmert habe. Dann wollte ich aber doch nicht mit der Bahn zum Arzt fahren." Mutlos wanderten Vanessas Augen zu ihren Sneakers.

In der Bibliothek war es friedvoll. Dank der vorlesungs- und prüfungsfreien Zeit saßen sie ungestört vor den Spindreihen.

„Er hat es nicht so gemeint", sagte sie zusammenhanglos und hauptsächlich zu sich selbst.

Charly stoppte in der Bewegung. Sie hatte ihre Bücher aufsammeln wollen. Alarmiert drehte sie sich um. „Wer hat was nicht so gemeint? Was war das für eine Sache mit dem Audi? Sprich mit mir!", verlangte sie und holte ein Tempo aus ihrer Hosentasche, das sie Vanessa sanft in die Hand drückte.

Vorsichtig tupfte sich diese die Augen, bevor sie erneut zu erzählen anfing. „Das Parkhaus war eng. Du weißt schon, das rotundenförmige in der Innenstadt direkt neben dem alten Shoppingcenter. Ich war einfach aus der Übung, mit einem Schaltwagen zu fahren, meiner ist doch ein Automatik. Aber das ist alles keine Entschuldigung." Sie schniefte. Und Charly schluckte. „Die erste Etage war komplett voll. Beim Hochfahren zur zweiten bin ich an einer der Wände hängen geblieben. Es hat fürchterlich gequietscht und der Gelbe hatte einen riesigen Kratzer im Lack an der Beifahrertür. Einmal waagrecht über dem Türgriff entlang. Zuerst war ich verzweifelt, aber dann kam ich fast zu spät zum Arzt. Der Stress, die Aufregung und anschließend die Freude. Berauscht bin ich zurückgefahren, um Daniel die gute Nachricht zu überbringen. Der Termin war nachmittags und ich wusste, er würde eher Feierabend machen." Vanessa holte tief Luft. „Noch beim Einparken erzählte ich ihm von meinem Termin. Zuerst freute er sich auch. Doch hinterher entdeckte er die Schramme am Audi und rastete aus. Reagierte über.

Zog mich aus dem Wagen, schob mich die Treppe hinauf in sein Wohnzimmer und schubste mich auf die Couch. Drohend stand er vor mir und schrie mich an, dass er mir nie wieder etwas leihen würde. Dass ich unverantwortlich mit den Dingen umginge und es daher kein Wunder sei, was passiert wäre. Und dass es meine Aufgabe sei, den verursachten Schaden zu richten." Sie sah Charly traurig an.

Die strich ihr beruhigend eine widerspenstige Strähne aus der Stirn, indes sie sich fragte, ob Daniel wirklich wegen des Autos wütend gewesen war.

„Ich hatte wenige Minuten zuvor gedacht, es würde alles gut werden. Er würde mich endlich wieder anfassen wie früher. Es wurde nichts gut. Stattdessen hörte er gar nicht mehr auf. Steigerte sich mit hochrotem Gesicht immer weiter hinein. Bis er sagte: Es war alles dein Fehler, du hättest nicht mit anderen flirten sollen. Das kann nicht gutgehen." Vanessa verstummte.

Charly war schockiert. Gerade Daniel sollte seiner Freundin Rückhalt geben! In welch einer verdrehten Gesellschaft lebten sie? Heißer Zorn auf den Kerl erfasste sie. Jetzt hatte sie einen Bösewicht identifiziert, der greifbar war. Der Bursche würde sein blaues Wunder erleben, sobald sie Vanessa versorgt hatte. Dem würde sie saftig die Meinung geigen, darauf konnte er Gift nehmen.

„Ich wollte ihm anbieten, die Tür von meinem Vater neu lackieren zu lassen. Das wäre sicher kein Problem gewesen. Ich hatte den Kratzer schlicht vergessen. Es traf mich völlig unvorbereitet. Seine Anschuldigungen, seine Gedankengänge. Es war doch nur ein Auto!", brach es aus der Freundin heraus. „Ich wusste nicht, was ich sagen sollte. Ich liebe ihn doch. Wie kann er so denken?"

„Und dein Arm?" Charly ergriff wieder ihre Finger und drückte sie. Sie fühlte sich, als hätte das Leben in Vanessas Buch zig Seiten beschrieben, während in ihrem eigenen nur einige einzelne umgeblättert worden waren.

„Daniel hat immer weitergetobt. Ich bin aufgestanden, wollte gehen. Ich konnte nicht mehr. Es war zu viel. Er hat mich am Arm festgehalten. Auf einmal bekam ich Panik, fing an zu schreien. Da war wieder die Laube, die Nacht, das Grauen. Ich schlug um mich. Er schlug zurück. Mehrmals. Ich versuchte mich zu schützen und rollte mich auf dem Boden vor dem Sofa zusammen." Ihre Stimme verlor sich. Vanessa war wie in Trance, unendlich weit weg.

In Charly raste der Groll. Jede Zelle schien angespannt. Ihre Nerven vibrierten. Gleichzeitig brachte sie kein Wort über die Lippen. Sie war wütend! SO WAS VON WÜTEND! Dieses Schwein! Zeigte er so seine Liebe?

„Irgendwann hörte es auf." Vanessas Blick hatte sich nach innen gekehrt. „Irgendwann hört alles auf, oder? Man muss nur warten." Da war so viel Traurigkeit, so viel Mutlosigkeit, es tat geradezu körperlich weh, dies mit anzusehen. Vielleicht war es das Einfachste aufzugeben, aber auf keinen Fall das Richtige!

„Vanessa, hör mir zu! Es hört jetzt auf! Du gehst nicht zu ihm zurück. Ob Erlebtes oder Kommendes, er hat dich erst gebrochen, wenn du es zulässt. Ich bin für dich da." Charly strich ihr eine lockige Strähne aus dem Gesicht. Sie würde alles tun. Alles, was in ihrer Macht stand, um die Freundin zu schützen.

„Nein. Nein!" Völlig panisch rappelte diese sich auf. „Daniel hat sich entschuldigt. Es tut ihm leid, wirklich. Wir haben unsere Fehler beide eingesehen. Und uns geliebt. Endlich wieder. Er hat einfach die Nerven verloren." Gehetzt schaute sie sich um.

„Hey, hey, alles ist gut", sprach Charly ihr wie einem verängstigten Tier Mut zu. Nichts war gut. Sie war noch lange nicht von Vanessas *Nur-ein-Ausrutscher-Geschichte* überzeugt. Dafür hatte die Freundin ihn zu schnell verteidigt, als hätte sie sich schon mehr als ein Mal selbst vom Wahrheitsgehalt ihrer Worte überzeugen müssen. Außerdem, was hieß hier FEHLER?

Sie hatte während ihrer Schulzeit im Nebenfach einen Psychologiekurs belegt und ihr kamen die Symptome bekannt vor. Vanessa hatte momentan keinen festen seelischen Halt und klammerte sich nun an Daniels vermeintliche Liebe. Vermutlich wussten ihre Eltern, vielbeschäftigt wie Charlys eigene, nichts von all dem und hatten in den letzten Wochen auch keinen zweiten Blick für den Wandel ihrer Tochter übrig gehabt. Warum setzte man Kinder in die Welt, wenn sie einen nicht interessierten?

„Aber bei so rasanten Entwicklungen will ich nicht mehr außen vor sein", sagte Charly nun unüberhörbar. „Und ich schlage vor, dass wir zur Besiegelung des Vorsatzes gleich heute einen richtigen Mädelsabend machen. Wie früher. Mit Film und Popcorn und Anetts Häppchen. Komm, erfüll mir den Wunsch." Irgendwie musste sie Vanessa von Daniel wegbekommen. Hoffentlich zogen alte Rituale und ihre Freundin sagte zu, vom Drang nach Sicherheit getrieben.

„Ich weiß nicht, da sollte ich erst mit Daniel sprechen." Unsicher zog Vanessa ihr Handy aus der Tasche. Musste sie sich schon eine Genehmigung holen? Sie wirkte aber nicht abgeneigt, stellte Charly erleichtert fest, gleichzeitig war sie entsetzt von der Macht, die Vanessas Freund über diese hatte.

„Lass uns doch zusammen mit ihm reden", schlug sie vor. „Du hast gesagt, er holt dich nachher ab. Ich bin mir sicher, er hat nichts dagegen. Ich fahre dich morgen auch wieder zu ihm", redete sie der Freundin gut zu. „Pfadfinderehrenwort!"

Einen Teufel würde sie tun! Sie war nie Pfadfinderin gewesen. Somit war es kein richtiges Ehrenwort. Sie hoffte, sie könnte in den gewonnenen Stunden etwas bewirken. Das war sie Vanessa nach all den Jahren der Freundschaft trotz ihres Auseinanderlebens schuldig.

„Okay", willigte diese zögerlich ein.

Charly stand auf und zog die Freundin mit sich hoch. Ihre weitere Büchersuche würde sie verschieben. Jetzt gab es wahrlich Wichtigeres. Seufzend sammelte sie ihre bisherige Ausbeute endlich vom Boden auf. Vanessa stopfte ihre beiden Werke in ihr Fach zu all der Unordnung. Sie zog eine schwarze Handtasche heraus und ließ das Schloss einschnappen.

Charly ging unterdessen an ihr eigenes Schließfach und entnahm diesem eine weiße, glänzende Handtasche, ihr neuester Erwerb. Schnell steckte sie das literarische Recherchematerial hinein. Als sie zu der Freundin aufblickte, die scheu neben ihr stand, bemerkte sie, dass sich ein klitzekleines Grinsen auf deren Züge legte.

„Sind wir ein bisschen etepetete geworden?", fragte diese und zeigte auf die feine Kleidung sowie den trendigen Shopper.

Charly lächelte und es kam ihr vor wie ein kleines Stück Erlösung. Da war noch etwas von der schlagfertigen Vanessa übrig. Wärme durchströmte sie. Es gab Hoffnung!

„Du lässt es dir offenbar gut gehen", fügte Vanessa hinzu.

Für einen Atemzug glaubte Charly, ein Aufblitzen in ihren Augen gesehen zu haben. War das nun gut oder schlecht? Sie wusste es nicht. Die Situation überforderte sie. Machte sie haltlos. „Wie geht es dir denn mit deiner Bachelorarbeit?", wechselte sie das Thema.

Charly wusste nicht genau, ob Vanessa diese jetzt ebenfalls schrieb, schließlich waren sie beide erst im fünften Semester, sie vermutete es aber. Die meisten Prüfungen hatten sie zusammen abgelegt und geplant war, ein Semester früher fertig zu werden. Außerdem: Warum hätte die Freundin sonst in der Bibliothek sein sollen?

Quietschend schloss Charly die Tür ihres Faches. „Wollen wir nach draußen? Es ist wunderbares Wetter für einen Märztag." So eisig der Januar und Februar gewesen waren, der dritte Monat des Jahres bemühte sich, die Gemüter zu versöhnen. Bisher hatte er sie mit Sonnentagen verwöhnt.

Vanessa nickte. Im Gehen antwortete sie: „Läuft eigentlich ganz gut. Ich habe bereits fünfzehn Seiten."

Charly staunte. Es war von Lehrstuhl zu Lehrstuhl unterschiedlich, aber im Allgemeinen reichten dreißig bis fünfzig Textseiten. Damit war die Freundin ihr ein gutes Stück voraus. „Wow! Ich stehe noch am Anfang."

„Ich vermute, ich hatte mehr Motivation, mich auf das Schreiben zu stürzen."

„Mhm", machte Charly. Was sollte sie darauf antworten?

Sie redeten unverfänglich über dies und das und setzten sich in die Frühjahrssonne vor das alte grüne Gebäude. Nach einer Weile vibrierte Vanessas Smartphone. Sie warf einen Blick darauf und wirkte prompt aus der Bahn geworfen.

„Was ist?", fragte Charly besorgt. Noch mehr schlechte Nachrichten? Das ging doch fast nicht.

„Daniel kann mich nicht abholen, ihm ist etwas dazwischengekommen." Die Freundin sah geknickt aus. Ihr selbst war es eigentlich ganz recht, trotzdem fand sie es nicht nett, wie er seine Freundin hängen ließ. Man versetzte niemanden ohne triftigen Grund. Schon gar nicht in solch einer Gemütslage! Und dass Daniel einen hatte, bezweifelte Charly stark. Hörbar sagte sie: „Ist doch kein Problem. Ich nehme dich mit. Mein Wagen steht wie immer auf dem Uniparkplatz."

„Meinst du?" Unschlüssig sah Vanessa sie an.

„Klar!" Charly erhob sich und klopfte ihr beschwichtigend auf die Schulter. „Und da er sowieso beschäftigt ist, wird er nichts dagegen haben, wenn du mit mir und Anett noch einen Kaffee trinkst", fuhr sie fort.

„Meinst du?", wiederholte die Freundin. Es klang optimistisch. Sie richtete sich auf.

„Na sicher, wie in alten Zeiten. Komm!" Sanft schob Charly Vanessa voran und hatte damit Erfolg. Brav setzte sie einen Fuß vor den anderen. Quer über den Hof gelangten sie zum Auto.

„Oh", brach Vanessa das Schweigen. Charly sah sie fragend an. „Den Porsche hatte ich ganz vergessen."

Vanessa ... den Porsche vergessen? Oha!

Sie schauten sich an. Charly versuchte, ihre guten Absichten zu senden, Wärme und Freundlichkeit in ihren Blick zu legen. Als der Kontakt brach, stiegen beide ein. Bei den Clarks angekommen, war Vanessa schon wesentlich ruhiger. Sie sah nicht mehr ganz so panisch aus und kritisierte sogar Charlys Kaffeebraukünste. Anett war leider nicht da. Wahrscheinlich hatte sie ihren freien Tag. Den legte sich die Haushälterin immer spontan. Das war bisher nie ein Problem gewesen, heute aber denkbar ungünstig.

Alles in allem wurde es fast ein normaler Nachmittag. Charly be-mühte sich, essbare Sandwiches zu richten, und beide stellten fest, dass sie in letzter Zeit wenig von Sarah gehört hatten. Obwohl Charly mit ihrer Schwester in einem Haus wohnte, war deren Anwesenheit rar. Oder war sie es, die man selten zu Hause antraf? Sie nahm sich vor, das zu ändern und herauszufinden, wie es Sarah ging. Weitere böse Über-raschungen wollte sie nicht erleben.

Vanessa zerrupfte ihr Sandwich mehr, als dass sie es aß, doch es kam eine ungezwungene Konversation zustande. Jedes Mal jedoch, wenn Charly das Gespräch auf Daniel lenken wollte, schaute die Freundin fast vorwurfsvoll auf ihr stummes Handy, das sie direkt vor sich auf dem Küchentresen platziert hatte. Nicht ein einziges Mal war sie von ihrem Stuhl aufgestanden.

„Nein, dein Smartphone hat keine Ohren, du kannst also mit mir reden!", hätte Charly am liebsten gesagt. Stattdessen verkniff sie sich den bissigen Kommentar. Sie wollte das wenige Vertrauen, das Vanessa ihr entgegenbrachte, nicht zerstören.

Daniel war ein wunder Punkt. Wie konnte sie die Freundin davon überzeugen, dass er nicht gut für sie war? Tief in ihrem Inneren musste Vanessa es doch wissen. Die alte Vanessa.

„Doch die alte Vanessa ist nicht missbraucht worden", flüsterte eine Stimme in Charlys Unterbewusstsein.

Draußen ging die Sonne als oranger Feuerball unter. Es wurde Abend. Kälte und Finsternis nisteten sich ein. Vanessa wurde unruhig. Außer den beiden war noch immer niemand im Haus und Charly be-schlich langsam ein komisches Gefühl. Sie wollte ihre Freundin unter gar keinen Umständen aus den Augen lassen.

„Daniel erwartet mich bestimmt", sagte diese irgendwann unver-mittelt, als hätte sie Charlys Gedankengang erahnt.

„Er hat sich doch bisher nicht gemeldet. Sicher hat er noch zu tun", unterstrich Charly ihre Behauptung mit einem kräftigen Kopfnicken. Danach fuhr sie alle Geschütze auf. Sie ließ ihrer Freundin gar keine Zeit zum Nachdenken. Die Küche versank in herumhüpfendem Popcorn. Sie kramte Pretty Woman aus einer Schublade des großen, hölzernen Wohnzimmerschranks heraus und erzählte eine lustige Geschichte nach der anderen. Während ihre Mundwinkel sich ausgeleiert anfühlten, jagte sie Vanessa mit einem nassen Handtuch als Waffe nach oben in ihre Räume und legte den Film ein. Dieses Mal sprach die Freundin nicht mit. Irrationalerweise hätte Charly es jetzt begrüßt, obwohl es beim letzten Mal unerträglich für sie gewesen war, die Zeilen doppelt zu hören.

Dinge änderten sich. Und am Ende wertschätzte man das, was man gehabt hatte, erst, wenn man es verlor.

Mitten im Film schlief Vanessa erschöpft auf dem Bett ein. Leise breitete Charly ihre Decke über sie. Nur der Schopf und das Gesicht blieben frei. Im Schlaf wirkte die Freundin jünger und seltsam friedlich. Dann ging sie nach unten in die Küche, räumte auf und dachte nach. Die Angelegenheit war anders als alles, womit sie bisher zu tun gehabt hatte. Obwohl ihr persönlich kein Schaden zugefügt worden war, fühlte sie sich tief getroffen.

Sie überlegte, jemand Professionellen hinzuzuziehen, doch war sie sich nicht sicher, ob Vanessa sich dann ihr gegenüber verschließen würde. Sie musste es alleine schaffen, die Freundin regelrecht zu ihrem Glück zwingen. In aller Frühe würde sie in Ruhe mit ihr reden.

Da anscheinend keiner der anderen Bewohner heute Nacht im Haus schlief, wankte Charly müde in das Zimmer ihrer Schwester, stolperte fast über deren Gitarrenkoffer, streifte sich die meisten Kleider ab und kuschelte sich im Bett ein. Sie wollte Vanessa auf keinen Fall wecken. Erholung und Ruhe waren ein guter Beginn für den Heilungsprozess. Vielleicht verhalf ein ausgeruhter Körper auch der Seele zur Entspannung.

Noch war die letzte Schlacht nicht geschlagen und diese würde ihnen beiden einiges an Energie abverlangen.

Am nächsten Morgen lag eine einträchtige Stille über allem. Erste Sonnenstrahlen fielen in den Raum, als Charly erwachte. Sie hatte tief und fest geschlafen. Sich rekelnd realisierte sie, dass sie sich nicht in ihrem eigenen Schlafzimmer befand. Eine Spanne der Unsicherheit verstrich, bevor die Erinnerung sie einholte.

Tief durchatmend, nahe daran, zu hyperventilieren, setzte sie sich auf und stützte ihren Kopf mit den Händen ab. Sie starrte den rosa-grün geblümten Überzug an. Sie würde das hinbekommen, sie konnte die Freundin zur Vernunft bringen. Sie konnte, nein, sie würde ...

Wem machte sie hier eigentlich etwas vor?! Es war mehr als offensichtlich, dass Vanessa sich stark verändert hatte. Und Charly war keine Ärztin, die wirklich Sachverstand besaß. Sie war bloß die Freundin, die wegen einer kurzzeitigen Sendepause nicht einmal angerufen worden war. Eine hervorragende Ausgangsposition. Ihr blieb nichts anderes übrig, als es trotzdem zu versuchen, denn sie glaubte daran, dass ein jeder Mensch es verdient hatte, Hilfe zu bekommen, wenn ein anderer imstande war, sie zu leisten.

Mühsam rappelte sie sich auf, schlug das Deckbett zur Seite und trat an den weißen, riesigen Kleiderschrank ihrer Schwester. Noch mehr Blumen und Ranken zierten die glatte Vorderseite. Ein runder Metallgriff lud zum Öffnen ein. Nachdenklich zog sie daran und sah sich mit einer wilden Orgie aus verschiedensten Kleidungsstücken in den gleichen Fächern konfrontiert. Ordnung sah definitiv anders aus.

Charly warf ein paar Klamotten heraus und hatte schließlich freie Bahn, um ein graues Sweatshirt und eine lila Jogginghose zu greifen. Ungelenk kleidete sie sich an. Dann bückte sie sich, hob die herausgezerrten Teile auf und wollte sie gerade wieder in eines der Fächer quetschen, als sie etwas berührte, das ein Geräusch von sich gab. Wagemutig steckte sie die Hand tiefer in das Gewühl. Da! Sie griff nach dem Gegenstand.

Mit einem Ruck zog sie ihn heraus und hielt eine Babyrassel in der Hand. Das kleine Instrument sah mit seinem roten Stiel und der blauen Kugel genauso aus wie die, die erst sie selbst und dann Sarah als Kinder gehabt hatten. Ob es wohl die gleiche war? Dazu sah sie allerdings zu neu aus. Es musste dieselbe sein.

Charly wusste ihre Entdeckung nicht genau zu deuten, freute sich aber darüber, dass ihre Schwester an manchen Erinnerungen der Kindheit genauso zu hängen schien wie sie selbst. Sorgfältig legte sie das Spielzeug zurück in das Versteck und verdeckte es mit Kleidern.

Sie entschied, Sarah gegenüber nichts zu erwähnen, denn sie wollte auf keinen Fall, dass diese sich dafür schämte. Ganz unten in ihrem eigenen Schrank hatte sie einen alten Teddy sitzen. Von manchen Sachen konnte man sich eben nicht trennen. Und das war gut so, es hielt das Andenken lebendig.

Allerdings bestätigte das kleine Geheimnis Charly darin, dass sie in Zukunft mehr Zeit für ihre Schwester erübrigen wollte. Die innere Verbundenheit zwischen ihnen sollte bestehen bleiben.

Sie schloss die Tür des Schrankes und legte sich ihre Sachen von gestern über den Arm. Mental halbwegs gerüstet, trat sie in den Flur. Jetzt war sie bereit, sich Vanessas Problemen anzunehmen und diese gemeinsam zu lösen.

Leise klopfte sie an ihre Schlafzimmertür. Sie wollte die Freundin nicht noch einmal erschrecken. Kein Laut drang aus dem Raum. Bestimmt schlief sie noch. Vorsichtig drückte Charly die Klinke herunter und lugte durch den offenen Spalt. Alles war in ernüchterndes Licht getaucht. Gestern hatte sie die Rollläden oben gelassen, der Lärm der Abwärtsbewegung war ihr ein zu großes Risiko gewesen. Charlys Blick schweifte zum Bett. Es war leer. Die Helligkeit hatte als natürlicher Wecker fungiert.

Stresshormone pumpten jäh durch ihren Körper. Sie riss die Tür vollständig auf, ließ ihr Bündel fallen und rannte zum Bad. Eine Sekunde später war sie wieder draußen und nahm die Treppe nach unten. Vielleicht kochte die Freundin Kaffee.

Sie wusste, wie unrealistisch die Aussicht darauf war. Doch sie hoffte. Hoffte mit jeder Faser ihres Daseins, dass Vanessa noch im Haus weilte. In der Küche angekommen, zerschlugen sich die Wünsche. Ihr kam kein Frühstücksgeruch oder Ähnliches entgegen. Niemand stand an der Arbeitsplatte. Der Tresen, der Herd, alles sah verlassen aus. Das Handy lag nicht mehr da und auch die schwarze Tasche ihrer Freundin hatte sich in Luft aufgelöst.

Vanessa war weg. Gegangen, als sie selbst noch geschlafen hatte. Ohne ein Wort des Abschieds, ohne eine Nachricht zu hinterlassen. Charly stand wie angewurzelt da und starrte auf eine der Chromleisten. Sie hatte die Redseligkeit der Freundin für einen stummen Hilfeschrei gehalten. Gleichzeitig jedoch war Vanessa wieder auf dem Weg zu Daniel, hatte sich vielleicht sogar von ihm abholen lassen. Zu ihrem Elternhaus war sie mit Sicherheit nicht klammheimlich aufgebrochen. Was hieß das jetzt? Und viel wichtiger: Was sollte Charly nun tun?

Grübelnd lief sie eine Weile auf und ab, dann schnappte sie sich ihre Autoschlüssel aus ihrer Tasche, die noch immer auf einem der Hocker stand. Dieses Spiel konnten auch zwei spielen!

Mit quietschenden Reifen kam Charlys Sportwagen wenig später vor dem Appartementblock, in dem Daniel wohnte, zum Stehen. Die Eigenheime waren normaler bürgerlicher Durchschnitt, die Anlage neu errichtet und es gab sogar eine kleine Grünfläche vor den unteren Balkonen. Dennoch sah alles nach Einheitsdesign aus: gleich geschnitten, gleich gebaut. Kein bisschen Individualität stach hier hervor.

Charly war bisher nur ein einziges Mal hier gewesen, in der Nacht des Rennens. Zum Glück hatte sie ein gutes Gedächtnis und ein hervorragendes Navi. In Rekordzeit war die Distanz zwischen der Innenstadt, wo sie wohnte, und dem Randbezirk überwunden gewesen.

Inzwischen war sie wieder wütend. Gefährlich wütend. Der Zorn hatte sich von ihrem Kopf aus wie ein heißer Lavastrom in ihre Glieder ausgebreitet. Einen genauen Plan, wie sie der Freundin ins Gewissen reden und dabei deren Freund außer Gefecht setzen konnte, hatte sie nicht. Die rasenden Ausgeburten ihrer Vorstellungskraft brachten ihr Haupt schier zum Platzen. Emotionen überlagerten ihr sonst so rationales Wesen.

Unter den urteilenden Blicken einiger Passanten öffnete sie ruckartig die Autotür, warf diese mit einem Schlag zu und stapfte in Richtung des seitlich gelegenen Eingangs des nächsten Wohnblocks. Hinter ihrem Rücken rastete auf Knopfdruck die Zentralverriegelung des Porsche ein. Charly steckte den Schlüssel in die Hosentasche. Es war ihr vollkommen egal, wer sie begaffte. Sie hatte ein Ziel, das Vorrang genoss.

Unter den Klingelschildern gab es tatsächlich eines, auf dem *Daniel Brakel* stand. Wie von alleine legte sich ihr Zeigefinger darauf und drückte. Am liebsten hätte sie die Tür eingetreten. Im Haus hörte sie das laute Schrillen der Türglocke widerhallen. Sie zählte langsam bis fünf, dann gab sie den Knopf frei.

In ihr kochte es. Die Sorge um Vanessa beherrschte alles. Jeden Gedanken, jede Handlung. Sie agierte wie ferngesteuert.

Endlich knackte die Sprechanlage und Daniel sagte: „Wir kaufen nichts."

Charly fand das überhaupt nicht witzig. „Gut, denn ICH will etwas kaufen. Wie hoch ist deine Schmerzgrenze?", zischte sie.

„Hallo Charly. Es freut mich nicht, dich zu hören", erwiderte er trocken.

Sie ignorierte ihn. „Vermutlich hast du deine Schmerzgrenze noch gar nicht ausgetestet, das machst du ja nur bei anderen, nicht wahr?", schoss sie giftig zurück.

Am anderen Ende wurde es still.

Sie hörte leise die Konversation im Hintergrund. „Du hast es ihr erzählt? Hatten wir nicht besprochen, dass das zwischen uns bleibt? Verdammt, was hast du ihr noch gesagt?!"

Vanessa war also wirklich da. Und ihre Geschichte hiermit bestätigt.

Kurz darauf hörte Charly ein Atemgeräusch durch die Sprechanlage, dann ein ruhiges „Ich denke, du gehst jetzt besser".

Verdammt, sie hätte ihm nicht zeigen dürfen, dass sie es wusste. Regel Nummer eins hatte sie in ihrem Gefühlschaos direkt missachtet. Innerlich stöhnte sie auf. Jetzt konnte die Rettungsaktion nur noch scheitern. Sie hätte nicht alleine und unvorbereitet kommen sollen.

Dessen ungeachtet gab sie sich nicht so leicht geschlagen. „Warte!", rief sie dem viereckigen Kästchen neben den Schildern zu. „Ich möchte mit Vanessa sprechen. Danach gehe ich. Versprochen." Sie atmete aus, ohne sich bewusst gewesen zu sein, dass sie zwischenzeitlich die Luft angehalten hatte.

Ein Rumpeln ertönte und im Anschluss hörte sie die Stimme ihrer Freundin. „Charly, was willst du hier?"

„Ich konnte dich heute Morgen nicht finden, und weil du gestern gesagt hast, dass Daniel dich vielleicht abholt, wollte ich sichergehen, dass du heil angekommen bist", plapperte sie drauflos. „Wir wollen uns doch in Zukunft wieder öfter treffen ..."

„Hör auf!", unterbrach Vanessa sie. Ihr Ausruf klang angespannt.

Charly wollte sie sehen, jetzt sofort!

„Du und ich, wir sind keine Freunde mehr!", machten die nächsten Worte ihre Hoffnungen zunichte.

„Vanessa ...", versuchte sie erneut, einen Fuß in die sich schließende imaginäre Tür zu bekommen.

„Nein! Hör mir zu, vergiss, was ich dir gestern erzählt habe, okay? Es geht mir gut und ich bin glücklich."

Genau, und der gebrochene Blick, die dunklen Augenringe, die Gewichtsabnahme und der blaue Arm, das hatte sie sich alles nur eingebildet! Na klar! Charly glaubte Vanessa keine Silbe.

„Lass uns einfach in Ruhe!" Die Gegensprechanlage knackte ein letztes Mal.

Einen Herzschlag lang stand Charly einfach nur starr da. Ihre einzige Eingebung war: ganz sicher nicht! Wie konnte Vanessa ihr von Missbrauch und häuslicher Gewalt erzählen und glauben, sie könne weiterleben, ohne etwas zu tun? Die Situation war obskur.

Von plötzlichem Zorn und Hilflosigkeit getrieben, hämmerte sie mit den Fäusten gegen die verschlossene Eingangstür. Es tat weh. Doch fühlte Charly den Schmerz nicht wirklich. Sie hatte versagt. Seit sie die Freundin wiedergetroffen hatte, waren all ihre Gedanken und Handlungen auf sie ausgerichtet gewesen, aber es hatte nichts genützt. Zuzuhören war ein kleiner Schritt gegen die Machtlosigkeit gewesen, die sie nun umgab.

Auf einmal wurde die Tür von innen aufgerissen. Ein Bär von einem Mann stand vor ihr. „Wenn du nicht sofort zu randalieren aufhörst, rufe ich die Polizei! Haben wir uns verstanden?" Er schaute sie mit verhangenen Augen an, so als wäre es ihm ganz lieb, wenn sie die Beine nicht in die Hand nehmen würde.

Charly erschauerte und trat einen Schritt zurück. Eine feine Nachbarschaft war das hier. Sie nickte, drehte sich um und machte sich bedrückt auf den Rückweg.

Wieder zu Hause verkroch sie sich mit ihrem Laptop im Bett und suchte nach Präzedenzfällen oder gar Lösungen. Das Internet entmutigte sie zunehmend. Überall wurde beschrieben, wie schwer es sich gestaltete, eine Person, die sich nicht helfen lassen wollte, von ihrem Peiniger zu trennen. Charly seufzte. Vanessa hatte sich ihr anvertraut, aber sie hatte in jeglicher Situation Hilfe abgelehnt.

Ganz versunken merkte sie nicht, dass jemand den Raum betrat. Erst als Sarah zu sprechen anfing, schrak sie zusammen.

„Hey du. Hast du zufällig Bargeld? Peter und ich wollen ins alte Planetarium gehen. Die Vorstellung fängt in einer halben Stunde an und die nehmen keine Bankkarten." Erwartungsvoll blickte sie ihre Schwester an. „Du bekommst es auch wieder."

Wenigstens Sarah sah in Jeans und weißer Bluse glücklich aus, fiel Charly ins Auge. „Klar." Sie nahm sich zusammen, stand auf und ging zu ihrer Tasche, die sie vorher automatisch mit hochgenommen und auf dem Schreibtischstuhl hatte fallen lassen. Schnell zog sie ihren braunen Geldbeutel heraus und klappte ihn auf. Augenblicklich erschrak sie.

Die Schwester kam besorgt näher. „Ist etwas passiert? Du siehst aus, als hättest du einen Geist gesehen."

Charly grinste gequält. Sie wollte die Jüngere nicht belasten und winkte ab. „Alles in Ordnung. Hier, überweis es mir bei Gelegenheit." Sie reichte ihr einen Fünfziger.

Sarah gab ihr ein dankbares Küsschen auf die Wange und schwebte über die Schwelle. Bestürzt untersuchte Charly nun ausführlich ihre Finanzen. Es änderte sich nichts. Aus dem Scheinfach war seit gestern

Vormittag ein großer Betrag entwendet worden. Wenn man davon ausging, dass ihr Portemonnaie nicht plötzlich einen untypischen Appetit entwickelt und sie selbst nicht schlafwandelnd ihr Geld versteckt hatte, blieb nur noch Vanessa als Täterin übrig.

Vielleicht hätte sie nicht so viel Bargeld in der Tasche haben sollen. Früher wäre so etwas gar nicht möglich gewesen. André und Roger hatten sie aber gelehrt, dass es nie schadete, zu viel bei sich zu haben. Welch ein Schlamassel! Und vor allem: Was wollte die Freundin mit den Banknoten? Herr und Frau Steier waren gut betucht, sie sollte es eigentlich nicht nötig haben zu stehlen.

Langsam wusste Charly nicht mehr, was sie denken sollte. Die Sache wuchs ihr zunehmend über den Kopf. Da sie nun grundsätzlich daran zweifelte, Vanessa jemals irgendwie aus diesem Chaos herausholen zu können, nahm sie Kurs auf die letzte Möglichkeit, die ihr einfiel. Die radikalste und vielleicht auch beste.

Sie war sich im Klaren, dass dabei die Freundschaft und der letzte Rest Vertrauen, sofern davon überhaupt noch etwas existent war, völlig zerstört werden würden. Doch ging es nun in erster Linie darum, die Freundin zu retten. Sie selbst würde alleine klarkommen. Es gab schließlich noch Anett und Sarah sowie André und ihren Vater.

Mit bebenden Händen rief sie im Web das allgemeine Telefonbuch auf. Nachdem sie den richtigen Eintrag gefunden hatte, holte sie ihr iPhone und tippte die Zahlenreihe ein. Es tutete, dann wurde abgenommen. Die Konversation dauerte nicht lange, war jedoch sehr intensiv. Am Schluss hatte Charly Tränen in den Augen, einerseits aufgrund neuer Zuversicht und andererseits wegen des besiegelten Abschieds von Vanessa. Sie fühlte sich erleichtert und war zu hundert Prozent sicher, das Richtige getan zu haben.

Als Herr Steier ihre Begrüßung gehört hatte, war er zuerst sehr erfreut gewesen. Nach ihrer Frage, ob er einige Minuten für sie Zeit hätte, und der Aussage, dass er sich besser setzen solle, hatte ihr Stille entgegengeschlagen.

„Es ist etwas mit Vanessa, oder? Ist sie bei dir?", hatte er hoffnungsvoll gefragt.

Charly war die Stimme kurz versagt, dann hatte sie erzählt. Von dem zufälligen Treffen in der Bibliothek, vom schlimmen Äußeren und der Verfassung ihrer Freundin, von der Vergewaltigung und von deren Arm. Am Ende hatte sie den Diebstahl beschrieben und die Szene vor Daniels Wohnung.

Vanessas Vater hatte still zugehört. Furcht einflößend still.

„Wirst du wegen des Geldes Anzeige erstatten?", hatte er gefragt.

Charly war bis dahin gar nicht auf die Idee gekommen. „Nein", hatte sie ehrlich geantwortet. „Nur falls uns das helfen sollte, sie da wegzubekommen."

Daraufhin hatte sie erfahren, dass Vanessas Eltern überhaupt nichts von Daniel mitbekommen hatten und die Tochter schon eine Weile bloß noch gelegentlich zu Hause gewesen war.

Die Steiers hatten ihr vor einigen Wochen den Geldhahn zugedreht, weil sie festgestellt hatten, dass Vanessa sich immer kurioser verhielt. Der Ursache waren sie jedoch nicht auf den Grund gegangen.

„Wir dachten, es ginge vorüber", hatte Frau Steier, die dazugekommen war, leise gestanden.

Und Charly war endlich klar geworden, warum Vanessa sie bestohlen hatte. Sie wollte damit bestimmt die Reparatur des Audis bezahlen. Für Daniel. Zumindest hoffte Charly das.

Der Schmerz des Vertrauensbruchs war jedoch unvermindert. Warum hatte die Freundin sie nicht einfach gefragt? Vermutlich, um der Entfremdung von ihren Eltern nicht ins Gesicht blicken zu müssen. Und weil sie keine Freunde mehr waren.

„Danke für die Informationen", hatte Herr Steier schlussendlich gesagt. „Ich werde mich darum kümmern. Die Lage ist eine andere, als wir dachten, und erfordert es zu handeln." Er hatte indigniert geklungen. „Ich denke, wir werden sie eine Weile in einer geeigneten Einrichtung unterbringen." Die Traurigkeit, die in seinen Worten gelegen hatte, war deutlich hörbar gewesen.

„Dann ist es jetzt an mir, mich zu bedanken. Ich hoffe, Sie schaffen das, woran ich gescheitert bin."

„Das werden wir, da kannst du sicher sein! Und die entstandenen Unkosten werde ich natürlich begleichen. Hat sich deine Bankverbindung geändert, seit du den Fiat bei uns gekauft hast?"

„Nein", antwortete Charly.

„Gut, dann ist die Angelegenheit geklärt. Ich denke allerdings, du solltest dich darauf einstellen, Vanessa länger nicht sehen zu können." Es war eine endgültige Botschaft gewesen. Doch damit hatte sie gerechnet.

Die nächsten Tage erlebte Charly wie im Rausch. Obwohl es für sie nichts mehr zu tun gab und die Sache geregelt war, verflogen ihre Empfindungen nicht sofort. Sie hörte keinen Ton von der Freundin, hatte es aber auch nicht anders erwartet. Und doch belastete es sie. Ein paarmal überlegte sie, die Steiers anzurufen, ließ es aber sein.

Während eines zweiten Bibliotheksbesuchs, bei dem sie den Rest der Literatur auslieh, der auf ihrer Liste stand, überwältigte Charly die Erinnerung und sie glaubte, Vanessa wieder an der Spindreihe zu sehen. Nach einem Blinzeln verschwand die erschreckende Erscheinung allerdings.

Fortan stürzte sie sich nach offiziell bescheinigter Anmeldung voller Eifer in die Ausarbeitung ihrer Bachelorarbeit. Dass André sich immer weniger meldete und auch Roger momentan mit sich beschäftigt zu sein schien, störte sie nicht mehr im Geringsten. Sie schaffte sich eine kleine heile Welt, die niemanden beinhaltete. Nicht einmal ihre sorglose Schwester. Das Thema Pflege ihrer Geschwisterbeziehung hatte sie vorerst in eine der Schubladen ihres Gedächtnisses eingeschlossen.

Ostern kam, Ostern ging. Im Hause Clark machte der Alltag jegliche Form von feierlicher Stimmung zunichte. So verging ein Monat.

# 12
# BETRUGSFALL

*„I'm gonna love ya, until you hate me"*, tönte es aus Charlys Ohrstöpseln. Ihren iPod auf volle Lautstärke gedreht, hatte sie um sich herum eine halbhohe Büchermauer errichtet. Die tieffrequenten Schallwellen fuhren ihr in die Glieder. Angenehm kribbelte es und sie summte mit. Plötzlich brach die dröhnende Musik ab. Der Akku ihres Players war leer. Ärgerlich zog sie das Anschlussstück der Kopfhörer aus dem Gerät sowie die Endstücke aus ihren Ohren und warf es auf den Boden.

Sie saß auf dem zotteligen hellgrauen Teppich ihres Schlafzimmers, mit den Schulterblättern ans Bettgestell angelehnt, und bemühte sich, mit ihrer Bachelorthesis voranzukommen. Des Öfteren wanderte ihr Blick minutenlang zum Fenster hinaus. Sie schaute in die Ferne, ohne etwas Bestimmtes zu sehen, und fixierte einen Punkt in der Luft, während es in ihrem Unterbewusstsein arbeitete. Die Liedzeile hatte sie an Vanessas verrücktes Festhalten an Daniel erinnert.

Schlagartig liefen ihr die Tränen herunter. Ihr Körper begann sich zu verkrampfen. Ihr Gesicht wurde warm. Vor und zurück schaukelte ihr Oberkörper, als unterläge er einem eigenen Willen. Ungefragt erinnerten die Gliedmaßen sie an das Grauen, das sie zu verdrängen versucht hatte. Ihr Kopf war leer und gleichzeitig voll.

„Es wird vorbeigehen", sagte sie sich wieder und immer wieder. Ihr war nichts geschehen. Es ging ihr gut. Es würde vorübergehen.

Tagsüber hielt Charly die Routine aufrecht. Sie traf ihren Vater wieder zum Essen und besuchte mit André manchmal das Kino oder ab und an eine Vernissage. Doch abends holten die Fragen sie ein. Eine immer gleiche düstere Stimmung senkte sich über sie wie ein enger werdendes Netz und nahm sie gefangen.

Im April war schlussendlich die letzte Seite der Ausarbeitung verfasst und sie beschloss, mit dem Fazit auch das begleitende Kapitel ihres Lebens abzuschließen. Sie nahm das zusammengefaltete Foto von Silvester, das sie nach dem Autorennen im Januar dort verstaut hatte, aus ihrem Geldbeutel und betrachtete es skeptisch. Sarah war in der Mitte zu sehen, umrahmt von ihr und Vanessa. Daniel und André standen außen. Alle sahen unwirklich glücklich aus. So viel war geschehen, seit es aufgenommen worden war.

Mit einer Schere schnitt Charly resolut Vanessa und Daniel weg, dann steckte sie den Ausschnitt wieder an seine Stelle im Portemonnaie. Den Rest zerknüllte sie und warf den unkenntlichen Ball zielsicher in den Müll. Morgen würde sie die fertige Abschlussarbeit zum Prüfungsamt bringen. Ihr persönlicher Erfolg.

Am nächsten Tag schien die Sonne und sie stand mit einem Lächeln auf. Als sie sich im Bad kaltes Wasser ins Gesicht spritzte, schrak sie unwillkürlich zurück und konnte sogar darüber grinsen. Das machte ihr Mut. Charly atmete tief ein und aus. Es ging bergauf.

Ihr Handy, das gefährlich kippelig auf dem Badewannenrand lag, vibrierte abrupt und rutschte in der Folge bis zum silbern glänzenden Ablaufventil. Unter mehreren Verrenkungen und einem Beinahe-Sturz in die leere Wanne fischte sie das Smartphone heraus. Schwer atmend setzte sie sich auf den Rand.

André hatte ihr eine Nachricht gesendet. Er wollte sich zum Mittagessen verabreden. Das kam ihr gerade recht, denn es sollte ein neuer Lebensabschnitt mit ihm im Fokus beginnen. Ihr Puls flatterte. Die Beziehung stand nun an erster Stelle. Mehr Zeit füreinander und mehr Interesse aneinander, so stellte sie sich die Zukunft vor. Wie in einem Werbeprospekt für Paarvermittlungsagenturen. Sie wünschte sich ruhige, aufmerksame Momente.

Ein kleines Lächeln zierte ihre Lippen, als sie in den Spiegel blickte. Aufgrund der vielen Sitzerei und der bis in die Nacht andauernden Schreibphasen wirkte sie blass. Entschieden öffnete Charly die eine Seite des Spiegelschranks und nahm ihre Schminktasche heraus. Ein wenig Make-up hier, ein Hauch Rouge, um die Wangenknochen zu betonen, ein Strich Lipgloss, etwas Wimperntusche und schon fühlte sie sich besser.

*„Gerne. Treffen um 11:00 im L'Autriche?"*, tippte sie.

*„Okay"*, schrieb André keine Sekunde später. Er musste auf ihre Antwort gewartet haben.

Charly verzog vorsichtig freudig den Mund. Sie trat aus dem Zimmer und ging Richtung Schreibtisch. In dreifacher Ausführung lag dort als großer Papierberg, der nur durch dunkelblaue Pappeinbände durchbrochen wurde, ihre Bachelorarbeit. Die Früchte ihrer Mühen so akkurat und wirkungsvoll gebunden zu sehen, erfüllte sie mit ungeahntem Stolz.

Immerhin, auf ihre Leistungen im Studium konnte sie vertrauen. Sie waren konstant und würden ihr im weiteren Leben noch von großem Nutzen sein. Zeugnisse blieben bestehen, Freunde konnte man neue suchen. Trotz der beschwerlichen Wochen hatte sie etwas Gutes, etwas Nützliches geschaffen. Wie die Prüfer, die Mitarbeiter des Lehrstuhls, ihre Arbeit bewerten würden, stand auf einem anderen Blatt. Charly war mit sich zufrieden, das war alles, was jetzt zählte.

Zielstrebig griff sie die bereits unterschriebenen Softcover und versenkte eines nach dem anderen in ihrer Handtasche, die auf dem Schreibtischstuhl stand. Heute ein rotes Modell. Der dekorative, farblich passende Schal vom gleichen Designer zierte wenig später ihren Hals. Mit beiger Hose und einem hellgrünen, feinmaschigen Strickpullover war sie für die Welt gewappnet.

Kurz darauf saß sie im Auto und legte den Rückwärtsgang ein. Sie fuhr aus der Garage, wendete geschickt und sang schüchtern das erste Mal seit Wochen den Hit mit, der im Radio lief. Es blieb ein himmlisches Gefühl, das eine Last von ihr nahm.

An der Universität war ungewöhnlich viel los. Charlys Standardparkplatz war belegt und auch sonst jede halbwegs legale Lücke auf dem Areal. Nach einigem Suchen fand sie ein freies Plätzchen im Kurvenbereich einer engen, angrenzenden Gasse.

Erleichtert lief sie mit ihrer kostbaren Fracht in der Tasche los, um diese möglichst schnell abzugeben. Es war allgemein bekannt, dass gerne Strafzettel an exklusivere Studentenwagen verteilt wurden. Ihr Porsche war prädestiniert und stand grenzwertig.

Sie fand auf Anhieb den Gang, in dem gemäß Prüfungsordnung die Abschlussarbeiten abzugeben waren. Dieser lag im Erdgeschoss. Einmal im Leben musste auch sie Dusel haben!

Vor der großen weißen Tür, die diesen Bereich vom Rest des Gebäudes abgrenzte, blieb sie stehen. Auf der Homepage der Hochschule hatten die Namen zweier Ansprechpartnerinnen gestanden, die für die Annahme jeglicher Hausarbeiten zuständig waren. Vor dem Flur gab es einen rechteckigen Apparat, der auf Knopfdruck ein Billett mit einer Nummer ausspuckte. Das Schild daneben leitete an: Erschien die gezogene Zahl auf dem großen Bildschirm über der Tür des jeweiligen Raumes, war der Bittsteller an der Reihe. Charly erinnerte das System an den Besuch beim Arbeitsamt, den sie in der Oberstufe zusammen mit ihrer Klasse absolviert hatte. Sie drückte den korrekten Knopf und erhielt die 3246. Schwungvoll zog sie am Türknauf, um in den Korridor zu treten, und fluchte innerlich, als sie die Menschenmasse sah.

Alle Sitzgelegenheiten waren belegt. Viele Studenten lehnten an den Wänden. Einige saßen sogar auf ihren Taschen. Alles wirkte kahl und unbequem. Beton wechselte sich mit Metall und sichtbar verlegten Kabeln ab. Keiner unterhielt sich. Die meisten tippten entweder auf ihren Handys herum oder fixierten einen der vier Bildschirme.

Unwillig reihte Charly sich ein und ließ ihren Blick zu den zuletzt aufgerufenen Nummern schweifen. Eine der Ziffern war nur fünf von ihrer eigenen entfernt. Andere sehr viel mehr. Die Zahlen mussten unterschiedlich angeordnet sein, es konnte nicht der Reihe nach gehen. Das Warten zog sich. Es war zum Verrücktwerden.

Immer öfter drückte sie den Home-Button ihres iPhones, um die Uhrzeit abzulesen. Die rote Handtasche wanderte vom rechten zum linken Arm. Nach und nach flimmerten Nummern auf und wurden wenig später abgelöst. Ihre war nicht dabei.

Irgendwann erschien sie doch: *3246.* Eilig trat Charly nach vorne, steckte ihr Telefon in die Tasche und schenkte dem jungenhaften Kommilitonen, der ihr die Tür aufhielt, ein breites Grinsen der Erleichterung.

In dem Raum dahinter begrüßte sie eine schlichte Büroeinrichtung, vollgestopft mit dicken Wälzern und Pflanzen. Ein schmales Fenster spendete trübes Licht, die grauhaarige Dame gegenüber musterte sie mit gestrengem Blick. Schnell schloss Charly die Tür hinter sich und trat an den dunkelbraunen, abgewetzten Schreibtisch.

„Guten Tag, ich möchte meine Bachelorarbeit abgeben", trug sie höflich ihr Anliegen vor.

Die Frau verengte die Augen, dann rieb sie sich die Stirn. „Da sind Sie heute nicht die Erste."

Charly zog die Augenbrauen hoch. Sie war stehen geblieben. Der einzelne alte Holzstuhl mitten im Raum wirkte nicht sehr einladend. Sie wollte keinen Smalltalk, sie wollte einfach nur die drei Ausgaben ihrer Arbeit loswerden.

„Nun, dann sind Sie ja mit dem Prozedere bestens vertraut", nahm Charly schmeichelnd den Faden auf.

„Ich würde Ihnen gerne helfen, allerdings sind die beiden Kolleginnen, die sich sonst um derartige Dinge kümmern, leider gerade gleichzeitig im Urlaub und Sie müssen Ihre Arbeiten an anderer Stelle abgeben." Der Unmut darüber, diese Information erneut weitergeben zu müssen, war der Angestellten anzusehen.

Charly dachte zuerst, sie hätte nicht richtig gehört. „Die Arbeiten ... woanders abgeben?", fragte sie zusammenhanglos nach. War all die Geduld umsonst gewesen?

„Ja. Sie müssen zu Ml 63", nickte die grauhaarige Dame.

Mit Sicherheit war diese nicht die Schuldige an dem Schlamassel, allerdings hätte man diese Information auch online stellen können.

Letzteres sagte Charly genau so, machte auf dem Absatz kehrt und verließ das kleine Zimmer. Wieder im Flur ging sie zielstrebig durch die Tür und sah sich nach allen Seiten um. Inzwischen hatte sie mit Sicherheit einen Strafzettel bekommen.

Ergeben schloss sie kurz die Lider, dann trat sie an das nächste Schild, um den Gebäudeplan zu studieren. Als sie feststellte, dass der gesuchte Raum ganz in der Nähe war, beruhigte sie sich ein wenig. Mit langen Schritten durchquerte sie den Eingangsbereich und wandte sich in die entgegengesetzte Richtung. Bald stand sie vor dem richtigen Schild. Es war zehn Uhr. Höchste Eisenbahn! Sie wollte pünktlich im Restaurant ankommen.

Die Räumlichkeit schien direkt vom Korridor abzugehen und Charly klopfte frohen Mutes an. Es tat sich nichts, doch vernahm sie von innen Laute. Es klang, als würde ein Tisch oder Möbelstück verrückt. Die sonstigen Nebengeräusche konnte sie nicht deuten. Zuvorkommend erzogen, wie sie war, klopfte sie ein weiteres Mal mit dem Handrücken gegen die blaue Plastiktür. Dieses Mal hallte es lauter. Sie wartete. Die Menschen auf der anderen Seite schienen unverändert weiterzuarbeiten.

Charly wollte nicht stören, allerdings brannte es ihr wirklich unter den Nägeln, die Softcover loszuwerden. Sie hatte noch ein paar Tage Luft, bevor der endgültige Abgabetermin anstand, konnte sich aber nicht damit anfreunden, deshalb noch einmal zur Universität zu fahren. Entschlossen drückte sie die Klinke herunter. Vielleicht hatte man sie beim Hantieren ja überhört?

Die Scharniere quietschten beim Öffnen. Laute Geräusche, die ungedämpft eindeutig erkennbar waren, schlugen ihr wie eine Keule entgegen. Hitzige Bewegungen brachten die stickige Luft zum Zirkulieren. Die zwei Menschen im Zimmer nahmen sie nicht zur Kenntnis. Das Bild, das sich ihr bot, ließ Charly einfach nur reglos dastehen. Schock, Scham und Unsicherheit kämpften in ihr. Eine Sekunde lang gewann die eine, in der nächsten die andere Emotion die Oberhand. Ihre Füße schienen im Fundament des Gebäudes eingelassen zu sein. Ihre Augen traten hervor.

Der Raum war groß und fensterlos. Neonleuchten tauchten nacktes Mauerwerk in kaltes Licht. An den Wänden stapelten sich einfache Tische und Stühle. Auf einem Schreibtisch rechts standen Schachteln mit gebundenen Ausarbeitungen. Und auf dem Schreibtisch links hatten ein Mann und eine Frau lautstark Sex.

Charly konnte das Gesicht von ihr erkennen: runde Augen, eine gerade Nase und rosafarbene Puppenbacken umrahmt von langem blondem Haar. Sie saß, oder besser gesagt, lag halb auf dem Holz der Platte. Von ihm konnte Charly nur den Rücken sehen, eine graue Jeans, ein dunkelblauer Pullover. Beide waren vollständig bekleidet. Ihre entblößten Beine kamen unter dem hochgeschobenen Rock zum Vorschein.

Blitzartig erwachte Charly aus ihrer Verlegenheit, als die Frau laut stöhnte. WAS ZUR HÖLLE?!

Eine irrationale Aggression auf das Paar ergriff von ihr Besitz. Hysterie löste die Anspannung ab, unter der sie stand. Sie trat einen Schritt in den Raum hinein und die Tür fiel hinter ihr zu. Die Frau hielt in der Bewegung inne und sah erschrocken auf.

„Könnt ihr euch nicht woanders ausleben? Ist es euch nicht mal das Geld für ein Hotelzimmer wert?", fragte Charly scharf.

Nun stoppte auch der Mann abrupt.

„Wir ...", setzte die namenlose Sie an, als sich die beiden getrennt hatten.

Charly fiel ihr ins Wort. „Wisst ihr was, es ist eure Sache. Wenn ihr darauf steht, dass euch die halbe Uni hört, bitte schön. Ich will nur meine verdammte Bachelorarbeit abgeben." Entnervt trat sie auf den rechten Tisch zu, zog ihre Arbeiten aus der Handtasche und legte diese darauf nieder.

Was waren manche Menschen für verkommene Geschöpfe! Der Mann hatte sich immer noch nicht umgedreht. Sie war sich sicher, ihn schon einmal gesehen zu haben. Sich zuerst ohne Hemmungen austoben, danach aber schämen, das war mal ein rechter Prachtkerl!

Sie zog das Handy aus ihrer roten Tasche und fotografierte die daliegenden Arbeiten samt Umgebung. „Wir wollen ja nicht, dass etwas schiefgeht", sagte sie dabei doppeldeutig und machte sich zum Gehen bereit. „An deiner Stelle würde ich mir allerdings jemanden suchen, der zu mir steht", richtete Charly das Wort nun direkt an die Frau. Sie meinte es in diesem Moment gut und ehrlich, da sie sich wieder abgeregt hatte. Die Röte im Gesicht ihres Gegenübers, wahrscheinlich eine studentische Aushilfskraft, fand sie fast belustigend.

Da drehte sich der Mann um. Ein Blick reichte, um zu wissen, warum er ihr bekannt vorgekommen war. Seine Hose hatte er geschlossen, nichts deutete mehr auf das Vorangegangene hin. Seine markanten Züge schienen ausdruckslos, wie immer. Die dunklen Haare standen verwuschelt ab.

Charly gaffte nur. Ihr Gehirn setzte für einen Herzschlag aus. Statt Zorn, Wut und Gehässigkeit zu empfinden, war sie auf einmal ganz weit entfernt. Sie nahm die Dinge wahr, als sähe sie einen Schwarz-Weiß-Film. Auf surreale Weise hielt die Uhr in ihrem Kopf für einen Augenblick an. Schmerz schoss blitzschnell durch ihren Körper, dann wurde alles taub. Kälte kroch aus ihrem Herzen, besetzte die Adern und Venen. Leere und Klarheit schufen eine künstliche Rationalität.

„Und das sollte ich auch", ergänzte Charly sarkastisch den zuvor gesagten Satz. Ihre Stimme klang wie messerscharfes Eis. Aus ihren Augen waren sämtliche Regungen verschwunden.

André sagte nichts.

„Von wegen beschäftigt", dachte Charly schwerfällig. „Mein Freund ... mein Exfreund", korrigierte sie sich sogleich, „hat sich selbst beschäftigt."

„Du schaust besser, dass mit meiner Bachelorarbeit alles korrekt abläuft!", wies sie die verwirrt dreinschauende, zerbrechlich wirkende Blondine in schneidendem Tonfall an. Diese nickte ängstlich.

Charly fühlte sich, als wäre ihr ein glühender Dolch mitten in die Seele gerammt worden. Schon der bloße Anblick ihrer Nebenbuhlerin war mehr, als sie ertrug. Jetzt war Schluss mit lustig!

„Und dich will ich nicht mehr sehen. Aber wie du gerade bewiesen hast, beruht das wohl auf Gegenseitigkeit ... sollte also kein großes Problem darstellen." Angewidert betrachtete sie André ein letztes Mal, bevor sie sich umdrehte. Sie hatte nach den letzten Wochen keine Tränen mehr. Und er hatte ohnehin nicht eine einzige verdient! Mit gesetzten Schritten stakste sie aus dem Raum.

„Warte!", hörte sie ihn rufen, als sie schon fast wieder die Vorhalle erreicht hatte.

Selbstachtung hatte er also auch nicht. Zudem null Komma null Achtung vor anderen. Erst als sein Ego sich nach ihrer Äußerung angegriffen gefühlt hatte, war er ihr gegenübergetreten. Was für ein Feigling!

Seltsam ruhig trat sie aus dem Gebäude und ging über den Hof. André lief währenddessen neben ihr her, doch sie hörte ihm nicht zu. Charly bewegte sich voran wie auf Treibsand. Jeder Meter stellte ein erreichtes Etappenziel dar. Sie nahm die Blicke der anderen Studenten wahr, da André mit seinen weit ausholenden Gesten Aufsehen erregte. Wobei er eigentlich immer Aufsehen erregte. Heute war es schlicht nebensächlich.

Als er ihr in die Gasse, in der ihr Porsche geparkt war, folgen wollte, gebot sie dem Treiben Einhalt. Abrupt blieb sie stehen und fuhr ihn leise, aber scharf an: „André, hör auf! Geh zu deiner Bumsbiene zurück oder zu einer anderen, was weiß ich ... Aber lass mich in Ruhe!"

Er verstummte kurz, bevor er es noch einmal versuchte. „Charly ...", setzte er an und fuhr sich durchs Haar.

Sie sah ihn einen Wimpernschlag lang an. Dann gab es nichts mehr zu sagen. Sie legte all die Verachtung, ihren Kummer, den verborgenen Hass, die verdeckte Unbarmherzigkeit, ihren Ekel, ihre Abneigung in diesen einen Gesichtsausdruck. Danach ging sie die wenigen Meter zu ihrem Auto, fischte den unvermeidlichen Strafzettel von der Windschutzscheibe und fingerte ihren Schlüssel aus der Tasche.

André folgte ihr nicht. Als sie zurücksah, bemerkte sie, dass er verschwunden war. Charly atmete durch und stieg in den Wagen. Nachdem sie den Schlüssel ins Zündschloss gesteckt hatte, blieb sie noch einen Moment reglos sitzen, bevor sie schließlich losfuhr.

*„What's going on in that beautiful mind? I'm on your magical mystery ride. And I'm so dizzy, don't know what hit me, but I'll be alright"*, tönte John Legend aus den Lautsprechern und sprach damit ihre Gedanken aus.

Warum hatte André sie betrogen? Warum? Warum sie? Und warum gerade jetzt? Nun da sie bereit gewesen war, ihm alles zu geben. Er hatte ihr sofort nach ihren ersten Treffen die Uhr geschenkt. Das hatte etwas bedeutet! Oder doch nicht? Was war mit ihrer Beziehung passiert, dass sie solch eine Wende erfuhr? War es ihr Fehler? Oder kam André einfach nicht mit dem Alltag zurecht? Einem Alltag, den er selbst mitgeprägt hatte.

In letzter Zeit war nie viel Raum gewesen und sie hatten von Anfang an eine nicht wirklich gegenwärtige, körperliche Beziehung geführt. Abgesehen von Silvester sowie den wenigen Wochen danach. Trotzdem hatte sie gedacht, sie hätten sich gut verstanden. Warf man so etwas einfach weg? Hatte André mit dem Unterleib statt mit dem Gehirn gedacht? War es ihm schlicht egal gewesen? In Charlys Kopf pochte es unablässig.

Während der nächsten vierzehn Tage vergrub sie sich erneut in ihren Uniunterlagen. Dieses Mal lernte sie für ihre letzten vier Prüfungen. Ende April würde sie diese schreiben und damit die noch fehlenden Leistungen erbringen, die zum erfolgreichen Bestehen des Bachelors notwendig waren. Die hundertachtzig ECTS hatte sie fast erreicht.

Ihr Vater machte sich noch immer rar, arbeitete an seinen großen Projekten: der Pharmakooperation und dem Bau der Zentrale. Charly konnte es ihm nicht verdenken und war froh, ihren Freiraum zu haben.

Susann wandelte wie ein Geist durchs Haus. Sie schlief zwar dort, ging aber sehr früh zur Arbeit und kam so spät zurück, dass ihre Töchter sie selten sahen. Hin und wieder klebte oder lag ein Zettel irgendwo und wünschte einen erfolgreichen Tag. Auch Anett war öfter auswärts unterwegs. Wie immer sie ihre Tage verbrachte, Charly wollte ohnehin nicht wirklich mit ihr reden.

Es kam ihr komisch vor, ohne Vanessa die Dinge zu tun, die sie immer mit ihr gemeinsam gemacht hatte. Sie ging alleine einkaufen und reizte ihre Kreditkarte, doch es füllte nicht die Leere in ihr. Der Spaß an allem war ihr vergangen. Ihr Weltbild war in tausend Teile zerbrochen und sie stand daneben, unfähig, etwas zu tun.

Insgeheim beobachtete sie Sarah, die mit Peter mehr als glücklich zu sein schien. Wie hatte sie ihre Menschenkenntnis damals so täuschen können? Bisher war Peter der einzige der drei Jungs, der sich noch nicht als völlige Katastrophe entpuppt hatte. Die Zukunft würde zeigen, ob dies noch länger währte.

Als Charly eines Mittags ihren leeren Teller zur Spülmaschine bringen wollte, waren ihr ein einziges Mal die Zügel ihrer eisernen Selbstbeherrschung entglitten. In ihr war von einer Nanosekunde auf die andere eine Sicherung durchgebrannt. Wut und Verzweiflung hatten ihren Körper plötzlich im Würgegriff. Ihre Kehle war wie zugeschnürt. Die Hände hatten unkontrolliert gezittert und sie hatte das Geschirr mit Schwung auf den Boden gedonnert. Dort war das Porzellan in unzählige große und kleine Fragmente zersprungen. Nach einem Moment des Bedauerns, als die plötzliche Zerrissenheit wieder abgeklungen war, hatte sie Schaufel und Feger geholt. Wenig später erinnerte nichts mehr an den Vorfall.

Zu guter Letzt war Charly im Kalender bei der Klausurenwoche angekommen. Die Maschinerie ihres Gedächtnisses funktionierte auch ohne Empfindungen. Sie stellte analytisch fest, dass das Lernen sogar besser klappte. Da gab es nichts mehr, zu dem sie abschweifen konnte. Das schloss jeglichen Affekt aus und sie erlaubte sich keine Reflexion.

Wie eine Besessene klammerte sie sich an ihre Bücher und Skripte. Sie würde den Bachelor ein Semester früher abschließen. Das war doch toll, oder? Ihr Lebenslauf sah bis jetzt perfekt aus. Keine Leerzeiten, nichts, das es zu erklären galt. Das zählte im Endeffekt, nicht wahr? Ihre persönlichen Ärgernisse würden sich schon irgendwann lösen.

Die Prüfungen gingen ohne Zwischenfall vonstatten. Doch dann fingen die Nachrichten an. André bat sie mit allen erdenklichen Formulierungen zu verschiedensten möglichen und unmöglichen Tageszeiten um ein Treffen. Er wolle es ihr erklären, schrieb er. ES war jedoch nicht zu erklären, fand Charly. Nach und nach beschäftigte sie das Ganze trotz allem. Eigentlich hatte es sie immer beschäftigt. Verdrängen half nur bedingt.

Roger war nicht abkömmlich und sie wollte ihn nicht von sich aus bedrängen. Ihre Mutter und Anett schieden als Ablenkung aus. Die Uni hatte sie abgeschlossen. Sie kam ins Grübeln. Wäre es richtig, sich mit André zu treffen? Konnte es ein Ausrutscher gewesen sein? Würde er es wieder tun, wenn sie ihn an sich heranließe? Das Vertrauen in ihn war definitiv verloren.

Fragen über Fragen schwirrten durch ihren Kopf. Keine einzige verhieß eine Antwort, vielmehr löste eine einzelne eine ganze Lawine neuer Überlegungen aus. Sie wollte nicht darüber nachdenken. Sie wollte ihre Ruhe haben! Sie wollte ... verflixt! Sie wollte wissen WARUM!

Nach einer weiteren Woche des Grübelns, nach endlosen Nachrichten und einigen schlaflosen Nächten gestand Charly sich ein, dass es so nicht weitergehen konnte. Sie musste irgendetwas ändern. Inzwischen war sie sich sicher, dass die Gefühle, die Hoffnung und die Leidenschaft, die sie in die Beziehung gesteckt hatte, nicht im Geringsten gut investiert gewesen waren.

Sie hatte André gemocht, sie war verliebt gewesen. Doch hatte sie ihn geliebt? Eher nicht, dafür hätte das Verhältnis länger halten müssen. Sie begriff mit einem Mal, wie stark Liebe einen vereinnahmen konnte, und war froh, dass ihr der Schmerz einer solchen Trennung erspart geblieben war. Weh tat es trotzdem. Sehr sogar.

Mittags saß Charly in einem blauen Jogginganzug in ihrem Arbeitszimmer am Schreibtisch, als ihr Handy klingelte. Mechanisch, mit den Gedanken in anderen Sphären hielt sie es ans Ohr. Das Gespräch dauerte zwei Minuten.

Vanessas Vater war am Apparat und teilte ihr mit, dass die Freundin nun gut untergebracht sei. Sie hätte ihren Bachelor nicht beendet und würde ihre Ausbildung in einer geeigneten Einrichtung fortsetzen. Um sie zu unterstützen, wohnte ihre Mutter für das nächste halbe Jahr bei ihr. Es war ihr Verdienst, die Tochter davon überzeugt zu haben, dass sie Hilfe brauchte und diese annahm.

Er hatte erschöpft geklungen, aber erleichtert. Genaues war ihm nicht zu entlocken gewesen. Mit den Sätzen „Noch einmal vielen Dank, Charlotte. Ich dachte, es würde dir viel bedeuten zu wissen, dass ihr geholfen wird. Sie meldet sich vielleicht bei dir, wenn es ihr wieder gut geht" hatte er geendet.

Charly war nur zu einem Nicken fähig gewesen, indes Herr Steier bereits aufgelegt hatte. Eine einzelne Träne stahl sich aus ihrem Augenwinkel. Dieser Abschnitt war nun endgültig abgeschlossen. Zum einen erleichterte sie die Neuigkeit, zum anderen erfüllte sie die Entwicklung mit Trauer und kratzte an ihrer wunden Seele. Vanessa würde sich nie mehr melden. Allerdings hatte sie die Freundin, wenn sie ehrlich war, schon lange vorher verloren. Nun war diese zumindest auf einem guten Weg. Einem, der ihr möglicherweise Halt gab.

Wie versteinert saß Charly da und starrte auf die goldene Uhr, die an den Rand der Schreibtischunterlage vor ihr gerutscht war. Sie wischte sich mit dem Handrücken über die Wange. Gedankenverloren nahm sie das Stück zwischen die Finger. Der Zeitmesser war ihr ein treuer Begleiter gewesen. Ungern trennte sie sich davon. Doch sie wollte ihn zurückgeben. Die Erinnerungen, die damit zusammenhingen, waren zu schmerzlich. Und die Uhr wegzuwerfen brachte sie nicht übers Herz.

Plötzlich stand Sarah neben ihr und erfasste die Situation: die weinende Schwester, das Smartphone, die Uhr. Charly zuckte, auf dem Stuhl sitzend, zusammen. Sie hatte, in ihre Tagträume versunken, nicht einmal gehört, wie die Tür geöffnet worden war.

Sarah überlegte kurz, dann strich sie der Älteren mit einer Hand beruhigend über den Arm. Ernst, aber schweigend lehnte sie sich mit dem Rücken an die Schreibtischkante. Sie trug einen lockeren pinken Jogginganzug und hatte die blonden Haare zu einem wirren Pferdeschwanz zusammengefasst. Anscheinend war sie schon länger zu Hause.

Charly bekam in letzter Zeit nicht viel mit. Sie lebte auf sich selbst konzentriert. Und hielt damit die Reste ihres Daseins zusammen. Angestrengt versuchte sie, ein müdes Lächeln aufzusetzen, um damit die besorgten Falten um Sarahs Mund zu glätten. Ohne Erfolg.

Ihre Schwester packte sie an den Oberarmen und zog sie hoch. Noch immer hatten sie kein Wort gewechselt. Charly war erschöpft. Sie ließ sich, ohne Widerstand zu leisten, in ihr Schlafzimmer dirigieren. Müde sank sie auf der Matratze nieder und harrte der Dinge, die nun kommen würden. War es an der Zeit, die Wahrheit zu erzählen? Doch welche Wahrheit? Die über Vanessa? Die über André? Oder beide?

Sarah baute sich vor ihr auf und blinzelte sie besorgt an. „Raus mit der Sprache! Was hat André dir getan? Du hast Liebeskummer, oder? Ich sehe, dass es dir schon länger nicht gut geht, und habe gewartet, dass du zu mir kommst. Das bist du aber nicht, also frage ich dich jetzt: Was ist los? Vielleicht kann ich dir helfen."

Ihr war nicht mehr zu helfen, dachte Charly ironisch. Andererseits hatte die Schwester ihr die Entscheidung abgenommen. Vanessas Geschichte war mehr oder weniger aus dem Spiel. Zudem hatte sie die Sache mit André nach wie vor nicht ganz abgeschlossen. Sie atmete durch, dann suchte sie den Blickkontakt und sprach die verletzenden Tatsachen aus.

„Ich wollte meine Bachelorarbeit abgeben. Den Raum zu finden gestaltete sich schwierig. Als ich endlich richtig war, klopfte ich an. Drinnen klang es nach Möbelverrücken und keiner schien mich zu hören. Also machte ich einfach die Tür auf. Zuerst sah ich nur sie, dann ihn. In Aktion. Auf einem der Tische. Ich ... ich bin einfach gegangen." Charlys Stimme war zu einem Flüstern verklungen. Starr wandte sie das Gesicht ab. Die Bilder des Vormittags zogen noch einmal vor ihrem inneren Auge vorbei und quälten sie. „Wir waren für den Mittag zum Essen verabredet." Sie sprach leise, anklagend.

Sarahs Gesicht war erstarrt, sie dachte nach. Dann zeichneten sich Mitgefühl und Betroffenheit ab. Und Enttäuschung über André.

Schließlich sagte sie: „Ich hätte nicht gedacht, dass er so etwas macht. Dich betrügt, meine ich. Er schien dich wirklich zu mögen. Und du hattest auch noch das Pech, ihn in flagranti zu erwischen."

„Das Glück", korrigierte Charly sie. Die Bitterkeit war mit säuerlichem Beigeschmack zurückgekommen und hatte alle Traurigkeit weggewischt. Die Jüngere schaute fragend. Charly fuhr leise fort. „Er war seit dem Rennen, das Daniel organisiert hat, oft beschäftigt. Jetzt weiß ich womit."

Stille senkte sich über sie. „Ich frage mich nur immer *warum*."

„Charly." Sarah kniete sich vor sie und nahm ihre Hand. „Es ist nicht deine Schuld. Da draußen gibt es haufenweise Männer, die ihre Frauen betrügen oder andersherum. Manche haben einen Grund, die meisten haben keinen. André gehört zur zweiten Sorte. Schieb es von dir! Er hat es einfach nicht verdient, dass du seinetwegen traurig bist."

„Das habe ich mir so oft gesagt. Klingt aber leichter, als es ist." Sie löste sich aus Sarahs Griff und vergrub ihr Gesicht in den Händen. Es tat gut, mit jemandem zu reden. „Er schreibt mir immerzu Nachrichten und will mich treffen. Und ich frage mich warum. Will er mir eine Erklärung liefern?"

Ihre Schwester sah alarmiert aus. „Du triffst ihn nicht! Der Kerl will nur in sein gemachtes Bett zurück. Er hat dich nicht wertgeschätzt und betrogen. Wenn ihm jetzt auffällt, dass es ein Fehler war, kommt das herzlich spät. Ich bitte dich, lass dich nicht noch mal auf ihn ein!"

Charlys Züge zeigten ein müdes Lächeln. Sie hatte nicht vor, sich je wieder mit André abzugeben. Dafür müsste sich die Erde dauerhaft um hundertachtzig Grad drehen und die Hölle zufrieren.

„Keine Sorge. Ich verspüre momentan höchstens den Drang, mit meiner Faust kreative Zahnarztarbeit zu leisten", beruhigte sie die Jüngere.

Sarah grinste und ließ sich rückwärts auf ihren Po plumpsen. „Brav."

„Trotzdem schmerzt es irgendwie. Das lässt sich nicht abschalten und die Gedanken auch nicht", fügte Charly seufzend hinzu.

Ihre Schwester nickte. „Ich denke, das ist normal. Da musst du wohl oder übel durch. Gestehe dir selbst die Zeit zu, die du benötigst. Ich glaube leider, dass es nicht wirklich etwas gibt, das ich sagen könnte, um es besser zu machen."

„Und das soll mich jetzt aufmuntern?", fragte Charly fast schon amüsiert.

„Nein. Das ist nur die Wahrheit." Blitzartig stemmte sich Sarah vom Boden hoch und warf sich auf die Ältere.

Charly quiekte auf und bemühte sich erfolglos, die kitzelwütigen Finger ihrer Schwester abzuwehren. Aber es gab kein Entkommen. Minuten später lagen sie schwer atmend und lachend auf der Zudecke.

„Siehst du, Ablenkung hat geholfen!", stieß Sarah hervor.

Charly holte tief Luft. „Du bist irre!" Gleichzeitig liebte sie ihre Schwester für deren Bemühungen. Die Dinge erschienen ihr wieder ein wenig strukturierter. Als die Jüngere sich schließlich verabschiedete, um sich fertig zu machen, da Peter sie bald abholen würde, wies sie

Charly noch einmal nachdrücklich an, sich nicht mit André zu treffen. Diese nickte und meinte es auch so. Das Problem mit der Armbanduhr und die Frage nach dem Warum waren jedoch noch immer da. Und die Textnachrichten verfolgten sie weiter. Aus unerfindlichen Gründen wollte sie Andrés Nummer nicht sperren.

Es war ein Montag, als Charly die letzte Nachricht erreichte. Zumindest stand es genau so darin. Zusätzlich zu Uhrzeit, Datum und der Lokalität, in der er warten wollte. Klugerweise hatte er nicht das L'Autriche, sondern ein Café in der Stadt gewählt. In das Restaurant am Funkturm wäre sie nicht gekommen.

Eine Weile haderte sie mit sich, denn sie hatte es Sarah so gut wie versprochen, André nicht noch einmal zu sehen. Doch schlussendlich machte sie sich auf zum Treffpunkt. Zu sehr hatte es sie gedemütigt, zu sehr verletzt, dass er fremdgegangen war, um nicht die Ursache erfahren zu wollen. Hatte sie eine Erklärung nach all dem nicht geradezu verdient?

Charly wollte nicht heile Welt spielen. Ihr war als Allerletztes nach einer Fortführung der Beziehung zumute. Wo einst Zuneigung sie erfüllt hatte, waren nur noch Unglauben, Schmerz und Groll übrig geblieben. Nach ihrer Logik, die stets das Positive im Menschen suchte, musste es zumindest einen Grund für diesen Vorfall geben. Einen triftigen. Immer wieder, ob sie wollte oder nicht, drängte sich ihr die eine Frage ins Bewusstsein: warum? Warum hatte er sie betrogen und vermutlich auch belogen?

Irgendwann, als die Kopfschmerzen sie fast brechen ließen und sie sich sicher war, dass sie wirklich keine einzige Träne mehr in sich hatte, stand ihr Entschluss fest. Sie würde André treffen. Nicht um seinetwillen, sondern um ihretwillen.

# 13
# WEIßES GOLD

Das Café war mit Korbsesseln ausgestattet und wirkte durch viele kleine Lämpchen, die es in sanftes Licht tauchten, heimelig. Trotzdem kam an dem Ecktisch, an dem Charly und André saßen, nicht ein Hauch von harmonischer Stimmung auf.

Mit der goldenen Uhr in der Handtasche und komplett in Schwarz gekleidet samt dunkel lackierten Fingernägeln, strahlte Charly wie beabsichtigt Unnahbarkeit aus.

André störte sich daran überhaupt nicht. „Es war nur *Sex*. Versteh es doch."

Verstehen? Hatte sein Hirn Urlaub?

Sie war extrem sauer und sehr, sehr wütend. Nicht einmal die frühlingshafte Wetterlage der letzten Tage hatte sie milde stimmen können. Was für ein Idiot! Vielleicht wäre es besser gewesen, auf den Rat ihrer Schwester zu vertrauen.

„Nur Sex!" Sie sah ihn entgeistert an, so als hätte er nicht mehr alle Tassen im Schrank. Was vermutlich der Fall war. „Hörst du dir eigentlich zu?"

„Na ja, in hundert Prozent aller Fälle bin ich vor Ort, wenn ich etwas sage. Da bleibt das Zuhören nicht aus", hatte er den Nerv zu antworten.

„Jaaa, dann ist wohl alles geklärt", legte sie gedehnt nach. Hatten sie ihm das Hirn gar ausgelöffelt? Nichts war geklärt! Und sie weigerte sich strikt, seiner verdrehten Anschauung zu folgen.

Eine Pause entstand.

„Ich denke, wir sind beide intelligent genug, um uns das hier zu sparen. Wenn das nur Sex war oder ist", sie zog den Ausdruck sarkastisch in die Länge, „dann will ich gar nicht wissen, wie du das bezeichnest, was wir hatten. Und vor allem, wann du währenddessen noch NUR Sex hattest."

André tat ihr leider nicht den Gefallen zu antworten. Schade. Vielleicht hätte sie ihn dann hassen können. Bisher stand ihr Gefühlsbarometer auf abgrundtiefer Verachtung, diese war unweigerlich auf die Trauer gefolgt. Sie sah ihn einen Herzschlag lang bedauernd an. Was war mit dem André geschehen, den sie am Anfang getroffen hatte? Dem souveränen, lustigen, dem immer etwas Passendes eingefallen war.

„Charly!" Er klang, als würde er ein unartiges Kind schelten.

Sie fuhr fort, ohne ihn zu beachten. „Du musst mich also aufklären, warum wir unsere Beziehung fortführen sollten, wo du dir sowieso schon eine Neue gesucht hast." Ihre Stimme hatte einen gefährlich milden Ton angenommen.

André sah sie überrascht an. „Du reagierst über", war alles, was er zu sagen hatte.

Charly stand auf. Sie war gekommen, um eine Erklärung zu erhalten, und nicht, um sich hinhalten zu lassen. Emotionslos sah sie ihn an. „Wie das bei allen Sachen ist, die man will, man sollte es sich nicht mit der Person verderben, die sie einem geben kann. Ich war mir sicher, dass du diese Lektion als Geschäftsmann gelernt hättest." Sie zog ihre Jacke über, strich sich die Haare aus dem Gesicht und schaute ihn frostig an.

André war unbewegt sitzen geblieben.

„Du wolltest dieses Treffen", erinnerte sie ihn. „Bisher hast du nichts Anständiges von dir gegeben, das auf irgendetwas schließen lässt, oder versucht, dich zu entschuldigen. Du verschwendest meine Zeit." Er setzte zu einer Erwiderung an, aber sie war noch nicht fertig. „Die einzige Vermutung, die ich also anstellen kann, ist, dass deine Neue außer im Bett, oder soll ich lieber sagen auf dem Schreibtisch, nichts drauf hat. Das ist aber dein Verlust, nicht meiner."

Charly fühlte sich zutiefst verletzt. Sie hatte so viel in die Beziehung gesteckt, so viele Einfälle und Pläne gehabt. Alles umsonst. Nach dem letzten Suchen nach einer vernünftigen Erklärung in Andrés Augen holte sie sein Geburtstagsgeschenk aus ihrer schwarzen Tasche, legte es auf die Tischplatte und wandte sich zum Gehen. Sie konnte nichts an ihm finden, das Reue erahnen ließ. Nun war sie das los, was sie noch von ihm besessen hatte, was sie noch an ihn hätte erinnern können. Die Uhr von ihr sollte er bloß behalten.

Abrupt sprang er auf und packte sie am Arm. Aha. Und jetzt standen sie da ... großartig. Die Umstände kamen ihr bekannt vor. Ungnädig wartete sie ab. André schien nach Worten zu suchen.

Er war mit Jeans und hellem Schuhwerk leger gekleidet. Ihr Blick schweifte umher: über ihn, über den gewienerten Holzboden ... und nahm ein kleines, etwa handtellergroßes, durchsichtiges Päckchen wahr, das unweit seines rechten Fußes lag. Charlys Atem stockte. Das musste ihm bei der Bewegung aus der Tasche gefallen sein. Der weiße, pulverartige Inhalt sah aus wie Mehl oder Zucker. Oder Koks oder Heroin oder sonst eine Droge! Genau konnte sie es nicht erkennen. Dennoch, wer trug schon grammweise Lebensmittel mit sich herum?

André war inzwischen ihrem starrenden Blick gefolgt und ließ sie los. Er beugte sich hinunter und sammelte das durchsichtige Beutelchen auf. Ungeduldig steckte er es in seine dunkelgrüne Jackentasche und schwieg weiterhin. Nun gab es keinen Zweifel mehr, das Tütchen gehörte ihm.

Charly beschlich die drängende Ahnung, dass sich vieles nun wie die Teile eines Puzzles zusammensetzen ließ. Ihre Gedanken rasten. Bisher hatte sie immer darauf vertraut, dass André eine steinreiche Familie hatte, schließlich verkehrte er in den gleichen Kreisen wie Peter und sie. Nun stellte sie sich das erste Mal die Frage, wo all das Geld tatsächlich herkam.

Ihr wurde heiß, als sie sich vorstellte, wie viele Leute sich Trips eingeschmissen haben mussten, damit er sie ausführen konnte. Die teuren Klamotten, das übertriebene Auto. Dafür benötigte er einen großen Kundenkreis. Oh Gott, er dealte!

Ihr wurde schlagartig bewusst, dass sie nie bei ihm zu Hause gewesen war, dass sie nie auch nur irgendeinen Angehörigen kennengelernt oder jemand seine Eltern erwähnt hatte. Außer ihm. Sie blickte zu dem Zeitmesser, der immer noch unverändert auf dem Tisch lag, und wich einen Schritt zurück.

Aber warum hätte er lügen sollen? Gleichwohl hatte er es scheinbar getan. Die Firma seines Vaters existierte entweder gar nicht, oder dieser steckte ebenfalls tief im Drogengeschäft. Möglicherweise führten sie den Stoff illegal aus einer der ehemaligen französischen Kolonien ein. Deshalb die Geschäftsreisen. Oder aus Frankreich direkt? Aber der Anbau dort war bestimmt ziemlich riskant.

Wie hatte sie die Wahrheit übersehen können? All die Telefonate und seine Abwesenheiten, die immer ausgedehnter geworden waren. All die fadenscheinigen Ausreden und die schlechte Laune in letzter Zeit. Ihr kam ein furchtbarer Gedanke. Hatte er angefangen, selbst zu konsumieren?

Es schien Charly die einzig logische Erklärung zu sein und deckte sich mit der Tatsache, dass er das Tütchen bei sich hatte. Hätte er das sonst auch gehabt, hätte sie es doch sicher bereits bemerkt, oder? Leicht panisch überdachte sie ihre Rückzugmöglichkeiten. André hatte eine Reaktion abgewartet und sich wieder hingesetzt.

War er deshalb an der Universität gewesen, um seine Ware abzusetzen? Wenn sie ehrlich war, konnte sie sich nicht erinnern, ihn vor seiner häufigen Anwesenheit in der Cafeteria je gesehen zu haben. Und sie hatte ihm geradewegs in die Hände gespielt, hatte sein Warten auf Kunden mit dem Interesse an ihr verwechselt. Ihre Dummheit schien keine Grenzen gekannt zu haben.

Dunkel versuchte Charly, sich an ihr erstes richtiges Treffen zu erinnern. Im Spanischkurs. Wie ein Stromschlag durchzuckte es sie: der Zeitungsartikel! Er hatte von Anfang an gewusst, wer sie war. Unmut stieg in ihr auf. Sie war so naiv und unbedarft gewesen. André hatte in ihr sicher nur Roger Clarks Tochter gesehen. Einen Hauptgewinn sozusagen. Die dauerhafte Eintrittskarte zu einem Teil der Welt, dem er gerne angehören wollte. Oder um seine Klientel auszuweiten.

Sie atmete tief durch. Dieser verlogene Widerling! Hatte er sich deshalb so ominös verhalten? Um keine Nähe zu ihr aufzubauen, um sie nicht in sein Herz und nur als Ausrutscher in sein Bett zu lassen?

Nichts war mehr übrig von der einstigen Anziehungskraft. Binnen Sekunden hatte sich die Distanz zwischen ihnen um Meilen vergrößert. Mit einem Schlag war das Kartenhaus in sich zusammengefallen. Trotz der Wut schmerzte ihre Seele, als sie daran dachte, wie oft sie mit der Hand über sein Gesicht gestrichen hatte, wie viele Male sie den Kopf an seine Brust gelehnt und wie oft sie zusammen gelacht hatten. Aus und vorbei.

War wirklich alles Berechnung gewesen? Oder konnte es sein, dass sie sich täuschte? Aber wem wollte sie etwas vormachen, die Beweise waren sprichwörtlich ans Licht gekommen. Und André schwieg beharrlich.

Jetzt erkannte Charly den Scherbenhaufen, Splitter für Splitter. Dieser nahm eine ungeahnte Größe an. Gequält gestattete sie es sich, kurz die Augen zu schließen. Sie würde einen Schlussstrich unter all das ziehen. Nur so fühlte sie sich sicher. Nur so konnte sie halbwegs normal weiterleben. Vanessa und André waren beide erwachsen, sie mussten selbst entscheiden, wie ihr Leben verlief. Jeder wusste, was richtig oder falsch war, sie hatten jederzeit die Chance, danach zu handeln. Ja, auch wenn das Überwindung kostete.

Und obwohl Charly noch verborgene Zweifel hegte, war nun der Zeitpunkt loszulassen. Weitere Fragen würde es immer geben und oft war eine Antwort nicht hilfreich. Als sie die Augen öffnete, war ihr leicht schwindelig. André sah sie von unten an. Seine sonstige Schlagfertigkeit schien ihm heute abhandengekommen zu sein, er war vielsagend still.

Sie umklammerte ihre schwarze Handtasche. „Wir beide sind fertig. Ich werde so tun, als hätte ich gerade nichts gesehen, und im Gegenzug möchte ich dir in meinem Leben nie wieder über den Weg laufen. Nie wieder etwas von dir hören. Und nie wieder etwas von dir lesen müssen. Ganz einfach. Haben wir uns verstanden?" Ihr Ton duldete keinen Widerspruch.

André nickte langsam. Es kam Charly so vor, als ob er ein wenig geknickt aussähe, irgendwie betrübt. Aber sie täuschte sich sicher, denn er verteidigte sich nicht. Und nur das Ergebnis zählte: Er ließ sie ohne Widerstand gehen. Hoheitsvoll drehte sie sich um, würdigte ihn keines Blickes mehr und stöckelte am Bestelltresen vorbei aus dem schicken Café hinaus.

Hier konnte sie zukünftig nichts mehr trinken. Die Erinnerung würde immer an den Wänden haften. Immerhin war es nicht ihr früheres Stammcafé, das Starbucks, in dem sie eigentlich viel zu lange schon nicht mehr gewesen war. Über das Kopfsteinpflaster laufend, bog sie in die Luxuseinkaufsmeile ein. Sie musste sich ablenken. Wollte nur noch abschließen mit ihm und allem, was dazugehörte. In ihrem Hirn war alles zu einem großen Wirrwarr mutiert. Erst jetzt dröselten sich einzelne Fäden auf und beschäftigten sie. Nach dem ersten Schock traten die ungemütlichen Enden zutage, die verknotet werden wollten.

Wenn ihre Theorie stimmte und er gar nicht studiert hatte, warum war André dann im Spanischkurs gewesen. Oder hatte er das Kennenlernen geplant?

Dann hätte er allerdings vorher wissen müssen, wer sie war. Weshalb hatte er sie dann nie angesprochen? Das ergab keinen Sinn. Immerhin war nun offensichtlich, warum er sich keine besondere Mühe mit der Sprache gegeben hatte und mehr als einmal die vollen zwei Stunden mit seinem Handy beschäftigt gewesen war. „Dringliche Geschäfte", hatte er gesagt, jetzt konnte sie sich lebhaft vorstellen, welche das gewesen waren. In jedem Fall hatte er sie kontinuierlich belogen, so viel blieb sicher.

Sie schob das Thema ruckartig von sich. Es würde ihr nichts als Kopfschmerzen einbringen und es war besser, manche Dinge in eine Kiste weit hinten im Gedächtnis zu packen. Lieber ein Ende mit Schrecken als ein Schrecken ohne Ende. Und ein Schrecken ohne Ende wäre es andernfalls geworden, da war Charly sich sicher.

Doch noch ein weiterer offener Faden ließ sie nicht los. Woher kannten sich André und Peter wirklich? An Silvester hatte es für sie so gewirkt, als ob die beiden eine längere Vorgeschichte hatten. Konsumierte der Freund ihrer Schwester etwa Drogen? Aus Furcht standen ihr plötzlich die Haare zu Berge. Sie eilte an mehreren Geschäften mit ausgefallenen Kleidern und Accessoires im Schaufenster vorbei und bog auf die Partymeile ein. Dort stieg sie am nächsten Taxistand in eines der wartenden Autos und wies den jungen Fahrer an, sie schnellstmöglich zu ihrer Adresse zu bringen. Zu Fuß dauerte es zu lange, sie musste dringend mit Sarah sprechen!

Ihr Herz pochte heftig gegen die Rippen, während sie bangte, ob sie ihre Schwester tatsächlich antreffen würde. Die Ereignisse überschlugen sich. Sie stöhnte frustriert, weil sie sich erneut aus der Bahn geworfen fühlte.

Das Taxi hielt. Nachdem sie dem braunhaarigen Mann das verlangte Geld abgezählt hatte, stieg sie aus und rannte fast zur Eingangstür. So eilig hatte sie es noch nie gehabt, ins Haus ihrer Mutter zu kommen. Besonders nicht in letzter Zeit.

Zum Glück war es eines der seltenen Male, dass Sarah da war. Sie unterhielt sich, mit dunklen Leggings und einem weiten schwarzen Flattershirt bekleidet, lachend mit Anett in der Küche. Als Charly den Raum betrat, verstummten beide.

Sarah blickte die Schwester besorgt an. „Was ist passiert?", wollte sie direkt wissen. Ungeheuer tröstlich, dass sie offenbar ebenso desolat aussah, wie sie sich fühlte. Charly verschwendete ihre Zeit nicht mit langen Erklärungen vor Anett. Sie winkte der Jüngeren bloß, ihr zu folgen, drehte sich um und stieg die Treppe hoch, darauf vertrauend, dass Sarah nachkam. In ihrem Reich ließ sie ihre Tasche auf den Boden fallen und setzte sich aufs Bett.

Während ihre Schwester sie erreichte, trat sie sich die Schuhe von den Füßen und verschränkte die Knöchel unter den Oberschenkeln. Aus dem Schneidersitz musterte sie Sarah, die abwartend in der Tür zum Gang lehnte. Ihre Haltung spiegelte Verwunderung.

„Komm rein und mach die Tür zu!" Charlys Tonfall blieb neutral. Ihr Gesichtsausdruck hingegen hatte etwas Resignierendes an sich.

Die Augenbrauen ihrer Schwester wanderten nach oben, sie trat ins Zimmer und schloss die Tür. „Was ist los?", fragte sie ungeduldig.

Beim Antworten überzog ein harter Glanz Charlys Pupillen. Tonlos sagte sie: „André dealt. Und im schlimmsten Fall ist er ein Fixer."

„Du meinst ein Wichser", korrigierte Sarah sie fast amüsiert.

Charly lachte freudlos auf. „Das vielleicht auch, aber nein, ich meine Fixer. Jemand, der sich Heroin spritzt. Hoffen wir für ihn, dass es eher Koks war und er es schnupft."

„Du hast ihn getroffen", schlussfolgerte die Jüngere nun blitzartig, ihre Wimpern flatterten aufgeregt. „Verdammt, Charly! Du hattest es versprochen."

Diese wischte die Bemerkung mit einer Handbewegung weg. „Es war ein Fehler, da gebe ich dir recht. Darum geht es jetzt aber nicht."

„Nicht?" Die Schwester schaute verwirrt.

Charly wurde langsam ungeduldig. „Hast du den ersten Satz verstanden? André dealt! Daher kommt sein Vermögen!"

Sarah sah sie zweifelnd an. „Ich dachte, er hat alles von seinen Eltern?"

„Das dachte ich auch. Und dass sein Vater es nach dem Tod seiner Mutter etwas übertreibt und ihn verhätschelt." Charly seufzte.

„Seine Mutter ist gestorben?" Ihre Schwester blinzelte.

„Das hat er angedeutet. Ich habe sie ja nie getroffen."

„Das ist bei Toten wohl der Normalfall", wandte die Jüngere ironisch ein.

„Schön und gut, aber ich habe auch seinen Vater nie gesehen oder sein Zuhause. Ihm ist heute ein Päckchen aus der Tasche gefallen. Glaub mir, es war nicht die Zuckerration für schlechte Zeiten oder die Waschpulverdosis für eine Maschine Kochwäsche darin. Verdammt, Sarah! Was glaubst du, wie ich mir vorkomme?" Ihre Stimme war laut geworden. Sie erinnerte sich selbst daran, sich zu zügeln. „Und ich mache mir Sorgen. Nicht um André. Der kann bleiben, wo der Pfeffer wächst, und an seinem Zeug krepieren. Sondern um dich!"

Ihre Schwester schaute sie perplex an. „Aber warum denn um mich?"

Charly schluckte. „Weil die Frage bleibt, wo sich André und Peter kennengelernt haben. Über ihre Eltern schon mal nicht."

„Und nun denkst du, dass mein Freund Drogen nimmt", vermutete Sarah leise.

Charly nickte nur. Langsam trat ihre Schwester neben sie und setzte sich. Dann begann sie zu lachen. Wie war das zu interpretieren? Lachte sie aus Überreiztheit oder weil ihr die Überlegung schlicht abwegig erschien? Hatte Charly etwas übersehen?

Schließlich verklang das Geräusch und Stille umhüllte die beiden Clark-Schwestern.

„Peter ist clean. Ich weiß natürlich nicht, ob er irgendwann einmal etwas genommen hat, und wenn ich ehrlich bin, ist es mir auch nicht wichtig. Was zählt ist, dass er für mich da ist. Ich lebe im Jetzt." Sarah betonte jedes Wort und Charly konnte sie verstehen. Es war kein schöner Gedanke, dass der Mensch, den man mochte wie keinen anderen, abhängig sein sollte.

„Sei einfach vorsichtig, okay? Ich wollte es dir nur erzählen. Für alle Fälle. Du weißt schon."

Ihre Schwester nickte.

Nach dem Gespräch war Charly nicht wirklich beruhigt. Das Gefühl, dass die Jüngere die rosarote Brille der kopfüber Verliebten trug, ließ sie nicht los. Andererseits sagte sie sich, dass Sarah fast jede freie Minute mit Peter verbrachte und daher über die meisten seiner Gewohnheiten informiert sein musste.

Sie fragte sich, ob Peters Großvater eigentlich über die Beziehung im Bilde war. Hieß er diese gut? Oder hatte er ihrer Schwester ebenfalls versucht, seinen Enkel auszureden?

Aber es lag nicht bei ihr. Genau wie sie wollte, dass ihr Privatleben respektiert wurde, respektierte sie das anderer. In dem Fall das ihrer jüngeren Schwester. Sie sagte sich, dass sie ihre Pflicht getan hätte und Sarah selbst wissen müsste, was gut für sie wäre. Vielleicht wusste sie das sogar besser als Charly selbst.

Nachdem ihre Schwester gegangen war, zog sie lieblos ihren Geldbeutel aus der Handtasche und holte das Foto von Silvester heraus. Die Aufnahme, auf der nur noch drei Personen zu sehen waren. Entschlossen ging sie zu ihrem Schreibtisch im Arbeitszimmer und griff sich die Schere. Sekunden später lächelten nur noch sie und Sarah ihr von dem Foto entgegen. Die Eisprinzessin und die abdankende Königin der Nacht. Trotz all der Erinnerungen und dem Versuch, diese irgendwie zu verdrängen, kam die Traurigkeit wie ein Bumerang zurück.

In den nächsten zwei Wochen stellte Charly fest, was das Wort *Einsamkeit* konkret bedeutete. Sie schlief, wann immer ihr danach war. Aß mal viel, mal gar nichts und vegetierte mehr vor sich hin, als dass sie lebte.

Sie zappte durch die Fernsehkanäle, sortierte nach langer Zeit endlich mal ihre Bücherregale im Arbeitszimmer und versuchte, wieder zu sich zu finden, indem sie Band eins der Harry-Potter-Reihe las. Mehrere Male ertappte sie sich dabei, wie sie einfach in den Raum hinein-starrte. Ins Nichts.

Obwohl sie es sich nicht eingestehen wollte, hatten die erschüttern-den Erlebnisse ein Loch in ihrer Seele hinterlassen. Einen dunklen Fleck, der nicht so schnell auszuradieren war. Es fühlte sich seltsam an, ungewohnt. Vielleicht würde die Zeit helfen und ihre Wunden zu-mindest teilweise heilen.

Da war niemand, mit dem sie reden konnte, und auch niemand, mit dem sie reden wollte. Worüber auch? Dass Peggy keine E-Mails mehr schickte und sie ihren Vater schon länger nicht mehr gesehen hatte, fiel Charly gar nicht auf. Sarah und Anett mutierten zu Randgestalten, die sie manchmal bei ihren seltenen Ausflügen in die Küche zu Gesicht bekam. Susann sah sie nie. Selbst die Notizen hörten irgendwann auf, doch auch das registrierte sie nicht.

Keiner versuchte, sie zu erreichen. Und so schwebte sie zwischen Faulheit, Lethargie, Schmerz und Betäubung. Eine ganze Weile gab sie sich dem hin, versank in den Wellen des Geschehenen und schottete sich völlig ab.

Der Traum vom Lotterleben erfüllte sich wie eine makabere Prophe-zeiung und hatte nichts, aber auch gar nichts mit der Leichtigkeit und Lebensfreude gemein, die die freie Zeit ihr eigentlich bescheren sollten.

# 14

# DAS GEHEIMNIS

Jemand schrie. Kurz und schrill. Charly riss orientierungslos die Augen auf. Das sanfte Dämmerlicht der frühen Abendstunden füllte den Raum. Während sie geschlafen hatte, war die Sonne nahe an die Horizontlinie gewandert. Panisch und noch im Halbschlaf tastete sie umher und fand schließlich die Nachttischlampe.

Licht erhellte das Zimmer. Ihre Füße folgten den Anweisungen ihres Gehirns schneller, als der Rest auch nur irgendetwas registrierte. Vom Vorwärtsimpuls ihres Körpers getrieben, rollte sie, in ihre Decke gewickelt, von der Matratze und landete mit einem unangenehmen, aber abgefederten Aufprall am Boden. Der Höhenunterschied zum Bett betrug nur einen halben Meter, doch sie war schlagartig wach. So wach wie schon lange nicht mehr. Ihre Seite pochte unangenehm. Schwer atmend befreite sie sich vom Deckbett und rappelte sich hoch. Einen Moment verharrte sie und lauschte angespannt. Kein ungewöhnlicher Laut drang zu ihr. Hatte sie geträumt? Unsicher fuhr sie sich mit der Hand durchs wirre Haar. Was passierte nur mit ihr?

Charly seufzte und entschied, eine Runde durchs Haus zu gehen. Zu ihrer Beruhigung. Ansonsten konnte sie erst recht nicht wieder einschlafen und erging sich nur in unendlichen Gedankenspielen. Andere stellten sich Schafe oder gar nackte Frauen vor dem Zubettgehen vor. Sie malte sich in letzter Zeit, ohne es zu wollen, gerne das Schlimmstmögliche jeder Alternative aus. Herzerweichende Gutenachtgeschichten waren das. Mit grauer Jogginghose und schwarzem Kapuzenpulli angetan, mit verwuschelten Haaren und tiefen dunklen Augenringen konnte sie inzwischen fast als Zombie durchgehen.

Mühsam hievte sie die Decke auf die Matratze und wankte in Richtung Zimmertür. Auf dem Flur angekommen, blieb sie stehen und horchte noch einmal. Keine Kampfgeräusche, keine Schreie, kein Schlachtenlärm. Stattdessen empfing sie Stille. Sie konnte es fast nicht glauben. Aber was hatte sie auch erwartet?

Selbstironisch setzte sie einen Fuß vor den anderen und beschloss nachzusehen, ob Sarah heute zufällig nichts mit ihrem Freund unternommen hatte. Vielleicht war es an der Zeit, ihr von Vanessa zu erzählen, bevor sie selbst noch vollends verrückt wurde.

Vor der Tür ihrer Schwester angekommen, klopfte sie höflich. Niemand antwortete ihr, obwohl leise Musik auf den Gang drang. Sich nicht darum kümmernd, ob möglicherweise Peter ebenfalls da sein könnte, griff Charly zur Klinke. Diese lag kühl in ihrer Hand und sie spähte durch eine kleine, vorsichtig geöffnete Lücke in den Raum.

Chaotisch verstreut lagen Kleider auf der Wohneinrichtung, dem Bett und einigen der Beistellmöbel. Die Flügel des großen Kleiderschrankes standen offen, das Bettzeug war ungemacht. Sarah selbst konnte Charly nirgends entdecken.

Einmal mehr wie eine Schildkröte in der Bewegung verharrend, konzentrierte sie sich auf ihre Ohren. Während des nächsten Atemzugs vernahm sie ein mitleiderregendes Schnupfen aus Richtung des seitlich abgehenden Bads ihrer Schwester. Mit einer aus Ungewissheit geborenen Schnelligkeit, die sie sich selbst nicht zugetraut hätte, stand Charly einen Wimpernschlag später vor Sarah. Fast wäre sie im Schwung über die Rassel gestolpert, die achtlos auf dem Boden lag.

Durchatmend blickte sie auf. Ihr Herzmuskel vervielfachte schlagartig seine Kontraktionen. Hormone pumpten durch ihren Körper und schärften jegliche Sinne. Das Bild brannte sich ihr unwiderruflich ins Gedächtnis. Alle Sorgen und Zwistigkeiten waren mit einem Schlag verdrängt. Nichts war mehr von Bedeutung, nichts war wichtiger. Angst, pure, haltlose Angst machte sich in ihr breit. Charlys Gedanken liefen in hektischen Kreisen. Versuchten, zu erfassen, zusammenzufügen und zu schlussfolgern. Ohne Erfolg. Scheiße, scheiße, *scheiße*!

Sarah saß beziehungsweise hing mit dem Rücken an dem weißen, halbhohen Heizkörper, der an der Verbindungswand zu Charlys Räumen befestigt war, auf dem Fliesenboden neben der Toilette. Ihre Haut hatte einen bleichen, wächsernen Farbton. Die Lider waren halb geschlossen. Der Blick verlor sich irgendwo in der Luft. Sie trug, soweit Charly sehen konnte, nur einen weiten grünen Kapuzenpulli mit einem großen S darauf und braune Socken. Die Hände der jüngeren Schwester lagen schützend auf ihrem Bauch, die Beine hatte sie ausgestreckt, aber fest zusammengepresst, als hüteten sie einen Schatz. Unter ihrem Oberschenkel sah Charly ein Stück Toilettenpapier hervorlugen. Ihre Schwester wirkte mehr tot als lebendig.

Gestern war sie noch so fröhlich und verliebt gewesen. Die sprühende Lebensfreude selbst. Das hieß: Hatte sie Sarah gestern überhaupt gesehen? Konnte sie sich im Detail an ihre letzte Unterhaltung erinnern? Ja, richtig. Die Sache mit André und Peter. Was war seitdem geschehen?

Neben dem Fuß des Kloketts lag, unordentlich hingeworfen, eine schwarze Schlafanzughose mit ausgeleiertem Bund, darauf eine beige, altmodische Unterhose. Teilweise rötlich gefärbt. Charlys Augen schweiften umher, versuchten sich aus der Szene einen Reim zu machen. Sie sah nirgends Medikamente oder Alkohol, kein Erbrochenes und auch keine Messer oder Spritzen. Sarahs Pulsadern schienen intakt zu sein. Dem Höschen nach zu urteilen, hatte sie ihre Tage. War sie indisponiert?

Unerwartet gab das Häufchen Elend vor ihr ein Wimmern von sich und krümmte den Körper zusammen. Sarahs Kopf fiel dabei nach vorne und wurde von kraftlos herabhängenden Haaren verdeckt. Charly reagierte instinktiv. Blitzartig kniete sie sich neben die Jüngere und stabilisierte deren Oberkörper rechts und links mit den Händen. Egal, was hier los war, sie würde Sarah nicht im Stich lassen. Sie würden das zusammen durchstehen. Was auch immer DAS war ...

Sie räusperte sich, um ihre Stimme wiederzufinden. Die letzten Worte waren schon länger her. Beruhigend begann sie, auf die Schwester einzureden. Dabei war sie sich nicht wirklich sicher, ob diese sie wahrnahm.

Als die Krämpfe abklangen, strich Charly der anderen die blonden Strähnen aus dem Gesicht und band diese schnell ohne Haargummi zu einem Knoten. Auf Anmut kam es im Moment wahrlich nicht an.

Komplett entkräftet lehnte Sarah danach wieder an der Heizung. Ihre Lider waren nun geschlossen. Sie sah schlecht aus. Der eisige Würgegriff der Furcht ließ Charly reglos und unbeholfen dasitzen und schlucken. Kurz starrte sie die Schwester an und schlug ihr dann leicht auf die Wange. Intuitiv wusste sie, dass es besser war, wenn diese bei Bewusstsein blieb.

„Bleib bei mir! BLEIB BEI MIR!", wiederholte sie krampfhaft, während sie bemerkte, dass sich das Klopapier auf der Seite, die unter Sarahs Schenkel verschwand, rötlich gefärbt hatte.

Irgendetwas stimmte nicht. Ihre Schwester verlor Blut! Vermutlich hatte sie schon zu viel verloren, das erklärte die Gesichtsfarbe. Doch woher rührten die Krämpfe? Eine Blutvergiftung? Der Notarzt würde circa zwanzig Minuten brauchen. Das Krankenhaus in der Innenstadt war das nächste. Wenn sie Sarah dorthin fuhr, waren sie schneller. Sie würde sie tragen müssen. Schaffte sie das? Hoffentlich!

Nach dem gedanklichen Pingpong stellte sich Charly eine weitere kritische Frage: Wo blutete die Schwester? Wenn es eine große Wunde war, wäre ein Transport womöglich gefährlicher, als die Leidende sitzen zu lassen. Doch hätte sie dann nicht mehr Blut sehen müssen? Wie viel Blut war viel Blut überhaupt?

Wiederholt klopfte sie der Jüngeren leicht auf die linke Backe. „Sarah! SARAH! Wo blutest du? WO?"

Diese schlug für Sekunden die glasigen Augen auf und hob eine Hand. Es schien sie immense Kraft zu kosten. „Nicht verlieren ...", flüsterte sie gequält, dann sackte sie wieder in sich zusammen.

Charly folgte der Richtung ihrer Finger. Dort war der Eingang. Sie senkte mutlos den Blick. Da lag die bunte Rassel. Und plötzlich ergab für ihre hypersensiblen Nerven alles einen Sinn: das Klopapier, die Unterhose, die zusammengepressten Schenkel, das Blut. Sie hatte falsch gelegen, das Spielzeug war nur bedingt mit der eigenen Kindheit verbunden.

Blitzartig schnappte sie sich den rosa Bademantel vom Ständer neben der Tür und warf ihn in Sarahs Richtung. Mit einem „Bin gleich wieder da!" rannte sie, so flink sie konnte, auf den Flur, zu ihrem Zimmer und kramte mit bebenden Händen den Autoschlüssel aus ihrer Handtasche. Sie steckte ihn eilig ein.

Ihre Schwester wusste es schon länger. Weshalb hatte sie nichts gesagt?

„Anett?!", schrie Charly so laut durch den Gang, dass man es mindestens ein Haus weiter noch hören musste. Sie erhielt keine Antwort. Wahrscheinlich hatte sich die Wirtschafterin gerade heute ihren freien Tag genommen. Welch unglaubliches, erneutes Pech!

Getrieben hetzte sie zurück zu Sarah. Nichts hatte sich an der Situation verändert. Die jüngere Schwester gab leise, undefinierbare Töne von sich.

„Wir schaffen das. Glaub mir! Bleib bei mir", redete Charly geduldig weiter. Vorsichtig, aber hartnäckig hüllte sie Sarah in den Bademantel und spülte anschließend das blutgetränkte Papier im WC hinunter. Die freigelegten, einst hellen Fliesen des Bodens glänzten nass und rosa.

Für eine Säuberung hatte sie jetzt allerdings keine Zeit und auch keine, die Musik, die ihre Quelle irgendwo im Schlafzimmer hatte, auszustellen.

Die Schwester war nur unwesentlich kleiner als sie und auch nur wenig leichter. Sie wehrte sich nicht, als sie von der Älteren gepackt und hochgehoben wurde. Ein Arm hielt die Kniekehlen, einer den Rücken. Sarah war zu schwer, viel zu schwer.

Mühsam setzte Charly einen Schritt vor den anderen und versuchte, schneller zu werden. Nach ein paar Metern tat ihr alles weh, doch sie marschierte unerbittlich weiter. Ihre wirren Hirngespinste lenkten sie ab. Warum hatte sich Sarah ihr nicht anvertraut? Es hätte nur einen Satz gebraucht: „Hey Charly, du wirst Tante." Vielleicht hatte sie sie schonen wollen, ebenso wie sie selbst Dinge vor ihrer Schwester verheimlichte. Allerdings war ein Baby doch etwas Schönes! In Sarahs Fall vermutlich ein bisschen früh, aber ansonsten ...

Charly sog ihre Lungen voll Sauerstoff. Auf der Treppe nach unten drohten ihr zweimal die Knie nachzugeben. Standhaft biss sie die Zähne zusammen. Sie konnte es sich nicht leisten anzuhalten. Zu groß war die Gefahr, das Gewicht hinterher nicht mehr stemmen zu können. Ihr Bestimmungsort war der Porsche. Sie fixierte all ihre Gedanken auf dieses Bild. Beschwor es vor ihrem geistigen Auge. Schwarz. Glänzend. Auto!

Im Erdgeschoss drehte sie sich, drückte die Klinke rückwärts mit dem Ellenbogen herunter und ging geradeaus weiter, zur Eingangstür hinaus, die hinter ihnen ins Schloss fiel. Froh, den Wagen vor Tagen im Freien geparkt zu haben, lief Charly immer noch in Socken zur Garage hinüber. Vor der hinteren Radkappe legte sie die Schwester sanft ab und öffnete mit kurzem Druck auf den Schlüssel die Zentralverriegelung. Schnell riss sie die Tür der Beifahrerseite auf und trat dann wieder zu Sarah.

Deren Lider hingen auf Halbmast, die Wangen waren nun jedoch wieder leicht gefärbt. Charlys Herz füllte sich mit Wärme. Die Beobachtung ließ sie mehr Freude und Liebe fühlen, als sie nach allem, was in letzter Zeit passiert war, für möglich gehalten hätte. Dafür empfand sie eine unsagbare Dankbarkeit.

Dann krümmte sich die Schwester. Zum zweiten Mal. Verzweiflung schlich sich in Charlys Herz. Unbarmherzigkeit ergriff von ihrem Innersten Besitz. Ohne Rücksicht auf Sarahs Zucken stemmte sie sie mit letzter Kraft hoch und verfrachtete sie auf den Sitz. Grob schnallte sie die Leidende an, warf die Tür zu und ließ sich selbst auf der anderen Seite hinters Lenkrad fallen.

Unter kräftigen, pumpenden Atemzügen schloss sie ermattet die

Fahrertür und steckte den Schlüssel ins Schloss. Schwer atmend drehte sie ihn um, wendete den Sportwagen und gab Vollgas.

Im Nachhinein war der Weg zum Krankenhaus in Charlys Erinnerung ein einziger verschwommener Streifen aus verschiedenen Farben und Lichtern, Hupen und quietschenden Bremsgeräuschen. Es war ihr egal gewesen, ob sie ihren Führerschein danach abgeben musste. In Strümpfen hatte sie aus dem Porsche alles herausgeholt, was möglich gewesen war. Sarah zuliebe. Autos hatten für sie an- und andere Abstand gehalten. Ampeln waren von ihr teilweise komplett ignoriert worden, aber nach rechts und links hatte sie ab und an geschaut. Falls sie sich korrekt entsann.

Unfall hatte sie jedenfalls keinen gebaut. Nach ungefähr zehn Minuten, die Charly wie ein Äon vorgekommen waren, hatte sie direkt vor dem Haupteingang des Krankenhauses eine scharfe Bremsung hingelegt. Zum Segen aller war in diesem Moment sonst niemand dort gewesen außer zwei Sanitätern, die direkt mit einer Trage herausgerannt waren und Fragen gestellt hatten. Charly war aufgeregt aus dem Porsche gesprungen und hatte sie schnell herbeigewunken. Gemeinsam war es ihnen gelungen, die zusammengesunkene Patientin aus dem Auto zu hieven.

„Sie verliert ihr Kind. Vermutlich dritter Monat", hatte sie den Helfern währenddessen atemlos mitgeteilt. Die zeitliche Einschätzung hatte sich nach Charlys erster Entdeckung der Rassel gerichtet, damals im März.

Ihre Schwester hatte immer noch ein Bild des Elends abgegeben. Eilig nickend waren die Pfleger mit der Trage davongeeilt, während Charly ihnen dicht auf den Fersen geblieben war. Vor einer Glastür hatte sie schließlich zurückbleiben müssen und war an eine nette Empfangsdame verwiesen worden.

Nachdem die Formalitäten – Mutter: Susann Clark, Vater: Roger Clark, Vater des Kindes: Peter Telmann, zumindest war Charly davon ausgegangen – erledigt gewesen waren, hatte man sie gebeten, ihren Porsche ordnungsgemäß zu parken und sich im Wartebereich in Geduld zu üben. Die anderen Angehörigen würden verständigt werden, hatte es geheißen.

Unwillkürlich schüttelte Charly den Kopf, als sie die Szene noch einmal durchlebte. Wie in Trance war sie wieder nach draußen gegangen und hatte ihren Wagen auf dem Besucherparkplatz abgestellt. Zu Fuß war sie danach zurück zum Empfang gelaufen. Erst auf dem Weg hatte sie festgestellt, dass sie keine Schuhe trug. Doch noch immer war es irrelevant gewesen.

Das Krankenhaus hatte von außen einen stattlichen Eindruck erweckt, mit der altertümlichen Steinfassade, den verspiegelten Scheiben und den herausgehauenen Verzierungen ober- und unterhalb der Fenster. Es hatte mächtig gewirkt, wie eine moderne, unbezwingbare Festung.

Die automatische Schiebetür des Haupteingangs war direkt aufgegangen und hatte sie eingelassen. Wieder am Tresen war eine nette Schwester auf sie zugekommen, um Charly zum Warteraum für Angehörige zu begleiten. Dieser hatte sich vielmehr als großer, mittelmäßig belebter Saal mit einem Wasserspender in der Ecke und Sitzen an den Wänden herausgestellt. Dort war sie auf einen harten weißen Plastikstuhl gedrückt und sich selbst überlassen worden. Ein trister Gang und eine Glastür standen im Fokus der Anwesenden. Jeder hoffte auf Nachricht. Das Ausharren hatte begonnen.

Nach ein paar ruhigen Minuten begannen sich ihre Gedanken zu ordnen. Sie fragte sich, wie sie so viele Anzeichen hatte übersehen können. Noch einmal rechnete sie nach und kam ungefähr auf drei Monate Schwangerschaft, plus/minus. Falls ihre Vermutungen stimmten. Allerdings zweifelte sie kaum daran. Die Schwangerschaft erklärte auch Sarahs inneres Leuchten.

Geräuschvoll atmete sie aus und barg ihr Haupt in den Handflächen. Ihr Gesicht war zum ebenmäßigen, glatten Boden gedreht. Hätte man zu diesem Zeitpunkt nicht sogar schon etwas sehen müssen?

Mit gerunzelter Stirn versuchte Charly, sich krampfhaft an alle Begegnungen mit ihrer Schwester seit dem Wiedersehen mit Vanessa zu erinnern. Sie musste zugeben, dass ihr vieles entfallen war. Zu sehr war sie mit sich beschäftigt gewesen. Außerdem hatte Sarah, seit sie mit Peter ausging, weitere Kleider gewählt und sich nicht mehr nur in den hautengen Hüllen gezeigt, mit denen sie Susann vor ihrem USA-Aufenthalt provoziert hatte.

Charly war davon ausgegangen, dass dies ein Indiz für eine gute Beziehung darstellte. Für die Tatsache, dass die Schwester sich nicht mehr auf der Suche befand und diese spezielle Art des exzessiven Balzverhaltens abgelegt hatte. Womöglich war sie komplett im Dunkeln getappt. Was wusste sie schon?

Aufseufzend stellte sie fest, dass sie nichts bei sich hatte. Keine Schuhe, keine Papiere, kein Handy, nur das, was sie am Leib trug, und ihre Autoschlüssel. Zum Glück hatte sie sich bisher nicht ausweisen müssen. Da ihre Wirbelsäule wehzutun begann und es in allen Gliedern zog, nahm sie an, dass der erste Schock nachließ. Der Schmerz war ein anderer als der der letzten Wochen. Er war physisch, zuordenbar. Und sie ließ ihn zu.

Ob Peter von der Schwangerschaft wusste? Ob er erfreut gewesen war? Allerdings hätte Sarah sonst in letzter Zeit bestimmt nicht so glücklich gewirkt. Wusste Susann davon? Charly konnte es sich nicht recht vorstellen.

Eigentlich lebten alle im Hause Clark aneinander vorbei. Keiner registrierte wirklich, was der andere tat. Jeder war bis zur Nasenspitze in den Wirren seines eigenen Tuns verstrickt. Sie selbst war nicht einmal darüber informiert, ob ihre Schwester sich nun für die Uni beworben hatte.

Das neue Semester lief bereits. War Sarah zu Vorlesungen gegangen? Oder hatte sie gar keine Bemühungen unternommen, da sie damit gerechnet hatte, dass das Kind sie in Anspruch nehmen würde? Es schien Charly wahrscheinlicher. Und die bedrückende Frage blieb: Hatte sie bei Sarah den gleichen Fehler begangen wie bei Vanessa? Hatte sie sich zu wenig interessiert? War zu verschlossen gewesen?

Unwillig schüttelte sie den Kopf. Immer mehr Spucke sammelte sich in ihrem Mund. Sie schluckte schwer.

In letzter Zeit passierten Dinge, die die meisten anderen – normale – Menschen nicht erlebten. Nicht innerhalb so kurzer Zeit, nicht in ihrem Alter. Verhielt sie sich etwa nicht normal? Doch wo fing normal an und wo hörte es auf? Gab es dafür eine allgemeingültige Definition?

Es war so viel geschehen. Viel zu viel Außergewöhnliches. Wenn sie ehrlich war, konnte sie nicht sagen, ob sie immerzu ihr Bestes gegeben hatte, ob sie alles versucht hatte. Der Vorsatz war stets da gewesen, doch dann hatte das Leben dazwischengefunkt und ihr einen Strich durch die Rechnung gemacht. Und bei einem war es nicht geblieben.

Charly hoffte, dass ihre Eltern bald kommen würden. Dass vor allem Peter und ihr Vater eintrafen. Sarahs Freund hatte vielleicht die meiste Ahnung, konnte ihr die Hinweise liefern, die ihre Wissenslücken schließen würden. Und ihr Vater würde mit seiner Autorität alles ins Lot rücken. Er wusste stets, was zu tun war. Womit ihre Mutter helfen konnte, war Charly noch nicht klar. Unabhängig davon, sie war Sarahs und ihre Mutter.

Die Zeit verrann und es kam ihr so vor, als würden die Ärzte zu allen Angehörigen eilen außer zu ihr. Sie saß stumm da und wartete. Bis ihre Geduld langsam schwand und sie auf- und abzugehen begann. In gerader Linie von ihrem Stuhl zur gegenüberliegenden Wand. Hatte man sie ins falsche Entree gesetzt? Die anderen sollten längst da sein! Wie ging es Sarah? Waren Komplikationen aufgetreten? Hatte sie das Kind verloren?

Ihre Hände ballten sich zu Fäusten. An den Handgelenken prickelten die zuvor überbeanspruchten Nerven unangenehm.

Endlich kam Susann in den Raum gestöckelt. Sie wirkte wie frisch aus dem Ei gepellt und trug ein himmelblaues Kostüm, das ihre blonden Haare hervorragend zur Geltung brachte. Vollkommen gefasst ging sie mit unglaublicher Ruhe auf ihre älteste Tochter zu. Charly stoppte in der Bewegung und blieb mitten im Wartesaal stehen. Erwartungsvoll schaute sie auf. „Hallo Charlotte." Erst nach der Begrüßung nahm die Mutter ihre Verfassung wahr. „Wo sind deine Schuhe? Möchtest du nicht nach Hause gehen, dich duschen und umziehen?"

Der Vorschlag war sicher nett gemeint, doch Charly starrte sie nur an. Warum hatte Susann so lange gebraucht? Sie wirkte unnahbar. Berührte sie die Tatsache, dass sie in einer Klinik stand, überhaupt nicht? Charly verdrängte die Hintergrundfragen.

„Hallo Mum. Schön, dass du da bist. Und nein, danke. Weißt du, wann Dad kommt? Ich habe mein Smartphone zu Hause vergessen", fügte sie erklärend hinzu.

Susann wandte den Blick ab, als könne sie die Tochter nicht ansehen. „Ich habe mit ihm telefoniert und ihm versichert, dass die Situation keine lebensgefährliche ist. Er hat andere Verpflichtungen, denen er nachkommen sollte."

Charly konnte Susann nur anstarren. Es war nicht zu fassen! Was denn bitte für Verpflichtungen?

„Hast du auch mit den Ärzten telefoniert?", fragte sie sarkastisch.

Die Mutter wirkte irritiert. „Nein, habe ich nicht. Warum?"

„Dann hättest du es dir vielleicht erlauben können zu sagen, dass alles unter Kontrolle ist! Sarah sah mehr tot als lebendig aus, als ich sie gefunden habe." Charlys Hände bebten, ihre Haltung drückte Missfallen aus. „Weißt du was? Geh einfach wieder, bevor du dir hier eine Falte in den Rock sitzt."

Als Susann zu einer Erwiderung ansetzte, drehte Charly ihr einfach den Rücken zu. Wenn ihre Schwester Hilfe brauchte, war von ihrer

Mutter ohnehin nichts zu erwarten. Wahrscheinlich hatte sie noch ihren letzten Arbeitsvorgang in Seelenruhe abgeschlossen, bevor sie gemütlich telefonierend hierher aufgebrochen war.

Charlys Nerven lagen blank. Ihr ganzer Körper hatte sich verspannt. Wenn nicht bald jemand käme und ihr vom Zustand der Schwester berichtete, würde sie an der Anmeldung der Station nachfragen und Roger von dort aus selbst anrufen. Sie konnte es sich kaum vorstellen, dass er wirklich lieber arbeitete. Dafür war er bei Sarahs gebrochenem Arm zu sehr involviert gewesen. Susann musste ihn irgendwie beschwichtigt haben, dessen war sie sich gewiss.

Auf einmal lag etwas in der Luft, das Charly vorher nicht gespürt hatte. Sie drehte sich um und sah, dass der Flur Peter ausgespuckt hatte. Seine Gesichtszüge wirkten angespannt, die Stirn zeigte ein Runzeln. Seine Augen wanderten unruhig durchs Zimmer, an Susann vorbei, die inzwischen in einer Ecke telefonierte, und fanden Charly. Mit langen Schritten kam er auf sie zu.

Unmerklich hoben beide fragend die Augenbrauen ob des Aussehens des jeweils anderen. Charly schüttelte leicht den Kopf. „Nicht jetzt", bedeutete die Geste. In teuren Lederschuhen, mit Bauarbeiterhose, Karohemd und verschwitzten Haaren mutete er seltsam an. Die Umstehenden gafften.

Vielleicht taten sie das allerdings schon länger und sie hatte es bisher nur nicht bemerkt. Ihr zerknautschtes Sportoutfit und die nicht mehr sauberen Strümpfe wirkten vermutlich auch nicht vertrauenerweckend. Sie gaben zusammen einen Anblick ab, der fern jeglicher Normalität lag, wertete Charly müde. Abgesehen von Susann.

Charly ließ sich nach ein paar Schritten auf denselben Stuhl wie zuvor fallen. Irgendwie war sie es leid. Anders zu sein. Wobei sie nicht sicher war, ob es jedes Mal an ihr oder vielleicht am Umfeld lag. EINFACH konnte jeder. Hatte auch anscheinend jeder. Sie hatte kompliziert. Und ob sie kompliziert wirklich gewachsen war, sollte sich noch herausstellen.

Peter setzte sich neben sie. Es gab so viel zu sagen, zu fragen, dass sie nicht recht wusste, womit sie anfangen sollte. Und gleichzeitig gab es so wenig, das wirklich bedeutend war und ausgesprochen werden musste. Zumindest schien ihre Schwester ihm wichtig genug zu sein, um in diesem Aufzug herbeizueilen. Er wirkte nicht, als hätte er getrödelt. Seiner Kleidung nach war er vermutlich so spät erschienen, weil er auf einer Baustelle mitgearbeitet hatte. Vielleicht sogar auf der der

Clark Group. Das würde zu seinem Großvater passen. Wahrscheinlich hatte er bei dem Lärm sein Handy länger nicht gehört.

„Was genau ist passiert?", fragte Peter leise. „Die Frau am Telefon hat gesagt, dass Sarah eingeliefert wurde. Sie meinte, dass sie viel Blut verloren hat." Er sah Charly ernst an. „Um diese Einzelheit zu erfahren, musste ich mein gesamtes Repertoire an Schmeichel- und Überredungskünsten aufbieten."

Charly nickte. „Ich habe geschlafen und bin durch einen Schrei aufgewacht. Alles war ruhig, also nahm ich an, ich hätte schlecht geträumt. Trotzdem hat es mich irgendwie zu ihr gezogen. Sie saß zusammengesunken in ihrem Bad. Ich habe zuerst gar nicht verstanden, was los ist." Sie sah Peter traurig an. „Ich wusste nicht, dass ihr Eltern werdet."

Für den Bruchteil einer Sekunde zeigte sich Überraschung auf seinem Gesicht, dann war seine Mimik wieder konzentriert.

„Ich dachte, sie sei vielleicht krank", flüsterte Charly. Ihre Arme hielten einander fest. Sie atmete langsam ein und aus.

Peter lehnte sich zu ihr und umfasste mit seinen Fingern ihre ineinanderverschränkten. So saßen sie eine Weile da.

„Und dann?"

Nach einer Pause sprach Charly weiter: „Es war niemand im Haus. Sie hatte furchtbare Krämpfe. In meiner Angst war ich nicht sicher, ob der Notarzt womöglich zu spät käme, also habe ich sie zum Auto getragen und hierher gefahren. Seitdem warte ich."

Der Freund ihrer Schwester sah Charly erstaunt an. „Du hast sie alleine getragen?"

„Ja", erwiderte sie schlicht.

Peter fixierte seine staubigen Knie. „Wie hast du sie die Treppen herunterbekommen?"

„Ich bin einfach immer weitergelaufen. Irgendwann waren wir beim Auto", antwortete sie wahrheitsgemäß.

Plötzlich trat Susann zu ihnen und unterbrach das Gespräch. Ihr Telefonat schien beendet zu sein.

„Susann Clark. Und du bist Sarahs Freund?", fragte sie mit einem abwertenden Blick auf Peters Kleidung. Charly schüttelte innerlich den Kopf.

„Peter Telmann", erwiderte er abschätzig. Die Musterung war ihm nicht entgangen.

„Dann haben wir es also dir zu verdanken, dass wir hier warten dürfen", stellte die Mutter gefühlskalt fest.

Charly schaute zu ihr hoch. „Hör auf!", sagte sie scheidend. „Geh zu deiner Arbeit zurück, wenn sie dir so wichtig ist. Wir kommen auch ohne dich zurecht. Das sind wir bisher immer." Susann war ihr fremd wie nie. Sie war ihr immer fremd gewesen, doch unter diesen Faktoren wurde es ihr erst richtig bewusst. Sie hatten nichts gemein, lebten ihr eigenes Leben. Wie unmöglich konnte man sich verhalten?

Die Mutter lachte auf. „Ich lasse mir nicht sagen, ich wäre meinen Verpflichtungen nicht nachgekommen. Hätten die beiden besser verhütet, würden wir nicht in diesem Schlamassel stecken."

Peter stand auf und machte einen Schritt auf die ältere Frau zu. Seine Körperhaltung war stramm, als müsse er sich mit Gewalt im Zaum halten. „Sarah wollte das Kind und ich auch. Alles andere betrifft nur uns. Wir sind erwachsen. Jetzt verstehe ich allerdings, warum sie es Ihnen noch nicht gesagt hat. Was sind Sie für eine Mutter?"

„Eine, die hart dafür arbeitet, allen ein schönes Dasein zu ermöglichen. Das dürfte dir nicht fremd sein", entgegnete Susann mit Blick auf sein feuchtes Haar. Sie blieb unbeeindruckt. Der Name Telmann war ihr wohl entgangen und einen Bauarbeiter erachtete sie wahrscheinlich für unter der Würde einer Clark. Wie konnte man nur derart versnobt sein?

„Das ist mir durchaus nicht fremd. Ich bin mir meiner Wurzeln bewusst, aber Sie haben die Ihren anscheinend vergessen."

Beide maßen einander mit intensiver werdenden Blicken, während Charly grübelte, was der letzte Satz bedeuten mochte. Hatte Peter ihn einfach so dahergesagt oder wusste er mehr über ihre Mutter als sie selbst? Zu kennen schienen sich die zwei jedenfalls nicht.

Ein herbeieilender Arzt unterbrach Charlys Überlegungen. Sie schnellte von ihrem Sitzplatz hoch.

„Sind Sie Familie Clark?"

Verdächtig harmonisch antworteten alle drei mit „Ja".

„Gut." Der Mann in Weiß nickte. Er wirkte übernächtigt. In unglaublicher Geschwindigkeit begann er sofort, die Informationen herunterzurattern.

Charly betrachtete sein dunkelbraunes, kurzes Haar und den merklichen Bartansatz. Sie stand still da, Peter hingegen rang unruhig die Hände.

„Sarah ist so weit stabil. Sie erhält Infusionen, um ihren Flüssigkeitshaushalt zu stabilisieren und eine Dehydration unter allen Umständen zu vermeiden. Dementsprechend wird sie noch eine Weile am Tropf hängen. Zudem hat sie starke Beruhigungsmittel verabreicht bekommen. Zur Beobachtung möchten wir sie über Nacht dabehalten sowie gegebenenfalls einen weiteren Tag, um sicherzugehen, dass der Blutverlust ausgeglichen ist und die Krämpfe kontrollierbar sind."

Er stockte einen Moment. „Leider hat sie das Kind verloren."

Er sagte es, als wäre es eine Nebeninfo. Ein unwichtiger Zusatz. So als würde er um einen Schluck Milch für seinen Kaffe bitten. Als wolle er den Salzstreuer von der anderen Seite des Tisches haben. Abgestumpft, da für ihn Derartiges wahrscheinlich sogar alltäglich war.

Charly trauerte für ihre Schwester. Sie war überzeugt davon, dass Peter zuvor die Wahrheit gesagt und Sarah sich auf den Knirps gefreut hatte. Abwesend hörte sie, wie Susann leise „Ein Glück!" murmelte.

Zorn ballte sich in ihrer Brust. Aus der Warte ihrer Mutter mochte es eine einleuchtende Bemerkung sein, dessen ungeachtet war Sarah die Leidtragende. Sie hatte ihr Fleisch und Blut verloren. Gab es etwas Schlimmeres?

Im Nebel der aufgewühlten Empfindungen vernahm Charly, wie Peter fragte, ob er seine Freundin sehen könne. Der Mediziner bejahte, sein Blick machte jedoch klar, dass es noch einen Zusatz gab.

„Da die Fehlgeburt recht spät erfolgt ist, ist die Patientin sehr geschwächt. Ihr Körper produziert so schnell so viele Blutkörperchen, wie er kann, trotzdem benötigt sie Zeit, um sich zu erholen. Das bedeutet allem voran viel Schlaf. Lassen Sie ihr heute und die Nacht über ihre Ruhe. Morgen können Sie sie bedenkenlos besuchen. Bleibende Schäden konnten wir vermeiden, und da es sich um einen Spontanabort handelte, dürfte es kein Problem sein, weitere Kinder zu bekommen, falls Sie das vorhaben. Aber ich empfehle Ihnen, eine Weile zu warten."

Susann mischte sich gestikulierend in das Gespräch. Wahrscheinlich gefiel ihr der Verlauf nicht.

Der Arzt sprach weiter. Charly stand unbeteiligt neben Peter. Ihre Sicht blieb klar, ihr Leib fühlte sich an, als wäre er nur noch ein Gefäß ihrer Seele. Sie war anwesend und gleichzeitig abwesend. Die Stimme des Freundes ihrer Schwester klang beruhigend, Susanns Ton hingegen hatte eine unpersönliche Note. Er jagte Charly kleine Schauer über den Rücken.

Den Inhalt des weiteren Gesprochenen bekam sie nur am Rande ihres Bewusstseins mit. Alles Entscheidende war gesagt. Ihre Schwester würde genesen. Ohne Kind. Morgen würde sie Sarah besuchen. Es würde alles gut werden. Morgen.

Sie blinzelte, um in die Wirklichkeit zurückzufinden. Ohne dass sie auch nur eine weitere Silbe von sich gegeben hatte, verabschiedete sich der weiß gewandete Mann. Peter und ihre Mutter machten sich zum Aufbruch bereit. Sie sah es ihnen an. Der Freund ihrer Schwester war tief in Gedanken versunken. Ihre Mutter wirkte geschäftig, sie tippte auf ihrem Smartphone herum. Bestimmt wartete schon der nächste Klient. Auch wenn es Abend war.

Charly fühlte sich kurzzeitig losgelöst. Sie sagte sich, dass Susann eben nicht aus ihrer Haut konnte. Aller Gram würde an dieser Tatsache nichts ändern und vielleicht liebte sie Sarah und sie selbst ja auf ihre eigene Weise. Vielleicht war es besser, dass ihre Schwester das Baby verloren hatte. Vielleicht aber wäre sie mit Peter und dem Kleinen sehr glücklich geworden. Wer wusste das schon?

Wenig später verabschiedete sich die Mutter mit einem erneuten kritischen Blick auf ihre Älteste. Peter umarmte Charly halbherzig, dann folgte er Susann. Unschlüssig und in sich gekehrt, kam ihr seine Persönlichkeit nun grundverschieden zu seinem Auftreten bei ihrem ersten Kennenlernen im Rahmen der Charity Gala vor.

Sie selbst blieb alleine zurück, soweit das in einem Raum voller Menschen möglich war, und versuchte, ihre Beine ebenfalls Richtung Ausgang zu steuern. Es war der nächste logische Schritt. Ihre Füße bewegten sich trotz allem keinen Millimeter. Stattdessen drehte sich ihr Oberkörper und sie blickte wieder zu dem Stuhl an der Wand, der nicht weit entfernt war. Ihr Stuhl. Zumindest fühlte es sich so an.

Vorsichtig, als könnte jeder Schritt eine weitere Katastrophe hervorrufen, ging Charly darauf zu. Unwillig zögerte sie, dann setzte sie sich. Sie wollte bei Sarah bleiben. Auch wenn sie das nur im übertragenen Sinn tat. Und auch wenn sie wusste, dass ihre Schwester sie nicht sah, nicht hören konnte und sie mehrere Mauern voneinander trennten, so kam es ihr trotzdem vor, als wäre sie dieser nah. Allemal näher als zu Hause. Mit ihrem Denken und Fühlen war sie da und dort allein. Möglicherweise half sie nur sich selbst, aber hatte nicht auch das etwas Gutes?

Die Stunden vergingen. Zeit spielte keine Rolle mehr. Es war nicht wie vorher, als die Minuten sich zäh wie Kaugummi gezogen hatten. Charly hatte keinen bestimmten Ausgangspunkt vor Augen, sie wartete auf kein Ereignis. Leute kamen, Leute gingen. Die meisten waren mit sich beschäftigt. Hofften, bibberten, zitterten oder juchzten gelegentlich. Dazwischen herrschte Stille, begleitet von Gemurmel.

Keiner nahm sie als störendes Element wahr, keiner sprach sie an. Und Charly saß einfach da. Mitten unter ihnen. Schließlich forderte die Anstrengung ihren Tribut. Unbequem über zwei Stühle ausgebreitet, mit Plastikteilen, die ihr ins Becken und in die Seite drückten, fiel sie in einen unruhigen Schlaf. Als eine Krankenschwester sie irgendwann weckte, sortierte sie langsam ihre ausgelaugten Gliedmaßen. Der Autoschlüssel in ihrer Hosentasche hatte sich unangenehm an ihren Oberschenkel gedrückt. Alles tat ihr weh. Die Nacht neigte sich dem Morgen entgegen.

Die Frau im Kittel sah Charly freundlich an. Die blickte sich um. Der Saal war menschenleer. Von den einstigen Wartenden war nur noch sie übrig geblieben. Ihre Augen trafen die der dunkelhaarigen Frau mittleren Alters.

„Brauchen Sie Hilfe?", fragte diese abwartend.

Charly schüttelte mühsam den Kopf. In ihrem Hals hatte sich während der Ruhephase ein Kloß gebildet. Der Mund war trocken und ihre Zunge klebte pelzig am Gaumen.

Die Krankenschwester nickte bedächtig. „Warten Sie darauf, dass die Besuchszeit beginnt?", fragte sie weiter.

Charly musste ihr zugutehalten, dass ihr Blick während der Unterhaltung nicht von ihrem Gesicht wich, und nickte. Die Ältere schenkte ihr daraufhin ein Lächeln, wie um sie zu beruhigen oder als Belohnung für die Mitteilung.

„Wir haben jetzt fünf Uhr. Meine Schicht hat gerade begonnen. Kommen Sie, ich zeige Ihnen, wo Sie duschen können. Ich bin mir sicher, wir finden danach auch etwas Sauberes zum Anziehen. Dann fühlen Sie sich gleich besser."

Charly sah sie konsterniert an. Womit hatte sie die außerordentlich nette Betreuung verdient? Offensichtlich war ihr die Frage vom Gesicht abzulesen, denn sie wurde direkt beantwortet.

„Sie sind doch Charlotte Clark, die Tochter unseres Stifters, nicht wahr? Die Nachtschwester hat mich gebeten, mich um Sie zu kümmern. Sie hat hin und wieder nach Ihnen gesehen."

Charly ließ ergeben die Schultern hängen. Ob ihr Vater nun körperlich anwesend war oder nicht, irgendeinen Weg fand er immer. Verteilte er seinen Gewinn eigentlich an alle medizinischen Einrichtungen der Stadt? Steckte eine langfristige Marketingstrategie dahinter oder wahres Wohltätertum?

Duschen und frische Kleider erhalten hörten sich auf jeden Fall nicht schlecht an. Sarah hatte auch nichts davon, wenn sie sich weiterhin gehen ließ. Folgsam bemühte sie sich, ohne zu schwanken, aufzustehen. Leicht drehte die Umgebung sich aber doch. Ihr Kreislauf befand sich noch im Ruhezustand. Die Pflegerin kam an ihre Seite und bot ihr einen Arm an. Charly legte dankbar ihre Hand darauf. Gemeinsam durchquerten sie den Saal und traten in der Gang.

Charly räusperte sich. Es tat weh. „Wann kann ich zu meiner Schwester?" Ihre Stimme stolperte über die Worte.

Die Helferin störte sich nicht daran. „Unsere Besuchszeiten beginnen um acht Uhr morgens und gehen vormittags bis elf. Wenn Ihre Schwester um acht stabil ist, können Sie zu ihr." Sie lächelte erneut.

Und dieses Mal versuchte auch Charly, die Mundwinkel zu heben. Es war ein misslungener Versuch. Immerhin schien die Frau ihre Bemühungen wahrzunehmen. Sie verstärkte leicht den Griff.

Als sie nach mehreren Abbiegungen und Fluren in einer großen Umkleide standen, fragte die Krankenschwester liebenswürdig: „Fühlen Sie sich gut genug, um alles alleine zu schaffen?"

Charly nickte verschämt und schaute sich um: ein braun gefliester Boden, gefliese Wände und hölzerne Sitzbänke zwischen dunkelgrünen, metallenen Spindreihen. Altmodische Föhne hingen an den Wänden. Daneben standen mehrere Mülleimer. Der Raum erinnerte sie unwillkürlich an eine der Umkleiden aus dem Sportunterricht ihrer Schulzeit. Öffentliche Gebäude hatten immer eine gewisse Ähnlichkeit zueinander. Vielleicht lag es an den Funktionalitätsansprüchen, denen solche Bauten vorrangig genügen mussten.

„Okay, die Duschen sind gleich hinter der blauen Tür dort. Seife hängt in Spendern im Nassraum. Sie können sich gerne frischmachen. Ich werde Ihnen inzwischen Kleidung, Schuhe sowie ein Handtuch besorgen und alles auf die Bank legen, sodass Sie es vorfinden, wenn Sie herauskommen."

Die Krankenschwester stockte einen Moment. „Stören wird Sie hier keiner, die Räumlichkeit ist für Angestellte und der Dienst hat ja gerade erst begonnen. Kommen Sie danach zur Anmeldung. Dann finden wir sicher noch eine übrige Tasse und Sie können den Tag mit Kaffee beginnen."

Kaffee klang für Charly wie ein göttliches Elixier. Wie ein Tropfen bitter benötigten Lebenssafts. Sie versuchte sich noch einmal an einem Lächeln und dieses Mal klappte es.

Wieder alleine schälte sie sich aus den verschwitzten Klamotten und sah ihre verdreckten Socken an, als wären es steinzeitliche Artefakte. Den Autoschlüssel legte sie auf die Bank. Wenigstens hing nirgends ein Spiegel.

Als alles ausgezogen war, überlegte sie kurz, was sie mit dem zerschlissenen Haufen machen sollte, bevor sie ihn kurzerhand in die nächste Mülltüte warf. Es befreite sie ungemein. Barfuß trat sie in den Duschraum. Auch hier sah alles wie erwartet aus.

Sechs silberne Brausen hingen jeweils zu dritt in einer Reihe rechts und links von der Decke. Alles war im gleichen Stil gestaltet wie die Kabine. Zielstrebig ging Charly auf eine der mittleren Duschen zu und drückte den zugehörigen silbernen Knopf an der Wand, der sich ungefähr auf Brusthöhe befand. Wasser prasselte auf sie nieder. Kaltes Wasser.

Erschrocken machte Charly einen Schritt zurück. Binnen Kurzem erreichte der plätschernde Strom von oben eine angenehme Temperatur und sie wagte sich darunter. Wohltuend entspannten sich ihre Muskeln und sie fühlte sich erfrischt. Dabei dachte sie an nichts und auch das trug dazu bei, dass sie durchatmen konnte. Unter der Brause. In einem Krankenhaus. Ohne Garderobe. Die Situation schien absurd.

Ihr normales Leben war so weit weg. Sie ließ sich die Frage der Krankenschwester noch einmal durch den Kopf gehen, während sie ihre Haare mithilfe des glitschigen Shampoos zu entwirren versuchte. Auch wenn diese sicherlich anders gemeint gewesen war, bot sie ihr einen Denkanstoß. Schaffte sie alles alleine oder brauchte sie Hilfe? Wenn man die letzten Wochen betrachtete, musste sie sich eingestehen, dass es vermutlich besser gewesen wäre, gleich mit jemandem zu sprechen. Ausschließlich die Tatsache, dass sie jetzt so ruhig darüber nachzudenken vermochte, war vielleicht ein Zeichen der Besserung.

Charly war sich bewusst, dass es so nicht mit ihr weitergehen konnte. Sie verharrte aufgerichtet, ganz auf den Gedankengang konzentriert. Entweder sie bekam sich in den Griff oder jemand anderes musste die Dinge für sie ordnen. Wie stark war demnach ihre Selbstbeherrschung und was wollte sie?

Nüchtern betrachtet, hatte ihr Vanessa eine furchtbare Geschichte erzählt. Aber genau da lag der Hase im Pfeffer: Es war nicht die ihre! Sie hatte daraufhin versucht zu helfen und war gescheitert. Allerdings nicht so Vanessas Eltern, und es war das Ergebnis, das zählte.

Dann war sie André auf die Schliche gekommen. Hier musste sie Sarah recht geben: Wie viele Menschen betrogen jeden Tag ihre Partner? Es war unrühmlich, es war demütigend, aber war es so schlimm? Im Grunde nein. André war ein armer Tropf und sie hatte eigentlich mehr Rückgrat! Was machte es schon, dass er vermutlich dealte. Sie war nicht abhängig geworden. Hatte sie eine Verantwortung gegenüber den Leuten, die sie nicht kannte und die auf eigene Gefahr Drogen konsumierten? Eine komplizierte Frage. Aber jeder war in erster Linie für sich selbst verantwortlich.

Was war ihr also wirklich geschehen? Sie hatte einen tiefen Blick in die Abgründe der Menschheit erhascht. Hautnah. Aber rein körperlich? Nichts. Woher nahm sie das Recht, sich zu verkriechen? Ihre ehemals beste Freundin hatte immer gesagt, sie solle ihr Leben genießen, und genau das würde sie ab heute tun.

Denn dieses gewann erst in den Momenten an Farbe, in denen sie es spürte, in denen die Gefühle alles andere zur Nebensache werden ließen. Wenn Nässe die Wangen benetzte, wenn die Zunge beim Schlucken am Gaumen kleben blieb, wenn ihr Herz raste und sich ihr Magen zum Knoten ballte, wenn sich die Hände selbstständig zu Waffen formten ... erst dann wandelte sich das Grau des Alltags zu einem leuchtenden Rot, Grün, Blau und Gelb. Sie musste es nur als das annehmen, was es war.

Dann, erst dann wurde das Sein zum wirklichen, wahrhaftigen Dasein. Sie musste es nur zulassen, ohne Angst davor zu haben.

Wie hatte sie nur so viel Zeit vergeuden können? Vanessa und Sarah waren diejenigen, die am eigenen Leib etwas wirklich Tiefgreifendes erlebt hatten. Für ihre Schwester würde sie stark sein und alles tun. Das war ihre Pflicht! Eine Pflicht, die sie gerne erfüllte.

Von neuem Selbstvertrauen erfasst, spülte Charly ihre Haare aus. Gründlich wusch sie allen Schmutz zusammen mit den alten Plagegeistern fort. Endlich war sie mental aufgewacht und konnte die Einzelheiten sehen, wie sie waren.

Mit stoischem Gemüt ging sie in den Umkleideraum, trocknete sich ab und zog die nach Waschmittel riechende Uniform an, die dort für sie bereitlag. Die Frau, die sie geweckt hatte, hatte Wort gehalten. Unterwäsche und Socken steckten noch in der Verpackung, vielleicht waren sie aus dem Krankenhausshop. Ihren Schlüsselbund verstaute sie klirrend in einer der aufgenähten Taschen. Neben der Bank standen weiße, ausgetretene Pantoffeln, in die sie schnell hineinschlüpfte.

Charly bezweifelte nicht, dass Roger dem Krankenhaus stets eine großzügige Spende zukommen ließ, trotzdem empfand sie das Bedürfnis, sich bei der fürsorglichen Pflegerin noch einmal persönlich zu bedanken. Während sie ihre Haare, ohne sie zu bürsten, von einem der Föhne trocken blasen ließ, überlegte sie, wie es Sarah wohl ging. Bald würde sie es wissen. Verwirrt von den einheitlichen Korridoren, fand Charly schließlich den richtigen Abzweig und sah die nette Krankenschwester schon von Weitem. Sie stand mit einer blonden, merklich jüngeren Kollegin hinter der Rezeption und unterhielt sich. Es war wenig Betrieb. Als Charly bei ihnen ankam, unterbrachen die beiden ihr Gespräch und schauten neugierig auf.

Die Pflegerin, die sich um sie gekümmert hatte, hielt vielsagend zwei Becher hoch und trat zu ihr. „Sie sehen deutlich besser aus! Jetzt noch einen Kaffee und Sie fühlen sich wie neugeboren." Sie zwinkerte.

Und Charly grinste. „Mir geht es tatsächlich viel besser", gab sie zu. „Dafür möchte ich mich bedanken. Ich bin mir sicher, es ist nicht üblich, dass Wartende hier so umsorgt werden. Falls irgendwelche Unannehmlichkeiten auf Sie zukommen sollten, lassen Sie es mich bitte wissen. Und die Kosten für die Kleidung übernehme ich natürlich auch."

Die Frau winkte erheitert ab. „Machen Sie sich keine Umstände. Ihr Vater stockt unseren Jahresetat stets sehr großzügig auf, heute geben wir ihm ein bisschen Nächstenliebe zurück."

Charly schmunzelte. Auch gut. Sie hatte also recht behalten.

Die Kaffeeküche, in die sie kurz darauf traten, war mit einem runden Plastiktisch in der Mitte und sechs zusammengewürfelten Stühlen ausgestattet. Eine Wand wurde von einer kleinen hellbraunen Kochnische belegt. Darauf stand eine schwarze Kaffeemaschine neben der in die Arbeitsplatte eingelassenen silbernen Spüle. Gegenüber verdeckte ein riesiger, maximal bestückter Aktenschrank die weiße Tapete. Ein hölzernes, vollgepacktes Bücherregal mit den unterschiedlichsten Titeln hing darüber. Das Ensemble wirkte alt, aber gemütlich. Der Kaffee duftete herrlich.

Nachdem sie beide Tassen vollgeschenkt und für Charly Milch aus dem kleinen Kühlschrank unter der Spüle hinzugefügt hatte, forderte die Krankenschwester sie auf, sich doch ein Buch zu nehmen und damit die Stunden bis acht Uhr zu vertreiben.

„Ich muss wieder an die Arbeit, aber Sie können gerne hier sitzen bleiben. Nehmen Sie sich Kaffee und Tee, wenn es Sie danach gelüstet. Im Kühlschrank dürfte auch noch etwas Essbares zu finden sein. Bedienen Sie sich ruhig." Mit einem letzten Lächeln verschwand sie.

Und wieder begann das Warten. Charly nahm sich ausführlich Zeit für die Wahl ihrer Lektüre und entschied sich getreu ihrer wiedergefundenen Motivation für eine Sammlung lustiger Kurzgeschichten. Hin und wieder kam jemand im weißen Kittel herein, grüßte und nahm sich ein warmes Getränk oder etwas anderes. Nie vergaß einer, die Maschine nachzufüllen, oder nahm sich alles. Es war erstaunlich. Jeder schien sich seiner Pflichten bewusst zu sein und diesen nachzukommen.

Nach ihrem Namen fragte Charly keiner, vermutlich, so dachte sie, weil sie dank ihres Gewandes nicht herausstach. Es war ein großes Krankenhaus und bei wechselnden Schichtplänen konnten sich unmöglich alle kennen.

Eine Uhr gab es im Raum nicht und so hoffte sie, dass man sie benachrichtigen würde, wenn die Besuchszeit begann. Und tatsächlich kam, als sie gerade die fünfte Geschichte gelesen hatte, ein Arzt direkt auf sie zu. Er schien nur wenig älter als sie selbst zu sein, war groß und dünn. Sein Haar lag ordentlich gescheitelt an, die Nase bildete eine gerade Linie. Er wirkte sehr förmlich.

„Doktor Svenston. Charlotte Clark?", fragte er ohne Übergang und schenkte sich Kaffee in die mitgebrachte schüsselgroße Tasse. Seine Sprache klang abgehackt, als wolle er nicht mehr Zeit als erforderlich mit verbalen Ausdrücken verbringen. Er drehte sich bereits zum Gehen. Charly stand ruckartig auf.

„Ja", passte sie sich seinem Stil an.

„Gut." Und schon war er aus dem Zimmer.

Rasch warf Charly das Buch auf die anderen im Regal, ließ ihre Tasse einfach stehen und eilte ihm hinterher. Der junge Mediziner war schon am anderen Ende des Ganges und bog gerade um die Ecke. Er kümmerte sich nicht darum, ob sie ihm folgte. Stellte er in dem Stil auch seine Diagnosen?

Schnellen Schrittes schloss sie zu ihm auf. Schweigend liefen sie nebeneinanderher, bis Doktor Svenston abrupt anhielt. Vor ihnen wurde die Eintönigkeit der weißen Krankenhausflure durch zwei Metalltüren unterbrochen. Der Arzt drückte auf ein abgenutztes, blankes Viereck und sie warteten. War er ihretwegen oder wegen des Kaffees in der Küche gewesen? Spielte es eine Rolle? Solange er sie zu Sarah brachte, eigentlich nicht.

Wenig später öffneten sich die Aufzugtüren geräuschlos. Nacheinander stiegen sie ein, fuhren drei Etagen nach oben und traten gemeinsam in einen weiteren Korridor, in dem sich mehr Menschen tummelten als in den unteren Fluren.

„Wie geht es meiner Schwester?"

Auf einmal blieb der Doktor stehen. Charly wäre fast in ihn hineingelaufen. Gerade rechtzeitig kam sie wenige Zentimeter vor ihm zum Stehen. Er hob die Hand und zeigte auf die Tür neben ihnen. „Überzeugen Sie sich selbst." Ohne einen weiteren Zusatz ging er davon.

Erst jetzt nahm sie die Türknäufe wahr, die schon den ganzen Flur entlang in regelmäßigen Abständen auf Zimmer hinter der linken Wand hindeuteten.

Charly trat vor, griff geschwind zu und schon konnte sie Sarah sehen. Der Kopf ihrer Schwester wirkte klein und noch immer farblos zwischen den weißen Laken. Sie hatte die Lider geschlossen. Ihr Körper war vollständig verdeckt. Das klassische Krankenhausbett, in dem sie lag, stand vor einem großzügig geschnittenen Fenster. Auf dem Nachttisch daneben erfreute ein bunter Strauß Blumen in einer schlichten Glasvase den Betrachter. Der Raum gab insgesamt ein einladendes Bild ab.

Ein steriler Plastikstuhl stellte die einzige Gelegenheit zum Verweilen dar. Behutsam setzte Charly einen Fuß über die Schwelle und zog die Tür hinter sich zu. Leise näherte sie sich dem Bett und stellte bedauernd fest, dass sie der jüngeren Schwester gar nichts mitgebracht hatte. Wie auch. Immerhin war sie da.

Sie spähte, von Vorwitzigkeit getrieben, zwischen den Blüten nach einer Karte. Es war keine zu sehen. Dann trug sie das einzige Sitzmöbel an das Kopfende von Sarahs Bett und ließ sich darauf nieder. Tief durchatmend rekapitulierte sie die Ereignisse noch einmal.

Einige Minuten später hoben sich die Wimpern ihrer Schwester. Sie blinzelte schläfrig. Charly wäre am liebsten freudig aufgesprungen, doch lediglich ihr Mund verzog sich zu einem breiten Lächeln. Auch wenn sie gewusst hatte, dass Sarah sich auf dem Weg der Besserung befand, hatte sie sich erst selbst davon überzeugen müssen, um wirklich sicher sein zu können.

Ihre Schwester schluckte langsam, dann sagte sie: „Was hast du schon wieder angestellt?" Ihr Blick verweilte auf dem weißen Kittel.

„Ich?" Charly riss gespielt empört die Augen weit auf. „Du bist diejenige, die mir einen ordentlichen Schrecken eingejagt hat." Die Jüngere blickte sie bedauernd an und Charly tat die Aussage sofort leid. „Damit ich für dich hübsch bin, habe ich sogar extra hier geduscht", versuchte sie sich an einem kläglichen Scherz. Die Lippen der Schwester zuckten immerhin leicht.

„Ich möchte mich bei dir bedanken." Sarahs Stimme war leise, aber fest. Charly wollte schon abwinken, doch die Schwester sah sie eindringlich an. Dann fuhr sie fort: „Der Arzt, der mich vorher durchgecheckt hat, hat mir erzählt, dass du die ganze Nacht über da warst." Sie runzelte die Stirn. „Komischer Typ. Mit Worten schien er es nicht zu haben. Keine gute Voraussetzung für den Job."

„Ich glaube, den habe ich kennengelernt. Immerhin hat er mich hergebracht. Womöglich konzentriert man sich nach einiger Zeit mehr auf den leidenden Körper als auf die Menschen dahinter. Stell dir vor, du wärst Mediziner und müsstest mit all den Kranken umgehen", warf Charly ein.

Beide schwiegen, während Sarah die Augen schloss. In dieser Position verharrend, sagte sie: „Ich erinnere mich nur noch sehr vage, aber ich hätte es wahrscheinlich nicht mehr alleine geschafft, Hilfe zu holen. Ich dachte, die Symptome deuten eine unbedeutende Zwischenblutung an."

Charly starrte blicklos vor sich hin. Die Bedeutung dessen wollte sie sich gar nicht ausmalen. „Hätte ich mir nicht im Traum einen Schrei eingebildet, wäre ich wahrscheinlich nicht einmal aufgewacht", gab sie zu.

Stille trat ein.

„Vielleicht hast du auch mich gehört, als im Bad meine Beine unter mir nachgaben." Die Stimme ihrer Schwester verklang.

„Wie geht es dir denn jetzt?", wagte Charly, Sarah zu fragen.

Die Jüngere sah sie geradeheraus an. „Körperlich bin ich entkräftet, aber der ... mhm ... Prozess an sich ist abgeschlossen. In ein paar Tagen kann ich wieder Bäume ausreißen."

„Und seelisch?", purzelten die Worte prompt aus Charlys Mund. Bangend wartete sie auf die Antwort.

„Ich weiß es nicht. Ich habe bisher nicht geweint. Vielleicht ist das ein schlechtes Zeichen, vielleicht auch nicht." Die Schwester seufzte. „Ich hätte es dir sagen sollen."

Ihr Gesichtsausdruck zeigte deutlich, dass sie sich Vorwürfe machte, und Charly kam sich mit einem Mal schäbig vor. Sie hatte selbst keine weiße Weste, da half auch die geborgte Krankenhauskleidung nicht. Und obwohl es an der Zeit war, reinen Tisch zu machen, scheute sie davor zurück, ihrer angeschlagenen Schwester die sonstigen Querelen der letzten Zeit zu unterbreiten. Also tat sie das Einzige, das ihr richtig erschien. Sie verzieh Sarah. Eigentlich hatte sie das schon längst, doch gerade jetzt schien ihr die Geste bedeutsam.

Charly erhob sich und beugte sich zu ihr herab. Behutsam strich sie ihr die Haare aus der Stirn. Als sie wieder saß, sagte sie: „Das Wichtigste ist jetzt, dass du befolgst, was man dir sagt, und schnell wieder zu Kräften kommst."

Sarah grinste. „Ganz die große Schwester, was? Wie in alten Zeiten."

„Wie in alten Zeiten", wiederholte Charly leise und dachte dabei an Vanessa. Die Freundin hatte sich jedoch freiwillig gegen die alten Gewohnheiten entschieden. Familie blieb eben Familie, ganz egal, was passierte.

Zögernd schaute die jüngere die ältere Schwester an. „Und wie geht es dir?"

„Besser. Noch nicht gut, aber das wird schon", sprach Charly wahrheitsgetreu aus, wie sie sich fühlte. „Wenn du dir in Zukunft helfen lässt, würde mir das ein paar Sorgen ersparen. Hast du dich eigentlich irgendwo beworben?"

„Habe ich nicht", bestätigte Sarah ihren Verdacht. „Peter und ich waren uns einig. Und na ja ... dann hätte ich ein Studium wahrscheinlich nicht geschafft."

Sie konnte es nicht aussprechen. Sie konnte das Wort *Kind* nicht in den Mund nehmen. Es fiel Charly ja selbst schwer, darüber nachzudenken. Dabei wäre sie nur Tante geworden, nicht Mutter.

Sie bohrte weiter. „Und ... möchtest du es noch mal versuchen?", fragte sie verzagt.

Sarah atmete tief ein. „Ich bin mir nicht sicher. Die Vorstellung war so real. Als wäre schon alles ... vorbestimmt. Und jetzt ist es schwierig zu begreifen, dass es nicht mehr so ist. Verstehst du?" Sie sah Charly flehentlich an.

Deren Kinn bewegte sich wie von selbst. Wenn die Schwester sich dadurch besser fühlte, würde sie auch Hampelmänner machen.

„Wenn ich jetzt darüber nachdenke, dann sehe ich so viele Möglichkeiten, wie mein Leben aussehen könnte. Es gibt Unzähliges, das ich gerne machen möchte, und gleichzeitig scheint es mir absurd."

„Aber das muss es nicht", unterbrach Charly sie. „Du hast jetzt die Wahl."

Die Jüngere ließ sich den Satz einen Moment durch den Kopf gehen. „Ja, es ist eine Chance, nicht wahr?", flüsterte sie dann.

Noch immer waren die beiden alleine. Charly konnte nicht einschätzen, wie viel Zeit vergangen war.

„Liebst du Peter?", wollte sie wissen.

Sarah antwortete nicht. Ihr Blick war zum Fenster geschweift und verweilte in weiter Ferne.

Als Charly später ging, war die Besuchszeit fast um. Eine Pflegerin teilte ihr auf Nachfrage mit, dass ihre Schwester morgen früh entlassen werden würde. Etwas zum Anziehen bräuchte sie erst bei Verlassen des Krankenhauses. Ihre Mutter wäre bereits informiert.

In sich gekehrt schlenderte Charly den bekannten Gang in die andere Richtung entlang und gelangte so direkt zu einem Aufzug. Zusammen mit zwei munter schwatzenden Krankenschwestern fuhr sie nach unten und kam am Empfang an. Ein sehr viel schnellerer Weg als am Morgen.

Sie verließ das Gebäude und fuhr nach Hause, während sie überlegte, was sie mit dem Tag anfangen sollte. Am Ziel parkte sie wie immer auf ihrer Seite der Garage. Der Platz ihrer Mutter war leer. Alles sah alltäglich aus. Warum sollte sich auch etwas verändert haben?

Weder Anett noch Susann war da, das Stadthaus erweckte einen ausgestorbenen Eindruck. Im ersten Stock angekommen, öffnete Charly aus einem Impuls heraus die Tür zu Sarahs Zimmer. Ein schneller Blick zeigte, dass das Chaos auf Bett und Boden aufgeräumt und auch die Spuren im Bad beseitigt worden waren. Die Musik war ausgeschaltet worden. Jemand hatte Ordnung geschaffen. Wahrscheinlich Anett. Nichts wies mehr auf die Szene hin, die sich hier abgespielt hatte. Selbst von der Rassel fehlte jede Spur.

Rückwärts ging Charly hinaus und auf ihre Räume zu. Hier war alles noch genauso, wie sie es verlassen hatte. Sie ließ sich auf die Matratze fallen und dachte nach. Als Peter im Wartesaal zu ihr und Susann gestoßen war, hätte sie ihn nach André fragen können. Allerdings war anderes in jenem Moment zu Recht wichtiger gewesen. Außerdem: Was gab es noch, das sie diesbezüglich wirklich wissen wollte? Das Beste wäre voranzugehen. In die Zukunft zu schauen und nicht zurück.

Am nächsten Morgen betrat sie in Leggings, Ballerinas und einem roten, langen T-Shirt, mehrere Schokoladentafeln in der einen Hand und eine kleine neongrüne Reisetasche voller Sachen in der anderen, das Krankenzimmer. Ihre Schwester saß mit einigen Kissen als Stütze auf dem Bett und erwartete sie bereits. Sie schien guter Laune zu sein.

Den Turm aus Naschereien erblickend, klatschte sie begeistert Beifall. „Sind die etwa alle für mich?"

„Ein winziges Stück wirst du mir abgeben, oder?" Amüsiert stellte Charly die Tasche in Sarahs Reichweite. „Ich wusste nicht, was du anziehen möchtest, deshalb habe ich dir Verschiedenes mitgebracht."

Die Schwester nickte erfreut. „Du bist ein Goldschatz. Gut siehst du aus! Obwohl mir die Uniform gestern noch besser gefallen hat." Sie grinste.

„Tja, ich war vorher in der Wäschekammer und habe das Outfit samt Schlappen zurückgegeben", berichtete Charly. Dorthin hatte man sie nach Rückfrage am Empfang verwiesen.

„Dabei hättest du beides so schön an Karneval anziehen können", wandte Sarah ein und suchte sich ihren pinken Jogginganzug aus der Tasche heraus. „Sozusagen ein originales Kostüm", meinte sie.

Charly runzelte die Stirn. „Und wie oft bin ich bisher an Fasching verkleidet ausgegangen?"

„Das ist der Haken", stimmte Sarah zu. „Du hättest es als Aufforderung sehen können." Dann wurde sie plötzlich ernst. „Peter war gestern Nachmittag da. Wir werden getrennte Wege gehen. Ich möchte nicht, dass du das kommentierst, ich wollte es dir nur sagen."

Charly blickte die Jüngere unsicher an. Diese reagierte gelassen, fast erleichtert. Das war ihr unheimlich. Sollte sie nicht weinen, schreien, irgendetwas Irrationales tun? Wäre das Baby auf den zweiten Blick eine größere Bürde gewesen, als sie sich hatte anmerken lassen?

Langsam richtete Sarah sich auf. Sie beteuerte, gestern schon mehrmals alleine zur Toilette gelaufen zu sein. „Siehst du!", sagte sie triumphierend im Stehen. Wenig später war sie vollständig bekleidet. „Und jetzt raus hier!"

Die Zuckerware wanderte zusammen mit den anderen persönlichen Gegenständen in die Sporttasche und diese wieder an Charlys Arm. Untergehakt kamen die Schwestern beim Stationstresen an und Sarah unterzeichnete die zur Entlassung nötigen Papiere. Sie war volljährig, wie Charly sich immer wieder sagen musste. Danach gingen sie über den Parkplatz zum Auto.

Die Sonne strahlte mit spätfrühlingshafter Wärme und beide reckten unwillkürlich ihre Gesichter gen Himmel. Der Sommer kündigte sich an. Für Charly mit die schönste Zeit des Jahres. Ein kalter Winter mit Schnee oder ein heißer Sommer konnte sie erfreuen. Nun hoffte sie auf ruhige, erdbeersüße, freibadwarme Monate.

Auf der Fahrt drehte ihre Schwester das Radio so laut, dass keine Unterhaltung mehr möglich war, und Charly beschlich die Vermutung, dass sie nicht mehr über das Vorgefallene sprechen wollte. Sie konnte das gut nachvollziehen. Allerdings verursachte ein Verdrängen nur mehr Ballast, den man fortan mit sich herumtrug. Ereignisse einmal wirklich zu verarbeiten war zielführend, wenn auch schmerzhaft. Und es erforderte Mut, sich einigen Wahrheiten zu stellen. Das hatte sie selbst durchlebt. Deshalb musste jeder seinen eigenen richtigen Weg finden.

Sie wollte Sarah auf keinen Fall drängen, würde aber nicht zulassen, dass ihre Schwester den falschen Pfad beschritt. Heute freute sie sich auf einen entspannten Vormittag, morgen oder übermorgen konnte sie ihr immer noch ins Gewissen reden.

Als Charly die Haustür aufschloss und eintrat, schallte ihnen Musik entgegen. Anett kam mit ausholenden Bewegungen und geröteten Wangen aus der Küche herbeigelaufen. Mit sich brachte sie den Duft von Kaffee, Gebäck und Herzhaftem.

Die Freude, die sie ausstrahlte, der extra gebackene Kuchen, die Klänge im Hintergrund, das alles gab Charly einen Stich. Sie sagte sich, dass sie selbstsüchtig wäre, wenn sie sich nicht für Sarah freute. Die Jüngere hatte es verdient, umsorgt zu werden, und sie gönnte ihr das fröhliche Wiedersehen. Bisher war allerdings immer sie diejenige gewesen, die sich gut mit der Haushälterin verstanden hatte, und Sarah eher die Distanzierte. Das hatte sich in den letzten Monaten gewandelt.

Charly wusste, dass unter anderem ihre eigene Schweigsamkeit daran schuld war. Gleichwohl hatte die ehemalige Nanny keinen Schritt auf sie zugetan und so war sie auch nicht über ihren Schatten gesprungen. Trotzdem hätte sie sich gefreut, wenn gestern jemand da gewesen wäre. Statt einer herzlichen Begrüßung hatte sie nur einen einsamen Nachmittag und Abend bekommen. Wie passten Anetts Vorbereitungen nun zu der Tatsache, dass sie und Susann ohne Absprache erwartet hatten, dass Charly die Schwester abholte? Vielleicht war sie aber auch ungerecht und die Nanny hatte ihr in dieser Hinsicht einfach vertraut.

Mit einem fast echten Lächeln im Gesicht folgte sie den eifrig Plappernden in die Küche, stellte die Tasche ab und legte die gestern extra besorgten Tafeln Schokolade auf den Tresen.

Die Heimkehr war vergnüglich, der Apfelkuchen, den die Haushälterin gebacken hatte, vorzüglich. Anett berichtete ohne Punkt und Komma von Banalem. Sie erwähnte Fernsehsendungen, Prominente und Kochbücher. Sarah stimmte in die Litanei ein. Charly fühlte sich bis zum Nachmittag mehr und mehr wie das dritte Rad an einem Wagen mit nur einer Achse. Sie wollte sich nicht verstellen und über Leute reden, die sie gar nicht kannte. Doch welches Thema sollte sie anschneiden? Nicht einmal die Abendessen mit ihrem Vater waren neutrales Terrain. Das Problem hatte sie früher nicht gehabt.

Am Abend kam Susann nach Hause. Extra ein bisschen früher wegen Sarah und gesellte sich dazu.

Die nächsten vier Tage vergingen, zumindest oberflächlich, als wäre die Zeit weit zurückgedreht worden. Charly versuchte, Sarah zu den verschiedensten Aktivitäten zu überreden. Anett kochte und buk, ihre Mutter arbeitete viel von zu Hause aus. Es waren einzigartige Stunden. Heilsame Stunden für Charly und, wie sie hoffte, auch für ihre Schwester.

Peter tauchte weder auf, noch versuchte er, Sarah auf andere Weise zurückzuerobern. Jedenfalls sofern Charly es mitbekam. Die Beziehung schien tatsächlich vorbei zu sein. Und das, obwohl die beiden sich gemocht hatten. Zumindest war sie im Krankenhaus sicher gewesen, echte Gefühle in seinen Augen gesehen zu haben. Und jetzt gab er einfach auf? Was hatte die Schwester zu ihm gesagt? Oder er zu ihr? Gleichwohl bot solch ein einschneidendes Erlebnis die Gelegenheit, sich neu zu orientieren.

Ein paarmal versuchte sie, Sarah auf Peter und die Fehlgeburt anzusprechen. Es waren allerdings keine besonders erfolgreichen Anläufe. Die Zeit verstrich. Mit ihrem nicht existenten Latein am Ende legte sie der Jüngeren schließlich den Ausdruck des Internetauftritts einer erfahrenen Psychologin aus der Umgebung auf den Schreibtisch. Die Schwester bedankte sich einsilbig und zog sich in ihr Zimmer zurück. Als sie danach in die Küche kam, sah sie verquollen, aber entschlossen aus. Weder Charly noch die ehemalige Nanny konnten ihr den restlichen Tag über etwas entlocken.

Das Frühstück am nächsten Morgen wurde im Wohnzimmer serviert und Susann war da. Fertig gestylt und im makellosen fliederfarbenen Kostüm saß sie auf dem Platz, den sie zum letzten Mal an Weihnachten eingenommen hatte. Es gab Waffeln mit roten Beeren, Toast, gekochte Eier und Schinken. Anett schaute betreten drein und verschwand. Das konnte nichts Gutes bedeuten.

Fragend blickte Charly ihre Mutter an. Was würde nun kommen? Augenscheinlich war das alles für sie inszeniert worden.

Susann bedeutete Sarah, die neben ihr saß, zu sprechen. Diese trug ihr Haar in einem straffen Knoten, war ungeschminkt und strahlte etwas Endgültiges aus.

Die Worte strömten aus ihr hervor, als ob sie nur darauf gewartet hätte, sie endlich loszuwerden. „Charly, ich möchte, dass du versuchst, unvoreingenommen zu sein."

Charly hob eine Augenbraue. In diesem Haushalt war sie die Toleranz, der Liberalismus und die Offenheit in Person. Ihre Schwester redete weiter, ohne den inneren Aufruhr, den sie verursacht hatte, zu bemerken. „Ich habe für mich entschieden, dass es besser ist, wenn ich von allem erst einmal Abstand gewinne. Denn hier in meiner gewohnten Umgebung fällt es mir besonders leicht, einfach so zu tun, als wäre nie etwas geschehen. Dabei vergesse ich den Disput, den mein Herz und mein Geist ausfechten. Du hast ganz recht mit dem Ausdruck! Wenn nach den körperlichen auch die seelischen Wunden heilen sollen, kann ich mich nicht weiter vor einer Konfrontation verstecken."

Charly nickte aufmunternd. Wann kam der unangenehme Teil? Sonst würde ihre Mutter bestimmt nicht hier sitzen.

„Deshalb werde ich eine Weile ins Ausland gehen. Um zwischen all den Geschehnissen MICH wiederzufinden. Diesmal werde ich nicht so lange wie letztes Mal unterwegs sein, und wenn ich zurückkomme, fange ich ein Studium an. Das ist der Plan." Sarah endete bedächtig, fast ängstlich sprach sie die letzten Silben.

Was erwartete sie von Charly? Dass sie sie anschrie? Sie zurückhielt?

Die Ältere war verletzt, dass ihr so wenig Vertrauen entgegengebracht wurde. Hatte sie nicht alles für die kleine Schwester getan? Sie nicht nur sprichwörtlich, sondern sogar buchstäblich auf Händen getragen?

„Wenn du es dir gut überlegt hast und das für dich der richtige Ansatz ist, dann geh!" Sie atmete aus. „Ich denke gleichwohl, dass du die Gefahr nicht unterschätzen solltest, in der Fremde noch mehr Ablenkung zu finden. Mit wem willst du denn reisen?"

Anett, die inzwischen eine weitere Platte gebracht hatte, seufzte. Sie schien der abwägenden Argumentation zuzustimmen.

„Ich werde alleine gehen. Letztlich will ich herausfinden, was ich mit meinem Leben anfangen möchte. Ich fühle mich viel älter, als ich eigentlich bin", beschrieb Sarah. Sie suchte nach Verständnis und Zustimmung. Ihr lag sichtlich einiges daran, dass die Ältere ihre Meinung teilte. Das konnte Charly aber nicht vorbehaltlos, eher von dem Gefühl selbst ein Lied singen.

„Und wohin soll es gehen? Nach Santiago de Compostela?", fragte sie ironisch.

Die jüngere Schwester blickte sie verletzt über den Tisch hinweg an.

Susann war bisher still gewesen, nun mischte sie sich ein. „Sarah fliegt nach Australien. Dort ist die Kriminalitätsrate gering, die medizinische Versorgung akzeptabel und bei den vielen Studenten findet sie sich im Nu zurecht." Charly fixierte ihre Mutter. Susann kam es gelegen, dass Sarah von hier wegwollte. Ging sie, schmälerte das die Gefahr, dass sie wieder mit Peter zusammenkam. Wie konnte man nur so berechnend sein?

Zudem war die Schwester hoffentlich nach einem weiteren Auslandsaufenthalt erwachsen genug, um der Mutter den Wunsch nach einem Studium zu erfüllen. Und sie wäre unter Umständen austherapiert, ohne großen Aufwand und ohne eine Rufschädigung für die Familie Clark. Falls Sarah zurückkam.

Einzig der Fakt, dass ihre Schwester all das wahrscheinlich geahnt und deshalb zuerst mit Susann gesprochen und sich von ihr Schützenhilfe geholt hatte, ließ Charly innehalten.

Sie bohrte ihren Blick in die Augen ihrer Schwester. „Dann möchte ich dich nicht aufhalten. Pass auf dich auf und mach das Beste daraus. Falls du Hilfe brauchst oder einfach das Bedürfnis hast zu reden, ruf mich an! Aber behalte im Hinterkopf, dass du nicht auf einer Spaßreise bist."

Die Jüngere nickte heftig. Sie sprang auf, umrundete den Tisch und umarmte Charly.


Wenige Tage später verabschiedeten sie Sarah und ihr Gepäck am Flughafen. Zu einem Rucksack von monströsen Ausmaßen hatte sich überraschenderweise der unhandliche Instrumentenkoffer gesellt, der bei der USA-Tour zu Hause geblieben war. Charly hatte sie ewig nicht mehr spielen hören, dabei war Sarah früher mit vollem Eifer bei der Sache gewesen. Und sie hatte sehr gut Gitarre gespielt. Möglicherweise war dies ein hoffnungsvolles Indiz.

Nachdem das Flugzeug am Horizont immer kleiner geworden war, fuhr Charly Anett nach Hause und düste selbst in die Stadt. Sie wollte sich ablenken, kapitulierte jedoch nach Kurzem. Trotz Tatendrang vermochte sie nichts zu begeistern.

Wieder zu Hause meldete sie sich über das Internet in einem Fitnessstudio in der Nähe an, ging trainieren und versuchte es erneut mit dem

Lesen von Harry Potter, Band zwei. Immerhin hatte sie nun auch endlich den angefangenen Dan Brown beendet.

Eine Woche verstrich.

Peggy White begann ihr wieder E-Mails zu schicken. Und Charly stellte fest, dass ohne Sarah, mit der sie reden konnte, der Vorsatz, den sie in der Klinik unter der Dusche gefasst hatte, nicht ganz so einfach umzusetzen war. Immer wieder kamen die nagenden Gedanken hoch, ließen Zweifel sie grübeln. Doch sie gab sich nicht wieder auf. Sie benötigte keine Hilfe. Wollte keine Hilfe und kam schon alleine über alles hinweg. Das Kommende würde seines tun, um die Wunden vollständig zu heilen. Sie war erwachsen! Was sie brauchte, war eine Aufgabe. Wenn es etwas zu tun gab, würde sie sich besser fühlen. Herumzusitzen und auf einen Abend in der Woche hinzufiebern, erschien ihr zunehmend als zu wenig.

Bei ihrem Vater schnitt sie das Thema Australien nicht an. Obwohl es Charly interessierte, warum er nicht ins Krankenhaus gekommen war, fürchtete sie gleichzeitig, ihre eigenen Narben mit einem derartigen Gespräch wieder aufzureißen. Auch gestand sie sich ein, dass Roger objektiv betrachtet nie so viel Interesse an ihrer Schwester gezeigt hatte wie an ihr.

Die Jüngere war schon immer eher das Mamakind gewesen, sie selbst hatte dafür auf seinem Schoß sitzen dürfen. Im Allgemeinen war es nicht wirklich aufgefallen, beide Eltern hatten wenig Zeit mit ihnen verbracht. Umso begieriger war Charly jetzt darauf, mehr über die Clark Group zu erfahren.

Sie wollte das Unternehmen von innen heraus begreifen lernen, genauso wie ihr Vater es bei jenem bedeutungsvollen Essen gesagt hatte. Ihr Studium war beendet, das offizielle Zertifikat würde sie bald in Händen halten. Was gab es also noch, das zuvor erledigt werden müsste?

Ganz genau: nichts!

# 15
# WILLKOMMEN

Endlich war der Moment gekommen, auf den sie all die Monate gewartet hatte. Seit sie an dem schicksalhaften Tag im August zu Besuch bei ihrem Vater gewesen war, hatte er ihr im Hinterkopf herumgespukt. Inzwischen war fast ein Jahr vergangen. Der Kalender zeigte den 15. Juni und Charly würde endlich das Gefüge der Clark Group kennenlernen.

Bisher war es ganz charmant, sogar öfter sehr beflügelnd gewesen, Roger ab und an zu einem Termin oder einer Veranstaltung zu begleiten. Nun brannte sie darauf, die internen Prozesse des Unternehmens, die Machtquelle ihres Vaters zu sehen, zu verstehen.

Charly musste zugeben, dass die Schonfrist, die sich in dieser Hinsicht ungewollt ergeben hatte, ihren persönlichen Problemen und dem Abschluss ihres Studiums entgegengekommen war. Die Abendessen hatten, weil zeitlich begrenzt, wesentlich weniger Aufwand dargestellt als ganze Arbeitstage.

Jetzt hingegen war sie mehr als gewillt, ihre Zeit gemäß den Wünschen ihres Vaters zu investieren. Insgeheim freute sie sich darauf, eine Aufgabe zu erhalten, bei der sie sich beweisen konnte. Sie wollte sich vergraben, verausgaben und so die Erinnerung an die Vorkommnisse der letzten Monate vollständig überwinden.

Mühsam hatte sie, seit Sarah abgereist war, den äußeren Schein aufrechterhalten. War shoppen und noch mehr shoppen gegangen, hatte das Geld verschleudert, war zum Inventar ihres Fitnessstudios mutiert. Sie hatte unermüdlich die härtesten Berge in Angriff genommen, war in stupidem Gleichschritt gelaufen, bis das Laufband ein protestierendes Ächzen von sich gegeben hatte. Mit einer Motivation, die andere Trainierende fast schon zu beneiden schienen, hatte sie sich gequält.

Zu Hause angekommen war Charly in die Joggingschuhe für draußen geschlüpft, damit wieder ins Auto gestiegen und in die Natur gefahren. Stundenlang hatte sie sich durch den Wald gekämpft, war den

Geistern davongerannt, die sie einzuholen drohten. Immer schneller. Immer fanatischer. Immer unerbittlicher. Sie hatte sich ruhelos, obschon verbannt in einen Zustand des inneren Unglücks, nicht damit abfinden wollen.

Jetzt war sie sich gewahr, warum die Leute laute Musik hörten, die eher als stupider Krach zu bezeichnen war. Sie drehten den Song in der verzweifelten Hoffnung auf, dass dieser ihre eigenen Gedanken übertönte. Sie zum Schweigen brachte. Zumindest für den Moment. Doch auch die durchdringenden Bässe vermochten Charly keine vollständige Ruhe zu schenken.

Von außen konnte ihr, gerade heute, ein gewissenhafter Betrachter nichts anmerken. Lange war sie vor dem Spiegel gestanden und legte im Ergebnis eine Perfektion an den Tag, die niemanden einen Blick in ihr Innerstes werfen ließ.

Da sie in sich gekehrt war und nichts mehr zu erzählen hatte, waren sie und Anett sich noch fremder geworden. Die ehemalige Nanny hatte sie während der Mahlzeiten einige Male nach ihrem Befinden gefragt und Charly hatte höflich geantwortet. Echte Nähe war dabei nicht zustande gekommen. Sie konnte Anett nicht verzeihen, dass diese sie sowohl bei Vanessa als auch bei Sarah durch ihre Abwesenheit im Stich gelassen hatte. Denn das war Charly eigentlich nur von ihrer Mutter gewohnt.

Irgendwann hatten die Gespräche sich ausschließlich um Essenswünsche, ihre neueste Errungenschaft oder das Wetter gedreht. Keiner hatte Heikles anschneiden wollen und schlussendlich war aus dem Ausnahmezustand Alltag geworden. Die Wirtschafterin wirkte trotz der unüberwindbaren Kluft zwischen ihnen und Sarahs Abwesenheit immerzu außergewöhnlich fröhlich. Charly hatte sich insgeheim mehr als einmal gefragt, ob sie wohl jemanden kennengelernt hatte.

Ruhig bescheinigte sie sich derweil selbst, dass sie gestärkt und hart, aber mental unbeschädigt aus den Erfahrungen hervorgegangen war. Und sie sagte sich, dass sie die Vergangenheit schon fast hinter sich gelassen hatte. Nun würde wirklich ein neuer Lebensabschnitt beginnen und sie war bereit, alles zu geben, um ihre späteren Chancen auf dem Arbeitsmarkt zu erhöhen. Falls sie je in die Verlegenheit einer externen Bewerbung kommen sollte.

„Ich werde die Clark Group erben!", wiederholte sie in stillen Minuten wie ein Mantra. „Ich bin Roger Clarks älteste Tochter!"

An einem Donnerstag hatte sie die ersehnte E-Mail erhalten.

*Bitte finden Sie sich morgen um 8:00 auf dem Firmengelände der Clark Group ein. Ich werde Sie in der Eingangshalle des Hauptgebäudes empfangen und weitergehend informieren. Ihr Vater wird mit Ihnen zu Mittag essen. Er geht davon aus, dass Ihnen der Termin gelegen kommt, sollten Sie mich nicht gegenteilig informieren.*
*Peggy White*
*PA – Clark Group*

*If you are not the addressee, please inform us immediately that you have received this e-mail by mistake and delete it. We thank you for your support.*

Die Assistentin ihres Vaters hatte sie bis jetzt nicht kennengelernt. Irgendwie hatte es sich nie ergeben. Umso mehr war Charly nun gespannt, was für eine Persönlichkeit die Frau, die sich nicht mit Anreden und Grüßen aufhielt, wohl war.

An die Tatsache, dass ihr Vater sie nie selbst in Kenntnis der nächsten Schritte setzte, hatte sie sich inzwischen gewöhnt. Peggy White war zu einer stillen Präsenz im Hintergrund geworden. Trotzdem gab es Zeitpunkte, an denen sie sich wünschte, ihr Vater wäre bereit, die wenigen Sekunden für eine persönliche Nachricht an sie aufzuwenden.

Solange er sie allerdings nicht ganz vergaß, wollte Charly sich nicht beschweren. Sie nahm, was sie bekam, und machte ihrerseits etwas daraus. So auch heute. Pünktlich um zehn vor acht lenkte sie ihren schwarzen Porsche auf den großräumigen Firmenparkplatz, hinter dem sich ein imposanter, mit Metall verkleideter Büroturm inmitten zweier verspiegelter Längsflügel in den Himmel erhob. Riesengroß überzog das silberne Emblem der Clark Group den oberen Teil des Hochhauses: der dicke Umriss eines runden Kreises mit den Großbuchstaben *CG* darin. Masse mit Klasse.

Entfernt erinnerte sie der Komplex an den architektonischen Grundriss eines Schlosses und an den des Hauses ihres Vaters. Bestimmt hatte derselbe Architekt gleich zweimal Rogers Gunst genossen. Alles war gepflegt und gut instand gehalten. Kein Unkraut oder Unrat fiel ins Auge. Jedoch hatte die Natur hier auch keine Chance. Wohin das Auge reichte, umschmeichelten sich Beton, Metall und Glas.

Die neue Firmenzentrale befand sich immer noch im Bau, dementsprechend lernte sie die Clark Group in ihren alten Räumlichkeiten kennen. Beeindruckt wunderte Charly sich, wie eine optische Steigerung dieses Gebäudes aussehen mochte. Noch mehr Glas, noch höher, noch gewaltiger?

Sie parkte eingeschüchtert auf einem der Besucherparkplätze direkt vor dem einzigen ersichtlichen Eingang. Nun machte sich Nervosität in ihrem Magen breit und sie zupfte an dem dunkelblauen Kaschmirpullover, den sie über einer mauvefarbenen Bluse trug. Mit einem Knacken klappte sie die Blende auf ihrer Seite herunter und den Spiegel auf, der sich auf deren Rückseite befand. Sie war dezent geschminkt, hatte auf jeglichen Schmuck außer ihrem Paar weißer Perlenohrringe verzichtet. Ihr offenes Haar glänzte in einem gesunden Braunton. Im Zusammenspiel mit der erfrischend weißen Hose war sie unaufdringlich gekleidet. Ihre weiße Tasche in der rechten Hand haltend, schlenderte sie auf angenehmen Sieben-Zentimeter-Absätzen zur gläsernen Drehtür, die mittig in den zentralen Trakt des Hauptgebäudes führte.

„Ich gehöre hierher." Diese Eingebung kam unvermittelt und beruhigte sie.

Die Geschäftigkeit in der quaderförmigen Eingangshalle widersprach der Verlassenheit des Außenbereiches. Charly fiel auf, dass die Mitarbeiter alle sehr förmlich gekleidet waren. Die Männer hatten überwiegend dunkle Anzüge an, die Frauen trugen Kostüme, Hosenanzüge, Bleistiftröcke oder einfarbige Kleider. Hier und da sah sie einen weißen Laborkittel. Alle schienen fokussiert. Die meisten tippten auf ihren Handys herum, waren mit ihren Tablets beschäftigt oder unterhielten sich leise, aber angeregt.

Die Architektur des Äußeren hatte der Ausstatter im Inneren fortgeführt. Nur der marmorierte weiße Boden durchbrach die minimalistische Bauweise und stilisierte sie zugleich. Die hintere Wand der Halle war mit drei gläsernen Aufzügen bestückt, die sich geräuschlos an silbernen Kabelsträngen auf- und abbewegten. Rechts und links davon wurden die Ecken durch insgesamt vier schwarze Rolltreppen begrenzt. Diese führten übereinander in die erste und zweite Etage, die wie alle weiteren Stockwerke zur Halle hin mit einem halb offenen Gang ausgestattet waren.

Aus einem Impuls heraus legte Charly den Kopf in den Nacken, um einen Blick auf die Decke zu erhaschen, und stellte fest, dass diese aus Glas bestand. Dicke Fugen hielten die einzelnen quadratischen Fenster zusammen. Erstaunt erblickte sie den blauen Himmel und kleine, bauschig weiße Schäfchenwolken. Plötzlich wurde sie von hinten angerempelt und bemerkte so, dass sie immer noch unmittelbar vor der

Drehtür stand. Bis sie sich sortiert hatte und ein „Entschuldigung!" herausbrachte, war der Ankömmling schon längst weitergeeilt. Sie schalt sich innerlich, trat vor und schaute dem aparten Mann im grauen Anzug hinterher. Dieser verschwand in einem großen Gang, der nahtlos von der vorderen Ecke der Halle in den linken Seitenflügel führte. Mit Drehung ihres Kopfes nach rechts erblickte sie ein ähnliches Bild. Die einzelnen Gebäudeteile waren innen verbunden und die Eingangshalle diente als Knotenpunkt. Deshalb ging es hier so betriebsam zu.

Ihre Augen fanden schließlich den Empfang, der an der rechten Raumseite unter einer weiteren, wenn auch etwas kleineren Abbildung des Firmenlogos zu finden war. Linker Hand standen elegante schwarze Sessel und Tische in mehreren Sitzgruppen zusammen. Gleichermaßen tummelten sich hier die Menschen.

Charly steuerte zielstrebig auf den dunklen Tresen mit drei Blondinen dahinter zu. Ein schneller Blick auf die zweckmäßige Digitaluhr über dem Schopf der mittleren Dame sagte ihr, dass es zehn nach acht war. Sie hatte sich eine ganze Weile in der Betrachtung der Halle sowie der Angestellten der Clark Group verloren.

„Was können wir für Sie tun?", fragte eine der Damen höflich, als Charly vor ihr stand. Von Nahem betrachtet, erkannte man, dass eine jede der drei in ihrem dunklen Kostüm mit dem silbernen Aufdruck äußerst elegant gekleidet war. Sicher hatte Roger sie handverlesen. Ein überzeugender erster Eindruck war ihm seit jeher wichtig, das hatte sie nun schon mitbekommen.

„Guten Tag. Mein Name ist Charlotte Clark. Ich bin mit Peggy White, der Assistentin meines Vaters, verabredet. Wären Sie so freundlich und lassen Sie sie bitte wissen, dass ich da bin?" Einnehmend lächelte sie die Empfangsdame an.

„Aber natürlich, Miss Clark. Ich hoffe, Sie warten noch nicht lange?" Ein undefinierbarer Unterton prägte die rhetorische Frage. Anscheinend hatte die Frau sie beobachtet. Nun musterte sie Charly interessiert, während sie auf einer der Tastaturen vor sich herumtippte. „Miss White wird gleich hier sein", flötete sie kurz darauf.

„Vielen Dank." Charly nickte amüsiert. Ihr schwante, dass sie vermutlich noch eine Menge Leute genauer in Augenschein nehmen würden.

Interessant war, dass sie sich nicht hatte ausweisen müssen. Wäre das nicht üblich gewesen? Theoretisch konnte jeder kommen und behaupten, er hätte einen Termin. Andererseits war der Empfang sicher über einiges informiert oder besaß gewisse Zugriffsrechte, um solche Aussagen nachzuprüfen. Vielleicht hatte Peggy White sie auch angemeldet. Aber warum war sie dann nicht Punkt acht Uhr abgeholt worden?

Während sie noch grübelte, trat ein fülliger Herr mit altmodischem Hut an das untere Ende des Tresens. Charly meinte, den Namen Clark gehört zu haben, und besah sich den Mann genauer. Sie konnte nur sein Profil betrachten, doch erinnerte er sie stark an die Erscheinung von Herrn Doktor Wangermut, der auf der Wohltätigkeitsveranstaltung der Gesellschaft für Krebsforschung und -behandlung einen Vortrag gehalten hatte. Der gleiche Tweedanzug, die gleichen glänzend polierten Schuhe. Wahrscheinlich ging es um eine weitere Spende.

Sie machte einen Schritt auf ihn zu. Bevor sie ihn allerdings begrüßen konnte, geleitete ihn eine aus dem Nichts auftauchende dunkelhaarige Dame in Richtung der Fahrstühle. Wahrscheinlich hatte sich die Frau hinter Charly aufgehalten und war deshalb von ihr unbemerkt geblieben.

Seltsam nur, dass der Besucher schneller weitergeleitet worden war als sie selbst. Vielleicht hatte sie sich getäuscht und ihn verwechselt. Die Erinnerung an den Doktor war eher vage. Die Charity Gala lag inzwischen lange zurück. Wahrscheinlich hatte die Einhaltung eines festen Termins schlicht zur Eile gedrängt. Aus eigener Erfahrung wusste sie nur zu gut, dass ihr Vater ungern wartete. Charly beschloss, Roger einfach nach dem Mann zu fragen, so sie es nicht vergaß. Wie viele Clarks konnte es hier schon geben, zu denen dieser wollte?

Neugierig ließ Charly ihren Blick nun weiterschweifen. Überall gab es etwas zu entdecken. Menschenmassen waren spannende symbiotische Gebilde. Egal, wohin man blickte, irgendwer fiel immer auf. Einer der herunterfahrenden Aufzüge erregte ihre besondere Aufmerksamkeit. Darin stand eine schlanke, kurvenreiche Dame in dunkelblauem Hosenanzug mit schwarzem Bob, feinen Gesichtszügen und einer grauen Aktenmappe unter dem Arm. Das Handy zwischen Schulter und Ohr eingeklemmt, notierte sie sich etwas mit Kugelschreiber auf dem Mappendeckel. Der Glaskasten stoppte auf Höhe der Halle. Die Frau beendete abrupt ihr Gespräch und trat selbstbewusst zwischen den offenen Türen hindurch. Soweit Charly das beurteilen konnte, hatte sie einfach aufgelegt.

Im Stakkatoschritt kam sie auf den Empfang zu und erwiderte gelassen die Musterung. Normalerweise wäre Charly schon bei der Vorstellung, dass sie jemand beim Gaffen erwischte, rot angelaufen, doch irgendetwas an der Frau provozierte sie zutiefst. Auf mindestens zehn Zentimeter hohen Absätzen schritt diese weiter geradeaus auf den Tresen zu.

Das war Peggy White, wurde Charly unmittelbar klar. Mit dieser Erkenntnis spürte sie auch, wie sich die Stimmung in der Halle unmerklich verändert hatte. Alle standen gerader, waren geschäftsmäßiger, wirkten angespannter. Der Piranha war eingetroffen. Und die anderen Fische kuschten. Keiner wollte zum öffentlichen Fressen werden.

Irgendwie hatte sie sich die Assistentin ihres Vaters anders vorgestellt. Nicht ganz so vollbusig, nicht ganz so jung und nicht gar so überzeugt von sich. Allerdings war das wahrscheinlich die beste Eigenschaft, um gegen Roger bestehen zu können, ganz zu schweigen davon, etwas bewirken oder gar verändern zu können.

Geduldig wartete Charly, bis Peggy in Hörweite kam. Das Smartphone in der Rechten, die Akte in der Linken, fiel die Option weg, sich zur Begrüßung die Hand zu reichen. Gerade als Charly ansetzte und den Mund öffnete, vibrierte erneut das Telefon der Assistentin.

Zeitgleich bemühte sich die Empfangsdame, ihrer Aufgabe gerecht zu werden, und sagte: „Einen guten Tag, Miss White. Das ist Miss Clark." Dabei lächelte sie unverbindlich.

Peggy White ignorierte den Anruf, nickte der Frau hinter dem Tresen zu und erwiderte: „Danke, Amanda." Erst danach nahm sie Charly wieder bewusst zur Kenntnis. Die Machtspielchen hatten begonnen. Das konnte ja heiter werden. „Guten Tag, Miss White", sagte Charly und konnte sich einen leicht ironischen Unterton nicht verkneifen.

Rogers Assistentin verzog keine Miene. „Miss Clark. Schön, dass wir uns kennenlernen." Ihre Worte klangen ruhig und abwägend. „Da wir etwas spät dran sind", der begleitende Blick deutete Tadel an, „werden wir das heutige Programm verkürzen. Ich überlasse es den Mitarbeitern, die Sie in den nächsten Tagen kennenlernen werden, Sie durch die einzelnen Bereiche zu führen. Unterhalten wir uns in meinem Büro weiter." Nach dieser Aufforderung drehte sie sich um und stöckelte in Richtung der Aufzüge davon.

Charly blieb einen Augenblick konsterniert stehen, dann folgte sie rasch der grazilen Gestalt.

Peggy White schien ein harter Brocken zu sein. Sie war nicht unfreundlich oder unprofessionell, aber irgendwie glatt. Charly wusste mit dem ersten Eindruck, den sie von der Frau hatte, noch nicht wirklich etwas anzufangen.

Außerdem beschlich sie das Gefühl, dass sie auf einmal von allen Seiten bestaunt wurde. Sie wandte schnell den Kopf nach rechts und links. Keiner tat es offensichtlich, doch sie meinte, mehrere wandernde Augenpaare wahrgenommen zu haben. Entweder bemitleideten sie die Leute, was wohl einiges über Peggys Kompetenzen und Befugnisse aussagte, oder sie hatten realisiert, dass Charly die Tochter ihres Chefs war. Das würde in jedem Fall die gesteigerte Aufmerksamkeit erklären. So oder so, sie fühlte sich leicht unwohl.

Am anderen Ende der Halle angekommen, trat sie hinter der Assistentin in den Aufzug. Diese drückte einen Knopf an einer silbernen Leiste in Hüfthöhe und legte ihren Zeigefinger auf das kleine Scannerfeld daneben. Die gläsernen Türen schlossen sich und sie wurden nach oben befördert. Hätte man nicht nach draußen sehen können, hätte Charly die Bewegung nicht bemerkt. So also sah moderne Technologie aus.

Sie drehte sich weg, um nicht in die Tiefe schauen zu müssen. Peggy White stand entspannt da. Ein bisschen fühlte Charly sich wie ein Versuchskaninchen, das beobachtet wurde.

Weil sie nicht ausschließlich untätig sein wollte, fragte sie das Erste, was ihr der Verstand gebot: „Ich nehme an, die Sicherheitsfreigabe für mich wird nachher eingerichtet?"

Das brachte ihr zumindest ein amüsiertes Funkeln der Assistentin ein. „Grundsätzlich kann jeder die Aufzüge nutzen. Es gibt auch ein Treppenhaus, über das Sie fast alle Stockwerke erreichen können. Allerdings befindet sich dieses im hinteren Teil des Gebäudes und es wäre sehr sportlich, würden Sie jeden Tag zu Fuß gehen." Von der anderweitig besser zu nutzenden Arbeitszeit sagte Peggy nichts, aber Charly konnte es sich denken. „Zudem erreichen Sie damit nicht die Ebene des Büros Ihres Vaters beziehungsweise meine Räumlichkeiten. Dorthin führen nur Notausgänge und die Aufzüge. Zu allen Stockwerken außer diesem kommen Sie ohne Sicherheitsfreigabe, also ohne Scan. Den Fingerabdruck brauchen Sie nur, um spezielle Türen zu öffnen, Zugang zu den Laboren zu erhalten oder eben dorthin zu kommen."

Charly nickte mechanisch. Ein Unternehmen, dessen Produkte hauptsächlich auf Forschung, Entwicklung und Ideen beruhten, schützte sich lieber zu viel als zu wenig vor Industriespionage. Schließlich war das Konzept bares Kapital, selten die Umsetzung.

„Aber ja, um Ihre Frage zu beantworten, wir werden heute die Sicherheitsfreigabe für Sie einrichten. Ihr Vater hat entgegen meinen Einwänden eine volle Autorität für Sie vorgesehen. Das heißt, Sie können sich überall im Gebäudekomplex und auf dem Werksgelände bewegen. Ich rate Ihnen allerdings davon ab, auf eigene Faust umherzuwandern. Das ist besser für Sie und sicherer für uns. Wir haben Räume, die strengen Vorschriften unterliegen. Manch einer könnte sich auch durch Ihr Auftauchen gestört fühlen."

Ungeachtet dessen, dass Charly die Aussage nachvollziehen konnte und nicht vorhatte, sich im Gewirr der Gänge zu verlieren, störte sie der abwertende Tonfall.

Still fuhren sie die letzten Meter, dann öffnete sich geräuschlos die Aufzugwand hinter der Assistentin und beide traten in den Flur, der vor ihnen lag. Peggy White hielt sich zielgerichtet nach rechts. Es waren nur wenige Meter, dann kamen sie vor einer weiß lackierten Tür an. Das schwarze Schild mit silberner Gravur darauf wies das Büro als das angestrebte aus. Schwungvoll öffnete Peggy die unverschlossene Tür. Ein einziger Fingerabdruckscanner galt wohl als ausreichende Sicherheitsvorkehrung.

Sie winkte Charly hinter sich herein und ging über einen dunklen Teppich zu ihrem hellgrauen Schreibtisch, der direkt vor einer riesigen Glaswand stand. Der Raum war wirkungsvoll, er deutete auf Befugnisse hin, doch eigentlich stand das Ensemble falsch, befand Charly. Wäre der dunkle, lederne Schreibtischstuhl um hundertachtzig Grad gedreht, könnte die Assistentin jederzeit den herrlich weitreichenden Blick nach draußen genießen. Dieser ging auf die Rückseite des Gebäudes hinaus und zeigte einen Wald, der weiter hinten durch kleine Häuser mit klassisch roten Dächern abgelöst wurde. Vielleicht lenkte die Lieblichkeit der Aussicht zu sehr vom Arbeiten ab.

Ein schwarzer Mülleimer, eine silberne Schreibtischlampe, ein weiterer schwarzer, einladend aussehender Sessel für Besucher und eine mittelgroße grüne Pflanze in einem Topf, dessen äußere Beschaffenheit Charly an Fischschuppen erinnerte, komplettierten die Einrichtung. Nach dem vielen freien Platz zu schließen, schien Peggy White den Grundsatz „Weniger ist mehr" verinnerlicht zu haben und zudem alles in Papierform für unnötig zu befinden. Oder sie hatte ein eigenes Zimmer für Aktenschränke.

Charly kam aus dem Staunen nicht heraus. Die Räumlichkeiten der Clark Group waren hochmodern. Wozu ihr Vater neue bauen ließ und warum der Vermieter nicht einfach Ja und Amen zu dem sagte, was Roger wollte, konnte sie nicht nachvollziehen. Sicher zahlte das

Unternehmen jährlich einen ganzen Batzen Miete. Fraglich blieb demnach, welcher Nachmieter trotz der überwältigenden Modernität des Gebäudes so viel zu zahlen bereit war.

Rogers Assistentin hatte sich inzwischen gesetzt und blätterte in ihrer Mappe. Das Handy lag vor ihr auf dem Schreibtisch und vibrierte erneut. Sie warf einen schnellen Blick auf die angezeigte Nummer und kritzelte geschäftig etwas auf einen weißen Block. Auch dieser Anruf blieb unbeantwortet.

Charly setzte sich, mit ihrer Tasche auf dem Schoß.

Nach ein paar Sekunden sah Peggy auf. „So. Nun also zu Ihnen. Sie haben als Tochter von Herrn Clark besondere Rechte, die anderen nicht gewährt werden. Das respektiere ich, allerdings bitte ich Sie, in Zukunft pünktlich zu sein. Damit ersparen Sie sich selbst und mir Ärger."

Charly fühlte sich unwillkürlich in ihre Kindheit zurückversetzt. Susann hatte sie wegen desselben Vergehens im gleichen Timbre gerügt. Allerdings war sie damals neun gewesen. Danach war sie meist pünktlich erschienen. Heute erzürnte sie der Vorwurf, vor allem, da er unberechtigt war. Wäre sie kleinlich, müsste sie jetzt anmerken, dass nur die Rede vom Einfinden gewesen war, und das hatte sie vor acht getan.

Schon wollte sie unwillig widersprechen, doch die Assistentin redete munter weiter: „Der Zeitplan der nächsten Tage ist straff. Sie werden durch einige Auserwählte Einblick in das Unternehmen erhalten, wie bereits vorher erwähnt. Ich bitte Sie daher, sich die nächsten zwei Wochen jeden Morgen zur selben Uhrzeit wie heute in der Eingangshalle einzufinden. Man wird Sie dort abholen. Die Mitarbeiter werden auf Sie zukommen. Nach dieser Phase sehen wir, wie es weitergeht. Haben Sie dazu Fragen?"

Charly schluckte ihren Unmut herunter, schließlich ging es nicht um ihre wachsende Abneigung gegenüber der Person vor ihr, sondern um die Clark Group. Das war wichtiger.

„Nein", antwortete sie daher bestimmt.

Peggy nickte. „Schön. Herr Weber hat mich gebeten, Sie zu ihm zu bringen, wenn wir fertig sind. Haben Sie Einwände?"

Charly schaute verblüfft. Natürlich hatte sie keine! Alles war besser, als noch länger bei der Assistentin zu verweilen. Ein Wiedersehen mit Mack Weber wäre sogar sehr erfreulich. Immerhin waren sie per Du und sie hatte ihn lange nicht gesehen.

„Nein", bestätigte sie erneut.

„Dann beginnen wir gleich mit unserem Programm." Peggy faltete die Hände vor der Brust und schaute sie direkt an. „Auch wenn Sie mich jetzt vermutlich nicht besonders sympathisch finden, möchte ich Sie vor einigen Stolperfallen bewahren. Offenheit ist etwas, das ich mir von Ihnen wünsche, und deshalb möchte ich den Grundstein legen. Ich denke, es ist besser, wenn ich Ihnen gewisse Dinge sage, bevor Sie diese von anderen weniger gut meinenden Personen hören. Über die Pünktlichkeit, die in Zukunft von Ihnen erwartet wird, haben wir ja bereits gesprochen. Sie tragen legere Kleidung, die Ihnen sicher gut steht, sich aber nicht für Ihre Stellung ziemt."

Charly zog eine Augenbraue hoch. Langsam, aber sicher brachte sie diese herablassende Art in Rage. Die Frau vor ihr mochte mehr Erfahrung und es ohne Hilfe ihres Nachnamens weit gebracht haben, das allein berechtigte sie aber nicht, an anderen herumzukritisieren.

Mit Blick auf das freizügige Dekolleté der Assistentin erwiderte Charly ruhig: „Sehen Sie, das unterscheidet uns voneinander: eine Thematik, viele Auslegungsmöglichkeiten. Wie wir beide wissen, sitze ich vor Ihnen, um die Clark Group kennenzulernen. Heute bin ich genauer gesagt nur zu einem Gespräch da. Einen Hosenanzug im Schrank zu haben ist keine Kunst. Und Kleidung sollte aufgrund des Ansehens, des Respekts und der Hierarchie gewählt werden. Ich bin noch kein Vorstandsmitglied. Sollte ich eines Tages in die Fußstapfen meines Vaters treten, dann gebe ich Ihnen ohne Weiteres recht. Dann ist es angebracht, anders aufzutreten. Es ist eine Verpflichtung gegenüber dem Unternehmen, den Mitarbeitern, unseren Partnern und Kunden, derer ich mir durchaus bewusst bin. Doch bis dahin werde ich nicht vorgeben, etwas zu sein, das ich nicht bin."

Peggy sah sie das erste Mal wirklich interessiert an.

Charly aber war noch nicht fertig. Gemäßigt tat sie ihre Meinung kund. „Es freut mich, dass Sie sich um Offenheit bemühen. Also möchte ich meinerseits das Gleiche tun. Ich begrüße es, dass Sie mir auch in Zukunft sagen wollen, wenn Ihnen etwas an meinem Verhalten auffällt, das es zu ändern gilt. Ich bin mir sicher, wir werden eng zusammenarbeiten, und soviel ich bisher von meinem Vater gehört habe, machen Sie, so ich mir anmaßen darf, das zu sagen, Ihren Job gut. Deshalb tun Sie uns beiden den Gefallen und bilden sich keine vorschnelle Meinung von mir aufgrund meines Äußeren. Warten Sie ab, welche Leistungen ich erbringen kann. In dem Sinne möchte ich Ihnen Ihren eigenen Rat zurückgeben und Sie trotz allem an meine Beziehung zu diesem Unternehmen erinnern. Es würde mich freuen, wenn Sie weniger besorgt um meine Kleidung wären und mehr auf Ihren Tonfall achten würden." Charlys letzter Satz war harscher ausgefallen als geplant.

Es schien, als wäre die Assistentin tatsächlich einen Augenblick sprachlos. So viel Rückgrat und eigene Prinzipien hatte sie von einem vermeintlich verwöhnten Spross vermutlich nicht erwartet.

Sie maßen sich mit Blicken. Charly genoss die Herausforderung fast. Keine gab nach. Dann erschien ein feines Lächeln auf Peggys Gesicht. Es ließ die Züge der Assistentin fließender wirken, ihre Haltung lockerte sich und sie schien geradezu amüsiert. Charly wartete die Entwicklung ab.

„Ihr Vater hat recht, in Ihnen steckt eine Menge Potenzial", sagte sie zwinkernd. Das kam vermutlich einem Lob ziemlich nahe. Mit ihrer förmlichen Direktheit ähnelte die Frau Vanessas früherer Art sehr.

Charly verzog ihre Lippen.

Peggy White atmete aus. „Wir werden als Erstes die Liste Ihrer Termine in der nächsten Zeit durchgehen und danach schauen, inwieweit Sie bereits mit unseren Abläufen und Aufgabenfeldern vertraut sind." Fragend blickte sie Charly über den Schreibtisch hinweg an. Daraufhin begann ein Gespräch, das sich zog, ohne zäh zu werden, und erstaunlich herzlich endete. „Als Letztes scannen wir noch einen Finger Ihrer Wahl, dann sind wir für heute fertig", sagte Peggy irgendwann.

Sie zog ein dem Touchpad im Aufzug ähnliches, kleines, flaches Gerät aus ihrer obersten Schreibtischschublade und Charly legte wie angewiesen die Kuppe ihres Zeigefingers darauf. Nach zwei Anläufen hatten sie es vollbracht, die neuen Daten waren in das System eingespeist und Charly konnte sich innerhalb der Clark Group frei bewegen. Trotz des etwas unglücklichen Anfangs meinte sie nach der Begegnung, eine helfende Hand beim Zurechtfinden im Imperium ihres Vaters gefunden zu haben. Informationen waren der Schlüssel zum Erfolg und die Assistentin war bereit, ihr umfassendes Wissen zu teilen. Wahrscheinlich nicht selbstlos, doch wer konnte es ihr verdenken?

Sie begleitete die Tochter ihres Chefs den Flur hinunter, zeigte ihr die hölzernen Türen, die den Zugang zu Rogers Büro darstellten, und verabschiedete sich wenige Meter weiter, nachdem sie ihrem Schützling eingeschärft hatte, dass er immer um zwölf Uhr zu Mittag aß.

Ein wirbelndes Karussell voller Überlegungen im Kopf klopfte Charly unter dem Schild mit der Gravur *Mack Weber* an eine Tür. Gerade als sie die Hand ein zweites Mal heben wollte, wurde von innen geöffnet und eine große Gestalt in einem dunklen Dreireiher füllte den Türrahmen. Erfreut streckte Mack ihr seine Rechte entgegen. Sein fester Händedruck vermittelte ihr ein angenehmes Gefühl. Mack bat sie hinein und Charly verglich unwillkürlich seine Einrichtung mit der von Peggy.

Beide Räume waren gleich geschnitten und ähnlich ausgestattet. Auf Macks Schreibtisch türmten sich hingegen die Akten und ein Duo bunter Bilder zierte die weißen Wände. Rote, getupfte Mohnblüten wetteiferten mit hellgelben, im Pinseldruck aufgetragenen Sonnenblumen um Aufmerksamkeit. Ein riesiger Schreibtischstuhl in Bordeauxrot zog den Blick ebenfalls an. Die Kombination der Stile wirkte gegenläufig, doch passten die Werke zur warmherzigen Art ihres Eigentümers.

Wieder setzte sich Charly auf den einzigen für Besucher gedachten Stuhl und legte ihre weiße Tasche auf ihren Oberschenkeln ab. Auch ihr Gegenüber ließ sich nieder.

„Es heißt *Das Mohnfeld bei Argenteuil* und ist von Claude Monet. *Die zwölf Sonnenblumen in der Vase* sind von Vincent van Gogh. Wie du siehst, sind es Drucke, leider keine Originale", erläuterte Mack ungefragt. „Die Kunst soll mich hin und wieder daran erinnern, dass es trotz aller Arbeit und Mühen auch noch die einfachen Freuden des Lebens gibt, für die man nur mit offenen Augen in die Natur hinausgehen muss."

Der Gedanke gefiel Charly. Sie streifte gerne durch die Landschaft. In letzter Zeit war sie durch ihren Drang zu laufen öfter als sonst in der Sonne gewesen. Nicht nur die frische Luft, auch der Umgebungswechsel und die Ursprünglichkeit halfen ihr, den Kopf freizubekommen, aufzuatmen und nachzudenken.

„Welchen Eindruck hat die Clark Group bisher auf dich gemacht?", wollte Mack Weber unvermittelt wissen. Gleichzeitig drückte er auf einen Knopf an einer kleinen Box vor sich und fragte sie: „Kaffee oder Tee?"

„Kaffee, bitte, mit Milch", beeilte sie sich zu antworten. Ein bisschen Koffein konnte nie schaden.

„Miss Charmin, bringen Sie uns bitte zwei Kaffee. Einen wie immer, einen mit Milch. Danke", sagte Mack laut.

Es knackte, dann erklang eine weibliche Stimme. „Natürlich, Herr Weber."

Unwillkürlich musste Charly lächeln.

Wenig später brachte eine ältere, braunhaarige Dame mit ausgesprochen kunstvoll manikürten Nägeln und umgeben von einer wahren Parfumwolke die Tassen.

Nachdem Charly und Mack wieder alleine waren, gestand sie ihm, dass ihr der Firmenhauptsitz gefiel. „Meine einzige Sorge ist die Tatsache, dass ich bis letzten August im Prinzip nichts über die Firma wusste. Natürlich hatte ich eine grobe Vorstellung. Aber jetzt hat sich meine Situation grundlegend verändert und es gibt so viel, das ich in kurzer Zeit sehen und lernen möchte.“

Mack beugte sich über den Schreibtisch näher zu ihr. „Setz dich nicht unter Druck. Auch wenn man es bei deinem Vater oft vergisst: Wir haben alle irgendwann einmal angefangen ...“

„Schon, aber vermutlich früher“, fiel Charly ihm ins Wort. „Ich hätte mich mehr mit der Clark Group befassen sollen. Ich war ... uninteressiert“, stellte sie aufrichtig fest.

„Es gibt immer etwas, das man im Nachhinein besser oder früher gemacht hätte. Natürlich wäre es schön, wenn du mehr Eifer gezeigt hättest, aber es war damals nicht vonnöten. Sieh die positiven Seiten: Du hast ein Bildungsniveau, welches dir bescheinigt, dass du Fakten überdurchschnittlich schnell erfassen kannst, sie auszuwerten und zu beurteilen vermagst. Der Rest sollte keine Schwierigkeit sein. Wissen ist heute ein dehnbarer Begriff, der keiner fortwährenden Allgemeingültigkeit unterliegt.“

Er lehnte sich zurück und nahm einen großen Schluck Kaffee. „Früher galten Dinge länger. Die Forschung und Entwicklung hatten bei Weitem nicht dieselben Möglichkeiten, geschweige denn das rasante Tempo heutiger Abfolgen. Vieles der für uns selbstverständlichen Technik war vor Jahrzehnten noch undenkbar. Vielleicht lassen wir es uns zudem mehr Geld kosten, sind bemühter, immer auf der Suche nach etwas noch Besserem. So ist der Mensch.“

Charly hing gebannt an seinen Lippen.

„Was ich damit eigentlich sagen will, bevor ich vollkommen abschweife“, Mack zwinkerte ihr zu, „ist, dass du heute immer weiterlernen musst. Es gibt kein Niveau, mit dem du dich, sobald du es erreicht hast, begnügen darfst. Daher ist deine Unwissenheit kein absoluter Verlust. Du bekommst das, was uns in Scheibchen dargeboten wurde, als ganzen Brocken. Kurzfristig kaust du daran, langfristig entsteht dir daraus kein Nachteil.“

Nachdenklich schwieg Charly. Die Sichtweise erschien ihr konsistent, auch wenn sie sicher war, dass es nicht so einfach sein konnte.

Zumindest nahm das Gespräch eine Last von ihren Schultern, derer sie sich davor in dem Maße gar nicht bewusst gewesen war.

Nachdem sie die Tassen geleert hatten, machte sie sich mit einigen guten Ratschlägen und einer Visitenkarte mehr in der Handtasche auf den Weg zum Büro ihres Vaters. Sie wollte nicht zu spät kommen. Charly nahm an, dass Roger in seinen Räumlichkeiten speiste. Gegen ein Essen in der Kantine, falls es eine gab, hätte sie freilich auch nichts einzuwenden. Gut erzogen wartete sie, bis nach dem Klopfen ein „Herein!" ertönte. Das Büro war von grundlegend anderem Charakter als alles, was sie bisher auf dem Gelände wahrgenommen hatte. Mit einem Mal argwöhnte sie, was für ein Mann hinter der Fassade von Roger Clark wirklich steckte. Hin und wieder meinte sie, wertvolle, wenn auch flüchtige Wahrnehmungen vom Kern unter der harten Schale zu erhalten, doch belegt war das nicht. Müsste sie ihn charakterisieren, so würde es ihr, abgesehen vom Offensichtlichen, schwerfallen.

Ihr Vater saß an einem massiven hölzernen, selbstverständlich eckigen Schreibtisch und blickte auf mehrere Papiere. Hinter ihm befand sich eine Regalwand, die die unterschiedlichsten Bücher beherbergte. Ohne den Kopf zu heben, winkte er Charly zu sich.

Sie sah mehrere Fotorahmen von hinten vor einer kunstvoll geschwungenen Schreibtischlampe stehen und überlegte, ob er ihr Weihnachtsgeschenk auch hier aufgestellt hatte. Am Boden war glänzend versiegeltes Parkett verlegt. Alle Oberflächen im Raum zeigten, auf Hochglanz poliert, Lichtreflexe und sie stellte sich vor, wie die Putzfrau den Sauberkeitsgrad durch die Betrachtung ihres Spiegelbilds überprüfte. Erheitert grinste sie über ihre eigene Fantasie.

Links standen zwei schwarze Ledersofas an der Wand. Auf einem Teppich wenige Meter vor Rogers dominanter Gestalt waren ebenfalls zwei dazupassende Sessel für Gäste positioniert. Es war die richtige Umgebung, um wichtige Entscheidungen zu fällen. Selbst ein Präsident oder Regent jeglicher Nation wäre auf die Gewichtigkeit, die das ganze Interieur ausstrahlte, stolz.

Neugierig kam Charly näher und stellte ihre weiße Tasche auf einem der beiden Sitze ab. Ihr Vater schob die Dokumente von sich.

„Charlotte, schön, dich zu sehen." Er trug einen seiner vielen dunklen Anzüge und hatte die rahmenlose Brille auf der Nase. Jetzt nahm er sie ab und rieb seine Augen, bevor er die Brille wieder an Ort und Stelle rückte. „Während wir essen, habe ich etwas mit dir zu besprechen." Er stand auf und bedeutete ihr, ihm zu folgen.

Das klang ernst. Hatte er vor, einen Rückzieher zu machen, und beschlossen, jemand anderen für seine Nachfolge auszubilden? Das sähe ihm nicht ähnlich. Der Gedanke fühlte sich seltsam falsch an. So sehr hatte sie sich inzwischen an die Vorstellung gewöhnt. Mit Überlegungen beschäftigt, trat sie zusammen mit ihm durch eine kleinere Tür in der linken hinteren Ecke des Raumes. Licht und die freundliche Gestalt von Berta vor einem Tisch empfingen sie auf der anderen Seite. Verdutzt blickte Charly von der Köchin zu Roger.

„Mittags kocht Berta hier", erklärte er, während er sich auf dem hölzernen Stuhl niederließ, der das Kopfende markierte. „Ich möchte nicht jeden Tag Schlag zwölf das Gelände zum Essen verlassen. Es ist für uns beide eine gute Lösung", fügte er hinzu.

Welch ein Luxus!

Die Köchin hantierte derweil geschäftig mit Töpfen und einer Pfanne auf dem Herd der kleinen, modernen Einbauküche, die die gesamte linke Wand einnahm. Ein Kochfeld reihte sich an eine silberne Spüle. Nur die gläserne Klappe des Backofens durchbrach die Ordnung der hellen Holzfurniere. Die rechte Wand bestand auch hier aus einer überdimensionierten Glasplatte.

„Setz dich." Ihr Vater blickte sie an.

Und Charly wurde bewusst, dass sie schweigend dastand. Widerwillig ging sie auf den altmodischen, eckigen Tisch zu. Darauf warteten zwei gefüllte Wassergläser. Die Räumlichkeit änderte nichts an der Tischordnung. Wieso dachte sie überhaupt darüber nach?

Als sie saß, begann die rundliche Angestellte mit dem Auftragen und Charly lief das Wasser im Mund zusammen. Wenn sie es sich leisten könnte, würde sie Bertas Kochkünste auch allem anderen vorziehen.

Zufällig entdeckte sie just in dem Moment unter einem der Stühle einen Korb mit Zeitschriften. Damit beschäftigte Berta sich also, abgesehen vom Kochen. Der Anzahl der Klatschblätter nach kam bei ihr keine Langeweile auf.

„Einen guten Appetit, die Herrschaften", wünschte die Köchin, musterte zufrieden den vollbeladenen Tisch und hob die Deckel aller Töpfe. Charly entdeckte Serviettenknödel, buntes Gemüse, braune Soße, Pilze und eine kleine Portion Fleisch. Vermutlich, um Doktor Schubert nicht allzu sehr zu erzürnen.

„Danke", sagte sie höflich und schöpfte ihren Teller unter dem wachsamen Blick Bertas voll.

Nachdem die Köchin sich in den hinteren Teil des Raumes zurückgezogen hatte, wagte Charly endlich nachzufragen, was ihr Vater mit ihr besprechen wolle. „Keine Sorge, es ist nichts Schlimmes."

Er machte eine wirkungsvolle Pause. „Da jetzt offiziell die Katze aus dem Sack ist und die meisten mitbekommen haben, dass du als meine Tochter voraussichtlich einmal meine Nachfolge antreten wirst, habe ich beschlossen, dich frühzeitig mit allen wichtigen Geschäftspartnern bekannt zu machen. Beziehungen sind ein entscheidender Faktor für eine erfolgreiche Unternehmung."

Roger betrachtete sein Essen. „Bevor Berta uns gleich beiden in den Ohren liegt, dass wir ihre Köstlichkeiten nicht kalt werden lassen sollen, komme ich zum Punkt: Ich möchte, dass du mich auf meine nächste große Geschäftsreise begleitest."

Charly fiel die Gabel aus der Hand. Das war der Wahnsinn! Automatisch schob sie ihren Stuhl zurück, beugte sich hinunter und hob das Essinstrument auf. Wieder aufrecht hatten sich ihre Nerven etwas beruhigt. Gefasst und, wie sie hoffte, halbwegs qualifiziert antwortete sie: „Sehr gerne."

Ihr Vater sah zufrieden aus. „Dann wünsche ich uns jetzt einen guten Appetit."

Sie aßen in einvernehmlichem Schweigen. Charly malte sich bereits den Trip aus. Ihre Vorstellung beruhte auf alten Erinnerungen und hatte einige Lücken. Wo mochte es hingehen? Wen würden sie treffen? Sie wagte nicht zu fragen. Viel zu glücklich war sie über die positive Neuigkeit.

Sobald sie das Mittagessen beendet hatten, blieben sie vor den leeren Tellern sitzen und ihr Vater eröffnete ihr, dass er in einer halben Stunde seinen nächsten Termin empfangen würde. Er wollte wissen, ob sie gut mit Peggy zurechtgekommen sei oder ob sie noch etwas auf der Seele habe. Charly bejahte Ersteres und verneinte Zweiteres. Es gab eine Menge offener Enden, die ihr zu schaffen machten, doch würde sie sich im Einzelnen daran wagen. Nur eine Frage stellte sie: die nach Herrn Doktor Wangermut.

Ihr Vater nickte. „Du hast eine ausgezeichnete Beobachtungsgabe, dir entgeht nichts. Das ist gut!", stellte er fest. „Herr Wangermut war heute Morgen hier, um ein gemeinsames Projekt zu besprechen. Eine Sache, die uns beiden sehr am Herzen liegt." Dabei ließ er es bewenden und sie hakte nicht weiter nach. Die näheren Umstände der Angelegenheit würde sie unterbreitet bekommen, sollte es an der Zeit dafür sein. „Je nachdem, wie lange wir uns unterhalten, wirst du vielleicht noch jemand Bekanntem begegnen. Erinnerst du dich an Herrn Gro-loff? Meinen nächsten Termin habe ich mit ihm."

„Die Augen und Ohren des Innenministers."

Roger lachte auf. „Ich sehe, Herr Telmann hat dich an dem Abend gut unterrichtet. Es ist nie schlecht, verschiedene Quellen zu haben." Ob sich seine Aussage auf Charly bezog und er damit sagen wollte, dass Alfred Telmanns Erzählungen sehr subjektiv waren, oder ob ihr Vater sich selbst meinte und andeutete, dass auch er sich Herrn Groloffs Au-gen und Ohren hin und wieder auslieh, blieb dahingestellt. Vermutlich lag die Wahrheit irgendwo dazwischen.

Nachdem er versprochen hatte, in den nächsten Tagen ein paarmal ihren Weg zu kreuzen, verabschiedeten sie sich.

„Falls sich wegen der Reise oder weiterer Geschäftsessen etwas er-geben sollte, wird Peggy dich wie sonst auch kontaktieren. Natürlich triffst du mich auch jederzeit in meinem Büro an."

„Alles klar, Dad. Danke für dein Vertrauen." Charly stand auf und half Berta beim Abräumen. „Danke auch dir. Es war wie immer wun-derbar." Die Köchin lächelte bescheiden. Sie war schon immer eher in sich gekehrt gewesen.

Roger hatte sich unterdessen bereits zu seinem Schreibtisch auf-gemacht. Charly folgte ihm nun ins andere Zimmer, klaubte ihre Ta-sche aus dem schwarzen Sessel und wandte sich mit einem letzten „Auf Wiedersehen" Richtung Flur.

Herr Groloff lief ihr auf der kurzen Strecke bis zum Aufzug nicht über den Weg. Und obwohl sie Zweifel gehegt hatte, kam sie mit ih-rem Fingerabdruck problemlos nach unten und stand einige Minuten später draußen an der frischen Luft.

Bevor sie ins Auto stieg, blickte sie noch einmal zu dem großen Firmenemblem hinauf. Ungefähr dort saß ihr Vater. Beim Wegfahren dachte sie daran, dass sie nur wenige Stunden von einer Wiederkehr trennten.

So parkte sie am nächsten Morgen erneut auf dem Firmenparkplatz. Pünktlich um acht stand sie mitten in der großen Halle und wartete darauf, abgeholt zu werden. Die Rüge von Peggy hatte sie sich zu Her-zen genommen.

Der Tag gestaltete sich sehr anstrengend, wie auch die folgenden. Charly lief viel, stand fast nie und sammelte eine Flut von Eindrücken und Erzählungen auf ihrem Weg durch die Clark Group. Der Brocken, von dem Mack gesprochen hatte, erwies sich in seinen Ausmaßen als dem Mount Everest immer ähnlicher. Doch begierig nach mehr Beschäftigung, Hintergründen und verborgenen Zusammenhängen stellte sie sich dem Berg tapfer.

Wenn sie abends ins Bett fiel, drehten sich ihre Gedanken um das täglich Erlebte, versuchten, es zu durchleuchten, zu verstehen und abzuspeichern. Ihr Alltag nahm wieder einen geordneten, gleichförmigen Lauf. Nur noch selten dachte sie an die belastenden zurückliegenden Ereignisse. Selbst die Schwester fehlte ihr nicht mehr so schmerzlich, hatte sie doch etwas gefunden, mit dem sie die Leere zumindest kurzfristig füllen konnte.

Zwei Wochen nachdem Sarah in den Flieger gestiegen war, der sie ans andere Ende der Welt gebracht hatte, erhielt Charly eine Postkarte. Das bedruckte Stück Pappe lag auf dem Küchentresen, als sie nach Hause kam. Vorne blinzelte die gleißend helle Sonne des Kontinents auf den roten Uluru herab, an dessen Fuß trockene Wüste zu sehen war. Auf der Rückseite drängten sich die Zeilen ihrer Schwester.

*Hey Charly! Grüße aus Australien!*
*Ich weiß, dass du dir Sorgen um mich machst. Lass es bleiben, es geht mir so weit gut. Wie die Ureinwohner hier im roten Zentrum leben, fasziniert mich. Manche nur nach alten Gebräuchen, andere versuchen, sich an die Moderne anzupassen. Besonders berührt mich ihr Glaube. Die Aborigines sammeln ihre Legenden unter der Begrifflichkeit Traumzeit. Diese beschreibt eine raum- und zeitlose Welt, aus der die reale Gegenwart in einem unablässigen Schöpfungsprozess hervorgeht. Meist wurden all die Geschichten mündlich weitergegeben. Ich habe mir vereinzelte erhaltene Malereien angesehen. Für die Aborigines hat alles eine tiefere Bedeutung und das möchte ich auch glauben. Ich werde zurückkommen, wenn ich dazu bereit bin.*
*Deine Schwester Sarah*

Minutenlang hielt Charly die Karte mit bebenden Händen fest. Ihr Blick war nach innen gerichtet. Die alten, gerade verschorften Wunden brachen auf. Ihr Herz zog sich zusammen. Ging es Sarah wirklich gut? Konnte oder sollte sie irgendetwas tun?

Nach quälenden Sekunden beschloss sie, den Wunsch ihrer Schwester nach Einsamkeit zu respektieren und sich nicht in einen der nächsten Flieger zu setzen. Ihre Schwester war alt genug und weitaus erfahrener im *Auf-eigene-Faust-Reisen*. Wie sie um ihr Kind trauerte und mit den Ereignissen umging, wollte sie der Jüngeren überlassen. Wenn Charly irgendwie helfen konnte, würde die Schwester sich an sie wenden. Sie stieg die Treppe hoch und wandte sich direkt nach rechts. Obwohl die Karte nur an sie adressiert war, legte Charly sie fast andächtig mitten auf den aufgeräumten Schreibtisch ihrer Mutter. Susann schien in letzter Zeit mehr denn je von ihrem eigenen Gram gebeutelt zu sein. Ihr Verhalten hatte sich endgültig gewandelt. Seit Sarahs Abreise hatte Charly sie kein einziges Mal zu Gesicht bekommen. Vielleicht vermochte die Nachricht der Schwester sie aufzumuntern, auch wenn sie ihren Kummer mit niemandem teilen wollte.

Leisen Schrittes ging Charly weiter in ihren Bereich des Hauses. Nachdem sie die Tür ruhig hinter sich geschlossen hatte, fing es plötzlich an: Ihre Hände zitterten unkontrolliert, danach begann der ganze Körper zu zucken. Die Beine drohten, unter ihr einzuknicken, und sie sank auf den Boden. Ihre Augen schweiften umher, Erinnerungen suchten sie heim.

Überall sah sie Vanessa. Auf dem Bett sitzend, vor der Kommode stehend, vor ihrem Kleiderschrank. Lachend, ernst, betrübt.

„Ich bin viel teurer als du!", rief sie Charly grinsend zu.

„Stimmt überhaupt nicht!", hörte sie sich selbst munter dagegenhalten.

Gut entsann sie sich des dummen Spiels, das mit einem Scherz ihrer ehemals besten Freundin begonnen hatte. Eines Tages war diese erpicht darauf gewesen, von ihr zu erfahren, für welchen Betrag sie käuflich wäre. Sie hatte selbstbewusst geantwortet, wer auch immer sie kaufen wolle, müsse erst mal Geld für das lockermachen, was sie am Leib trüge, und daran würde es schon scheitern.

Wie unschuldig sie damals gewesen waren, so voller Werte und Ideale. Sie hätte schwören können, dass es keinen Preis gab, für den man sie kaufen konnte. Heute war sie sich dessen nicht mehr sicher.

Die Erinnerung wurde von einer anderen verdrängt. Sie sah vor ihrem inneren Auge Sarah, die auf ihrer Matratze Trampolin sprang, begleitet von verzücktem Gekreische. Charly durchlebte erneut, wie sie sich auf die kleine Schwester gestürzt hatte, bis sie beide völlig außer Atem über den Boden gekugelt waren. Die Momentaufnahme zeigte fröhliche Kinder. Einst.

Tränen liefen ihr über die Wangen und durchnässten ihr Oberteil. Sie schlug die Hände vors Gesicht und weinte um die Unbeschwertheit, die ihr genommen worden war. Sie weinte um die Menschen, die ihr das Wichtigste im Leben gewesen waren. Alle fort. Der Schluckauf hatte sie gepackt. Nie wieder würde Vergangenes lebendig werden. Die Uhr ließ sich nicht zurückdrehen.

Charly versuchte verzweifelt, sich zu beruhigen. Ihr Kopf gebot ihr, Rationalität walten zu lassen, doch sie hatte ihren Körper gegen sich. Die Arme umklammerten den Oberkörper, ihre Nase lief und immer wieder meldete sich unangenehm ihr Zwerchfell. Die Ereignisse hatten sie aus dem Nichts eingeholt.

Mitten in ihrem Leid sah sie sich selbst, wie sie schlafend im Bett lag und von André träumte. Schniefend wischte sie sich mit dem Ärmel übers Gesicht. Sie unterdrückte die Wut, die sich ihrer nun bemächtigte, da sie an das letzte Wiedersehen mit ihm dachte. Immerhin verschwanden ebenso Menschen aus ihrem Leben, die sie nie wiedersehen wollte.

Wacklig erhob sie sich und schritt ins Bad. Sie war stark, sie würde neue Vertraute für sich gewinnen! Unzählige Jahre lagen noch vor ihr. Gute Jahre, in denen sie eine neue beste Freundin und einen zuverlässigen Partner finden würde, tröstete sie sich. Behutsam nahm sie ein feuchtes Toilettentuch und wischte sich die heruntergelaufene Mascara weg. Ihre Augen erinnerten vage an die eines Waschbären mit Bindehautentzündung. So sollte sie keiner sehen.

Zum Glück hatte sich die Verbindung zu ihrem Vater beachtlich entwickelt. Den ultimativen Beweis hatte die Einladung zu der Geschäftsreise erbracht. Charly freute sich sehr und glaubte fest an seine Zuneigung, klammerte sich mit aller Macht an die Ehrlichkeit seiner Worte.

Roger sagte direkt, wie er die Lage einschätzte, er machte ihr sicher keine falschen Hoffnungen. Außerdem hatte er, derjenige, vor dem sie ausdrücklich gewarnt worden war, sie als Einziger bisher nicht enttäuscht. Stattdessen hatten sie viele angenehme Abende zusammen verbracht und Charly wünschte sich sehnlich, dass noch mehr folgen würden.

Dies zu erreichen lag bei ihr und sie schwor sich, alles, was er von ihr verlangte, absolut perfekt auszuführen, sodass er sie gar nicht mehr wegschicken konnte. Gar nicht mehr wegschicken wollte. Sie schwor sich, perfekt zu werden. Für ihn.

# 16

# ÜBER LÜGEN

Während der nächsten Wochen stürzte sich Charly voll und ganz in die Arbeit. Oder besser gesagt in das Kennenlernen der einzelnen Bereiche der Clark Group. Jede Beschäftigung war wohltuender, als nachzudenken, und ihre Strategie ging insofern auf, als dass sie Fortschritte im eigenen Denken und Handeln bemerkte. Solange sie etwas tat und von einem Termin zum nächsten eilte, fühlte sie sich in ihrem Element. Die stillen Momente waren es, die sie fürchtete.

Als Erstes erhielt sie Einblick in die chemische Forschung. Dort reichte man ihr einen weißen Kittel und bat sie, sterile Gummihandschuhe anzuziehen. Die Haare sorgsam unter einer mintgrünen Haube versteckt, wurde sie anschließend in eine Desinfektionskammer geschoben. Alles war peinlich sauber gehalten.

Nach dem zwanzigminütigen Prozess durfte sie endlich in die biotechnische Laborzone. Dort war es umso spannender. Charly sah die erwarteten riesigen Mikroskope, unzählige Pipetten sowie Hunderte Reagenzgläser. Sie erkannte stolz ein Massenspektrometer und hörte gebannt den Ausführungen des Herrn zu, der sie morgens in der Eingangshalle begrüßt hatte.

Herr Doktor Weiderer war sehr zuvorkommend, hatte schütteres Haar und zappelte beim Sprechen mit seinen langen Gliedern. Mit unerschütterlicher Gelassenheit stillte er ihren Wissensdurst. Mack Weber, so erzählte er gleich, hätte ihn vor etlichen Jahren eingestellt. Und Charly verspürte direkt Sympathie für den Mann.

Geforscht wurde hier hauptsächlich in den Bereichen Pharmazeutik und Medizintechnik. Als sie nach der Kooperation mit den Dandroes fragte, die ihr Vater seit der Wohltätigkeitsveranstaltung im August mehrmals erwähnt hatte, erfuhr sie, dass diese nicht auf dem Gelände der Clark Group durchgeführt wurde.

„Medcom verfügt über eine wesentlich größere Einrichtung in diesem Bereich. Sie sind spezialisierter. Wir produzieren mehr Altbewährtes, für das die Forschung und Entwicklung zum größten Teil abgeschlossen ist. Ich nenne es immer: *die Dinge für den Hausgebrauch.* Darunter können Sie sich wahrscheinlich etwas vorstellen. Diese werden höchstens optimiert. Unsere Labore sind in diesem Sinne nur ein Nebenzweig und nicht das Hauptgeschäft der Clark Group", gab Herr Doktor Weiderer widerwillig zu. „Wir erwirtschaften circa zwanzig Prozent des Umsatzes. Das ist nicht schlecht, aber kein Vergleich zu den Zahlen, die die Techniksparte erbringt. Trotzdem denke ich, dass unsere Arbeit wichtig ist, verstehen Sie? Wir tun damit einen Dienst an der Menschheit. Etwas, das Bestand hat und hilft. Das unterscheidet uns von anderen Berufsfeldern. Zu meinem Entzücken teilt Ihr Vater diese Begeisterung. Ich denke, deshalb hat er die Kooperation angestrebt. Vielleicht erweitern wir unser Spektrum in Zukunft." Kurzsichtig blinzelnd sah er sie durch seine Brillengläser an und Charly schmunzelte, als sie einen Fussel auf einem davon entdeckte.

„Wenn ich mich recht erinnere, hat mein Vater etwas über die Entwicklung neuer Antiseptika gesagt?", bohrte sie weiter.

„Ja, das ist richtig. Wobei wir selbstverständlich von einem Überbegriff sprechen." Auf ihren ratlosen Ausdruck hin begann er, den Sachverhalt genauer zu erläutern. „Als Antiseptika bezeichnet man chemische Wirkstoffe, die bakterielle, virale und andere mikrobielle Erreger von Infektionskrankheiten abtöten. Hauptsächlich geht es darum, die Entstehung einer Sepsis, also einer Blutvergiftung, zu verhindern. Es fängt bei der äußeren Desinfektion von Wunden an, und obwohl es banal klingt, gibt es kein universell einsetzbares Mittel. Noch nicht! Das ist bei Antiinfektiva wie zum Beispiel Antibiotika ähnlich, diese wirken aber anders. Es kommt immer auf den Erreger an, die äußeren Gegebenheiten, die Wirkzeit, die Besonderheiten des Anwendungsbiotops und vieles mehr." Er holte kurz Luft, um dann fortzufahren: „Ich denke, der Verbund ist äußerst nützlich und zielführend, um Kosten zu sparen, jedoch auch, damit weiterführende Forschungsziele generiert werden können." Sich für das Thema erwärmend, erzählte er unermüdlich und der Tag verflog im Nu.

Bei ihrer nächsten Einheit lernte Charly ein ganz anderes Labor kennen. Hier durfte sie alles außer ihrem Smartphone und sonstigen elektronischen Geräten mit hineinnehmen. Einen Schutzanzug gab es nicht.

Herr Tricktop führte sie durch die mediale Forschungsabteilung der Clark Group. In schwarzem Anzug und mit einer eckigen, auffälligen

Brille sah er so gar nicht nach Computernerd aus. Wo blieben die Pickel und das Übergewicht? Gottes Wille ging verschlungene Pfade und bewies, dass ein Informatiker in seltenen Fällen tatsächlich mit Intelligenz UND einem anziehenden Äußeren gesegnet sein konnte.

Charly selbst hatte außer als User noch nie viel mit Anwendungen oder Betriebssystemen zu tun gehabt. Jetzt erhielt sie einen flüchtigen Eindruck von der anderen Seite, dem Programmieren. Die zweckmäßigen Schreibtische bogen sich förmlich unter der Last von Bildschirmen, Platinen und Steckteilen. Schraubenzieher und Lötkolben aller Größen lagen überall in wildem Durcheinander herum. Dicke Kabelstränge liefen wie Adern durch den Raum. Summende Rechnertürme füllten in Reihen einen langen Flur bis zur Decke. Es herrschte ein absolut unübersichtliches Chaos. Der Traum eines jeden Tüftlers!

Produziert wurden von der Clark Group Computerspiele, aber auch Onlineanwendungen und Spiele für Konsolen. Geheimnistuerisch verriet ihr Herr Tricktop, dass firmeneigene Scouts zuletzt einige vielversprechende Ideen für einen hohen Betrag von jungen Entwicklern direkt aus dem Kinderzimmer gekauft hatten und hier im Unternehmen nur noch an der grafischen Darstellung gefeilt wurde.

„Die Anregungen für neue Produkte oder Erweiterungen so kundennah wie möglich zu erhalten, bestimmt häufig über die Marktakzeptanz. Unsere Zielgruppe ist durchwachsen, doch setzen meist die Jüngeren die Trends", sagte er und betonte im Folgesatz, dass es sich um eine Entwicklungsabteilung handelte. Es ginge nur bedingt um Ideenfindung. „Schnelligkeit ist das A und O unseres täglichen Geschäfts, denn nichts veraltet früher als die Technik von gestern."

Zudem zeigte er ihr die Arbeitsräume einer abgekapselten Untereinheit, die die Wartung des allerersten Verkaufsschlagers der Clark Group betreute, eines Workflowprogramms für Mittelständler. Charly erfuhr, dass ihrem Großvater in seinen späten Jahren mit diesem Programm der Durchbruch in der Branche gelungen war. Daraufhin hatte sich eine Vergrößerung der Firma als notwendig erwiesen und die Clark GmbH hatte expandiert. Das Projekt war schon lange ausgelaufen, da SAP in diesem Bereich später den Markt fast vollständig übernommen hatte.

Von den historischen Fakten kam Herr Tricktop immer mehr zum technischen Detail, bis Charly nur noch die Bindewörter zwischen den Fachausdrücken wahrnahm. Die Stunden mit ihm bescherten ihr ein Klingeln in den Ohren, das sich erst am Abend legte.

Einige Tage nach den mentalen Ausflügen in die Zukunft und Vergangenheit der Clark Group wurde sie zur Abwechslung von einer Frau begrüßt. In kirschrotem Kostüm mit passendem Lippenstift war die hellblonde Dame eine auffällige Gestalt. Immer wieder stellte Charly seufzend im Laufe des Tages fest, dass ihnen die Blicke der Männer folgten.

Miss Wennsten, wie sie kühl betont hatte, war Leiterin der Marketingabteilung. Im achten Stock des Hauptgebäudes sitzend, hatten ihre Mitarbeiter sich definitiv die Schreibtische mit der besten Aussicht gesichert, fand Charly. Auf die Frage hin, was sie denn nun alles außer den zwei großen Sparten vermarkteten, lachte Miss Wennsten nur und führte sie in einen Besprechungsraum. Ganz in Weiß gehalten, kaum möbliert und mit hellen Neonröhren an der Decke, erinnerte dieser Charly entfernt an eine Gummizelle. Nicht, dass sie je eine von innen gesehen hätte ...

Mit einem Mal begann sie, die farbenfrohe Erscheinung ihrer Begleitung zu schätzen. Diese tippte auf einen kleinen, in die Längsseite des Tisches eingelassenen Bildschirm und schaltete den modernen Beamer neben der Deckenleuchte an.

Mit den Worten „Unsere Aufgabe ist es, neben der Vermarktung aller Sparten der Clark Group und jeglicher Produkte auch die Pflege des Corporate Image zu betreuen und die stetige Entwicklung Ihres Vaters als werbewirksame Figur voranzutreiben" begann sie ihre Präsentation.

Ungefähr in der Mitte dachte Charly gelangweilt: „Mir muss sie die Firma nicht verkaufen. Der Großteil davon gehört mir bereits, zumindest fast."

In der darauffolgenden Woche bekam sie die übrige Bandbreite des Imperiums gezeigt: Angefangen bei der Personalabteilung, dem kleinen Architektenbüro, das seit den Bauwünschen ihres Vaters zum Konzern gehörte, und dem Vertrieb.

Bezeichnend war beim Absatz die Orientierung hin zu modernen Medien, verstärkt wurde auf den Onlinehandel gesetzt. Sowohl im Arzneimittel- als auch im Gaminggeschäft. Es ging hauptsächlich um Rabattverhandlungen mit größeren Plattformen. Verträge mit Großhändlern oder gar den Einzelhändlern vor Ort waren weitestgehend in den Hintergrund gedrängt worden.

„Ihr Vater möchte unsere Ausrichtung allerdings ändern", betonte Frau Ploötzen, die sie durch die Abteilungen führte. „Der Endkunde soll wieder in den Fokus rücken." Sie sei seit vierzig Jahren im Unternehmen angestellt, berichtete die grauhaarige, kleine Mitarbeiterin. Darauf war sie sehr stolz. „Die Welt hat sich verändert, seit ich angefangen habe." Geistesabwesend betrachtete sie die moderne Umgebung. „Ich kenne Ihren Vater schon seit meinem ersten Monat. Er möchte beständig Reformen. Stillstand ist Rückschritt, sagt er."

Charly schmunzelte. Diese Aussage war hundert Prozent Roger Clark. Er besaß einen unstillbaren ökonomischen Hunger.

„Ihn stört bestimmt die Abhängigkeit von den Vertriebsriesen", antwortete sie.

Frau Plöötzen bejahte. „Wir haben zwar eigene Internetauftritte mit interaktiven Shops, aber die Kunden tendieren zum niedrigeren Preis und auch zum Kollektivkauf. Sie machen sich keine Gedanken darüber, was ihr Eigennutz maximierendes Verhalten für die Hersteller bedeutet."

Die Zwangslage konnte Charly nachvollziehen. Wie üblich dachte der Konsument an seinen Geldbeutel und die Marktmacht der Onlineportale drückte den Preis.

„Ihr Vater sieht in diesen Giganten nichts Gutes. Bei der letzten Bereichsversammlung hat er es recht interessant dargestellt: Ohne unsere Produkte und die von anderen Firmen wären die Internetriesen nicht existent. Sie sind von uns abhängig. Sie profitieren rein vom Handel und dieser kann nur auf der Grundlage von Gütern entstehen. Wir könnten ihnen also einfach die Basis, unser Verkaufsmaterial, entziehen. Das Problem bei solchen theoretischen Gedankenspielen ist, dass eine Entmachtung durch Rückzug der eigenen Palette erst dann erfolgreich wäre, wenn alle Konkurrenten es gleichzeitig tun würden. Eine reine Fantasievorstellung. Als Vorreiter gewinnt man momentan nichts, die Lücke im Sortiment wäre morgen von anderen Anbietern geschlossen."

Charly hatte fasziniert gelauscht. Sie selbst ging lieber in den Laden und befühlte etwas oder bei Medikamenten in die Apotheke, um durch persönliche Beratung sicherzustellen, dass sie auch das richtige Mittel kaufte.

„Wir stehen also vor der Frage, wie mit den weiteren Entwicklungen umzugehen ist", schloss die ältere Frau ihren Bericht.

„Gibt es denn einen Ansatz?", wollte Charly wissen und Frau Plöötzen machte ihr die Freude, bereitwillig darauf einzugehen.

„Es gibt die Idee, wieder verstärkt auf herkömmliche Läden zurückzugreifen, diese aber neuartig im Sinne eines Erlebnisses zu gestalten.

Apple in der Unterhaltungsindustrie ebenso wie Langnese als Süßwarenanbieter haben bereits in Grundzügen ähnlich positionierte Konzepte realisiert und sind damit den meisten weit voraus. Eine Umsetzung in unserem Fall ist noch unklar. Wenn die Clark Group aus dem globalen Onlinehandel externer Anbieter aussteigt, ist dies eine weitreichende Entscheidung, die gut überlegt werden sollte. Damit nur ein kurzfristiger Nachteil aus der Neuorientierung erwächst und der Erfolg einem geringen Restrisiko unterliegt, müsste etwas komplett Außergewöhnliches erdacht werden.

Außerdem stellt sich die Frage, ob zusätzlich die eigenen Websites in der heutigen Form aufrechterhalten werden oder sogar ein Ausbau stattfinden sollte. Der Internethandel gewinnt in allen Ländern immer mehr an Bedeutung, das darf nicht unterschätzt werden. Wir sind uns jedoch im Klaren, dass eine Eigenständigkeit erst dann möglich wird, wenn die Substituierbarkeit unserer Produkte ausgeschlossen ist und der Kunde sie unbedingt präferiert. Dementsprechend liegt der Fokus momentan auf der Entwicklung eines technologischen Vorsprungs und der Produktbindung sowie auf dem stärkeren Aufbau einer Corporate Identity mit der Person Ihres Vaters als tragende Säule."

Charly bescherten die Leitideen einen Blick über den Tellerrand ihres theoretischen Studiums hinaus. Sie hatte die Dame und deren Offenheit auf Anhieb gemocht.

Am Nachmittag verstrickten sie sich beim Kaffee in weitere futuristische Gedankengebäude, wie die Clark Group sich zukünftig aufstellen könnte.

Jeder weitere Tag brachte Charly mehr und umfassendere Einblicke. Jedes neue Problem, jedes Gedankengut verdiente es, ausführlich beleuchtet zu werden. Ihr Kopf fühlte sich an manchen Abenden noch vollgestopfter an als ihr Kleiderschrank. Sie versuchte, innovativ zu denken und eigene Anstöße einzubringen. Doch unterlag die Realität deutlich mehr Kriterien als die Modelle, die sie während des Bachelors kennengelernt hatte.

Jede Situation war progressiv und hatte mit Vergangenem meist nur wenige Schnittpunkte. Wie sollte demnach aus empirischen Daten eine mögliche Entwicklung detailgetreu prophezeit werden? Die Wirklichkeit zeigte, dass einzelne Entscheidungen den Verlauf einer Unternehmung grundlegend bestimmten. Prozesse konnten rationalisiert, allgemeingültige Fragen mit Statistiken belegt und beantwortet werden, dennoch blieben Novitäten und die Reaktion des Marktes je nach Radikalität des neuen Produktes ein nicht unerhebliches Wagnis. Deshalb, so verstand sie nun, war ihr Vater besonders stolz darauf, dass sein Unternehmen auch verschiedene kleinere Standbeine beinhaltete. Eine Absicherung für Krisen. Hatte sich eine Sparte erst einmal etabliert, konnte sie je nach Bedarf erweitert werden.

In ökologischer Hinsicht war die Clark Group ebenfalls nicht untätig, musste Charly erstaunt feststellen. Der Begriff Imperium, der in jenem Zeitungsartikel über ihren Vater und seine Firma genutzt worden war, füllte sich immer mehr mit Sinn. So betrieb das Unternehmen zusätzlich drei Windparks und einige Solarfelder.

*„Live consciously!"*, war einer der gängigen Slogans, die hierfür bemüht wurden. Noch befand sich das Projekt in den Kinderschuhen. Es sollte als eine Art realintegrativer Prototyp zeigen, ob zukünftige Investitionen lohnenswert waren. Wer Roger Clark kannte, wusste allerdings, dass vorher mit Finesse geplant worden war und ein weiterer Schritt nur eine Frage der Zeit war.

Nachdem Charly all diese Erkenntnisse gesammelt hatte, stellte sie nicht im Mindesten überrascht fest, dass Roger eine fast übermenschliche Präsenz im Unternehmen besaß. Er schien über alles informiert zu sein, immer die entscheidende Richtung vorzugeben und das mit Erfolg!

Alles war high tech, die Mitarbeiter und jegliche Technik auf dem neuesten Stand. Große Summen wurden für die Analyse und Umsetzung bereitgestellt, in die Marktforschung und Trendbeobachtung gesteckt. Umsatz und Gewinn des Imperiums boomten, wenn man dem Flurfunk Glauben schenken durfte. Selbstverständlich hätte Charly auch die öffentlich verfügbare Bilanz der AG studieren können, doch wer tat das schon?

Inzwischen war es Anfang Juli und sie wurde langsam ungeduldig. Seit ihren letzten Prüfungen an der Universität waren zwei Monate vergangen, seit der Abgabe ihrer Bachelorarbeit fast ein Vierteljahr. Sie hoffte darauf, ihr Zertifikat bald in Händen zu halten, um sich damit auf einen geeigneten Masterstudiengang bewerben zu können. Beginn des Wintersemesters war im Oktober. Eigentlich sollte alles passen. Eigentlich. Wenn die schwerfällige Bürokratie ihrer Universität bald zu einem Ergebnis kam ...

Ihr früherer Plan hatte vorgesehen, dass Vanessa und sie nach dem Bachelor ein Semester lang reisten und die Seele baumeln ließen. Pünktlich mit ihrem Jahrgang, der das Studium in Regelzeit absolvierte, wären sie zu Beginn des Masters zurückgekommen. Da ihr die Vorstellung, alleine zu reisen, missfiel und sie überhaupt kein Fernweh verspürte, sondern eher tiefer in die Materie der Clark Group eintauchen wollte, hatte sie nichts dagegen gehabt, ihr Freisemester anderweitig zu verbringen. Nun beschloss sie, ihrer Ausbildung fortan eine andere Richtung zu geben. Das Studium weiterzuführen war immer noch ihr Vorhaben. Allerdings an einer Universität, die es erlaubte, nebenher zu arbeiten.

Ihr Vater, mit dem sie beabsichtigte, die Thematik des Masters zu besprechen, war ihr in der letzten Woche öfter über den Weg gelaufen. Die passende Gelegenheit hatte sich allerdings noch nicht geboten. Peggy White und Mack Weber hatte Charly seit ihrem ersten Tag nicht wieder zu Gesicht bekommen. Während Peggy weiter fleißig darin gewesen war, ihre Termine zu koordinieren, hatte sie von Mack überhaupt nichts gehört.

Gestern dann war Roger mit der frohen Botschaft zu ihr gekommen: Ihre erste gemeinsame Geschäftsreise stand endlich an. Insgeheim hatte sie bereits befürchtet, dass er seinen Vorschlag, sie auf die Dienstreise mitzunehmen, wieder verworfen hatte. Sie hätte es besser wissen müssen. Und war sie nicht immer erpicht darauf gewesen, von ihrem Vater statt von seiner Assistentin informiert zu werden? Manchmal wurden Wünsche wahr.

Wie üblich auf niemandes Terminkalender außer auf seinen eigenen Rücksicht nehmend, teilte Roger ihr die Abreise sehr kurzfristig mit. Charly freute sich nichtsdestotrotz. Die Hotelbuchungen waren bereits arrangiert. Ihr Flug würde übermorgen in aller Frühe nach Hongkong gehen. Asien! Vielleicht eine neue Zusammenarbeit oder ging es um Rohstoffe? Roger hielt sich bedeckt.

Als sie beim nächsten von Berta kredenzten Mittagessen in seinen Büroräumen nach den Flugtickets fragte, wurde sie mit Heiterkeit belohnt. „Wir nehmen das Firmenflugzeug", erläuterte ihr Vater ganz selbstverständlich und ließ sie staunend zurück.

Da war so viel, das es für sie herauszufinden galt. Gab es etwas, das die Clark Group nicht besaß? Wobei die Frage eher lauten sollte: Gab es etwas, das ihr Vater nicht sein Eigen nannte?

Charly gab sich die Antwort selbst: höchstens etwas, das er nicht begehrte.

Hongkong erweckte den Anschein, eine tolle Metropole zu sein, und sie hoffte, dass neben dem Geschäftlichen ein paar Stunden für die exotische Kultur und Sightseeing blieben. Angetan bemühte sie am Abend das Web und klickte sich durch eine Galerie von Bildern der Skyline.

Über die Jahre hatte sie einige asiatische Städte gesehen und überlegte, ob diese sich stark von den anderen unterschied. Sie würde es herausfinden. Fest nahm sie sich vor, die Reise zu genießen und Roger dabei von ihren Plänen bezüglich des weiteren Studiums zu erzählen. Er würde sicher mitsprechen wollen.

Susann hatte sie gestern Abend, als diese spät, aber wenigstens tatsächlich nach Hause gekommen war, abgepasst und ihr den Sachverhalt ihrer baldigen Abwesenheit geschildert. Obwohl sie sich nie sahen, hatte sie das als gebührlich empfunden. Ihre Mutter war danach kommentarlos die Treppe hinaufgestiegen. Charly hatte nicht genau gewusst, wie sie mit dem Schweigen umgehen sollte. Vorerst jedoch war sie über die ausgebliebene Reaktion froh.

Der nächste und damit letzte Tag vor dem Abflug nach Asien war wieder lang und anstrengend. Frau Ploötzen hielt sie in Atem.

Auf ihrem Weg durch das Gebäude mit dem Parkplatz als Ziel hatte Charly bereits ihre Tasche dabei. Sie wollte nur noch kurz zum Büro ihres Vaters, um ihn an den Flug morgen zu erinnern und ihm eine gute Nacht zu wünschen. Das Kofferpacken musste sie später auch noch erledigen. Damit verbunden hatte sie eine ganze Liste an Überlegungen, denen sie sich nachher widmen würde. Beispielsweise ob sie asiatische Geschäftspartner schwerer einschätzen konnte als nationale.

Ein Blick hinunter in die Halle zeigte ihr, dass das belebte Treiben des Tages abgeflaut war. Die meisten Mitarbeiter hatten sich bereits in den Feierabend verabschiedet. Trotz der geforderten Initiative und Überstunden nahmen sich einige am letzten Arbeitstag vor dem Wochenende den Nachmittag ganz frei oder gingen zumindest früher. So auch diese Woche. Die Lichter waren gedimmt, die Geräuschkulisse gedämpft. Charly eilte den Flur hinunter zu den Aufzügen. Sie war sicher, Roger noch in seinen Räumlichkeiten anzutreffen. Er, der eingefleischte Workaholic, ging nie, solange sich ein Streifen Helligkeit am Horizont zeigte. Energisch auf den Knopf der modernen Aufzugsteuerung drückend, trat sie von einem Bein auf das andere. Nervös strich sie ihr königsblaues, schlichtes Kostüm glatt. Seit knapp sieben Tagen dachte sie darüber nach. Heute würde sie es wagen und ihren Vater beim Abschied ungezwungen umarmen! Was war schon dabei? Man trat einen Schritt vor, bewegte die Arme nach außen und legte sie um das Gegenüber. Ganz einfach. In der Theorie.

Die Praxis sah anders aus. Sie beinhaltete eine große Portion Respekt. Neben Charlys fixer Idee, dass es sie zusammenschweißen würde, wenn sie diese letzte körperliche Barriere durchbrachen. Sie war gehemmt, wenn sie vor ihm stand. Ihre Arme fühlten sich unendlich schwer an. Ihr Körper verharrte genau dort, wo er war.

Obwohl sie sich seit ihrem ersten Besuch in der Firmenzentrale öfter denn je sahen und sich auch ein paarmal im Komplex begegnet waren, pflegten sie einen platonischen Umgang. Gerne wollte Charly glauben, dass diese scheinbar zufälligen Aufeinandertreffen daher rührten, dass er sie einfach sehen wollte, doch so ganz passte das nicht zu Roger. Vielmehr hegte sie den Verdacht, dass ihr Vater sich hin und wieder selbst davon überzeugen wollte, ob sie den Anforderungen gerecht wurde und man ihr das Richtige vermittelte. Noch stand sie ganz am Anfang und ließ sich die väterliche Fürsorge gefallen. Das war es doch, Aufmerksamkeit und keine Kontrolle, oder? Er bekundete sein wie auch immer geartetes Interesse und das tat ihr gut.

Endlich kam die durchsichtige Kabine auf ihrer Ebene zum Stehen und die Türen öffneten sich. Nachdenklich trat sie ein und drückte automatisch auf die Stockwerktaste der Vorstandsebene. Danach legte sie ihren Zeigefinger auf das viereckige, kleine Feld des Scanners und Sekunden später setzte sich das Gefährt vertikal in Bewegung.

Charly wusste, dass es ein Privileg darstellte, die Taste für die Büroebene betätigen zu können, gleichwohl schien es ihr angebracht zu sein, schließlich war sie eine Clark.

Auf einmal erinnerte sie sich an das Gespräch mit André über ihren Fingerabdruck und seinen Wagenschlüssel. Damals als sie zum ersten Mal in den Spyder gestiegen war. Unwillig kniff sie die Lider zusammen und schob die Erinnerung von sich. Noch tat sie weh. Viel zu sehr. Warum assoziierte der Mensch Dinge mit speziellen Personen, ohne dass ein bewusster Impuls dazu führte?

Verärgert konzentrierte sie ihre Gedanken wieder auf Roger. Manchmal schien er fast unmenschlich, so nahe daran, unfehlbar zu sein. Er setzte auf die richtigen Produkte, engagierte die besten Köpfe und glaubte mit steter Gelassenheit an eine Innovation, wenn er dieser seinen Segen gegeben hatte.

Bisher hatte ihn sein wirtschaftliches Gespür nicht getrogen, fast jedes Produkt war ein Erfolg, nahm man das Wachstum der Clark Group als Richtwert. Der daraus resultierende Profit beschrieb unermessliche Höhen. Er schaffte Raum für neue Produktzyklen, für weitere Triumphe. Charly mochte sich nicht vorstellen, wie reich ihr Vater wirklich war.

Sie hatte großen Respekt vor seiner Leistung und vor seiner Stellung. Hin und wieder träumte sie davon, ihm eines Tages in die Karten schauen zu können. Bis dahin musste aufmerksames Beobachten genügen. Diese Fähigkeit war ihr zwischenzeitlich abhandengekommen, nun wollte sie umso beflissener nichts übersehen.

Natürlich war sie sich bewusst, dass zu dem vorangehenden auch der autoritäre, durchaus gefürchtete Geschäftsmann gehörte. Eine sensibel zusammengestellte Controllingabteilung durchleuchtete Tag und Nacht sämtliche Prozesse und Ausgaben. Verlief ein Projekt abweichend von den geplanten Vorgaben, stand eine Entscheidung an: fortführen, beenden oder Teilstücke anderweitig integrieren beziehungsweise abstoßen.

„Eine Unternehmung ist nur so lange tragbar, wie sie dem Unternehmen vonnutzen ist", hatte Roger während einer ihrer letzten Begegnungen gesagt. „Dabei geht es nicht unbedingt um die Kosten. Es geht um die Effekte. Erzielen wir damit einen nicht zu ermessenden Imagevorteil? Schaffen wir eine monopolistische Marktstellung, die es uns erlaubt, den Preis zu heben und langfristig Gewinne zu erwirtschaften? Oder Konkurrenten ganz aus dem Markt zu drängen? Manchmal muss man um die Ecke denken. Das wird deine Aufgabe sein." Ernst war sein Gesicht dem Charlys immer näher gekommen. „Versuch, dir so viel Wissen wie möglich anzueignen. In allen Bereichen. Das ist der Quell deines strategischen Vorteils und du wirst nie vorhersehen können, was du wann brauchst. Es geht nicht mehr nur um die Technologie oder Technik, die es zu entwickeln gilt. Dafür kann exzellentes Fachpersonal angeworben werden. Es geht darum, Impulse in die richtige Richtung zu setzen. Die Nase vorne zu haben. Für dich steht nicht das Heute im Vordergrund, sondern das Morgen. Eine Vision, wenn du es so nennen willst."

Charly hatte genickt und versucht, sich jedes Wort zu merken.

„Die Kunst dabei ist, sich zwischen Verwirrung, Genie und Größenwahn nicht zu verlieren. Ideen haben wir alle. Die Phase der Markteinführung zeigt dir letztlich, wie realitätsnah sie umzusetzen sind. Und nicht jeder Markt ist für alles responsiv", war ihr Vater schließlich zum Ende gekommen.

Obwohl seine Ausführungen durchgehend logisch klangen und seine Errungenschaften ihm recht gaben, beschlich Charly manchmal das

Gefühl, dass er in einer Welt lebte, die so nur für sehr wenige Menschen existierte. In einer Welt der Macht und des Reichtums, zu der nur Magnaten Zugang hatten.

Öfter fragte sie sich, wie er aus diesem Lebenszustand heraus wissen konnte, wofür die Menschheit bereit war. Wie die durchschnittlichen Leute da draußen lebten. Was sie dachten und fühlten. Doch schien er den Spagat zwischen seiner Realität und der der Masse, zwischen Gegenwart und Zukunft erfolgreicher als andere in seiner Position zu meistern. Paradoxerweise schien er nie den Draht verloren zu haben.

Derweil sie ihm noch eine Frage hatte stellen wollen, war Frau Plöötzen zurückgekehrt und Roger hatte sich verabschiedet. Abends waren dann statt eines Diskussionspunkts tausend andere in ihrem Gehirn herumgegeistert. Sie hatte sich schlagartig damit konfrontiert gesehen, dass sie in wenigen Jahren oder gar Monaten Entscheidungen treffen sollte, die nicht nur über ihr Schicksal entschieden, sondern auch die Konsumenten sowie die Mitarbeiter der Clark Group betreffen würden.

Letztlich spiegelten sich dann die Erfolge oder Misserfolge ihrer Vision im Wohlstand des Unternehmens wider. Im Großen betrachtet, war es eine Kette des Vertrauens. Die Aktionäre, Mitarbeiter und sonstige Interessensgruppen vertrauten darauf, dass sie den richtigen Instinkt bewies, ebenso wie sie auf eine erfolgreiche Forschung, Entwicklung und Erprobung der Produkte vertraute. Der Kunde seinerseits vertraute auf die Qualität der gewünschten Leistung, für die er bezahlte. Bei einem gesunden Konzern entstand so eine ausgeglichene Wechselwirkung.

Das ganze Sytem stand und fiel jedoch mit der Motivation und dem Glauben an die einzelnen Glieder, beides Emotionen, die nicht gemessen werden konnten und doch eine so große Rolle spielten. Gerade das Involvement blieb dabei eine Notwendigkeit, die nicht einfach zu erringen und schnell zu verlieren war.

Charly seufzte, als sich die Aufzugtüren wieder öffneten und sie hinaus auf den Flur trat. Alleine die Überlegungen während der kurzen Fahrt fühlten sich wie ein gedanklicher Alterungsprozess an. Sie beschäftigte sich mit Sachverhalten, die Kommilitonen vielleicht für eine Klausur auswendig gelernt, aber danach in den Tiefen ihres Gedächtnisses eingemottet hatten. Für sie war dies jedoch die harte Realität. Verknüpft mit einem zu verantwortenden Output, der immer zu einem gewissen Prozentsatz ungewiss blieb. Mit realem Geld.

Selbstredend war sie realistisch genug, erkannt zu haben, dass ihr Vater bis an sein Lebensende alle zehn Finger mit in der Firma haben würde. In seiner Lebensplanung existierte die Phase des Ruhestands mit Sicherheit nur sekundär. Das nahm ihr einen Teil der Last. Unter seiner Führung würde alles den gewohnten Gang nehmen. Die Vertrauenskette funktionierte weiterhin. Glied für Glied. Im gleichen Maß, in dem diese Feststellung sie Erleichterung empfinden ließ, beunruhigte sie sie auch, denn damit würde er das letzte Wort dauerhaft für sich beanspruchen.

Nichtsdestoweniger sah Charly die Clark Group als lebenden Beleg dafür, dass ihr Vater ihr Vertrauen verdiente. Schließlich setzte auch er Zuversicht und Hoffnungen in sie. Im Stillen versprach sie, ihm diesen Vorschuss eines Tages mit eigenen Errungenschaften zurückzuzahlen.

Still war sie den Flur entlanggegangen. Um die Ecke biegend, sah sie in einigen Metern Entfernung ein Leuchten unter den Türen seines Büros. Selbstverständlich arbeitete er noch! Mit einem Lächeln im Gesicht ging Charly drauf zu. Hier war ihr Platz, ihre Berufung. Sie brauchte keine Freunde. Roger und sie würden der Welt zusammen einen viel größeren Nutzen bringen, als es jede Freundschaft, jede kleine Romanze zu tun vermochte.

Gerade als sie die rechte Hand auf die Klinke legte, um eine der großen, hölzernen Flügeltüren zu öffnen, stockte sie in der Bewegung. Von innen waren Stimmen zu hören. Ihr Vater hatte Besuch. Leise trat sie zurück und überlegte, ob sie gehen sollte. Vielleicht war es ein wichtiger Geschäftspartner?

Wenn sie eines gelernt hatte, dann dass ihr Vater Dinge ungern während offiziell angesetzter Meetings besprach. Er bevorzugte es, ausgewählte Menschen an erwählten Orten zu ungewöhnlichen Zeiten persönlich zu kontaktieren, old school eben. Und damit immerzu durch nennenswertes Gelingen zu erstaunen. Da sie ihn ab morgen ganze vier Tage lang um sich haben würde, beschloss Charly, es für heute gut sein zu lassen. Seine Korrektheit und sein Kalender würden Roger rechtzeitig vor Abflug an alles erinnern. Jetzt wollte sie ihn nicht belästigen.

Im Wegdrehen, schon mit den Überlegungen über ihre Reisegarderobe beschäftigt, vernahm sie plötzlich ein Lachen. Es kam ihr bekannt vor. Zu bekannt. Sie verharrte in der Bewegung und das Geräusch wiederholte sich. Da wusste sie es ... Andrés Lachen!

Erstarrt stand sie da. Ihr Kopf war jählings wie leer gefegt. Ob sie es wollte oder nicht, all ihre Sinne konzentrierten sich auf das Geschehen hinter den geschlossenen Türen. André im Büro ihres Vaters. Lachend. Das bedeutete, dass die beiden sich kannten! Näher kannten. Ein unangenehmer Schauer lief ihren Rücken herunter. Woher? Wie? Da war es wieder, das WARUM! Sie musste träumen ... war überarbeitet. Gleich morgen würde sie Peggy um einen freien Tag bitten. Ach nein, nach der Reise.

Von innen hörte sie just Gemurmel und konnte nun mit geschärften Ohren Satzfetzen erahnen. „... Schlüssel für den Fiat zurück." Das war Andrés Stimme. Eindeutig! Sie hatte keine Halluzinationen. Leider.

Ein Klirren folgte. Fiat?! Hielt er gerade ihren alten Autoschlüssel in der Hand? Aber ihr Kleiner war doch bei Tom in Verwahrung. Wieso überhaupt zurück? Was war mit Andrés Sportwagen? Ihre Gedanken liefen Amok. Nichts ergab einen Sinn. Sie konzentrierte sich.

„... großer Vorteil. Hast du es dabei?", erkundigte sich Rogers Stimme.

Dabei? Charly klebte inzwischen am Spalt zwischen den Türflügeln. Sie meinte, ein Rascheln zu hören. Was sollte ihr Ex denn dabeihaben? Außer ... Das weiße Päckchen! Aber was in aller Welt wollte ihr Vater mit den Drogen?

Die Dielen des Bodens knarzten leise, als jemand darüberlief. Konsumierte ihr Vater Rauschmittel? Sie wollte es nicht glauben. Konnte es nicht glauben. Brachte es einfach nicht mit ihrem Bild von ihm in Einklang. Gleichzeitig war es die einzig logische Erklärung. Sie wurde offenbar unmittelbar Zeugin, wie André ein Päckchen *was-auch-immer* lieferte. Das war nicht gut. Gar nicht gut! Roger konnte aufgrund des Besitzes und Konsums von illegalen Substanzen im Gefängnis landen!

„... wird überzeugen ... unglaublich verbessert ...", schwärmte André euphorisch.

Pries er seine Ware auch noch an? Unfassbar! Charly fühlte sich, als wäre ihr der Boden unter den Füßen weggezogen worden. Schon wieder. Ihr Geist befand sich im freien Fall und suchte verzweifelt etwas, an das er sich klammern konnte.

Es musste der Stress sein, deshalb behalf sich ihr Vater mit Drogen. Damit wäre er nicht der erste erfolgreiche Manager, der seiner Selbstsicherheit ein wenig unter die Arme griff. War seine Gesundheit womöglich deswegen angeschlagen? Warum versuchte keiner, ihm zu helfen? Allen voran Doktor Schubert, dieser musste es doch wissen!

Zu dem Instinkt, ihren Vater beschützen zu wollen, gesellte sich ihre eigene Verletztheit, die unter der Oberfläche geschlummert hatte. Eine unbändige Wut auf André brodelte in ihrer Brust. Süchtige waren nicht zurechnungsfähig. Die Schuld lag bei ihrem Ex! Diesem Lackaffen, diesem miesen Verräter!

Zuerst hatte er Roger in seinen Bannkreis gezogen, dann sie. Er war ihr keinesfalls zufällig über den Weg gelaufen. Das konnte ihr keiner weismachen! Der Zeitungsartikel war gar nicht nötig gewesen, um ihn auf ihre Fährte zu locken. Vermutlich hatte er eine der studentischen Hilfskräfte bestochen, für ihn im System nachzusehen, welchen Kurs sie im Studium fundamentale belegte. Vielleicht war es sogar die Blonde auf dem Schreibtisch gewesen.

Dann hatte er sich ebenfalls angemeldet. Für die Teilnahme am Sprachkurs und den Aufenthalt in der Unicafeteria musste man nicht immatrikuliert sein. Die einzige Hürde war ein geringer Obolus, den Externe für das zusätzliche Zertifikat zu entrichten hatten, während es für Studenten im Rahmen der Ausbildung angeboten wurde.

Charly schluckte krampfhaft, doch auch das verschaffte ihr keine Befreiung. Das Herz tat ihr weh vor Zorn. Zitternd verschränkte sie die Hände vor dem Körper. Hielt sich selbst fest. Erfolglos. Alles, was sie hinter sich gelassen hatte, kam wieder hoch und dieses Mal war es schlimmer als je zuvor.

„Charly, wie geht es ihr?", hörte sie nun ihren Ex leise fragen.

Zuerst war sie nicht sicher, ob sie ihn richtig verstanden hatte. Die Muskeln in ihrem Gesicht zuckten, in ihren Beinen kribbelte es. Sie schloss die Augen und horchte angestrengt auf die unweigerlich folgende Antwort.

„Gut ... deine Fehler ausbügeln ..." Der Ton ihres Vaters war hart.

Fehler ausbügeln? Andrés Fehler? Was hatte er ... Ihr wurde gleichzeitig warm und kalt. Ihr Verstand schien einen Moment auszusetzen. Erst nach mehreren Sekunden wurde ihr die Tragweite des Gehörten bewusst. André hatte in Bezug auf sie eine Menge Fehler gemacht. Aber sie hatte ihrem Vater von keinem einzigen erzählt. Gleichwohl musste er die ganze Geschichte kennen. Was meinte er damit genau? Den Fehler seines Dealers, ihr aufgelauert zu haben? Sie kennengelernt zu haben? Den, sie betrogen und verletzt zu haben? Oder war der Plan, dass André sie einwickeln sollte, gar seine Idee gewesen? Stammte all das Geld, das dieser hatte, von ihm?

Schlagartig wurde ihr übel. Das durfte nicht wahr sein! Abrupt rasteten zwei weitere Teile des Puzzles ein: der Porsche! André hatte nicht überrascht gewirkt. Zumindest nicht so überrascht wie sie selbst.

Und er hatte treffsicher gewusst, dass das Auto in der Tiefgarage stand. Außerdem hätte er unbemerkt den Schlüssel unter eine der silbernen Hauben legen können, während sie im Bad gewesen war. Des Rätsels Lösung hatte immer in greifbarer Nähe gelegen. Oh nein! Sie war so dumm gewesen!

Drinnen ging die Unterhaltung in Gemurmel über, während Charly die Maserung des Holzes vor sich anstarrte und zeitgleich nicht wahrnahm. Ihr Vater hatte sie noch eine Lektion gelehrt. Jetzt kam es ihr vor, als wäre es erst gestern gewesen. Sie hatte ihn gefragt, warum er sich in all den Jahren seit der Scheidung nicht um seine Töchter gekümmert hatte. Es war ihr sehr schwergefallen, ihn darauf anzusprechen.

„Man muss Opfer bringen", hatte er gesagt. „Es ist nicht so, dass ich stolz darauf bin, dass wir so selten in Kontakt standen und ich deine Schwester noch heute kaum kenne. Aber auch du wirst eines Tages in eine Lage kommen, in der du dich entscheiden musst. Was hat Vorrang? Ich habe mich damals aufgrund verschiedener Faktoren für die Clark Group entschieden und das erwarte ich, solltest du einmal vor eine ähnliche Wahl gestellt werden, auch von dir. Heute glaube ich, dass sich zumindest die Gegensätze von Unternehmen und Familie vereinbaren lassen. Allerdings bereue ich meine Entscheidung nicht. Denn ich bin der Auffassung, dass Gedeihen auf jedem Gebiet mit innerem Antrieb zusammenhängt."

Rogers Worte waren ihr nachhaltig im Gedächtnis geblieben.

Bedächtig hatte er seine Ausführungen mit Argumenten gestützt. „Habe ich alles getan, um die nötigen Inputfaktoren zu gewährleisten, um größtmögliches Know-how zu generieren für ein optimales Ergebnis? Erst wenn diese Frage mit einem klaren Ja beantwortet werden kann, ist das Projekt bestmöglich vorbereitet."

War sie dieses Mal der Inputfaktor? Einfach eines seiner Projekte? War die Wahl der Nachfolgerin, die ausgebildet werden musste, auf sie gefallen, weil es sich den Konventionen gemäß ziemte, jemanden der gleichen Abstammung als Firmenvorstand einzusetzen? Hatte André bei all dem die Rolle gehabt, sie bedächtig darauf vorzubereiten? Sie in die Welt einzuführen, die ihr bisher reichlich egal gewesen war, die Roger jedoch als gegeben ansah? Hatte er sie für ihren Vater formen, kontrollieren und animieren sollen? Daher wohl seine seltsam anmutenden Ratschläge.

Charly war gewiss, dass er all dem mit Vergnügen zugestimmt hatte im eifrigen Streben, seine eigenen Vorteile aus dem Arrangement zu ziehen. Diese waren ihr bereits klar gewesen, sowie sie das Tütchen im Café auf dem Boden gesehen hatte. Und sie war artig an seinen Fäden getanzt, wenn er daran gezogen hatte. Bis zu dem Tag im Prüfungsamt. Sie fuhr sich mit der klammen Hand über Stirn und Nase.

Kommerz konnte also auch in menschlicher Hinsicht geschehen, dazu benötigte es keine Wirtschaftsgüter im üblichen Sinn. Alles war ein Wertstoff. Kommerz resultierte aus einer übersteigerten Wettbewerbsorientierung, die den Menschen krankhaft egozentrisch werden ließ. Die seine komplette Umgebung einem dauerhaften Controllingprozess unterzog, welcher schlussendlich die Entscheidung diktierte. Nicht das Herz oder die Menschlichkeit.

Das ganze Geflecht nahm ungeahnte Dimensionen an und Roger war fälschlicherweise der Gute geblieben. War es ihm je um sie als Tochter, als individuelle Persönlichkeit gegangen? Vermutlich nicht. Dass Sarah ihn nur mäßig interessierte, hatte er selbst zugegeben. Warum sollte es bei ihr anders sein? Nun erklärte sich zumindest, warum er nicht im Krankenhaus erschienen war. Vielleicht hatte sie ihrer Mutter gar unrecht getan und diese hatte ihn gar nicht davon abgehalten, zu kommen. Er war von alleine ferngeblieben. Den Flughafen hatte er auch nur auf ihre beim Essen vorgebrachte Bitte hin aufgesucht.

Dumpf pochte ein Nerv hinten in Charlys Kopf. So war das mit dem Lauschen, sagte sie sich. Man hörte Dinge, die man nicht hören wollte. Und bekam im Zweifelsfall unangenehme Wahrheiten auf dem Silbertablett serviert.

Ein Krampf ließ ihre lose herabhängende Hand zur anderen an den Bauch schnellen. Sie schloss die Lider für einen kurzen Moment und atmete gegen die aufkommenden Wellen des Schwindels an.

Da stand sie, in ihrem allerersten Armanikostüm, auf dessen Kauf sie so stolz gewesen war, und fühlte sich nicht mehr weltmännisch, sondern verkleidet und unwohl. Einer Schaufensterpuppe gleich hatte sie die Veränderungen der letzten Monate willig über sich ergehen lassen, ohne jeglichen Widerstand. Hatte diese sogar begeistert willkommen geheißen. Dabei war sie nur der Spielball neu erwachter Sympathien anderer gewesen.

Ihr war alles über die Maßen außergewöhnlich vorgekommen. Vielleicht gab es ein Gleichgewicht im Leben, das würde erklären, warum ihr nun sämtliches genommen worden war. Warum alles auseinanderbrach und sie mit leeren Händen und leerem Herzen zurückließ. Auf zu viel Gutes folgte Schlechtes. Allerdings war sie nicht abergläubisch.

Schicksal hin oder her, sie hatte einfach gottverdammtes Pech und davon eine ganze Ladung. Sie war an die falschen Leute geraten. Misslich, dass diese zu ihrer Familie gehörten.

Auf einmal wünschte sie sich zurück zu dem Tag im August, als sie bereit gewesen war, sich auf das Spiel ihres Vaters einzulassen. Wie naiv sie sich damals von der Hoffnung auf seine Zuneigung hatte ködern lassen. Selbstverachtung überlagerte ihre anderen Emotionen, obwohl sie bezweifelte, dass ein Nein Roger zu bremsen vermocht hätte. Zudem war sie rückblickend beschämt darüber, wie sie sich André am ersten Tag des Spanischkurses an den Hals geschmissen hatte.

Hass stieg in ihr auf. Kalter, unbändiger Hass. Auf ihren Vater, ihre Mutter, auf André, Vanessa und sogar Sarah, weil diese einfach gegangen war. Charly wusste, dass sie ihrer Schwester gegenüber nicht fair blieb, doch das Gefühl nagte an ihr. Gab es niemand Normalen auf dieser Welt? Oder war sie diejenige, die nicht ins Konzept passte? Hatte irgendwer je einen Gedanken an ihr Innerstes verschwendet, sich einmal Sorgen darüber gemacht, wie es ihr ging? Wie sie sich fühlte? Sie war nicht jemand x-Beliebiges, mit dem man spielte!

Ungewollt stieg ihr Nässe in die Augen. Um die Tränen zurückzuhalten, verengte sie diese zu Schlitzen. Woher nahmen alle das Recht, über sie zu bestimmen? Sie zu übergehen und nicht miteinzubeziehen?

Im Büro ihres Vaters war erneut männliches Gelächter zu hören. Wie ein kraftvoller Messerstich schnitt es geradewegs in Charlys bereits wunde Seele. Sie fühlte sich verraten, hintergangen, psychisch missbraucht und wollte sich wehren. Sie wollte zuschlagen, mitten in Andrés Gesicht oder in das ihres Vaters. Es spielte keine Rolle. Beide lachten. Beide hatten Schuld.

Irgendwann gab es keinen hellen Schimmer am Ende des Tunnels mehr. Der Glaube daran zerbrach. Irgendwann war das Fass voll und der Schmerz tötete alles ab. Er hinterließ nichts als eine schwarze, kalte Leere. Ein Empfinden von Schärfe ohne jegliche Präsenz. Wenn es nicht schlimmer kommen konnte, vor was sollte sie sich dann noch fürchten? Was gab es noch, das es wert wäre, respektiert zu werden?

Charly glättete ihre Kleidung, blinzelte die Tränen fort und richtete sich auf. Ihr Gesicht fühlte sich fremd an. Sie war viel zu nahe am Geschehen. Aus dem Schatten drehte sie ihren Kopf zu dem Lichtspalt vor ihr. Wie nahe Gefühllosigkeit wohl dem Wahnsinn kam? Zumindest mündete beides irgendwann in Gleichgültigkeit.

Sie war Roger Clarks Tochter. Und auch wenn der Satz nun verdreht klang, diese Tatsache hatte sie geformt. Jetzt verlangte sie eine Erklärung für alles. Eine ziemlich gute, sollte ihr Vater sie nach heute noch einmal sehen wollen. Sie gab ihm diese eine Chance. Ob er Drogen nahm, interessierte sie nur noch bedingt, das war fortan seine Sache. Jetzt ging es um sie beide. André hatte seine Chance bereits verspielt, mit ihm hatte sie abgeschlossen.

Energisch stieß sie die auf Hochglanz polierten Holztüren auf. Hemmungen oder Achtung hatte sie keine mehr.

„Vater, André, was für ein Zufall! Wie schön, euch in trauter Zweisamkeit zu sehen. Wobei ... vielleicht doch eher nicht! Ich hoffe, die Vorstellung war bis jetzt nach eurem Geschmack. Denn ich darf verkünden, auf den Akt der Utopie folgt nun der zweite: die Realität." Ihre Stimme troff vor Spott und Sarkasmus verzog ihr Gesicht zu einer Grimasse.

Laut hallend applaudierte sie sich selbst, derweil sie zu Rogers Schreibtisch stöckelte. Ihr Vater saß still in seinem Sessel dahinter, während André es sich auf einem der schwarzen Sofas an der linken Bürowand gemütlich gemacht hatte. Das Gespräch war bei ihrem Eintritt verebbt. Roger schaute sie entsetzt an. Die beiden schienen sprachlos zu sein. Wahrscheinlich hielten sie Charly für verrückt. Vielleicht sogar zu Recht.

Auf den Unterlagen vor ihrem Vater lag ein Päckchen mit weißem Inhalt. Wie erwartet. Und so war es Charly vollkommen egal, wie sie wirkte. Sie hatte allen Grund, mit gesellschaftlichen Normen zu brechen und aufzubegehren! Einer Ballerina gleich drehte sie sich im Kreis und wartete auf eine Reaktion. Irgendeine.

Da sich keiner der anderen Anwesenden regte, durchbrach sie die Stille selbst. „Sag mir, André, die Tochter des Mannes aufzureißen, den du mit – was? – Koks oder Heroin belieferst, wäre das auf lange Sicht ein Aufstieg vom Tellerwäscher zum Millionär gewesen? Wobei, um korrekt zu bleiben: natürlich vom Kokainwäscher zum Millionär", konnte sie sich die Spitze nicht verkneifen.

André zog eine Augenbraue hoch, indes Charly ihre Aufmerksamkeit bereits verlagerte.

„Und du, was hattest du davon? Du steckst doch sicher in seinem Meisterstück bis zum Ellenbogen mit drin!", warf sie ihrem Vater vor. „Welches Spiel spielt ihr, du und Mum? Zuckerbrot und Peitsche? Vielleicht hättet ihr am Wochenende lieber einen Familienratgeber zur Hand nehmen sollen, statt die Forbesliste zu lesen!" Erzürnt dachte sie an Sarah, an die Situation im Krankenhaus und den fehlenden familiären Rückhalt. Sie wollte wehtun, wollte verletzen, so wie sie sich verletzt fühlte. „Dann hättet ihr rechtzeitig festgestellt, dass Kinder Liebe und Muße beanspruchen, und erst gar keine in die Welt gesetzt." Vernichtend schaute sie Roger an.

Ruhig erwiderte ihr Vater den Blick, ihre Kritik prallte an ihm ab. „Er ist der Sohn eines Geschäftspartners", stellte er mit fester Stimme klar und nickte zu André hinüber.

So nannte man das also.

„Du findest sogar für deinen Dealer eine formvollendete Umschreibung." Ihre Abneigung ließ Charly zurückweichen.

Ihrem Vater ging im Umkehrschluss langsam die Geduld aus. „Ich weiß nicht, was in dich gefahren ist, Charlotte! So kenne ich dich nicht. Aber was auch immer es ist, dein kindisches Verhalten wird hier nicht länger geduldet." Er erhob sich. „Ich bin im Bilde darüber, dass ihr euch unglücklich getrennt habt, auch wenn du mir nicht das Vertrauen erwiesen hast, mich über die Einzelheiten zu unterrichten. Demgemäß möchte ich nun nicht als Prellbock fungieren und mich ebenso wenig einmischen. Macht das bitte unter euch aus."

Selbstverständlich ließ sich der große Roger Clark zu keiner Diskussion herab. Es könnte ja zu viel zwischenmenschliche Nähe oder gar eine Verpflichtung entstehen. Er machte es sich mal wieder einfach. Genau wie in ihrer Kindheit. Nichts, rein gar nichts hatte sich verändert. Charly lachte bitter. Unangenehm hallte der Laut wider. Sie war immer unkompliziert gewesen. Bis heute. Aufkeimende Hysterie spiegelte sich in ihren Augen.

Ihr Vater bemerkte es und fuhr sich unwillig durch die geordneten Haare. „Er ist kein Dealer", wiederholte er.

André hatte sich einstweilen nicht geregt, er nahm die Szene einem Theaterstück gleich in sich auf. Genoss er das Spektakel etwa?

Charly war über den Punkt hinaus, an dem sie noch rational dachte. „Ach, was macht er dann hier? Dir bei der Buchführung helfen? Nein, warte, die ist aus Kostengründen sowieso outgesourct." In ihr loderte es. Sie hob den Zeigefinger. „Jetzt weiß ich es! Berta ist das Salz für die Spülmaschine ausgegangen und zu dieser späten Stunde war die Dringlichkeit so groß, dass dir der nette André, der sich nicht anders beschäftigen konnte, schnell ein Päckchen vorbeigebracht hat." Vermutlich wusste Roger nicht einmal, dass Spülmaschinen Salz benötigten. Woher auch, er hatte in seinem Leben bestimmt noch keine bedient.

Ihr giftiger Blick schwenkte zu ihrem Exfreund. Ihn schien die Trennung nicht besonders mitgenommen zu haben. André sah aus wie immer. Bei genauerer Musterung entdeckte Charly tatsächlich ihre alten Autoschlüssel in seiner Hand. Das trug nicht dazu bei, dass sie ruhiger wurde.

„Und du hast wieder einmal nichts zu sagen?", blaffte sie ihn an.

„Wenn du etwas Sinnvolles, das nicht auf Anschuldigungen beruht, vorbringen möchtest, tu es jetzt. Wenn nicht, bitte ich dich hiermit, mein Büro für heute zu verlassen. Charlotte, du bist außer dir!" Ihr Vater hatte seine Brille von der Nase genommen und funkelte sie an.

Sein Blick hätte Steine zum Schmelzen bringen können. Wäre sie noch die alte Charly, wäre sie vermutlich in sich zusammengesunken. Aber in ihrem Leben war inzwischen mehr als genug passiert. Sie blieb völlig unbeeindruckt und nutzte den stillen Augenblick, um sich zu sammeln. Dabei sah sie ein, dass ihr verbaler Angriff keinen Zweck hatte. Sie atmete tief durch.

Inzwischen strebte sie schon nicht mehr an zu erfahren, wie die Wahrheit in diesem Fall wohl lauten mochte. Sie hatte für eine lange Zeit genug subjektive Wahrheiten nebst Lügen gehört und wollte nur nach Hause. Falls man das Zimmer im Haus ihrer Mutter noch als solches bezeichnen konnte. Irgendwie war ihr dort die Geborgenheit abhandengekommen. Eigentlich ging sie nur noch aus Gewohnheit ein und aus. Und weil dort ihre Sachen lagen.

In diesem Gebäude hier würde sie jedenfalls keiner mehr antreffen. Ihr Lebensabschnitt bezüglich des Themas Clark Group war beendet. Sie hatte die Spielchen satt, ob im Kleinen oder im Großen.

Kalt wandte sie sich von ihrem Vater ab und wieder André zu. Mit einem ausgesucht höflichen Lächeln schritt sie auf ihn zu und streckte ihm ihre rechte Hand entgegen. „Meine Schlüssel bitte."

Kurz schaute er sie an, als ob er erwartete, dass sie sich urplötzlich erneut in eine Furie verwandeln würde, dann ließ er den kleinen Gegenstand auf ihren geöffneten Handteller fallen.

„Gute Fahrt", wünschte ihr Ex mit schief gelegtem Kopf. Die zwei Wörter hätte er sich sparen können, zumal er die ganze Zeit über geschwiegen hatte.

Charly nickte bissig. Danach trat sie erneut an den wuchtigen Schreibtisch ihres Vaters, der sich inzwischen wieder gesetzt hatte, das Drahtgestell auf der Nase. Effektvoll kramte sie in ihrer Handtasche und fand schließlich die Porscheschlüssel. Mit einem lauten *Plong* landeten diese auf der Holzplatte. „Ich bin mir sicher, du findest jemand Würdigen." Zynisch schaute sie ihn an. „Eigentlich bin ich gekommen, um Gute Nacht zu sagen", fuhr sie fort. „Aber ich denke, ich werde das jetzt um einen Abschiedsgruß erweitern. Man hat mich vor dir gewarnt, doch ich wollte nicht hören. Gerade habe ich meine Lektion gelernt. Belassen wir es dabei. Die Clark Group kam die letzten dreiundzwanzig Jahre gut ohne mich zurecht, da wird sie es auch in den nächsten Dekaden tun."

Beherrscht drehte sie sich um. *Klick, klack, klick, klack* durchbrachen die Absätze ihrer Schuhe bei jedem Kontakt mit dem Boden die folgende Stille. Fast hatte sie die offen stehenden Türflügel erreicht, als die Stimme ihres Vaters sie innehalten ließ.

„Charlotte! Was geht hier vor? Was hat das zu bedeuten?" Roger klang verwirrt. Erneut hatte er sich erhoben und stand nun bedrohlich hinter seinem massiven Tisch. Wie ein Ritter hinter der Burgmauer. Mit dem Unterschied, dass ein Ritter der Gute war.

Sie stoppte. „Dad, wach endlich auf! Du hast es vermasselt", sagte sie ausdruckslos.

„Was habe ich vermasselt?", fragte er mit gesenkter Stimme.

War es sein Ernst, dass er nachhaken musste?

„Alles!", war wohl die korrekte Antwort, die sich selbst zu geben er eigentlich imstande war. Für Charly bedeutete die Frage allerdings, dass er leidenschaftslos wissen wollte, wie er eines seiner Vorhaben zu beurteilen hatte.

Nur war die eigene Familie kein Projekt, das analysiert und daraufhin einfach beendet oder eingefroren werden konnte. Niemand trug die Verantwortung dafür, wer seine Angehörigen waren oder wie sie agierten, aber diese würden unabhängig davon immer die einzige Verwandtschaft bleiben.

„Ist das wirklich das Beste, was du zu bieten hast, eine Gegenfrage?" Charly fixierte die Figur, zu der sie aufgeschaut hatte. Bedauern senkte sich über sie. „Aber das mit der Familie war ja noch nie dein Ding", konnte sie nicht umhin, leise zu bemerken.

Ihr Vater stand da und wartete stoisch ab. Vermutlich war er so daran gewöhnt, dass alle ihm hörig waren, dass er auf Stimmungsschwankungen seines Umfelds inzwischen völlig apathisch reagierte. Geradezu immun war.

Charly hatte geglaubt, sie hätte die äußere Schale unterwandert und wäre zumindest manches Mal bis zum weichen Inneren vorgedrungen.

Sie war so fest davon überzeugt gewesen, dass er sich geändert hatte. In Wirklichkeit war nicht einmal bewiesen, ob das, was sie gesucht hatte, überhaupt je verfügbar gewesen war. Ihr Vater wusste, was er wollte, und er war sich der Mittel bewusst, die er einsetzen musste, um das Gewünschte zu bekommen. Bei ihr waren es die Träume eines kleinen Mädchens gewesen.

„Du willst eine Antwort ohne Ironie und Bitterkeit? Eine pragmatische? Gut. Werfen wir gemeinsam einen Blick auf unsere Familie. Deine eine Tochter hatte eine Fehlgeburt und du bist nicht einmal im Krankenhaus erschienen. Sie ist jetzt mutterseelenallein auf einem Selbstfindungstrip durch Australien. Hoffen wir, dass sie am Ende den richtigen Weg zu Gott findet. Deine Exfrau jettet rund um den Globus auf der Flucht vor *was-auch-immer*. Vielleicht sich selbst? Sie spricht kaum noch mit mir und es ist auch nicht so, dass ich ihr etwas zu sagen hätte. Aber du bist derjenige, für den Daten alles sind. Du müsstest in all diesen Angelegenheiten Bescheid wissen. Doch es interessiert dich nicht." Sie ließ die Anschuldigung im Raum stehen. „Kommen wir als Letztes zu dir und direkt zum Punkt: Mit wem treffe ich dich an? Deinem Dealer! Der mich umgarnt und dazu noch betrogen hat. Ungünstig, dass ich ihn dabei erwischt habe. Das hat mein Vertrauensverhältnis *etwas* geschwächt."

Charly sah ihrem Vater geradewegs in die Augen. Sie meinte Erschrecken aufblitzen zu sehen, war sich aber nicht sicher. Vielleicht wünschte sie sich das auch nur. In ihr hatte sich eine gähnende Inhaltslosigkeit breitgemacht.

„Mir ist egal, was du konsumierst oder wie dein irrwitziger Masterplan ausgesehen haben mag. An deiner Stelle könnte ich schon heute nicht mehr in den Spiegel schauen. Wo warst du, als man dich gebraucht hat? Ach ja, wie üblich beschäftigt und nicht abkömmlich. Und da fragst du mich, was du vermasselt hast?" Ein letztes Mal ließ sie den Blick durch den Raum schweifen. „Ich habe genug von allem und wahrlich genug von dir!"

Roger wirkte erstarrt. Aber wer konnte schon sagen, was in ihm vorging? Von Taubheit erfasst, drehte Charly den Kopf zu André. Er schien besorgt.

„Irgendwann wird jeder erwachsen", prophezeite sie ihm. Sie war müde. So müde.

Erneut wandte sie sich zur Tür. Diesmal hielt sie keiner auf. Sie lief den dunklen Flur entlang und stieg in einen der gläsernen Fahrstühle.

Langsam setzte sich dieser auf Knopfdruck in Bewegung. Fast lautlos brachte er sie nach unten. Charly hatte das Empfinden, von Watte ummantelt zu sein, sie fühlte sich hohl. Das Blut rauschte in ihren Ohren. Nirgends waren Alltagsgeräusche zu hören. So musste ein Vakuum wahrgenommen werden, dachte sie und stieg aus.

*Klick, klack, klick, klack* machten ihre Absätze, indes sie die Vorhalle durchquerte. Fast tat der Lärm in ihren Gehörgängen weh. Ohne sich umzudrehen, ging sie geradewegs auf die durchsichtige Drehtür des Ausgangs zu und wurde immer schneller.

Draußen war es düster. Noch gestern hätte der dunkle Parkplatz sie geängstigt. Heute empfand sie bei dessen Anblick keine Regung. Die wenigen Autos muteten seltsam an. Es war ein Eindruck, der unpassende Normalität vermittelte. Sie sah den schwarzen Porsche, mit dem sie heute Morgen gekommen war, doch ihr Blick glitt regungslos von ihm ab.

Wo war ihr Fiat geparkt? Wo war der Freund aus alten Tagen, ihr Kleiner, den sie so leichtfertig eingetauscht hatte? Schließlich entdeckte sie ihren braven Gefährten. Ganz am Rand der Fläche hatte André ihn abgestellt. Charly eilte hin. Seit sie Tom das Auto gebracht hatte, war kaum einer ihrer Gedanken bei dem Fiat gewesen. Sie hatte ihn schändlich vernachlässigt.

Solange an ihm nichts verändert worden war, war es nicht von Belang und schon fast vergessen, dass und warum André ihn ausgeliehen hatte. Sie öffnete die Tür und spähte hinein. Hatte man den Kleinen gut behandelt? Alles sah wie immer aus. Sogar die Sommerreifen waren noch da.

Erleichtert glitt Charly hinters Lenkrad, legte ihre Tasche auf den Beifahrersitz und strich mit der Hand über das schlichte Armaturenbrett. Der Fiat kam ihr vor wie ein Teil ihres früheren Lebens. Es wirkte beruhigend. Tief atmete sie den Geruch des Wageninneren ein. Daran, dass sie nach der Aufregung besser nicht fahren sollte, dachte sie nicht im Geringsten. Stattdessen steckte sie den Schlüssel ins Zündschloss und startete den Motor. Sie wollte nur noch weg. Ganz weit weg.

# 17/

# FAMILIE

Charly hatte das Gefühl, auf der Stelle zu treten. Ihr Fiat schlich im Gegensatz zu dem inzwischen gewohnten Sportwagen im Schneckentempo über die leeren Straßen. Der Schock, der zwangsweise auf die Erkenntnis einer nun unsicheren Perspektive gefolgt war, ließ ihre Züge starr wirken, während es zu tröpfeln anfing. Dicke Wolkenberge am Himmel versprachen, dass sich die Schleusen bald ganz öffnen würden. Welch beschissenes Klischee.

Die meisten Menschen saßen vermutlich vor dem Fernseher, ein paar der älteren lagen bereits gemütlich im Bett. Sie hatten ihre Familie um sich. Resigniert seufzte Charly.

*„Hier geht jeder für jeden durchs Feuer. Im Regen stehen wir niemals allein"*, tönte es aus dem Radio.

Eine einsame Träne bahnte sich ihren Weg aus Charlys Augenwinkel durch den dichten Wimpernkranz. Familie, ein irreführender Begiff. Etwas, das man intuitiv mit Geborgenheit und gegenseitigem Einstehen füreinander verband. Nicht mit Egoismus und Egozentrik. Jeder sollte sich um jeden kümmern und Anteil am Leben des anderen haben wollen.

Sarkasmus ließ ihre Mundwinkel zucken. Anteil, nicht krankhafte Überwachungsgelüste. Denn warum sonst sollte ihr Vater André auf sie angesetzt haben? Das Geld für seinen Drogenkonsum war ihm vermutlich nicht ausgegangen und er hatte keiner ihrer Aussagen widersprochen. Das war doch ein Eingeständnis, oder? Entschieden drückte sie die Stummtaste und hörte, wie große Tropfen auf das Autodach trommelten.

Lügen, nichts als Lügen bildeten das Konstrukt, auf dem ihre Familie aufgebaut war. Man betrog, belog, hinterging sich und lächelte dabei. Oder man sprach einfach gar nicht miteinander. Vielleicht war das im Vergleich zu allem anderen sogar die ehrlichste Form des Umgangs. Einfach gar keinen Umgang zu pflegen. Niemand würde für den anderen durchs Feuer gehen, ihn sogar eher ins Feuer stoßen, um die eigene Haut zu retten. Nutzen und nehmen war die ausgegebene Parole.

Schmerz ballte sich in ihrem Magen. Sie fuhr in vollem Bewusstsein über eine rote Ampel. Wie hatte sie so blind sein können? Zornig trat sie das Gaspedal durch. Der Motor des Fiats heulte auf und der Wagen machte einen Satz nach vorne. Mit mörderischem Gesichtsausdruck steuerte sie in die Kurve. Die Reifen quietschten auf der regennnassen Straße. Sie ging vom Gas. Ein Schatten bewegte sich in ihrem rechten Augenwinkel. Intuitiv trat sie mit vollem Gewicht auf die Bremse. Das Auto bäumte sich auf und kam schlitternd zum Stehen.

Im Licht der Scheinwerfer jagte eine schwarze Katze über die Fahrbahn. Adrenalin pumpte durch ihren Körper und ließ sie zittern. Beide Hände immer noch am Lenkrad starrte Charly konsterniert auf den linken Fahrbahnrand. Dort im dichten Geäst war das Tier verschwunden. Lebend, wie sie sich immer wieder versicherte.

Minuten vergingen ohne Regung. Sie saß einfach da. Eine Hülle, deren Geist sich vorübergehend eine Auszeit nahm. Letztlich kam wieder Leben in ihren Körper. Charly strich sich die Haare zurück, wischte ihre schweißnassen Hände am teuren Rock ab und atmete tief durch. Wenn sie nicht hier auf diesem Fleckchen Erde in ihrem Kleinen die Nacht verbringen wollte, musste sie weiter.

Ihr war nach Weinen, Schreien und Um-sich-Schlagen gleichzeitig zumute. Doch nichts von all dem würde ihr Linderung verschaffen, nichts würde irgendetwas an ihrer Lage ändern, würde den Betrug ungeschehen machen.

Der Fastunfall hatte ihr die Beherrschung geraubt. All die Grausamkeiten, die sie vorher in eine Schublade gepackt hatte, belasteten sie wieder. Sie war in einen gedanklichen Nebel gehüllt. Vorsichtig und gleichzeitig wie ferngesteuert bewältigte sie die restliche Strecke bis zum Haus ihrer Mutter unbehelligt. Sie parkte wie immer auf ihrer Seite der Doppelgarage und blieb noch einen Augenblick sitzen. Susanns Auto stand schon da.

Den Kopf aufs Lenkrad gelegt, die Hände rechts und links davon, versuchte sie erneut, alles zu verdrängen. Charly betete, dass ihre Mutter schlafen gegangen war. Für heute hatte sie beileibe genug. Genug Unterhaltung, genug Überraschungen.

Sie öffnete die Fahrertür und stieg steif aus. Jede Bewegung stellte einen neuen Kraftaufwand dar. Alle Glieder taten ihr weh. Sie war so erschöpft wie nach ihrem ersten und einzigen Marathon, den sie vor

drei Jahren bestritten hatte. Wie heute war auch damals die Fokussie-
rung auf das Ankommen wichtig gewesen.

Die Außenbeleuchtung flammte auf, als sie gerade aufschloss. Die
Eingangstür wurde geöffnet und Susanns Gestalt hob sich ähnlich
einem Scherenschnitt von der Festbeleuchtung des Hausinneren ab.
Typisch für ihr in letzter Zeit abhandengekommenes Glück. Entweder
hatte ihr Vater ihre Mutter angerufen oder Susann war gerade dieser
Abend gelegen gekommen, um nach all den Monaten endlich den
Mund aufzumachen. Charly war es so oder so egal.

Der altrosa Morgenmantel ihrer Mutter ließ auf die erste Alternative
schließen. Er wirkte nicht im Geringsten, wie wenn sie noch etwas vor-
hätte, und Charly bezweifelte stark, dass Susann sich freiwillig in solch,
aus ihrer Sicht, kompromittierender Aufmachung zeigte. Immerhin
war das Geschenk tatsächlich sinnvoll gewesen, es war der Morgenmantel, den sie zu Weihnachten ausgesucht hatte. Ihre Mutter war deshalb trotzdem nicht öfter zu Hause geblieben, gebracht hatte er demnach nichts. Falls der Mantel ihr jetzt etwas sagen sollte, war es der
falsche Zeitpunkt. Der richtige lag bereits in der Vergangenheit.

Charly wollte heute Abend einfach allein sein. War das denn zu viel
verlangt? Erfolglos versuchte sie sich an Susann vorbei ins Haus zu
drängen, wurde jedoch auf der Türschwelle an der Schulter zurückgehalten.

„Geht es dir gut?", wollte die Mutter wissen, nachdem sie ihren Griff
wieder gelöst hatte. Seltsam rücksichtsvoll war die Tonlage von einem
Deut Anteilnahme gekennzeichnet. Versuchte sie wirklich, nach dreiundzwanzig Jahren Mitgefühl zu heucheln?

Schon früher hatte Susann das Trösten ihrer Töchter, wenn diese einmal hingefallen waren oder sich geschnitten hatten, Anett überlassen.
Die Nanny war stets mit einer kleinen Süßigkeit ausgerüstet gewesen
und hatte mit einem bunten Pflasterset Erste Hilfe geleistet. Im Nu
waren jegliche Tränen vergessen gewesen. Heute war es leider nicht
mehr so simpel. Wenn es doch nur mit einem Pflaster für die auf-
geriebene Seele getan wäre. Allerdings bräuchte Charly wohl eher ein
neues Herz, damit die ursprüngliche arglose Verfassung jemals wieder
zustande käme.

„Nein, mir geht es nicht gut. Ich denke, D..." Charly stockte. „...
Roger hat dich angerufen", beendete sie den Satz.

Susann nickte. Sie war ungeschminkt, ihre sonst sorgfältig in Form
gebrachten Haare standen in wilden Wellen ab. Die Mutter sah alt aus.

Waren die Shoppingtrips und Wellnesswochenenden derart anstrengend gewesen? Charly schüttelte unwillig den Kopf. Sie hatte heute keine Geduld mehr für lange Gespräche. Zu wenig, zu spät, das beschrieb den Sachverhalt. Außerdem führte man solche Unterhaltungen nicht bei offener Tür.

„Können wir dann jetzt zu Bett gehen?", fragte sie ungeduldig.

Susann sah enttäuscht aus, als hätte sie mehr erwartet. Sie hatte nichts zu erwarten! Und Charly sah auch keinen Grund, von ihrem Standpunkt abzuweichen. Sie machte zwei kleine Schritte Richtung Treppenaufgang. Und noch zwei. Ihre Mutter unternahm keine Anstalten, sie aufzuhalten. Das war alles an Bestätigung, das sie brauchte, um zu wissen, dass sich nichts an ihrem Mutter-Tochter-Verhältnis geändert hatte. Oben auf der letzten Treppenstufe angekommen, hörte sie, wie die Eingangstür ins Schloss fiel. Sie drehte sich um und schaute nach unten.

Ihre Mutter war nicht gegangen. Susann stand mit dem Rücken zur Klinke und blickte nach oben. Die Augen beide fanden sich. Dieser wortlose Austausch brachte Charly erneut auf. „Und du, wo warst du all die Jahre?" Ihre Stimme klang ruhig, fast gelangweilt, obgleich ihr Innerstes bebte. Allzu viele unangenehme Aussprachen standen eigentlich nicht mehr an. Sie konnten es genauso gut jetzt hinter sich bringen.

Susann senkte den Blick. Beschämt? Die Finger, die zuvor an beiden Seiten des Morgenmantels heruntergebaumelt waren, hatten nach den Kordelenden des Gürtels gegriffen und spielten damit. Charly begriff nicht, warum man jetzt noch nervös sein musste.

Mit einem Ruck hob Susann die Stirn. Stolz spiegelte sich auf ihrem Antlitz. „Charlotte, gib mir fünf Minuten", bat sie mit fester Aussprache. Charly überlegte. Konnte sie heute noch mehr ertragen? Wollte sie hören, was die Mutter zu sagen hatte? Irgendwann machte eine Schippe mehr auf dem Berg wohl auch nichts mehr aus.

„Gut, fünf Minuten." Demonstrativ schaute Charly auf ihr linkes Handgelenk, an dem seit der Abgabe ihrer Bachelorarbeit allerdings keine Uhr mehr war.

Susann ignorierte die Geste. „Würdest du dafür bitte wieder herunterkommen?", fragte sie stattdessen.

„Ich denke nicht. Was immer du mir zu sagen hast, deine Zeit läuft ab jetzt." Sie wusste, dass sie sich stur verhielt, fand sich aber im Recht, es ihrer Mutter nicht zu leicht zu machen.

Susann verzog die Lippen. Sie entspannte ihre Hände wieder und begann: „Ich liebe deinen Vater. Ich habe ihn schon immer geliebt und ich liebe ihn noch heute." Ihre Augen waren jäh tränenverhangen. Ihr Gesicht schien in sich zusammenzufallen.

Diese Worte musste Charly erst einmal verdauen. Sie war davon überzeugt gewesen, dass ihre Eltern nicht mehr als kaltes Nichts füreinander empfanden.

Ihre Mutter ... Gefühle ... ein befremdlicher Gedanke. War die kühle Distanziertheit, die äußere Ablehnung, die Susann sonst ausstrahlte, nur ein Totem? Konnte ein Mensch sich all die Jahre verstellen? Dann hätte ihre Mutter die Rolle ihres Lebens gespielt. So ganz nahm sie ihr das nicht ab.

„Sicher." Ungläubig schaute Charly nach unten. „Und weil ihr euch unfassbare Liebe entgegenbringt, habt ihr euch scheiden lassen und fortan keine Silbe mehr gewechselt." Ironie ließ die Zeilen nachklingen, wie dickflüssiges Harz langsam tropfte. Sie schienen regelrecht an Susann kleben zu bleiben, die wieder das Haupt gesenkt hatte. Ihr Scheitel war nach wie vor akkurat, stellt Charly müde fest.

„Ich habe von mir gesprochen, nicht von uns!" Schwerfällig atmete ihre Mutter aus. „Es muss dir absurd vorkommen. Trotzdem möchte ich die Geschichte von vorne erzählen. Wir haben uns jung kennengelernt. Das Unternehmen von Rogers Vater war aufstrebend, sie setzten auf mehr Bekanntheit und gaben der Agentur, in der ich arbeitete, den Auftrag für ein neues Marketingkonzept. Ich hatte gerade angefangen, es war meine erste Festanstellung, aber ich durfte an dem Projekt mitwirken."

Während sie sprach, warf sie ihrer Tochter einen flehentlichen Blick zu. Susanns Stimme überschlug sich leicht an jedem Satzende und sie steigerte das Tempo, als hätte sie Angst, Charly würde davonlaufen, bevor alles gesagt war. Oder sie war schlicht froh, das Geschehene endlich erzählen zu können. Bisher hatte darüber immer eine undurchdringliche Decke des Schweigens gelegen. Wie über fast allen Themen, die mit der Familie Clark zu tun hatten.

Charlys Füße schmerzten nach den vielen Stunden in den seit einiger Zeit stets präsenten hohen Hacken. Seufzend bückte sie sich und streifte die Pumps up. Die Ellenbogen auf die Balustrade gestützt, hörte sie weiter zu.

„Bei der Vorstellung des Briefings sah ich deinen Vater das erste Mal." Ihre Mutter schaute wehmütig in den Raum. „Ihm wurde Respekt entgegengebracht, trotz allem schien er nicht überheblich zu sein. Die Frauen himmelten ihn an, ich bildete darin keine Ausnahme. Nichtsdestoweniger wählte er mich. Mich, die Tochter einer alleinerziehenden Mutter. Ich fühlte mich in den Himmel gehoben. "

Die Emotionen waren echt und Charly fragte sich einmal mehr, wo all die Empfindungen in den letzten Jahren abgeblieben waren. Sie hatte Susann noch nie häuslich erlebt, hatte noch nie von ihrer Großmutter erzählt bekommen. Und Peter hatte im Krankenhaus mit seiner Anspielung auf die Wurzeln ihrer Mutter bewiesen, dass er mehr gewusst hatte als sie selbst. Alfred war mit Sicherheit auskunftsfreudiger betreffs des Hintergrundes der Exfreundin seines Enkels gewesen. Unklar blieb Charly, warum sie selbst eigentlich nie nachgefragt hatte, nicht einmal bei Anett. Dass manches so war, wie es war, hatte sie einfach akzeptiert. Weshalb?

Susann sprach unterdessen weiter: „Es kam, wie es kommen musste, Roger führte mich seinen Eltern vor. Ich denke, das ist die richtige Wortwahl."

Charly hatte eine ungefähre Ahnung, was sie andeuten wollte. Vorführen ... wie einen sprechenden Wellensittich im Zoo, wie eine neue Trophäe.

„Sein Vater Paul war Realist. Er hatte die Firma am Anfang seiner Karriere von deinem Urgroßvater übernommen und sie dann ohne Hilfe erfolgreich geführt, sie eigenhändig weiterentwickelt. Er brachte mir ein wenig Sympathie entgegen. Rogers Mutter Eva war eine moderne Frau, die, gesellschaftlich äußerst integriert und anerkannt, ihre Tage mit Wohltätigkeit und Wohlgefallen verbrachte. Sie befand mich als unpassend für ihren über alles geliebten Sohn. Da Roger aber schon immer seinen eigenen Kopf besaß, blieb ich Bestandteil seines Lebens. Zu der Zeit in etwa verstarb meine Mutter sehr früh an einer Lungenentzündung."

Susann verstummte kurz.

„Es waren unglückliche Umstände. Für mich war Familie wichtig. In meiner Jugend hatte die Zweisamkeit mich und meine Mutter eng zusammengeschweißt. Nun suchte ich niedergeschlagen Halt. Für Roger war die Clark Group sein Ein und Alles, das wusste ich und akzeptierte es. Jeder hat seine Eigenheiten, sagte ich mir. Ich suchte andere Stützen und wollte mich fortan vor Eva beweisen. Ich arbeitete härter, stieg auf und veranstaltete Partys für ihre Vereine. Ich ließ mich neu einkleiden und nahm Unterricht in gesellschaftlicher Etikette. Irgendwann sah ich ein, dass ich ihr nie genügen würde. Kein Ausmaß an Perfektion war gut genug."

Eigenartig eng war es Charly im Hals geworden. Zu gut konnte sie den Schmerz hinter den Sätzen nachempfinden. „Du hast dich verbiegen lassen, ohne es zu bemerken, immer in dem Streben, etwas erringen zu wollen, das du nie bekommen konntest", schob sie in den Monolog ein. „Da hat der Sohn wohl einiges von der Mutter gelernt", fügte sie zynisch hinzu.

„Charlotte, ich erzähle dir meinen Werdegang nicht deshalb. Dein Vater liebt dich auf seine Weise." Die Mutter sah sie bittend an.

Ihre Mutter ... bittend?!

„Aber ja, ich hatte am Ende die erdrückende Wahrnehmung, nach und nach einen größer werdenden Teil von mir zu verlieren. Ich war schlussendlich ein anderer Mensch geworden, und sosehr ich es auch versuchte, es blieb an mir haften. Roger warf mir hinterher vor, nicht mehr die zu sein, in die er sich verliebt hatte. Dann kamst du." Susann musterte nachdenklich die Decke. „Wenn ich ehrlich sein soll, war es für uns beide nicht optimal. Unsere Beziehung hatte einen toten Punkt erreicht. Mein einziger Lichtblick blieb immer die Arbeit und so hatte ich mich bis zur stellvertretenden Leiterin der Marketingagentur hochgearbeitet. Dessen ungeachtet zogen wir zusammen und heirateten. Inzwischen versuchte ich nicht mehr, Eva, sondern meinem Mann zu gefallen. Es wurde nicht besser. Ich schien alles Praktische verlernt zu haben, ließ Sachen anbrennen, putzte nicht, bis es sichtbar dreckig war, und kam mit der Schwangerschaft nur schwer zurecht. Irgendwann war der Tag da, an dem sich die Frage stellte, wie es nun weitergehen sollte. Ob es nicht besser wäre abzubrechen."

Ihre Mutter sprach nun zunehmend emotionsloser. Sie klang damit wieder mehr nach ihrem sonstigen Ich und ähnlich wie Roger, stellte Charly fest. Vielleicht färbten Verhaltensweisen und Ansichten nach einer Weile aufeinander ab?

Abzubrechen ... die Beziehung oder die Schwangerschaft? Hatten ihre Eltern überlegt, ob es sie überhaupt geben sollte? War der Ausspruch bezüglich des Familienratgebers gegenüber ihrem Vater vorher ein Schuss ins Schwarze gewesen? Ein dicker Kloß bildete sich in ihrem Hals. Mit kreisenden Bewegungen massierte sie sich das linke, etwas geschwollene Handgelenk.

„Es war Eva, die ganz selbstverständlich die Entscheidung traf und Hilfe versprach. Eines Abends stand Anett mit Sack und Pack vor unserer Tür. Kurz darauf verabschiedete sich mein damaliger Chef in den Ruhestand und ich übernahm die Leitung der Agentur. Berta übernahm dafür die Küche und Tom wurde letztes Mitglied unseres Haushalts." Auf Susanns Gesicht war nichts mehr von den Regungen von vorhin zu erahnen, die Maske hatte wieder ihren Platz eingenommen.

Unterschwellig bewunderte Charly die Kälte, mit der ihre Mutter die Welt betrachtete. Gerade heute wünschte sie sich, sie könnte die Dinge ebenso gefühllos analysieren. Dann würde manches nicht so wehtun. Sie wäre nur Eis, nicht auch noch verdrängter Schmerz.

„Und das war es, was du mir erzählen wolltest?" Sie zog eine Augenbraue hoch. „Und nun soll ich mich bei dir bedanken?", fragte sie sarkastisch. „Dafür, dass ich heute hier stehen darf?"

„Nein, das sollst du nicht. Ich habe dir das alles beschrieben, weil du ein Recht darauf hast, wie mir bewusst geworden ist. Und damit du vielleicht ein Stück weit verstehst, was ich dir nun zu sagen habe." Ihre Mutter maß Charly mit einem Ausdruck, der die Luft förmlich zerschnitt. Wurden jetzt die Krallen ausgefahren?

Zwischenzeitlich war sie dem Gefühl erlegen, dass ihre Mutter sie endlich an sich herangelassen hatte. Aber es war wie bei Roger, das Ganze konnte auch eine Illusion gewesen sein. Ein bisschen Schauspiel, ein naives Gänschen und die Wirkung blieb absehbar. Doch das Gänschen hatte sich weiterentwickelt.

„Noch mehr dunkle Familiengeheimnisse, die sonstige Erlebnisse in den Schatten stellen?" Spott troff aus Charlys Worten.

Susann ignorierte sie und fuhr fort. „Wie ich schon sagte, liebe und liebte ich deinen Vater. Ich dachte, alles würde mit den Jahren gut werden, sich einspielen, und versuchte daher, ihn weiter für mich zu gewinnen. Dann erwischte ich ihn mit einer anderen. Es schmerzte sehr. Ich ging zu Eva und suchte Trost. Sie fragte mich jedoch nur, warum ich überrascht sei. Sie war anscheinend besser informiert und hatte es mich nicht wissen lassen. Vielleicht nahm sie aber auch bis dahin an, dass ich es duldete. Ihn zu verlassen kam für mich nicht infrage. Von nun an lebten wir uns beide aus."

Charlys Augenbrauen waren fast bis zu ihrem Haaransatz gewandert. Ihre Mutter erzählte völlig leidenschaftslos. Als läse sie die Lebensgeschichte eines gesichtslosen Jemands vor. Dabei ertrank die Bedeutung ihrer Worte in Kummer. Vielleicht konnte Susann nur so damit umgehen.

„In der Folgezeit begann ich, den Glauben an die Liebe als etwas

Erstrebenswertes zu verlieren." Sie zupfte gedankenverloren an ihren wirren Haarspitzen herum. „Wir häuften beide Geheimnisse an und taten uns dabei weh. Irgendwann kam deine Schwester zur Welt und es sah kurz so aus, als würde sich etwas ändern. Aber das tat es nicht. Schließlich lief das Fass endgültig über. Wir ließen uns scheiden. Zumindest darin waren wir uns nach langer Zeit wieder einmal einig: Wir wollten euch aus der Trennung, so gut es ging, heraushalten. Ich bestand darauf, dass ihr von da an normal aufwachsen solltet. Bei mir. Ohne Reichtum, ohne ständige Ortswechsel und Zwänge. Wie du weißt, sind Tom und Berta bei Roger geblieben, Anett kam mit uns."

Susann machte ein paar Schritte auf die Treppe zu. Charly schickte ihr einen kühlen Blick. Loben konnte sich die Mutter wirklich nicht. Den Hauptteil der Erziehung hatte Anett übernommen und überdurchschnittlich wohlhabend waren sie trotzdem gewesen. Ihr Leben war nur teils normal verlaufen.

„Ich weiß, dass ich keine vorbildliche Mutter bin. Der Druck im Beruf und eure Unschuld, die großen Kinderaugen, die immer etwas von mir zu erwarten schienen. Ich konnte einfach nicht damit umgehen", gab sie zu. „Aber ich erkannte es und ließ die Sache nicht auf sich beruhen. Ihr bekamt alles, was ihr benötigtet."

„Alles außer ein bisschen Zuneigung von dir, Mum. Ein wenig deiner kostbaren Zeit. Manche Dinge sind nicht damit getan, dass man Personal anstellt oder Geld überweist. Es hätte uns gefreut, wenn du hin und wieder da gewesen wärst oder mit uns gesprochen hättest", hielt Charly ihr entgegen.

Autoritär übertönte Susann sie: „Du kannst mir glauben, dass mein Tag gerne mehr Stunden haben könnte. Aber meine Zeit wächst leider nicht auf Bäumen im Vorgarten und wartet nur darauf, gepflückt zu werden."

„Und selbst wenn", dachte Charly ironisch, „in unserer Auffahrt gibt es weder einen Baum noch einen Vorgarten." Doch sie sagte nichts.

„Jedenfalls dachte ich, dass hier alles geordnet verlaufen würde, dass ihr es gut hättet." Worauf die Erzählung abzielte, war noch unklar, aber es hatte den Anschein, als wollte die Mutter zum Ende kommen. „Eines Abends bei einer Veranstaltung trafen dein Vater und ich ungeplant aufeinander. Es war anders als beim ersten Mal. Alles spielte sich in der gleichen Liga ab und doch entbrannte unser persönliches Interesse aneinander, fern der Rechtsanwälte und des Familienlebens, neu. Wir fingen an, uns zu treffen. Am Anfang gingen wir zu Kunstausstellungen oder kleineren kulturellen Veranstaltungen, bei denen uns keiner erkannte. Mit den Jahren kamen einige gemeinsame Wochenenden und abendliche Treffen hinzu."

Charly keuchte auf. „Und wenn du meinst, es geht nicht mehr, kommt aus dem Nichts etwas Schwerwiegenderes her", flüsterte eine hämische Stimme in ihrem Hinterkopf. Sie musste neben sich stehen. Das alles konnte sich doch unmöglich tatsächlich abspielen. Hatten ihre Eltern all die Jahre ein Doppelleben geführt?

„Am Anfang wollten wir es euch nicht sagen, weil wir annahmen, es wäre die Macht der Gewohnheit, aus der unsere Affäre entsprungen war. Irgendwann hatte sich daraufhin der Alltag eingestellt und wir hatten den richtigen Zeitpunkt verpasst."

„Du bist all die Jahre gar nicht mit Christine um die Welt gejettet, sondern mit Dad, und das habt ihr vor euren eigenen Kindern verheimlicht?" Charly war fassungslos. Egal, was einem passierte, es konnte immer noch schlimmer kommen.

„Nein, ich war auch mit Christine unterwegs, aber eben nicht immer", erwiderte ihre Mutter unwillig. „Sie vertritt die Auffassung, dass es nicht richtig ist, euch im Dunkeln zu lassen."

„Und da hat sie verdammt recht!", fiel Charly ihr ins Wort. „Wie viele Jahre auch ein paar sein mögen, irgendwann hättet ihr es euch überlegen können." Sie starrte wutentbrannt ans andere Ende der Treppe. Deshalb die vielen Streitereien, Christine hatte nie aufgegeben. Sie war eine gute Freundin. Gleichzeitig wurde Charly schwindelig, da sie sich nicht erinnern konnte, wann der Zwist angefangen hatte, so lange währte dieser schon, mal ab-, mal anschwellend.

„Hast du von Vaters Mutter auch gelernt, nur an dich zu denken, oder hast du das bereits davor getan?", schleuderte sie Susann entgegen. „Deine Mutter wäre sicher nicht besonders stolz auf dich!"

Müde zuckte Charlys Mutter die Achseln. „Ohne den ganzen Familienrummel und den Einfluss von Rogers Familie klappte es wunderbar mit uns. Wir waren glücklich. Bis du anfingst, mehr Stunden mit ihm zu verbringen als ich. Ich war nicht erfreut, wollte es aber nicht an dir auslassen, deshalb habe ich Abstand gehalten." Sie kam die ersten vier Treppenstufen nach oben.

Charly wich zurück. „Und dafür soll ich nun dankbar sein?", wiederholte sie die Frage von vorhin mit aufgerissenen Augen.

DAS waren also die Gründe für Susanns Abwesenheit und Schweigsamkeit. Sie hatte ihr Privatleben nicht nur bewusst unter Verschluss gehalten, sondern es akribisch versteckt. Weder die Arbeit noch der Stress waren Auslöser gewesen. Alles zusammen formte eine große Lüge.

Und ihre Mutter war noch nicht am Ende angelangt. „Dieses Silvester haben wir seit eurer Kindheit zum ersten Mal gemeinsam gefeiert, da ihr ja außer Haus wart. Die Reise brachte uns einander noch näher und ließ die Frage nach der weiteren Entwicklung eines WIR aufkommen. So fiel der Entschluss, euch die Lage bald zu schildern und fortan offen mit der Situation umzugehen. Deshalb stehen du und ich heute hier."

Und deshalb war Susanns Zustimmung für St. Moritz so einfach zu erringen gewesen, wurde Charly klar. Hatte Roger ihr aus demselben Grund den Porsche zum Jahreswechsel geschenkt? Um sein schlechtes Gewissen zu beruhigen? Aber weshalb hatte er dann nicht auch an Sarah gedacht, weil er mit ihr nie in Berührung kam? Zudem müsste er dafür überhaupt erst ein Gewissen besitzen.

Als sie daran dachte, wie oft sie von ihrem Vater oder ihrer Mutter geträumt hatte, wie häufig von ihr im Schlaf eine gewöhnliche Situation herbeigesehnt worden war, dass sie Ausflüge zusammen machten, die jede Familie unternahm, erfasste sie Abscheu. Schweigen war weder Gold noch Silber, nicht einmal Bronze. Schweigen war rostiges, scharfkantiges Metall, in dem das Wort Verletzungsgefahr geradezu eingestanzt war. SIE war nie vollständig glücklich gewesen.

„Warst du wirklich auf das Verhältnis deiner Tochter zu ihrem Vater eifersüchtig? Weißt du was: Du tust mir leid! Ist dir irgendwann die Realität abhandengekommen? Du lebst in einer Blase. Woher willst du wissen, dass er dich heute nicht genauso betrügt wie damals? Und warum hat er sich wohl mit mir getroffen, obwohl er weiß, dass es dich verletzt? Ich sage es dir: Es geht ihm immer nur um sich selbst! Denk darüber nach!", kam sie einer Äußerung ihrer Mutter zuvor.

Sie hatte endgültig genug. Wenn die Fakten wahr waren, woran Charly im Moment nicht zweifelte, stellte dies den extraordinären Beweis dar, dass bei ihrer Familie einiges nicht normal verlief. Falls Susann mit dieser Wahrheit etwas hatte bewirken wollen, so war ihr das definitiv gelungen. Vermutlich hatte sich ihre Mutter allerdings ein anderes Ergebnis gewünscht.

Charly fühlte sich allein, so allein gelassen wie nie zuvor. Sie konnte keinem mehr trauen. Jeder schien seine eigene Partie gespielt zu haben, ohne dass ihr die Regeln erklärt worden waren. Am traurigsten stimmte sie, dass Anett vermutlich alles gewusst oder zumindest etwas geahnt hatte. Nicht einmal die Haushälterin hatte sich des Vertrauens, das Charly ihr entgegengebracht hatte, als würdig erwiesen. Wahrscheinlich war Anetts Reaktion auf Rogers Geschenke deshalb so wunderlich ausgefallen. Auch wenn sie in letzter Zeit nicht besonders gut miteinander ausgekommen waren, so war die ehemalige Nanny doch ihre langjährige Freundin gewesen. Eine Art Ersatzmutter. Heute schien sie wieder abwesend zu sein. Bloßer Zufall? Charly glaubte nicht daran. Enttäuschung kroch aus ihrem Bauch direkt in ihre steifen Glieder.

Susann begann, die Treppen weiter hinaufzusteigen. Sie hatte nichts zu ihrer Verteidigung vorgebracht. Charly sammelte ihre Schuhe vom Boden auf und drehte sich Richtung Flur.

„Charlotte!", rief ihre Mutter.

Den Ausruf missachtend, ging sie einfach los. Mit gleichmäßigen, ruhigen Schritten trat sie auf ihre Zimmertür zu. Fünf Minuten waren längst vorüber. Die Hand, die die Klinke herunterdrückte, bebte leicht. Sie war an einem Punkt, an dem sie der Welt eigentlich nicht mehr viel zu sagen hatte, ein bisschen oberflächliche Höflichkeit, aber ansonsten war da nichts mehr.

Morgen früh würde sie sich überlegen, wie es weitergehen sollte. Heute fehlte ihr schlicht die Kraft dazu.

# 18

# WAHRHEITEN

Es klopfte. Zwei präzise, deutlich vernehmbare Schläge folgten aufeinander. Reglos blieb Charly liegen, die Augen geöffnet, den Blick zur weißen Decke gerichtet. Makellose, ebenmäßige Flächen changierten im Dämmerlicht, wohin sie blickte. Keine Unregelmäßigkeit zeigte sich, als ob im Haus ihrer Mutter nicht einmal die Raumdecke das Recht hatte, in irgendeiner Form aus der Rolle der Akribie zu fallen.

„Andererseits", dachte sie, „wer will schon fleckige Decken?"

Von draußen war ein Räuspern zu hören. „Charly, bist du wach? Hast du gepackt? Der Flug …", drang Susanns Stimme durch die Tür. Ihre Mutter war wie immer peinlich genau darauf bedacht, den Zeitplan einzuhalten, selbst wenn er ihr keinesfalls gefiel.

An die Reise hatte Charly nach dem gestrigen Tag gar nicht mehr gedacht. Ihr Vater erwartete sicher nicht, dass sie mit ihm irgendwohin fliegen würde. Dazu war sie hoffentlich ausreichend illustrativ gewesen.

Sie reagierte dementsprechend nicht. Schritte entfernten sich. Ihr Gesicht fühlte sich an wie eine Maske, ihre in der Bettdecke verhedderten Arme und Beine wie Fremdkörper. Freundschaft, Liebe, Leidenschaft, Wut, Hass, Trauer; das Gefühlskarussell hatte sich ein paarmal zu oft gedreht.

Lachen, Weinen. Wozu das eine oder das andere? Um noch mal und immer und immer wieder enttäuscht zu werden? Um sich verletzlich zu zeigen, zu vertrauen und unweigerlich gedemütigt zu enden? Die Verlassene oder Betrogene zu sein, die Naive, die an das Gute in zumindest manchen Menschen glaubte? Ihre Überzeugungen hatten sie dreiundzwanzig Jahre lang geleitet. Dreiundzwanzig Jahre voller Sehnsucht nach Zugehörigkeit und einem Zuhause. Des Strebens nach Gefallen und Anerkennung, wie Charly sich eingestand.

Am Ende stimmte die abgedroschene Phrase, die ihr Vater in seltenen Augenblicken der familiären Aufwallung beim Trostspenden so freigiebig an seine Töchter verteilt hatte: Menschen kamen und gingen.

Was sie dabei nie herausgehört hatte, war die Tatsache, dass keine Rede vom Bleiben gewesen war.

Im Laufe der Stunden waren alle Empfindungen von ihr gewichen. Kalte Wut war der Begleiter des frühen Morgengrauens gewesen. Einer Decke gleich hatte sie Charly umschmeichelt und ihr Verlockungen ins Ohr geflüstert, von Rache und Genugtuung.

Wie aus der Distanz betrachtet, hatte sie sich vom Schreibtischstuhl erhoben und war zum Spiegelschrank im Bad gegangen. Sie hatte sich eingehend studiert: die dunklen Schatten unter den Augen, das wächserne Gesicht, die plattgedrückten Haare. Ein Sinnbild der Orientierungslosigkeit, obschon nicht des Elends. Durch den vielen Sport und den Stress hatte sie erheblich abgenommen. Wenn das nicht die neue Diätidee war: Seid unglücklich und die Pfunde purzeln. Ein klasse Kassenschlager. Einziges Manko: Um des Jammerns willen mehr zu essen ist nicht erlaubt.

Zumindest den Galgenhumor hatte sie sich bewahrt. Ihre Wangen waren warm geworden, ganz heiß, und schon war es ihr nass über den Nasenrücken heruntergelaufen.

Da war niemand mehr. Niemand, der sie stützte, niemand, an den sie sich wenden konnte, der sich dafür interessierte, wie ihr Tag war, wie sie sich fühlte, ob es ihr gut ging. Hilflosigkeit hatte sie durchströmt, gepaart mit nackter Angst. Wie gelähmt hatte sie den Blick nicht von sich abwenden können.

*Hilf dir selbst, sonst hilft dir keiner*, hatte sie einmal auf einem Einband in der großen Stadtbibliothek gelesen. Damals schienen ihr die Worte harsch. Geradezu grausam hatte sie den Slogan gefunden. Heute sah sie es anders.

In der Gesellschaft herrschte kein Gleichgewicht des Gebens und Nehmens. In der Masse vergaß die Menschheit die Menschlichkeit und fuhr die Ellenbogen aus. Den meisten ging es immer nur um besser, schöner, schneller, reicher. Darum, als Superlativ an der Spitze zu stehen. Genauso wie Mack Weber es angedeutet hatte. Dabei verlernten sie entweder, sich auf andere einzulassen, oder sie taten es bewusst nicht.

Die ganze Zeit hatte sie es vorgelebt bekommen. Zugesehen, weggesehen, nicht verstanden und immer Hoffnung in den einen oder anderen Menschen gesetzt. Auf die Ausnahme, die es bestimmt auch irgendwo gab. Nach langwieriger, optimistischer Suche. Nun hatte sie den Glauben vorerst unterwegs verloren.

Da war nichts in Charly außer einer Klarheit und Frostigkeit, die sie ausfüllten. Ödnis und Teilnahmslosigkeit an ihrer Umgebung ließen sie die Dinge neu wahrnehmen. Es war so viel einfacher, Unliebsames zu ignorieren. Warum sich Gedanken über Sachverhalte machen, die einem nur Unmut und Traurigkeit einbrachten?

Waren andere je um ihre Belange besorgt gewesen? Susann hatte deutlich zu verstehen gegeben, was sie von anderen Ansichten als den ihren hielt. Als späte Pubertät hatte sie die Willensregungen von Sarah betitelt und abgetan. Charly selbst war im letzten Jahr einfach völlig von ihr ignoriert worden. Es hatte wehgetan, so missverstanden zu werden. Jetzt tat es das nicht mehr.

Die eigenartige Ruhe in ihr, die auf den Sturm gefolgt war, hielt an, ähnlich einem umgelegten Schalter, und machte sie lethargisch. Allmählich holte sie die Erschöpfung ihres Geistes und Körpers ein, ließ ihre Sicht verschwimmen.

„Charlotte! Hallo? In einer halben Stunde solltest du spätestens los, bist du bereit? Charlotte!" Wieder wurde geklopft, diesmal energischer. Das Geräusch holte sie in die Realität zurück. Immer noch lag sie bewegungslos auf dem Bett. „Charlotte, wenn das eine Trotzreaktion auf unser Gespräch ist, möchte ich mich entschuldigen."

„Einmal tatsächlich auch so meinen würde genügen", dachte Charly, ohne auch nur einen Finger zu rühren.

„Wir hätten es Sarah und dir früher sagen sollen." Ihre Mutter klang gestresst.

Sarah. Wie hatte sie das vergessen können? Die Schwester wusste ja noch gar nichts von der Wendung. Möglicherweise war das besser so.

„Wir haben beide unbedachte Worte geäußert, so ist das bei einem Streit", fuhr Susann unverrichteter Dinge fort.

„Du hast geäußert, ich habe fast ausschließlich geschwiegen. Bis auf den Schluss. Aber das war gerechtfertigt", rief Charly sich in Erinnerung.

Ein befreiender Anflug durchströmte sie, erlöste sie von dem Drang, sich eine möglichst unverfängliche Antwort auszudenken. Sie fühlte sich losgelöst von der Frau vor der Tür. Hatte sie wirklich von jemandem, der derart von eigens auferlegten Konventionen beherrscht wurde, eine wärmende Gefühlsregung erwartet? Ihre Mutter musste erst einmal ihr eigenes Leben aufarbeiten. Eine Meisternadel im Weglaufen und *Den-äußeren-Schein-Wahren* errungen zu haben, machte sicher auch nicht glücklich.

Und ihr Vater konnte getrost alleine nach Hongkong fliegen. Im Zweifel fand er sicher auch ohne sie Zerstreuung, dachte Charly ironisch. Der Schock saß ihr immer noch tief in den Knochen und sie fragte sich, wie es einer Person möglich war, so viele unterschiedliche Gesichter zu haben. Wie nahtlos er umschalten konnte und wie perfide er sie getäuscht hatte. In mehr als einer Hinsicht.

Ihr wurde ganz unwohl, als all die Erinnerungen wieder hochkamen: die Veranstaltungen, auf denen sie gelacht hatten, das letzte Gespräch in seinem Büro. Momentaufnahmen eines Albtraums, der ihre Realität darstellte. Schnell verdrängte sie diese.

„Noch eine Lektion", dachte Charly, „du kennst einen Menschen nie gut genug. Nicht einmal die, die du schon dein Leben lang zu kennen glaubst. Wie Anett."

Noch einmal ertönte ein Klopfen. Sie drehte den Kopf Richtung Wand. Ihre offenen Haare rieben unangenehm auf dem Kissen unter ihrer Backe.

„Ich komme jetzt rein", kündigte Susann laut an.

Charly schloss die Lider. Im Haus gab es keine Schlüssel, was sie bisher nie gestört hatte. Selbst wenn sie verärgert war, hatte sich ihre Mutter stets korrekt verhalten und ihre Privatsphäre respektiert.

Mit einem leisen Schleifen am Boden öffnete sich die Tür. Die Rollläden waren unten, nur ein kleiner Spalt Licht drang in den Raum. Mit festen Schritten trat Susann an das größere Fenster und zog geübt, mit Schwung, am Rollladenband.

„Was ist los?", schoss die Frage durch das Zimmer.

Das war ja wohl rhetorisch gemeint. Charly beschloss, ihre Mutter zu ignorieren.

„Dein Vater schätzt Pünktlichkeit ebenso sehr wie ich. Zudem kostet jede Verspätung Standgebühren, das sollte dir nicht entgangen sein. Ein Firmenflugzeug ist kein persönliches Spielzeug, nur weil du schmollst oder ausschlafen möchtest", beendete ihre Mutter die Tirade.

Durch die geschlossenen Lider konnte Charly die gleißende Helligkeit spüren, die sich im Raum ausgebreitet hatte. Gleichgültig gegenüber den um sie herum geschehenden Vorgängen blieb sie bewegungslos liegen.

Der Lattenrost knarzte eindringlich, als sich Susann auf die Bettkante setzte. „Bist du krank? Soll ich Doktor Schubert anrufen?" Sie beugte sich über die Tochter und gab einen nicht zuzuordnenden Laut von sich.

Ein Schönheitspreis lag heute wohl nicht im Bereich des Möglichen. Was machte ihre Mutter überhaupt im Haus, sollte sie nicht längst wieder zur Tagesordnung übergegangen sein und arbeiten?

Susann war indessen hinausgeeilt. Vermutlich, um schnellstens mit Doktor Schubert Kontakt aufzunehmen, damit Charly wieder reisefähig gemacht werden konnte und in der Lage war, funktionierend den ihr zugedachten Dienst zu absolvieren.

Unwillig zog sie sich die Bettdecke über den Kopf, um sich vor der Helligkeit zu schützen. Sie wollte alleine sein und blieb daher in beruhigender Stille, genau wie sie war, in ihrem ältesten Nachthemd liegen. Ganz unten in ihrem Schrank hatte sie es gestern Abend gefunden. Zusammengeknüllt war es in eine Ecke gequetscht gewesen. Nur ein oranger Zipfel, den eine hellgrüne Blume zierte, hatte zwischen den Sachen darüber herausgelugt. Charly war es wie ein Anker vorgekommen. Halt suchend hatte sie sich daran geklammert.

Nicht viel in den Fächern, auf den Bügeln oder an den Haken war noch das Gleiche wie vor ein paar Monaten. Still und bedrückt hatte sie dagestanden und gestarrt. Selbstverständlich konnten Kleider nicht verraten werden, jedoch der eigene Stil. Die Garderobe in ihrem Schrank war nicht mehr die verrückte Sammlung einer Studentin. Alles zusammen hatte mehr Wert, als anderen Leuten ein Leben lang zur Verfügung stand. Es war die Schatzkammer einer verzogenen jungen Frau. Wie hatte es nur so weit kommen können?

Gequält war Charly in die Knie gegangen, hatte ihre Augen geschlossen und nur noch Ablehnung empfunden. Gegenüber sich selbst, gegenüber allen anderen und gegenüber dem Leben, das sie scheinbar führte. Andere hätten vielleicht über die Lügen hinweggesehen und sich am Besitz der Kostbarkeiten erfreut. Sie empfand anders.

Reichtum machte sie nicht glücklich. Nicht mehr. Es war mit allem Übermaß das Gleiche: Das erste Objekt der Begierde sein Eigentum zu nennen, erschien wie das Köstlichste seit Ewigkeiten. Die nächsten sättigten den Appetit vollständig und spätestens beim x-ten nahm der Reiz überhand. Am Ende kehrte sich die Wirkung gar um. Charly stellte fest, dass ihre Augen größer gewesen waren als der eigentliche Hunger. Doch im Moment dieser Erkenntnis war es bereits zu spät.

Wie hatte sie derart von ihren Wünschen, von ihren inneren Grundsätzen abkommen können? Spätestens nach mehreren Wochen, in denen der Porsche immer noch nicht von ihr getauft worden war, hätte sie den schleichenden Wandel bemerken müssen. Kein Name bedeutete keinen Bezug und ließ die Wertschätzung außen vor, die sie sonst ihren Sachen entgegenbrachte.

Alles hatte sich grundlegend verändert. Nichts war mehr das, was es gewesen war. Wie sollte es nun weitergehen? Charly war bewusst geworden, dass es eigentlich keinen Antrieb mehr gab, der sie hier hielt. Sie stellte sich der einen entscheidenden Problematik: Was wollte sie? Was wollte sie mit ihrem Leben anfangen? Was erhoffte sie zu erreichen? Wohin wollte sie gehen?

Im Gedankenwirrwarr nach Antworten suchend, wurde ihr unvermittelt die Decke vom Gesicht gezogen. Ruckartig öffnete sie beide Augen und erschrak. Ihr Vater stand vor ihrem Bett. Er hielt in der Bewegung inne, verharrte still und schien die Situation abzuwägen. Entweder hatte Susann nicht Doktor Schubert, sondern Roger alarmiert oder er war persönlich vorbeigekommen in dem Bestreben, sie für die Geschäftsreise abzuholen. Und um sicherzugehen, dass das gestern Gesagte den praktischen Verlauf von heute und morgen nicht beeinträchtigte.

Es war lange her, dass er sie das letzte Mal so gesehen hatte. Unvollständig bekleidet und nicht zurechtgemacht. Auf ihrem Territorium in einem Zustand, der fern von sachlich, aufmerksam und gefällig lag.

Selbst als sie alle noch unter einem Dach gelebt hatten, war es meist Anett gewesen, die in der Pflicht gestanden hatte, Sarah und Charly zu Bett zu bringen. Sie erinnerte sich nicht einmal an eine undeutliche Skizze einer Szene, in der ihr Vater sie für die Nacht verabschiedet hätte. Roger war seit jeher kein Familienmensch gewesen. Allerdings hatte ihre Mutter in dieser Hinsicht auch keine Vorreiterrolle übernommen. Die lästigen Pflichten des Alltags waren auf Angestellte abgewälzt worden.

Charly kam es vor, als überlege er sich den nächsten Zug einer Partie, die nur noch er spielte. Susann nahm sie in stiller Präsenz hinter ihm wahr. Die beiden hatten einander aufrichtig verdient.

Roger ließ mit einem Mal die Zudecke los, die wieder auf Charly zu liegen kam. Ihre Züge blieben jedoch weiter dem Licht ausgesetzt. Er wirkte unsicher. Falten durchfurchten seine sonst glatte Stirn. Ihr Vater trat einen Schritt vom Bettgestell zurück. Wandte der große Roger Clark sich von ihr ab? Hatte er sie aufgegeben? Weiter so, dann konnte sie vielleicht endlich Frieden finden und einen neuen Weg für sich suchen. Besonnen drehte er sich zu ihrer Mutter und wies sie an, Anett zu holen. Nachdem Susann folgsam das Zimmer verlassen hatte, stand er eine Weile stumm da. Charly blickte ihn unverwandt an. Sie hatte ihn noch nie nachdenklich erlebt. Normalerweise war er gedanklich mindestens zehn Schritte voraus und hatte sämtliche Eventualitäten längst bedacht.

Konnte es sein, dass er mit dieser Situation nicht gerechnet hatte, dass er absolut überzeugt von seiner Macht über sie gewesen war? Augenscheinlich resultierte dies aus einem Fehlurteil seinerseits. Ihr Vater hatte die Kalkulation ohne den Umstand gemacht, dass sie nicht wie jede andere Mitarbeiterin ersetzbar war. Er hatte nur eine begrenzte Anzahl an Töchtern und jetzt ging ihm schlicht die Ressource aus.

Als sein Blick zuletzt an ihrem Gesicht hängen blieb, schienen seine Überlegungen abgeschlossen zu sein. Er trat an ihren Kleiderschrank und zog nach kurzem Suchen eine Jogginghose sowie einen weiten Pullover heraus. Beides warf er seiner Tochter entgegen.

„Zieh dich an. Wir werden reden." Die Aufforderung hatte einen resignierten Klang. Seine Schultern waren leicht nach unten gesunken. Charly regte sich nicht. Ihr Vater atmete tief durch. „Wie du willst. Ich werde reden. Wenn du es für angebracht hältst, kannst du dich anziehen." Er blieb am Fenster stehen.

Wie viele Lügen konnte es in ihrem Umfeld noch geben, die darauf warteten, aufgedeckt zu werden? War es erstrebenswert, sich damit zu belasten? Sie unterdrückte die instinktive Regung, sich ihre Ohren zuzuhalten. Die Arme fühlten sich gleichwohl bleischwer an.

Da von ihr keine äußerliche Reaktion kam, begann Roger zu sprechen. „Ich werde bei mir anfangen", sagte er bestimmt. „Du erinnerst dich sicher an unser Abendessen im August ..."

Wie könnte sie nicht?

„Was ich damals gesagt habe, hat sich bis heute nicht geändert. Mit meiner Gesundheit steht es nicht zum Besten. Drogen fehlen mir da gerade noch. Solltest du mich bis zum Ende anhören, erfährst du, was es stattdessen mit dem Päckchen auf sich hat."

Obwohl Charly ihre Augen geschlossen hatte, um ihre Ablehnung zu zeigen, entging ihr keine Silbe.

„In diesem Sinne war es logisch, sich als Absicherung um die Frage der Nachfolge zu kümmern. Ja, ich habe dich aufgrund der Tatsache ausgewählt, dass du meine Tochter bist, Charlotte. Aber auch aufgrund deiner Charaktereigenschaften, wie ich damals bereits ausführte. Ich halte wirklich große Stücke auf dich. Nur weil einige Dinge nicht besonders glorreich verlaufen sind, möchte ich nicht, dass du alles infrage stellst, was ich je zu dir gesagt habe. Überwiegend war ich ehrlich. Wenn auch nicht immer. Und diese Gelegenheiten bereue ich jetzt." Ihr Vater holte Luft.

Charlys Lider hoben sich in Zeitlupe.

„Zu dieser persönlichen Tangente hat die Clark Group, wie du am Rande mitbekommen hast, Schwierigkeiten mit Zulieferern. Du hast Damien erlebt. Ich möchte es ihm nicht anhängen und momentan gibt es auch keine Beweise dafür, aber nachdem der eine Lieferengpass aus dem Weg geräumt war, gab es Zwischenfälle. Diese beschäftigten mich im Januar und auch später noch. Das beantwortet vielleicht die Frage, wo ich zu jener Zeit war." Roger räusperte sich. „Die Vermutung, dass jemand gezielt Projekte der pharmazeutischen Sparte manipuliert, steht im Raum. Motive sehe ich bei einigen, doch braucht es gewisse Mittel und Wege, derartig geschickt vorzugehen. Und auch die nötige Kaltblütigkeit."

Er warf einen Blick aus dem Fenster. „Um daran anzuknüpfen, ist es dasselbe auf der Baustelle. Ein Kabelbrand und ein defekter Kran haben den Zeitplan zurückgeworfen und natürlich auch die Kosten in die Höhe getrieben. Ich glaube Alfred, dass seine Männer keine Schuld daran tragen. Dafür sind wir schon zu lange miteinander im Geschäft. Trotzdem steht die Lösung der Vorfälle bis jetzt aus." Quer durch den Raum trafen sich ihre Augen. „Vom eher informativen möchte ich nun zum unangenehmeren Teil kommen: zu dir. Ich denke, die Tatsache, dass ich kein guter Vater bin, können wir von vornherein so stehen lassen, denn das wissen wir beide."

Sein Redefluss wurde von Susanns Eintreten unterbrochen. Anett folgte ihr. Nun schauten drei Leute Charly an. Unangenehm berührt schloss sie einfach wieder ihre Lider. Doch es war gar nicht so leicht, gleich mehrere Menschen auszublenden, die sich auf einen konzentrierten. Nach wenigen Sekunden kapitulierte sie.

„Anett, würdest du bitte Charlottes Koffer packen?", bat Roger die Haushälterin.

Diese nickte niedergeschlagen. Sie eilte in den Flur, um die Gepäckstücke aus dem Schrank zu holen, hielt dabei jedoch nicht inne oder erfragte Charlys Zustimmung. Es war ein Verrat mehr, den die ehemalige Nanny an ihr beging. Vermutlich hatte sie selbst Schuld, schließlich gab sie sich nicht gerade gesprächig in letzter Zeit. Wenigstens würde sie nachher schneller wegkommen. Denn weg wollte sie, da war sie sich inzwischen sicher.

Unter den beobachtenden Blicken ihrer Eltern erhob Charly sich schwerfällig und trat im Nachthemd an ihren Schrank. Die Sachen, die ihr Vater ihr zuvor zugeworfen hatte, ließ sie auf dem Bett liegen. Sie nahm sich eine Jeans, ein weißes Top, eine ihrer Fellwesten und ihre Fransen-Tasche. Damit hatte sie fast alle alten Überbleibsel in der Hand. Die Tasche stellte Charly ab. Stumpfsinnig zog sie sich das Nachthemd aus, stopfte es hinein und streifte die Kleider über. Danach trat sie an Roger vorbei ins Arbeitszimmer. Ihr Vater sah ihre Mutter ernst an, dann folgte er seiner Tochter und schloss die Tür hinter ihnen. Mit einer Hand zog er den Schreibtischstuhl zurück und ließ sich darauf nieder.

Charly setzte sich auf die Platte des Tischs und sagte: „Weiter."

Roger nickte. Er saß jetzt tiefer als sie und musste zu ihr aufschauen. Das bescherte ihr eine morbide Genugtuung.

„Gut. Zuerst sollte ich sagen, dass ich, obwohl du es mir nicht glauben wirst, stolz auf dich bin." Er senkte den Kopf. Charly blieb still. „Der Grund deines Misstrauens ist folgendermaßen aufzuklären: Damals bei der Charity Gala und später immer mal wieder habe ich dir von der Kooperation mit der Firma der Dandroes erzählt. Erinnerst du dich? Georgs Stiefbruder war ja leider nicht anwesend, da er an etwas forschte. Nun, dieser Albrecht ist Andrés Vater." Er machte eine beredsame Pause.

Wenn Georgs Bruder Andrés Vater war, blieb André als der Erbe übrig, von dem Roger damals gesprochen hatte. Natürlich kannten sie sich dann. „Aber der Nachname?", wandte Charly ein. So schnell war sie nicht zu überzeugen.

„Andrés Großvater heiratete zweimal. Georg wurde von seiner ersten Frau mit in die Ehe gebracht, die Firma und der Nachname Lémèr stammen hingegen von seiner zweiten Frau. Sie war Französin, ebenso wie ihr gemeinsamer Sohn Albrecht. Das Unternehmen wurde umstrukturiert und in Folge dessen aus Frankreich hierher in unser Land verlegt, als André noch ziemlich jung war."

Das machte André nicht nur unglaublich reich und erklärte teilweise sein Verhalten, es war nun auch höchst unwahrscheinlich, dass er dealte. Warum war sie nie auf den Gedanken gekommen, seinen Namen zu googeln? Es hätte ihr so viele falsche Vermutungen erspart. Betrogen hatte er sie nichtsdestoweniger. Aber warum hatte er nie etwas gesagt? Und wie alt war er dann bitte?

Charlys Gedanken drehten sich um sich selbst. Deshalb hatte Peter an Silvester so seltsam geschaut. Er hatte all das gewusst, angenommen, dass sie es auch tat, und sich vermutlich gefragt, warum sie willentlich mit dem Feuer spielten, da ihre konkurrierenden Unternehmen sich gerade annäherten. Aber was war dann in dem Tütchen gewesen?

Sie musste die letzten beiden Fragen laut ausgesprochen haben, denn Roger lächelte leicht. „Siebenundzwanzig", sagte er. „André hatte gestern Geburtstag. Ich habe ihm neue Boxen für den Spyder geschenkt. Während Tom diese einbauen ließ, ist André mit deinem Fiat zu mir gefahren. Das war etwas unglücklich, da Berta den Mercedes hatte, um ihre Schwester zu besuchen, ich den Rolls-Royce und meine anderen Wagen momentan ohne Zulassung sind. Ich komme gar nicht mehr dazu, sie alle regelmäßig zu bewegen. Am Abend sollte vor der Feier, die Hildegard organisiert hat, ein Rücktausch stattfinden. Nach der ... unerwarteten Entwicklung habe ich André mit zurückgenommen. Der Porsche parkt noch dort, wo du ihn abgestellt hast."

Charly schluckte. Daher die fröhliche Feierlaune der beiden.

„Zusätzlich hatten wir einen geschäftlichen Grund zusammenzukommen: das Päckchen. Die Überlegung, dass es sich dabei um einen synthetischen Muntermacher handelte, ist nachzuvollziehen. Tatsächlich war es aber ein kristalliner Wirkstoff. Die Kooperation zwischen unseren Firmen ist zustandegekommen, weil Georg, Albrecht und ich das gleiche Ziel verfolgen und zusammen mehr Mittel zur Verfügung haben. Es ist effizienter, wenn wir gemeinsam forschen, statt an unterschiedlichen Standorten aufwendig das Geiche zu tun."

Das hatte Herr Tricktop ihr bereits erläutert. „Es ging also nicht wirklich um Antiseptika?", fragte Charly das erste Mal aktiv.

Ihr Vater ließ einen Teil seiner Schutzhülle fallen und es dünkte sie, dass endlich das zutage trat, was sie eigentlich von Anfang an hatte wissen wollen. Sie war ihm gegenüber noch immer genauso misstrauisch, doch für einen Moment überwog das Verlangen, die Wissenslücken zu schließen. Die Fäden um André waren noch verworrener, als sie es sich vorzustellen vermocht hatte, und gleichzeitig zum ersten Mal in greifbarer Nähe.

„Ja und nein", antwortete Roger jetzt. „Wie schon auf der Gala dargestellt, hat die Wissenschaft die Krankheit Krebs noch nicht gänzlich entschlüsselt. Es gibt verwertbare Forschungsergebnisse neben unglaublich vielen verschiedenen Ursachen, die zu einem Ausbruch führen können oder könnten. Bei jedem Menschen ist es ein wenig anders und allgemeingültige Aussagen sind nur schwer zu formulieren. Welchen Ansatz verfolgt man also weiter? Schaut man sich die Fakten an, sieht es so aus: Rund zehn bis zwanzig Millionen Menschen auf unserer Erde erkranken jedes Jahr an Krebs, nimmt man alle Arten beziehungsweise körperteil- oder organspezifischen Verlaufsformen zusammen. Dabei ist die Rate in den Entwicklungsländern dreimal so hoch wie die in den Industrienationen. Sicher ist auch, dass circa zehn Prozent bis ein Viertel der Fälle durch Krankheitserreger verursacht werden. Also Bakterien oder Viren. Da sich Bakterien vereinfacht ausgedrückt von Energie ernähren, stellt möglicherweise unser gestiegener Zuckerkonsum eine größere Problematik dar, aber das nur nebenbei. Insgesamt gibt es unterschiedliche Medikamente und auch Impfungen."

Er atmete durch und beugte seinen Kopf zu ihr. „Dir ist vielleicht das Serum gegen humane Papillomaviren, kurz HPV, bekannt, das zur Vorbeugung gegen Gebärmutterhalskrebs verabreicht wird. Es bestehen demnach durchaus Chancen auf eine Heilung, wir tappen nicht gänzlich im Dunkeln. Trotzdem fehlt eine Arznei, die völlige Sicherheit verschafft, wieder gesund zu werden. Nennen wir es ein Wundermittel."

Charlys Mundwinkel zuckte, ihr Vater war nicht zu bremsen.

„Kommen wir wieder auf die Viren zurück. Nach unseren Datenerhebungen entsteht fast jede sechste Krebserkrankung durch eine Infektion. Und diese könnte direkt behandelt und unter Umständen geheilt werden durch ein Antiseptikum. So ließen sich viele Fälle vermeiden. Genau da setzt die von uns ins Leben gerufene Kooperation an. Wir suchen eine verbesserte Möglichkeit, um den Krebs in seine Schranken zu weisen." Roger verstummte.

Charly fühlte sich ob der vielen Informationen überrollt. „Aber vertreibt die Clark Group nicht Hausmittel und längst erprobte Medikamente?"

„Ja, das ist richtig. Unter deinem Großvater gab es die ganze pharmazeutische Sparte noch nicht. Sie ist meine Schöpfung, könnte man sagen. Ein geringes Investitionsrisiko einzugehen, erschien mir am Anfang richtig. Nun möchte ich das Geschäft um spezifiziertere Teilgebiete ausweiten. Allerdings muss ich zugeben, dass ich an dieser besonderen Forschungsrichtung ein persönliches Interesse hege, wie ich dir schon einmal erläutert habe." Ihr Vater stockte kurz. „Es war sehr unvorsichtig von André, das Päckchen mit sich herumzutragen, und auch von mir äußerst unvernünftig, das neue Ergebnis sehen zu wollen. Noch ist es nur etwas mehr als eine aussichtsreiche Eventualität, kein

Hauptgewinn. Gerade laufen unter Herrn Doktor Wangermuts Aufsicht die ersten Testreihen an, deshalb fand vor einigen Wochen eine Abfolge von Terminen zur Vorbesprechung statt. Wir werden sehen, ob wir tatsächlich auf etwas gestoßen sind. Vielleicht kannst du nun verstehen, wie wichtig Geheimhaltung ist. André nimmt das sehr genau."

Charly blickte gedankenverloren in die Luft. Deshalb hatte ihr Exfreund sie in dem Glauben gelassen, es handle sich um eine Droge. Er war nicht überzeugt gewesen, dass sie das Geheimnis für sich behalten konnte. Und anscheinend hatte ihm auch nicht genug an ihr gelegen, um ihre Meinung von ihm aufwerten zu wollen.

Ein innovativer, brillianter Wirkstoff würde unglaublich viele Menschen heilen und unfassbar viel Geld einbringen. Er wäre Millionen, wenn nicht gar Milliarden wert! Welche Motivation wohl die größere darstellte?

„Genug davon. Nun zu ihm: Ich bin mit André seit seiner Kindheit bekannt, und als er mir erzählte, dass ihr euch kennengelernt habt und sympathisch fandet, hat mich das gefreut. Er hat mir, wie du dir inzwischen denken kannst, bei deinem Geschenk zu Silvester geholfen."

Charly nickte. Deshalb hatte er wahrscheinlich auch ihren Geburtstag gekannt. Das Internet zu bemühen war gar nicht nötig gewesen.

Roger fuhr fort: „Seit ich mich mit der Thematik meiner Nachfolge auseinandergesetzt habe, wusste ich nicht, wie ich dich motivieren könnte, solltest du nicht Ja sagen. Zu einem Gespräch, das ich mit Hildegard darüber führte, stieß er überraschend hinzu und seit damals schien es mir, als entwickelte er eine gesunde Neugier in Bezug auf dich. Da unsere Firmen gewisse Überschneidungspunkte innehaben, hatte ich nichts einzuwenden. Jedoch war ich mir sicher, er hätte dem Zufall, dir schließlich über den Weg zu laufen, ein wenig unter die Arme gegriffen." Er runzelte die Stirn. „Ich dachte, du würdest mir von euch erzählen, wenn du es für angebracht hieltest. Als du das eine Mal davon anfingst, wollte ich dich nicht drängen, aber plötzlich war das Thema vom Tisch und du wirktest verbissen. Vor Kurzem fragte ich André bei einem Abendessen und er sagte mir, dass ihr euch getrennt hättet und es sein Verschulden war. Mir ist erst gestern der Grund dafür bewusst geworden. Er war schon immer zügig unterwegs: schnelle Entscheidungen, schnelle Autos und auch schnelle Wechsel seiner weiblichen Bekanntschaften. Weil er alleinerziehend war, hat Albrecht dem Jungen schon früh das meiste durchgehen lassen. Dennoch hat das bisher nie seine Auffassungsgabe oder sein Urteil getrübt. In diesem Fall wohl schon." Ihr Vater blickte Charly auffordernd an. Sie zog nur eine Augenbraue hoch. In dieser Angelegenheit hatte sie nichts hinzuzufügen.

Roger seufzte. „Er und ich, wir haben eine längere Vorgeschichte. Seine Gefühle mir gegenüber sind leider ambivalent, vielleicht ist das auf eure Beziehung übergesprungen. Falls er dich sehr verletzt hat, tut es mir leid. Unterschwellig wollte er dich wohl zu einem würdigen Gegenspieler oder seiner ebenbürtigen Partnerin formen, aber er hat sich die Finger verbrannt. So still habe ich ihn selten erlebt, lass dir das gesagt sein!"

Sich zum Spanischkurs anzumelden war demzufolge alleine Andrés Idee gewesen. Wahrscheinlich hatte er seiner späteren Konkurrenz auf den Zahn fühlen wollen, sie tatsächlich nett gefunden, aber nicht nett genug, um mit alten Mustern zu brechen.

„Ich habe die Geschäftsreise abgesagt", gestand Roger unvermittelt, da sie noch immer schwieg. Charlys Pupillen weiteten sich ungläubig. Das hatte sie nicht erwartet!

Ihr Vater stand auf. „Was gibt es noch zu sagen?" Er stellte sich hinter den Schreibtischstuhl und legte die Hände oben auf die Rückenlehne. „Dass ich nicht ins Krankenhaus gekommen bin, um deine Schwester zu besuchen, war im Nachhinein betrachtet nicht richtig. Die Erkenntnis macht es nicht ungeschehen und ich möchte mich keinesfalls herausreden, aber deine Mutter hatte mich überzeugt."

Charly verzog den Mund zu einem ironischen Lächeln.

Roger hab tadelnd den Zeigefinger. „Sei nicht so abweisend zu ihr. Sie mag nicht perfekt sein, wie wir alle, doch sie hat sich stets bemüht."

„Sie hat sich stets bemüht", gab Charly zynisch zurück. „Deine Erklärstunde ist schön und gut, aber bevor du gleich Abbitte verlangst, solltest du das alles mal aus meiner Perspektive sehen." Sie stand ebenfalls auf. „André hätte von Anfang an seinen Mund aufmachen können. Was wäre denn dabei gewesen? Hat er auch wie du und Mum den richtigen Zeitpunkt verpasst? Und Susann hat mir eure Geschichte erst erzählt, nachdem du sie angerufen hast!" Ein Funkeln im Blick ihres Vaters zeigte Charly, dass sie richtig lag. „Vielleicht ist es ganz gut, dass Sarah all das hier nicht mitbekommt, sie hat schon genug durchgemacht."

Ein Augenblick der Stille entstand und es drangen Geräusche aus dem Schlafzimmer zu ihnen. Anett packte pflichtschuldig.

Ihr Vater setzte sich wieder. „Charlotte, ich kann verstehen, dass du

Zeit brauchst. Und ich sehe auch, dass deine Mutter, Anett, André und ich dir sehr wehgetan haben. Deshalb möchte ich dir ein Angebot machen." Charly sah ihn müde an. Ein Angebot. Noch eines. Wo würde das hinführen? Erfuhr sie jetzt den Grund, warum Anett ihr Hab und Gut zusammenpackte?

Roger holte einen Schlüsselbund aus der Tasche seines Anzugs und beugte sich vor, um diesen auf den Schreibtisch zu legen. Charly wartete, bis er sich zurückgezogen hatte, dann setzte sie sich wieder auf die Tischkante und griff danach.

„Was für ein Angebot?", fragte sie.

„Ich erinnere mich, dass du das Meer innig geliebt hast. Als kleines Kind wolltest du immer an den Strand und man musste dich geradezu davor bewahren, dass du nicht direkt in die Wellen ranntest." Charly benetzte ihre trockenen Lippen, während ihr Vater wehmütig lächelte.

„Ich habe ein Haus in den Hamptons. Früher waren wir öfter dort, ich weiß nicht, ob du noch Erinnerungen daran hast. Dort ist das Foto von dir im blauen Badeanzug mit dem tropfenden Eis in der Hand entstanden. Es liegt direkt am Strand, ungestört. Ich möchte es dir schenken." Er zeigte auf die Schlüssel in ihrer Hand. „Mein Anwalt wartet unten, du musst nur die Papiere unterzeichnen." Er hob die Hand. „Ich weiß, ich weiß, du willst nichts mehr von mir. Das habe ich verstanden, nachdem du mir den Porsche zurückgegeben hast. Aber du hast gerade gesagt, ich solle versuchen, alles aus deiner Sicht zu sehen. Vielleicht probierst du das Gleiche bei mir? Trotz aller Verfehlungen bin ich dein Vater und ich möchte, dass es dir gut geht. Du brauchst Freiraum? Nimm das Haus! Dann hast du eine Bleibe und keiner kann sie dir nehmen. Das Flugzeug steht immer noch abflugbereit und getankt im Hangar. Schon in einigen Stunden könntest du, räumlich distanziert, die Zeit bis zum neuen Semester, oder was immer dir zukünftig vorschwebt, am Strand genießen. Sieh es als Auszeit oder Neubeginn. Außerdem wirst du sowieso früher oder später einen großen Teil meines Vermögens erben. Das hier ist sozusagen ein Vorschuss."

Charly hatte sich nicht gerührt.

Roger zog sich aus einer Anwandlung heraus den goldenen Siegelring vom Mittelfinger und hielt ihn so, dass sie ihn sehen konnte. „Dein Großvater hat ihn mir gegeben, als er starb. Sein größter Wunsch war, dass dieser Ring, der alle Errungenschaften unserer Familie repräsentiert, von Generation zu Generation weitervererbt wird. Ziehe in die Ferne, Charlotte. Mach es wie deine Schwester. Ich verspreche dir, dass du während dieser Zeit nichts von mir hören wirst. Aber gehe in dem Wissen, dass hier immer eine Tür für dich offen steht, wenn du zurückkehren willst. Und wie ich dich einschätze, wirst du früher oder später deine Wurzeln suchen. Mein Wille bezüglich meiner Nachfolge gilt insofern unbegrenzt."

Und das war es, was sie fürchtete. Das letzte Mal, als ihr Vater ihr ein Angebot unterbreitet hatte, war sie glücklich nach Hause gefahren und danach mit Vanessa feiern gegangen. Irgendwann hatten dann allerdings die Probleme begonnen. Was würde geschehen, wenn sie diesem Vorschlag zustimmte? Ein Eigentum. War das eines dieser Dinge, die gut klangen, jedoch einen versteckten Haken hatten?

Wieder war es wie damals im August, sie konnte nichts Schlechtes entdecken. Möglicherweise tat sie Roger auch unrecht. Hauptsächlich waren private Angelegenheiten schiefgelaufen. Die Clark Group an sich hatte ihr nichts getan. Sie wollte Abstand, von allem und jedem, dabei war sie eigentlich nicht wählerisch. Ihr Kopf ersehnte sich eine Pause und Charly nickte wie von selbst.

Roger sah erleichtert aus. „Der Schlüssel mit dem roten Punkt ist für die Eingangstür. Einen Ersatzschlüssel hat nur das Hausmeisterehepaar, welches noch nicht verständigt ist. Die Süllenbrochs sind nette Leute, ich würde vorschlagen, sie trotz Besitzerwechsel im Dienst zu lassen. Ihr Arbeitsvertrag hat eine unbegrenzte Laufzeit, die Zahlungen erfolgten bisher durch mich. Das würde ich gerne so fortführen."

Charly hatte keine Einwände.

„Der Code für die Alarmanlage im Eingangsbereich ist dein Geburtstag." Das ließ sie ihre Lethargie abschütteln. „Nein, ich hab ihn nicht geändert", kam ihr Vater der unausgesprochenen Frage zuvor.

Er führte ein paar weitere Details aus. Dann gingen sie, gefolgt von Anett, ins Erdgeschoss und Charly leistete nach fünfminütigem Lesen mit Susann als Zeugin eine Unterschrift auf den Papieren, die ihr ein förmlich wirkender Herr im schwarzen Anzug reichte. Sie konnte nicht sagen, dass sie sich freute, aber es war ein Schritt nach vorne.

# 19
# DIE HAMPTONS

Nun ging es also für Charly in die USA. Und sie konnte nicht einmal Sarah nach Tipps fragen, dachte sie ironisch mit einem aufkommenden Hauch Melancholie. Wie sie von ihrem Vater erfahren hatte, waren die Hamptons eine Region im Bundesstaat New York. Genauer gesagt stellten sie das Ostende der Insel Long Island dar.

Geografie war noch nie ihre Stärke gewesen. Bisher kannte sie die Region überwiegend aus dem Fernsehen. Von Soaps wie *Gossip Girl*, in denen sich die Reichen ihre Zeit an den Stränden durch Müßiggang und Partys vertrieben. Ob die Wirklichkeit sich eher auf hermetisch abgeriegelte Villen und introvertierte Eigentümer mit exotischen Vorlieben beschränkte? Vage konnte sie sich an die Besuche erinnern, als sie noch klein gewesen war. Nur den Strand hatte sie in lebhafter Erinnerung behalten. Und das Eis. Noch wusste sie nicht, wie das Leben im Moment dort aussah. Das würde sich jetzt ändern.

Während ihres Gesprächs mit Roger hatte Anett fein säuberlich alle verfügbaren Koffer gepackt. In Reih und Glied waren die vier silbernen, rollbaren Truhen am Fuß der Treppe aufgebaut. Charlys Mutter hatte sich stocksteif in die Parade eingereiht. Susann war ehrlich gewesen, doch damit hatte sie die Achtung ihrer Tochter vollständig verloren. Der Abschied war dementsprechend kurz und schmerzlos ausgefallen. Charly hatte nur fortgewollt.

Sie wusste, dass sie sich etwas vormachte, wenn sie ihre Abreise mit Selbstständigkeit gleichsetzte. Erneut hatte sie sich von Roger überreden lassen und profitierte von seinem Luxus. Doch ihr Wunsch nach Frieden und Einsamkeit, ihr Sehnen nach der Ferne, um alles hinter sich zu lassen, waren größer gewesen als die moralische Regung. Sie bedauerte nur, ihren gerade wiedergewonnenen Fiat zurücklassen zu müssen.

Charly versprach sich selbst, die Zukunft anders zu gestalten. Jetzt aber war sie seelisch erschöpft und bedurfte eines ruhigen Ortes, den sie in der Ferne zu finden hoffte. Inzwischen konnte sie die jüngere Schwester zunehmend besser verstehen. Vielleicht hatte Sarah unter den gleichen Gesichtspunkten gehandelt.

Der Rolls-Royce ihres Vaters brachte sie zum Flughafen. Er selbst blieb bei Charlys Mutter. Das Versteckspiel konnten die zwei sich nun ersparen. Sein Chauffeur, den sie jetzt das erste Mal richtig erkennen konnte, hievte ihre schweren Gepäckstücke aus dem Kofferraum und manövrierte sie bis direkt vor die Ladeluke des kleinen weißen Flugzeugs.

Der Mann war um die vierzig und sah in seiner dunklen Uniform sympathisch aus. Er nahm den grauhaarigen Piloten beiseite. Charly in Jeans, Fellweste, mit ihrer Bienensonnenbrille auf der Nase und ihrer alten, geliebten Fransentasche am Arm ging derweil die mit rotem Teppich ausgelegte Treppe nach oben, an zwei Stewardessen vorbei und ließ sich in den erstbesten Sessel fallen. Nur siebzehn Stufen, die sie später wieder hinuntersteigen musste, trennten sie von amerikanischem Boden.

Das Innere des von Menschenhand erbauten Vogels stellte einmal mehr die finanziellen Mittel der Clark Group zur Schau. Edelstes, poliertes Holz neben heller Verkleidung erinnerte sie mehr an die Einrichtung von Rogers Büro als an die eines Flugzeugs. Sie stellte die Tasche auf den Sitz neben sich, schloss den Sicherheitsgurt und danach ihre Lider. Protz und Prunk an jeder Ecke. In der Hinsicht glichen sich André und ihr Vater. Ob sie sich deshalb so gut verstanden, dass sogar Geschenke ausgetauscht wurden? Der Gedanke tat weh.

Das Nächste, was Charly fühlte, war ein sanftes Schütteln, als eine der Stewardessen sie weckte. Die Maschine stand still. Waren sie schon da?

„Wir sind gelandet. Sie befinden sich am East Hampton Airport. Eine Limousine wird Sie nun zu Ihrem Haus bringen. Herr Clark lässt übermitteln, dass er Ihnen das Beste wünscht." Leicht mitleidig beäugte die Stewardess sie.

Hatte sie etwa all die Stunden geschlafen? Erholt fühlte sie sich nicht.

Charly schob mit einer Hand ihre Sonnenbrille Richtung Nasenspitze und warf der überschminkten Dame im dunkelblauen Zwirn, den nicht sie, sondern ihr Arbeitgeber ausgewählt hatte, einen kalten Blick zu. Danach rückte sie die Brille wieder zurecht. Ihre Augen waren wässrig und blutunterlaufen, ihre Haut fahl, trotzdem begehrte ihr Stolz ob der Behandlung auf. Sie wollte nicht nett und höflich sein.

Mit durchgedrücktem Rückgrat stieg Charly aus und ging geradewegs auf die schon offene Tür des Luxuskarossenzwillings zu, in dem sie gerade erst gefahren zu sein schien. So kam es ihr zumindest vor. Langsam setzte das Gefährt sich in Bewegung, ohne dass sie bisher ein Wort verloren hatte.

War dies das Leben, das sie an der Seite ihres Vaters erwartet hätte? Sie konnte sich alles herausnehmen, musste nichts tun, solange er die Menschen, die er anstellte, gut genug bezahlte? Dafür bezahlte, dass sie sich ohne Murren alles gefallen ließen? Seine einheitlich gewandete Armee.

Zwischen ihren Schläfen hatte ein anhaltender Piepton eingesetzt. Erschöpft ließ sie sich in die schwarzen Lederpolster des Sitzes zurücksinken. Hoffentlich war es nicht mehr weit. Die Schlüssel klirrten verheißungsvoll in ihrer Tasche, als sie danach griff. In ihrem Kopf entstand das Bild von hohem grünem Gras und knirschendem feinem Sand unter ihren Füßen. Die Vorstellung weitete sich aus, als ihr kleineres Ich sich nach einem grün gefärbten Stück Glas bückte, das im Sand lag. Die Ecken der Scherbe waren vom Wasser geschliffen, der einstige Glanz der Scheibe hatte sich durch die nun matte Oberfläche verloren.

Eine einzelne Träne kullerte Charlys Wange hinab. Ärgerlich wischte sie diese schnell mit der Hand fort. Wenn sie ehrlich war, freute sie sich ein bisschen auf das Meer. Früher hatte sie stundenlang in sich ruhend dasitzen und es einfach beobachten können. Die immer wiederkehrenden Wellen. Darauf war Verlass gewesen. Nicht, dass sie es übermäßig spannend gefunden hätte. Vielmehr hatte es sie beruhigt, entfesselt vom übrigen Kontext, und eine schöne Grundlage zum Träumen geboten.

Sie fuhren noch eine Weile, bis der Wagen schließlich in einer riesigen Einfahrt hielt. Endlich war sie angekommen. Charly schaute aus dem Fenster. Der Mond tauchte die Umgebung in fahles Dämmerlicht. Vor ihnen schwenkte automatisch ein großes Stahltor nach innen auf. Rechts und links sah sie das rote Aufblitzen von Kameras. Hatte Fort Knox hier als Vorbild gedient? Gab es auch Scanner und eine Leibesvisitation? Unfassbar. Roger war vielleicht in seinen Augen eine Ikone, sicher jedoch nicht im internationalen öffentlichen Bewusstsein.

Die Limousine rollte wieder an und fuhr einige Hundert Meter, bis sie vor einer breiten, hölzernen Eingangstür, deren großflächiges Vordach durch gemauerte Säulen gestützt wurde, zum Stehen kam.

Charly entstieg dem Wagen.

Das Gebäude war, dem ersten Eindruck nach, aus Sandstein errichtet und erinnerte sie entfernt an einen griechischen Tempel. Rechts daneben befanden sich Garagen. Links stand ein kleiner Hain. Es war ein weitläufiges Grundstück. Sie konnte erst in weiter Ferne eine große, gepflegte Hecke erahnen, die es eingrenzte.

Zielstrebig ging sie zur Tür und steckte den Schlüssel mit dem roten Punkt ins Schloss. Er passte. Hinter ihr hatte der Fahrer inzwischen das Gepäck ausgeladen und half ihr, einen der großen Türflügel nach außen zu ziehen. Er war etwas älter als Rogers Chauffeur zu Hause. Bestimmt hatte er in der Umgebung Familie. Seine Familie. Ob er sich gut um sie kümmerte? Was für eine blöde Überlegung!

Charly trat ein und ging auf das leuchtende Pad der Alarmanlage zu. Es befand sich unübersehbar an einem weiß gestrichenen Pfeiler, der den Raum durchbrach. Sie tippte die Zahlenfolge ihres Geburtstags ein: 2 8 0 8. Das Gerät piepte einmal, darauf folgend ging die indirekte Beleuchtung über ihr an.

Ihre Koffer standen unterdessen bereits aufgereiht in der weitläufigen Halle, die durch zwei breite Treppenaufgänge in die obere Etage geprägt wurde. Der Boden war glatt gefliest und glänzte, als wäre er frisch gewischt worden.

„Kann ich Ihnen weiter behilflich sein, Miss Clark?", riss ihr Begleiter sie höflich aus ihrer Betrachtung der neuen Umgebung.

Erschöpft bewegte Charly das Kinn. „Nein, danke. Sie können gehen, ich brauche Sie nicht mehr." Sie hatte nur noch ein Verlangen: Sie wollte das Meer sehen.

Er drehte sich um, schob den offenen Flügel des Eingangs beim Gehen hinter sich zu und gleich darauf hörte sie das leiser werdende Motorengeräusch des sich entfernenden Autos.

Erst als sie völlige Einsamkeit umgab, fiel die Spannung von ihr ab. Charly sank in sich zusammen. Einen Wimpernschlag lang stand sie unschlüssig vor ihren Habseligkeiten, dann lockte sie wieder der unsichtbare Zauber des Ozeans. Ungeduldig trat sie sich die Schuhe von den Füßen und ließ diese zusammen mit ihrer achtlos hingeworfenen Handtasche auf den Fliesen liegen.

Wie von unsichtbaren Seilen gezogen, lief sie auf nackten Sohlen über den angenehm warmen Stein. Barfußlaufen, ein ganz besonderes Erlebnis für die Sinne. Sie fühlte sich frei, als wären ihre Füße durch die Schuhe eingezwängt gewesen.

Ihre Schritte wurden schneller. Zwischen den Aufgängen hindurch, an mehreren Sesseln und einem offenen Kamin vorbei, einen langen Flur entlang, links um die Ecke, durch eine große, gekachelte Küche, bis sie schlussendlich auf einer schmalen, weiß gestrichenen Seitenveranda stand. Sie hatte sich bei ihrem Streifzug bis zum linken äußersten Winkel des Hauses vorgewagt. Und das über Umwege. Den Herzteil und die rechte Seite würde sie nachher erkunden.

Ihr Puls beschleunigte sich. Drei hölzerne Stufen führten direkt in den Sand. Unscharf zeichnete sich durch das hohe Schilfgras die Grenze zwischen Strand und Wasser ab. Ob gerade Ebbe oder Flut war, vermochte Charly nicht zu sagen. Andächtig stieg sie hinunter und grub ihre Zehen tiefer und tiefer in den körnigen Grund. Es fühlte sich nach Heimat an. Was das Wort auch immer für sie bedeuten mochte.

Sie holte tief Luft, nahm so viel davon in ihre Lungen auf wie nur irgend möglich. Schritt um Schritt bahnte sie sich mit den Händen voraus ihren Weg bis hin zur Brandung. Das Wasser grollte mit jedem Schlag auf den harten Grund. In seiner unermüdlichen Bewegung stellte es den perfekten Rhythmus einer anhaltenden Ruhe dar, die gleichzeitig keine Stille aufkommen ließ.

Zum ersten Mal seit zwei Tagen überkam Charly das Gefühl von Frieden. Einem zarten, zerbrechlichen und für ihre geschundene Seele so wichtigen Frieden.

Sie hatte nichts vergessen, konnte nichts vergessen, aber ihr war, als wären ihre Sorgen nur noch halb so groß.

Bedächtig trat sie ins Wasser. Kurz fröstelte es sie, denn das Meer hatte eine erfrischende Temperatur. Wenig später war sie daran gewöhnt. Suchend schaute sie nach oben und sah unendlich viele kleine, leuchtende Punkte im Dunkel. Sie kannte keines der Sternbilder und fühlte sich doch mit einem Mal beschützt. In dieser Sekunde wollte sie glauben, dass es da oben jemanden gab. Dass sich jemand um sie sorgte und seine schützende Hand über sie hielt. Irgendetwas, irgendjemand. Egal mit welchem Namen.

Nach Minuten oder Stunden, Charly konnte es nicht sagen, entschied sie, ins Haus zurückzugehen. Die Müdigkeit hatte sie eingeholt und sie beschloss, morgen bei Sonnenschein den Strand entlangzuspazieren. Immer mehr genoss sie das Gefühl des Einklangs, das sie beherrschte. Hier musste sie keinem etwas vormachen. Die Natur verfolgte unablässig ihren eigenen Takt. Ließ sich nicht stören und nur bedingt ändern. Zeigte allzeit ihr wahres Wesen. Wasser, eine der elementarsten Naturgewalten, war von einzigartiger Schönheit und konnte gleichzeitig unendlich grausam sein.

Dankbarkeit dafür, dass Haus und Grund ihr Eigentum darstellten, durchdrang Charlys Bewusstsein. Sie fühlte sich zumindest ein bisschen sicher, ein wenig geborgen und wollte so schnell niemanden zu Gesicht bekommen. Die äußere Festung ihrer Seele mochte zerstört und der sich darin befindliche verwundbare Kern angerissen worden sein, doch nun hatte ihr äußeres Ich ein wenig Vertrauen. Nicht in die Menschen, vielmehr in einen möglichen Heilungsprozess ihrer selbst.

Sie strich sich über die Stirn, ließ die leichte Brise jede äußere Spur ihrer Verzweiflung mitnehmen. Die Uhr tickte weiter, das Leben musste fortgeführt werden, dessen war sie sich bewusst. Zumindest hatte ihr schutzbedürftiges Innerstes wieder eine schützende Hütte. Deren weiterer Ausbau würde nach und nach erfolgen.

Gedankenverloren schlenderte sie schräg durch das raschelnde Schilfgras zur Hauptveranda. Ein Bohlenweg verlief zwischen den Pflanzen. Muschelfragmente und die Witterung hatten ihn über die Jahre stark in Anspruch genommen. Jede Holzstrebe knarzte unter ihrem Tritt. Sie streckte die Hände rechts und links aus, ließ diese bei der Vorwärtsbewegung sacht durchs Schilf gleiten.

Aus einem Instinkt heraus legte sie den Kopf in den Nacken und verzog die Lippen. Ihr Gesicht fühlte sich steif an, als wäre es die Bewegung nicht mehr gewohnt. Charly sah zu den Sternen, grinste und winkte. Sie konnte gar nicht mehr damit aufhören. Vielleicht war sie überspannt, vielleicht aber auch nur befreit. Spielte es eine Rolle? Sie winkte und winkte, bis die wundersame Stimmung des Moments verflogen war. Frontal näherte sie sich weiter dem Haus und entdeckte plötzlich ein zuckendes Licht auf der rechten Seite. Es blendete sie kurzzeitig, ließ sie stehen bleiben. Außer ihr sollte niemand hier sein. Waren es Einbrecher?

Zuerst wusste sie nicht, wie sie reagieren sollte. Angespannt blickte sie sich um. Ihre wiedererlangte Fassung schien zu bröckeln. Dann stieg Zorn in ihr auf und sie kanalisierte all die erlebte Enttäuschung in diesem einen Gefühl. Was gab irgendwem das Recht, hier zu sein? Roger hatte gesagt, ein Ehepaar würde sich um die Verwaltung kümmern. Aber das wohl kaum mitten in der Nacht! Der Gedanke an ihren Vater ließ sie noch gereizter werden.

Schnell ausschreitend trat sie auf die große, überdachte Terrasse. Gartenmöbel standen unter einer dunklen Plane eng an die Hauswand gedrängt. Jäh vernahm ihr empfindliches Trommelfell den dumpfen Klang eines Basses. Diebe waren normalerweise nicht bei Musik zugange, also was ging hier vor? Sie lokalisierte das wiederkehrende Geräusch in der Nähe des verglasten, tiefer gelegenen Pools, dessen Abdeckung von ihrem Standpunkt aus am Rande ihres Blickfelds zu sehen war. An diesen Teil der Villa konnte sie sich nicht mehr erinnern. Direkt an den Treppenstufen, die hinunterführten, stand eine einzelne Topfpflanze neben einer mittelprächtigen Yuccapalme. Vorsichtshalber schnappte sie sich die große Schaufel, die an der Palme lehnte, schulterte das Werkzeug und machte sich an den Abstieg.

Mit jeder Stufe, jedem Schlag des Griffs auf ihrer Schulter wurde ihre Laune finsterer. Als sie auf der Höhe des Beckens ankam, gärte es in ihr. In und um das Nass herum rekelten sich, tanzten und johlten junge Leute. Ausgelassen feuerten die meisten eine Blondine im grünen Bikini an, die unter Klatschen und Gekreische über eine Leine auf dem Wasser balancierte. Ein Dunkelhaariger sabotierte ihre Bemühungen, indem er unter ihr an der dicken Schnur zupfte. Die Blonde fiel hinein und alles lachte. Im Hintergrund dröhnte das Lied.

Charly war gefährlich ruhig geworden. Der Pool gehörte ihr! Niemand hatte sie um Erlaubnis gefragt. Wieder einmal! In einer anderen Situation hätte sie die Geschehnisse möglicherweise lustig gefunden. Jetzt aber brachte sie kein Verständnis auf. Sie wollte endlich ihre Ruhe!

Säure stieg aus ihrem Magen auf und benetzte ihre Zunge. Sie trat aus dem Dunkel. Jemand schrie auf und zeigte erschrocken auf sie. Langsam ließ Charly die Schaufel auf den Boden gleiten. Die brauchte sie vermutlich nicht. Sie wusste, dass sie gleichwohl erschreckend aussah, aber es war ihr egal. Inzwischen hatte der Großteil der Feiernden ihre Gestalt bemerkt. Alle schienen gespannt den Showdown zu erwarten.

Charly machte sich bereit. Das Recht befand sich auf ihrer Seite! Und einmal in ihrem Leben wollte sie eine freiwillige, ausführliche Erklärung. Ihre Hände ballten sich zu Fäusten und entspannten sich wieder. Sie ging zur gläsernen Tür, schob diese auf und betrat die Party. Überall standen leere Pappbecher und Flaschen: auf den Liegen, den kleinen weißen Tischen, dem gekachelten beigen Boden. Bei den Mengen war es ein Wunder, dass sich noch niemand erbrochen hatte.

Feindlich musterte sie einen nach dem anderen. Die Ersten wichen zurück. Endlich stellte jemand die Anlage ab. Charly trat vor. Der Typ aus dem Pool hielt sie auf. „Was willst du hier? Das ist Privatgelände", teilte er ihr in scharfem Ton mit. Die Menge tuschelte.

Ihre Mundwinkel hoben sich ironisch. PRIVATGELÄNDE? Allerdings! Bevor Charly jedoch zu einer Antwort ansetzen konnte, hatte sich die Akrobatin aus dem Becken geschoben und fügte mit abfälligem Blick hinzu: „Falls du mit der Schaufel einbrechen wolltest, lass dir gesagt sein, dass das keine gute Idee ist. Und nun verzieh dich, bevor ich meine Anwälte rufe!"

Einen Moment war Charly baff von so viel Aufgeblasenheit. Wenn das nicht dem Fass den Boden ausschlug! Dann lachte sie hell. Ein Glück, dass es ihr erspart geblieben war, so zu werden. Zu meinen, jemanden ohne vorangegangenes Gespräch und nur durch die Androhung von Rogers sicher hochkarätigen Advokaten in die Flucht schlagen zu können. Aber bitte, den Kniff beherrschte sie ebenfalls.

Nach mehrmaligem Blinzeln wurde sie unversehens ernst. Ungerührtheit schärfte ihre Erwiderung: „Raus! Alle! Oder jeder Einzelne hier lernt MEINE Anwälte kennen!"

Die Atmosphäre hatte sich negativ aufgeladen. Einige machten sich eingeschüchtert daran, ihre Kleider einzusammeln.

Unbewegt blieben die Wortführer stehen. „Du bist bitte wer, dass du hier etwas zu sagen hast?", giftete die Blonde.

Charly reichte es. Sie legte den Kopf schief. „Und wer bist du?", stellte sie beherrscht die Gegenfrage.

„Das geht dich gar nichts an, du dahergelaufene ..."

„Ja?", fragte Charly, ihre Augen hatten sich verdächtig verengt. Beleidigen ließ sie sich nicht. Wie eine Schlange, die ihr Opfer beobachtet, wartete sie nur auf den richtigen Moment für den finalen Biss.

„... dahergelaufenes Etwas!", zischte ihr Gegenüber.

Belustigt zog Charly die Augenbrauen hoch. Das war einfach nur armselig. Die kleiner gewordene Menge geiferte nach mehr Unterhaltung und Blondi hörte sich gerne sprechen, auch wenn sie sich um Kopf und Kragen redete. Sie schien sich dessen nicht bewusst zu sein.

Besitzergreifend legte sie eine Hand auf den Arm von Mister Cool, der inzwischen äußerst still geworden war, fast schon zurückhaltend. „Bens Eltern gehört das alles hier! Du gehst also besser, bevor wir dich aufgrund widerrechtlichen Betretens entfernen lassen."

„Kathleen, beruhig dich. Das klärt sich sicher auf", versuchte der Typ, sie sofort einzubremsen. Er sah verlegen aus. Das wurde ja immer interessanter.

Charly fühlte sich mittlerweile recht gut unterhalten. „Ach, ist das so?", fragte sie amüsiert. „Und wo sind deine Eltern jetzt, Ben?"

Er schaute beunruhigt. So schnell hatte sich seine große Klappe zusammen mit der Coolness in Luft aufgelöst. Wie bei den meisten steckte nur heiße Luft hinter dem großspurigen Auftreten.

„Ich würde mich sehr gerne mit ihnen unterhalten", legte Charly nach.

Die Seilkünstlerin sprang für ihren Freund ein. „Die sind auf die Fidschis geflogen. Wer bist du überhaupt? Was willst du von uns?" Irritation ließ ihre Stirn Falten schlagen. Es war also endlich zu ihr durchgedrungen, dass irgendetwas nicht stimmte.

Charly seufzte genervt. Die Fragerei ermüdete sie und sie beschloss, dem Ganzen nun ein schnelles Ende zu bereiten. „Schön, dass ihr zu meiner Ankunft eine Poolparty organisiert habt, wirklich löblich. Bitte bleibt noch ein bisschen und betrinkt euch weiter!" Befriedigt musterte sie die erschrockenen Gesichter vor sich. „Zumindest nehme ich an, dass ihr das alles hier zu meinen Ehren abhaltet, schließlich ist das *mein* Grundstück und mein Schwimmbecken!" Der Sarkasmus kam an, aber sie war noch nicht fertig. „Für die, die mich nicht kennen – das dürften wohl alle hier sein, sollte ich mich nicht irren –, mein Name ist Charlotte Clark. Falls ihr Interesse daran habt, weiterhin von mir zu hören, hinterlasst doch einfach eure Namen beim Gehen. Einmal den Vor- und Nachnamen laut und deutlich aussprechen, reicht völlig aus, es ist alles videoüberwacht."

Das sorgte für eine allgemeine Panik. Während um sie herum alle fieberhaft ihre Habseligkeiten zusammensuchten und flohen, blieb Charly im Auge des Sturms stehen. Dabei war sie nicht mal sicher, ob es hier Kameras gab. Die Vermutung lag aber aufgrund der Technik am Tor nahe. Das Ergebnis ihrer Ansprache war jedenfalls mehr als passabel. Wenige Minuten später blieben nur noch sie und der Dunkelhaarige übrig. Seine blonde Mitstreiterin hatte sich mit einem bösen Blick statt einer Verabschiedung den anderen angeschlossen und war Richtung Strand verschwunden. Ihren Mund hatte sie dabei erstaunlicherweise gehalten.

„Und was möchtest du mir beichten? Deshalb bist du doch geblieben." Müde sah Charly zu, wie der junge Mann anfing, die benutzten Becher zu Türmen aufzustapeln.

„Es tut mir leid. Ich wusste nicht, dass du kommen würdest." Er sah auf den Boden und beschäftigte weiterhin seine Finger.

„Das macht natürlich alles gleich viel besser." Der Zynismus trug ihre Worte durch den Raum.

„Ben, wie weiter?", fragte sie und lehnte sich mit dem Rücken an die Glaswand.

Er schaute auf, dann stellte er sich gerade hin. „Ben Süllenbroch. Meine Eltern verwalten das Haus."

Zu dem Ehepaar gab es also einen Sohn. Das ergab Sinn.

„Ich bin nicht reich wie die anderen. Aber sie sind immer nur für den Sommer da, sie wissen es nicht. Und das Haus steht praktisch leer. Es war schon ewig kein Clark mehr hier." Er sah sie bittend an.

Charly blieb hart. „Du erwartest von mir hoffentlich nicht, dass ich dir jetzt die Absolution erteile. Und deine Freundin ..."

„Kathleen."

„... ist eine ganz spezielle Nummer. In Zukunft solltest du ihr einen Knoten in die Zunge binden, bevor sie sich in echte Schwierigkeiten faselt."

Ben lachte. Es klang mitreißend. „Sie ist nicht meine Freundin."

„Ah!" Charly glaubte ihm kein Wort, ließ es aber auf sich beruhen. „Ich wäre dir dankbar, wenn du das Durcheinander bis morgen aufräumst. Dann werde ich ein Auge zudrücken und es wird keinen Ärger geben", bot sie ihm an.

Sie wussten beide, dass die Angelegenheit seine Eltern den Job kosten konnte. Ben wirkte unendlich erleichtert.

„Lass es dir eine Lehre sein", riet Charly ihm und gähnte. „Ich werde jetzt auf Schlafzimmersuche gehen", verkündete sie im Umdrehen, dann fiel ihr etwas ein. „Ich habe eine Aufgabe für dich. Sieh es als Wiedergutmachung."

Ben stieß einen undefinierbaren Laut aus, der zwischen unwilligem Stöhnen und Seufzen rangierte. Charly klatschte munter in die Hände. Ihre Lebensgeister kehrten allmählich zurück. Der Zwischenfall hatte sie aufgeschreckt. Ihre Probleme schienen ihr fern.

„Was soll ich tun? Dir das Schlafzimmer zeigen? Da wird momentan noch kein Bett bezogen sein", stellte er bedauernd fest und ihr wurde mit einem Mal bewusst, dass sie noch nie gewaschen oder gebügelt, gekocht oder eine Decke überzogen hatte. Das alles war immer in Anetts Zuständigkeitsbereich gefallen.

Sie kam sich bei dieser Feststellung auf einen Schlag benachteiligt vor. Schwer atmend schloss sie die Augen. Ben missdeutete ihre Regung und beeilte sich zu versichern, dass er das gerne erledigen könne. Daraufhin blickte sie ihn genauer an. Er war groß und dünn, wenn auch kein Spargeltarzan. Sein Gesicht war nett, aber nicht hübsch. Ein normaler junger Mann, der dazugehören wollte. „Was machst du außer Party in fremder Leute Häusern?", fragte sie zusammenhanglos.

Er sah sie verdutzt an. „Ich studiere. Wenigstens habe ich das bis jetzt."

„Was?" Die Frage schoss wie eine Kanonenkugel aus ihrem Mund.

„Ingenieurswissenschaften." Er versuchte, etwas von ihrer Miene abzulesen.

„Im wievielten Semester?", erkundigte sie sich.

„Ich habe den Bachelor gerade abgeschlossen", erklärte er stolz.

„Wie alt bist du?", quetschte Charly ihn weiter aus.

„Fünfundzwanzig", bekannte er zögerlich. Zwei Jahre älter als sie, zwei jünger als André. „Manche müssen nebenher arbeiten", verteidigte er sich sogleich.

War er vertrauenswürdig? Auf irgendwen würde sie sich zu gegebenem Zeitpunkt wieder verlassen müssen. Bereits jetzt? Eigentlich war sie dazu noch nicht bereit, aber wie sollte sie alleine zurechtkommen? Mithilfe von kleingedruckten Bedienungsanleitungen und *Do-it-yourself-Videos*?

„Gibt es hier Angestellte?", wagte sie zu fragen.

Ben sah sie wie vom Blitz getroffen an. „Nein, ihr habt immer eure eigenen mitgebracht", sagte er und schaute komisch.

Fast schämte sie sich. Die ach so bodenständige Erziehung ihrer Mutter hatte ja hervorragend funktioniert. Gleichzeitig beruhigte Charly sich damit, dass sie Ben im Zweifelsfall nie wiedersehen würde. Ein Sprung ihrerseits ins kalte Wasser der Offenbarungen konnte also nicht schaden.

„Ich kann weder eine Waschmaschine noch einen Herd bedienen oder eine Matratze beziehen und würde es begrüßen, wenn du es mir zeigen könntest, bevor du gehst. Zudem stehen meine Koffer noch in der Halle und ich hätte sie gerne nach oben getragen", erklärte sie steif.

Er schien nicht überrascht, höchstens ernüchtert. Charly hielt ihm wortlos die Glastür auf.

Zusammen traten sie wenig später durch eine Seitentür ins Haus. Ben hatte mit seinem Schlüssel aufgeschlossen.

„Ist das der deiner Eltern?"

Er bejahte und fügte an: „Warum lassen sie dich ohne Personal mutterseelenallein hierher reisen? Was hast du ausgefressen?"

Die Frage brachte Charly aus dem Gleichgewicht. Da hatte er fix kombiniert. Dennoch hätte sie es kommen sehen müssen. Aufmerksam musterte er ihre Züge. Schlagartig ging das Licht über ihnen an. Ben hatte den Schalter neben der Tür gedrückt.

„Ob du es glaubst oder nicht, ich wollte einfach Abstand", gestand sie und schaute sich um. Weiße Wände, terrakottafarbener Steinboden. Nett.

Er ließ ihre Aussage so stehen und ging voran. Alles lag noch genau da, wo sie es vorher hingeworfen hatte.

Verwundert blickte Ben auf. „Hast du deinen ganzen Hausrat dabei?", fragte er fassungslos. Nachdem er beziehungsweise seine Eltern der Strafe entgangen waren, schien er wieder zu seinem kommunikativen Ich zurückgefunden zu haben.

„Bitte alle vier nach oben, ja?" Charly sammelte Schuhe und Handtasche vom Boden auf und zeigte nonchalant auf die Treppen. „Die Schlafzimmer sind doch oben, nehme ich an?", hakte sie nach.

Ben nickte, indes er sich einen Teil des Gepäcks auflud. Es bereitete ihr ausgesprochene Freude zu sehen, wie er sich abmühte.

Vor einem der größeren Räume im ersten Stock machte er Halt und stellte seine Last ab.

Charly blieb schräg hinter ihm stehen und blickte begierig nach vorn. „Ist dies das Zimmer mit der besten Aussicht?"

Schwer atmend winkte er sie zum Fenster, vor dem sich die Umrisse der großen Veranda aus der Dunkelheit schälten, ebenso der schnurgerade Weg zum Strand und das Meer. Schaumkronen hoben sich weiß von den Wellen ab. Es war auf gespenstische Weise schön.

Das Schlafzimmer war opulent eingerichtet und wurde von einem breiten Himmelbett mit samtrotem Baldachin beherrscht. Dazu passend stand ein eigenwillig wirkender Kleiderschrank aus unbehandeltem Holz links vorne, dessen Türknäufe die gleiche Form beschrieben wie das Ende der vorderen Bettpfosten. Eine kleine Kommode im gleichen Stil und ein ausladender Samtsessel ergänzten die Möblierung. Es gefiel Charly.

Ben war während ihrer Betrachtung zu einem schmucklosen Metallschrank am hinteren Ende des Flurs geeilt und hatte Bettzeug geholt. In Windeseile war sein Werk vollbracht und die jetzt scharlachrot gewandete Zudecke bereit, um darunterzuschlüpfen. Wiederholt ächzte er die Treppen hinauf, bis sich Charlys Besitztümer eine Etage weiter oben befanden. Gähnend entschied sie, morgen nachzusehen, was Anett ihr eingepackt hatte.

„Ich mache dir einen Vorschlag", riss Ben sie aus ihren Gedanken.

Das Wort Vorschlag sollte zusammen mit seinem Verwandten, dem Angebot, aus dem offiziellen Wortschatz gestrichen werden,

„Ich höre?", bat sie nichtsdestotrotz.

„Du bist müde und ich habe noch einiges aufzuräumen." Er grinste zerknirscht. „Ich komme morgen mit Frühstück vorbei. Lebensmittel sind vermutlich keine im Haus. Danach kann ich dir zeigen, wie alles funktioniert."

Charly überlegte kurz. Wollte sie jemanden um sich haben? Sie war sich nicht sicher. Allerdings hatte er sie bisher hervorragend abgelenkt und sie fühlte sich bereits besser. Da ihn äußerlich kein bisschen Ähnlichkeit mit André, Daniel oder Peter verband, sah sie in ihm keine Gefahr.

Sie nickte widerstrebend. „Okay. Wenn das eine Entschuldigung sein soll, erwarte ich ein gewaltiges Mahl."

Und so hatte Ben tatsächlich am nächsten Morgen ein ganzes Frühstücksbuffet aufgebaut, als sie in die Küche kam. Es duftete nach Speck und Kaffee. Frischer Orangensaft stand bereit und wartete nur darauf, von ihr getrunken zu werden. Ausgehungert fiel Charly über die Leckereien her. Wie sie später feststellte, sah der Pool zu ihrem Wohlgefallen aus, als hätte nie eine Party stattgefunden. Und die Bedienung der Geräte war einfacher als gedacht.

Die erste Woche ihres Aufenthalts verging wie im Flug. Sie wanderte am Strand entlang, hörte Musik, las ein paar der Bücher, die sie in der kleinen Bibliothek im Erdgeschoss entdeckt hatte, und ließ sich von Ben bekochen, der sie immer öfter besuchte. Das Zubereiten aufwendiger Gerichte konnte man eben nicht auf die Schnelle erlernen. Ihren Laptop, den sie zufällig auf der Suche nach einer kurzen Hose im letzten ihrer vier Koffer fand, rührte sie ebenso wie ihr Handy nicht an. Bewusst schottete sie sich von möglichen Nachrichten ab.

Die Zweckgemeinschaft, die Ben und sie am Anfang gebildet hatten, steuerte im Verlauf der zweiten Woche auf eine zarte Freundschaft zu. Den einzigen traurigen Augenblick erlebte Charly, als sie ihr Gepäck vollständig ausgepackt hatte. Alles – vom Inhalt des Badschranks samt ihrer Nagellacke über ihren Kleiderschrank bis hin zur Elektronik, dem Kalender und den Diamantohrringen, die sie zwischenzeitlich ganz vergessen hatte –, einfach alles, was im Haus ihrer Mutter ihr gehört hatte, war von Anett eingepackt worden. Ob das ein subtiler Hinweis darauf sein sollte, dass es dort in Zukunft keinen Platz mehr für sie gab?

Bei der Durchsicht ihres Geldbeutels entdeckte sie die Kreditkarte, welche sich immer noch darin befand. Diese rief Zwiespältiges in ihr hervor. Bargeldlos, wie sie war, benutzte sie die Karte Tage später doch und sagte sich, dass ihre Ausgaben für ihren Vater wohl kaum ins Gewicht fielen. Von ihm hatte sie nichts mehr gehört. Er hielt sich an sein Versprechen. Nur hin und wieder dachte Charly an Sarah und hoffte, dass es ihr gut ging.

Sie selbst hatte ihren ganzen Ballast indes zur Seite geschoben und konnte fröhlich Luftgitarre zu Songs aus dem Küchenradio spielen. Die Entwicklung war rasant gegangen. Nichts an ihrer jetzigen Umgebung kam der alten gleich und sie wollte sich derer auch gar nicht entsinnen. Sie wollte fröhlich sein und ein ganz normales Leben führen. Gerade das war es, was sie an Ben schätzte. Er zeigte ihr, mit was sich der Durchschnittsmensch in ihrem Alter beschäftigte. Widersinnig, dass es dafür erst eine Reise in die Hamptons gebraucht hatte.

Dann kamen die Einladungen. Es war, als hätte die Neuigkeit unerwartet wie ein Lauffeuer die Runde gemacht: Eine Clark verbrachte ihre freie Zeit in der Region! Alle schienen eine Scheibe vom Kuchen zu wollen: private Partyeinladungen, Wohltätigkeitsveranstaltungen, Freizeitclubs. In Massen steckten die Karten und Umschläge in Charlys Briefkasten. Verstopften diesen geradezu. Jeder lud sie ein. Sie verstand es nicht. Was wollten all diese wildfremden Menschen von ihr? War ihr Nachname hier derart angesehen? Wohl kaum, oder?

„Was soll ich bloß mit dem ganzen Zeug?", fragte sie am Mittwochmorgen Ben.

Der zuckte mit den Achseln. „Das ist hier so üblich. Jedermann lädt alle ein oder doch zumindest diejenigen, die wie du in vorderster Reihe wohnen, denn das sind die teuersten Plätze." Charly schaute ihn ungläubig an, woraufhin er zu erläutern begann: „Die meisten kommen nur über den Sommer her, in den Schul- oder Semesterferien. Manche treten regelmäßig in Erscheinung, einige nur ein paarmal. Dann verkaufen sie ihr Strandhaus, um sich im nächsten Jahr woanders vom Alltag zu erholen. Die Wochen im Sommerdomizil bestehen für alle aus gesellschaftlichen Events. Es geht darum sich auszutauschen, geschäftliche oder private Kontakte zu knüpfen oder bestehende zu pflegen." Neidisch schaute er auf den Haufen in ihren Händen. „Ich wohne schon mein Leben lang hier und mir haben sie bisher keine einzige Einladung zugeschickt." Ben sah geknickt aus.

Charly ließ den Papierstapel kopfschüttelnd auf den großen, hölzernen Küchentisch fallen, schenkte sich eine Tasse frisch gebrühten Kaffee ein und nahm einen großen Schluck. Welch vollendeter Genuss. Die Kaffeemaschine mahlte die Bohnen, danach wurde das Aroma direkt an die Flüssigkeit weitergegeben. Ein tolles Ding, das neben dem Spülbecken auf der schwarzen Arbeitsplatte stand. Ihr Gerät.

Die helle Küche war modern und eher schlicht eingerichtet. Um den eckigen Tisch standen sechs hölzerne Stühle. Auf einen davon setzte sie sich mit ihrem Getränk in der Hand. Interessiert beäugte Ben weiterhin das Chaos auf der glänzenden Platte, zum Schluss zog er einen der Umschläge und eine Karte heraus. Beides war aus dickem, teuer aussehendem Papier und in gedeckten Farben gehalten. Er reichte ihr seine Ausbeute.

„Im Umschlag steckt eine Einladung für die größte Charity Gala des Jahres. Da geben sich die Stars und Reichen der Welt die Klinke in die Hand. Es ist das Event in den Hamptons schlechthin." Ehrfurchtsvoll schaute er ins Leere. „Die Karte bittet zum Prinzessinnenball, den veranstaltet Kathleen jeden Sommer. Alle in unserem Alter, die geladen sind, werden dort sein."

„Ist hier alles alljährlich?", fragte Charly amüsiert. Spontan war wohl keiner.

Ben sah sie irritiert an. Seine Gedanken schwebten in den Sphären der gesellschaftlichen Hierarchien.

Zwei weitere Wochen später hatte sich die Erde wieder ein Stück gedreht und Charlys Dasein damit ungeahnte Formen angenommen. Zusammen mit Ben war sie auf beiden Veranstaltungen gewesen. Hauptsächlich, um ihm eine Freude zu bereiten. Aber auch, wie sie nach der ersten feststellte, weil es ihr Spaß machte. Der ganze Trubel, sich herauszuputzen, die Gäste kennenzulernen, das Essen. Sie hatte sich ein bisschen wie früher beim Verkleiden und Theaterspielen mit ihrer Schwester gefühlt. Alles war bizarr, doch es erfüllte sie und das befand sie im Nachhinein als die Hauptsache.

Ein besonderer, fast böswilliger Jux ihrerseits war es gewesen, Kathleen auf der eigenen Party mehr oder weniger beabsichtigt den nach Ben aktuellen Verehrer auszuspannen. Mit dunklem Anzug angetan, hatte der Sportler ihre Aufmerksamkeit schon am Buffet erregt. Sein breiter Rücken, die dunkelblonden, hochgegelten Haare, die blauen Augen. Er war eine Augenweide gewesen und Charly hatte ihn angesprochen.

Sie nahm die Dinge nicht mehr so ernst wie früher, es ging schließlich darum, Freude am Sein zu haben. Das machte sie lockerer im Umgang. Erst später hatte sich herausgestellt, dass der momentan arbeitslose Fußballer eigentlich wegen der Gastgeberin da war. Schnell hatte sich ebenso gezeigt, dass diese ihm intellektuell weit unterlegen war. Sie hatten sich gut verstanden, der Nachmittag war in den Abend übergegangen, die alkoholischen Getränke hatten sich summiert und Charly hatte sich unversehens in seinem Hotelzimmer wiedergefunden.

Die Sonne war bereits emporgestiegen, als sie einen letzten Drink auf dem Balkon eingenommen hatten. In angenehmer Helligkeit waren suchende Strahlen die Hauswand hinaufgeklettert. Beim Abschied hatte er sie abrupt am Arm festgehalten. Ihrer beider Atem hatte sich unvermittelt beschleunigt. Die pure Versuchung. Schnell hatte er sie an sich gezogen und ihr einen harten Kuss gegeben. Dann war es passiert.

Charly hatte nicht einen Moment gezögert und sich ihr Kleid fast selbst vom Leib gerissen, so eilig hatten sie es auf einmal gehabt. Flugs waren die Vorhänge des Zimmers zugezogen gewesen, während ihr neuer Liebhaber aus dem Bad Kondome geholt hatte. Damit war er zurückgekommen, hatte sie an den Hüften gepackt und hochgehoben. Seine warme Hand war heiß auf ihrer nackten Haut gelegen.

Eilig hatte er sich auf einen Stuhl gesetzt. Ihre Hüften waren dabei wie von alleine gegen ihn gerollt. Nachdem der Schutz gewährleistet war, hatte sie sich Stück für Stück auf ihm niedergelassen. Aus der wohligen Innigkeit heraus war sie schneller in ihrer Bewegung geworden, hatte diese wiederholt. Er war ihr ausgelassen entgegengekommen, hatte sich dem Rhythmus angepasst. Ein heißer Kuss war am Ende für ihrer beider Beherrschung zu viel gewesen.

Schlussendlich hatten beide bekommen, was sie wollten: schnellen, erlösenden Sex. Ohne eine innere Regung. Mit einem spröden Lächeln war Charly danach auf und davon, ohne zurückzublicken. Sie hatte sich davor nie für One-Night-Stands interessiert und nun auf einmal einen gehabt. Das hieß definitiv, sie war über André hinweg. Aber machte sie das zu einer besseren Version ihrer selbst oder verdarb es sie? Konnte Spaß schlecht sein? Der bloße Akt hatte nichts mit Gefühlen zu tun gehabt, so sagte sie sich und vergrub die Episode mit leichtem Unbehagen in den Tiefen ihres Gedächtnisses. Zweifelnd lenkte sie ihre Überlegungen in andere Bahnen. Selbst Ben erzählte sie nichts davon.

Die letzte Juliwoche brachte ihnen neuen Tatendrang und so gingen Ben und sie weiter aus. Sie schauten sich Polo an, wetteten mehrmals auf Pferde, die nicht gewannen, gingen zusammen schwimmen und blätterten die hereingeflatterten Schreiben durch. Endlich kramte Charly auch wieder ihr Smartphone zur Verständigung heraus. Es war eine unkomplizierte Freundschaft.

Ben berichtete ihr, dass er in New York studiert hatte. Deshalb kannte er hier in der Umgebung, wo er aufgewachsen war, fast niemanden mehr. Seine früheren Freunde studierten noch, waren zum Großteil weggezogen oder für ihn zu Fremden geworden. Die Ausbildung hatten ihm, soweit sie dazu imstande gewesen waren, seine Eltern ermöglicht und er empfand tiefe Dankbarkeit dafür, dass er ihr hart erspartes Geld zur Unterstützung erhalten hatte.

Kathleen, so führte er aus, studierte weiterhin an derselben Universität, allerdings an einer anderen Fakultät. Dort seien sie sich bei einer Feier über den Weg gelaufen. Am Anfang hatte er sie angehimmelt. Als sie allerdings immerzu darauf erpicht gewesen war, sein Elternhaus zu sehen, war er nervös geworden. Verzweifelt hatte er sie auf ein Event vertröstet, das er veranstalten wollte.

Das ungute Gefühl war gleichwohl geblieben, obschon ihm die Idee mit dem Pool ein wenig Erleichterung verschafft hatte. Bis Charly aufgetaucht war.

Diese war von der Geschichte fasziniert. Sie zeigte ihr einmal mehr, dass Liebe in jeglicher Form blind machte. Wie leichtfertig Kathleen Ben fallen gelassen hatte. Mit einem Blick war alles beendet gewesen.

Einen Tag später, auf einer Party nur wenige Häuser den Strand hinunter, erlebte sie letztlich die Hamptons, wie sie diese aus Klischees kannte. Das Domizil der etwas anderen Soiree war wie alle, die direkt am Meer lagen, elegant, gepflegt und gehörte einem Medienmogul. Zur Festivität hatte sein Sohn geladen, den Charly und Ben flüchtig auf dem Prinzessinnenball von Kathleen kennengelernt hatten.

Das Highlight des Hauses war eine riesige Whirlwanne, welche direkt in die weiß lackierte Veranda eingelassen eine beachtliche Anzahl an Besuchern gleichzeitig erfrischen konnte. Daneben lockten ein eckiger Pool und eine Saunalandschaft, die zwar im Inneren des Hauses lag, aber einen direkten Zugang von außen besaß.

Die Cocktails gingen nie aus und die Gäste schwangen selbstherrlich ihre leicht bekleideten Körper im Takt der Lieder. Die Stimmung steigerte sich, als Joints die Runde machten.

Ben unterhielt sich mit diesem und jenem. Charly verzichtete darauf. Sie ließ sich entspannt auf einer Luftmatratze im Pool treiben. Die

Sonne wärmte ihre Glieder und intensivierte die bisher gewonnene Bräune. Sie trug einen gelben Monokini, den sie in ihrem Haus gefunden hatte. Zur ansehnlichen Färbung ihres Körpers gab dieser einen faszinierenden Kontrast ab. Wohlig rekelte sie sich und döste daraufhin ein.

Stunde um Stunde zog vorbei, derweil der Abend in eine sternenklare Nacht überging. Auf einmal zerrte jemand an ihrem Bein und sie landete unversehens im Wasser. Unangenehm kühl traf das Nass auf ihre erhitzte Haut. Sie bekam sofort eine Gänsehaut und quittierte dies mit einem kleinen Aufschrei. Sich nach dem Übeltäter umschauend, entdeckte sie den prustend auftauchenden Gastgeber. Braune Teddybärenaugen blickten sie gefühlvoll an und ihr Ärger schmolz dahin.

Als er wahrnahm, dass sie fror, kam er näher, entschuldigte sich zwinkernd und redete und redete. Charly stellte schnell fest, dass ihre neue Bekanntschaft auf den zweiten Blick bis zum Exitus selbstverliebt war.

Außerhalb des Beckens hatten sich einstweilen alle betrunken oder schwankten benebelt umher. Ben sah sie nirgendwo. Sie hatte zwei Alternativen: den Typ zum Schweigen zu bringen oder nach Hause zu gehen. Charly entschied sich für die zweite Möglichkeit. Die Wahl war ihr nicht allzu schwergefallen.

Alleine schlenderte sie unter den Sternen zu ihrem Haus zurück.

Am nächsten Morgen fand sie eine Postkarte von Sarah im Briefkasten. Woher die Schwester ihre Adresse hatte? Unwichtig! Charly führte spontan einen ausgelassenen Freudentanz auf. Mit weiten Armbewegungen grüßte sie die Sonne, den blauen Himmel und das Universum. Sie hätte alle umarmen können.

Dieses Mal war die Skyline von Sydney auf der Vorderseite abgebildet: die Oper mit ihren weißen Kacheln, die Hochhäuser, der Sydney Tower und die Harbourbridge. Schnell schaute sie auf die Zeilen hinten.

*Hey Charly!*
*Es ist für mich an der Zeit, wieder nach Hause zurückzukehren. Auf meiner Reise habe ich einiges über mich gelernt und, so hoffe ich, das Geschehene verarbeitet. Es waren interessante Erkenntnisse. Ich habe vor der Buchung meines Fluges mit Mum telefoniert und sie sagte mir, wo du zu finden bist. Während der Zeit in Australien habe ich oft an dich gedacht. Nun komme ich nach einem Zwischenstopp in der*

*Heimat zu dir, um dich zu sehen. Stell dich auf meinen Besuch ein!*
*Ich freue mich auf unser Wiedersehen.*
*Deine Schwester Sarah*
*PS: Dein Bachelorzeugnis ist Mum zugeschickt worden.*

Wie lange die Karte wohl gebraucht hatte? Ihre Schwester konnte jeden Tag ankommen! Wie würde sie zum Haus finden? War ihr Transfer vom Flughafen organisiert oder würde sie ein Taxi nehmen?

Aber Sarah hatte ja ihre Handynummer. Wenn sie wollte oder Hilfe brauchte, konnte sie jederzeit anrufen, sagte sich Charly aufgewühlt und legte das Gerät vorsichtshalber gut sichtbar in die Küche.

# 20
# RÜCKKEHR

Anfang August, wenige Tage nach Eintreffen der Nachricht, war es so weit: Sarah stand samstags vor Charlys Tür. Die Vorhersehung wollte es, dass sie gerade an diesem Tag noch nichts geplant hatte. Pfeifend war sie dabei gewesen, aufzuräumen und sich zu überlegen, ob sie lieber ein bisschen lesen sollte oder gänzlich faul einige Stunden am Strand zubringen wollte.

Ben hatte ihr am Vorabend geschrieben, dass er seine Mutter zum Tapetenkauf begleiten würde. Sie wollte unbedingt renovieren. Allerdings fand sein Vater die Idee nicht wirklich überzeugend, da er erst vor einigen Monaten gestrichen hatte, und weigerte sich strikt, seine Frau zu unterstützen. Die Diskussion, ob oder ob nicht einige der Räume neu hergerichtet wurden, führten Bens Eltern schon eine Weile. Das hatte Charly live berichtet bekommen, als Frau Süllenbroch zum Putzen dagewesen war. Sie hatte, anders als ihr Sohn, nicht wissen wollen, warum Charly ihren Sommer in den Hamptons verbrachte, sondern vielmehr von sich, ihrem Vorhaben und ihrem Mann erzählt. Nun sollten Taten folgen. Und obwohl Ben ebenfalls nicht angetan war, ging er heute als Tütenträger auf die Jagd nach der perfekten Raufaser.

„*Viel Glück!*“, hatte Charly ihm amüsiert mit auf den Weg gegeben und bei sich gedacht, dass ihn wohl das schlechte Gewissen drückte, obwohl sie über die Poolparty kein Wort mehr verloren hatte. Er gegenüber seinen Eltern wahrscheinlich auch nicht.

Gerade als sie unterwegs in Richtung Bibliothek gewesen war, hatte es dann geklingelt. Mit einem großen Rucksack und ihrem Musikinstrumentenkoffer lungerte Sarah in Jeans, grünen, verstaubten Sneakern und gleichfarbigem Tanktop vor dem Tor herum.

Nachdem Charly sie eingelassen hatte, fielen sich die Schwestern ohne einen Ton in die Arme. Zuneigung brachte Charlys Seele zum Singen und in ihrem Brustkorb machte sich ein ungewohntes Gefühl breit. Sie war gerührt.

Auch Sarah wirkte aus der Fassung gebracht, als sie sich schließlich voneinander lösten. Die Jüngere war genauso braun gebrannt wie die Ältere und schien ausgeglichen und gesund zu sein. Australien hatte ihr äußerlich gut getan. Auf dem Weg in die Villa berichtete sie, dass Roger den hiesigen Chauffeur informiert hätte und dass der Flug in Ordnung gewesen sei, im Gegensatz zum Essen, das furchtbar war. Economy Class eben ...

„Und wie wir Mum kennen, wollte sie nur Economy bezahlen. Dabei bezeichnet sie das selbst als Holzklasse und fliegt Business. Verstehe einer ihre Ansichten." Sarah verdrehte in bester Manier die Augen und streckte gleichzeitig ihre Zunge heraus.

Charly lachte über die komische Grimasse.

Wenn sie sich über die Mahlzeit beklagte, ging es ihrer Schwester gut. Dies bestätigte sich sogleich, als Sarah munter weitererzählte, dass sie sich in weiser Voraussicht am Flughafen einen Besuch bei McDonald's gegönnt hatte. Mit gleich drei Hamburgern.

Einmal mehr wurde daraufhin das Gepäck in der Halle liegen gelassen. Nur ihr Instrument gab die Schwester nicht aus der Hand.

Mit zwei Gläsern und einer Karaffe Wasser aus der Küche ausgestattet, gingen sie einträchtig Richtung Pool. Die Jüngere bombardierte sie mit staunenden Fragen zu den Hamptons und Charly erzählte im Gehen von dem Vorfall, den sie erlebt hatte, als sie angekommen war. Sarah fand vor allem die Szene mit den Überwachungskameras lustig.

„Da hast du ihnen aber einen gehörigen Schrecken eingejagt. Ganz ehrlich, ich hätte auch das Weite gesucht." Sie lachte. „Gibt es denn welche?", wollte sie dann wissen.

Charly zuckte nur mit den Schultern. Bis jetzt war sie nicht dazu gekommen, das zu überprüfen. Im Übrigen, wer hatte schon ein Interesse daran, sich solche Aufnahmen anzusehen, wenn nicht wirklich etwas passiert war? Sie jedenfalls nicht.

Am Rand des Beckens setzten sie sich auf zwei parallel stehende Liegen und die Schwester erfuhr den Rest von Charlys Sommer in der Region: von Ben und Kathleen, den Einladungen, ihren Aktivitäten und dem Fußballer. Der Tag steuerte bereits auf den Mittag zu, als sie mit der Erzählung fertig war.

Nach dem letzten Wort sah Sarah sie lange und schweigsam an. Schließlich sagte sie: „Weißt du, ich denke, du bist irgendwo zwischen dem Verwundetwerden und dem Akzeptieren des Geschehenen stecken geblieben. Und das, was du gerade zu deinem neuen Lebensinhalt stilisierst, ist nur ein Überspielen und Verdrängen der eigentlichen Situation, mit der du dich beschäftigen solltest."

Ungläubig schaute Charly ihrer Schwester ins Gesicht. „Schau dich um, mir geht es gut! Ich lebe mich aus. Ich gehe schwimmen, treffe mich mit Ben und feiere hin und wieder. Du solltest die vielen Einladungen im Briefkasten sehen, glaub mir, du wärst genauso schwach geworden. Nur weil ich weiblich bin und immer gleich das Schlimmste angenommen wird, wenn frau sich vergnügt, ist das noch lange nicht falsch, was ich tue."

Sarah seufzte und krauste ihre Nase. „Ach, hör doch auf. Das ist eine müßige Diskussion, denn das hier", sie stand auf und wies einmal im Kreis auf die Umgebung, „bist nicht du! Die Charlotte, die ich kannte, hätte sich nie so aufgeführt. Wo hast du dein Herz versteckt, dass es einen solchen Lebenswandel zulässt? So viel anders als diese Kathleen scheinst du dich nicht zu benehmen."

Das kratzte an Charly. Sie fixierte die Jüngere ruhig. „Weißt du, ich möchte das, was mich das Leben gelehrt hat, der Einfachheit halber in einer Metapher ausdrücken: Mal sitze ich in einem schnittigen Porsche und mal tuckere ich im Fiat durch die Gegend. Die vorbeiziehende Landschaft ändert sich, und immer wenn ich das Ziel vor Augen habe, wird eine neue Runde eingeläutet. Die Hoffnung, dieses zu erreichen, ist es, was mich oder auch dich beständig das Gaspedal drücken lässt. Doch was passiert, wenn uns der Kraftstoff ausgeht? Ganz einfach, wir benötigen etwas anderes, eine Art Notsprit, denn weiterfahren müssen wir alle. Dazu zwingt uns die Zeit. Dieses Benzin entspringt dann aber nicht unserem Herzen, sondern unserem Kopf, nämlich der Vernunft. Dementsprechend lautet die Antwort auf deine Frage: Es ist nicht mehr da", sagte sie lapidar und meinte es ernst.

„Blödsinn, vielleicht ist es nicht so präsent wie früher, aber gib es zu: Mit jedem weiteren bedeutungslosen Date blutet dein Herz, doch du fühlst dich sicherer, weil du dir bewiesen hast, wie wenig es dir ausmacht. Und dass André wirklich Geschichte ist. Dabei macht es dir etwas aus! Du bestrafst dich selbst." Sarah sah die Schwester mit zusammengekniffenen Augen an.

Charly war langsam gereizt. Sie wollte sich ihre Unbekümmertheit nicht nehmen lassen. „Und du bist jetzt die große Psychotante, die mein Innerstes lesen kann, ja? Was weißt du denn schon von der alten Charlotte? Wenn ich mich recht erinnere, warst du in den letzten eineinhalb Jahren nicht besonders oft zu Hause, um dir ein detailliertes

Bild zu machen!", schleuderte sie Sarah entgegen. Sie war auf Selbstverteidigung bedacht, fühlte sich in die Enge getrieben.

„Oha", entgegnete diese leise.

Bisher war Charly wirklich der Auffassung gewesen, ihr Leben wieder in den Griff bekommen zu haben und normale Dinge zu tun. Aktivitäten, die den Tagesablauf von Gleichaltrigen bestimmten. Andere gingen nach dem Schulabschluss auf Weltreise. Sie hatte damals den direkten Pfad zum Studium gewählt und nahm sich dafür jetzt eine Auszeit. Genauso wie sie es mit Vanessa zusammen geplant hatte. Früher.

Die Worte eben hatten an diesem Glauben gekratzt, an der mühselig aufgebauten Balance. Vielleicht auch deshalb, weil sie selbst an der Moral von One-Night-Stands und oberflächlichen Bekanntschaften zweifelte. Konnte es sein, dass sie sich auf dem falschen Weg befand? Sich etwas vormachte?

Ihre Schwester saß still da. Fast bewegungslos gab sie nichts preis. Der Vorwurf hatte sie anscheinend tief getroffen und Charly bereute ihre unvorsichtigen, spitzen Worte. Sie waren eine Familie und sollten zusammenhalten, sie hatten letzten Endes nur noch sich. Was war nur mit ihr los? Unbändig hatte sie sich auf und über Sarahs Besuch gefreut. Und nun?

War sie ratlos. Vermutlich beinhalteten die Worte ihrer Schwester mehr als nur einen Krümel Wahrheit. Sie streckte die Hand langsam über den weißen Beistelltisch aus, der zwischen den Liegen stand, und berührte die Fingerspitzen der Jüngeren.

„Es tut mir leid. Wirklich!" Ernüchtert blickte sie zur anderen Seite.

Sarah nickte betrübt. Noch waren die alten Wunden gerade erst frisch zusammengeflickt. „Dann geh hinaus, wirklich irgendwohin, wo du die alten Verhaltensweisen zurücklässt. Lerne die Welt kennen und sag mir, ob es da nichts gibt, das es wert wäre, diese als Ganzes wahrzunehmen. Sie zu bewundern und all dem da draußen zuliebe bewusster zu leben." Ihre Augen schimmerten feucht.

„Das habe ich versucht. Aber das Leben gibt mir immer wieder einen Tritt. Und indes ich am Boden liege, spuckt es auf mich. Die Frage ist also, wie verhinderst du das? Oder vielmehr was tust du? Wie lebst du, statt dich tot zu stellen?", erklärte Charly stimmungsgeladen ihr Dilemma.

„Ich spucke in dem Fall mit allem, was ich habe, auf den Schuh, der Schwung holt. Denn wer will schon Speichel vom Leder wischen?

Das wird dem Leben dann eine Lehre sein!", entgegnete Sarah ebenso bildlich, ein vorsichtiges Lächeln besetzte ihre Züge. Fahrig beugte sie sich zum Ende der Liege und nahm ihre Gitarre umständlich aus dem Koffer, den sie vorher dort abgestellt hatte.

Als kleines Mädchen hatte sie unbedingt Stunden nehmen wollen und letzten Endes hatte Susann nachgegeben. In Charlys Erinnerung war die Schwester gerne und oft am Musizieren gewesen. Über die Jahre hatte die Leidenschaft irgendwann den Zenit überschritten. Jetzt war Sarah wohl wieder bei ihren Wurzeln angelangt.

„Das habe ich von einem Straßenmusikanten in Alice Springs aufgeschnappt. Ich weiß nicht genau, ob es etwas Religiöses ist oder vielleicht von ihm selbst geschrieben, aber ich finde es passend. Mich haben die Zeilen berührt." Sie brachte die Gitarre in Stellung, griff und grinste auf einmal vergnügt. „Außerdem ist es, was die Einfachheit der Strophen betrifft, fast schon ein Evergreen."

Charly schmunzelte und ihre Schwester spielte die einleitenden Akkorde. Mit glockenklarer, heller Stimme sang sie die erste Strophe und verursachte der Älteren unwillkürlich Gänsehaut. Es war ein Kanon.

*„See my demons come.*
*Begin to love, begin to try,*
*see my demons come.*
*Begin to scream, begin to fight,*
*begin to cry, begin to die.*
*See my demons come."*

Sarah ließ die Töne verklingen, dann wiederholte sie den Text. Die letzte Zeile sang sie ohne Gitarre. Ihre Präsenz durchschnitt die Luft mit einer Reinheit, die fast schmerzte, und Charly fühlte sich danach unendlich zerbrechlich. Ein Moment des Schweigens entstand, in dem jede ihren eigenen Gedanken nachhing.

„Was möchtest du mit deinem Leben anfangen? Ich meine, das hier für immer ..." Die Jüngere ließ den Satz offen.

„Hast du schon Pläne?", murmelte Charly, statt zu antworten. Sie war noch immer im Nachhall des Liedes gefangen. Hatte sie das Kämpfen zu schnell aufgegeben? War den Heldentod gestorben, um dann wieder von vorne anfangen zu können?

„Ich werde zum nächstmöglichen Zeitpunkt anfangen zu studieren", enthüllte Sarah. „Noch habe ich mich kein bisschen informiert und hoffe, dass es für eine Bewerbung nicht zu spät ist." Sie seufzte.

Charly lächelte. „Du bist rechtzeitig dran. Das neue Semester fängt im Oktober an. Allerdings solltest du dir nicht allzu viel Zeit mit der Bewerbung lassen." Stirnrunzelnd betrachtete sie die Schwester. „Weißt du, was du studieren möchtest?"

Die Jüngere nahm einen Schluck Wasser, während sie mit dem Kopf wackelte. „Lehramt, Geschichte und unsere Muttersprache."

Damit brachte sie Charly zum Staunen. Es war nicht so, dass Sarah in den Fächern schlechte Noten gehabt hätte, nur der pädagogische Zusatz kam unerwartet.

Die Schwester malte mit dem rechten Zeigefinger Kreise auf den Gitarrendeckel. „Sicher werde ich mir wahrscheinlich erst nach dem Studium und einigen Berufsjahren sein, aber sind wir ehrlich, wir versuchen alle, die richtige Entscheidung zu treffen. Aber ob uns das gelingt, stellen wir sowieso erst später fest."

Wieder entstand eine Stille, die Charly schließlich brach. „Mir scheint, du bist auf deiner Reise weise geworden." Ernsthaftigkeit schwang in der Aussage mit. „Ich habe es immer als meine Aufgabe verstanden, dir all das zu vermitteln, was Susann uns vermissen ließ: die praktische Seite der Theorie. Das Gefühl von reellem, aktivem Leben. Jetzt bist du diejenige, die mich zur Vernunft anhält, die Demut vor dem Leben lehrt."

Sarah grinste. „Das klingt ein wenig zu weise für meinen Geschmack, aber ja, ich denke, in mir hat sich etwas verändert. Die Tränen, die ich im Krankenhaus nicht hatte, sind am Uluru umso ausgiebiger geflossen und danach habe ich mir wirklich über einiges tiefergehende Gedanken gemacht. Ich möchte neue Leute kennenlernen, nicht rückwärts, sondern vorwärts gehen. Es wird nicht einfach, aber was ist das schon?"

Charly nickte. Aufgeben war einfach. Es fiel unglaublich leicht. Sie hatte es selbst erlebt. Der Moment des Darandenkens war bereits ein Schritt in die falsche Richtung. Leben war schwer. Eine Herausforderung. Es erforderte den Willen, jeden Tag die richtigen Entscheidungen zu fällen, sich diesen zu stellen.

Etwas Gutes hatten all ihre Erfahrungen immerhin: Sie wusste jetzt auf jeden Fall, was sie nicht war und was sie nicht wollte. Das stellte sie insgesamt wenig zufrieden, half aber vielleicht bei der Beantwortung der Frage, wer sie war und was sie wollte.

„Ich denke, ich werde mit dir den Rückflug nach Hause nehmen", sagte sie an die Jüngere gewandt. Auf einmal war sie sich sicher. Bombensicher.

Ihre Schwester legte das Instrument zurück in den Koffer, stand auf und umarmte sie. Genau wie vor ihrer Abreise nach Australien. In der Position verharrten sie eine Weile. Genossen still ihr Beisammensein.

„Ich hatte gehofft, dass du das sagen würdest", bekannte Sarah.

„Aber ich werde nicht wieder bei Mum einziehen", warnte Charly sie vor.

„Weißt du, warum die Wut bleibt, wenn die Trauer geht?", fragte Sarah sie urplötzlich. Charly schüttelte konsterniert den Kopf. „Weil sie nicht wehtut. Und doch ist sie wie ein zu kleines Pflaster, das wir über die Wunde zu kleben versuchen. Das Problem ist, dass es immer reibt. Die Verletzung bricht stets von Neuem auf. Lassen wir es stattdessen einfach weg, heilt sie vielleicht."

„Vielleicht", sagte Charly. Gleichwohl war sie noch nicht bereit, ihrer Mutter zu vergeben. „Weißt du das mit ihr und Dad?", fragte sie beklommen.

Sarah pustete ihr als Antwort ins Ohr. Aufschreiend schüttelte Charly sie ab.

„Ja", sagte die jüngere Schwester. „Es war zuerst ein echter Schock, aber insgeheim freut es mich für die beiden."

So weit war sie selbst noch nicht, die Zukunft würde die Dinge sicher in einem anderen Kontext erscheinen lassen.

Während Charly die quietschende Sarah nun übermütig um ihren Pool jagte, fühlte sie sich befreit. Sie würde sich eine eigene Wohnung suchen und ihren Master beginnen. Wenn ihre Familie eines hatte, dann war es Geld. Das sollte also kein Hindernis darstellen.

Und wenn doch, würde sie sich ihren ersten richtigen, bezahlten Job suchen. Vielleicht sollte sie das sogar direkt tun, schließlich hatte sie einen Bachelor!

Der Gedanke, alleine zu wohnen, schreckte sie ab, er blieb mit einer seltsamen Note behaftet. Möglicherweise fand sich aber auch dafür eine Lösung. Würde Ben mit ihr kommen, wenn sie ihn fragte? Er hatte ebenfalls noch keinen Master und sie ergäben sicher eine lustige Wohngemeinschaft.

Ihre Überlegungen verselbstständigten sich. Zusammen mit ihrem Zeugnis würde sie ihren Kleinen samt Sommerrädern im Kofferraum bei Susann abholen. Zuallererst musste sie diese tauschen lassen, dann stand eine Fahrt zu ihrer alten Universität an. Dort konnte sie sicher, wenn sie sich zeitnah einschrieb, im Herbst mit dem weiterführenden Studium beginnen.

Endlich war alles ins Lot gerückt. Ihr Leben verlief wieder nach einem Plan und sie war wieder sie selbst. Definitiv nicht perfekt, aber genau so würde sie bleiben.

# EPILOG
## 365

*365 Tage sind vergangen.*

*Ich hatte alles gewonnen, was sich ein Mensch nur wünschen kann: die Achtung meines Vaters, das Herz meines Freundes, die Freundschaft meiner Schwester und die Loyalität meiner besten Freundin. Bis dahin war es das erfolgreichste Jahr meines Lebens. Aber wie das häufig mit Plänen ist, die kalte Realität schubst einen unvermittelt von der rosaroten Wolke und die Stärke des Aufpralls am Boden entscheidet über alles Weitere.*

*Sechs Monate eitlen Sonnenscheins und einzigartiger Erlebnisse sowie sechs Monate voller Informationen und düsterer Geheimnisse liegen hinter mir. Alles in allem unzählige besondere Erfahrungen, die mir immer bleiben werden und mir die Welt auf eine Art und Weise offenbart haben, wie ich sie niemals zuvor wahrnahm. Pep hatten all diese Tage!*

*Und Erfolg? Nun, das liegt im Auge des Betrachters. Zieht man eine Bilanz nach vielen Triumphen, fällt das leicht. Zieht man sie, selbst noch im Unklaren darüber, was die Entwicklung für einen in der Folge bedeutet, ist es fast ein Ding der Unmöglichkeit.*

*Die zwei Fragen von vor einem Jahr sind nichtsdestotrotz die gleichen geblieben: Wer bin ich? Und was macht mich aus? Mein Name ist Charlotte Clark. Zumindest das hat sich nicht verändert. Mein Nachname wird immer für sich selbst sprechen und für die Erfolge oder Misserfolge der Clark Group stehen, zumindest in meiner Heimatstadt.*

*Für mich ist es nur ein Name, ein Zusatz ohne große Bedeutung. Ich werde in der Anonymität des Systems meine Ausbildung abschließen, durch ein Masterstudium, welches auf meinen glorreichen Abschluss in Betriebswirtschaftslehre folgt, und mir danach meinen Platz in der Welt suchen. Wo auch immer dieser sein wird, er wird von mir alleine bestimmt sein. Von niemandem sonst.*

*Wenn der wertvolle und umfangreiche Einblick in das tägliche Geschäft meines Vaters und seines Unternehmens mich eines gelehrt hat, dann das Folgende: Wissen ist Macht. Wer etwas anderes behauptet lügt. Doch die*

*Notwendigkeit, Informationen zu sammeln, zu horten, zu generieren, resultiert nur aus dem Maß an Wohlstand, den jeder Einzelne erringen möchte. Das Streben nach einem bestimmten Niveau im Job ist dem Lebensstandard gemäß an den eigenen Zielen ausgerichtet. Wichtig ist somit als Erstes zu wissen, was ich selbst will. Und das letzte Jahr hat mich dem einen guten Schritt näher gebracht.*

*Ohne dass ich mir dessen jemals zuvor bewusst gewesen wäre, scheine ich in einer Art goldenem Käfig zur Frau gereift zu sein. Ich war so mit mir beschäftigt, glaubte, so viel gesehen und erlebt zu haben, dass ich den Blick über meinen bestehenden Horizont hinaus nie richtig gewagt habe. Ich wurde aus der Ferne behütet, ohne Nähe zuzulassen, bin aufgewachsen, ohne mich mit der Sache beschäftigen zu müssen, die die Gedankengänge anderer beansprucht: Geld. Es war einfach da. Nicht im vollkommenen Übermaß, jedoch genug, um ein komfortables Leben zu führen. Ohne etwas dafür tun zu müssen.*

*Einerseits bin ich dankbar, dass mir diese Sorge erspart geblieben ist, andererseits förderte es meine Naivität. Ich hatte nie Anlass, wirklich tiefgreifend darüber nachzudenken, wie überzogen die Geschenke meines Vaters und auch Andrés wirklich waren. Ich habe mich daran erfreut, habe in meinem persönlichen Traum gelebt, alles fröhlich entgegengenommen und Materielles mit Liebe verwechselt.*

*Trotz allem hat mir der Sommer in den Hamptons gezeigt, dass ich es gewohnt bin, ein gewisses Maß an Luxus zu genießen. Und obwohl mich momentan nichts an dem Gedanken reizt, die Firma meines Vaters zu übernehmen, so ist es gerade Peggy White, die mich dazu inspiriert, später einmal auf eigenen Beinen stehen zu wollen, um Höheres zu vollbringen und berufliche Verantwortung zu tragen.*

*Mein Ehrgeiz ist noch immer ein wichtiger Teil von mir. Erfahrung gepaart mit Wissen scheint mir eine gute Basis für zukünftigen Erfolg in der Arbeitswelt zu sein. Mich selbstständig zu beweisen bedeutet, die Voraussetzungen dafür zu schaffen.*

*In diesem Sinne verbuche ich es nicht nur als schöne Erinnerung, sondern auch als persönliche Bereicherung, das gehobene, gesellschaftliche Parkett jederzeit ohne Scheu betreten zu können. Wie ich jetzt weiß, finden sich auch dort ein paar außergewöhnliche Menschen.*

*Auf dem Weg zu meiner Identität, der sich mir erst im Rückblick vollständig erschließt, bin ich stärker geworden, härter, fokussierter. Ich habe mich beständig entwickelt. Dabei war eigentlich immer ich die eher Stille. Meine Schwester hingegen der blonde Wirbelwind. In den letzten Mona-*

ten haben wir beide Erfahrungen gemacht, die uns für immer verändert haben. In manchen Situationen wird uns das Erlebte die kommende Entscheidung überdenken lassen. Gewiss rückt nach längerer Zeit vieles in den Hintergrund, auch wenn ein vollständiges Löschen der Momente nie eintreten wird.

Mit Situationen konfrontiert zu werden, die bisher nur die Medien zeigten, die Hilflosigkeit zu spüren, deretwegen die Betroffenen im Fernsehen bemitleidet wurden, ist kein Schicksal, das ich jemandem wünsche. Es hinterlässt Spuren. Windet sich unter die Haut. Ich denke, die Tiefe des Falls ist es, die Unterschiedlichkeit und Fremdartigkeit der abstrusen Schockmomente im Gegensatz zu meinem bis dato äußerst beschaulichen Leben, die meiner Psyche so zugesetzt haben.

Immer wieder suche ich nach Hintergedanken und möchte gewappnet sein. Für alles und jeden. Möglicherweise ist es aber auch von Vorteil, eine gewisse Souveränität entwickelt zu haben. Eine starke Persönlichkeit zu sein, die ihre Kraft und Energie den Werten der Menschlichkeit ebenso wie den schönen Dingen im Leben widmet.

Und wenn ich mir eines auf die Fahnen schreiben kann, dann dass ich alle Situationen, ob bei Vanessa, André, Sarah oder meinen Eltern, nach bestem Wissen und Gewissen, wenn nicht sogar mit einer guten Portion Humor, gemeistert habe.

Der rote Faden all der Vorkommnisse findet sich allerdings im WARUM. Mir fehlt das Motiv für das Handeln meiner Eltern oder Andrés, denn ich kann es noch immer nicht nachvollziehen. Schutz? Aber ich wollte nicht geschützt werden. Zudem bezweifele ich, dass es wahrhaftig um meinen Frieden ging, wohl eher um den des Geheimnisses.

Denn Geheimnisse sind die mächtigsten aller Informationen, Waffen sozusagen. Sie geben dem Hüter, je nachdem, fast unbegrenzte Macht über den Menschen. Entscheiden über Glück und Unglück, das damit in der Hand des Einzelnen liegt. Vermieden werden kann dies nur durch absolute Ehrlichkeit.

Also: Warum betrügen wir andere? Warum belügen wir die, die uns nahestehen? Weil wir nicht darüber nachdenken? Weil es uns egal ist?

Das muss es sein, nicht wahr? Sonst würden wir es nicht tun. Stattdessen wären uns die Auswirkungen auf unsere Liebsten bewusst. Für mich heißt das im Umkehrschluss: Liebste suchen, die sich kümmern. Sozusagen fast ein Kinderspiel. Ich bin hier! Wo seid ihr?

In ein paar Wochen ist mein vierundzwanzigster Geburtstag. Es wird keine Feier geben und ich möchte keine Geschenke. Ich habe fast den gan-

*zen letzten Monat über eine einzige große Party gefeiert. Nun will ich zurück in meine Heimatstadt. Vielleicht, weil ich unterbewusst an die schönen Zeiten denke.*

*Ich habe vier Koffer mit Hab und Gut, einen eigenen Willen und eine wiedergefundene innere Stärke. In meinem Gepäck versteckt sich ein Erfahrungsschatz, der mir vielleicht noch vonnutzen sein wird. Beruflich wie privat. Ich bin gespannt, was die Welt mir noch an Überraschungen zu bieten hat, denn ich weiß nun, dass Pläne, selbst wenn sie mit größtem Bestreben verfolgt werden, nicht aufgehen müssen oder sich wandeln können. Zum Guten wie zum Schlechten.*

*Mein Experiment zeigt mir in der Reflexion, dass ich vieles, obschon im Kleinen, erreicht habe. Dass das, was anderer Leute Herz verborgen bleibt, mitunter mehr zählt als laute Paukenschläge. Ich bin gleichzeitig die alte und die neue Charly, um meine eigenen Worte zu gebrauchen. Jeder Teil hat seine Berechtigung und ich werde nie etwas anderes versuchen, als ICH zu sein, unter allen Umständen!*

*Jedes Jahr bringt mir dreihundertfünfundsechzig neue, unbeschriebene Tage, um mich zu beweisen. Aus eigenem Antrieb, ohne diamantenen Löffel im Mund. Der Tatendrang ist ein positives, ein reales Gefühl.*

*Wir alle haben Wünsche, für die es sich zu kämpfen lohnt. Wir haben Träume, denen wir nachhängen, weil wir erpicht darauf sind, sie zu unserer Wirklichkeit zu machen. Doch stellen wir uns meist nicht der Überlegung, ob wir wirklich bereit dafür sind. Ob wir die Konsequenzen, die wir vielleicht noch nicht überblicken können oder wollen, wahrhaftig zu tragen vermögen. Weil wir tief in unserem Inneren davon ausgehen, dass unsere Tagträume nicht wahr werden.*

*Ich habe nun gesehen, was passiert, wenn Fantasie sich zur Realität transformiert und die Realität zur bloßen Fantasie wird. Sehnen ist wichtig, es lässt uns Etappen erreichen. Außergewöhnliches ist gut, denn es lässt uns die volle Bandbreite unserer Sinne wahrnehmen. Was morgen kommt, kann keiner sagen.*

*Was allerdings heute ist, was uns manchmal fad, gar ereignislos vorkommt, kann vielleicht eine Blütezeit sein, die wir nicht zu schätzen wissen, gar übersehen, weil uns der Hunger nach Wünschen, nach Zielen die Zufriedenheit dessen, was wir haben, aus den Augen verlieren lässt.*

*Ich werde noch einmal von vorne anfangen und wie Sarah Vergangenes hinter mir lassen, denn obgleich es auch viel Wunderbares gab, sehe ich darin keine Zukunft. Ich werde in eine WG ziehen, neue Kommilitonen kennenlernen und mein Glück finden. Meine weitere Reise zu mir führt hin zum Licht! Ohne große Aufregung, denn im Gewöhnlichen liegt für mich die Würze des Lebens.*

*Fest glaube ich daran, dass es da draußen gute Menschen gibt, ehrliche Menschen, die es wert sind, Freunde genannt zu werden. Und auch wenn ich noch nicht bereit bin, ihm zu verzeihen oder gar dort weiterzumachen, wo er es gerne hätte, werde ich mich mit meinem Vater versöhnen. Denn eines will ich auf keinen Fall: verstrichenen Gelegenheiten nachtrauern. Erst recht nicht wegen der angeschlagenen Gesundheit meines Vaters. Dasselbe gilt für meine Mutter und Anett, denn mit Vergangenem abschließen kann nur der, der seinen Frieden damit macht.*

*Ein weiteres Jahr voller Möglichkeiten liegt vor mir und ich verspreche mir selbst, es zu nutzen. Schließlich bin ich mir nun bewusst, wie viel in dreihunderfünfundsechzig Tagen passieren kann. Wie viele Höhen und Tiefen, Chancen und Risiken den eigenen Weg säumen — auch im Kommenden. Ich werde sie alle unter GARANTIE meistern!*

# DANKSAGUNG

Mein Dank gilt in erster Linie meinen Testlesern. Ihr habt ihn wahrlich verdient! Vor allem dafür, dass ihr euch meiner ersten geschriebenen Worte in puncto Roman angenommen habt. Vielen Dank für eure Geduld mit mir und meinen Nachfragen wegen des noch so kleinsten Details.

Besonderer Dank gilt all den Menschen, die den Produktionsprozess des Werkes unterstützt und mir immer wieder Mut gemacht haben. Dies beinhaltet mein unermüdliches Marketingteam, das die Neuigkeit meines Buchdebüts in die Welt getragen hat. Weiter so, ihr seid wirklich klasse!!!

In diesem Sinne möchte ich auch meinem Verlag danken, ohne den es dieses Buch so nicht geben würde. Ich weiß das Vertrauen in mich zu schätzen.

Darüber hinaus möchte ich meiner Mutter dafür danken, dass sie mir so wunderbar oft ans Herz gelegt hat, unsere Sprache zu beherrschen. Und ich danke meinem Vater dafür, dass er mich immer dazu animiert, Dinge einfach auszuprobieren.

Meinem Großvater wiederum danke ich fürs Diskutieren und Zuhören, ich bin mir sicher, allein dadurch wird die Welt ein Stück besser.

Abschließend möchte ich mich noch in aller Form bei den bisherigen und zukünftigen Lesern meines Romans bedanken! Ihr seid es, die die Zeilen auf Papier zum Leben erweckt, die dieses Buch im Kopf zu einer bebilderten Geschichte werden lasst.

Ich würde mich sehr freuen, wenn ihr 365 weiterempfehlt.

*Isabel Kritzer*
*September 2016*

# DIE AUTORIN

Isabel Kritzer wurde 1993 in Deutschland geboren und entdeckte schon früh die Faszination von Wort und Bild. Zum Abitur 2012 erhielt sie den Südwestmetall Schulpreis in Ökonomie für herausragende Leistungen. Es folgte ein mit dem Bachelor of Science abgeschlossenes BWL Studium.

Sie hat über die Jahre schon viele Reisen unternommen, die sie um die ganze Welt führten. Fremde Kulturen, Menschen, Landschaften sowie oftmals resultierende Gegensätze und erste Erfahrungen in der internationalen Arbeitswelt sind die Impressionen, die Isabel Kritzer inspirieren und denen sie eine Stimme geben möchte. Ganz persönlich liest sie viel, tanzt gerne und kommt an nichts Süßem vorbei ohne es probiert zu haben.

# UNSER BUCHTIPP

Maron Fuchs
Eisige Kälte

Taschenbuch, 342 Seiten
ISBN: 978-3-86196-364-6

epub eBook
ISBN: 978-3-86196-369-1

Gewalt, Grausamkeit und Misshandlungen gehören für die 17-jährige Larissa seit Jahren zum Alltag. Seit ihre Adoptivmutter dieses Monster geheiratet hat. Seither dreht sich ihr Leben nur noch darum, ihre Schwester, die achtjährige Nele, zu beschützen und an ihrem 18. Geburtstag mit der Kleinen zu fliehen.
Als ihr Stiefvater seine Frau in einem seiner Wutanfälle aber tötet und Larissa krankenhausreif prügelt, scheint es unmöglich zu sein, Nele vor dem Kinderheim zu bewahren. Wären da nicht diese beiden Fremden, die die Mädchen bei sich aufnehmen und behaupten, Larissas leibliche Eltern zu sein ...

# UNSER BUCHTIPP

**Maron Fuchs**
**Glühende Hitze**

Taschenbuch, 404 Seiten
ISBN: 978-3-86196-373-8

epub eBook
ISBN: 978-3-86196-403-2

Nach vier Jahren häuslicher Misshandlung ist die 17-jährige Larissa das Leben in Angst und Ungewissheit gewohnt. Aber sie hätte nie gedacht, dass all die Panik zurückkehren würde, nachdem sie und ihre kleine Schwester umgezogen und in eine liebevolle Familie gekommen sind. Endlich führt sie ein normales Leben, hat Freunde gefunden und sich sogar verliebt.

Doch ihr brutaler Stiefvater ist tatsächlich aus dem Gefängnis ausgebrochen und nun auf der Suche nach ihr. Sie weiß, dass ihre Zeit abläuft.

Denn nichts kann dieses Monster aufhalten ...

# Unser Buchtipp

**Maron Fuchs**
**Ballade des Herzens**

**Taschenbuch**
ISBN: 978-3-86196-545-9

**epub eBook**
ISBN: 978-3-86196-456-6

Eigentlich könnte Julians Leben so schön sein. Feiern, mit seinen Kumpels abhängen und seine Freundin treffen. Aber dann überschlägt sich plötzlich alles – seine Freundin macht für einen anderen mit ihm Schluss und die völlig paranoide Sängerin aus seiner Lieblingsbar hält ihn für einen Stalker! Dabei wollte er sie nur verscheuchen, nachdem er sie auf dem Baum am Rand seines Gartens entdeckt hatte. Wer ist diese Göre überhaupt?

Und warum behauptet sie, im leerstehenden Haus auf der anderen Querstraße zu wohnen? Kaum findet Julian mehr über sie heraus, wird er in eine Sache hineingezogen, die viel größer und blutiger ist, als er jemals vermutet hätte. Schon bald begreift er, dass die Paranoia der Sängerin nicht unbegründet ist. Und von da an ist auch sein Leben in Gefahr …

# Unser Buchtipp

**Max Kuhlmann**
**Planet der Wünsche**

**Taschenbuch, 218 Seiten**
**ISBN: 978-3-86196-424-7**

**epub eBook**
**ISBN: 978-3-86196-400-1**

Was ist der Wunsch am Ende aller Wünsche? Die letzte Sehnsucht am Ende aller Sehnsüchte? Um das herauszufinden, fliegt Peter auf den Planeten der Wünsche, auf dem alle Wünsche sofort wahr werden. Er wird König, Fußballprofi, Popstar und spiritueller Meister. Doch nichts davon scheint genug zu sein. Auf seiner Suche deckt er die dunklen Geheimnisse der Erwachsenenwelt auf, findet heraus, wo das Geld herkommt und begegnet auf einer Zeitreise großen Persönlichkeiten wie Jesus, Buddha, Mohammed, Gandhi und Sokrates. Wird Peter es schaffen, seinen inneren Durst zu stillen? Wonach sehnt er sich wirklich?

*Eine gewaltfreie Geschichte voller Fantasie, in der sich jeder mit seinen Träumen und Wünschen wiederfinden kann – und alles andere als ein nur ein Buch für junge LeserInnen.*